Liselotte Welskopf-Henrich
Der siebenstufige Berg

Liselotte Welskopf-Henrich

Der siebenstufige Berg

Roman

Mitteldeutscher Verlag
Halle · Leipzig

Das Blut des Adlers

1. Band: Nacht über der Prärie
2. Band: Licht über weißen Felsen
3. Band: Stein mit Hörnern
4. Band: Der siebenstufige Berg
5. Band: Das helle Gesicht

Rot ist das Blut des Adlers.
Rot ist das Blut des braunen Mannes.
Rot ist das Blut des weißen Mannes.
Rot ist das Blut des schwarzen Mannes.
Wir sind alle Brüder.

Der Medizinmann von Alcatraz (1970)

Ein Büffel stand im Weg

Chester Carrs Paßmerkmale lauteten: Augen blau, Haar blond, mittelgroß, besondere Kennzeichen: keine. Er war im Staate Mississippi geboren. Seine Eltern hatten ihn mit finanziellen Opfern in einem Privatinternat erziehen lassen, um ihn von den politischen und sozialen Streitigkeiten fernzuhalten und aus ihrem einzigen Sohn einen zuverlässigen Südstaatler zu machen. Chesters Leistungen in den Schulfächern waren so mäßig wie gleichmäßig gewesen. Seine Lehrer konnten ihn weder faul noch fleißig nennen. Er galt als ein Sportsmann, dessen Leistungen kaum schwankten und dessen Einsatz daher stets zuverlässig berechnet werden konnte. Auf Grund solchen Rufes war er ungeschoren durch seine Schul- und seine Collegezeit gegangen. Er teilte stets die tonangebenden Meinungen der Bürger von Mississippi, mit deren Söhnen er aufgewachsen war. Und er war immer Glied irgendeines Teams, eingepaßt wie ein Rädchen in eine präzis laufende Maschine. Nie wäre ihm ein Alleingang reizvoll erschienen. Er gehörte noch zu jener Generation, die schon in jungen Jahren nicht als ein odd ball, nicht als Außenseiter angesehen werden wollte. Bei allen Aktionen gegen Neger konnte man auf Chester zählen. Er sympathisierte mit dem Ku-Klux-Klan. Da sein Vater Mitglied der Nationalgarde war und der NRA – der National Rights Association – angehörte, hatte Sohn Chester sich von seinem zehnten Lebensjahr an unter sachverständiger Anleitung im Scharfschießen geübt. Nie hatte er einen Farbigen persönlich kennengelernt. Die Tatsache, daß seine Eltern und er von einer alten schwarzen Frau bedient wurden, rechnete er nicht dem Begriff »persönliche Beziehungen« zu. Gesetz und Ordnung, wie man sie in der middle class und der upper middle class im Staate Mississippi seit vielen Generationen verstand, hatten in Chester Carr von neuem Fleisch und Blut gewonnen.

Aber eben dadurch waren sie auch verletzlich geworden wie alles Lebendige.

Nach dem Abschluß des College erfuhr Chester, daß es schwierig sei, einen passenden Job für ihn zu finden. Er begegnete dieser unerwarteten Situation mit dem Erstaunen, das jeden Amerikaner hätte befallen müssen, wenn die Industrie seiner Normalfigur keinen passenden Konfektionsanzug hätte anbieten können. In einer

Verlegenheitsstunde, deren psychische Verwirrung er auch später nie ganz enträtselte, nahm Chester den ersten sich bietenden Job an, vielleicht nur, um nicht aus der gewohnten Rolle des tätigen und gesicherten Staatsbürgers zu fallen. Er trat in den großen Apparat des Bureau of Indian Affairs ein, das eine Stelle anbot, wurde Glied dieses Teams von merkwürdigen Beamtenexistenzen, die Wilde erziehen sollten, und versuchte sich dem anzupassen. Es gelang ihm nur halb, das Rädchen paßte nicht in diese Maschine, es lief mit Reibungsverlust. Doch lief es immerhin. Wenn Mr. Carr selbstbewußt, pünktlich, korrekt seine Amtsgeschäfte erledigte, wenn er stets mit entschiedener Stimme sprach und seine Haltung keine Zweifel zuließ, so nahm kein Kollege, Vorgesetzter oder Untergebener, äußerlich etwas von dem Riß wahr, der dabei durch Chesters Nervenstruktur lief und sich unmerklich erweiterte. Es widerstrebte ihm nun einmal, sich mit Farbigen abzugeben. Der verborgene Riß verband sich mit anderen wachsenden Spannungen und schmerzte zuweilen.

Mit Erschrecken hatte Chester im Alter von 45 Jahren bemerkt, daß sein eigener Sohn gegen das väterliche Welt- und Lebensmodell rebellierte. Chester schämte sich, wurde erregt und sagte sich von seinem Sohn Clyde los. Er verwehrte ihm das Betreten seiner Dienstwohnung; er verbot ihm unter Androhung der Verhaftung, sich irgendwo und irgendwie auf der Reservation blicken zu lassen, auf der sein Vater amtierte. Sehr erleichtert nahm Carr seine eigene Versetzung auf eine andere Reservation an, obgleich diese in einem Nordstaat lag. Wenn es schon Carrs schwer verständliches Dauerschicksal geworden war, sich mit Wilden zu befassen, so wollte er wenigstens alle seine Meinungen und Erfahrungen völlig ungestört und ohne die Vorbelastung eines sichtlichen Mißerfolgs in der Familie einsetzen.

Mit verbissener Energie machte sich Chester Carr in neuer Umgebung wieder an seinen Auftrag, die Eingeborenen zu regieren, die bedauerlicherweise nicht rechtzeitig ausgerottet worden waren. Chester Carr saß auf dem Amtsstuhl, von dem aus sich seine Vorgänger Hawley, Bighorn und Albee vergeblich bemüht hatten, die einem Superintendent zugeteilten Aufgaben zu lösen. Carr zog sogleich Informationen ein. Hawley, noch zu sehr Seigneur der alten Schule, war vergrämt gestorben. Bighorn, scheinbar assimilierter Indianer, hatte, von den Hexenkünsten seines Stammes verfolgt,

Selbstmord begangen. Albee, bebrillt und von ethnologischen Zweifeln aufgetaut, war mit allerhöchstem Mißfallen abgegangen. Nun kam Chester Carr, weder seigneural noch abergläubisch, noch zweifelnd, Typ des Masters aus dem Süden, fest verwurzelt in seiner Erziehung und standfest gegen Schwächegefühle.

Er orientierte sich sogleich, welche der ihm untergebenen Beamten in seinem Sinne brauchbar seien. Mit Ausnahme einer fülligen Frau schienen sie alle vom Apparat genügend vorgeformt, um von Chester Carr weitererzogen zu werden. Doch war es nur ein einziger, der Carrs Vertrauen in vollem Maße gewonnen hatte, der Stellvertretende Superintendent Nick Shaw. Er hatte alle vorhergehenden Superintendents im Amt überdauert, wie ein gewandter und unauffälliger Staatssekretär seinen Minister zu überdauern pflegt, oder anders ausgedrückt, wie ein Computer, der weiter informiert, gleich, wer ihn mit Daten füttert.

Vierzehn Tage, nachdem Carr seinen Dienst angetreten hatte, begann er eine Inspektionsfahrt durch die Reservation. Er ließ sich nicht von Nick Shaw begleiten, da der Bürodienst werktags nicht ruhen und das weekend nicht durch Arbeit zweckentfremdet werden durfte. Carr verließ sich auf seinen eigenen Blick, den er für scharf hielt, und auf die Auskünfte seines Fahrers, der wie Shaw schon unter drei Superintendents und vorher bei der Armee gedient hatte.

Der Wagen durchfuhr die kleine Agentursiedlung, in der Carr keine Probleme entdecken konnte. Supermarket, Stammesrathaus, Stammesgericht, Polizeigebäude und ein kleines Gefängnis waren aus rot leuchtenden Ziegelsteinen neu erbaut. Die Straße war sauber, die Tankstelle flott bedient, die meisten Häuser in der Umgebung des Supermarket ansehnlich: Superintendentur, Kirche, die Dayschool I, einige Beamtenhäuser. Ein kleines Café, ein alter kleiner Laden, eine Friseurbude standen dazwischen, schmal, als seien sie zusammengedrückt. Als Zeuge vergangener Zeiten saß ein Dutzend alter Männer auf einer kleinen Mauer am Straßenrand.

Der Dienstwagen gelangte in freies Gelände. Die herbstliche Jahreszeit hatte eben erst begonnen; der Himmel war licht, der Wind sanft, die Sonne schien mild. Das Präriegras hatte seine Lebenshoffnungen für das laufende Jahr aufgegeben; braun, dürr verkümmerte es auf dem ausgetrockneten Boden, und selbst die Kakteen waren schlaff geworden, Zeichen der Wirkung grausamer Sommersonne in diesem verlassenen Land. Chester Carr, der von einer Reservation in die andere kam, fühlte sich zunächst nur von einer Einöde in die nächste versetzt, aber je länger die Fahrt währte, desto weniger konnte er sich eines beklemmenden Gefühls erwehren. Die ihm gewohnt gewordene Einöde, die er verlassen hatte, war durch eine kahle Gebirgsformation grotesk oder monumental formiert gewesen; die Einöde der Prärie wirkte mit ihren endlosen, sich gleichenden Hügeln und Wellentälern wie ein Erde gewordener Ozean ohne Ufer. Chester war allerdings weit davon entfernt, solche Vergleiche zu denken; dazu fehlte ihm die Phantasie. Er wurde lediglich schlechter Stimmung und fühlte sich allein. Nur hin und wieder bekam er schwarzes Vieh zu Gesicht, ein einsames Ranchhaus, eine Blockhütte, ein Zelt, ein Dorf, Kiefernbäume und weiße Felshänge, die das Braun des Graslandes unterbrachen. Er fand keinen Anlaß, haltzumachen; er wollte besichtigen, nicht eindringen; das blieb Sache seines Wohlfahrts- und seines Wirtschaftsdezernenten. Chester liebte keine Kompetenzüberschreitungen.

Als solche störte ihn jetzt ein Büffel, der nicht auf seiner Weide, sondern auf der schmalen Straße stand und offenbar den elektrisch geladenen Zaun zwischen Straße und Ranchgelände auf irgendeine Weise umgangen oder irgendwo übertrampelt hatte. Vielleicht war der Zaun auch nicht ordnungsgemäß geladen.

Der Fahrer bremste und hielt. Chester wartete.

Der Wagen blieb am Platz. Der Bulle stellte sich quer, drehte den Kopf, glotzte und überlegte. Niemand konnte wissen, was er tun würde, gleich, ob der Wagen stehenblieb oder ob der Fahrer wieder startete. Der Büffel schnaubte und brüllte kurz, dumpf. Der Fahrer hütete sich zu hupen.

»Ja – und?« sagte schließlich Superintendent Carr.

»Es ist ein Bulle«, erklärte der Fahrer.

Carr wartete eine Viertelstunde. Auch der Bulle hatte Geduld. Nur seine Schwanzspitze bewegte sich leicht und verriet irgendeine Gedankenbewegung in dem mächtigen Kopf, in dessen dunkler Behaarung die Hörner fast verschwanden.

»Warum fahren Sie nicht weiter?« fragte Chester Carr. Er hatte da und dort in Naturschutzgebieten schon Büffel gesehen; sie hatten abseits der Straße friedlich geweidet, und er war ihnen nie zu nahe gekommen.

»Es ist ein junger Bulle, aggressiv«, sagte der Fahrer. »Er mag uns nicht.«

»Woher wissen Sie das?«

»Die Schwanzspitze. Achten Sie auf die Schwanzspitze, Sir.«

»Nennen Sie mich nicht ›Sir‹, Larry. Hawley war Sir. Old England, immer noch zu viel Old England. Ich bin Mister Carr. Das ist mein Grundsatz.«

»Yes, Sir.« Larry fand nicht sogleich aus der lebenslangen Gewohnheit hinaus, jeden Vorgesetzten mit »Sir« anzusprechen.

Carr gab seinen Protest gegen die Anrede auf.

»Wollen Sie warten, Larry, bis es dem Vieh heute abend einfällt weiterzutraben?«

»Büffel lassen sich nicht treiben, Mister Carr. Im Park der Hills bringen die Cowboys die Büffelherde nur durch ein Stampedo vorwärts. Zu Pferd natürlich. Mit Schießen, Knallen und Schreien.«

»Wem gehört das Vieh hier?«

Während Chester Carr fragte, gewann er beim Anblick des Bison mehr und mehr den Eindruck, daß dieses Ungetüm der Prärie seinem Wagen wesentlich schaden konnte, wenn es sich nur dazu entschloß.

»Larry, wem gehört das Tier?«

»Joe.«

»Das ist ein weißer Pacht-Rancher?«

»Ein Indianer.«

»Oh.«

»Ja. Er kann mit Büffeln umgehen.«

»Vielleicht auch nicht. Sonst würde er uns nicht einen Bullen auf die Straße stellen.«

»Nun, er kann nicht überall sein. Tom und Percival sind zur Armee eingezogen, und Bob sitzt im Gefängnis. Robert ist noch da. Aber ein Rancher und ein einziger Cowboy sind nicht genug für die Kuh- und Büffelherde.«

»Dieser Joe hält sich Cowboys?«

»Indian-boys.«

»Hm.«

Carr fand sich darein, weiterhin zu warten. Nach etwa zehn Minuten ließ sich von fern Hufschlag im Galopptakt hören aus der Richtung, aus der Carr mit seinem Wagen gekommen war. Die Hufe schlugen nicht die Straße, sondern den trockenen Wiesenboden. Ein tiefer, tierisch wirkender Ton klang dazu auf und vibrierte durch Chester Carrs Nerven. Es krachte und knallte. Der Büffel wurde unruhig, hob den Kopf, äugte. Der Reiter stob heran, setzte über den Zaun, der Bulle brach aus, wendete, flüchtete. Der Reiter war jetzt auf der Straße hinter ihm her. Carr hatte ein Schekkenpferd und einen schlanken großen Reiter mit schwarzem Cowboyhut erkannt; wenn er unter Eid befragt worden wäre, hätte er gesagt, daß die Hände des Mannes braunhäutig gewesen seien.

»Das war Joe«, sagte der Fahrer und startete den Wagen.

Bulle und Reiter waren schon hinter der nächsten Kurve verschwunden.

»Was wissen Sie von diesem Joe?«

»Joe King. Ein erfolgreicher junger Rancher. Der beste Rodeoreiter und der beste Schütze der Reservation.«

»King . . .?« Chester Carr holte seinen Kalender hervor und machte eine Notiz. Er erinnerte sich, daß er in den Akten, die zu studieren seine erste Obliegenheit gewesen war, eine Eintragung neuesten Datums über einen Joe King gefunden hatte. Der Mann sollte wegen irgendeines haarsträubenden Vergehens, für das man ihn nicht vor Gericht bringen konnte, von der Superintendentur zurechtgewiesen werden.

Carr nahm sich vor, diese Angelegenheit so bald wie möglich zu erledigen.

»Larry, womit hat dieser Meisterschütze der Reservation geschossen? Konnten Sie es erkennen?«

»Er hat nicht geschossen, Sir, er hat mit der Hirtenpeitsche geknallt. Wenn ein hiesiger Cowboy mit der Peitsche knallt, klingt es wie ein Schuß.«

Chester Carr kannte von der Reservation, die er zuvor verwaltet hatte, nur Schafhirten und Schafherden. Er mußte also dazulernen. Doch hatte Larry behauptet, daß die Cowboys im Hill-Park ein Stampedo mit Schüssen einleiteten. Die Frage des Superintendent erschien also nicht völlig abwegig. Immerhin war er einem Irrtum unterlegen. Mit unbefriedigten, nahezu gereizten Gefühlen schloß Chester Carr das Notizbuch, ohne sich vorher zu erkundigen, warum der Cowboy Bob des Joe King im Gefängnis sitze. Warum wohl! Wegen Trunkenheit, Diebstahls oder Gewalttätigkeit, wegen irgendeines dieser typisch indianischen Verbrechen.

Auf der Weiterfahrt ergab sich nichts Neues oder Besonderes

mehr, und eine halbe Stunde vor Dienstschluß stand Carrs Wagen wieder vor der Superintendentur in der Agentursiedlung.

Der Superintendent saß schon an seinem Schreibtisch und hatte seinen Stellvertreter Shaw rufen lassen.

»In drei Tagen genauen Bericht über die Büffelranch des Joe King. Dort scheint mir nicht alles in Ordnung zu sein. Mangelhaft gehütete Büffel sind eine öffentliche Gefahr.«

Shaw nickte.

»Hat sich ein Cowboy Bob dieser Ranch strafbar gemacht?«

»Wehrdienstverweigerung.«

Carr fühlte einen leichten Schock.

»Also den Bericht.«

Shaw notierte und wiederholte: »Bericht.« Er verbarg dabei, wie erfreut er war, daß der neue Superintendent offenbar selbst die Widerstandsclique entdeckt hatte, die Nick Shaw schon lange, aber bisher vergeblich verfolgte.

Es wurde vier Uhr nachmittags. Carr beendete den Dienst, fuhr 100 m weiter zu seiner Dienstwohnung im einstöckigen, gut eingerichteten Haus und wurde von seiner Frau begrüßt, die in allem dachte wie er selbst.

Da es auf der Reservation keinerlei Klub, kein Restaurant, kein Theater, kein Kino gab, genoß Carr nach der Zeitungslektüre mit Frau Emily zusammen die Anregungen der Television. Als der Western langweilig wurde, überwand sich Frau Emily und erzählte.

»Heute mittag sind zwei junge Verbrechertypen hier durchgefahren. Der eine war eine Mulatte. Clyde hatte die beiden als Anhalter mitgenommen.«

Chester Carr schaltete den Fernsehapparat auf geringere Lautstärke, griff wieder nach der Zeitung, knisterte damit und fragte endlich: »Wer hat die drei festgestellt?«

»Die beiden Indianerpolizisten.«

»Auch das noch. Wieso?«

»Clyde war aufgefallen. Er fragte die alten Männer aus, die an der Straße umhersaßen.«

»Woher weißt du es?«

»Ich kam mit Clarence vom Supermarket.« Clarence war die Haushaltshilfe, eine Negersfrau, die das Ehepaar Carr sich aus dem Süden mitgebracht hatte.

»Und dann?«

»Die drei wurden angewiesen, sich nicht aufzuhalten. Sie fuhren weiter.«

Chester Carr schaltete die Television auf volle Lautstärke, sah sich das von Revolverschüssen begleitete Happy-End des Western und eine Komödie an und hüllte dabei seine Gedanken in ein Dämmerdunkel, wie es im ganzen Raume herrschte. Er hatte eine schriftliche Anweisung bei der Polizei hinterlegt, daß sein Sohn Clyde sofort aus der Reservation auszuweisen sei, wenn er gesehen werde. Die Polizisten hatten korrekt gehandelt. Aber Carr glaubte schon das Hohngerede unter den Indianern, boshaftes, bemitleidendes Geflüster seiner Beamten – außerhalb der Dienstzeit – zu vernehmen, und er spürte das Triumphgefühl Clydes, dem es schon wieder gelungen war, seinen Vater vor allen Leuten und an seiner Dienststelle lächerlich zu machen. Im Pop-Auto mit zwei Verbrechertypen! Clyde war also nicht nur von blödsinnigen Schlagworten wie Rassismus und Kolonialismus besessen, er war durch seine Kritiklosigkeit gegenüber schlecht angezogenen und farbigen Leuten auch in üble Gesellschaft geraten. Es lag ihm offenbar nichts mehr daran, ob man ihn verhaften würde. Vielleicht provozierte er bewußt, und Chester Carr war machtlos gegenüber einem mündigen Sohn, der wenig Bedürfnisse zeigte, kein Geld verlangte und das Gefängnis noch nicht zu fürchten gelernt hatte.

Gegen 11 Uhr nachts folgte Chester dem fragenden Blick seiner Frau, erhob sich und ließ das Fernsehlicht erlöschen. Wie einfach. Vielleicht wurde im Jahre 3000 ein Schaltknopf für das Gehirnzentrum des Menschen erfunden, um Gedanken in Gang zu setzen und sie ebenso schnell abzudrehen. Für die lebende Generation blieb nichts übrig, als sich zu Bett zu begeben und die Beruhigungspille einzunehmen, für die Frau Emily schon einen Schluck Wasser bereitgestellt hatte.

Das Haus lag im Dunkel. Chester schlief ein, ohne noch etwas gesagt zu haben, aber er wußte, daß Emily mit den gleichen Sorgen umging wie er selbst.

Als es Morgen wurde, als der Wecker rasselte, als ein paar Vögel durch den wohlgepflegten Garten des Superintendenthauses huschten und Mr. und Mrs. Carr sich wie gewohnt ham and eggs servieren ließen, hatte Chester beschlossen, nirgendwo auf die Sache Clyde zurückzukommen, weder in der Familie noch im Büro.

Er verabschiedete sich höflich von seiner von ihm noch immer verehrten Frau. Larry hatte den Wagen bereit und fuhr den Chef über die Strecke der 100 m zur Superintendentur.

Carr wandte sich den laufenden Amtsgeschäften zu und empfing Miss Bilkins, die für das Schulwesen verantwortlich zeichnete. Sie war blond und hellhäutig, im Norden geboren, wie Carr ihren Personalakten bereits entnommen hatte. Das letzte ihrer Schriftstücke, das Miss Bilkins vorlegte, war ein Antrag, den jungen Indianer Hugh Mahan, der soeben das College abgeschlossen hatte, bei der Superintendentur zu beschäftigen. Zeugnisse, Lebenslauf, Paßbild, eine ausführliche Beurteilung waren beigefügt. Carr ließ den Blick über die Papiere laufen, schichtete sie wieder zusammen und legte sie nochmals auseinander. Er gestand sich selbst nicht ein, daß ihn das ausgezeichnete Abschlußzeugnis dieses Farbigen stutzen ließ und verärgerte. Mahan hatte am College besser abgeschnitten als einst Chester Carr. Carr war entschlossen, den Antrag auf Mahans Einstellung in sein Büro abzulehnen. Intellektuelle waren eine Krankheit des Landes, farbige Intellektuelle die Pest schlechthin.

Der neue Superintendent lehnte sich in seinem Dienststuhl mit Armlehnen zurück und kritisierte.

»Miss Bilkins! Sie haben diesen jungen Mann vor drei Jahren zum Besuch des College mit entsprechendem Stipendium vorgeschlagen. Warum?«

»Ein ausgezeichnetes Baccalaureat, Mister Carr. Mahan war der Beste der ganzen Seniorenklasse, und Superintendent Sir Hawley hat den Antrag warm befürwortet.«

»Das sind vergangene Zeiten, Miss Bilkins. Ich muß nach dem heutigen Stand unserer Erfahrungen urteilen. Wieso hat Mahan sein ›ausgezeichnetes Baccalaureat‹ erst mit 20 Jahren abgelegt?«

»Er wurde von den Eltern zwei Jahre zu spät zur Schule geschickt.«

»Eine widersetzliche Traditionalistenfamilie, dazu eine Nachlässigkeit der Verwaltung. Er kam dann in das Internat?«

»Außerhalb der Reservation. Drei Jahre keine Erlaubnis des Elternbesuchs, dann war der Vater verstorben, und die Mutter kam nicht. Sie ist unbeholfen. Hugh Mahan ist ganz und gar unser Zögling geworden.«

»Erst mit 22 Jahren hat er das Studium begonnen. Wo ist er in der Zwischenzeit gewesen?« Carr blätterte.

»Er hat in Chicago am Indian Center als Sekretär gearbeitet. Das Zeugnis liegt bei.«

»Das Zeugnis ist zu gut, Miss Bilkins. Das Center in Chicago arbeitet nicht in unserem Sinne. Die militanten United Natives haben dort getagt.«

»Sie wissen natürlich mehr als ich, Mister Carr.«

»Das ist meine Aufgabe. Seine Collegezeit hat dieser Hugh Mahan mit vorzüglichen Leistungen beendet, nachdem er mit sehr schlechten angefangen hatte. Derselbe Vorgang wie in der Schule. Elf Jahre ein schlechter Schüler, dann das gute Baccalaureat. Sie werden auch nicht glauben, Miss Bilkins, daß ein Schüler elf Jahre lang faul sein und dann im zwölften ein ausgezeichnetes Baccalaureat machen kann. Er hat schon als Junge im verborgenen gelernt. Er ist ehrgeizig und heimtückisch.«

»Mister Carr – Mahan erscheint eher gehemmt. Er ist ein Spätentwickler.«

»Hm. Vielleicht würde er in unserem Büro neun Jahre lang nichts leisten, um uns im zehnten – wer weiß womit! – zu überraschen. Nein, Miss Bilkins, das ist nicht der Typ, den wir für die Superintendentur brauchen.«

Miss Bilkins schwieg beschämt.

Carr war hierdurch befriedigt.

»Sie sehen ein, daß ich recht habe. Lesen Sie die Papiere dieses Mahan noch einmal genau durch und schreiben Sie eine andere Beurteilung – ich gebe Ihnen die vorliegende zurück, bitte –«

Miss Bilkins nahm die Blätter mit merkbarem Widerstreben wieder an sich.

»Ich werde Ihnen aber den Gefallen tun, mir den merkwürdigen jungen Mann anzusehen. Wann können Sie ihn beischaffen?«

»Er wartet.«

»Aha.«

Carr gab seiner Sekretärin telefonisch Bescheid.

Der fünfundzwanzigjährige Indianer trat ein. In einem rohlederfarbenen Hemd, dunklen Jeans, mokassingleichen Halbschuhen stand er vor dem Superintendent. Er hatte den in der Gegend üblichen Cowboyhut abgenommen. Von seiner Erscheinung ging etwas wie ein Luftzug aus einer fremden Atmosphäre aus. Seine Haut war braun, das Haar schwarz.

Carr musterte ihn länger, als er einen weißen und freien Stellungssuchenden gemustert hätte, denn der vor ihm stand, war ein Farbiger und ein Reservationsindianer, durch Gesetz unter Vormundschaft gestellt wie alle seine Stammesgenossen. Der junge Mann war groß gewachsen, schmalhüftig, nicht eben breitschultrig, ein Langschädel. Seine Hände waren schlank. Er stand da, ohne sich zu regen. Das gab Carr einen Gedanken ein.

»Haben Sie gedient?«

»Nein!« Die Stimme war dunkel und sehr gedämpft.

»Warum nicht?«

»Tuberkulose.«

»Noch virulent?«

»Ausgeheilt – nach dem letzten Kliniktest.«

»Was Ihre Suche nach einem Job anbetrifft, Mahan, nun, wir haben nicht für jeden jungen Mann den gewünschten Kuchen bereit. Hier im Büro ist überhaupt keine Stelle für Sie frei.«

Der junge Indianer sagte dazu nichts. Carr versuchte, in dem mageren Gesicht zu lesen, aber es wirkte wie eine ausdrucksleere Maske, und die Augen konnte Carr nicht in seinen Blick bekommen. Der Mann war ihm unangenehm. Unzugängliche Leute blieben immer verdächtig, und die Situation auf den Reservationen war gespannt. Carr beschloß, diesen Bewerber nicht aus der Kontrolle gleiten zu lassen, unter der er sich in Internat und College befunden hatte. Er wollte gleichzeitig Miss Bilkins durch praktische Erfahrungen, die sie in ihrem eigenen Ressort zu machen haben würde, belehren. Der Superintendent blätterte in Akten und fand, was er gesucht hatte.

»Miss Bilkins, in der 3. Tagesschule ist eine Stelle als Erzieher für die Beginnerklasse frei. Der Bewerber hier spricht englisch. Meinen Sie nicht auch, daß er es den Vorschulpflichtigen beibringen kann? Das denken Sie auch, nicht wahr? Nehmen Sie an, Mahan?«

Der Indianer wartete die Länge eines Atemzuges, dann sagte er zu dem überraschenden Vorschlag sehr leise, aber verständlich: »Yes.«

»Vielleicht noch den Sport dazu – nachmittags – Sie sind unverheiratet? – Also den Nachmittagssport an dem Internat, das mit der Tagesschule verbunden ist – sind Sie Sportsmann?«

»Nein.«

»Bei Ihrer Figur hätten Sie Professional als Sprinter, Langstrekkenläufer oder Basketballer werden können, meinetwegen auch als

Rodeoreiter; dabei wären Sie eher gesund geblieben in Chicago. Nun, Sie sind ein Spätentwickler. Machen Sie mit 50 Jahren Ihre Goldmedaillen und Ihren Sieg im großen Rodeo von Calgary. Wie ein Cowboy sind Sie heute schon angezogen. In der Schule werden Sie aber in Zivil erscheinen. Der Frisör für Indianer hier hat seinen Laden linker Hand um die Ecke. Im Internat werden Sie Gelegenheit haben, sich die Haare regelmäßig schneiden zu lassen.«

Der Indianer sagte nichts.

»War es in Ihrem College gestattet, die Haare lang zu tragen?«

»Yes.«

»An unseren Schulen hier unterbleibt das.«

»Yes, Sir.«

Chester Carr hatte durchaus nicht gelächelt. Alle seine Bemerkungen waren keine Witze, sondern Tadel gewesen. Er nahm das »Yes, Sir« hin, obgleich er fühlte, daß ihn der Indianer damit ironisierte. Carr schloß die Unterredung ab, legte die Papiere zusammen und beiseite und bedeutete dem Indianer stillschweigend und unfreundlich, daß er zu gehen und draußen zu warten habe. Er selbst wollte noch einmal mit seiner Dezernentin sprechen.

»Der Bursche gefällt mir immer weniger, Miss Bilkins. Besorgen Sie sich Informanten, die ihn laufend beobachten und Ihnen berichten.«

Als die blonde Dezernentin für das Schulwesen nach dieser Anweisung das Amtszimmer des Superintendent verließ, fand sie Hugh Mahan im Vorraum. Er hatte also den Wink des Superintendent verstanden und auf sie gewartet.

»Ich verständige den Rektor der dritten Dayschool«, sagte sie eine Nuance freundlicher, als die Amtssprache es üblich machte. »Suchen Sie übermorgen das Rektoratssekretariat auf, um 7.30; man wird Sie einweisen. Sie wohnen vorläufig im Internat, die Lehrerhäuser sind alle belegt.«

»Yes.«

Der Indianer setzte den Cowboyhut wieder auf und schickte sich an, das Dienstgebäude zu verlassen. Er machte mit dem Fuß eine kleine Bewegung, als ob er etwas austrete, vielleicht den letzten Funken einer Zigarette, die ein alter zahnloser Indianer hier unerlaubterweise geraucht und weggeworfen hatte. Miss Bilkins schaute ihm dabei zu und erschrak ohne sichtlichen Grund plötzlich derart, daß sie beschloß, den Lunch zusammen mit ihrer Kollegin Carson vom Wohlfahrtsdezernat einzunehmen und sich bei ihr auszusprechen.

Missis Kate Carson, Witwe, blondiert, füllig, aber nicht dick, war bei allen Kollegen beliebt, bei ihren Vorgesetzten jedoch weniger. Als Miss Bilkins mit roten Flecken auf den Wangen bei ihr im Dienstzimmer erschien, schloß sie Dienstgeschäfte und Schiebfächer sofort ab und lud Eve zum Lunch bei sich zu Hause ein.

Kate Carson bewohnte das kleinste der Beamtenhäuser in der Agentursiedlung und hatte es, von der Regel abweichend, nach eigenem Geschmack eingerichtet.

Bei Tee, Aufschnitt, Butter und Toast glättete sich Eves Miene wieder; ihr Puls ging auf siebzig Schläge je Minute zurück. Als Kate Carson sich hiervon überzeugt hatte, stellte sie die Frage, auf die Eve mit Ungeduld wartete. »Was hat es gegeben? Ärger mit Carr?«

Eve Bilkins nahm entgegen ihren sonstigen Gewohnheiten Milch in der Tee.

»Ja, auch das, Kate. Ärger mit diesem Mann, der alles besser weiß und in mein Ressort hineindirigiert. Ich soll eine Beurteilung, die ich abgegeben habe, nachträglich ändern! Wie ein Schüler seine fehlerhafte Schulaufgabe. Einfach unerhört. Aber lassen wir das. Was mich aus der Fassung gebracht hat, ist etwas ganz anderes. Ich meine . . .«

»Ja?« Kate Carson nahm aus Versehen ein zweites Stück Zucker in den Tee, mochte es nicht wieder herausfischen und trank vorsichtig von oben ab, da alles Süße ihre Figur aus der Form bringen konnte.

»Kate . . ., ich sehe wahrhaftig nicht bei Tage Gespenster. Aber dieser Hugh Mahan – nein. Sie haben keine Ahnung, wer das ist. 25 Jahre, College-Abschluß mit besonderer Belobigung. Die gleiche Bildung wie unser Superintendent. Also dieser Mahan – als er leise, leicht und stillschweigend mit dem linken Fuß irgend etwas zertrat – vielleicht einen letzten Zigarettenfunken oder mich oder Carr oder die Verwaltung überhaupt oder in Wahrheit den letzten Funken seines Selbst – oder sein bisheriges und zukünftiges Gefangenenleben im Schulinternat, im College und künftig wieder im Schulinternat – als Erzieher für die Beginner –«

»Eve! Sie überraschen mich. Wieviel Einfühlungsvermögen entwickeln Sie für indianische Denk- und Ausdrucksweise. Vor Jahren gab es das bei Ihnen nicht. Aber weiter. Was geschah mit Mahan?«

»Er war plötzlich ein anderer. Groß, schlank, von dieser merkwürdigen Elastizität in jeder Bewegung, wie sie die Raubkatzen haben. Langschädel, Adlernase, mager, die Lippen geschlossen. Also wer ist das, Kate?«

»Joe King. Fehlten nur Pistole, Stilett, Jagdgewehr, Lasso und irgendein unbändiger Hengst.«

Eve Bilkins ließ sich selbst mit einem Seufzer zusammenfallen.

»Kate, ich bin nicht hierhergekommen, um mir Ihren Spott anzuhören.«

»Aber Eve! Was ist überhaupt los? Warum sollen sich zwei Indianer nicht ähnlich sehen?«

»Still, still, Kate, ich weiß alles, was Sie zu sagen haben. Ich kann Ihnen sogar noch mehr verraten. Die Schwester des alten King war Hughs Mutter. Aber darum geht es nicht, darum geht es ja überhaupt nicht! Mahan hat sich einfach verwandelt, vor meinen Augen verwandelt, und ich sage Ihnen, ich war wie vor den Kopf geschlagen. Alles wird wieder von vorn anfangen: der Ärger, die unerwarteten Angriffe, meine Hilflosigkeit – die Verwirrung der ganzen Verwaltung – die Aufregung der Jugend – und gerade jetzt . . .«

». . . gerade in dem Augenblick, in dem wir die Zügel wieder straffer ziehen und die widerspenstigsten der Pferde daher bocken werden.«

»Sie haben es endlich erfaßt, Kate. Ich habe diesem Mahan vertraut – nach 15 Jahren Erziehung in unseren Internaten mußte ich ihn zu uns rechnen, zu den zivilisierten Menschen; dieser Meinung war auch Hawley gewesen –, ich habe Mahan also für einen Angestelltenposten der Verwaltung vorgeschlagen. Carr hatte gleich Bedenken; er bringt überhaupt alles durcheinander und infiziert mich von neuem mit dem Mißtrauen gegen die Indianer, das ich halbwegs überwunden hatte. Und dann tritt dieser Indianer wirklich alle meine Hoffnungen mit einer kleinen Bewegung seiner Fußspitze aus . . ., und Carr schiebt ihn mir zu – als Erzieher in der Beginnerklasse! Was wird Hugh Mahan dort alles anrichten? Ich trage künftig in meinem Ressort die Verantwortung für diesen Menschen.«

»Ebenso wie Chester Carr für seinen Sohn.«

»Von dem habe ich auch gehört. Ach, mir geht ein Licht auf. Deshalb reagiert unser Superintendent derart allergisch, wenn ein

Indianer die Haare lang trägt. Aber was hilft das alles mir? Ich wollte mich schon einmal von dieser Reservation wegmelden. Ich werde es tun.«

»Sie werden es nicht tun, Eve. Sie werden weiterhin die Wilden erziehen, was ein ganz vergebliches Unterfangen ist, denn sie wollen zwar lernen, aber sie wollen nicht von uns erzogen sein. Wann werden wir das endlich begreifen?«

»Sie arbeiten ja selbst mit, Kate.«

»Wohlfartswesen, meine Liebe. Das ist etwas anderes. Haben Sie Ihrem Mahan übrigens in die Augen gesehen?«

Eve Bilkins überlegte. »Nie.«

»Nun, dann wappnen Sie sich. Vielleicht hat er auch Joe Kings Basiliskenblick. Obgleich ich es kaum glaube, zu Ihrer Beruhigung. Nach 15 Jahren Internat werden seine Augen nur noch Asche sein.«

»Schrecklich, Kate.«

»Ja, schrecklich. Wie hat sich Ihr Schützling Carr gegenüber verhalten?«

»Yes – no – yes. Durch und durch verbockt und ebenso korrekt.«

»Anders als Joe King.«

»Allerdings. Wenn Joe King und Carr sich einmal gegenüberstehen, nun – so möchte ich das Gespräch lieber nicht mit anhören.«

»Nein, lieber nicht, Eve. Denn Kings Büffelzucht soll aufgelöst werden. Unser Superintendent hat Bericht angefordert, und Shaw hat die Anforderung in diesem Sinne weitergegeben. Haverman wird sich sträuben, denn er konnte die Büffelzucht als einen Erfolg seines Dezernats für Ökonomie auslegen. Aber das Sträuben hilft ihm nichts.«

»Aber, Kate, wieso denn nicht? Was für Argumente kann Shaw überhaupt vorbringen?«

»Argumente? Lassen sich doch leicht finden, Eve, wenn man sie nur finden will. Büffel sind noch immer wild, das Hüten ist schwer, Joe hat nicht mehr die Leute dazu, da man ihm einen Buffalo-Boy nach dem anderen wegholt zum Militär oder ins Gefängnis. So macht man auf durchaus konsequente Art die Büffel zu einer öffentlichen Gefahr für Nachbarn und Passanten. Also! Ein Indianer kann eben keine Büffelranch führen, obgleich die Crow zum Beispiel eine Herde von tausend Büffeln haben. Büffelranches sind aber nach Mister Shaws Auffassung, der Mister Carr ohne Zweifel zustimmen wird, eine Sache der weißen Rancher und nicht die Sache gewisser Indianer, die zu allem auch noch selbst militant auftreten.«

»Hat King wieder Unruhe gestiftet?«

»Carr hat in den Akten den Bericht über die Häuptlingsversammlung gefunden, bei der King als Begleitperson unseren Chief Jimmy auf eine nicht ganz legale Art – deutlich gesagt, auf dem Umwege über Canadian Imperial Whisky – dazu bestimmt hat, eine Protestresolution zu unterschreiben. Ja, und wenn Carr schon, durch einen Büffel aufgestört, sich die Akte King vornahm, so hat er natürlich auch noch einiges mehr entdeckt. Kings Widerstandsnester sollen ausgerottet und sein Ansehen im Stamm soll gemindert werden.«

»Müssen dazu durchaus die Büffel herhalten?«

»Doch nicht diese allein, Eve. Sie werden in Ihrem Ressort ›Erziehung‹ auch noch einiges erleben. Aber die Büffel sind offenbar zuerst dran.«

»Sie auf unsere Reservation zu bringen war immerhin eine Pioniertat.«

»Pioniertaten, Eve, sind nur in der Television schön anzusehen, im Leben sind sie stets prekär und angreifbar. Und die Vernichtung des Erfolges trifft die Pioniere ins Herz. Was ist Joe King ohne Büffel? Er ist in den Augen des ganzen Stammes nicht mehr derselbe.«

»Der President und der Stammesrat werden Joe und seine Büffel verteidigen.«

»Eve, reden Sie nicht ins Blaue hinein. Sie wissen doch, daß der Exekutivausschuß des Stammesrates neu gewählt ist, das wurde rechtzeitig vor Carrs Amtsantritt durchgesetzt, und Chief-President Jimmy, der neuerdings ungestraft saufen darf und 8000 Dollar Jahresgehalt von uns bezieht, ist der Mann für Carr. Er hat seinen Nacken immer gebeugt und wird ihn weiterhin beugen.«

»Kate, Sie haben leider mit allem recht.«

»Natürlich. Und Sie, Eve, werden mich in dieser Katastrophensituation nicht verlassen. Oder?«

»Nein. Es ist wohl meine Pflicht auszuhalten.«

»O.k. Ein Lunch mit offenem Gespräch wird uns beiden also erhalten bleiben. – Übrigens hat unser FBI-Agent über den Sheriff in New City eine Spur gefunden, wer die beiden verdächtigen Gestalten gewesen sein könnten, die Clyde Carr aufgelesen und in seinem blumenbemalten Pop-Auto mitgenommen hatte.«

»Ah?« Eve Bilkins lebte bei dem Themawechsel auf. »Erzählen Sie.«

»Blutjunge Burschen, ein Mulatte und ein Weißer. Sie hatten einen pensionierten Gefängnisaufseher ermordet, wahrscheinlich aus nachträglicher Rache für den Tod eines ihrer Gefängniskumpane. Sie wurden zum Tod in der Gaskammer verurteilt – vor der Hinrichtung sind sie ausgebrochen, was auf ungewöhnlich gute Verbindungen schließen läßt. Die beiden waren vor Jahr und Tag in jene Ereignisse in den Hills verwickelt, als die grünäugige Rauschgiftschmugglerin Esmeralda ums Leben kam. Daher wußte der Sheriff noch von den beiden.«

»Ich erinnere mich an die Geschichte. Ich erinnere mich! Joe wurde in die Sache hineingezogen, nur weil er bei unserem biederen Bill Krause im Busch übernachtet hatte. Zwei junge Gangster sollten gegen ihn aussagen.«

»Wollten es aber trotz scharfer Verhöre nicht. Sie brachen lieber aus.«

»Und diese beiden jetzt in Clydes Wagen? Interessant, Kate. Hochexplosiv. Nun ist mir Carrs Laune ganz erklärlich. Was ist aus den beiden geworden?«

»Wieder entkommen. Die beiden Indianerpolizisten haben die drei im Pop-Auto einfach fortgeschickt, sie von der Reservation verwiesen. Für Clyde Carr lag eine entsprechende Verfügung des Superintendent bei der Polizei, und die Boys hatten falsche Papiere.«

Eve schaute auf die Uhr. »Die Lunchzeit ist um, Kate.«

»Leider.«

Kate Carson räumte ab, und die Kolleginnen querten in Kate Carsons Wagen die Straße, um sich wieder in das gegenüberliegende Bürohaus der Dezernenten zu begeben. Sie beobachteten dabei unter wenigen anderen Passanten den ihnen wohlbekannten Joe King, der auf das Polizeigebäude zuging. In schwarzen Jeans, schwarzer Jacke, den schwarzen Cowboyhut auf dem Kopf, fiel er auf. Im Schaft des rechten Stiefels steckte das Stilett, das derjenige bemerken konnte, der davon wußte, und Eve Bilkins wußte davon. Unter der Jacke pflegte er im Achselhalfter Pistolen zu tragen, deren Besitz ihm zum Selbstschutz erlaubt war. Er war als sehr junger Bursche Mitglied einer Gangsterbande gewesen, hatte sich aber davon getrennt und befand sich daher in steter Lebensgefahr von seiten der Gangs.

Da Kate Carson, die am Steuer saß, stoppte und das Fenster herunterließ, entschloß sich King nach einigem Zögern, zu dem Wagen heranzukommen.

»Ärger, Mister King?« fragte Kate Carson, während Eve Bilkins betont unbeteiligt nach der anderen Seite schaute.

»Warum soll ich Ärger haben, Mrs. Carson?«

»Weil Sie zur Polizei gehen.«

»Ein Wagen ist mir abhanden gekommen.«

»Gestohlen?«

»Sagen wir, ausgeliehen, als ich gerade auf die Weiden geritten war. Er wird wohl irgendwo abgestellt werden. Ich möchte ihn wiederhaben.«

»Welchen?«

»Den Jaguar.«

»Hay! Verdacht?«

»Aber nein.«

»Joe, Sie bleiben immer derselbe. Vielleicht finden Sie das Ding blumenbemalt wieder.«

Ein Zwinkern huschte über die Augen des Indianers. »Seien Sie nicht so respektlos gegen die Familie Ihres Vorgesetzten, Missis Carson.«

»Wissen Sie übrigens, Mister King, daß Sie einen Doppelgänger mit Collegebildung haben?«

Joes Ausdruck veränderte sich; er schaute die Sprecherin nicht mehr an, sondern über seine Umgebung hinweg.

»Kaufen Sie einen scharfen Kamm, Missis Carson«, sagte er endlich, »die Zeiten sind lausig. Und vergessen Sie nicht den Dienstbeginn. Fraternisieren mit Farbigen und Privatgespräche mit einem Joe King sind für Beamte nicht angebracht.«

»Bye, Mister King.«

»Bye.«

Als Kate den Wagen wieder in Bewegung setzte, um in ihren Parkplatz zwischen den Dienstwagen einzufahren, bemerkte sie dabei zu Eve: »Entschuldigen Sie, daß ich Sie in eine unangenehme Situation gebracht habe. King hat natürlich recht. Aber ich mußte wieder einmal etwas tun, was für die Verwaltung shocking ist. Manchmal kommt das über mich.«

Der Mann, der die Wahrheit spricht

Am Tage nach diesen Ereignissen und Gesprächen stand Eve Bilkins früh auf. Sie wohnte in einem der größeren Beamtenhäuser, das sie mit einem älteren kinderlosen Ehepaar, dem Dezernenten für Wirtschaft und seiner Frau, teilte.

Sie legte heute, so wie immer, das blonde Haar sorgfältig, gab Rouge auf Wangen und Lippen und pflegte Hände und Nägel. Ihr Frühstück, das sie sich selbst bereitete, bestand seit Jahr und Tag aus nichts anderem als einem gekochten Ei, Butter, Jam, Toast und Tee. Gesättigt und durch sich selbst ermutigt, holte sie ihren Dienstwagen aus der Garage am Haus.

Die betonierte Straße, auf der sie die Agentursiedlung verließ und in den stillen Präriemorgen hineinfuhr, war eben dieselbe, die Chester Carr auf seiner Besichtigungsfahrt benutzt hatte und auf der er dem Büffelbullen begegnet war. Eve Bilkins nahm heute weder Büffel noch Cowboys wahr. Sie ging auf 56 Meilen pro Stunde, um die Schule, der sie zustrebte, genau zur verabredeten Zeit zu erreichen.

Das Gebäude der Tagesschule, das anschließende kleine Internat, die Lehrersiedlung, ein nutzloses Staubecken und der Pausenspielplatz für die Schüler lagen im Herbstsonnenschein, sauber und abgezirkelt, wie Kinderspielzeug aufgebaut in der noch immer nicht gebrochenen Wildheit der Prärie. Der Wind hatte sich versteift. Eve Bilkins parkte ihren Wagen auf dem Vorplatz der Schule und band ihr kleines spanisches Dreieckstuch aus Spitzen fester um das zum Flattern neigende Haar.

Sie hatte sich bei dem Rektor, der der Tagesschule und dem Internat vorstand, schon am vergangenen Tag telefonisch angemeldet und wurde sofort empfangen. Rektor Snider, schlank, mittelgroß, mit kurz gehaltenem braunem Haar, saß in seinem Dienstzimmer, in dem er seine Vorgängerin, die indianische Rektorin Holland, abgelöst hatte. Einziger Wandschmuck in dem zweckmäßig eingerichteten Raum war das Bild des derzeit amtierenden Präsidenten der Vereinigten Staaten. Eve sah den neuen Rektor nicht zum erstenmal. Er begrüßte seine junge Vorgesetzte höflich, und Eve nahm Platz. Als Snider das Schreiben gelesen hatte, das Eve Bilkins ihm persönlich überbrachte, versäuerte sich seine Miene.

»Aber Miss Bilkins! Einen Mann mit solchem College-Abschluß wollen Sie zum Erzieher für Kleinkinder machen? Schicken Sie ihn lieber auf die Universität. Hier wird er nichts als ein unzufriedenes Element!«

»Ich habe keine Stipendienplätze mehr. Die Sache ist entschieden, Mister Snider.«

Schatten liefen wie Spinnenfüße über die Züge des Rektors. »Ich werde diesen Mahan also verdauen müssen. Jetzt, nach Beginn des Schuljahres! Nachdem alle und alles, Schüler, Lehrer, Schulräume bereits eingeteilt sind. Nun, ich werde sehen. Morgen kommt er also. Ich verstehe. O.k.«

Eve Bilkins atmete auf. Sie hatte die Verantwortung für diesen Hugh Mahan, die Carr ihr zugeschoben hatte, an Snider weitergeleitet.

Sie übergab dem Rektor Mahans sämtliche Papiere einschließlich ihrer nach Carrs Wünschen umgeschriebenen Beurteilung. Sie vermied es, den Rektor anzusehen, während dieser die Beurteilung aufmerksam las.

»Ah, Miss Bilkins. So liegt diese Sache. Man macht meine abgelegene Schule hier zu einer Art Strafkolonie. Ich habe schon einen indianischen Taugenichts als Erzieher hergesetzt bekommen. Sie wissen ja.«

Eve enthielt sich jeder weiteren Äußerung. Sie erhob sich, um der Situation zu entgehen, die ihr selbst peinlicher war, als Snider ahnen konnte.

Der Rektor begleitete die Dezernentin hinaus zu ihrem Wagen. Als er zum Schulgebäude zurückkehrte, schrillte eben die Klingel; die kleine Zwischenpause hatte begonnen. Snider begegnete im Gang einer sehr jungen Lehrerin. Sie hatte die ersten Jahrgänge der regulären Schulausbildung übernommen. Diese Twen mit ihren blauen Augen und ihren kastanienfarbenen Locken nahm sich nett aus, und Snider sprach sie an, da ihm ihr tief enttäuschter Ausdruck nicht entgangen war.

»Schon wieder Schwierigkeiten, Miss Hay?«

»Zum Verzweifeln, Mister Snider. Man hat mir in Washington nicht zuviel gesagt, wenn man mir bedeutete, daß ich zu einem verlausten, schmutzigen und feindseligen Volk komme. Die Kinder wollen kein Englisch verstehen. Als Babys schon müßte man sie ihren Eltern wegnehmen!«

»Das geht leider nicht. Aber seien Sie zuversichtlich, Miss Hay.« Snider hatte die Maske seines Lächelns wieder aufgesetzt. »Morgen stelle ich einen weiteren Erzieher für die Beginnerklasse ein. Einen Mann mit Collegebildung. Seine Aufgabe wird es sein, den nächsten Jahrgang so vorzubereiten, wie Sie es wünschen.«

»Wer ist der Kollege?«

»Ein Mister Mahan. Allerdings Indianer.«

»Hoffentlich nicht von hier.«

»Doch, leider.«

Die junge Lehrerin seufzte, nicht auffällig, aber doch vernehmlich. Dann straffte sie sich unwillkürlich.

»Mister Snider, ich habe 20 Prozent Sitzenbleiber in meinen Klassen, ein schreckliches Hindernis. Könnte man diese unfähigen und stumpfsinnigen Kinder nicht in die Beginnerklasse zurückstufen? Zu Mister Mahan? Vielleicht gelingt es ihm, seine Stammesgenossen das Lernen zu lehren.«

Snider war mit dem Vorschlag der nach Erfolg dürstenden jungen Lehrerin sehr zufrieden. Sie hatte das Rätsel gelöst, welche Kinder er dem zu spät eintretenden Erzieher zweckmäßigerweise zuschieben könnte. Er würde ihr die Aufgabe übertragen, Mahans Leistungen anzuregen und zu überprüfen. Die unliebsame Verantwortung war wiederum abgeschoben; Miss Hay hatte in ihrem Eifer den »Schwarzen Peter« gezogen, den Snider ihr in dem verdeckten Kartenspiel hinhielt.

Hugh Mahan, der Mann, der durch sein bloßes Dasein die Beamten beschäftigte und verärgerte, kam an dem Abend vor seinem Dienstantritt zu seiner heimatlichen Blockhütte. Es war nach 17 Jahren die fünfte Nacht, die er dort verbringen wollte.

Die Blockhütte der Familie Mahan lag fernab von Schule und Agentursiedlung. Um Schutz vor den Präriestürmen zu finden, hatte der Urgroßvater sein Lederzelt am Fuß eines Präriehügels aufgeschlagen. Das war vor 80 Wintern geschehen, als die großen Häuptlinge ermordet, Männer, Frauen und Kinder zusammengeschossen waren oder hungerten – und sich der Friede der Unterwerfung über die Prärie gelegt hatte wie tödlicher Mehltau über Gras und Blumen. Der Urgroßvater war aus den Kämpfen heimgekehrt, hatte gewartet und geschwiegen. Als aber die Büffel und die Toten nicht mehr auferstanden, hatte er eine Axt genommen, wie die Watschitschun, die Geister, sie gebrauchten, er hatte eine Blockhütte an dem Hügel gebaut, an dessen Hang sein Zelt gestanden hatte; er hatte Jahr um Jahr gehungert, gegrübelt und mit leiser Stimme von den Taten der großen Krieger und Jäger gesprochen und gesungen, von der heiligen Pfeife, die wohlverborgen war, und von Wakantanka, dem großen Geheimnis. Seine Pferde hatte er im Krieg verloren, er war ein armer Mann geworden. Sein Sohn, der Großvater, züchtete Kühe und erwarb wiederum Pferde, mit den Füllen wurden es zehn. In dem Jahr der großen Heuschreckenplage verhungerten die Kühe, und es blieben zwei Pferde übrig. Das Gras wuchs nach, aber es mangelte an Wasser, und die Watschitschun sprachen viele Worte, um den Großvater zu bewegen, daß er einen Brunnen baue. Er baute ihn, doch verstand er wenig davon, und die Stelle war ungünstig. Der Schacht brach ein; es blieb nur ein Sumpfloch übrig. Der Vater wurde von den Watschitschun geholt; er kämpfte in einem großen Kriege der weißen Männer gegen weiße Männer; er sah und verstand viel von dem, was ihm vorher verborgen gewesen war, und er kam wieder. Aber er war krank geworden, und schließlich starb er. Er war ein starker und zäher Mann gewesen, und sein Siechtum hatte zehn Jahre gewährt. Zwei seiner Kinder wurden von dem Sumpfloch verschlungen, als des Nachts die Lichter darüber tanzten und sie irreführten. Zu der Zeit, als er starb, war das letzte seiner Kinder, sein Sohn Hugh, nicht bei ihm. Die Watschitschun hatten das Kind in ihr Schulgefängnis verschleppt, und der Vater selbst war hinter Mauern und Gitter gebracht worden, weil er seinen Sohn zwei Jahre lang versteckt hatte.

Ena, die Mutter und Witwe, war allein geblieben mit der alten Blockhütte und mit dem alten Zelt; sie hütete und pflegte die beiden Pferde, die um ihren Reiter trauerten. Den Namen Ena-inayin hatte sie erst um diese Zeit empfangen. Als sie jung gewesen war, hatten Vater und Mutter und Mann sie Hetkala-win, das Eichhörnchen-Mädchen, gerufen, denn sie war zierlich und flink. Nun aber hieß sie Ena-inayin »steht eben hier«, denn Abend für Abend und Morgen für Morgen »stand sie eben hier«, oben auf dem Hügel, der Zelt und Hütte schützte, und sie schaute über das Land ihrer Ahnen und wartete auf die Träume, in denen ihr Mann ihr begegnete, und sie wartete, ob der Sohn wieder zu ihr kommen würde, der fern und unter den Feinden allein war. Der Name, mit dem sie an ihn dachte, lautete Mnisol iyaya: der fortgegangen und nicht wiedergekommen ist. Ena-inayin hatte 12 Sommer und 12 Winter auf das letzte ihrer Kinder gewartet. Als der Sohn sich ihr wieder gezeigt hatte, war er von einem häßlichen Ausschlag befallen, den sie für einen Zauber der weißen Männer hielt und den sie nicht vertreiben konnte, obgleich sie heilkundig war.

Sie hatte ihren Sohn nicht angenommen, so, wie eine Vogelmutter, die das Junge verläßt, das von fremder Hand berührt ist. Mnisol iyaya war wieder gegangen, und es währte fünf Sommer und Winter, bis er abermals zu der Mutter und zu der Hütte kam. Fünf Tage und Nächte war es her. Ena-inayin hatte die Hütte mit dem Reisigbesen gereinigt und nicht aufgeschaut. Leise war Mnisol iyaya gekommen, still hatte er am Eingang gewartet. Als sie ihn erblickte, erkannte sie ihn.

Seine Haut war wieder gesund. Das Herz stockte ihr, und ihr Kopf fühlte sich leer an. Sie wankte, aber nur ein wenig. Dann stellte sie den Reisigbesen beiseite und fachte das Holzfeuer in dem kleinen Ofen an, der auch als Herd diente. Sie hatte nichts als Mehl, ein wenig Fett und ein paar getrocknete Beeren zu Hause; daraus bereitete sie ein geschmackloses Mahl, aber der Sohn aß ohne Zögern. So war es gewesen. Fünf Tage liefen dahin. Der Sohn hatte mit der Mutter zusammen das lederne Zelt aufgestellt, denn er mochte nicht in einem Hause sein, und er nannte seine Mutter Hetkala, das Eichhörnchen, denn von dem Namen Ena-inayin hatte er noch nichts erfahren.

Fünf Tage waren dahin, und der letzte Abend kam, ehe der Sohn wieder in das Schulgefängnis gehen mußte. Er war noch einmal in die Prärie hinausgeritten. Ena stand am Zeltausgang und schaute nach Osten, wo es schon dunkelte. Der letzte der fünf Tage, die der Heimgekehrte bei ihr sein konnte, war ein feierlicher Tag für sie; sie hatte über Rock und Bluse den großen Schal umgelegt und um die Stirn das Band genommen, auf das die Zeichen des heiligen Stufenberges gestickt waren, nicht mit den Perlen der weißen Männer, sondern mit den gespalteten Borsten des Stachelschweins wie von alters her. Sie schaute in den Abend mit dem Blick, mit dem sie 17 Jahre geschaut und gewartet hatte. Es war keine Frage mehr darin und keine Hoffnung, nur ein großes Sterben und ein großes Verwundern; und niemand mochte etwas sagen, wenn er in die Augen Enas gesehen hatte.

Vor dem dunkelnden Himmel, zwischen den im Dämmer

schwimmenden Wellen der Prärie tauchte der rückkehrende Reiter auf; leise klopften die Hufe im Galopp über den Wiesenboden. Er hielt an, sprang ab, versorgte das Pferd und kam zum Zelt. Das Feuer glühte unter der Asche; Fleischstreifen hingen am Spieß und rösteten; der Sohn setzte sich und aß die letzte, die schmackhafte Mahlzeit. Danach ging er wieder hinaus und trank die Luft der Prärie, den Wind, der weither kam und rein war, und den Duft von Kiefernharz und vertrocknetem Gras. Da er der Mutter winkte, mit ihm zu kommen, gingen sie miteinander auf den Hügel hinauf. Sie schauten gegen Westen, wo die Sonne in Blutfarbe und heiligem Gelb ihr Leben verströmte. Es war die Sonne der Prärie und der Wüste ihrer Kinder. Die Mutter nannte ihren Sohn zum erstenmal mit seinem wahren Namen: »Wasescha.« Das hieß Rot, rote Zeichen für das Antlitz des Kriegers, es hieß Blut, Leben und Tod zugleich. Sie hatte den Namen 17 Jahre hindurch nicht mehr zu denken gewagt, ihr Sohn hieß Mnisol iyaya – der ging und nicht wiederkam. Aber nun war er da, die Krankheit der weißen Männer hatte ihn verlassen, und sie hatte den Namen Wasescha gesagt. Er antwortete ihr, als ob er einen Befehl empfangen habe: »Ho-je«, ja, so, wie du es wünschst.

Seine Mutter war für ihn eine Geheimnisfrau geblieben, die mehr wußte, als er bei den weißen Männern hatte lernen können. Er achtete sie. Ihr Körper war mager und verkümmert, aber ihre Seele war noch lebendig. Sie hatte ihn angesehen, sie hatte nichts gefragt und um nichts gebeten, aber sie nannte ihn mit seinem wahren Namen, nachdem sie ihn wiedererkannt hatte. Sie schliefen noch einmal in dem Zelt, das die Urahnen gebaut hatten, unter der Haut des Büffels, unter den Zeichen großer Taten. Als es noch finster, aber Mitternacht schon drei Stunden vorüber war, machte sich Wasescha, den die weißen Männer Hugh Mahan nannten, auf den Weg. Die Mutter gab ihm ein Stirnband mit dem Zeichen des Donnervogels und des Tipi mit, Zeichen des Zeltes, der Heimat, des Mutterschoßes. Er nahm kein Pferd, sondern ging zu Fuß, schnell, mit großen leichten Schritten, ohne sich noch einmal umzusehen. Er wählte den Weg über den Hügel westwärts, und die Mutter ging ihm langsam nach bis zur Kuppe; da blieb sie stehen und schaute ihm noch nach, und sie stand und schaute, bis die Sonne aufging und sie von hinten mit ihren Strahlen packte, wärmte, umleuchtete und mit ihrem hart und lebendig gewordenen Licht die Träume auflöste. Da erst kehrte Hetkala um, nahm sich das eine ihrer Pferde und ritt ostwärts, um Wasser zu holen. Ihr Weg führte an dem Sumpfloch vorbei, das zwei ihrer Kinder verschlungen hatte. Doch es war Tag, und die Lichter tanzten nicht.

Heyoka, der Schelmengeist, huschte um die Kiefern, als Hetkala mit dem gefüllten Wassersack zurückkehrte. Er war ein kleiner Kerl, der alles umkehrte, im Winter ging er nackt, im Sommer trug er seinen Mantel. Heute wußte er wohl nicht, ob noch Sommer oder schon Winter sei, und schlug seinen Mantel auf und zu. Er will ein Lächeln in meine Augen zaubern, obgleich ich traurig bin, dachte Hetkala. Sie dankte ihm, indem sie freundlich nach ihm schaute, und Heyoka verschwand; er hatte sein Werk getan. Ein Eichhörnchen sprang und kletterte an der Kiefer hinauf.

Am folgenden Morgen, um 7 Uhr 30 stand Hugh Mahan, dessen wahren Namen kein weißer Mann kannte, vor Rektor Snider und seinem Schreibtisch. Ihm zur Seite stand Evelyn Hay; sie reichte ihm nicht bis zur Schulter. Hugh Mahan trug seine Jeans, niedrige Stulpenstiefel, sein lederfarbenes Hemd und eine Lederweste darüber. Das indianisch gestickte Band war um seine Stirn gelegt und hielt das dichte schwarze Haar, das knapp bis zum Nacken fiel.

Hugh Mahan erhielt seine Anweisungen und sagte »yes«. Er konnte mit seinem kleinen Koffer in einen Raum mit vier Schlafstätten gehen; je zwei waren übereinandergebaut. Auf einer der unteren lagen Matratze und Bettzeug für Hugh; an der Wand standen die vier schmalen Schränke, alle unbelegt. Der allgemeine Duschraum befand sich nebenan.

Hugh dankte dem Schüler, der ihm den Raum gezeigt hatte, mit einem Kopfnicken, stellte sein Köfferchen in einen der Schränke und ließ sich zu dem Schulraum geleiten, in dem fünf Mädchen und neun Jungen unter Aufsicht von Evelyn Hay auf ihn warteten.

Es befanden sich eine Tafel im Raum und zwei Gestelle mit Fibeln, Bilderbüchern, Zusammensetzspielen und Matten, die man als Sitzgelegenheiten auf den Boden legen konnte. Stühle oder Tische waren nicht vorhanden. Die vierzehn Kinder waren sieben bis acht Jahre alt, braunhäutig, schwarzhaarig, dunkeläugig. Sie standen mit herabhängenden Armen und Händen da; sie hatten gelernt, daß man in diesem Haus auf diese Weise vor den Lehrern stehen mußte. Hugh wußte das nur zu gut. Ein Junge erschien verstört, die anderen störrisch. Die Mädchen wirkten abwesend; nur ihre Körper waren da, nicht ihre Psyche. Vielleicht träumten sie vom Mond. Evelyn Hay konnte das nicht wissen und nie erfahren. Aber jetzt kamen die ungewissen Gedanken der Kinder aus der Ferne wieder herbei, und sie schauten alle auf den groß gewachsenen Indianer, der ein indianisches Stirnband trug, und er beantwortete ihre stumme Frage mit einem beredten Blick. So, wie er den Schüler verabschiedet hatte, verabschiedete er jetzt auch die junge Lehrerin, mit einem Kopfnicken und einem »o. k.«. Sie hatte vorgehabt, ihrem neuen Kollegen ihre zusätzlichen Anweisungen und Wünsche vorzutragen, und sie wußte selbst nicht, warum sie das unterließ und auf sein »o. k.« hin einfach ging. Er war ein merkwürdiger Mensch. Sie hatte sich von seinem Verhalten bestimmen lassen.

Hugh Mahan wandte sich den Kindern zu. Diese Jungen und Mädchen hatten ein großes Erschrecken und eine große Scham hinter sich; sie hatten in ihrer Klasse das Ziel nicht erreicht, und nun waren sie das zweitemal herausgenommen und wieder zu Beginnern gemacht worden. Zwei Jahre länger als die anderen mußten sie in das Schulgefängnis gehen und den Watschitschun gehorchen. Diese Kinder hatten schon gelernt, sich zu verschließen. Vielleicht ahnten sie auch schon, was hassen heißt. Hugh sprach die Kinder mit leiser Stimme an. Er durfte nicht in ihrer Muttersprache mit ihnen sprechen, das hatten die Watschitschun streng verboten. Aber die Sprache der Sieger und Vormunde klang aus seinem Munde anders, sanfter, ruhiger und zugleich herber; auch in der Fremde hatte sich dieses besondere Klingen nicht verloren, das die weißen Männer einen Akzent nannten. Die Kinder verstanden den Mann aus ihrem Stamm. Eines begann sich zu rühren, dann das nächste, sie lebten auf. Er spielte mit ihnen. Seine Hände waren behutsam und geschickt, so, wie die der Kinder, und sie wußten nicht, daß sie von ihm lernten.

Um zwölf Uhr rief die Klingel zur Mittagspause. Man hatte Hugh Mahan nicht zu sagen brauchen, was zu tun sei, er wußte es. Wie alle Lehrer und Erzieher, so ordnete auch er seine Schützlinge in einer Reihe, ein Kind hinter dem anderen, und ging mit ihnen schweigend zu der großen Essenshalle. In dem lichten Raum standen lange Tische und viele Stühle genau ausgerichtet bereit. Rektor Snider hatte sich eingefunden und überwachte alle Vorgänge mit dem gewohnten Blick, der dem eines Offiziers glich, der seine Truppe antreten sieht.

Lehrer und Kinder stellten sich an der Essenausgabe an; jeder Lehrer und jedes Kind nahm sich ein Tablett und erhielt der Reihe nach Buletten aus Büffelfleisch, das die Verwaltung der Büffelherden in den Hills für die Schulen lieferte; dazu Kartoffeln, Gemüse, Süßspeise mit Vanillesoße und ein Glas Milch. Das Essen mußte aufgegessen und das Glas Milch ausgetrunken werden; das wußten die Kinder.

Hugh Mahan saß mit seinen vierzehn Zöglingen an einem Tisch, an dem sich noch ein zweiter Erzieher mit seinen fünfjährigen Beginnern eingefunden hatte. Er hieß Warrior, Ron Warrior. Hugh Mahan blieb schweigsam. Auch der andere vermied, Hugh beim Essen anzusehen. Ein jeder achtete auf seine Kinder, die sich gleich ihren Lehrern verhielten und so taten, als interessiere sie nichts als die Bulette aus Büffelfleisch und als sei ihnen nichts anderes zuwider als der Zwang, das Glas Milch auszutrinken.

In Wahrheit hatten die beiden Erzieher schon genauere Kenntnis voneinander genommen, als irgend jemand im Saal vermuten konnte. Die unsichtbaren Wellen der Gedanken und Sympathien spielten. Auch Ron Warrior war ein Indianer, groß und sehr schlank, elastisch in der Bewegung wie Hugh. Sein Gesicht war anders gebildet, die Nase nicht gebogen, sondern gerade, sein Gesichtsausdruck war lebhafter, eine beweglichere Maske als die Mahans. Er trug die Haare lang bis in den Nacken und hatte ein rotes Tuch um die Stirn gebunden. Sein Hemd war knallbunt.

Als Kinder und Lehrer ihr abgegessenes Geschirr an die Ausgabe zurückbrachten und die Ordner des Tages alle Tische prüften und säuberten, trafen sich die beiden indianischen Erzieher zu einem leisen Gespräch.

»Ich muß Ihnen meine beiden besten Beginner abgeben«, sagte Ron. »Damit Sie Vorbilder in der Gruppe haben, die Ihre Sitzenbleiber beschämen und anspornen. Die Zwillinge, den Jungen und das Mädchen. Sie haben sie an unserem Tisch gesehen. Snider hat das so bestimmt.«

»Nonsens«, antwortete Hugh. »Typischer Unsinn. Aber wir werden darüber wegkommen.«

Um Rons Mundwinkel spielte Einverständnis. Er öffnete die Lippen noch einmal, als ob er etwas hinzufügen wolle, schloß sie wieder und sprach dann doch, aber mit völlig anderem Tonfall, so daß Hugh aufhorchte.

»Mahan, wir beide sind Indianer, die einzigen Indianer im Kollegium. Snider und Carr werden versuchen, uns mitverantwortlich zu machen, wenn es ausbricht. Ich stamme aus Florida, aber Sie sind hier auf der Reservation geboren, man wird Sie speziell verdächtigen. Passen Sie auf.«

Hugh Mahan hatte seine Augen auch gegen Ron Warrior noch verdeckt wie gegen einen weißen Mann. Er fragte nicht, was »es« bedeuten solle oder was ausbrechen werde. Aber Ron kannte die Frage, die nicht ausgesprochen wurde. »Ich weiß es auch nicht«, sagte er. »Unter den Schülern geht etwas vor, aber sie verbergen ihr Geheimnis.«

Die Gesprächsmöglichkeit war abgelaufen, abgeschnitten. Sniders Blick hatte die beiden Indianer getroffen. Es war Zeit, die Kinder auf den Vorplatz vor die Schule zu führen, wo sie sprechen und spielen konnten.

Hugh Mahan ging langsam um den Spielplatz herum. Er befand sich in der Lage eines Fisches, der in einem fremden Teich seine Umgebung beobachtet. Er ging um den Platz herum, kam zu dem unnützen Staubecken und umkreiste auch dieses. Der Wasserspiegel war tief gesunken, die Oberfläche mit Grün überzogen; Mükken und Libellen flogen, und das Wasser stank noch, obgleich die Jahreszeit zum Herbst fortgeschritten war. Am Rande des Beckens standen zwei der älteren Schüler, ein Junge und ein Mädchen, sie mochten vierzehn oder fünfzehn Jahre sein. Das Mädchen war zartgliederig; sie hatte den Kopf tief gesenkt, und der Herbstschatten lag über ihrem Gesicht. Sie stand da wie ein junger Baum, dessen Krone abgebrochen ist und sich nicht mehr zum Licht heben kann. Der Junge neben ihr sagte nichts; auch er rührte sich nicht. Sein Blick hatte sich an der grün überzogenen Wasserfläche festgeheftet, und er mußte den üblen Duft des Wassers riechen, das sich selbst zum Ekel war. Lang aufgeschossen, etwas gebückt war seine Gestalt; seine Züge waren die eines grübelnden und stark empfindenden jungen Menschen; er mußte schon mehr erfahren und gedacht haben als andere.

Die Klingel schrillte zum Beginn des Nachmittagsunterrichts. Mahans Zöglinge fanden sich zusammen. Der große Junge und das Mädchen kamen vom Staubecken herbei und gesellten sich zu ihrer Klasse. Der Klassenlehrer war ein weißer Mann, aber er schalt die beiden nicht, daß sie langsam gewesen seien. Hugh hatte das Gesicht des Jungen und das des Mädchens noch einmal gesehen. Er konnte die beiden bis in die Nacht hinein nicht vergessen. Die beiden Gesichter begleiteten ihn wie Gesichte, während er mit seinen vierzehn Kindern sanft sprach und ihnen Buchstaben und Worte an die Tafel schrieb; die Gesichter begleiteten ihn, als er nach dem Unterricht mit den Jungen und Mädchen des Internats Basketball spielte; sie ließen ihn des Nachts nicht los, als er auf seiner Matratze lag, allein im schmucklosen Viererzimmer. Wie ein Nebelbild stand hinter dem von Grübeln gezeichneten Jungengesicht das verschattete Gesicht des Mädchens.

Hugh Mahan war übermüdet. Nach seiner schweren Krankheit waren seine Kräfte noch nicht wieder unerschöpflich wie ehemals. Er schlief spät ein. Ein Gedanke ließ ihn auch in seinen Träumen nicht los. Wann würde das Geheimnis der Jungen und Mädchen, von dem Ron gesprochen hatte, aus ihnen herausbrechen?

In den folgenden Tagen geschah nichts Auffälliges.

Eines Freitagabends erhielt Hugh in seinem Schlafraum Besuch. Er hatte niemanden erwartet und war beim Lesen und Arbeiten. Seine Bücher und Exzerpte lagen auf dem zweiten unteren Bett, da er weder einen eigenen Tisch noch einen eigenen Stuhl besaß, und er hatte vor dem zum Arbeitstisch gemachten Nachbarbett gekniet, um seine Zettel zu ordnen. Als der Besuch eingetreten war und Hugh aufstand, erkannte er den Lehrer Ball, den er beim Pausendienst gesehen hatte und aus den Besprechungen des Lehrerkollegiums flüchtig kannte. Es war der Klassenlehrer des großen Jungen und des Mädchens, die Hugh nicht aus dem Sinn gehen wollten.

»Äußerst bequem haben Sie es hier nicht, Mahan«, sagte Ball geradeheraus. »Ich möchte Ihnen einen Vorschlag machen.«

»Bitte.«

»Ich bin eingefleischter Junggeselle und bewohne trotzdem ein ganzes Lehrerhaus für mich allein, seit mein Kollege Teacock vor Jahren gehen mußte. Wollen Sie zu mir ziehen?«

Mahan antwortete nicht gleich.

»Wenn Sie Rektor Snider meinen Vorschlag mitteilen und ihn bitten, wird er sicher zustimmen.«

»Ich bitte nicht.«

»Good. Dann bitte ich für Sie, und Sie folgen der neuen Anweisung. O. k.?«

»Ich habe als Indianer gelernt, daß ich zu gehorchen und mich dem Willen der weißen Männer anzupassen habe.«

»Also sage ich nichts zu Snider. Sind Sie nicht der Vetter von Joe King?«

»Yes.« Hughs Ton wurde ganz abweisend.

»Die Ähnlichkeit ist frappierend. Joe war einmal mein Schüler. Bye.«

»Bye.«

Lehrer Ball verließ den Raum. Zwischen Tür und Angel bot er Hugh noch an, daß er jederzeit seine Bibliothek benutzen und bei ihm arbeiten könne. Hugh nickte und kniete sich wieder vor das Bett, um seine Zettel in die gewünschte Ordnung zu bringen. Er hatte ein Buch über Soziologie gelesen und viele Fragen notiert, die der weiße Mann nicht aufgeworfen hatte und daher auch nicht beantwortete. Was sollte werden, wenn die Herde der Watschitschun alles abgegrast und mit ihren Giften verwüstet hatte und wenn sie in ihren Städten zusammenhockten, das weite Land aber, das sie den Indianern geraubt hatten, nicht mehr bewohnt wurde?

Hugh Mahan hatte die Prärie nie vergessen, und er hatte Chicago kennengelernt.

Es mochte nun sein, daß Ball, Senior der Lehrerschaft, doch bei Rektor Snider für Mahan etwas unternommen hatte oder daß andere auf den Gedanken gekommen waren, Mahan aus dem Schülerinternat herauszunehmen. Jedenfalls sprach Miss Hay ihren Kollegen nach der nächsten Lehrerkonferenz an.

»Sie sind schlecht untergebracht, Mahan. Mister Ball bewohnt ein halbleeres Haus. Sollten Sie nicht zu ihm hinüberziehen? Schließlich gehören Sie als Erzieher zu uns Lehrern, nicht zu den Schülern.«

Mahan hätte erwidern können: »Indianer gehören immer zusammen!«, aber er wußte wohl, warum er diese Antwort nicht gab. Er sagte: »Indianer bleiben immer die Schüler der Weißen. Denken Sie nicht?«

Miss Hay war verblüfft und nicht zum Schlag fertig. Sie spann nur weiter aus: »Ein gutes Haus oder Apartment gehört nun einmal zur Autorität. Sie sind zu schlecht untergebracht, Mahan.«

»Ah. Das interessiert Sie.«

Mahans Worte hatten den Klang einer Pistole mit Schalldämpfer angenommen; sie waren schnell, feindselig, abgeschirmt gesprochen, und sie hatten getroffen.

Miss Hay wurde unter ihrer durchsichtigen Haut rot bis in die Augenlider und zu dem Ansatz der braunroten Locken. Sie wandte sich um und ging weg.

Das eben hatte Hugh erreichen wollen.

Er ertrug es nicht, sie über seine Angelegenheiten reden zu hören.

Um eben diese Zeit erhielt Miss Bilkins einen ersten Bericht über Hugh Mahan. Sie erfuhr, daß man über seine Arbeit mit den rückversetzten Beginnern und den Zwillingen King sowie über seine Arbeit beim Nachmittagssport bis jetzt nichts Nachteiliges sagen könne, daß er jedoch im Kollegenkreise ein Fremdkörper geblieben und kaum ansprechbar sei. Das müsse sich unbedingt ändern.

Wieder einmal hatte ein Schultag begonnen.

Es war zehn Uhr morgens. Die von allen gefürchtete Inspektion durch die Schulrätin des Area Office stand bevor. Hugh war damit beschäftigt, seinen Zöglingen das Gelöbnis zu Flagge und Regierung beizubringen, das jedes Kind, daher auch jedes Indianerkind auswendig können mußte. Ihrem sonstigen Verhalten zu ihrem Erzieher entgegengesetzt, blieben die Kinder dabei zerstreut, interesselos, obstinat; hin und wieder legte eines die Hände über die Augen, als wolle es seine weglaufenden Gedanken verbergen. Es gelang Hugh nicht, die Aufmerksamkeit der Kinder auf die Tafel zu konzentrieren, auf der er die ersten beiden Zeilen des langen Gelöbnisses in großen Buchstaben angeschrieben hatte. Auch die Zwillinge Harry und Mary King, die sich zwar immer unwissend gestellt hatten, um ihre Mitschüler nicht zu beschämen, aber auch immer ruhig und gehorsam gewesen waren, verhielten sich in dieser Stunde disziplinlos. Sie standen nicht gerade, und sie legten die rechte Hand nicht aufs Herz, wie es beim Aufsagen des Gelöbnisses vorgeschrieben war. Hugh erinnerte sich nur allzugut seiner eigenen Schwierigkeiten als Kind. Zwei Jahre lang hatte er sich geweigert, aufzusagen »I pledge allegiance . . .« Die Lehrer hatten ihn schwer bestraft. Er war damals in ein altes Internat gebracht worden, in dem die ursprüngliche grausame Zucht gegen Indianerkinder noch nicht abgebaut war. Die Erzieher hatten ihn an den geheizten eisernen Ofen gedrängt, bis er Brandwunden davontrug; sie hatten ihm einen Gummistrumpf über das Gesicht gezogen, so daß er kaum mehr zu atmen vermochte, und sie hatten ihn vor den anderen Schülern mit dem großen Stock geprügelt. Wochenlang hatte ihn der Rücken geschmerzt. Hugh hatte nie aufgeschrien und nicht geweint. Diese Genugtuung, die die Lehrer erstrebten, sollten sie nicht haben. Aber der Haß und die Verzweiflung hatten so in ihm gezittert, daß auch seine Hand beim Schreiben zitterte. Er konnte von Glück sagen, daß er noch seine beiden Ohren besaß; es hatte nicht viel gefehlt, daß ihm das eine abgerissen wurde, denn ein Lehrer liebte es, daran zu reißen, und er hatte kräftige Hände; in seinem Griff wohnte mehr Kraft als Vernunft in seinem Gehirn. Nach zwei Jahren war es geschafft gewesen; Hugh Mahan hatte gerade gestanden, die Hand aufs Herz gelegt und gesagt: »I pledge allegiance ...«, aber wem er dabei in Wahrheit Treue gelobte, das wußten die Lehrer nicht.

Jetzt stand er da, um seine Zöglinge dazu zu bringen, daß sie sich unterwarfen und gelobten. Sein Gesicht hatte in dieser Stunde noch schärfere Züge angenommen, und er glühte, vielleicht vor heißer Scham. Aber zähe und leise wiederholte er: »I pledge allegiance ...« und dazu die Erläuterung, die die Schulverwaltung hatte drucken lassen: »I promise to be true ...« Das letzte sagten die Kinder, aber weiter kamen sie nicht.

Vor der Tür waren Stimmen zu hören. Hugh Mahan war auf das Versagen der Kinder und eine böse Kritik der Schulrätin gefaßt. Es war ihm in diesem Augenblick unglaublich gleichgültig, was geschehen würde, sofern es ihn selbst betraf. Er konnte in der Hütte der Mutter von Arbeitslosenunterstützung leben oder trampen gehen, wenn ihn die Schulverwaltung nicht mehr haben wollte. Nur um die Kinder, die wie Sklaven ausgeliefert waren, würde es ihm leid sein.

Die Tür öffnete sich. Lehrer Ball und die Schulrätin erschienen. Hugh teilte die Menschen gern nach Tierarten ein. Die Schulrätin erschien ihm als eine bejahrte Ziege, die keine Milch mehr gab und zu stoßen gewohnt war, also schlachtreif; Ball, einem Kragenbären ähnlich, war ungleich sympathischer.

Der Erzieher Mahan wurde aufgefordert, seine Zöglinge das Gelöbnis aufsagen zu lassen; genau das hatte er mit einem fünfzehn Jahre hindurch entwickelten und untrüglich gewordenen Instinkt erwartet.

»I promise to be true ...« Der Chor der sechzehn klang bei diesem Satz sicher und laut. Die Stimmen der Zwillinge führten. In der dann eintretenden gefährlichen Kunstpause erschien überraschend Rektor Snider. Es machte den Eindruck, daß seine kurz geschnittenen braunen Haare gerade in die Höhe standen wie gesträubte Federn. Der Chor der sechzehn blieb endgültig stumm, ohne daß jemand hiervon Notiz nahm. Die Aufmerksamkeit der bejahrten Ziege hatte sich dem Rektor zugewandt.

Snider bat um Verzeihung, daß er Unterricht und Inspektion störe. Ein furchtbarer Vorfall ereignete sich soeben in der 9. Klasse. Der Schüler Byron Bighorn habe einen schweren epileptischen Anfall, die Mitschüler seien von Entsetzen wie gelähmt, der Lehrer hilflos. Byron müsse sofort weggebracht werden, nach Hause oder am besten gleich in das Hospital.

»Haben Sie keine Schulschwester hier?« fragte die Rätin scharf.

»Sie kommt jede Woche einmal, Missis . . .«

»Wer ist verantwortlich für Erste Hilfe?«

»Miss Hay, aber in einem solchen Falle ist sie verständlicherweise hilflos. Ich bitte um Verzeihung . . .« Rektor Snider schien der Kragen zu eng zu werden. »Wir müssen sofort . . ., es muß sofort . . .«

»Allerdings«, sagte die Rätin.

»Mahan, können Sie fahren?«

»Yes.«

»Ich gebe Ihnen meinen Dienstwagen. Bringen Sie den Schüler sofort weg. Sie sprechen seine Muttersprache . . .«

»Oh«, unterbrach die Rätin, da sie einen weiteren tadelnswerten Punkt gefunden hatte. Aber mehr wagte sie in der gegebenen Situation nicht zu sagen.

Snider schien zu erregt. »Also, Mahan, gehen Sie sofort hin. Vielleicht können Sie erfahren, was den Jungen so außer sich gebracht hat; er hatte früher eine Epilepsie, die aber überwunden schien . . . Nun dies . . . Die ganze Klasse war heute von Anfang an nicht recht bei sich . . . Also bitte. Sie gestatten, Missis . . .«

»Ich gestatte.«

»Es ist klar, daß die Beginner hier gut gelernt haben«, sagte Lehrer Ball bestimmend und abschließend. »Sie haben versprochen, treu zu sein.«

Die Suggestion gelang. Der erste Satz, im Chor laut und sicher gesprochen, befriedigte die Schulrätin nachträglich. Ihr Besuch in der Gruppe war beendet, und Mahan ordnete noch an, daß die sechzehn hinüber zu Ron Warriors Gruppe gehen sollten, bis er selbst zurückkäme.

Als er das Schulzimmer der 9. Klasse betrat, waren nicht nur Rätin oder Rektor für ihn vergessen, sondern auch die anwesende nervös erschöpfte Miss Hay, deren Gesicht dick angeschwollen war wie von einem Faustschlag und sich grün und blau zu färben begann. Er vergaß die stumm entsetzten Schüler, auch das Mädchen, das mit weitgeöffneten Augen und zitternden Lippen unter ihnen stand. Es kam ihm gar nicht zum Bewußtsein, daß der Klassenlehrer nicht anwesend war. Hugh sah nur noch den hageren Fünfzehnjährigen, der am Boden lag, aschgrau im Gesicht trotz der braunen Haut, Schaum vor dem Mund, Schweiß an den Schläfen und am Hals, mit der erschreckenden Kraft des Kranken um sich schlagend. Wahrscheinlich hatte Miss Hay vergeblich versucht, ihn festzuhalten, und dabei einen argen Schlag abbekommen.

Da es im Klassenzimmer nichts anderes Brauchbares gab, riß Mahan seine Weste und sein Hemd herunter und bettete den Kopf des Jungen darauf, der durch das fortwährende harte Aufschlagen auf den Boden gefährdet war.

»Bringen Sie die Schüler hinaus!« befahl er seiner Kollegin Hay, und sie rührte sich aus der Starre und tat, was er gesagt hatte.

Mahan blieb mit Byron Bighorn allein. Der Anfall lief ab; es war unmöglich, etwas anderes zu tun, als zu warten. Als der Kranke wieder ruhig wurde, lag er da wie tot. Hugh wischte ihm vorsichtig den Schaum vom Mund, den Schweiß von Stirn, Hals und Handflächen, und als der Junge sich schließlich rührte und wieder einen Ausdruck des Verständnisses für seine Umgebung annahm, ließ Hugh ihn seinen Augen begegnen. Byron schaute ihn lange an.

»Sie sind das.«

»Willst du heim?« Hugh fragte in der Muttersprache.

Die Gedanken des Jungen arbeiteten lange, vielleicht langsam.

»Nicht fahren, das Fahren ist ganz schlecht. Schwindlig. Hier schlafen. Gleich.« Auch er benutzte seine Stammessprache. Seine Stimme war schon tief.

Der Puls ging sehr schwach.

»Ich bringe dich in mein Zimmer, Byron. Da hast du Ruhe.«

Der Junge nickte.

Hugh überlegte. Es war möglich, daß der Junge durch das Aufschlagen des Hinterkopfes eine Gehirnerschütterung davongetragen hatte, dann war jedes Bewegen gefährlich. Er bedeutete Byron, sich still zu verhalten, und alarmierte Miss Hay, so übel sie auch zugerichtet war. Die beiden gingen zusammen in das Krankenzimmer, um die Trage zu holen. Sie fanden in dem mit einer Liege und einer Notapotheke ausgestatteten Raum den Klassenlehrer, der das Frühstück erbrochen hatte; er hatte den Anblick des Epileptischen nicht ertragen können.

»Legen Sie sich hin«, sagte Miss Hay in aufgerauhter Stimmung. »Das wird von selbst besser.«

Sie half dann Mahan, den Kranken in Hughs eigenes Zimmer zu tragen. Er legte ihn vorsichtig auf sein Bett und wies seine Kollegin an, Mr. Ball Bescheid zu geben, daß der Kranke nicht transportfähig sei und der Arzt des Indian Hospital verständigt werden müsse.

»Vergessen Sie Ihr Hemd und Ihre Weste im Klassenzimmer nicht«, erinnerte Miss Hay im Gehen. Sie sprach undeutlich zwischen geschwollenen Lippen.

»Ich hole nachher meine Sachen. Die Indianerkinder sind diebisch, nicht wahr? Sie haben Ihre Instruktionen gut im Kopf, Miss Hay.«

Die junge Lehrerin wollte einen wütenden Blick mit Mahan kreuzen, aber er gab seine Augen für sie nicht frei. Hugh Mahan blieb am Bett des Kranken sitzen. Jedermann in der Lehrerschaft war froh, daß er diese Aufgabe übernahm, während die Rätin ihre kritische Inspektion fortsetzte. Byron wollte nichts essen, und Hugh verspürte keinen Hunger. Nach einiger Zeit begann der Kranke zu sprechen, immer in seiner Muttersprache, die in diesem Haus verboten war. »Wenn Mary und Harry heimkommen, erzählen sie meinem Pflegevater und meiner Pflegemutter, daß ich hier bin. Einer von den beiden kommt dann.«

»Gewiß.«

»Mein wahrer Name ist Wakiya-knaskiya. Wie heißt du?«

»Wasescha.«

»Das ist gut. Bleibe ich heute nacht bei dir?«

»Wenn der Arzt nicht vorher kommt und dich wegholt.«

»Doc Eivie ist gut. Wenn ich will, läßt er mich noch hier.«

»Du kennst ihn?«

»Schon lange.«

Mahan ging und holte sich seine Sachen, die an einen der Garderobenhaken der 9. Klasse gehängt worden waren, zupfte Hemd und Weste sehr genau zurecht und meldete sich im Direktionssekretariat. Die Sekretärin, eine Weiße, war von der Superintendentur an die Schule versetzt, da Mr. Carr eine ihm bekannte neue Sekretärin angefordert hatte. Die gewandte und korrekte Twen hatte bereits mit Eivie telefoniert. Er hatte strikte Ruhe angeordnet und wollte gegen Abend des nächsten Tages selbst kommen. Als Byron durch Hugh davon erfuhr, legte sich ein ungewöhnlicher Ausdruck des Friedens über sein Gesicht.

»Ich werde also morgen hiersein, wenn sie es tut. Wasescha, du sollst mir helfen. Ich muß Patricia Bighorn sprechen – Tishunka-wasit-win.«

Mahan sagte zu. »Ich versuche es. Ehe sie heute nachmittag heimfährt.«

Hugh hatte lange genug im Internat gelebt, um zu wissen, wie man etwas einrichtet, was nicht jedermann zu erfahren braucht. Um vier Uhr kam Patricia Bighorn, mit ihrem wahren Namen Tishunka-wasit-win genannt. Es fiel Hugh auf, daß das Mädchen anders als an anderen Tagen gekleidet war. Sie trug das dichte schwarze Haar nicht in Zöpfen, sondern offen, so daß es bis über die Schultern fiel. Ihr schlichtes Kleid war in seinem Schnitt altindianischer Kleidung ähnlich; um den Hals hatte sie eine Kette mit dem Zeichen des achtzackigen Sternes gelegt.

Mahan ließ sie allein mit Byron Wakiya.

Sie kam bald von selbst wieder zu Hugh, der gesagt hatte, daß er bei Lehrer Ball in dessen Bibliothek zu finden sei. Der ungewöhnliche Friede, der über Byrons Zügen nach dem Anfall lag, hatte sich auch über die ihren gebreitet. Mahan packte ein Gefühl, als ob sich etwas zwischen ihn und diese jungen Menschen gelegt habe, breit wie ein Strom, unüberschreitbar. Auch Ball schien tief berührt, als das Mädchen wieder ging. Er schaute noch lange nach der Tür, als sie sich hinter Patricia schon wieder geschlossen hatte. Doch störte er Hugh mit keiner Frage, als dieser sich stumm über die Bücher beugte, die zu lesen und zu vergleichen er sich vorgenommen hatte. Als sich Hugh aber nach einer Stunde verabschiedete, um wieder bei dem Kranken Wache zu halten, sagte der Lehrer:

»Es ist irgend etwas da unter den Kindern, was wir nicht wissen. Ich spüre es heute wie fremde Luft, die sich aber mit Händen nicht greifen, mit Ohren nicht hören und mit Augen nicht sehen läßt.«

Hugh Mahan zuckte die Achseln. Er hatte Angst um Byron und Patricia.

»Dringen eigentlich irgendwelche Informationen aus der Außenwelt bis zu Ihnen?« fragte Ball.

»Warum fragen Sie?«

»Sie haben recht, ich könnte es mir denken. Der Essenfahrer, der Begleitfahrer, der Frisör, die Köchin und die Küchenhilfe, die Internatschüler, von da zu dem Sportlehrer Mahan. Sie wissen also auch, daß die Büffelranch der Kings aufgelöst werden soll? Carr ist wahnsinnig. Sie haben nicht erlebt, wie das war, als die Büffel wiederkamen ... Ein Büffel hier ist für den Indianer eben mehr als einige Zentner Fleisch und eine im Handel neuerdings wieder gesuchte Haut.«

»Yes, Mister Ball, ich weiß.«

Der Lehrer stützte den Kopf in die Hände.

Als Mahan in sein eigenes Zimmer zurückkam, lag Byron Wakiya unverändert ruhig, lang ausgestreckt, auf dem Bett. Hugh setzte sich auf das Nachbarbett und ordnete seine neuen Zettel ein.

»Tishunka war da«, sagte der Junge. »Es ist nun alles gut so.«

»Ist es gut, Wakiya-knaskiya?«

»Es ist wirklich gut, Wasescha. Wenn es einen Kampf gibt, muß einer vorangehen, gerade durch. Ich habe gesprochen.« Hugh Wasescha fragte nicht weiter. Er hätte auch keine weitere Antwort erhalten. Man holte ihn zum Sport mit den Internatschülern. Sie wollten heute nicht Kurzstreckenlauf üben, sondern Hockey spielen. Hugh gab nach. Die Schüler spielten mit ungewohnter Heftigkeit, mit schrillen Rufen, harten Schlägen, als ob es um Leben und Tod gehe, wie einst bei den Spielen ihrer Vorfahren. Auch als das Spiel geendet hatte, blieben sie erregt. Aber sie sprachen sich nicht aus; sie sprachen nicht einmal untereinander.

Nach dem Abendessen im Internat, um acht Uhr, kam Byrons Pflegevater Joe King. Das graue Sportkabriolett auf dem Vorplatz der Schule war in der Herbstnacht kaum zu sehen, und es war fast ohne Geräusch herangefahren. King hatte sich bei der Abendwache des Internats angemeldet; er suchte seinen Pflegesohn und Mahan in dessen Zimmer auf.

Die Begegnung der beiden jungen Männer war befangen und seltsam. Jeder erkannte in dem anderen das eigene Spiegelbild, und so unzufrieden, wie der Mensch mit seinem Spiegelbild sein kann, mochte einer mit dem andern sein, aber vielleicht fühlten sie sich auch plötzlich als ein und derselbe mit zwei Gesichtern, zum gleichen Punkt gekommen auf ganz verschiedenen Wegen. Sie mußten

Zeit gewinnen, um den andern, sich selbst im andern oder den andern in sich selbst zu erkennen.

Doch die Zeit drängte. Die Indianer wußten es, aber niemand konnte es ihnen anmerken. Der junge Vater saß am Bett seines Pflegesohnes, der sein jüngerer Bruder hätte sein können. Er legte ihm die Hand sacht auf die Schulter. Hugh Mahan fand einen Grund, um die beiden unter sich zu lassen. Während er im Internat noch ein paar Runden Tischtennis mitspielte, ließ er alte Daten und Erinnerungen vor sich aufziehen, um sie zu prüfen. Joe King war sein Vetter. Als Hugh ein Kind war, hatte er an einem Zeltabend gehört, daß seiner Mutter Bruder, der alte King, zuviel des Geheimniswassers trank, um immerzu und immer bunter träumen zu können, und daß niemand in seine Hütte gehen solle. Hetkala war traurig gewesen, aber sie hatte gehorcht. In späteren Jahren hatte Mahan in der Zeitung von seinem Vetter Joe gelesen; bald war er ein Gangster, bald ein Scout, bald ein Rodeosieger in Calgary. Es mußte viel vorgegangen sein in 17 Jahren. Mahan begab sich in sein Zimmer zurück; vielleicht hatte King ihm noch etwas aufzutragen. Er fand Pflegevater und Sohn noch in einem langsam und leise geführten Gespräch; King winkte ihm zu bleiben.

»Vater«, fragte der Junge, »darf ich eure Namen sagen?«

»Sage sie.«

»Hugh Wasescha Mahan und Joe Inya-he-yukan King.«

Hugh und Joe verdeckten noch immer ihre Augen voreinander.

»Vater, ich weiß, daß sie unsere Büffel wegnehmen und dich zwingen wollen, sie an einen weißen Mann zu verkaufen. Du hast die Büffel aber selbst gekauft und gebändigt, und es war ein Fest für unseren ganzen Stamm. Wirst du nun vor Gericht gehen? Was hast du dir heute dazu gedacht?«

»Vor einem weißen Gericht bekommt ein roter Mann nicht sein Recht.«

»Das glaube ich dir.«

Wakiya machte eine lange Pause, und Joe Inya-he-yukan nahm sich Zeit für das gemeinsame Schweigen.

»Wem wirst du sie geben?« forschte Wakiya dann weiter.

»Der Ranch gebe ich sie, von der ich sie gekauft habe. Sie hüten sie für mich, bis wir die Zeiten ändern, und ich zahle ihnen mit Kälbern.« Joe Inya-he-yukan hatte nicht gesagt, »bis sich die Zeiten ändern«, sondern »bis wir die Zeiten ändern«.

»Du bist nicht nur ein Adler, Inya-he-yukan, du bist auch ein Fuchs. Aber wir stehen dennoch in einer großen Niederlage. Unser Chief-President Jimmy White Horse ist von den Watschitschun bestochen. Wir haben weiße Richter bekommen und einen weißen Polizeichef. Crazy Eagle ist ausgeschaltet. Die Schulranch, für die du gekämpft hast, ist aufgelöst. Tom und Percival kämpfen mit in einem Kampf der weißen Männer, der nicht gerecht ist. Bob sitzt im Gefängnis. Sie haben die Hand an unserer Gurgel.«

»Wir haben noch viele Tage vor uns, Wakiya, uns miteinander über alles zu beraten, was geschehen muß.«

»Was können sie gegen unsere Büffel sagen?«

»Daß ein Bulle Mary Booth getötet hat, das weißt du, daß sie einmal auf die Nachbarweiden ausgebrochen sind und daß sich jetzt ein Bulle vor den Wagen des Superintendent gestellt hat. Daß ich nur einen einzigen Cowboy habe, der ein rechter Buffalo-Boy ist – Robert –, und daß sie auch ihn bald zu den Soldaten oder ins Gefängnis holen wollen. Zum Büffelhüten braucht man aber erfahrene und entschlossene Leute. Das kann nicht jeder.«

»So ist das.«

»Schlafe dennoch ruhig, Wakiya.«

Wakiya-knaskiya hob seine Hand von der des Vaters ab, legte sie aufs Herz und schloß die Augen. Es konnte eine Gebärde der Müdigkeit und des Einschlafens sein, eine Gebärde des Vertrauens oder des Verzichts, eine Gebärde der Entfernung von allen anderen, selbst vom Vater.

Hugh Wasescha erkannte, wie das Unüberschreitbare breiter wurde und der Blick nicht mehr hinüberreichte.

Mahan begleitete Joe King noch bis zu dessen Wagen. Kings Miene veränderte sich, als er den Kranken und das Zimmer verlassen hatte.

»Der Vertrag«, sagte er im Gehen plötzlich zu Mahan, »der Vertrag mit der Büffelranch, von dem ich gesprochen habe, liegt bei Carr. ›Zur Kenntnisnahme‹ habe ich geschrieben. Carr wird sagen, zur Genehmigung. Ich weiß nicht, was geschieht, wenn er nein sagt und sein Nein auch durchsetzen will.«

King sprang in den grauen Sportwagen und ging sofort auf hohe Geschwindigkeit.

Mahan kehrte in sein Zimmer zurück. Wakiya schien eingeschlafen zu sein, sein Atem ging ruhig. Hugh hatte nicht daran gedacht, sich Bettzeug für die zweite Lagerstatt zu holen, aber irgend jemand hatte es ihm hingelegt, während er King begleitete, wahrscheinlich die alte Hausbesorgerin im Internat. Sie kam aus einem anderen Stamm, so war gesichert, daß sie mit den Schülern nur englisch sprach. Hugh machte das zweite Bett zurecht.

Die Nacht verlief ungestört. Der Morgen kam, mit ihm der neue Schultag.

Hugh erwartete, daß Byron Wakiya noch einmal nach Patricia fragen oder daß sie von selbst noch einmal kommen würde. Aber das geschah nicht. Hugh ging auf den Vorplatz, um seine sechzehn Beginner am Schulbus zu begrüßen. Die Zwillinge wirkten heute über ihr Alter hinaus ernst. Tishunka-wasit-win ging mit Schülern ihrer Klasse zum Schulhaus, ohne sich nach Hugh umzusehen.

Die Unterrichtsstunden begannen. Mahan wählte heute ein anderes Thema, ein einfaches Kindergedicht. Er hatte das Gefühl, daß er an den Worten des Treuegelöbnisses zu Flagge und Regierung schlechthin hätte ersticken müssen.

Nach dem Mittagessen hatte er Dienst auf dem Spielplatz vor der Schule. Er ging zu dem Staubecken und hielt von dort aus Umschau. Es fiel ihm ein, daß er Byron und Patricia an dieser Stelle zum erstenmal gesehen hatte. Jetzt beobachtete er, wie das Mädchen sich – absichtlich oder absichtslos? – von den anderen Schülern ein Stück entfernte und in Richtung des Staubeckens und der dahinter vorbeiführenden Straße schlenderte. Sie wollte wohl mit ihren Gedanken allein sein.

Tishunka-wasit-win gelangte bis zum Straßenrand, dort machte sie halt. Die Schüler sollten auf dem Vorplatz bleiben und nicht zur Straße gehen. Mahan wußte, daß er Patricia zurückzurufen oder zurückzuholen hatte. Er zögerte, sie wie ein Kleinkind zu behandeln. Für die Mittagspause standen nur noch fünf Minuten offen; Patricia mußte auf alle Fälle von selbst bald kehrtmachen. Auf dem Spielplatz fand sich unterdessen eine Gruppe zusammen. Hanska, der zwölfjährige Bruder Wakiyas, bildete den Mittelpunkt. Mahan wußte nun schon, daß dieser Junge der beste Turner der Schule war, ein sehr guter Reiter und eine Hoffnung des Sports. Bei ihm standen die Zwillinge und vier der Internatsschüler. Die Gruppe schaute unauffällig nach Patricia.

Mahan hatte die Aufsicht zusammen mit jenem jungen blassen und körperlich nicht kräftigen Lehrer, dessen Nerven angesichts des Epilepsie-Anfalls in seiner Klasse versagt hatten. Er stand jetzt am Schultor und begann schon, die Kinder darauf aufmerksam zu machen, daß sie ihre Spiele abbrechen sollten. Es blieben noch zwei Minuten bis zum Beginn des Nachmittagsunterrichts.

Auf der oft stundenlang leer liegenden Straße fuhr ein Wagen langsam vorbei, ein sehr alter Wagen; die Insassen waren ein indianisches Ehepaar mit drei Kindern.

Mahan ging nun doch zu Patricia und erinnerte sie leise an das Ende der Pause. Das Mädchen trug auch heute offenes Haar und die Kleidung, die wie eine Festkleidung wirkte. Sie nickte und wandte sich, um mit Mahan zusammen zurückzugehen.

Aus einiger Entfernung war das Geräusch eines zweiten Wagens zu hören, eines außerordentlich schnell fahrenden Wagens, der Motor summte.

Mit der Schnelligkeit eines flüchtenden Wildes wandte sich Patricia zu der Straße zurück und warf sich vor die Räder. Der Wagen wurde voll gebremst, die Reifen schrien; das Fahrzeug geriet aus der Bahn, ehe es stand.

Mahan, der schon bei Patricias schneller Wendung reagiert hatte und sie noch hatte fassen wollen, sprang herzu.

Das Rückgrat des Mädchens war gebrochen, der Brustkorb zerquetscht. Blut lief über die Straße.

Der Fahrer hatte den Wagen zurückgebracht, war ausgestiegen und stand mit Mahan zusammen bei der Toten.

»Sie ist vor den Wagen gesprungen«, sagte er.

»Ich weiß.«

Der junge Mann wies seine Papiere vor. »Notieren Sie bitte. Ich muß weiter.«

Er reichte Mahan Papier und Kugelschreiber, und Hugh schrieb alles auf, Name, Adresse, Autonummer. Er schrieb absichtlich langsam, um abzuwarten, daß jemand herbeikäme.

Die Kinder standen unbeweglich auf dem Vorplatz der Schule. Endlich lief der blasse Lehrer zu Hugh.

»Mister Cargill«, bat Mahan, »rufen Sie sofort die Polizei an und verständigen Sie den Rektor. Der Fahrer hier wird solange warten, auch wenn er es eilig hat.«

Cargill eilte zur Schule zurück und befahl dabei allen Kindern, sofort in das Schulhaus zu gehen. Auch Hanska und die Zwillinge mußten gehorchen.

In diesem Augenblick, in dem Mahan und der Fremde allein waren, wollte dieser überraschend wieder in den Wagen einsteigen. Mahan packte ihn, aber der Fremde zog den kleinen Ärmelrevolver und schoß. Mahans Griff wurde durch den Schuß, der den Arm getroffen hatte, gelockert. Der Fremde riß sich los, sprang in den Wagen zurück und startete mit Vollgas. Der Motor heulte. Als Rektor Snider entsetzt herbeieilte, war der Jaguar schon wieder verschwunden.

Zur gleichen Zeit wie Snider waren Ball und Warrior zur Stelle; Cargill war mit ihnen zurückgekommen.

»Stehen Sie nicht herum, sondern sperren Sie sofort ab«, ordnete der Rektor an. Er sprach heiser, wie abgewürgt. Warrior und Mahan stellten sich auf die Straße, um etwa herankommende Fahrzeuge von der Toten und von den Spuren abzuhalten.

Patricia lag noch da, mit dem Gesicht zur Erde, die Arme ausgebreitet. Das Blut hatte sich verlaufen und trocknete. Es konnte lange dauern, bis Polizei kam. Die 3. Tagesschule war weit entfernt von Agentursiedlung und Polizeistation. Man hatte sie an eine der wenigen Stellen gebaut, an der Wasser außerhalb der Agentursiedlung leicht zu erreichen war.

Zwei Haus- und Küchenarbeiter brachten Bretter und bauten eine behelfsmäßige Absperrung, setzten auch eine Warnfahne.

»Ich habe heute nachmittag keinen Unterricht, ich halte Wache«, bestimmte Ball. »Warrior und Cargill, begeben Sie sich sofort zu Ihren Schülern; der Unterricht läuft. Sobald die Polizei kommt, wird das Unglück geklärt. Und Sie, Mahan, gehen ins Krankenzimmer. Miss Hay muß jemanden finden, der Sie sofort ins Hospital fährt.«

»Es ist unwesentlich«, sagte Hugh mit einem abwertenden Blick auf seinen angesengten durchbluteten Hemdsärmel. »Notverband, dann werde ich den Unterricht bei meinen Beginnern fortsetzen. Heute abend kommt der Arzt sowieso hierher.« Er ging ins Schulhaus.

Snider blieb bei Ball stehen. Bis jetzt hatte er kein weiteres Wort herausgebracht, aber es arbeitete in ihm.

Als der Nachmittagsunterricht schon beendet war, hatte sich noch immer kein Polizist gezeigt. Die Tagesschüler wurden in Gruppen zu den Schulbussen geführt, so daß sich keines der Kinder der Unglücksstelle nähern konnte, und die Busse fuhren die Kinder nach Hause. Der Sport für die Internatsschüler fiel aus, sie hatten in ihren Zimmern zu bleiben. Als der Vorplatz leer war, ließ Snider diejenigen Lehrer, Erzieher und Angestellten, die etwas gesehen hatten oder gesehen zu haben oder zu wissen glaubten, an Ort und Stelle rufen, auch seine Sekretärin zum Protokoll. »Cargill, was hat sich abgespielt?«

»Patricia Bighorn ging unerlaubterweise zur Straße. Mahan ging ihr nach und holte sie weg. Plötzlich machte sie kehrt und warf sich vor einen heranbrausenden Wagen.«

»Cargill, wissen Sie, was Sie sagen? Das wäre Selbstmord gewesen. Dafür fehlt Motiv. Patricia war eine gute Schülerin.«

»Es war Selbstmord, Mister Snider.«

»Ich halte es für einen Unglücksfall. Wer hatte die Aufsicht? Sie und Mahan. Fahrlässigkeit, sehr grobe Fahrlässigkeit, und Sie beide haben ein Disziplinarverfahren zu erwarten. Mahan, wie konnten Sie zusehen, daß das Mädchen an die Straße heranging, um dann zu spät und wirkungslos einzugreifen? Suchen Sie sich erst jemanden, der Ihnen glaubt, daß Sie ein fünfzehnjähriges Mädchen nicht festhalten können, wenn Sie das wirklich wollen.«

Mahan hörte die heiser-scharfe Stimme des Rektors, aber nur an der Oberfläche seines Bewußtseins. Er schaute unentwegt auf die Tote. Ihr Gesicht, zur Seite liegend, war nicht entstellt. Sie lag da, so, wie sie es gewollt hatte. Hugh hatte schon mit Byron gesprochen, der durch den Schuß aufgeschreckt worden war. Als der Junge vom Tode Tishunka-wasit-wins erfahren hatte, war der merkwürdige Ausdruck der Ruhe nicht aus seinen Zügen gewichen. Er hatte nur gesagt:

»Nun wandert sie den weiten Weg.«

Während Hugh Mahan mit seinen Gedanken abwesend war, hatte der Rektor weiter geforscht. Wer außer Cargill und Mahan hatte den Vorgang beobachtet?

Niemand außer einigen Kindern. Snider wollte von Aussagen indianischer Kinder nichts wissen. Es würde nur Ungewißheit und Verdruß damit geben. Er bedrängte aber Cargill und versuchte, ihn zu einer anderen Aussage zu bringen. Ein Unfall war es gewesen, ein Unfall, verursacht durch Versäumnis der Aufsichtspflicht. Vielleicht konnte Cargill sich aus der Schlinge ziehen, wenn er Sniders Absichten unterstützte. Ein Unfall, hervorgerufen durch das Versagen eines pädagogisch nicht ausgebildeten indianischen Erziehers, der dem Rektor wider seinen Willen zugeschoben worden war. Cargill hatte weit entfernt am Schultor gestanden – man konnte ihm geringere oder gar keine Schuld geben, wenn er den Vorgang verständlicherweise zu spät bemerkt hatte und daher auch nicht genau zu rekonstruieren vermochte. Aber der schmächtige und nervöse Mensch blieb wider alles Erwarten standhaft und wiederholte zehnmal, was er gesehen hatte.

Endlich rollte der Polizeijeep heran. Die beiden Indianerpolizisten in Uniform, ein großer und ein kleiner, sprangen ab, nahmen die Spuren auf und brachten die Tote in das Krankenzimmer der Schule. Dann wandten sie sich den Zeugen zu.

Rektor Snider machte einen weiteren Versuch, seine Theorie vom Unglücksfall gegen Cargills und Mahans Aussage durchzusetzen. Der große Polizist bemerkte dazu gar nichts, nahm aber das Protokoll an sich, das die Sekretärin angefertig hatte. Er lächelte ein wenig, vielleicht sogar ein wenig ironisch. »Alles klar, Rektor Snider, für die Statistik wird es ein Unglücksfall. Niemand von Ihren Leuten ist schuld. Haben Sie gehört? Niemand. Keine Scherereien, kein Aufsehen. Haben Sie alle hier verstanden? O. k. Aber uns interessiert etwas anderes. Mahan! Wer war das, der auf Sie geschossen hat? Wir haben nur den Namen, und der kann falsch sein. Also, wie sah der boy aus?«

»Ein sehr junger Kerl. Blue jeans und schmutzige feste Jacke. Einen halben Kopf kleiner als ich.«

»Also groß«, notierte der Polizist. »Sehr jung – weiter?«

»Mager, eingefallenes Gesicht. Braune Haare.«

»Sah also nicht wie der Eigentümer eines Jaguar aus?«

»Nein, das nicht.«

»Es könnte der gestohlene Wagen sein. Nummer gewechselt. Besondere Kennzeichen sind Ihnen nicht aufgefallen?«

»Eine Narbe an der Schläfe, wie von abgesplittertem Knochen.«

Die beiden Polizisten sprangen fast in die Höhe. »Damned – damned ... Er ist es gewesen. Der unverschämte Bursche – kommt mit dem gestohlenen Wagen zurück! Präsentiert seine falschen Papiere – er muß eine ganze Auswahl davon haben ... Sie können von Glück sagen, Mahan, daß er Sie nicht einfach niedergeschossen hat, als Sie ihn festhalten wollten. Wo ist das Geschoß?«

Mahan holte es aus der Tasche. »Hier. Ich habe es aufgelesen. Es hatte durchgeschlagen. Mini-Revolver.«

Der Polizist besah den Hemdsärmel, der lose, halb abgeschnitten, neben dem laienhaft verbundenen Arm hing. Die Durchschußstelle war angesengt.

»Alles klar, Gangster fährt rücksichtslos Indianermädchen tot, schießt und begeht Fahrerflucht. Verstehen Sie, Mister Snider?«

»Ich verstehe.« Snider atmete auf.

»Das Miststück ist sowieso ein kaltblütiger Mörder. Er hat mit seinem Mulattenkumpan zusammen einen Gefängnisaufseher umgebracht, ein scheußlicher Racheakt. Vor der Hinrichtung sind die beiden ausgebrochen. Mehr oder weniger Schuld macht bei dem einen und bei dem andern nichts mehr aus. – Lassen Sie das Blut jetzt von der Straße wegwischen.«

Die Hausarbeiter nahmen die Absperrung fort. Mahan sah, wie Tishunka-wasit-wins Blut mit nassen Lappen forgewischt wurde.

Fortgewischt.

»Wenn das dieser Doug Coles, der Mörder, war, so ist es sicher Kings gestohlener Wagen gewesen«, sagte der kleine Polizist. »Wir müssen zu King.«

»Das können Sie sich sparen. King ist schneller.«

Mahan, der sich von dem Gerede abgewandt und über die Straße und die Prärie geschaut hatte, behielt recht.

Der Jaguar kam zurück. King saß am Steuer, hielt bei der Gruppe und stieg aus.

»Wo ist die Tote?« fragte er.

»Beantworten Sie . . .«

»Ich antworte nicht, ehe ich die Tote gesehen habe.«

Die beiden Polizisten schauten sich an, gaben nach und gingen mit Joe King in das Schulhaus zu dem Kranken- und Totenzimmer. Rektor Snider und die Gruppe seiner Lehrer und Angestellten begaben sich ebenfalls wieder zurück zur Schule.

Als Joe King die tote Patricia gesehen hatte und mit den beiden Polizisten in das Zimmer des Rektors kam, befanden sich dort außer Snider nur noch Ball, Mahan und Cargill.

»King«, begann der große Polizist, »wie sind Sie wieder zu Ihrem Wagen gekommen?«

»So merkwürdig wie einfach.« King ließ sich von seinen Empfindungen nichts anmerken. »Der Jaguar überholte auf der Straße unterhalb des Hangs, an dem mein Haus steht, einen Ford Mustang und stoppte ihn. Es war ein Dienstwagen des Area Office. Wenn mich meine Augen nicht betrogen haben, saß unsere Schulrätin am Steuer des Mustang. Der Bursche ließ meinen Jaguar stehen, stieg in den Ford Mustang ein und fuhr damit weiter; die Schulrätin blieb am Steuer, solange ich den Wagen sehen konnte, und steigerte die Geschwindigkeit.«

»Die Schulrätin war heute an der 2. Tagesschule und wollte offenbar zurück zur Superintendentur«, erklärte Snider.

»Und was taten Sie, King?«

»Ich sprang hinunter, um mir meinen Jaguar wiederzuholen. Der Startschlüssel fehlte, den hatte der Bursche mitgenommen.«

»Sie haben drei Wagen.«

»Einen habe ich dieser Tage Bill Krause geliehen, meine Frau war mit dem anderen unterwegs. Nachdem die Kinder nach Hause gekommen waren und mir berichtet hatten, daß Patricia Selbstmord begangen hat, bin ich hierhergefahren.«

»Unglücksfall, Mister King. Sie wurde von dem Gangster rücksichtslos überfahren, von diesem Gangster, den Sie wiederum entkommen ließen.«

»Es war Selbstmord. Die Schüler können aussagen.«

»Ein Unglücksfall. Sie werden das Ergebnis der polizeilichen Ermittlungen nicht ändern, King.«

»Selbstmord«,sagte Mahan.

Snider war so erregt, daß er sich im Ton vergriff. »Sie halten den Mund, Mahan; Sie waren nicht gefragt.«

»Zeugenbeeinflussung unter Mißbrauch der Dienstbefugnisse«, erwiderte Hugh sehr kurz.

Snider wurde dunkelrot.

Die Polizisten gingen über den Streit hinweg.

»King, als Sie hierher fuhren, hatten Sie auf einmal wieder einen Startschlüssel.«

»Den zweiten, der oben im Haus gelegen hat.«

»Sie haben vor dem Eintreffen der Kinder mindestens — aber mindestens! — zwei Stunden Zeit gehabt, den Mustang mit ihrem Jaguar zu verfolgen, und so, wie Sie fahren, hätten Sie ihn auch eingeholt.«

»Mit erheblicher Geschwindigkeitsüberschreitung in einem blutbespritzten Wagen? Machen Sie keine Späße. Die Polizei hätte mich verfolgt, gestoppt und verhört, warum ich wohl in einem blutigen Jaguar, die Pistolen unter der Jacke, einen Dienstwagen jage. Der Vorsprung war dem Burschen nur um so sicherer.«

Der Polizist brach diese Diskussion ab.

»Was kann den Burschen veranlaßt haben, King, mit dem gestohlenen Jaguar bei Ihnen vorzufahren?«

»Weiß ich es? Vielleicht wollte er Finderlohn kassieren. Dann kam ihm aus der Situation heraus der Gedanke, in den Dienstwagen umzusteigen, in dem er sich sicher fühlen konnte.«

»Sie kennen sich in Gangsterpsyche besser aus als wir.«

»Sollte umgekehrt sein. Wie hat sich Coles nach dem angeblichen Unfall verhalten?«

»Sonderbar.« Mahan schilderte den Vorgang.

»Also hat er die Nerven verloren«, urteilte King. »Er dreht durch. Immer auf der Flucht vor der Gaskammer, von den Gangs also doppelt abhängig und wahrscheinlich zu den schmutzigsten Risiken ausgenutzt – das hält auch ein sehr junger und das Milieu gewohnter Mann auf die Dauer nicht aus. Vielleicht kalkuliert er die Hinrichtung ein. Es ist seine letzte Lebensfreude, die Polizei zu reizen.«

»Ungeziefer. Ausrotten«, sagte Snider.

»Zusammen mit dem Nährboden, auf dem es gedeiht.«

»Was meinen Sie damit, Mister King?«

»Nichts, was mich angeht. Ich bin Indianer.« King wandte sich wieder den Polizisten zu.

»Fotografieren Sie die Spuren an meinem Jaguar, ich habe sie zu diesem Zweck unangetastet gelassen. Und rufen Sie sofort die Agentur an und erkundigen Sie sich nach dem Ergehen der Schulrätin.«

»Sie brauchen uns keine Dienstvorschriften zu machen, King.«

Trotz dieser unwirschen Abwehr beauftragte der große Polizist den anderen, zu tun, was King vorgeschlagen hatte. Snider hielt sich an den zurückbleibenden Polizisten und entließ die übrigen Anwesenden, um sich ganz auf die Abstimmung seines Berichts an Miss Bilkins mit dem Polizeibericht zu konzentrieren. Er machte noch einmal einen Versuch, Mahan zu belasten, aber der große Polizist wies ihn wiederum ab.

»Ihren Mahan können Sie ein andermal an den Ohren ziehen. Als Rektor sollte Ihnen das nicht schwerfallen. Im Augenblick ist aber das einzig Wichtige, daß kein Aufsehen entsteht. Sie müssen wissen, daß sich heute in der Agentursiedlung zwei ähnliche Vorgänge abgespielt haben. Zwei schulentlassene Jungen, die plötzlich hinter einer Straßenecke hervorsprangen, sind von einem Laster des Supermarket überfahren worden. Deshalb sind wir auch so spät hierhergekommen. Seien Sie wachsam, Snider, die Selbstmordwelle könnte auch zu uns kommen.«

»Was für eine Selbstmord . . .welle?«

»Wir haben die Berichte des Büros. Auf einer Reservation ist im letzten Jahr jeder fünfte Schulentlassene ums Leben gekommen.«

»Motiv?«

»Keine Unterlagen dafür. Die Herren sagen: Kluft zwischen Tradition und Zivilisation nicht überwunden. Also Sie verstehen: kein Aufsehen, keine Presse, keine weitere Unruhe unter den Schülern und Lehrern. Ein Unfall. Schuld ist nur der Gangsterfahrer. Das allerdings müssen Sie Mahan und Cargill beibringen.«

»Ich verstehe.«

Der kleine Polizist hatte unterdessen mit der Agentur telefoniert. Die Rätin war zu Fuß, aber, abgesehen von einem trostlosen Nervenzustand, wohlbehalten auf der Superintendentur angekommen. Den Dienstwagen hatte man, leer und unbrauchbar gemacht, auf der Straße zwischen der Agentursiedlung und New City gefunden und ihn bereits sichergestellt.

»Und der Verbrecher?« fragte Snider.

»Verschwunden.«

Mahan war mit King in sein Zimmer gegangen, aber sie hatten Byron Wakiya nicht angetroffen und sich sofort auf die Suche gemacht. Da der Junge nirgends zu finden war und niemand ihn gesehen haben wollte, liefen sie endlich zu dem Krankenzimmer, in dem die Tote aufgebahrt lag. Das Zimmer sollte verschlossen sein, und es war auch tatsächlich verschlossen. Der Schlüssel steckte nicht im Schloß, auch nicht von innen. Von unruhigen Gedanken getrieben, rannten die beiden zum Wächter, in dessen Raum sich das Schlüsselbrett befand; der Schlüssel war fort. King winkte Mahan und holte dabei einen einfachen Dietrich aus einer seiner vielen Taschen. Sie liefen zum Totenzimmer zurück. King öffnete ohne Mühe, die beiden traten ein, Mahan zog die Tür leise hinter sich zu, und die beiden Männer blieben stumm stehen.

Das Tuch, das über die Tote gebreitet war, war aufgeschlagen. Das bleiche Gesicht, umrahmt von schwarzem Haar, war im Tode noch schöner als im Leben; gleichmäßig, still, herb, weit entfernt vom Getriebe des Tages. Wakiya kniete am Bett und hatte seine Wange auf die zerquetschte Brust des Mädchens gelegt. Er rührte sich nicht und schien die Eingetretenen nicht bemerkt zu haben. King ging zu ihm heran und wartete. Auch Mahan fürchtete, daß

Wakiya tot sei, aber als der Pflegevater sich zu ihm beugte, vernahm man einen tief heraufgeholten Atemzug. Wakiya erhob sich langsam, sehr sacht legte er das Tuch wieder über Tishunka-wasit-win, so daß die Tote ganz bedeckt und ihm für immer verborgen war. Der Junge griff nach dem Türschlüssel, den er auf den Stuhl gelegt hatte, und gab ihn Mahan, der ihn dem Wächter brachte.

Als Hugh in das kahle Viererzimmer zurückkam, hatte sich Wakiya schon aufs Bett gelegt. Inya-he-yukan stand bei ihm.

Das Licht war nicht angeschaltet. Menschen und Gegenstände blieben Schatten.

Hugh trat zu den beiden andern heran. Er hatte plötzlich das Gefühl, vor einem schweigenden Gericht zu stehen. »Eine Viertelsekunde schneller, und ich hätte Patricia packen und retten können«, sagte Hugh. »Fünf Minuten früher alles begriffen, und ich hätte sie hindern können, an den Straßenrand zu gehen. Ich bin schuld.«

Erst herrschte noch weiter Schweigen. Dann tastete die Hand des Jungen nach Hughs linker Hand. »Wasescha, Tishunka-wasit-win geht ihren weiten Weg. Verfolgst du sie mit deinen Gedanken, weil das letzte, was sie getan hat, Ungehorsam gegen dich war?«

»Ich verfolge mich selbst, Wakiya.«

»Das ist nicht gut. Bist du ein Christ?«

»Ich weiß nicht. Sie haben mich getauft.«

»Verstehst du unseren Sonnentanz?«

»Ich bin nicht hindurchgegangen.«

»Mein Vater Inya-he-yukan tat es.«

Der Mond war gewandert. Ein Lichtschimmer fiel schräg in das Zimmer über Wakiya, Inya-he-yukan und Wasescha hinweg in eine kahle Ecke.

»Manche Menschen sterben für sich allein, aber manche sterben für die anderen. Wasescha, verstehst du, was ich sage?«

»Ich verstehe dich, Wakiya. Vielleicht verstehe ich dich nicht ganz. Aber sie wollen Tishunka-wasit-win auch noch ihren Tod wegnehmen. Daran will ich sie hindern.«

»Sie können es nicht, Wasescha. Tishunka-wasit-win ist nicht für die Watschitschun gestorben. Sie ist für uns gestorben. Wir wissen es, die Sonne hat es gesehen, und Wakan-tanka weiß von ihr.«

Wakiyas Händedruck ließ langsam nach, er schien einzuschlafen. Über seine vom Mondlicht erhellten Züge breitete sich wiederum Ruhe, die gleiche Ruhe, die über Tishunka-wasit-wins Antlitz lag.

Inya-he-yukan legte seine Wange an das Gesicht Wakiyas.

Der Atem ging regelmäßig.

Der Junge wurde noch einmal wach und schaute die beiden an, die an seinem Bett standen.

»Habt keine Furcht um mich, Inya-he-yukan und Wasescha. Ich tue es jetzt nicht, und ich werde nie etwas tun, worum ihr trauern müßtet. Gute Nacht.«

Als Wakiya wieder eingeschlafen war, gingen King und Mahan aus dem Zimmer. Beim Wächter erfuhren sie, daß der Hospitalarzt Eivie sein Kommen wegen einer dringenden nächtlichen Operation abgesagt habe.

Mahan erwartete, daß King sich verabschieden und gehen werde, aber Joe zögerte noch, ehe er das Haus verließ.

»Ihr Verband sitzt sehr schlecht, Mahan. Ich muß Sie mit meinem Wagen ins Hospital bringen. Oder darf ich selbst nach Ihrer Schußwunde sehen? Ein Rancher und ehemaliger Gangster kennt sich mit solchen Sachen besser aus als die Leute hier.«

Die beiden gingen in das Kranken- und Totenzimmer zurück. King war tatsächlich ein sachverständiger Wundarzt. Miss Hay war zu ungeübt und zu zaghaft gewesen.

Der neue Verband saß.

Die beiden Männer standen noch einmal vor dem Totenbett Tishunka-wasit-wins. Sie ließen die Tote bedeckt; nur die Umrisse ihres jungen zerstörten Körpers waren sichtbar. Inya-he-yukan und Wasescha wußten, daß sie davon Abschied nehmen mußten, aber der Tod Tishunka-wasit-wins blieb bei ihnen. Sie gelobten sich, was keiner aussprach, was aber ein jeder vom andern wußte.

Der Tag, an dem Patricia Bighorn aus dem Leben schied, war nach der Rechnung der weißen Männer die Mitte einer Woche. Für die Verwandten und die indianischen Freunde des Mädchens war und blieb es der Tag, an dem Tishunka-wasit-win gestorben war.

Eivie, der Hospitalarzt, kam, und nachdem er die Tote gesehen und alle Merkmale ihres Todes aufgenommen hatte, wurde sie den Eltern zur Bestattung freigegeben. Ihre Züge wirkten dem Leben nicht mehr so nahe wie noch am Abend zuvor. Der Körper war kalt, das Antlitz wurde fremd und den Lebenden schon ganz fern gerückt.

Dennoch war es, als ob ein Wirken von dem still gewordenen

Mädchen ausgehe, und wer sie gekannt und von ihrem Tod erfahren hatte, konnte sich dem nicht entziehen, weder Freund noch Feind.

Die Schüler und selbst die Beginner waren während des Unterrichts aufmerksamer als sonst, gespannt und mit allen Worten sehr sparsam. Es gab für die Lehrer und Erzieher kaum etwas zu loben, aber auch kaum etwas zu tadeln.

Als Miss Hay im Auftrage des Rektors in der Sechzehnergruppe Mahans inspizierte, konnte sie nur feststellen, daß dort das Flaggengelöbnis weiter geübt wurde. Ihre Empfindungen blieben zwiespältig, denn sie mußte sich eingestehen, daß sie etwas anderes erwartet und sich also getäuscht hatte, was niemand gern vor sich selbst zugibt; ihr dienstliches Gewissen aber war gezwungen, sich befriedigt zu fühlen. Es war der kleine Harry King, der sich ein einziges Mal versprochen hatte, als er dem Urtext gemäß aufsagte, er sei der Flagge treu und »der Republik«, für die sie stehe, anstatt, wie der Schultext lautete, »der Regierung«. Als Miss Hay ihn wohlwollend verbesserte, meldete er sich zu einer für einen Fünfjährigen erstaunlichen, vielleicht von den Eltern oder von den älteren Geschwistern eingegebenen Frage. Ob »unsere Regierung« und »unsere Republik« dasselbe seien. Miss Hay überließ Mahan die heikle Antwort. Er sagte: »Zur Zeit.«

Miss Hay hatte Bedenken, wußte aber auch keine bessere Erklärung und hörte sich noch die mit Inbrunst im Chor gesprochenen Worte des Gelöbnisses an: »Liberty and Justice for all« – »Freiheit und Recht für alle«. Es war wohl das beste, wenn sie nun ging und einen guten Eindruck mitnahm, ohne ihn durch untergründige Ahnungen allzusehr stören zu lassen. Mahan und die Kinder hatten sie so merkwürdig angeschaut. Sie war vor Mahan zum erstenmal erschrocken.

In den Pausen herrschte Stille. Auch in der großen Mittagspause spielten die Schüler nicht, sondern fanden sich in Viererreihen zusammen, um rund um den Vorplatz zu gehen, so, wie es bei den indianischen Tänzen zu Ehren Verstorbener üblich war. Die Internatschüler hatten auch heute keinen Sport. Sie holten sich Bücher. Während sie zu lesen schienen, dachten sie nach. Nur hin und wieder wurde ein Blatt ohne Geräusch umgeblättert, und der eine oder andere nahm die Hand vor den Mund; Mahan wußte dann, daß der Junge und das Mädchen mit dem Großen Geheimnis sprachen.

Alle hatten das Gefühl, daß die Schüler die Erwachsenen beobachteten, doch stellte kein Schüler eine Frage zum Tode Patricias.

Zu Beginn des Unterrichts war in jeder Klasse angesagt worden, daß Patricia Bighorn überfahren worden sei, als sie am Schluß der Pause versuchte, über die Straße zu laufen, wozu sie keinen Anlaß hatte und was den Schülern auch verboten war. Die Kinder schauten auf die Lehrer, die solche Worte sprachen, aber die Worte konnten nicht in sie eindringen; die Augen, die auf die Lehrer gerichtet waren, erschienen alle wie verglast.

Von der in sich gekehrten und unzugänglichen Ruhe und Schweigsamkeit der Kinder hoben sich ein Kommen und Gehen, Rufenlassen und Verabschieden und manches lautere Wort in den Räumen der Lehrerkonferenz und des Rektors um so mehr ab.

Mahan und Cargill wurden abwechselnd zum Rektor gerufen. Der Polizeichef selbst, ein weißer Mann, ließ sich sehen. Auch Miss Bilkins war um die Mittagszeit gekommen. Als die Schulbusse nachmittags die Kinder nach Hause brachten, fuhr auch die junge Dezernentin zur Agentursiedlung zurück und nahm Rektor Snider mit, um mit ihm zusammen ihren Bericht bei Chester Carr abzugeben.

Auf diese Weise war Lehrer Ball für einen Abend vor Sniders Wachsamkeit sicher. Er lud die beiden Erzieher Ron Warrior und Hugh Mahan in sein Haus ein. Die drei blieben unter sich, nahmen einen Whisky Soda, bereiteten aus Balls Vorräten, die im Eisschrank zu finden waren, Toasts und brühten Tee. Die Küche war wie üblich nur durch eine halbhohe Wand von dem Eßraum getrennt. Ball und die beiden Erzieher saßen um den runden Tisch.

Es wäre sinnlos gewesen, von etwas anderem zu reden als von dem, was aller Gedanken beschäftigte.

»Byron Bighorn wird weiter unsere Schule besuchen«, berichtete Ball. »Mußte er von seinem fünften bis zu seinem zehnten Jahr als Epileptiker in unsere Schule gehen, damals sogar ohne Bus, den weiten Weg zu Fuß, so kann er es auch jetzt schaffen. Ja, so hat Doc Eivie entschieden. Er hat im Hospital jetzt keinen Platz für eine Kur frei. Für eine Woche darf Byron aber zu Hause bleiben.«

Ron Warrior nickte zweimal, einmal für sich, einmal für Hugh.

Da Ball keine weitere Antwort erhielt, fuhr er fort. »Wie sind Sie denn nun mit Snider und der Polizei verblieben, Mahan?«

Hugh zuckte nach seiner Gewohnheit die Achseln. »Unverändert.«

»Hat Patricia nicht einfach versucht, vor dem Wagen über die Straße zu rennen?«

»Sie hat sich vor den Wagen geworfen. Auch Eivies Befund läßt nur diese Lösung zu. Der Wagen hat sie nicht umgerissen. Dann wären ihre Lage und ihre Verletzungen andere gewesen.«

»Es wird Ärger geben«, sagte Warrior voraus. »Amerikanische Beamte werden immer streng gemaßregelt. Wissen Sie schon, was Sie machen wollen, wenn Sie die Stelle hier verlieren. Hugh?«

»Ron, haben Sie in Ihrem Leben immer etwas Brauchbares getan?«

»Nicht gerade. Kennen Sie meinen Lebenslauf noch immer nicht? In den Sümpfen Floridas geboren, arbeitslos, Koreakrieg, Dienst beim CIA in Ostasien, dort Lebewohl gesagt und gnadenweise zum Dienst in der Prärie bei den Beginnern zugelassen. Vorläufig bin ich also hier, wo es mir ohne Snider noch besser gefallen würde. Meine Kinder sollen nicht in der Stadt aufwachsen.«

»Ist es wahr, daß Clyde Carr seit heute Ihr Gast ist?« erkundigte sich Ball.

»Wahr.«

»Sind Sie um weitere Sensationen besorgt?«

»Wieso? Clyde ist ein netter Kerl. Unbekannte Verfügungen des Herrn Vaters und der Polizei gehen mich nichts an. Man kann mich ja informieren, wenn man will. Oder einen öffentlichen Anschlag machen.«

»Öffentlicher Anschlag! Sie machen mir Spaß, Warrior. Unsere Schule ist für Schwierigkeiten verrufen genug.«

»So ist es, Mister Ball. Ich fühle mich unter den Verrufenen wahrhaft wohl. Wäre allerdings schade, wenn wir Hugh verlieren sollten. Seine Gruppe braucht ihn.«

»Ich werde für Mahan tun, was ich kann. Aber unter den gegebenen Umständen vermag ich nicht viel mehr, als mich selbst auch noch verdächtig zu machen.«

»Snider muß man absetzen und die indianische Rektorin Holland zurückholen.«

»Bleiben Sie bei Sinnen. Warrior. Zur Zeit fährt die Karre abwärts, irgendeinem Abgrund zu, ohne daß sie noch einer halten kann.«

In den frühen Abendstunden, in denen Ball und seine beiden Gäste zusammensaßen, brannte in der Agentursiedlung noch Licht in den

Diensträumen des Superintendent. Die aufeinanderfolgenden Sitzungen dort verlängerten sich weit über vier Uhr nachmittags hinaus, ein Alarmzeichen in dem sonst sehr korrekt abgemessenen Arbeitsablauf des Zwergkönigreichs der Reservation, derzeit regiert von Mr. Chester Carr. Auf dem Parkplatz für Gäste standen zwei Wagen.

Eve Bilkins hatte Rektor Snider abgeschüttelt und sehnte sich nach der Möglichkeit, sich selbst auszuschütten. Doch ging sie nicht, wie sonst des Abends oft, zu ihrer Kollegin Carson oder in das gastliche Haus von Eivie, der von allen Doc genannt wurde, ohne es zu sein. Sie nahm die Einladung des Ehepaares Haverman an, in dessen Haus sie wohnte. Haverman, Dezernent für Wirtschaftsfragen der Reservation, war schwer herzleidend und so lange zur Kur gewesen, daß man schon mit seiner Pensionierung gerechnet hatte. Aber ebenso wie der gallenkranke Shaw und die seelisch oft enttäuschte Kate Carson wollte er auf seinem Posten weiter ausharren und hatte seinen jüngeren Vertreter Brown wieder vom Amtsstuhl vertrieben.

Haverman war immer diensttreu gewesen. Er hatte niemals oppositionelle Anwandlungen gehabt, und Eve fühlte sich bei ihm und seiner Frau heute gesicherter als bei Kate. Die Drinks, die Mrs. Haverman anrichten ließ, waren anregend, die Speisen abwechslungsreich und leicht verdaulich. Frau Haverman hatte eine zuverlässige und peinlich saubere Indianerin, Mrs. Patton, Frau des indianischen Gärtners der Superintendentur, als Haushaltshilfe. Der 12jährige Junge des Ehepaars ging in die 3. Tagesschule und galt als ein braver Schüler. Eve nickte Frau Patton freundlich zu, und diese dankte mit den Augen.

Die Dezernentin glaubte, nach der Erfrischung und nach einigen Belanglosigkeiten des Gesprächs Mr. Haverman eine Frage aus dem Dienstbereich vorlegen zu dürfen.

»Arbeiten wir nicht zu isoliert voneinander, Mister Haverman? Man müßte doch bei den jetzigen Aufregungen untereinander engeren Kontak halten, sich gegenseitig informieren? Meinen Sie nicht?«

»Aber natürlich, Miss Bilkins.« Haverman lächelte höflich und nahm ein Herzstärkungsmittel. »Man weiß nur nie, was beim Informieren herauskommt. Carr hat jedenfalls den Polizeichef, Shaw und die drei Mac Leans, den Senior und die beiden Junioren drüben bei sich versammelt. Das ist offenbar sein neuer Gehirntrust. Ich werde dabei nicht mehr hinzugezogen, obwohl es um meinen Sachbereich geht. Aber Carr traut jetzt schon keinem mehr von uns außer Shaw.«

»Erstaunlich und empörend, Mister Haverman. Was hat es zu bedeuten?«

»Eisenharten Kurs. Sicher. Carr und Shaw schlagen vor, daß der alte Mac Lean sein Pachtgelände, das ihm der Stammesrat gekündigt hatte, behalten darf.«

»Kann Carr das durchsetzen?«

»Aber ja. Hawley und Mr. Albee haben die seit alters bestehenden Rechte des ›Vaters der Reservation‹ nur nie voll ausgenutzt. Der Exekutivausschuß des Stammesrates und der Chief-President Jimmy White Horse müssen die Vollmacht für den Superintendent, Land zu verpachten, blanko unterschreiben, dann hat Carr freie Hand. Der alte Mac Lean und sein älterer Sohn bleiben, wo sie sind, und der junge bekommt doch noch das Nachbargelände der King-Ranch, um das er so lange vergeblich gekämpft hat.«

»Wo die Kleintierzucht und die Handwerksschule sitzen?«

»Ja, ja, ja; Kleintierzucht wird aufgelöst, Handwerksschule wird verlegt. Die Töpferei in der Agentursiedlung genügt als Zentrum der Kunsthandwerksausbildung. Mrs. Goodman und die Lehrlinge werden dorthin versetzt. Der junge Hausvater Tom ist zur Zeit bei der Armee. Innerhalb der Agentur haben wir alle besser unter Kontrolle und können Mrs. Goodman bei ihrer Aufsichtspflicht unterstützen.«

»Mister Haverman, Sie regieren in mein Gebiet hinein. Die Bildungseinrichtungen werden aus dem Schuletat bezahlt.«

»Aber liebe Miss Bilkins, ich unterstütze Sie doch nur in Ihren Bemühungen. Die Schulranch ist praktisch schon aufgelöst. Bob, der zuletzt Verantwortliche, sitzt im Gefängnis; der alte Halkett ist nur noch eine halbe Kraft und geht auf seine Ranch zurück. Gut, sehr gut, in der Tat, nicht wahr, Miss Bilkins? Auf diese Weise lösen sich alle die Widerstandsnester auf, die King eingerichtet hatte. Wer Viehzucht lernen will, kann Cowboy bei Mac Lean werden. Die Büffel kommen auch dorthin, auf Abzahlung. Der alte Mac Lean will es riskieren. Sagt er jedenfalls. Wenn es mit Treiben, Hüten, Zahlen nicht klappt, so verkauft er. Tot oder lebendig. Wahrscheinlich eher tot als lebendig. Büffelleder ist im Handel wieder gefragt.«

»Mister Haverman! Mister Haverman! Dieses Vorgehen erscheint selbst mir ein wenig riskant. Handwerksschule – Schulranch – Büffel – alles auf einmal? Es herrscht schon zuviel Unruhe unter der Jugend, für die ich mitverantwortlich bin.«

Mrs. Haverman wurde unruhig und bat mit einer stummen Miene, ihren Mann nicht mehr als nötig aufzuregen.

Eve zwang sich, sachlich und scheinbar ruhig zu sprechen. »Verstehen Sie doch, Mister Haverman, King hat jahrelang um die stammeseigene Schulranch gekämpft – und gegen die Verpachtung des Indianerlandes an weiße Pächter. Er hat die Büffel hergebracht. Carr hat keine Ahnung ... Hat er King jetzt informiert?«

»Er will gar keine Ahnung haben und hat King nicht informiert. Die Polizei und Mac Lean werden alle Anweisungen schriftlich bei sich tragen und King zur sofortigen Ausführung vorlegen. Diesen Weg schlagen Shaw und die Mac Leans dem Superintendent vor. King soll keine Zeit zu Protesten und Gegenmaßnahmen behalten. Wenn die Büffel weg sind und der neue Nachbar da ist, kann er protestieren, soviel er will, und bis zur Bezirksverwaltung und nach Washington gehen. Bereits ausgeführte Entscheidungen pflegen nicht rückgängig gemacht zu werden. Fragt sich nur, wer denn nun die Büffel von der King-Ranch zu Mac Leans Sattelranch treiben oder sie lieber gleich niederschießen oder verkaufen wird.«

»King hat sie doch auch hergebracht.«

»Fünf Stück im Käfigwagen, und das Ausladen war eine Sensation der Büffeljagd und der Rodeokünste. Ich habe mir das damals aus sicherer Entfernung angesehen. Aber inzwischen sind es 32 Büffel geworden! – Ich jedenfalls wasche meine Hände in Unschuld.«

»Ah – die Maßnahmen gehen auf Carr zurück, nicht auf Sie! Sie können den Anweisungsempfänger und Zuschauer spielen!« Auf Eves Wangen erschienen schon wieder die roten Flecken. Ihre Worte blieben leise, begannen aber zu sprudeln wie Wasser, das plötzlich einen Steilhang hinunterstürzt.

»Haverman, verstehen Sie, Sie haben es mit Vieh und mit Erwachsenen zu tun. Alles halb so schlimm. Aber ich bin für Kinder verantwortlich, die absolut irrational und unberechenbar handeln. Ich kann nicht hinter jedes Kind einen Aufseher stellen und weiß noch nicht einmal, wie der denkt und handelt. Mahan, Cargill und Warrior sind nichts als drei Katastrophen auf einmal. Und es geht nicht nur um Patricias Unfall, sondern auch um die beiden Schulentlassenen der Agentur-Schule hier. Wer hätte solche Selbstmorde für möglich gehalten!«

»Ich jedenfalls nicht, Miss Bilkins. Aber die Selbstmordabsicht ist auch bei diesen beiden Fällen schwer abzustreiten. Allerdings gibt es keine Zeugen außer dem Fahrer, dem man Selbstentschuldigung zuschreibt.«

»Was berät Carr jetzt noch mit seinem Gehirntrust, wenn über Landpacht und Büffel schon entschieden ist?«

»Er steift den Mac Leans den Nacken. George Mac Lean junior hat schlicht und einfach Angst wie ein Hase vor dem Jäger. Ich kenne die Familie doch bestens seit Jahren. Was habe ich mit den Mac Leans und den Kings schon alles ausgestanden! Aber Mac Leans können das Reservationsland durch die Superintendentur zum halben Preis von dem bekommen, was sie draußen bezahlen müßten, und die Kings wollen alles Pachtland zurück haben für die jungen Leute vom Stamm. Wir haben 80% Arbeitslose unter der männlichen Jugend. Also wird weitergestritten. George als Nachbar von Joe King und die Büffel hin- und hergetrieben oder abgeschossen – das wird Wildwest schlechthin.«

Eve seufzte tief. »Wann soll es losgehen?«

»Gleich am Montag. Die Polizei hat schon Verstärkung angefordert. Vielleicht wird man King vorher in Haft nehmen – wegen des Jaguar. Was weiß ich, Verdacht der Verbindung mit Doug Coles. Und sein wilder Buffalo-Boy Robert wird eingezogen. Der Gestellungsbefehl ist bereits gesichert. Montag hat er ihn. – Ja, liebe Miss Bilkins, seien Sie froh, daß Sie nur die Schulsorgen haben. Ich bin zwar nicht Mitglied des Gehirntrusts, aber wenn etwas schiefgeht, wird man es doch nur mir in die Schuhe schieben. Ich befinde mich in noch üblerer Lage als Sie.«

Man glitt noch in ein Gespräch über die Möglichkeit, indianische Kunsthandwerkserzeugnisse von Irene Goodman und ihrer vor der Auflösung stehenden Schule zu kaufen, ehe die besten Sachen in alle Winde zerstreut würden. Dann verabschiedete sich Eve und ging in ihr Apartment. Die Gärtnersfrau kam aus der neben dem Eßraum gelegenen, durch eine halbhohe Wand abgetrennten Küche; die Beamtenhäuser waren alle nach dem gleichen Grundriß gebaut. Mrs. Patton hatte noch Frühstück und Essen für den kommenden Tag vorbereitet. Sie räumte jetzt ab, wusch ab und erhielt von Mrs. Haverman die Erlaubnis, sich zurückzuziehen. Sie wünschte »Good night«, das waren zwei der wenigen Worte Englisch, die sie sagen konnte oder sagen mochte. Dann ging sie hinüber in das Holzhäuschen, das sie mit ihrem Mann und ihrem jüngeren Sohn bewohnte. Es lag in der Siedlung für jene Indianer, die bei der Agentur, bei der Stammesverwaltung oder beim Krankenhaus beschäftigt waren.

Der 12jährige Norris schlummerte, knurrte schlaftrunken, als die Mutter nach Hause kam, und drehte sich der Wand zu. Die Mutter wartete, bis seine Atemzüge wieder ganz regelmäßig gingen, dann erzählte sie ihrem Mann, was sie gehört hatte. »Sie werden King überfallen und unsere Büffel wegnehmen«, schloß sie. »Sie sind wie Räuber, die aus dem Busch hervorbrechen. Und niemand darf Joe warnen.« Ann Patton hatte gesagt »unsere« Büffel. Denn die Büffel, die Joe Inya-he-yukan King wiedergebracht hatte, waren in aller Augen keine King-Büffel, es waren Büffel der Prärie und des Stammes, Zeichen dafür, daß auch der Indianer noch lebte.

Norris, der Junge, der in seinem schon zu kurz gewordenen Bett zu schlafen schien, richtete sich jetzt auf und sagte: »Aber ich warne ihn. Ich tue es. Morgen in der Schule treffe ich Hanska.«

Die Eltern sahen sich an und schwiegen dazu.

Am darauffolgenden Vormittag, in der kleinen Zwischenpause, fingen Hanska Bighorn und sein Freund Norris Patton auf geschickte Weise den Erzieher Mahan ab. Es war in der Turnhalle, in der die beiden Jungen noch eine Aufräumearbeit übernommen hatten; der Sportlehrer des Internats sollte wissen, daß sie einige Geräte im Schrank umordnen wollten. Der 12jährige Hanska sagte dabei auf englisch, und er setzte seine Worte wie ein Mann: »Mister Mahan, heute nachmittag wird Patricia Bighorn beerdigt. Der Friedhof liegt nahe bei unserem Haus auf der King-Ranch. Mein Pflegevater bittet Sie, zu dem Begräbnis zu kommen, weil Sie die Wahrheit über Patricia gesagt haben. Wir nennen Sie jetzt: Der Mann, der die Wahrheit spricht. Kommen Sie?«

»Ich komme.«

»Nun hat Ihnen Norris Patton noch etwas zu berichten. Ich stehe solange Wache. Norris und ich wollen nicht, daß Sie sich mit uns in Gefahr begeben, ohne es zu wissen.« Hanska Bighorn postierte sich so, daß er die beiden Eingänge des Turnsaals im Auge hatte. Hugh half Norris Patton beim weiteren Aufräumen.

Norris berichtete in der Muttersprache, was er von der Mutter gehört hatte. Er hatte alles genau vernommen und nichts vergessen. »Nun weißt du es, Wasescha.«

Hugh rief Hanska mit einem Blick wieder herbei.

»Ich weiß nun alles, und ich komme. Ich habe gesprochen.«

Die drei hatten die Arbeit getan, die kleine Pause war beendet, die Klingel rief.

Als alle Unterrichtsstunden vorüber und der Schultag abgelaufen war, als die Busse vor der Schule warteten, fuhr auch der Jaguar-Sportwagen vor. Hanska und die Zwillinge hatten sich bereit gehalten, und Hanska sprach sogleich mit seinem Pflegevater.

Hugh wartete in einiger Entfernung. Als King ihn mit einer höflichen Handbewegung einlud mitzukommen, stieg er ein. Der Sitz neben dem Fahrer war ihm vorbehalten geblieben. Die Kinder drängten sich auf der Rückbank.

Die Straße lag einsam und leer. Joe trieb seinen Wagen in Sekunden auf 120 Meilen die Stunde; er rechnete wohl damit, daß die Polizei sich heute, am Begräbnistag, nicht sehen lassen würde. Die Fahrt von Norden nach Süden ging durch gelbbraunes verdorrtes Grasland, bis sich das Tal auftat, dessen ausgewaschene Hänge zur Linken als weiße Felsen leuchteten. Joe verlangsamte sein Tempo und bog rechter Hand in einen unbefestigten Weg ein, der hinauf zu dem gelben Haus und zu der alten Blockhütte führte, den Behausungen der Familie King.

Nach dem Aussteigen hatte Hugh Zeit, ringsum zu schauen, denn er wurde nicht sogleich angesprochen; man überließ ihn erst sich selbst.

Die Wiesen am Hang hier waren grüner als andere, oben auf dem Kamm der Anhöhe befand sich eine Brunnenanlage, die Wasser spendete. Unmittelbarer Nachbar der King-Ranch war die Handwerksschule im hellblauen Holzhaus mit dem dazugehörigen Gelände für die Kleintierzucht. Auch dorthin führte vom King-Brunnen aus eine Wasserleitung. Zwischen dem King-Haus und der Handwerksschule befand sich der alte Friedhof. Das Gras wiegte sich in dem Wind, der den Kindern der Prärie vertraut war. Die weißen Holzkreuze standen nach den Stürmen von Frühling und

Sommer nicht mehr gerade; sie mußten wohl jedes Jahr zweimal gerichtet werden. Ein Stab aber stand fest; er war am oberen Ende gebogen und trug ein Bündel Adlerfedern zum Zeichen für einen Häuptling, der hier unter der Erde lag. Tishunka-wasit-wins Grab war schon ausgehoben; Erdbrocken lagen am Rande der Grube.

Byron Wakiya saß an dem Häuptlingsgrab und schaute nach der Grube, in sich verloren, so, als ob er schon immer da gesessen habe und auch für immer da bleiben werde. Er schien die Ankommenden nicht bemerkt zu haben.

Joe füllte den Benzintank des Jaguar nach und lud noch Reservekanister ein. Hanska lief sofort zu den Pferden, die sich hinter der Blockhütte in einer Koppel befanden. Ein Scheckhengst und eine gefleckte Appalousa-Stute fielen Hugh auf, auch ein Schecken-Pony, mit dem Hanska besonders zärtlich sprach.

Mit diesem Pony hatte der Junge schon im Wettbewerb mit erwachsenen Reitern einen Rodeopreis der Reservation gewonnen; das war das erste gewesen, was die Internatsschüler ihrem Sportlehrer berichtet hatten, als sie ihm gegenüber überhaupt einmal den Mund auftaten.

Mahan ging ein paar Schritte umher, sah drei braunhäutige kleine Kinder spielen und beobachtete eine junge Frau, die aus dem hellgelben Haus kam, in dem sich schon Trauergäste eingefunden zu haben schienen. Ein fremder Wagen stand auf der Wiese.

Die junge Frau, die an Hugh vorbei der Blockhütte zulief, war schön; ihre Art, über das Gras zu gehen, war sanft, ihr Gesicht war traurig und wie von Schleiern der beginnenden Dämmerung überhängt.

Vielleicht hatte Mahan einen Augenblick geträumt, denn er reckte sich mit einer plötzlichen Bewegung auf, als Joe herangekommen war, ihn ansprach und dadurch, daß er selbst den Weg zum Friedhof einschlug, auch Hugh dorthin mitnahm.

Die beiden Männer waren auf dem Friedhof angelangt; sie standen an dem offenen Grab und blickten von dort hinüber zu dem Häuptlingsstab, zu dem Bündel mit Adlerfedern und zu Wakiya Byron, der aufgestanden war und langsam herbeikam.

Sein Pflegevater Joe Inya-he-yukan sagte ihm alles, was er selbst von Norris Patton und Hanska erfahren hatte, und bat ihn, sogleich hinüberzugehen zu Mutter Queenie Tashina und zu den Gästen, um ihnen die Nachrichten zu bringen. Hanska aber sollte auf die

Büffelweide reiten, damit auch der Buffalo-Boy Robert und seine Frau Joan erfuhren, was nach dem Willen Carrs geschehen sollte und was nach dem Willen Joe Inya-he-yukan Kings geschehen würde.

»Die Mac Leans werden unsere Büffel niemals haben, und Robert Yellow Cloud wird sich nicht befehlen lassen, gegen wen er zu schießen hat. Hau.«

Joe Inya-he-yukan ging nach diesen Worten mit Hugh zusammen dem Trauerzug entgegen, der jetzt über den Wiesenweg den Hang heraufkam.

Das Holzhaus der Bighorns in seiner abblätternden Farbe lag auf der anderen Talseite, unterhalb der Weißen Felsen, der King-Ranch gegenüber. Die vielköpfige Familie, der Kriegsinvalide Patrick und seine abgehärmte Frau, die acht noch daheim lebenden Kinder der Bighorns, kam mit der Last des toten Mädchens Tishunka-wasit-win. Ein junger indianischer Priester begleitete sie.

Queenie Tashina geleitete die zahlreichen Trauergäste aus dem gelben Haus der King-Ranch herbei. Es waren zwei Männer, eine noch junge Frau, dazu sechs Mädchen und vier Jungen im Alter von Schulentlassenen; das mochten die Handwerkslehrlinge sein. Kein Vertreter der Dayschool, niemand aus der Verwaltung, nicht einmal ein Mitglied des Stammesrates hatte sich eingefunden. In den Augen der Trauernden war es gut so. Mahan nahm das besondere Bild der beiden Männer in sich auf, die mit Joe Inya-he-yukan und Queenie Tashina King auf der anderen Seite des offenen Grabes ihm gegenüber standen, und er fühlte etwas von Gedanken und Willensströmen, die sich von dorther auf ihn lenkten. Der eine dieser Männer schien selbst dem Grabe nicht mehr fern, obgleich er noch nicht alt sein konnte, aber die Krankheit hatte ihn schon gezeichnet. Der andere stand wie ein Stein, der aus der Erde herausragt, tief darin verklammert. Queenie Tashina hielt sich zu Joe Inya-he-yukan. Sie war bleich, und als die Erde in die Grube über Tishunka-wasit-win geworfen wurde, zitterten ihre Lippen.

Aber niemand weinte. Das Schweigen war eine nicht aufklingende, darum auch nie verstummende Klage der braunhäutigen, schwarzhaarigen Menschen um ihre Kinder.

Die Grube wurde mit Erde gefüllt und gedeckt, und der indianische Priester sprach den Segen Wakantankas, des Großen Geheimnisses, über Tishunka-wasit-win, die unter dem Zeichen des achtzackigen Sterns gestorben war. Die Gebete sprach der junge Priester Elk in der Stammessprache, aber nun begann er englisch zu sprechen, damit auch die beiden Gäste aus fremden Stämmen ihn verstehen konnten.

»Mit unserem Gebet für Tishunka-wasit-win, das ›Schöne-Pferd-Mädchen‹, rufen wir nach Gerechtigkeit. Wir klagen um alle unsere Kinder, die durch Kugeln, Hunger, Krankheit, Mißhandlung, Einsamkeit und Knechtschaft gestorben sind und noch immer sterben. Wir klagen um unsere Tochter Tishunka Patricia und um unsere zwei Söhne, die am gleichen Tag gestorben sind. Wir klagen um ein Kind – und ihr wißt es noch nicht, aber ich sage es euch –, um ein Kind, das sich, neun Sommer und Winter alt, in einem Schulgefängnis der weißen Männer selbst töten wollte und nun krank liegt und sterben will. Wir klagen an! Aber die Watschitschun, die uns alle Tode sterben lassen wollten, die ein Volk sterben kann, werden uns dennoch leben sehen. Tishunka-wasit-win ist nicht ausgelöscht, das Feuer brennt weiter wie die Sonne, die des Abends stirbt und des Morgens wieder aufleuchtet.«

Hugh Mahan nahm die Worte in sich auf und dachte an das Kind, das noch lebte, aber sterben wollte. Er würde den Priester Elk nach diesem Kind fragen.

Langsam gingen die Angehörigen der leidtragenden Familien und ihre Gäste auseinander.

Der Abendwind wehte kalt, die Adlerfedern am Stabe bewegten sich; der Himmel begann rot zu werden vom Blut der Sonne. Wakiya Bighorn saß wieder am Häuptlingsgrab und schaute nach der frischen Erde, die Tishunka-wasit-win deckte.

Joe und Queenie Tashina luden die Eltern und Geschwister der Toten, die Lehrlinge und ihre Meisterin Irene Oiseda in das gelbe Haus zu einer Mahlzeit ein.

Mahan beobachtete die förmliche Art, in der Joe mit Patrick und Queenie mit Mutter Bighorn sprach; die Nachbarn schienen sonst wenig miteinander zu verkehren. Joe Inya-he-yukan ging auch nur für sehr kurze Zeit mit in das Haus; er kam zurück und rief Mahan und jene beiden Männer zu sich, die Hugh nach ihrem Aussehen für Angehörige anderer Stämme hielt. Hugh erfuhr die Namen: Edgar Monture hieß der eine, und er war ein Mohawk. Der andere, den die Krankheit verzehrte, nannte sich Andy Tiger, vom Stamm der Tscheroki. Sie gehörten mit King zusammen einer indianischen Bruderschaft an.

Joe holte sich den Scheckhengst aus der Koppel, sattelte und überließ es seinen drei ausgewählten Gästen, sich selbst Pferde zu nehmen. Sie sollten ihn zur Büffelherde begleiten. King war mit dem elektrisch geladenen Stock, mit Lasso und Jagdgewehr, mit einer Pistole im Kniehalfter und dem Patronengurt ausgerüstet und packte Proviant in die Satteltaschen. Mahan hatte Inya-he-yukan noch nie als bewaffneten Hirten gesehen, aber er wurde sich jetzt bewußt, daß er ihn immer so gedacht hatte.

Mahan selbst wählte einen dunkelbraunen Hengst. Es war lange her, daß er auf einem Pferderücken gesessen hatte. Aber die beiden Pferde des Vaters waren prächtige, mutwillige Tiere gewesen. Der Vater hatte Hugh Mahan Wasescha, den einzigen Sohn, der ihm geblieben war, bis zu seinem achten Jahr nach alter Art zu einem Reiter, Jäger, Hirten und Wissenden der alten Geheimnisse erzogen. Eines Tages aber war er der Polizei verraten worden. Lange Jahre hatte Wasescha keine Pferde und keine Prärie mehr gesehen.

Er brach seine Erinnerungen ab. Joe hatte ihm mit einem Handzeichen einen Sattel empfohlen, der über dem Koppelzaun hing; Hugh legte diesen dem Dunkelbraunen auf, empfing Proviant und schwang sich auf; die Bewegung des Pferdes ging in seinen eigenen Körper über. Er brauchte nicht zu denken, was er zu tun habe. Seine Hände spielten mit dem Zügel, selbstverständlich wie einst; der Dunkelbraune gehorchte.

Die Reitertruppe der vier kam unter Inya-he-yukans Führung auf die Höhen und hinter dem Höhenrücken in das sich weithin erstreckende Wiesengelände, das von einem seichten Bach durchzogen wurde. Die Dämmerung des Herbstabends neigte sich zur Nacht. Die vier, die von Osten her westwärts ritten, schauten über die begrasten Erdwellen in die gelbe Glut am Horizont, hinter dem der Sonnenball schon geschwunden war. Die Büffel wurden als Schatten vor dem goldenen Leuchten sichtbar. Buffalo-Boy Robert, seine Frau Joan und Hanska galoppierten von der Herde her zu der Vierergruppe heran. Alle ließen ihre Pferde in Schritt fallen, und so näherte man sich miteinander den Büffeln. Inya-he-yukan sprach dabei mit Robert Yellow-Cloud. Es waren abgehackte einzelne Worte, verständlich nur unter Hirten, die Tag und Nacht zusammen arbeiteten.

Joe hielt seinen Scheckhengst an. Sofort standen auch alle anderen Pferde. Der Büffelbulle, Leittier der Herde, war zu erkennen. Es blieb noch ein Augenblick der Besinnung und des letzten Entschlusses. Niemand kannte Inya-he-yukans Plan ganz, aber alle erwarteten, daß er nun sprechen werde. »Der große Büffel muß sterben«, sagte Inya-he-yukan King, »damit ich seine Herde vor dem Tode bei den Mac Leans retten kann. Er ist zu stark und zu tapfer, um sich einen fremden Weg treiben zu lassen. Er muß sterben, aber seine Herde und seine drei jungen Söhne nehmen wir mit. Einer davon wird dem Vater Büffel und dessen Vater gleichen und das Geschlecht fortsetzen. In der Haut dieses Büffels, den ich jetzt töte, will ich einmal begraben sein. Ihr habt es alle gehört. Ich habe euch hierher mitgenommen, damit ihr das Sterben des großen Büffels seht, den ein roter Mann töten muß, und damit ihr seht, wie zwei Männer, eine Frau und ein Kind eine Herde Büffel treiben, die die Watschitschun nicht nach ihrem Willen lenken können. Wir werden eine Nacht und einen Tag unterwegs sein auf vielen Umwegen, und es wird eine harte Arbeit werden. Ich weiß nicht, ob wir alle Gefahren mit unseren Büffeln bestehen können. Wir sind aber eins mit unserer Mutter Erde und mit dem Großen Geheimnis; der Mond gibt uns Licht auf dem Weg. Wir wagen es. Wenn die Sonne wieder blutet und sinkt, werden wir auf der Ranch des Chuck Kingsley sein, der ein ehrlicher Mann und Sheriff ist und mit seinen Cowboys unsere Büffel hüten wird, bis wir sie zurückholen können. Er wird sich wundern, daß wir das große Treiben bis zu seiner Ranch gewagt haben; er wollte es mir nie recht glauben, obgleich der Vertrag abgeschlossen ist. Edgar und Andy, ihr reitet zurück, sobald ich die Herde auf dem Wege habe; ihr nehmt euren Wagen und meinen Jaguar und fahrt zu der Büffelranch, um uns anzukündigen. Der Senior-Cowboy soll uns mit zwei Mann entgegenreiten. Du, Wasescha, bleibst bei dem Büffel, den ich töten muß; die Hunde sollen den Toten nicht zerfleischen. Die Frauen werden zum Abhäuten und Ausnehmen kommen. Wenn du willst, so bleibe dann bei den Frauen und Kindern und schütze sie und berate sie, bis ich zurückkomme. Es wird einige Tage und Nächte währen, denn ich fahre Robert Yellow-Cloud und Joan nach Kanada. Dort braucht Robert nicht Soldat zu werden. Er wird Arbeit bei der Waldbrandbekämpfung finden. Ich weiß aber, was ich von dir erwarte, mein Bruder Wasescha. Die weißen Männer werden wüten, wenn sie kommen und weder Büffel noch Robert, noch mich finden können. Ich weiß jetzt nicht, was du dann tun kannst und wie der Streit ausgeht. Ich meine dich aber zu kennen. Du bist wie mein anderes Selbst und wirst so handeln, wie ich an deiner Stelle handeln würde.«

»Ho-je, Joe Inya-he-yukan.«

Joe nahm sein Jagdgewehr zur Hand; Robert, Joan und Hanska hielten sich bereit. Es gab viele Möglichkeiten, einen Büffel mit der Schußwaffe anzugreifen, gefährlich blieb es für einen einzlnen immer. Die großen Büffelmörder vor drei Generationen hatten mit Schnellfeuergewehren auf die Tiere geschossen. Die Vorfahren Inya-he-yukans hatten mit Pfeil und Bogen gejagt. Inya-he-yukan traf keinerlei Vorkehrungen für besondere Leichtigkeit oder Sicherheit eines Schusses. Er wählte den kühnen und schnellen Weg, der eine besonders ruhige Hand und ein besonders sicheres Auge erforderte und für seinen Plan der geeignete war. Der Leitstier stand zwischen den Reitern und der Herde; die Reiter waren aus Osten in westlicher Richtung geritten, und die Herde mußte westwärts getrieben werden. Der Standplatz des Stiers war für Joes Plan der denkbar günstigste, vielleicht aus Zufall, wahrscheinlich aber hatte Robert ihn schon geschickt isoliert, ehe Joe King kam.

Der Bulle stand ruhig da, abwartend; er war gesammelte Kraft, und niemand konnte sagen, wohin und wogegen diese Kraft sich vielleicht schon im nächsten Augenblick wenden würde. Er warf den Kopf, und als ahne er, daß es einen Kampf geben müsse, setzte er sich gegen die Reiter in Trab, die Erde mit einem Horn dabei aufpflügend. Inya-he-yukan fuhr seinem Schecken in die Mähne und trieb ihn mit einem schrillen Ruf zum plötzlichen Galopp. Die Hufe klopften die trockene Erde; zwischen Dunkel und Sternenschimmer flog der Schatten von Reiter und Pferd über die Wiese, dem Bison entgegen.

Der Reiter kam dem Stier zur Seite. Joe Inya-he-yukan hob das Jagdgewehr, legte an und drückte ab. Der Schuß krachte; das Pfeifen der Patrone zog durch die Luft zum Ohr.

Joe gab nur diesen einzigen Schuß ab.

Der Büffelstier überschlug sich und stürzte ins Gras. Er war tot. Sein mächtiger Körper lag im Gras, reglos für immer. Joe lud nach und gab das Gewehr wieder in den Halter am Sattel. Er erhob den dumpfen Büffeljagdruf und galoppierte weiter auf die Herde zu, um sie zu scheuchen.

Die Herde, vom Krachen des Schusses und vom Sturz ihres Leittieres erschreckt, setzte sich westwärts in Bewegung, trabte, galoppierte in die Richtung, die sie nach dem Willen der Hirten einschlagen sollte. Mit knallenden Peitschen und dem dumpf drohenden Büffeljagdruf verfolgten Robert, Joan und Hanska zusammen mit Joe die Herde und trieben sie weiter. Stelzbeinig galoppierten die Büffelkälber mit ihren Müttern.

Hugh Mahan war mit Monture und Tiger zurückgeblieben. Das schußgleiche Knallen, das Schreien, das Donnern des Galopps von Herde und Pferden wirkten in der Stille von Nacht und Prärie wie ein Aufstand des Urlauts, der Wildnis, des Ungebändigten, aber die Hirten blieben Herr darüber.

Die Herde machte nicht halt und nicht kehrt; sie brach nicht zur Seite aus. Vier Menschen, darunter ein Kind, lenkten sie.

Der Start war gelungen, der Plan war gut. Noch wußte aber niemand, was sich auf dem Weg mit 31 ungebändigten Büffeln ereignen konnte.

Die scharfen und die dumpfen Laute verklangen; es wurde ruhig um den toten Stier und um die drei Männer, die zu ihm herangeritten waren. Was für ein Tier, noch immer groß und mächtig, aus der endlosen Reihe der Büffelgeschlechter, die einst die Prärien beherrscht hatten, und selbst Vater eines neuen Geschlechts. Die drei Männer stammten aus einem Volk, das sich eins wußte mit der Erde, der Sonne, dem Mond und den Tieren, und sie weihten dem toten Büffel eine Zeit des Schweigens. Als sie um war, wurden sie wieder hellwach.

Monture und Tiger verabschiedeten sich von Mahan, um sich für ihre eigenen Aufgaben auf den Weg zu machen. Die beiden mußten auf der King-Ranch die Wagen holen, zur Büffelranch und von dort aus nach der der Reservation nahegelegenen Stadt New City fahren, wo Monture in dem Indianer-Vorort wohnte und wo der fiebernde Andy Tiger Ruhe finden konnte. So kam es, daß Hugh Wasescha in der Nacht allein bei dem toten Büffel blieb. Er suchte sich am Bachufer einen kräftigen Pflock, und mit Hilfe des Lassos, das am Sattel hing, pflockte er seinen Dunkelbraunen an. Einen Hammer hatte er in der Satteltasche gefunden; auch dieses Werkzeug gehörte zu einer Cowboyausrüstung. Vielleicht war Hugh mit dem Sattel Bobs geritten, der im Gefängnis saß.

Monture hatte Mahan seinen eigenen Revolver und Reservepatronen dazu gegeben. Mahan spielte mit der Waffe, entlud, entsicherte, sicherte. Allmählich fühlten sich seine Hände vertraut damit.

Die Herbstnacht war kalt in der hoch gelegenen, kurzgrasigen, allen Winden offenen Prärie. Das Buschwerk am Bach beugte sich dem Luftzug. Wasescha befühlte die Büffelhörner, wühlte in dem dichten Fell des Büffels, suchte und fand die Einschußstelle des tödlichen Schusses, eines Meisterschusses, wahrhaftig. Endlich schmiegte er sich dicht an das noch warme Tier und aß einen Bissen. Wie bei der Mutter daheim, so sog Hugh wieder den Duft trockener Erde, dürren Grases ein, dazu den Geruch von Pferd und Büffel und Ledersattel; er atmete die Luft ohne Gift und ohne Schlacken, die Luft ohne Staub. Er konnte das Ohr öffnen, ohne klickende Schlüssel und ohne knarrende Bettgestelle, ohne Schritte und ohne Stimmen zu vernehmen. Er konnte das Ohr weit aufmachen, und es drang nichts ein als die ihn umfassende Stille; nicht einmal der sickernde Bach gab ein Geräusch. Seine Augen stießen sich nicht an Wänden. Er konnte über das Land zu allen Himmeln schauen.

Es war kalt, aber es war die Luft, die er brauchte. Als die ersten langbeinigen halbwilden Hunde der King- und der Booth-Bighorn-Ranch heranschnüffelten, hatte Hugh sich schon Reisig und Ruten gesammelt. Er machte sich ein kleines Feuer mit einem Feuerzeug, in das Bobs Name eingeritzt war, und hielt die gierigen Hunde fern.

Lange brauchte er sich damit nicht abzumühen. Von dem Höhenrücken her vernahm er das unauffällige Geräusch von Pferdehufen auf Wiesenboden. Hugh hielt Ausschau. Fünf Reiter kamen, sie führten vier Packpferde mit. Hugh erkannte im Mondlicht Wakiya Byron, zwei Frauen und zwei Burschen. In dem ebenen Gelände trieben die Reiter ihre Pferde zum Galopp; die Hunde bellten und kläfften.

Am Feuer begrüßte Hugh Joes junge Frau Queenie Tashina, die er auf dem Weg vom hellgelben Haus zur Blockhütte zum erstenmal gesehen hatte. Die zweite Frau war Oiseda Irene, und auch an sie erinnerte er sich. Die beiden Burschen, Brüder Tishunka-wasitwins, ließen sich von Tashina und Oiseda Messer und Schaber geben und begannen, den Büffel aufzuschneiden, auszunehmen und abzuhäuten. Das war Arbeit für kräftige Kerle.

Die Hunde fielen über das Gedärm her.

Sobald Tashina Herz, Leber und Hirn des Büffels sorgfältig ausgelöst hatte, gab es eine Mahlzeit am Feuer. Die Feuerlichter und die Schatten huschten über Gesichter und Hände. Mahan beobachtete die junge Handwerksmeisterin, ohne sie das merken zu lassen. Oiseda Irene trug ihr Haar kurz geschnitten und ungepflegt, wie es einst trauernde Frauen taten. Ihre junge Gestalt und ihre Gesichtszüge wirkten karg und kühl wie lebendiges Wasser, das vereist. Nur ihre Lippen waren noch weich. Wenn das Feuer den Spiegel ihrer Augen fand, ließ es verstummte Fragen neu aufscheinen. Oiseda trug einen Witwenring.

Man hatte gegessen und erhob sich vom Feuer. Die Arbeit wurde fortgesetzt. Am frühen Morgen war sie endlich getan. Fleischpakete und das abgelöste Fell wurden auf die Packpferde geladen. Queenie Tashina verteilte dabei sogleich. Die Hälfte des Fleisches erhielten die Brüder Tishunka-wasit-wins für sich, ihre sechs Geschwister und die Eltern. Es war Sitte – auch Mahan wußte das –, die Angehörigen Verstorbener zu beschenken. Ein Viertel des Fleisches sollte Oiseda zusammen mit den Lehrlingen verzehren, die mit ihr in dem hellblauen Haus wohnten. Das letzte Viertel blieb für Queenie Tashina, ihre zwei Pflegekinder und ihre vier eigenen – und für Joe, wenn er zurückkehrte.

Zu Hause angekommen, spannten Tashina und Oiseda die Büffelhaut zum Trocknen und zum Abschaben auch der kleinsten Fleischreste im Freien neben der alten Blockhütte auf. Es blieb Zeit, den verlorenen Schlaf der Nacht nachzuholen. Wakiya bat Hugh, mit ihm in die Blockhütte zu kommen. Mahan tat es gern.

Die alte kleine Blockhütte, die einen einzigen Raum umschloß, war heimatliche Erinnerung für ihn. Solche Hütten hatten sich alle die Großväter gebaut, als sie besiegt und unterworfen waren und nicht mehr mit ihren Zelten wandern konnten. In der Mitte des Hüttenraumes befand sich ein eiserner Ofen, der auch als Herd benutzt werden konnte; das Ofenrohr führte durch das Dach. Die einzigen Möbel waren ein fester Tisch und zwei Holzgestelle, über Eck angebracht, mit Decken belegt, Sitz- und Schlafgelegenheit. In der einen Ecke standen drei Jagdgewehre. Byron Wakiya erklärte, woher sie stammten; das eine von Joes Vater, dem alten King, das zweite von Wakiyas verstorbenem Vater, das dritte war neu und gehörte Bob, auf dessen Rückkehr es hier warten sollte. Am Kleiderhaken an der Wand hing neben den Reservelassos Joes Achselhalfter mit Pistolen. In der Ecke standen zwei verschlossene Kästen.

Durch das kleine Fenster fiel Sonnenlicht in die Hütte. Der Herbstwind pfiff und sang leise; der Tag war hell und mild. Hugh und Byron warfen sich auf die Bettgestelle, grüßten sich noch einmal mit den Augen und erwarteten den Schlaf. Die Geräusche von draußen, das Lachen der Kinder, das Stampfen der Pferde in der Koppel, störten sie nicht. Von fernher erklang ein Brüllen, aber das war kein Büffelbrüllen, es waren die schwarzen Kühe und ihr Herdenstier.

Mahan schlief tief und traumlos. Als er erwachte, ging es schon auf Mittag zu. Hugh wußte nicht, ob Wakiya Byron auch Ruhe gefunden hatte. Der Junge lag mit offenen Augen, die Arme hinter dem Nacken gekreuzt, auf der Lagerstatt und schaute zu Mahan herüber. Seine Haut wirkte durchbluteter, frischer als am Tag vorher, aber der merkwürdig entfernte, unwirklich friedvolle Ausdruck der Züge war geblieben.

Hugh erhob sich und benutzte sein Lager als Sitz. Er dachte nach. Wenn es zu Auseinandersetzungen kam, mußte er über Menschen und Verhältnisse auf den beiden Ranches und in der Handwerksschule Bescheid wissen. Einiges hatte er schon verstanden, aber noch nicht genug.

Wakiya schien seine Gedanken erraten oder ähnliche Gedanken verfolgt zu haben. Er begann auf einmal zu sprechen, fließend, sachlich, wie es schien, ohne Gefühl.

»Es gibt viele Geheimnisse hier, Wasescha. Einige mußt du schon heute erfahren. Auf meine Pflegemutter Tashina und auf Oiseda kannst du dich in jedem Streit verlassen. Auf uns King-Kinder und auf die Lehrlinge Oisedas und auf die Bighorn-Kinder auch. Aber ich muß dir sagen, was für ein Mann Patrick Bighorn ist. Er trinkt, und er träumt noch immer von dem Kriege, in dem er ein Bein verloren hat. Er hat Joes Vater getötet; die beiden hatten zusammen getrunken und miteinander gestritten. Es ging ein Schuß los; Patrick wollte es nicht, aber der alte King war tot. So war das. Patricks Sohn Sidney war ein schlechter Mensch; er hat das College besucht wie du, aber dann ist er Stellvertretender Superintendent geworden und hat gegen unseren Stamm regiert. Er hat vieles falsch gemacht; Robert hat Sidney verfolgt, bis diese Schlange nicht mehr war. Für Tishunka-wasit-win und mich ist es schwer gewesen. Aber mein Pflegevater Inya-he-yukan hat Patrick bei unserer Gebetsnacht im weißen Zelt überwunden. Vater Patrick hat von da an geschwiegen und Patricia nicht mehr darum bedroht, weil sie mich liebte. Ich bin ein Bighorn, das weißt du, Hanska auch. Aber wir sind nicht von Patricks Familie. Unsere Eltern sind tot. Deine Mutter lebt noch.«

»Ja.« Wasescha hatte sich von Byrons letzten Worten getroffen gefühlt wie von einem unerwarteten Schlag. Er fürchtete, daß Wakiya weiter fragen würde, und er wollte diesen Jungen nicht belügen. Aber Wakiya fragte nichts mehr.

»Was wissen die Bighorns von dem, was geschieht?« erkundigte sich Mahan nur, ebenso sachlich, wie Wakiya gesprochen hatte.

»Nichts weiter, als daß Joe einen Vertrag mit Duck Kingsley geschlossen hat und die Büffel dorthin treibt.«

»Gut.«

Mahan und Byron machten sich auf, ordneten die Decken, gingen hinauf zum Brunnen und wuschen sich dort. Mahan hatte noch Schwierigkeiten mit seinem verwundeten Arm.

Zu Mittag wurde im hellgelben Haus Büffelfleischbrühe mit Büffelfleischbrocken darin gegessen. Es war eine große Tafelrunde; Queenie Tashina mit sechs Kindern und Pflegekindern, Oiseda mit zehn Lehrlingen und Mahan, der einzige erwachsene Mann, da Bob, Robert und Joe fehlten. Man saß auf Bank, Stuhl, Fensterbrett, auf dem Boden, auf dem Tisch. Man saß eng beieinander und fühlte sich zusammengehörig. Es wurde nicht gesprochen. Gemeinsam Fleisch zu essen war wie ein Gelöbnis; es war eine alte Festsitte.

An der Wand hing ein Behang, den Queenie Tashina geknüpft hatte. Mahan suchte die Sprache der Linien und Farben zu verstehen. Das Tiefe war rot, das Hohe war blau; im Roten hatte die Pflanze ihre Wurzeln, ihre Blüten trug sie ins Blau. Die Pflanze hatte hundert ineinandergeschichtete Schalen, die sich im Wachsen lockerten. Im Innersten war sie gelb, lebendig und heilig.

Am Fenster stand ein Krug, den Oiseda Irene geformt hatte. Das Muster des Stufenberges lief in zwei Reihen um seine dicke Wölbung, einmal nach oben, einmal nach unten gerichtet. In der ersten Reihe führten je drei Stufen von rechts und von links auf den Berg hinauf, in der zweiten Reihe führten sie in die Tiefe hinunter. Die vierte Stufe war in der Höhe der Gipfel des Berges, in der Tiefe bildete sie die Talsohle. In jeder Reihe waren es im ganzen sieben Stufen: sieben Weltzeitalter. Jetzt lebten die weißen Männer Amerikas im vierten der Zeitalter und mußten den Abstieg beginnen. Die roten

Männer hatten die Talsohle in der Tiefe erreicht und konnten wieder hinaufsteigen. Es war ein sehr altes Zeichen, die Bergpyramide. In dem langen gemeinsamen Schweigen sammelten und festigten alle ihre Gedanken, nicht die alltäglichen, sondern die weitgreifenden. Die Zwillinge suchten sich ihren schützenden Platz bei Hugh Mahan; ein Winkel war für sie an seiner Seite noch frei. Tashina und Oiseda saßen Seite an Seite mit den drei kleinsten der Kinder auf einer wollgewebten Decke am Boden. Mahan hatte sich in die Ecke der Wandbank gesetzt; er konnte durch zwei Fenster hinausschauen und die Tür beobachten. Der Herbstnachmittag schien friedlich, von sanfter Sonne durchdrungen, von mildem Luftzug durchschaukelt, in seinen Farben schon matt und vom ersten Nebel allem Zugriff entzogen.

Aber Mahan traute dem Frieden nicht.

Eine Büffelherde, Nacht und Tag unterwegs, konnte viele Watschitschun aufschrecken, die unfriedlich dachten und vielleicht früher als geplant unfriedlich zu handeln begannen.

Hugh stand auf, trat an das Schiebefenster, öffnete es und faßte ein einzelnes Auto, das aus der Richtung der Schule auf der Talstraße entlangfuhr, näher ins Auge. Es war ein zweitüriger Wagen, rot, mit blauen Blumen und gelber Schrift bemalt. An der Abzweigung angekommen, wendete es und fuhr den furchenreichen Wiesenweg vorsichtig herauf. Hugh begriff bereits, wer am Steuer saß. Wer anders als Chester Carrs Sohn Clyde konnte eine so helle Haut, solch strohige lange Haare und derart massive Hände am Steuer haben. Hughs linker Mundwinkel zog sich herunter, ein Zeichen, daß er nicht sorglos, auch nicht ängstlich, eher wachsam und zynisch gestimmt war. Es wurde ihm dabei plötzlich bewußt, daß Tashina, die neben ihn an das Fenster herangetreten war, seine Miene von der Seite studierte; er konnte aber nicht wissen, was sie sich dabei dachte. Vielleicht ahnte er es doch, da er selbst schon Joe Kings Zynikerfalte beobachtet hatte. Er löschte den Zug aus, da er es nicht liebte, sich zu verraten oder in dem Verdacht zu stehen, daß er einen andern kopiere.

Als der rote Wagen auf dem Gelände vor dem Haus anlangte, setzte Hugh seinen ledernen Cowboyhut auf, verließ das Haus und ging zu dem Wagen, der eben zum Halten kam.

»Hay!« rief Clyde, öffnete die Wagentür und richtete den Blick auf die frisch ausgespannte Büffelhaut. »Kommen wir noch zurecht zur Mahlzeit? Wir sind drei wahrhaft Hungrige!«

Mahan bückte sich, um in den Wagen hineinsehen zu können, nickte und bedeutete mit einer Handbewegung, daß die unerwarteten Gäste etwas Geduld haben möchten. Er hatte die beiden Personen auf dem Rücksitz erkannt. Es waren zwei magere, schlanke Burschen. Der eine hatte den Cowboyhut tief in die Stirn gezogen, aber Mahan erinnerte sich an einen großen Teerflecken auf den blauen Jeans und an den ausgefransten Jackenärmel, in dem ein Revolver gesteckt hatte und auch jetzt zu stecken schien. Das war Doug Coles. Der Fahrgast neben ihm war unverkennbar ein Mulatte. Sein rechtes Augenlid war zerfetzt. Er trug keinen Hut, keine Jacke, nur ein verwaschenes buntes Hemd zu den Kordjeans. Seine Haut war braun-schwarz, die Nasenflügel breit, die Augen dunkel, das Haar leicht gekraust.

Als Mahan zum Haus zurückging, war das Schiebefenster noch offen, aber Tashina stand nicht mehr dort; sie war in den Raum zurückgetreten. Hugh bemerkte, ohne sich umzuschauen, nur durch Stimmen und Gehör, daß die drei aus dem Blumenauto ausstiegen und daß einer von ihnen hinter ihm herkam, doch nur ein paar Schritte. Bei Kings grauem Sportwagen, der vor dem Haus geparkt war, blieb er stehen. Der Sportwagen war abgeschlossen, der Tank leer und ein Reifen abmontiert. Er war nicht so leicht, den Wagen mitzunehmen.

Mahan begab sich in das Haus. Er erklärte mit wenigen Worten den Frauen, Lehrlingen und Kindern die Lage und fragte, ob sie diesen Fremden etwas zu essen geben wollten. Clyde müsse zwar satt sein, denn er sei als Ron Warriors Gast gut verpflegt worden. Die beiden andern sähen dürr aus wie das Vieh nach einem harten Winter. Sie seien zum Tode verurteilt und seit langem flüchtig.

»Wen haben Sie getötet?« fragte Byron Wakiya.

»Einen Gefängnisaufseher.«

»Warum?«

»Das müssen wir sie fragen.«

»Willst du ihnen zu essen geben, Wasescha?«

Mahan schaute auf Tashina. Sie nickte.

Er wartete, bis eine große Schüssel mit dem Rest von Brühe und Braten gefüllt war, ließ sich drei Löffel geben und brachte alles hinaus auf die Wiese, wo sich die Gäste in der Nähe des Sportwagens niedergelassen hatten.

»Für einen Satten und zwei Hungrige«, sagte Mahan.

Clyde verzog die Lippen halbmondförmig und nahm nur wenige Löffel zu sich.

Die beiden andern aßen heißhungrig, und Doug schleckte noch die Schüssel aus. Wakiya kam herbei, um das leere Geschirr zu holen.

»Warum habt ihr ihn getötet?« fragte er dabei.

Doug und der Mulatte schauten den Jungen verständnislos an.

»Den Keeper, meine ich.«

Das Verstehen leuchtete in den Gesichtern auf. »Er war ein Schwein«, sagte der Mulatte. »Er hat einen Freund von uns totgemacht. Er hat die anderen Gefangenen auf ihn gehetzt und zugesehen, wie sie ihn totgemacht haben. Er war schuld, aber die großen Schweine haben ihn nicht bestraft.«

»Solche Keeper gibt es. Ich weiß es von Joe Inya-he-yukan. Ihr habt den Mörder aus Blutrache getötet.«

Doug und der Mulatte wollten freundlich lächeln, in ihren eingefallenen Gesichtern wirkte das Lächeln wie das Grinsen von Totenköpfen.

»Ja, ja, Blutrache sagt ihr Indsmen. Ganz recht.«

»Aber Rache steht gegen Rache. Jetzt müssen die Schweine euch töten, wenn sie euch greifen können.«

»Du redest ganz vernünftig, Indianboy.« Doug hatte das Wort.

»Ist Joe King dein Vater?«

»Mein Pflegevater.«

»Da bist du in einer guten Schule. Habe nie einen gesehen, der sich schneller bewegte und besser schoß. Vier gegen einen in der Nacht damals, und er ist uns entkommen. And you guy . . .«, der Sprecher wandte sich an Mahan, »Ihr seid der Doppelgänger. So was könnte ich brauchen. Joe ist ein schlauer Fuchs.«

Während des Gesprächs hatte Clyde Carr forschend von einem zum andern gesehen. Mahan beobachtete ihn dabei. Er schätzte Clyde auf Anfang Zwanzig. Aber seine Züge waren schon schlaff wie zu stark ausgezogener Gummi durch heftige Bewegung, durch viel Erregung, zu viele Grimassen; vielleicht war er auch schon mit Rauschgift bekannt; seine Augen glänzten unnatürlich. Vater und Sohn Carr – zwei Welten – Sturheit wider Illusionen – und die Illusionen unterlagen?

Die drei Gäste saßen im Gras; Mahan und Wakiya blieben bei ihnen stehen.

Clyde sprach Hugh überraschend an.

»Sie sind auf einem College gewesen, Mahan? Drei Jahre?«

»Yes.«

»Das haben Sie ausgehalten?«

»Yes.«

»Revolutionäre als Freunde gehabt?«

»No.«

»Warum nicht?«

»Gab keine.«

»Und Sie haben das College nicht gewechselt?«

»No.«

»Warum nicht?«

Hugh zog nun doch wieder den linken Mundwinkel herunter. Es war schon eine Reflexbewegung bei ihm geworden.

»Carr, ein Indianboy kann nicht da studieren, wo die zahlungskräftigen Kinder reicher Leute wider ihre Väter demonstrieren. Ein Indianboy wird von seinen Vormunden an ein diszipliniertes stupides College geschickt und hat sich laufend den Tests der weißen Männer zu unterziehen. Ich habe keine Freunde gehabt außer beim Sport.«

»Wieso Sport? Das ist geistlos und für den Menschen unerheblich.«

»Clyde, Sie verstehen gar nichts. Sport war die einzige Chance für mich, etwas zu leisten, ohne zu lügen. Im Sport mußte ich gut sein, sonst hatte ich unter den Figuren an meinem College die Hölle. Ich war immer in der Auswahlmannschaft für Basketball und immer sicher im Sportschießen.«

»Haben Sie das meinem Vater Chester erzählt?«

»No.«

»Ein Glück, sonst würde er Sie schätzen, und das wäre eine Schande für Sie.«

»Ihr Volk ist ein primitives Volk, Clyde.«

»Rechnen Sie mich dazu?«

»Sie und einige andere nicht. Aber Sie sind nur ein kleiner Haufen.«

»Sie denken jetzt revolutionär?«

»Was meinen Sie damit?«

»Wir müssen miteinander sprechen, Mahan. Setzen Sie sich doch her zu uns!«

Hugh und Wakiya ließen sich bei ihren Gästen nieder.

»Ron Warrior hat mir von Ihnen erzählt«, fuhr Clyde fort. »Ich habe mich aber von Ron Warrior getrennt. Genau gesagt, er hat mich hinausgeworfen, als die beiden armen Teufel Doug und Makkie bei mir auftauchten. Nun, wenn ich die Wahl habe zwischen einem Erzieher des establishment und zwei von unserer Gesellschaft verdammten Tramps, so fällt es mir nicht schwer, mich zu entscheiden.«

»Bleiben Sie auf dem Teppich, Clyde. Sie können nicht zwei für die Hinrichtung Gesuchte in einer Lehrerwohnung einquartieren.«

»So? Warum denn nicht? Gegen Snider und Carr hat alles zusammenzuhalten. Sie, Mahan, geben uns wenigstens Büffelbrühe.«

»Was ist das Ende?«

»Die totale Umkehrung unseres verblödeten und vergewaltigten Lebens. Ahnen Sie, warum ich hier bin?«

»Um Ihren Vater zu ärgern!«

»Um bei den Indianern zu leben und zu sehen, ob sie anders leben als wir.«

»Anders leben dürfen, meinen Sie.«

»Mahan, gewöhnen Sie sich das Wort ›dürfen‹ ab, das Sie auf Ihrem College gelernt haben. Wollen! Wollen!«

»Warum suchen Sie die Indianer bei Ihrem Vater? Es gibt sie auch anderswo.«

»Das zu fragen, haben Sie ein Recht, Mahan. Der Alte ist immer noch meine Schwäche; er ist eine Leimrute, ich klebe daran wie eine Fliege – Flügel schon zerstört, die Beine zappeln noch. Ich muß ihn ärgern, und koste es mein Leben.«

»Bei einem solchen Vater Sohn sein und auch noch denken wollen – ich kann Sie schon verstehen, Clyde. Aber solange Sie so denken, wie Sie es jetzt tun, werden Sie kein Indianer. Sie sind zu unruhig.«

Clyde Carr fühlte sich erkannt, zuckte aber nur die Achseln und schaute die beiden Tramps an. Doug rauchte schon, Mackie drehte sich eben die erste Zigarette.

»Ihr sagt gar nichts«, störte Clyde die beiden auf.

»Was soll das Geschwätz, Clyde«, antwortete Doug. »Du lebst doch bestens. Deine Gesellschaft tut dir nichts. Du hast Schule gehabt, du hast einen Wagen, du hast Marihuana, du kommst nicht ins Gefängnis. Was willst du denn?«

»Was hat unsere Gesellschaft euch getan, Doug und Mackie? So sprecht euch doch aus und schaut euch nicht nur immerzu nach einem Sportwagen um, der nicht fahrfertig ist.«

»Schade um den Jaguar«, meinte Doug. »Den hat Joe wohl dabei, und ich besitze nur noch einen Schlüssel dazu. Ich hätte diesen Untersatz nie wieder hergeben sollen.«

»Es gibt etwas, was ich nicht verstehe«, sagte Wakiya zu den beiden Mageren, nachdem er Mahan gebeten hatte, sich in das Gespräch einmischen zu dürfen.

»Was geht denn nicht in deinen Kopf, Junge?« Der Mulatte fragte. Ihm schien Wakiya zu gefallen.

»Ihr seid, wegen Mordes verurteilt, ausgebrochen. Also beste Verbindungen. Jetzt irrt ihr umher wie zwei verlorene Teufel. Das paßt nicht zusammen.«

Doug und Mackie lachten. Sie grienten nicht, sie lachten. »Du hast nachdenken gelernt, Junge. Joes Pflegesohn! Also das war so ... Das war der beste Witz unseres Lebens!«

Mackie erzählte. »Das Syndikat hatte alles vorbereitet, um zwei ihrer besten Killer zu befreien. Aber wir sollten dann einen Tag früher in die Gaskammer als angesetzt – irgendeiner hatte das durcheinandergebracht – und so haben sie aus Versehen uns herausgeholt.«

»Das hattet ihr zu bezahlen.«

»Ja!« Mackie schlug sich auf den Schenkel. »Du verstehst das. Die Bullen waren hinter uns her, und das Syndikat hätte uns auch am liebsten umgelegt, nur aus Wut, weil wir die Falschen waren, und die Richtigen gingen einen Tag später in die Kammer. Wir haben zahlen müssen, dreckig arbeiten. Endlich haben die Bosse uns doch weggeworfen, weil wir den Bullen und Schweinen zu bekannt waren. Joe hatte Doug ein ›besonderes Kennzeichen‹ an die Schläfe geschossen. So was nannte er dann einen Warnschuß.«

»Und nun?« fragte Hugh.

Die Gesichter wurden finster. Doug nahm das Wort. »Der Anfang vom Ende ist da, Mister Lehrer. Wir sind schon zu nervös. Aus allen Löchern kriechen sie und sind hinter uns her. Mackie und ich sollten uns trennen. Weißt du, was das für uns heißt? Als wir fünf oder sechs oder sieben Jahre alt waren, haben wir uns getroffen. Mackie kam aus dem Süden, ich aus den New-Yorker Slums. Gefunden haben wir uns in Washington. Vatersname unbekannt. Mutter verloren. Seitdem trampen wir zusammen. Wir sind keine Gangster und keine Killer. Tramps sind wir. Schule haben wir nur von außen gesehen. Gestohlen und geraubt haben wir nur, was wir brauchten für uns und für ein bißchen Kraut, das teuer ist. Leo Lee wollte uns mal zu Killern machen; Joe hat ihn ins Gras gelegt, das war gut. Wir haben nicht gegen Joe ausgesagt, obgleich wir ihn hätten in die Gaskammer bringen können als Dank für seinen ›Warnschuß‹. Wir haben aber nicht gegen ihn ausgesagt! Er ist ein famoser Bursche, es wäre schade um ihn gewesen.«

»Ihr habt also nicht gegen ihn gelogen«, formulierte Mahan.

»Was heißt gelogen! Solche Verhöre sind etwas hart, davon ahnen Sie nichts, Mister Lehrer.«

»Vielleicht nicht, vielleicht doch. Ein Indianerkind unter Weißen – davon ahnen Sie nichts, Mister Coles.«

»Weiß nicht. Für die Schweine bist du ein Farbiger, also ein Dreck wie wir, soviel versteh' ich doch. Halt zu uns und nicht zu den Schweinen. Mach uns den Wagen da fertig. Wir wollen ohne Clyde weiter. Joe kann uns etwas dafür geben, daß wir ihn nicht 'reingelegt haben. Die Karre da mindestens. Der Jaguar wär' besser gewesen.«

»Ich gebe euch nicht, was mir nicht gehört.«

Doug riß blitzschnell den Revolver heraus und legte an. Wakiya versuchte, ob ihm noch eine Bewegung erlaubt sein würde. Der Mulatte Mackie, der nicht gezogen hatte, machte eine Kopfbewegung. Wakiya solle verschwinden. Wakiya erhob sich daraufhin und lief in das gelbe Haus.

Die Mündung von Dougs Revolver war auf Mahan gerichtet. »Also den Wagen fertig machen. Vorwärts, Mahan. Ich steh' immer hinter dir. Und versuch keine Dummheiten. Ich bin noch immer schnell.«

Clyde, der nicht bedroht war, sprang auf, nahm die Arme hoch und brüllte.

»Nicht schießen! Seid ihr verrückt geworden! Nehmt meinen Wagen! Ich schenke ihn euch!«

»Halt die Schnauze, Blumensohn. Du und deine langsame Friedenskutsche sind nicht gemeint. Mackie, montier den Reservereifen an den Sportwagen. Der Bursche Mahan wird dich nicht daran hindern und dir auch einen Reservekanister geben. Das garantier' ich dir.«

Mackie stand auf, tat aber nicht sofort, was Doug verlangte, sondern lief zum Haus und schaute durch das offene Fenster in den Raum, in dem sich Frauen, Lehrlinge und Kinder befanden.

»So viele Geiseln auf einmal«, sagte er und holte seine Waffe heraus. »So viele für einen einzigen Wagen von dreien, die Joe besitzt! Sei nicht knickrig, Herr Lehrer.«

»Schieß auf mich, Doug«, rief Mahan. Er hatte die Hände noch nicht hochgenommen.

»Dich killen? Als ob dir das egal wäre! Schneid nicht so auf, Mister College-Student. Hände hoch!«

Mahan riß den rechten verwundeten Arm hoch, zog die linke Hand mit dem Colt schnell aus der Tasche und richtete die Waffe auf Doug.

»Schuß gegen Schuß, Mister Coles.«

Doug legte den Kopf schief und grinste.

»You guy – beinahe wie Joe King. Linkshänder auch noch. Den Colt in der Tasche hab' ich dir nicht zugetraut. Das war mein Fehler.«

Doug und Mahan hatten die Finger am Abzug. Jedes mißverstandene Blinzeln, jedes mißtverstandene Aufleuchten in den Augen konnte die Finger in Bewegung setzen.

Mackie machte eine halbe Wendung, um Mahan auch von hinten mit dem Revolver zu bedrohen. »Wirf deinen Colt weg, Mahan. Der Spaß ist aus. Du gibst uns den Wagen.«

Aus dem Fenster des alten Blockhauses schob sich die Mündung eines Gewehrlaufs. Er war auf Doug gerichtet.

Mahan hatte Feuerschutz.

»Ihr könnt schießen«, sagte er zu Doug, »aber wir schießen zur gleichen Zeit. Ist es notwendig?«

»Nehmt doch endlich meinen Wagen, verrücktes Volk«, schrie Clyde noch einmal. »Und hier habt ihr zwanzig Dollar Zehrgeld!«

Mackie äugte noch einmal seitlich durch das Fenster in das gelbe Haus und faßte dann einen plötzlichen Entschluß. Er stürzte herbei und riß Clyde den Schein aus der Hand. »Doug, komm mit mir, ich kann dich nicht krepieren sehen. Nicht so. Komm mit nach New City – die Schweine noch ein bißchen jagen!«

Er steckte seinen Revolver ein, sprang in das Blumenauto, gab Gas, wendete und trieb den Wagen mit großem Geschick den Furchenweg hinunter.

Doug blieben Mund und Augen eine Sekunde offenstehen, dann rannte er, den Revolver noch in der Hand, hinterher, riß die Wagentür auf und schlüpfte während der Fahrt auf den Sitz neben Mackie.

Mahan war aufgesprungen; er und Clyde beobachteten das rote Auto, wie es die Talstraße erreichte und die Richtung der Schule zu einschlug. Hinter der nächsten Kurve entschwand es den Blicken.

Aus dem Blockhaus kam Irene Oiseda langsam herbei; sie hatte das Jagdgewehr des alten King noch in der Hand.

»Wie denn das?« fragte Mahan.

Oiseda lächelte entspannt und verlegen. »Ich bin aus dem Rückfenster ausgestiegen und zum Blockhaus hinübergehuscht. Wakiya hatte mir das geraten. Er hat auch Tashina Joes beide Pistolen gebracht. Die Geiseln waren schon bewaffnet.«

Lehrlinge, Frauen und Kinder kamen aus dem gelben Haus. Sie brachten Decken mit, und man ließ sich im Rund auf der Wiese nieder.

Clyde steckte sich eine Pfeife an. Die Erregung schwang noch nach. Mahan war der erste, der etwas sagte, auf sehr trockene Art.

»Was gibt es Neues, Clyde? Haben Sie bei der Schule etwas gehört?«

»Ach so, ja. Sicher!« Clyde holte Luft. »Eure Büffel machen Aufsehen. Sie trampeln so, daß es Lärm gibt. Es sind schon Boten zu Mister Chester Carr geeilt, und die Telefondrähte surren. Macht euch hier auf weitere Besuche gefaßt. Wenn mein Vater merkt, daß etwas nicht nach seinem Kopf geht, ist er wie ein Bulle, der rot sieht. Blindwütend. Die Schweine werden kommen.«

»Das werden sie.«

Clyde sog an seiner Pfeife. Mahan beobachtete, wie er nach den schweigsamen beiden Frauen, nach den schweigsamen Lehrlingen, nach den schweigsamen Kindern schaute. Sogar die Jüngsten saßen still bei den anderen, fragten nicht, spielten nicht. Der fremde strohblonde junge Carr war für sie ein Mittelpunkt, aber ein Mittelpunkt völlig stummer Aufmerksamkeit. Keiner sah Clyde geradewegs an. Die dunklen Augen ringsum schauten in Fragen an den Sohn des Superintendenten hinein, aber sie belästigten nicht einen Menschen. Vielleicht dachte Clyde anders. Vielleicht wünschte er sich angreifende Blicke und lebhaftes Forschen. Aber es kamen keine Vorwürfe und kein Lob zu ihm. Es wurde nicht weiter über das geredet, was er getan und gesagt hatte. Schließlich hatte er diesen Leuten zwei gefährliche Kerle über den Hals gebracht und hatte dann seinen Wagen verschenkt, um sie zu retten. Nun saßen sie da und waren stumm wie braunes Gras. Auch Mahan war in dem allgemeinen Schweigen untergetaucht.

Clyde mußte sich plötzlich einsam fühlen, ferngehalten von denen, die er zu suchen glaubte wie ein anderes Leben.

Clyde Carr begann endlich zu lächeln.

»Ich weiß nicht, ob ihr anders seid als wir oder ob ihr nur so tut. Ich muß das noch erforschen. Zum Beispiel wüßte ich gern, wofür ihr hier drei Wagen braucht. Seid ihr auch schon Besitzbürger geworden?«

Die fragenden Blicke, wer nun antworten solle oder wolle, liefen ringsum, von dem einen zum andern. Schließlich war Wakiya Byron stillschweigend beauftragt, dem Mann mit den langen blonden Haaren die Antwort zu geben.

»Weißer Mann mit Namen Clyde! Zu den Zeiten unserer Großväter und Urahnen haben in der Prärie die Feinde ihren Feinden die Pferde gestohlen. Ein Mann ohne Pferd war wie ein Mann ohne Beine. Heute brauchen wir Pferde, und wir brauchen eure Wagen; ein Wagen ist gleich einer Herde Mustangs, er hat große Kraft und Schnelligkeit. Joe Inya-he-yukan braucht solche Kraft, um schnell zu sein. Wir sind immer im Kampf, und er muß für uns Kinder und für unseren ganzen Stamm mit einstehen. Er ist nicht allein wie du, er handelt nicht nur für sich selbst. Und die Wagen, die er besitzt, konnte er sich nicht alle mit seinem Geld kaufen. Wir sind nur eine kleine Ranch, 31 Büffel, 90 schwarze Kühe, zwei Dutzend Pferde. Die Ranches der weißen Männer haben 2000 oder 4000 oder noch mehr Kühe. Unser Land ist dürr, wir sind arm. Darum konnte sich Joe Inya-he-yukan nur einen einzigen Sportwagen kaufen, daß ist der, den du hier siehst. Es war ein Unfallwagen, darum sehr billig. Den zweiten Sportwagen hat er von seinem Ahnen Inya-he-yukan dem Alten als Erbe übernommen, übernommen! Der Jaguar aber ist ein geheimnisvolles Geschenk eines weißen Mannes, der ein Doctor war und Roger Sligh hieß; er hat seinem Leben ein Ende gemacht, weil er nicht mehr die Kraft fand, Inya-he-yukans Rat zu befolgen. Der Jaguar war ein Dank für den Rat, der nicht mehr hatte wirken können. So ist das. Aber Joe Inya-he-yukan könnte sich jetzt keinen guten neuen Wagen kaufen, wenn ihm einer weggenommen wird.

Du mußt erst unser Leben kennenlernen, und dann mußt du anfangen zu fragen, Clyde Carr.«

»Das heißt aber, ich müßte bei euch bleiben, Wakiya!«

Der Herbsttag wurde blaß unter den aufziehenden Nebelschleiern. Die Talstraße verschwamm im Grau. Die Felsen leuchteten nicht mehr; ihr Weiß wirkte tot. Feuchtigkeit drang mit dem Atem in die Menschen ein und setzte sich ihnen in den Nacken. Tashina und Oiseda standen auf. Darauf erhoben sich auch die Kinder und die Lehrlinge; sie legten die Decken zusammen und trugen sie wieder ins Haus. Clyde stand noch herum.

»Dürfen wir Sie zu Ron Warrior zurückbringen?« fragte Mahan.

»Wenn es durchaus sein muß –«

»Ich will Sie nicht fortschicken.«

Man sammelte sich zu einer bescheidenen Abendmahlzeit im gelben Haus. Tashina und Oiseda verarbeiteten Büffelnieren, Büffelmilz und Büffelmagen, für jeden zwei Löffel. Es schmeckte, aber die Gedanken, die durch den halbdunklen Raum schwirrten, waren ernst; sie verwoben sich ineinander und reichten weit über den Raum bis hin zu der fernen Ranch, bei der jetzt vielleicht – vielleicht! – 31 Büffel und vier erschöpfte Hirten anlangten. Joe aber mußte dann sogleich den Wagen starten, um Robert und Joan mit einer Geschwindigkeit von 120 Meilen die Stunde nach Kanada zu bringen.

Es ergab sich in dieser Stimmung von selbst, daß bei beginnender Nacht alle noch einmal zu dem Grabe Tishunka-wasit-wins hinübergingen. Dort trennte man sich. Irene Oiseda, die Lehrlinge und Clyde schliefen in dem hellblauen Haus.

Auf dem Rückweg zu den King-Häusern begleitete Mahan die Kinder und Queenie Tashina. Als Hugh sich an der Tür des hellgelben Hauses von ihr verabschiedete, nannte sie ihn aus Versehen Joe. Die Kinder wunderten sich nicht darüber, denn er glich ihrem Vater, und in der Nacht war der Schatten seiner langen Gestalt, der Umriß des Cowboyhutes wie eine Geistererscheinung des fernen Inya-he-yukan.

In Mahan aber stieg ein verwirrter Zorn auf, als ob ihm jemand sein Selbst stehlen wolle und er nicht wisse, wie er es verteidigen könne. In der Nacht, auf dem harten Lager in der Blockhütte verfolgte und jagte er das immer wiederkehrende Traumbild Tashinas und nannte laut den Namen Oiseda, als ob er ein schützendes Omen sei.

»Du hast Fieber«, sagte Wakiya.

Wasescha Mahan mußte es über sich ergehen lassen, daß Tashina seinen Verband abnahm, die Wunde kühlte und den neuen Verband anlegte. Er sagte kein Wort dazu, und auch sie schwieg.

Als der Morgen graute, wurde es in allen Häusern lebendig. Die beiden Bighorn-Burschen unter den Lehrlingen montierten den Reifen an den Sportwagen und füllten den Tank. Tashina wollte zur Schule fahren. Sie war dort einmal Best- und Lieblingsschülerin gewesen und hatte noch viele freundschaftliche Beziehungen, wenn auch nicht zu dem neuen Rektor Snider. Sie konnte immerhin hoffen, von der Schule aus die Kingsley-Ranch anrufen zu dürfen und zu hören, ob Joe mit den Büffeln angekommen war. Die Zwillinge wollten mitfahren und erhielten die Erlaubnis. – Wakiya Byron bezog Wache an dem Häuptlingsgrab; dieser Platz gewährte den besten Ausblick über Tal und Straße und alles, was sich dort bewegen mochte. Mahan ging zu der Handwerksschule hinüber und besah die Arbeiten. Oiseda und die Lehrlinge schenkten ihm ein mit selbst gefärbten Stachelschweinsborsten gearbeitetes Band für seinen ledernen Cowboyhut; das Zeichen des siebenstufigen Berges war kunstvoll ausgeführt.

Schon beim Lichtwerden des Morgens tauchten auf der Talstraße zwei Wagen auf. Wakiya kannte sie und war daher nicht beunruhigt. Bill Krause brachte den Sportwagen wieder, den er von King ausgeliehen hatte, und kam zugleich mit seinem eigenen, um nach New City zurückfahren zu können. Krause lernte durch Wakiya Hugh Mahan kennen, den er erst, sehr verwundert, für Joe gehalten hatte. Mahan, der viele Jahre hindurch gezwungen gewesen war, sich durch aufmerksames Beobachten in einer feindlichen Umwelt zu behaupten, war sich mit dem ersten Blick auf Krauses äußere Erscheinung auch über das Wesen des alternden Handwerkers klar: ein braver, aufrichtiger, nicht allzu mutiger Mann mit geschickten Händen. Begleitet war Krause von einem Indianerjungen in Hanskas Alter; er hatte das Kind adoptiert, wie er gleich erzählte. Der Junge hatte Krauses eigenen Wagen gefahren. Mit vierzehn Jahren hatten alle Schulkinder dieser Präriegegend die Fahrerlaubnis zu erwerben; es machte keinen großen Unterschied aus, ob sie auch schon mit zwölf Jahren das elterliche Auto steuerten.

Krause ging zum Grabe Tishunka-wasit-wins, die er gekannt hatte, nahm die Mütze ab und sprach ein stummes Gebet. Dann suchte er seine Traurigkeit zu überwinden, besichtigte die Büffelhaut, wurde über alles informiert, was auf der King-Ranch und in der Handwerksschule erwartet und gefürchtet wurde, erhielt im gelben Haus ein frugales Frühstück und begann selbst von Neuigkeiten aus New City zu berichten. Mahan und Clyde hörten zu.

Es hatte in der aufstrebenden, immer unruhigen Stadt wieder einmal eine ereignisreiche Nacht gegeben. Bei einem smarten Wirt, der einen soliden Bierausschank und zugleich ein Nachtlokal mit stadtbekanntem Rauschgiftschmuggel betrieb, war es zu einer Schießerei gekommen. Der Wirt hatte ursprünglich nur Weiße, dann allenfalls Weiße und Indianer bedient, als aber in der vergangenen Nacht ein schlecht angezogener Weißer zusammen mit einem Mulatten Platz nahm, hatte er Ausweise verlangt. Das war eine Beleidigung. Rede und Widerrede hatten nicht lange gewährt, und schon hatte der Wirt sein Gun geholt. Die beiden dem Wirt unliebsamen Gäste schlugen ihm die Waffe aus der Hand. Bei der anschließenden Schlägerei, die sich bis auf die Straße fortsetzte, kam es doch noch zum Schußwaffengebrauch. Der Wirt wurde verletzt. Die Polizei griff ein. Das Ende waren drei Tote, ein Polizist und die beiden fremden Gäste. Das rote blumenbemalte Auto, mit dem der Mulatte und sein Freund Doug Coles gekommen waren, war in Flammen aufgegangen.

Clyde trat nach dem, was er gehört hatte, ans Fenster und schaute in den trüben Sonntag hinaus. Am Himmel braute Gewölk, der Wind trieb Sand und kahle Krautstengel vor sich her. Clyde holte verstohlen ein Souvenir hervor, das Mackie ihm gegeben hatte, als er Ron Warrior verließ. Es war ein Bildchen der Mutter Maria, im Rahmen mit Anhänger, ein süßes Gesicht, sehr weiß, der Umhang himmelblau. In jeder anderen Lage hätte Clyde es mit der Lauge seines Spottes zerfressen, jetzt verwischte er ein Naß im Auge, drehte sich wieder um und fragte barsch: »Und was sagt ihr?«

»Pollution«, antwortete Mahan, ohne Zeichen eines Gefühls.

»Ungeziefer, nicht wahr? Jetzt ist es ausgerottet!«

»Die weißen Männer«, sagte Mahan, »vergiften die Seen, töten die Wälder und verschmutzen die Seelen der Menschen. Sie werden sich bald besinnen müssen, oder sie vernichten sich selbst.«

»Und ihr wartet, bis es soweit ist!«

»Yes.«

Krause wiegte den Kopf, die borstigen Haare auf seinem Schädel standen vereinzelt, über seine Stirn liefen Querfalten, die er auf- und abziehen konnte. Es duldete ihn nicht mehr im Haus. Er ging hinaus zu den Kindern. Krauses Adoptivsohn spielte schon mit den Jüngsten der Kings und lachte mit ihnen. Bill Krause gedachte, den Sonntag auf der Ranch zu verbringen und auf Queenie Tashina zu warten, die mittags zurück sein würde. Da es ihm schwerfiel, untätig zu bleiben, ging er in die Blockhütte und überprüfte die drei Jagdgewehre sowie die beiden Pistolen. Er war Waffenhandwerker aus Beruf und Leidenschaft, und darauf gründeten sich seine freundschaftlichen Beziehungen zu Joe King, den er als Kenner schätzte. Er lud Mahan ein, sich einmal seine Werkstatt im Busch oberhalb New City und seine Sammlung alter berühmt gewordener Waffen anzusehen. Mahan sagte zu. Jeden zweiten Sonntag hatte er dienstfrei.

Unterdessen kamen ein großer Mercury-Sechssitzer und ein Polizeijeep den furchenreichen Weg heraufgeschlichen. Wakiya hatte die Wagen längst angekündigt. Die drei jüngsten Kinder waren sofort mit Clyde und Krauses Adoptivsohn zusammen im Blockhaus verschwunden. Oiseda und die Lehrlinge ließen sich nirgends sehen. Mahan und Wakiya warteten im gelben Haus und spähten durch das Schiebefenster.

Der einzige Mensch, den die Ankömmlinge erblicken konnten, war Bill Krause, der sich vor dem Blockhaus mit dem alten Jagdgewehr von Wakiyas Vater beschäftigte.

Der Mercury und der Jeep stoppten eben an der Stelle, an der am Vortag das rote Auto mit der gelben Aufschrift »Peace« gestanden hatte.

Am Steuer des Sechssitzers hatte eine füllige, aber nicht dick wirkende Blondine gesessen, die jetzt ausstieg. Nach ihr kam die zierliche Miss Bilkins heraus und knüpfte ihr spanisches Spitzentuch fester, da der Wind in ihre Haare fuhr. Sie warf einen mißtrauischen Blick auf den bewaffneten Krause und wandte sich dann zurück zu einem älteren Ehepaar, das den Wagen eben verließ.

Als letzte kamen zwei Männer aus dem Mercury, ein älterer und ein jüngerer. In Lederjoppen gekleidet, die Cowboyhüte auf dem Kopf, wirkten sie wie Rancher.

Krause beschäftigte sich weiter und nahm keinerlei Notiz von den Besuchern. Die vier Polizisten, alle Weiße, somit nicht von der Stammespolizei, sondern aus New City, waren von dem Jeep abgesprungen und gingen mit schnellen Schritten auf das gelbe Haus zu.

Mit der Faust an die Tür schlagen und sie aufreißen war eins. Die vier drangen ein, zwei mit gezogener Dienstpistole.

Die anderen beiden packten Mahan sofort rechts und links und drehten ihm einen Arm auf den Rücken.

»Sie sind verhaftet!«

»Den Haftbefehl bitte.«

Der Sergeant holte ihn hervor und hielt ihn Mahan vor die Augen. »Hier.«

»Ich bin nicht Joe King.«

»Was sind Sie nicht?«

»Ich bin nicht Joe King.«

»Wer sind Sie?«

»Hugh Mahan.«

Die Polizisten schauten sich an.

»Ich kenn' ihn, es ist King«, sagte der eine der Polizisten, die Mahan festhielten. »Seh' den Burschen heute nicht zum ersten Mal. Er ist ein gefährlicher Schläger und widersetzlich. Da – der Colt in der Tasche.« Der dritte Polizist nahm die Waffe an sich. »Lassen Sie ihm die Handschellen anlegen, Sergeant.«

»Die Handschellen!«

Mahan wurde gefesselt.

»Sie brauchen keine Aussage zu machen, die für Sie ungünstig ist ... und so weiter. Das kenn' Sie ja, King. Also vorwärts. Wir nehmen Sie mit.«

»Er ist nicht Joe King«, sagte Wakiya Byron.

»Sei du still, Junge. Dich kennt man auch schon. Warst immer der Zeuge für deinen Pflegevater Joe.«

Die Polizisten führten Mahan ab. Die Szene erregte Aufsehen. Missis Carson und Miss Bilkins stürzten herbei.

»Mahan – Sie – was ist?«

»Was hat Mister Mahan verbrochen?« fragte Missis Carson und stellte sich den Polizisten, die Hugh zum Jeep bringen wollten, energisch in den Weg.

»Kennen Sie den Mann?« fragte der Sergeant.

»Allerdings. Verhaften Sie ihn etwa, ohne ihn zu kennen?«

»Wir verhaften Joe King, von Person bekannt.«

»Sergeant, Sie verhaften seinen Doppelgänger.«

Der Sergeant betrachtete Missis Carson, seinen Polizistenzeugen und Mahan.

»Besondere Kennzeichen?«

»Sergeant, sie tauchen hier auf wie die Forelle aus dem Teich und schnappen sich irgendeine Mücke. Mister Mahan hat eine Schußverletzung am rechten Arm; er wurde am Mittwoch von Doug Coles angeschossen, als er die Fahrerflucht verhindern wollte. Joe King ist z. B. dienstuntauglich wegen schwerer Operationsnarben im Rücken. Sie können ja nachsehen.«

Einer der Polizisten riß Mahan das Hemd am Rücken aus dem Gürtel und verzog die Miene zum Spott.

»Aber Operationsnarben sind das nicht. Den hat sich mal einer vorgenommen vor längerer Zeit.«

Mahan wich das Blut aus den Wangen, so daß seine braune Hautfarbe ins Graue überging, und ein Zucken verriet, daß er Lust hatte, mit den eisernen Handschellen zuzuschlagen.

»Lassen Sie den Mann in Ruhe, Sie richten Unheil an«, rief Miss Bilkins aufgeregt. »Er ist Erzieher an der 3. Tagesschule. Ich kenne ihn.«

Der Sergeant warf seinem Polizisten einen vernichtenden Blick zu.

»Also die Identifikationskarte«, befahl er dem Verhafteten.

»In der linken Brusttasche«, sagte Mahan.

Der des Irrtums bezichtigte Polizist griff das Papier heraus. »Haben Sie aber Glück gehabt, daß Sie die bei sich tragen.« Mahan wurde von den Handschellen befreit.

»Und wo ist Ihr Doppelgänger King?«

»Weiß nicht.«

Die Polizisten schauten sich um und warteten auf den Suchbefehl.

»King ist auf der Kingsley-Büffelranch«, erklärte Mrs. Carson. »Der Superintendent wurde davon unterrichtet.«

»Wenn der Superintendent Sir Carr noch einmal Polizeiverstärkung anfordert, so mag er seine Informationen auch rechtzeitig an uns weiterleiten. Wir werden ihm das mitteilen. Good-bye.«

Der Sergeant und seine drei Mann wollten schon zu ihrem Jeep zurückeilen, doch der Sergeant besann sich noch einmal und gab seinen Polizisten ein Zeichen, sich mit dem Mann zu beschäftigen, der vor der Blockhütte mit einem Jagdgewehr spielte.

»Wer sind Sie?«

»William Krause, New City.«

»Was haben Sie hier zu suchen?«

»Meinen ruhigen Sonntag.«

»Wozu brauchen Sie das Gewehr?«

»Bißchen nachsehen. Ist ein sehr altes Ding. Sie wissen doch wohl – ich repariere. Bill Krause werden Sie ja noch kennen.«

»Krause, wo steckt King?«

»Haben Sie ja gehört, auf der Büffelranch. Im übrigen, liebe Herren, er hat seinen Jaguar dabei, 130 Meilen die Stunde. Warum wollen Sie ihm denn ans Leder?«

Zwei der Polizisten kannten Krause gut, und da der Sergeant sich nicht widersetzte, plauderte der eine.

»Verbindungen zu Doug Coles!«

»So, so. Zum Leichenschauhaus.«

»Was reden Sie da, Krause?«

»Woher kommt ihr denn, Leute! Vom Mond oder aus New City? Coles und Mackie sind tot.«

Die Polizisten schauten sich wieder an. Der Sergeant nahm das Wort.

»Krause, woher wollen Sie das wissen?«

»Das weiß ganz New City. Wann sind Sie von dort weggefahren?«

»Gestern abend. Wir hatten eine Zwischenstation zu machen.«

»Ein bißchen zu früh weggefahren. Gestern nacht ist es passiert. Schießerei in der Saurier-Bar. Lassen Sie den Haftbefehl gegen King überprüfen. Die Begründung reicht nicht mehr aus.«

»Das ist unsere Sache.«

Der Sergeant und seine drei Mann gingen zum Jeep zurück. Mahan kam ihnen nach.

»Meinen Colt!«

»Den können Sie sich auf der Polizeistation der Agentur holen, wenn Sie das Recht haben, ihn zu besitzen.«

»Ich bin angeschossen worden. Als Erzieher gehöre ich zum Stab der Agentur. Ich habe das Recht, eine Waffe zu meiner Verteidigung zu führen. Sofort meinen Colt!«

Der Sergeant gab ein nachlässiges Handzeichen. Mahan erhielt die Waffe zurück.

Die vier Polizisten rollten mit ihrem Jeep ungefährdet von Furchen zur Talstraße hinunter.

Mahan stand bei Mrs. Carson, dem Ehepaar Haverman und Miss Bilkins. Bis auf Mrs. Haverman und die beiden Männer mit Cowboyhüten kannte er sie alle, denn nach seiner Rückkehr vom College war er von einem Büro zum anderen geschickt worden.

»Mister Mahan«, fragte Eve Bilkins, »was tun Sie hier?«

»Ich suche meinen ruhigen Sonntag«, erwiderte Hugh mit Krauses Worten. »Die King-Kinder, unsere Schüler, haben mich eingeladen. Es ist immer zweckmäßig, das Elternhaus der Schüler kennenzulernen, finden Sie nicht, Miss Bilkins?«

»Wir haben das bis jetzt nicht so gehalten, Mister Mahan. Ich werde die Frage mit Rektor Snider besprechen.«

Kate Carson schlug vor, die ursprüngliche Absicht der Besucher auszuführen und die Erzeugnisse der Handwerksschule zu besichtigen. Man setzte sich in Richtung des hellblauen Hauses quer über den Hang in Bewegung, ungewohnterweise als Fußgänger. Auch die beiden wie Rancher gekleideten Männer, die Hugh noch nicht kannte, schlossen sich an. Er selbst hatte gezögert, wollte zu Krause hinübergehen, aber Miss Bilkins zwang ihn mit einem »Sie kommen doch mit uns, Mahan?«, in der Gesellschaft der Beamten zu bleiben.

Die Gruppe kam am Friedhof vorüber. Kate Carson war die einzige, die ohne weiteres Wort zu dem frischen Grab Tishunka-wasit-wins ging; sie verweilte einen Augenblick und holte dann zusammen mit Mahan, der auf sie gewartet hatte, die andern wieder ein. In dieser kurzen Frist, in der sie mit Mahan allein war, fragte sie:

»Kennen Sie die beiden Mac Leans? Es ist der Vater und der ältere Sohn.«

»Konnte es mir denken.«

Im hellblauen Haus wurden die Besucher von Irene Oiseda schon an der Haustür höflich empfangen und dann in den Raum geleitet, in dem eine Auswahl der Arbeiten zusammengestellt war. Die Werkstatt befand sich in einem Anbau. Der zweite Raum des Hauses, unterteilt, diente als Schlafraum. Die Lehrlinge hielten sich bereit, Auskunft zu geben.

Kate Carson, Eve Bilkins und Mrs. Haverman waren sogleich von den ausgestellten Stücken gefesselt und begannen im Hinblick auf Wünsche und Kaufkraft zu wählen.

»Wirklich schöne Sachen«, bemerkte Mrs. Haverman und hielt

ein bemaltes Lederetui in die Höhe. »Jammerschade, daß sie hier so abgelegen aufbewahrt werden. In der Agentursiedlung würden sich mehr Käufer finden. Vielleicht sollte man im Supermarket eine Ecke dafür einrichten?«

Eve ereiferte sich pflichtgemäß. »Überhaupt das Ganze mit der Töpferei in der Siedlung verbinden, so daß auch die Lehrlinge in der Siedlung wohnen könnten! Natürlich.«

»Aber die Verbindung mit der Kleintierzucht?« fragte Kate Carson.

»Das Problem läßt sich lösen«, versicherte Haverman.

Vater Mac Lean trat an Hugh heran. »Kann man sich hier mal die Hände waschen?«

Mac Lean senior war groß und massiv gebaut. Hug hörte ihn jetzt zum erstenmal sprechen. Dieser Viehzüchter altes Schlages hatte eine befehlsgewohnte Stimme. Es konnte seinen Tonfall, der Gehorsam erwartete und Widerspruch niederrollen würde, auch bei den unwesentlichsten Worten nicht mehr ablegen.

Mahan sah fragend auf Oiseda, die mit hintergründigem Lächeln herbeikam.

»Bitte gleich nebenan, Mister Mac Lean – eine Schüssel Wasser. Die Leitung funktioniert zur Zeit nicht, leider. Toilette ist draußen.«

»So, so. Und unter solchen Umständen hausen Sie hier, elf Personen?«

»Indianer sind das gewohnt, Mister Mac Lean. Wir haben ja zwei gute Brunnen in der Nähe, den King- und den Bighorn-Brunnen. Uns geht es in dieser Beziehung besser als tausend anderen.«

»Na ja, nach Ihren indianischen Vorstellungen. Natürlich wären Sie in der Agentursiedlung zivilisierter versorgt. Kommt es oft vor, daß die Wasserleitung nicht funktioniert?«

»Zuweilen, Mister Mac Lean. Für zivilisierte Leute wäre so etwas sehr lästig, gewiß. Sie sind ja das tägliche Bad gewohnt.«

Mahan hörte zu und lächelte in sich hinein. Er wußte, daß Oiseda die Wasserleitung abgestellt hatte.

Der alte Mac Lean äugte zu dem Jungen. »Hier wird es immer Schwierigkeiten geben, aber George muß damit fertig werden.«

Die Damen wählten noch unter den Kunsthandwerkserzeugnissen. »Sie lassen wunderschöne, aber nur teure Sachen anfertigen«, lobte und kritisierte Mister Haverman in einem. »Wären ein paar gängige Dinge nicht besser für den Verkauf?«

»Trödel gibt es genug«, antwortete Oiseda stolz. »Was die Mädchen und Jungen hier lernen, ist Handwerkskunst.«

»Und wer entscheidet darüber, was gemacht wird? Sie allein?«

»Das Niveau indianischer Tradition, Missis Haverman. Wir können sie weiterentwickeln. Aber verraten können wir sie nicht.«

»Wer spricht denn von verraten.«

Vater und Sohn Mac Lean beteiligten sich jetzt an der Suche nach einem geeigneten Souvenir.

»Hallo, Missis – wie war der Name? –, Missis Goodman, ja. Ein solches Hutband, wie es Mister Mahan trägt. Mit diesem Pyramidenmuster.«

»Ein einzelnes Stück, Mister Mac Lean. Original.«

»Schade. Nichts Ähnliches?«

»Nichts Ähnliches. Leider.«

Die Damen entschieden sich. Irene Oiseda nahm 110 Dollar ein.

»Morgen holen wir die hübsche Kollektion zur Dayschool I in die Agentursiedlung«, orientierte Eve Bilkins Irene Goodman. »Die Schüler dort sollen Interesse an solchen Arbeiten finden. Sie, Missis Goodman, werden die Klassen, die zur Besichtigung kommen, informieren. Zwei Lehrlinge können Sie dabei unterstützen, zwei gehen zur Töpferei, um sich die Arbeit da näher anzusehen, die übrigen sechs werden beim Umräumen helfen. Zwei Häuser der Indianer-Neubausiedlung werden eben fertig, dort können Sie provisorisch einziehen.«

»Und unsere Stachelschweine? Und unsere Angorakaninchen?« fragte Oiseda; die Kehle zog sich ihr zusammen, so daß sie keinen Ton mehr in der Stimme hatte.

»Fragen Sie Missis King, ob sie sie haben will. Mitnehmen können Sie sie nicht.«

Oiseda hatte die Frage »Warum das alles?« auf den Lippen, aber sie sprach sie nicht aus. Sie sagte nur: »Und unser Haus hier?«

»Das muß versetzt werden, sobald Mister George Mac Lean ein eigenes aufstellt. Es ist Eigentum der Siedlungsverwaltung.«

Oiseda sagte nichts mehr. Erinnerungsbilder flogen mit schwarzen Schwingen durch ihre Gedanken. Das hellblaue Haus hatte seine Geschichte. Es war Eliza Bighorns Haus gewesen, das Elternhaus Wakiya Byrons. Als Eliza eines elenden Todes gestorben war und Joe und Queenie Wakiya und Hanska bei sich aufnahmen, war das Haus für Oiseda und ihren Mann Alex Kte Waknwan Goodman hierher versetzt worden, und hier war die Kunsthandwerksschule entstanden. Queenie Tashina, die Nachbarin, die begabte Malerin, hatte mit Rat und Tat geholfen. Kte Waknwan Goodman war aus dem Krieg mit einem Arm und mit verwirrtem Sinn zurückgekommen. Ein böser Geist hatte ihn mehr und mehr in Besitz genommen. Amoklauf nannten es die weißen Männer. Sie hatten ihn eingesperrt, aber es war ihm gelungen, sie für einen Augenblick zu täuschen und sich selbst zu töten. Die Mutter Bobs, der im Gefängnis saß, und Tom Bighorn, der zum Militärdienst eingezogen worden war, hatten mit im blauen Haus gewohnt und Irene geholfen, für die Lehrlinge zu sorgen. Aber Bobs Mutter war zu ihrer einsamen Schwiegertochter Melitta auf die kleine Ranch gezogen und dort vor kurzem verstorben, nicht viel mehr als vierzig Jahre alt.

Oiseda Irene und die Lehrlinge waren das Leben dieses hellblauen Hauses am Hang geworden, und das Haus war ihr Heim. Das hellblaue Haus gehörte zu dem Tal der Weißen Felsen und zur King-Ranch. Joe und Queenie hatten Alex gekannt und kannten Oiseda. Die Lehrlinge bewunderten Joe Inya-he-yukan und Queenie Tashina und liebten Oiseda. Sie gehörten alle zusammen. Doch hatte es keinen Sinn, zu der weißen Frau Eve Bilkins darüber zu sprechen. Sie würde solche Worte nur schlucken und wieder ausscheiden. Irene Oiseda schwieg.

Die Gäste verließen das Haus mit einem unsicheren Gefühl, das sie mit entschlossenen Gedanken vor sich selbst zu übertünchen suchten. Sie gingen in Gruppen zurück zur King-Ranch. Oiseda und die Lehrlinge schlossen sich nach einem kurzen Zögern an. Die Erwartung, was weiter geschehen würde, trieb sie dazu. Sie hielten sich zu Hugh Mahan und Wakiya.

Mac Lean senior, der um die Fünfzig sein mochte, trat an Hugh Wasescha heran.

»Hallo, Mahan! Wir nehmen uns zwei Pferde aus der Koppel und reiten mal die künftige Ranch meines Sohnes George ab. Zäumen Sie auf. Sättel brauchen wir nicht, wir sind den nackten Pferderücken gewohnt.«

Mac Lean hatte in seiner herrischen Art gesprochen, die ihm zur zweiten Natur geworden war.

»Die Pferde gehören weder Ihnen noch mir, Mister Mac Lean. Ich kann sie Ihnen nicht geben. Ich bin auch nicht Ihr Cowboy.«

»Mahan! Mein Sohn und ich sind von weit her gekommen, um das Gelände von Georges künftiger Ranch zu besichtigen.«

»Das mag sein, Mister Mac Lean, aber ich halte mich nicht für berechtigt, Ihnen für diesen Zweck Mister Kings Pferde zu leihen. Das wäre Beihilfe.«

»Beihilfe?!! Was geht in Ihrem Kopf vor, junger Mann? Können Sie genug Englisch, um zu wissen, was Sie da sagen?«

»Yes.«

»Dann sind Sie unverschämt. Beihilfe! Wo gibt es hier Räuber und Diebe?«

Die ganze Gruppe verlangsamte den Schritt. Wakiya Byron trat vor. Alle blieben daraufhin stehen. In Wakiyas Augen glänzte etwas von dem Tode Tishunka-wasit-wins. Mahan nahm es auf. »Mister Mac Lean«, antwortete er, »unsere Kinder töten sich selbst, weil ihnen das Leben unter der Herrschaft der weißen Männer unerträglich wird. In diesem Augenblick sollten Sie uns nicht noch mehr Land rauben von dem wenigen, das uns geblieben ist. In der Handwerksschule haben zehn junge Leute eine Heimat gefunden.«

»Mahan, Sie sind total verrückt. Wir rauben nicht, wir pachten. Wir zahlen! Für euch Indians ist Geld besser als Land, mit dem ihr doch nichts Rechtes anfangt. Kapiert? Wir holen uns jetzt die beiden Pferde. Mister Haverman . . .«

Haverman, Dezernent für Wirtschaftsfragen, mischte sich auf den Anruf hin ein.

»Mahan, was ist in Sie gefahren! Das ist nicht Ihre Ranch, und nicht Sie können hier über die Pferde bestimmen! Wo ist Missis King? Sie ist eine rote Lady und würde sich anders verhalten, als Sie es tun.«

»Missis King ist weggefahren.«

Die Spannung wuchs.

»Wer kann sie vertreten?«

»Ich habe Vollmacht.«

»Von ihr?«

»Von Mister King.«

Die Damen der Superintendentur stellten sich zu Haverman und den beiden Mac Leans. Krause, Wakiya und Oiseda standen zur Seite Mahans. Im Hintergrund drängten sich die zehn Lehrlinge eng zusammen.

»Von Joe King!« Mac Leans Stimme ging vom Lauten zum Dröhnenden über. »Sie haben den Burschen noch gesprochen?«

»Wen habe ich gesprochen?«

»Mister King.«

»Ja, ich habe ihn gesprochen.«

»Ah, Mahan, Sie haben King gesprochen! Jetzt begreife ich alles. Sie waren also auch informiert, als er der Reservation die Büffel stahl, sie bei Nacht und Nebel fortschaffte. Und in seinem Namen wollen Sie uns jetzt verbieten, zwei Pferde zu leihen und zu besichtigen, was wir künftig bewirtschaften werden? Sind Sie ganz des Teufels? Wir bringen Kings Gäule nicht um.«

»Nein, sicher nicht. Eher umgekehrt.«

»Haverman, greifen Sie doch ein«, forderte Mac Lean noch einmal.

Haverman wurde rot, sein Puls ging schneller. »Es tut mir leid, Mister Mac Lean. Aber Privateigentum ist Privateigentum.«

»So? Das Allerneueste, Mister Haverman. Auf einer Reservation ist jeder Indianer dem Superintendent unterstellt. Sollen wir etwa morgen übernehmen, was wir heute nicht besichtigen dürfen? Mahan, nehmen Sie jetzt Vernunft an. Wir sind von weit her gekommen.«

»Unangemeldet.«

»Red boy – es wäre für uns ein Kinderspiel, Sie beiseite zu stellen, trotz Ihres Colts, und uns die Pferde zu leihen.« In Mac Lean war der Jähzorn aufgestiegen. »Wir holen uns zwei Pferde. Versuchen Sie nicht, uns daran zu hindern.«

»Ich habe gesprochen.« Mahan ging zur Koppel und stellte sich vor den Eingang. »Mister Mac Lean, wenn Sie hier Pferde leihen wollen, kommen Sie, sobald Mister King zurück ist.«

Miss Bilkins trat dicht vor Mahan. »Mahan, Sie sind als Erzieher der Schulverwaltung unterstellt. Ich ordne an, daß Sie für die Herren Mac Lean sofort zwei Pferde für einen Besichtigungsritt zur Verfügung stellen. Mit dem Wagen kann man auf den Weiden nicht fahren.«

Mahan rührte sich nicht. »Miss Bilkins, mit allem Respekt: Es ist Sonntag, und ich befinde mich hier nicht im Dienst der Schulverwaltung. Mister King hat mich gebeten, den Frauen und Kindern, wenn nötig, beizustehen, da auf dieser Ranch hier im Augenblick außer mir kein einziger Mann mehr ist.« Es war charakteristisch, daß Mahan auf Krause nicht zählte.

Eve Bilkins wurde in ihrer Erregung ebenso rot wie Mac Lean. Havermans Gesicht hatte sich durch die Furcht vor weiteren unangenehmen Sachen ins Weißgelbe verfärbt. Mac Lean senior, keinen Widerspruch gewohnt und voll traditionellen Hochmuts, fühlte seine Nerven reißen. Er wollte Mahan anpacken. Da ihm Miss Bilkins dabei im Wege stand, schob er sie unsanft beiseite. Sie stolperte dabei über eines der hervorstehenden, in harter Erde verwurzelten Grasbüschel. Krause und Kate Carson fingen sie auf.

»Mac Lean!« rief Krause zornig.

Frau Haverman schrie auf.

Mac Lean aber hatte Raum gewonnen. Er war breitschultrig und schwer, nicht ganz so groß wie Mahan. Nach gewohnter Manier wollte er seinen Gegner lächerlich machen, indem er ihn an den Hüften hochhob und zur Seite stellte; er packte ihn an. Mahan reagierte unmittelbar, nicht durch eine Überlegung vermittelt, für die ihm auch keine Zeit geblieben wäre. Er war kein achtjähriger Junge mehr, den man prügeln, brennen, halb ersticken konnte. Er war ein Mann. An dem Indian Center in Chicago hatte es Unterricht in Karate gegeben; er war darin geübt. Der moralische Widerstand war in seiner Psyche durch tausend jahrelang gehegte Wunschträume programmiert, der körperlich-technische durch das Training. Sein rechter Arm war durch die Schußverletzung und eine Zerrung zwar kaum zu gebrauchen. Er verfügte nur über seine Beine und den linken Arm. Aber das genügte. Er stieß einen abgehackten Kampfschrei aus.

Mac Lean, auf die Art der Gegenwehr nicht gefaßt, flog im Bogen ins Gras und prallte hart auf, denn der Schwung war kräftig, sein Gewicht schwer und der ausgedörrte Boden fest wie Stein.

Ein paar kurze Jubelrufe klangen bei den jungen indianischen Zuschauern auf. Über Oisedas Züge glitt ein rasch wieder schwindendes Aufleuchten.

Mac Lean junior sprang herbei, nicht, um es mit Mahan aufzunehmen, sondern um seinem Vater aufzuhelfen. Aber der Vater knurrte und winkte dem Sohn mit einer unwirschen Kopfbewegung ab. Mit einiger Mühe kam er wieder auf die Beine.

»Das büßt du mir noch! Ihr alle werdet von uns hören, rotes Pack!«

Ohne irgend jemanden zu grüßen oder auch nur anzusehen, ging er zu dem Mercury. Sein Sohn lief ihm nach, stieg mit ihm zusammen ein und setzte sich neben ihn auf die Rücksitze. »Fahren wir alle«, sagte Kate Carson. »Hier kann nichts mehr besser, sondern nur noch etwas schlimmer werden.« Sie berührte Eve vorsichtig am Arm, und als diese es duldete, hängte sie sich ein und führte die vor Erregung zitternde Dezernentin zum Mercury.

Haverman und Frau folgten.

Als alle zu dem Mercury gehörenden Besucher im Wagen saßen und Kate Carson startete, sagte Haverman vernehmlich und seufzend: »Er ist eben Kings Doppelgänger, und die Schwierigkeiten verdoppeln sich.«

Des Nachmittags, als der Mercury die Agentursiedlung erreichte, lud das Ehepaar Haverman nicht nur Eve Bilkins und Kate Carson, sondern auch die beiden Mac Leans zu einem Imbiß ein.

Vater und Sohn wollten in der Agentursiedlung George Mac Lean erwarten, der zur Kingsley-Ranch gefahren war, um über die Büffel zu verhandeln.

Der Aperitif, den Haverman einschenkte, beruhigte zunächst die Gemüter. Es gab Schinken und pikanten Salat. Die als Haushalthilfe angestellte Gärtnersfrau tischte auf. Die Suche nach einem ablenkenden Thema verlief ergebnislos. »Was soll denn nun werden?« fragte Kate Carson schließlich, gewohnt, der Katze die Schelle anzuhängen. »Werden Sie Anzeige erstatten, Mister Mac Lean?«

Mac Lean schaute Kate Carson überrascht und ziemlich lange an.

»Ja, allerdings, Sie haben begriffen, Missis Carson. Ich zeige den Burschen wegen tätlichen Angriffs auf einen reservationsangehörigen Weißen an. Das wird streng bestraft. Drei Jahre sind ihm sicher. Und Zeugen habe ich übergenug.«

In Eve Bilkins überstürzten sich düstere Zukunftsbilder. Der Erzieher, dem sie drei Jahre College-Stipendium verschafft und den sie empfohlen hatte – trotz eines umgeschriebenen Gutachtens – zum Glück umgeschriebenen Gutachtens – immerhin empfohlen hatte – vor Gericht – drei Jahre – sie selbst als Zeugin – Rektor Snider als Zuhörer im Raum – Mister Carrs Hohn gegen die unerfahrene Dezernentin!

Sie wußte selbst nicht, wie es kam, daß sie zu sprechen anfing; ihr Gehirn hatte unversehens ihrer Zunge einen solchen Befehl erteilt. »Sie werden unter anderen eine Zeugin haben, Mister Mac Lean, die von Ihnen selbst tätlich angegriffen worden ist. Ich habe Sie immer für einen Gentleman gehalten, aber mir gegenüber waren

Sie es in einem Augenblick begreiflichen Zornes leider nicht. Vielleicht kommt Mahan noch auf den Gedanken, auszusagen, er habe mich gegen Sie verteidigen wollen. Krause würde eine solche Version unterstützen – von den anwesenden Indianern ganz zu schweigen.«

Mac Lean senior lachte schallend.

»Aber doch nicht so böse sein, Miss Bilkins. Ich entschuldige mich tausendmal! Als der Bursche Ihnen nicht gehorchte, mußte ich natürlich eingreifen – mit etwas rauher Sitte, gebe ich zu, das ist Rancherart. Nochmals Entschuldigung, wenn ich Sie erschreckt habe. Im übrigen wird er keine Gelegenheit erhalten, irgend etwas auszusagen ... Vielleicht noch vor allen Leuten erzählen, er habe den alten Mac Lean ins Gras geworfen ..., kommt nicht in Frage.«

Die Mienen in der kleinen Tafelrunde wurden erstaunt. Kate Carson unterdrückte das Lächeln, das sie ankommen wollte.

»Ich muß natürlich in der Schule berichten.« Eve blieb reserviert und ernsthaft. »Mahan muß zum mindesten disziplinarisch energisch bestraft werden.«

»Aber Miss Bilkins! Wegen einer kleinen Rauferei an der Pferdekoppel? Überlassen Sie das ruhig mir. Der Bursche erhält noch seinen Denkzettel. Wir knöpfen ihn uns bei Gelegenheit vor. Das ist wirksamer und macht Ihnen keinen Ärger.«

Eve Bilkins suchte nach Luft.

»Also nicht wahr, Miss Bilkins, Sie treten diesen Vorfall nicht breit? Dazu ist Ihr kleiner Fuß nicht geeignet. Die Sache bleibt unter uns!«

Mac Lean schaute ringsum und glaubte, bei allen Zustimmung zu ernten.

»Abgeschoben in das Feld der Privatrache«, murmelte Haverman vor sich hin. »Übel ... Aber tatsächlich, alles andere würde in diesem Fall noch mehr Scherereien machen. Hoffentlich halten unsere braunhäutigen Eingeborenen auch den Mund. Wenn sie sich Ihres Mahans rühmen und es kommt heraus, daß wir seine Gewalttätigkeit nicht geahndet haben – nun ja, ich sage nur ›Mister Chester Carr‹. Der Name steht für alles, was in einem solchen Falle erfolgt.«

»Auch dafür«, rief Mac Lean, »daß Mahan dann vor Gericht kommt und ›unsere braunhäutigen Eingeborenen‹ dabei nichts zu lachen haben werden.«

Mac Lean saß steifer auf seinem Stuhl, als er zuvor im Wagen gesessen hatte. Das Kreuz tat ihm weh.

Die Anwesenden fühlten sich so weit erleichtert und zugleich beschwert, daß es Frau Haverman gelang, auf andere Themen abzulenken.

Die für Mac Lean unangenehmen Seiten der Augenblickssituation kamen erst wieder zur Geltung, als sein Sohn George, von der Kingsley-Ranch zurückkehrend, den Zettel am Parkplatz für Gäste gefunden hatte und im Besucherkreis bei Haverman erschien.

Er machte keinen glücklichen Eindruck.

»Nun?« wollte der Vater wissen.

»Die Büffel sind tatsächlich dort. Kingsley hat das Vorkaufsrecht. Nichts zu holen für uns.«

»Hat gekauft?«

»Scheinbar noch nicht. Aber wenn King überhaupt verkauft, dann ist Kingsley zuerst am Zug.«

»Nichts zu machen?«

»Nichts zu machen. Kingsley schert sich den Teufel um Reservation und Superintendent. Er hat privat verkauft, King hat bar bezahlt – er hatte ja damals die Prämie für das Auffinden der Vermißten vereinnahmt –, und Kingsley hat das Vorkaufsrecht bei einem Weiterverkauf. Die beiden stecken unter einer Decke.

Kingsley wird uns nicht ein einziges Tier verkaufen, schon gar nicht auf Abzahlung. Er hat die Büffel sozusagen in Pflege genommen, und Joe King lauert nur darauf, sie sich zurückzuholen, wenn Carr einmal abberufen wird.«

»Verfluchte Einstellung von diesem Kingsley, der es mit den Roten hält, und die verdammte Schwäche unserer Verwaltung, die einen Superintendent nach dem andern abgelöst hat. Früher regierte ein ›Vater der Reservation‹ seine dreißig bis vierzig Jahre, und kein Indian konnte Morgenluft wittern. Auch Sir Carr sitzt wieder, wo er sitzt, das wird auch ein Joe King noch bemerken müssen. – Mister Haverman, was für einen Ausweg sehen Sie noch im jetzigen Moment?«

»Gar keinen, Mister Mac Lean. Hätten wir nie an die Büffel gerührt, so wäre uns die peinliche Situation erspart geblieben.«

»Hätte die Verwaltung etwas rascher reagiert und die Bisons nicht entkommen lassen – meinten Sie wohl, Mister Haverman. Carr wird in seinem eigenen Bereich noch einiges zu ändern haben. Mit Kings Verhaftung hat es auch nicht geklappt. Jetzt, nachdem die Banditen tot sind, wird der Sheriff den Haftbefehl gegen King aufheben. Du mußt dich auf feindliche Nachbarn gefaßt machen, George.«

»Zieh doch du auf das Nachbargelände der King-Ranch, Dad. Meine Frau will sowieso nicht in die Gefahrenzone.«

»George, du elender Feigling. Wir reden noch darüber. Vielleicht werde ich wirklich selbst Kings Nachbar. Wenigstens für das erste Jahr. Dann fließt auch das Wasser, und keiner betritt mir mein Gelände, den ich nicht eingeladen habe.«

In den Stunden der Gesprächsrunde im Hause Haverman saß Wakiya wieder auf dem Friedhof, schaute zu den Weißen Felsen, zu dem frischen Grab und beobachtete die Straße im Tal, bis er Kings zweiten Sportwagen sichtete, mit dem Queenie Tashina zurückkehrte.

Sie brachte gute Nachrichten. Die Büffel waren am Tage vorher unversehrt auf der Kingsley-Ranch angekommen, sogar einige Stunden früher als vorhergesehen. Kingsley hatte sie sofort auf seine Weiden gebracht. Die Marke am Ohr unterschied die Tiere von den anderen. Joe, Robert, Joan und Hanska waren völlig erschöpft gewesen. Sie hatten sich einen Schlaf von sechs Stunden gegönnt, dann war Joe mit Robert und Joan nach Kanada aufgebrochen.

Hanska war noch auf der Kingsley-Ranch bei den Büffeln. Der Bub wollte auf dem Rückweg den Scheckhengst seines Pflegevaters reiten, ein früheres Rodeopferd, temperamentvoll und immer noch zu den wildesten Einfällen aufgelegt, wenn es sich von irgend etwas aufgestört fühlte. Joe pflegte es sonst nur selbst zu reiten, aber die Gelegenheit, sich einen lange gehegten Wunsch zu erfüllen, war für Hanska so günstig, daß er sich nicht davon abbringen lassen wollte. Kingsley hatte nach einigen Proben zugestimmt, daß Hanska den Schecken zum Reiten wählte und allein die drei ledigen Pferde mitführte; es war die Leistung eines tüchtigen Cowboys und sehr guten Reiters, die der Zwölfjährige ausführen wollte. »Meine Vorfahren«, hatte Hanska gesagt, »haben im vierzehnten Sommer ihren ersten Büffel erlegt. Ich werde wohl mit zwölf Jahren reiten können.«

Pflegemutter Tashina war in Sorge. Hanska wuchs zu einem Ebenbild seines Pflegevaters heran, der seine Frau auch jetzt noch mit ebensoviel Bewunderung wie Erschrecken erfüllte.

Als die Frauen miteinander eine Mahlzeit bereiteten, die durch den von Krause gestifteten großen Braten schmackhaft wurde, berichtete Oiseda Tashina von den Ereignissen des Vormittags, jedoch nur kurz, schmucklos und in beruhigender Art. Queenie Tashina nickte und suchte ihre Unruhe zu verbergen.

Wenig später machte sich Bill Krause mit seinem Adoptivkind auf den Heimweg nach New City und überredete Clyde, ihn zu begleiten, da sich dieser in New City ein Auto kaufen mußte. Achtzig Dollar wollte er für einen gebrauchten kleinen Wagen aufwenden.

In der Nacht kam Joe zurück.

Er wirkte noch hagerer als sonst, und er aß sehr wenig. Während er an einem Brocken Büffelfleisch langsam kaute, wurde nicht gesprochen; aber danach saßen Mahan, Wakiya, Tashina und Oiseda mit ihm zusammen im alten Blockhaus, und man tauschte Informationen aus.

»Robert und Joan sind über die Grenze«, berichtete Inya-he-yukan. »Zunächst einmal auf Besuch bei unseren Verwandten in den Woodmountains, aber der Einbürgerungsantrag ist schon geschrieben, und Robert bekommt bei der Waldbrandbekämpfung Arbeit. Joan ist geborene Kanadierin. Es wird für beide keine Schwierigkeiten geben. Doch hätten wir ihn hier nötiger gebraucht.«

Mahan ließ seinerseits Joe alles Wichtige wissen und verschwieg auch seinen Zusammenstoß mit Mac Lean nicht. Es dauerte einige Zeit, bis Joe seine Meinung aussprach.

»Wie ich den alten Mac Lean kenne, bringt er dich nicht vor Gericht. Tut er es doch, so geben sie dir drei Jahre. Angriff auf einen Weißen auf der Reservation! Da beginnen ihre Nerven zu surren. Sie würden auch keinen indianischen Zeugen vereidigen. Mac Lean junior – Gift und Galle, Krause bieder, aber vorsichtig. Es kommt auf die Damen an, auf die Amtspersonen. Carson ist gut, Bilkins unberechenbar. Karatemanöver läßt der Richter gleich einem Schuß gelten, wenn es ihm paßt. Aber wahrscheinlich hat keiner der eideswürdigen Zeugen begriffen, was du gemacht hast, und die anderen schweigen. Ich freue mich jedenfalls, daß diese Kerle nicht meine Pferde geritten haben. Ich hätte sie ihnen auch nicht gegeben ... oder vielleicht doch, die Appalousa-Stute, die jeden abwirft. Das weißt du nun für ein andermal, mein Bruder Wasescha.«

»Können sie unsere Handwerksschule vertreiben, Joe?« forschte Oiseda.

»Sie können dir dein kleines Gehalt und den Schülern das Verpflegungsgeld sperren, wenn ihr nicht gehorcht, und sie können euch das Haus wegnehmen; es ist von der Verwaltung gestellt. Ihr müßt in die Agentursiedlung gehen, aber dort sollt ihr standhaft bleiben, so, wie auch ich ohne unsere Büffel standhaft bleiben werde. Es geht jetzt ums Ganze. Nächstes Jahr wählen wir einen neuen Chief-President und einen neuen Rat. Monture und Tiger bleiben draußen nicht untätig. Es muß etwas geschehen, nicht nur hier bei uns. Wir wollen leben. Als Indianer.«

Joe Inya-he-yukan ging mit seiner Frau Queenie Tashina in das alte Blockhaus. Wasescha verstand, daß es Inya-he-yukan in dieser Nacht in die Hütte zog, in der er geboren war. Hugh begab sich hinüber zu den Lehrlingen und Oiseda. Er teilte ein schmales Lager mit einem der Bighorn-Jungen. Joe hatte ihm zuvor noch den Verband erneuert und die Zerrung bandagiert.

Hugh Wasescha hörte die unruhigen und endlich sich im Schlaf beruhigenden Atemzüge der jungen Burschen. Der Wind pfiff um das Haus.

Hugh lauschte. Er hörte leise Geräusche in dem durch eine dünne Wand abgetrennten Nebenraum. Ein Dielenbrett knarrte, die Haustür ging auf und zu. Dann aber war es wieder still. Er stand auf, mit behutsamen Bewegungen, um niemanden zu wecken, und trat ans Fenster. Er sah den nachtschwarzen Wiesenhang, die helleren Felsen, Sternenschimmer und Mondhelle zwischen den Wolken hin und wieder aufleuchtend.

In der Koppel der King-Ranch stampfte ein Pferd. Die Stachelschweine raschelten.

Mahan ging hinaus; er blieb vor der Tür stehen.

Nach einiger Zeit kam ein Schatten auf das Haus zu; Oiseda kehrte zurück. Sie mußte Mahan begegnen. Die beiden blieben beieinander stehen, ohne etwas zu sagen. Er berührte sie an der Schulter, leicht, als ob ein Nachtfalter sie gestreift habe. Sie wandte sich um und ging mit ihm noch einmal den Hang aufwärts zu den Kiefern. Sie setzten sich zwischen die Wurzeln eines steinalten Baumes und schauten über das Haus und das Tal. Der Wind wollte Oisedas Haar zausen, aber es war kurz und spröde, er konnte es nicht greifen.

Oiseda nahm Abschied.

Wasescha sang leise ein Lied aus dunklen Tönen; es war sehr alt und hatte keine Worte. Oiseda ließ es in sich hineinfließen, und es nahm von ihr Besitz. Aber während es durch alle ihre Glieder schwang und webte, dachte sie an Alex Kte Waknwan, der ihr Mann gewesen war und dem sie ihre erste Nacht geschenkt hatte. Es war eine weiche Nacht gewesen, noch warm im schon weichenden Sommer, jetzt aber ging der Wind, und es wurde kalt. Wasescha sang noch; die wortlosen Töne wanderten durch die Nacht, ohne sie heimisch zu machen; sie gingen suchen.

Wasescha legte den Arm um Oiseda und zog sie näher an sich. Sie widerstrebte nicht, bewegte sich auch nicht, sondern blieb unbewegbar wie eine Tote. Er wagte es nicht, sie ganz an sich zu reißen. Sie fröstelten beide.

Es mußte nun geschehen, daß er sie mit Gewalt oder daß er sie gar nicht zu seinem Eigen machte. Er stand auf, zog Oiseda mit sachtem Zwang zu sich hoch und sagte:

»Komm.«

Das war das einzige Wort, das gesprochen wurde.

Sie gingen miteinander zurück zu dem Haus, ein jeder zu seiner Schlafstatt.

Es hieß aufstehen nach dieser Nacht, denn es war Montag geworden, und die neue Schulwoche begann. Mahan ging mit den Lehrlingen und den King-Kindern wieder zum Brunnen auf der Höhe. Hier war das Wasser am frischesten, die Luft am bewegtesten und voll geheimer Nachrichten über kommenden Regen. Der Morgenstern, uralt heiliges Zeichen des indianischen Glaubens, war noch nicht verblaßt.

Hinten auf der Straße klang Pferdegalopp in unruhigem Rhythmus auf. Hanska kam endlich heim. Er ritt den Schecken und führte drei Pferde, die aneinandergekoppelt waren. Die Tiere strebten eilig den Wiesenweg herauf zu Koppel und Weiden. Sie waren trotz der Kühle der Nacht und des Morgens verschwitzt, und ihre nickenden Köpfe verrieten, daß sie müde waren. Hanska hing halb schlafend im Sattel; er riß sich jetzt hoch, um nicht etwa Spott zu ernten, und brachte die Pferde auf die nächste Weide. Als er mit dem Schecken zurückkam, sahen alle, daß seine Kräfte ausgeschöpft waren, nur noch ein Rest davon hielt ihn auf den Beinen. Pflegemutter Tashina hatte ihm einen Becher starke Büffelbrühe aufgehoben, die mochte er trinken. Dann ging er wieder weg, nicht um etwas zu tun, sondern um sich zu verstecken. Mahan hatte das Jungengesicht gesehen, hohlwangig, mit einem neuen gallenbitteren Zug. Hanska war der Abschied von den Büffeln zu schwergefallen. Vielleicht konnte er weinen, wenn er allein war. Mahan hoffte es.

Joe ging zu dem Schecken und begrüßte ihn. Er hatte zu Hanska nichts gesagt, ihn weder gelobt noch gescholten. Es wurde an diesem Morgen überhaupt wenig gesprochen, nur eben das, was sich nicht vermeiden ließ. Jeder raffte und straffte seine eigenen Gedanken und Empfindungen, wie es Menschen tun, die im Kampf stehen und den nächsten Angriff erwarten.

Oiseda ging Mahan aus dem Weg, nicht auffällig, aber doch so, daß er selbst es bemerkte. Sie wirkte dabei nicht abwehrend, eher verwirrt und einer gewissen Zeit bedürftig, um nachzudenken und zu sich selbst zu kommen.

Im hellblauen Haus fing schon die Arbeit an. Hanska, der wieder zurückgekommen war, Mahan und die Zwillinge, alle diejenigen, die zur Schule gehen mußten, fanden sich beim gelben Haus zusammen und verabschiedeten sich von Joe und Queenie. Es war die Frage, wie sie den Weg bis zu der Kreuzung machen wollten, an der sie den Schulbus erreichen konnten. Da Zeit genug blieb, entschlossen sie sich, zu Fuß zu gehen. Die fünf benutzten die Pfade am Hang, nicht die Straße. Hanska lief tapfer, allerdings als letzter. Er zwang sich, die Augen, die ihm zufallen wollten, offenzuhalten. Je mehr sich seine Füße bewegten und je strenger der Wind auch ihn anwehte, desto mehr schien jedoch sein ganzes Wesen wieder in Bewegung zu kommen; er lief hinterher, er lief mit, und endlich lief er mit den Zwillingen voran. Er legte den Kopf in den Nacken, um den Wind noch stärker in seine Atmung einzuziehen.

Der morgendliche Gang durch die Wiesen tat nicht nur ihm, er tat allen wohl. Wakiya kam aus der Abwesenheit seiner Seele wieder herbei zu Erde und Menschen. Tishunka-wasit-win war tot, aber Wakiyas Haltung verriet auf stumme Weise, daß sie nicht vergeblich gestorben sein sollte.

An der Haltestelle gab es kein langes Warten. Der Schulbus kam; auch für Mahan war noch ein Platz frei. Die fünf saßen in dem Gehäuse der Zivilisation und wurden zu der Schule gerollt, wo sie ihren weißhäutigen Vormunden zu einer neuen Runde begegneten.

Mahan begrüßte seine Beginner und begann, mit ihnen zu spielen und sie zu lehren. Er hatte eben die zweite Stunde abgeschlossen, als er durch Ron Warrior zum Rektor gerufen wurde. Er bat den Kollegen, die Aufsicht über seine Gruppe in der kleinen Pause mit zu übernehmen. Ron lächelte in einer nur scheinbar offenen, aber sicher von keinerlei Autoritätsglauben beschwerten Weise.

»Sie sind der Held des Tages geworden, Hugh, das ist in unserem Philisternest mitten in der großartigen Prärie nicht gut. Machen Sie sich auf alles gefaßt.«

Als Mahan im Rektorzimmer stand, war ihm äußerlich keine Erregung anzumerken. Snider zeigte sich nicht mißlaunig, eher in der angenehmen Stimmung eines Menschen, der wieder einmal recht behalten hat.

»Nach Schulschluß fahren Sie sofort in die Agentursiedlung, Mahan. Sport fällt aus. Sie suchen Miss Bilkins auf, die Sie erwartet. Vielleicht erscheinen Sie morgen nicht zum Dienst. Besprechen Sie also den künftigen Ablauf des Unterrichts in Ihrer Beginnergruppe vorweg mit Warrior.«

»Tue ich.«

»Nehmen Sie Ihre Sachen mit. Es kann sein, daß Sie die nächste Nacht nicht hier sind.«

»Ich verstehe.«

Die Unterredung war beendet. Mahan verließ den Raum, ging mit dem Gefühl, nur noch für ein paar Stunden Angehöriger dieser Schule zu sein, den glattgewachsten Gang entlang und holte bei Ron seine Gruppe.

Wie immer, so setzten sich die Achtjährigen und die beiden Fünfjährigen auf die Bodenteppiche zwischen den Spielregalen. Mahan stand bei der Tafel und schrieb an:

»Freedom and justice for all.«

Mit der unverändert sanften, tiefen Stimme, mit der er zu den Kindern zu sprechen pflegte, erklärte er ihnen, was Freiheit und was Gerechtigkeit sei. Wie er mit deutlichen Buchstaben geschrieben hatte, so sprach er auch jedes Wort langsam und klar, so daß alle die fremde Sprache verstehen konnten. Die Kinder, die sich beim Unterricht immer ruhig verhalten hatten, waren in dieser Stunde ungewöhnlich ernst. Ihre Augen hingen unentwegt an dem »Mann, der die Wahrheit gesagt hatte« und den sie liebten. Sie mußten gehört haben, daß er wieder einmal zu Rektor Snider gerufen worden war, den sie nicht liebten. Was würde geschehen?

In der folgenden Stunde erklärte Hugh Mahan den Kindern, daß er nicht bei ihnen bleiben dürfe, daß er aber weiter an sie denken wolle. Wenn auch sie ihn nicht vergessen würden, sollten sie gut lernen, damit sie später einmal ihrem Volk helfen könnten. Als er das gesagt hatte, spürte er, daß sie ihm nicht glaubten, sondern sich von ihm wegwandten. In ihren Gesichtern stand eine Frage geschrieben. Als Hugh fühlte, daß ein Junge zu sprechen bereit war, bat er ihn, es zu tun, und das Kind sagte: »Mister Mahan, Sie haben gut gelehrt. Aber Sie dürfen uns doch nicht weiter helfen.«

»Es ist wahr, was du sagst. Ihr müßt euch jetzt selbst helfen. Ihr bleibt in eurer Gruppe zusammen. Helft einander.« Das versprachen sie.

In der Mittagspause, nach dem Essen, hatte Ron Warrior es eingerichtet, daß er mit Mahan zusammen die Aufsicht auf dem Spielplatz vor der Schule hatte. Die beiden Erzieher gingen miteinander die Runde, und Mahan berichtete Ron von den sechzehn, machte Vorschläge, wie er sie nun eingliedern sollte. Zu dem Gespräch kam Lehrer Ball eilig herbei.

»Mahan, was haben Sie bloß gemacht?«

Hugh zuckte die Achseln.

»Was werden Sie jetzt machen?«

Hugh zuckte die Achseln.

»Es ist eine Katastrophe. Snider ist unzugänglich; ich habe nichts von ihm über die Sache erfahren können.«

»Ich auch nicht, Mister Ball.«

Im stillen aber dachte Hugh: Sie wollen mich nicht vor den Schülern verhaften. In den Büros der Agentursiedlung bleibt es unbemerkt, und das Gefängnis ist nah.

Bei Schulschluß ging er noch hinüber auf den Sportplatz, auf dem ihn die Internatsschüler erwarteten. Er teilte ihnen mit, daß der Sport heute ausfalle, da er noch in der Agentursiedlung zu tun habe.

Die Schüler schienen das schon gewußt zu haben. Sie sagten nichts, entfernten sich aber auch nicht, sondern standen unbeweglich beieinander wie eine in Stein zusammengemeißelte Gruppe. Sie gehörten verschiedenen Altersklassen an, von 14 bis 20 Jahren, Mädchen und Jungen. Mahan hätte Good-bye sagen müssen, denn der Schulbus, der zur Agentursiedlung fuhr, stand bereit, und die Schüler, die bei der Siedlung wohnten, begannen schon einzusteigen. Aber das Schweigen der Sportgruppe, die sich noch immer nicht rührte, hielt ihn fest; es war ein herausforderndes Stummsein und eine beredte Regungslosigkeit.

Schließlich trat ein Mädchen vor. Sie war eine Schülerin der Abiturklasse, achtzehn Jahre alt, gut als Läuferin, beliebt in der Basketball-Gruppe. Das schwarze Haare trug sie gescheitelt, lang über die Schultern fallend. Um ihrer schlanken Gestalt und ihrer schnellen Füße willen hatte sie als Indianerin den Namen Tatokalawin erhalten, Antilopenmädchen; doch nannten ihre Mitschüler sie auch Taga, rauh und bitter, denn sie war herb gesonnen und für die Liebe der Jungen unzugänglich. Hugh nahm an, daß sie von der Gruppe als Sprecherin gewählt war, und wartete. Sie sagte aber nichts weiter als: »Ich habe mir bei der Internatsverwaltung Einkaufserlaubnis geholt. Ich fahre mit dem Schulbus in die Agentursiedlung. Dort übernachte ich bei meiner Kusine Yvonne Morning Star. Sie bringt mich morgen zurück.«

Die anderen Mitglieder drückten mit einem halben Nicken oder auch nur mit einem leichten Senken der Augenlider ihre Zustimmung aus, und Mahan begriff, daß dies alles organisiert und verabredet war.

»Wir werden also Nachricht über Sie erhalten«, sagte der Junge, der hinter Tatokala stand. »Hau.«

Es war Zeit, zum Schulbus zu gehen. Das Mädchen lief eilig hin; Mahan machte seine großen, aber keine beschleunigten Schritte und stieg als letzter ein. Das Mädchen hatte sich nach hinten gesetzt; er fand noch den Platz neben dem Fahrer frei.

Der Bus fuhr 60 Meilen die Stunde; er hatte einen leistungsfähigen Motor und war gut gefedert. Die Fahrt führte nicht durch das Tal der Weißen Felsen, da der Bus die meisten Kinder über eine Abzweigung zu einem kleinen Dorf zu bringen hatte. An der Kreuzung, an der Mahan am Morgen eingestiegen war, bog der Bus ab.

Die Dienstzeit des Büros war längst überschritten, als der Bus die Agentursiedlung erreichte und bei den Siedlungshäusern der Indianerfamilien hielt. Es waren nur wenige Kinder aus dieser Siedlung, die in der Agenturschule keinen Platz gefunden hatten und daher die Dayschool III besuchten. Sie sprangen jetzt aus dem Schulbus, als ob sie aus einem Käfig befreit würden.

Das Mädchen Tatokala stieg als vorletzte aus und machte sich auf den Weg zum Supermarket, der an der Straße der Bürohäuser lag. Mahan, letzter, obgleich er neben dem Fahrer gesessen hatte, ging zu dem Dezernentenbüro. Es war aus roten Ziegelsteinen neu erbaut. Mahan betrat die Korridore mit den weißgetünchten Dekken und Wänden, klopfte an die Tür des Schuldezernats und trat ein.

Miss Bilkins mit den hellen Haaren saß an einem Schreibtisch aus hellem Holz; eine Barriere trennte sie von dem Besucher. Mahan nahm den ledernen Hut ab und wartete stumm. Es war das dritte Mal, daß er zu Miss Bilkins bestellt war. Das erste Mal hatte sie ihm das Collegestudium vorgeschlagen, das zweite Mal eine Anstellung im Agenturbüro. Das dritte Mal – nun, man würde sehen. Noch war kein Polizist im Raum.

Miss Bilkins formte einige Male an den Worten, die sie sagen wollte, ehe sie endlich begann.

»Mister Mahan, Sie waren auf Probe angestellt. Sie verstehen, daß ein Erzieher sich nicht nur im Dienst, sondern in seiner gesamten Lebensführung zu bewähren hat. Sie haben sich jedoch eines schweren Vergehens schuldig gemacht. – Leider. Ich stelle Ihnen anheim, selbst um Ihre Entlassung aus dem Dienst nachzusuchen.«

Mahan schwieg.

»Sie werden also ein Gesuch um Auflösung ihres probeweisen Dienstverhältnisses einreichen.«

»No.«

Miss Bilkins runzelte die Stirn. »Wollen Sie uns zwingen, gerichtlich gegen Sie vorzugehen?«

»Yes.«

»Mahan! Sie haben einen auf der Reservation ansässigen Bürger tätlich angegriffen. Wenn Mister Mac Lean und wir Anzeige erstatten, gehen Sie drei Jahre ins Gefängnis.«

»Ich habe mich verteidigt. Mac Lean hatte Sie beiseite gestoßen und mich angepackt. Ich habe mich frei gemacht, ohne ihn zu verletzen.«

»Von Anpacken habe ich nichts gesehen, Mister Mahan.«

»Miss Bilkins, Sie waren gestolpert und reichlich verwirrt. Natürlich haben Sie nichts gesehen. Es gibt aber zuverlässige Zeugen.«

Die Dezernentin spielte mit einem Kugelschreiber. Ihre Gedanken arbeiteten, ihre Lippen und ihre Stirnhaut drückten das mit leisen Bewegungen aus. Einmal zuckten ihre Ohren. »Mister Mahan, Sie sind auf Probe eingestellt. Die Berichte lauten nicht günstig.«

»Die Schulrätin war mit meiner Gruppe durchaus zufrieden. Wenn Sie mir fristlos kündigen, lege ich Beschwerde ein, und da Sie mir ein Vergehen vorwerfen, verlange ich die gerichtliche Klärung. Ich habe gesprochen.«

»Mahan! Wollen Sie durchaus ins Gefängnis? Sie haben sich sehr verändert. Und was heißt das, fristlose Kündigung?«

»Rektor Snider hat mich aufgefordert, meinen Koffer zu packen.«

Miss Bilkins legte den Kugelschreiber beiseite. »Ich hatte Mister Snider gebeten, Sie zu einer Unterredung hierher zu schicken. Weiter nichts. Ein Mißverständnis. Aber ich halte es tatsächlich für besser, wenn Sie unter den gegeben Umständen aus dem Schuldienst ausscheiden. Sie haben nicht mehr die Gesinnung, die wir für einen Erzieher brauchen.«

»Wollen Sie mir das bitte nachweisen. Ich denke, es ist besser, wenn ich vorläufig noch an dieser Schule aushalte.«

»An dieser Schule aushalte! Mahan! Sie haben zwölf Jahre Schule und drei Jahre College auf unsere Kosten genossen. Dafür dankbar zu sein, ist Ihnen wohl nie in den Sinn gekommen?«

»Wenn ich alles das, was ich genossen habe, in der rechten Weise vergelten wollte . . .« Mahan brach ab.

»Ihre Probezeit läuft noch vier Wochen, Mahan. Ich lasse Ihnen diese Bewährungsfrist. Nutzen Sie sie. Nach dem Endbericht von Rektor Snider werde ich entscheiden, ob Sie bei uns weiterarbeiten können.«

Mahan schwieg.

Da Miss Bilkins ihren Schreibtisch abräumte, nahm er seinen Hut und ging mit einem kurzen Gruß.

Als er das Bürohaus verlassen hatte, schaute er sich um. Beim Postamt stand Tatokala zusammen mit einer jungen Frau. Diese kam auf Mahan zu und lud ihn ein, in ihrem Haus zu übernachten. Es war Yvonne Morning Star junior. Die drei gingen zusammen in die Indianersiedlung.

Als Miss Bilkins das Bürohaus verließ, waren sie nicht mehr zu sehen. Sie schloß ihren Dienstwagen auf und fuhr über die Straße zu dem Hause Kate Carsons. Es zog sie heute dorthin. Freundlich wie immer empfangen, ließ sie sich auf dem Stuhl nieder, den sie schon gewohnt war. Kate bereitete ein kleines Dinner. Während Eve mechanisch ihren Drink nahm und dann ein Schnitzel mit Salat verspeiste, redete sie nicht, sah auch Kate nicht an, sondern starrte, soweit sie die Augen hob, nach der Wand, die ihrem Blick im Wege stand. Sie fühlte sich überhaupt wie vor einer unüberwindbaren Mauer stehen.

Plötzlich brach es aus ihr heraus.

»Kate, was ist aus unseren Indianern geworden! Noch vor Jahren haben sie geschwiegen, gemault, hinter unserem Rücken Ressentiments gesammelt, aber letzten Endes gehorcht. King war immer aufsässig – ja, ja – lassen Sie mich reden, Kate – aufsässig. Zynisch! Aber er war und ist auch leidenschaftlich und verletzbar. Er hat große Dummheiten gemacht und viel dafür einstecken müssen. Vielleicht habe ich deshalb seine Ausfälle immer wieder geduldig überwunden. Aber Mahan ist nichts als kalte Berechnung – und frech. Ein eisiger Teufel. Einer von uns ist dran – er oder ich.«

»Vergessen Sie nicht, Eve: Der eisige Teufel ist das Resultat von 15 Jahren unserer Erziehung und 15 Jahren totaler innerer Abgeschlossenheit, dazu von zwei Jahren Chicago, wo er einiges erlebt und gelernt haben dürfte. Woher wissen Sie denn, daß er keine Leidenschaft hat? Der Schwung, mit dem Mac Lean flog, wirkte ganz danach.«

»Seien Sie still. Still! Mahan vernichtet mich mit seiner raffinierten Taktik. Eines Tages wirft Carr mich hinaus.«

»Und bevor das eintritt, möchten Sie Mahan vernichten.«

»Kate – offen gesagt – ernsthaft – und nur zu Ihnen gesagt –, ich bin diesem heimtückischen Indianer nicht gewachsen. Ich kann meine Autorität nicht mehr behaupten. Was soll ich jetzt Snider sagen? Er hat Mahan einfach hinausgeworfen.«

»Was haben Sie Snider denn schon gesagt?«

»Nichts weiter, als daß ich Mahan zu einem Gespräch über sein unmögliches Verhalten zu mir bitte . . .«

»Und was war unmöglich?«

Eve stand auf, lief hin und her und zerknüllte ihr Taschentuch.

»Lassen Sie sich bitte etwas einfallen, Kate! Die Sache mit Mac Lean kann ich nicht vorbringen. Sie ist für uns zu blamabel. Ich dachte, Mahan hat Angst vor dem Gefängnis, und es genügt, damit zu winken – aber er tut, als ob das nichts wäre, und riskiert alles.«

»Überlassen Sie die Angelegenheit doch einfach Ball. Sie rufen ihn heute abend noch von hier aus an und bitten ihn darum, die Sache zu regeln. Snider hat einen Irrtum begangen; Mahans Bewährungsfrist läuft weiter. Ja, Sie müssen darauf anspielen, daß Snider übereilt gehandelt hat. Alles andere wird unwichtig. Wen außer Sie selbst geht es etwas an, was Sie unter ›unmöglich‹ verstanden haben?«

Eve schaute Kate verwundert an. »Sie sind ein Engel.«

»Noch einen Drink, Eve?«

»Gern.«

»Und beunruhigen Sie sich nicht wegen Carr. War es nicht seine Originalidee, ausgerechnet Mahan zum Erzieher zu machen? Während Sie eine ungünstige Beurteilung geschrieben haben.«

»Auf Carrs Anweisung hin!«

»Das darf er nicht laut sagen. Mit dieser Anweisung hat er gegen die Dienstregeln verstoßen.«

»Aber ja – tatsächlich.«

Eves Miene lockerte sich etwas, verzog sich aber von neuem. »Ich will Ihnen aber doch sagen, Kate, was unerträglich bleibt. Mahan wird sich einbilden, gesiegt zu haben. Hoffentlich wissen die Schüler noch nicht allzuviel über das Ereignis.«

»Auf Ihr wohlabgewogenes Selbstbewußtsein, Eve.« Kate hob das Glas Gin mit Tonic. »Ich möchte jetzt nicht an Mahans Stelle stehen. Von früh bis spät unter mißtrauischen Augen arbeiten mit der Aussicht, in vier Wochen arbeitslos zu sein, ist Strafe genug.«

Eve trank mit raschen Schlucken aus; ihr Herzschlag belebte sich. Kate Carson räumte den Tisch ab und sagte noch, ohne Eve dabei anzusehen: »Vielleicht liebt der teuflische Eisige seine Schüler, und es fällt ihm schwer, wegzugehen.«

»Wieso ... Sie meinen wirklich?«

»Bei den Wilden kommt so etwas vor.«

Während Eve Bilkins und Kate Carson ihr Gespräch führten, waren Hugh Mahan und Tatokala Gast im kleinen Siedlungshaus bei dem Ehepaar Morning Star junior. Hugh nahm mit seinen Gastgebern und dem Mädchen zusammen in der Küche eine einfache Abendmahlzeit; wer Durst hatte, trank ein Glas Wasser.

Während des Essens wurde nicht gesprochen. Erst als die Teller abgeräumt waren, kam der Augenblick, von dem Mahan wußte, daß nun Auskunft von ihm erbeten wurde. »Ich fahre morgen zurück zur Schule, zu meiner Beginnergruppe.«

Da er offenbar nicht mehr sagen wollte, wurde auch nicht weiter gefragt. Tatokala schaute ihn aber von der Seite an. Sobald sie ihren

Blick bemerkt fühlte, senkte sie die Lider. Ihr ganzer Körper zog sich scheu zusammen. Aber wer ein guter Empfänger für unsichtbare Wellen des Gefühls war, wußte, wie kurz und stoßweise diese Wellen in ihr gegeneinander schlugen.

Nicht lange nach dem Essen wurde die Tür leise geöffnet. Oiseda kam herein. Sie war von den Morning Stars erwartet worden, nahm still Platz und schien so wenig zum Reden aufgelegt zu sein wie Hugh. Ihre sauberen, aber im übrigen ungepflegten Haare standen nach verschiedenen Richtungen und bildeten einen rauhen Gegensatz zu dem heute weicher wirkenden schwermütigen Gesicht, das sie umrahmten. Sie holte eine kleine, mit indianischem Muster bestickte Ledertasche hervor und gab sie Yvonne.

»Als Souvenir«, sagte sie, sonderbarerweise auf englisch. »Damit du mich nicht vergißt.«

Der Ton wirkte traurig; vielleicht war Trauer doch nicht das rechte Wort für das, was aus Oisedas Wesen und Wort sprach; es war eine Art Verzicht, ein Abgeschiedensein. »Ich bin nicht standhaft«, setzte sie nach einigem Schweigen hinzu, und sie gebrauchte jetzt ihre Muttersprache. »Ich bin müde wie einer, der nach einer schweren Wanderung nicht heimgekommen ist und ganz erschöpft an einen fremden Ort gesetzt wird. Wenn ich mit den weißen Leuten spreche, wache ich manchmal auf und mache meine Zunge noch einmal zur Waffe. Aber es ist nur wie ein Hochschrecken. Alex Kte Waknwan ist tot, und sein Kind habe ich tot geboren. Jetzt sind wir vertrieben. Es ist hier nicht das gleiche wie im Tal draußen, und die Lehrlinge werden mir auseinanderflattern wie aufgescheuchte junge Vögel.«

»Wir wollen dir beistehen, Oiseda, so gut wir vermögen.« Yvonne sagte es ganz einfach, nicht eindringlich und nicht aufdringlich. »Du bist Mitglied unseres Stammesrates, auch wenn sie dich aus dem Ausschuß vertrieben haben. Halt stand.«

»Kommen die andern?« fragte Irene Oiseda.

»Einzeln. Man soll uns nicht beieinander vermuten.«

Yvonne zog die Vorhänge am Fenster sorgfältig zu.

»In unserem eigenen Land und Stamm müssen wir uns verstekken. Wozu leben wir?«

Da keiner auf Oisedas Frage antwortete, wurde das Mädchen Tatokala unruhig.

»Sprich du«, sagte Mahan zu ihr.

»Weil Indianer sein müssen. Wakantanka hat uns zu diesem Land geschaffen. Wenn wir nicht sind, ist etwas verloren.«

»Die Weißen wollen uns aber erzählen, daß auch wir nur eingewandert seien«, warf Morning Star ein.

»Wakantanka hat uns zuerst zu diesem Land gerufen.« Tatokalas Wangen fingen an zu glühen in heißem Eifer und in der Furcht, daß sie das Rechte nicht richtig auszudrücken vermöge. »Woher immer Wakantanka uns gerufen hat, über das Meer, über das Eis oder aus der Erde, wir sind die eingeborenen Kinder dieses Landes, und wir wollen unsere Mutter Erde nicht aufgeben. Wir wollen sie beschützen gegen die Aasgeier, die ihren Leib zerreißen, ihren Atem vergiften, ihr Wasser in Schmutz ersticken und uns wie Sklaven behandeln. ›Gehe du dahin‹, sprechen sie, ›sitze du dort, arbeite du das, lehre du die Kinder, daß sie den Weißen gehorchen sollen, und werde du selbst ein Watschitschun.‹ Sie wollen uns Lehrer geben und nehmen, wie es ihnen gefällt. Es ist Zeit, daß wir den neuen Kriegsruf erheben!«

»Ja«, – Mahan hatte das gesagt.

Auch Irene Oiseda hatte es gehört. Sie schaute Wasescha an, nicht deutlich, sondern wie durch Nebel. Sie fürchtete, daß sie ihn noch nicht gewonnen und schon wieder verloren habe, und nun war es wirklich Trauer, was an ihr hinaufkroch und ihr die Wärme aus den Gliedern ziehen wollte.

Die Tür öffnete sich wieder, ohne daß jemand ein Kommen gehört hätte.

Joe Inya-he-yukan King trat ein.

Er lächelte, als er Mahan bei den anderen sitzen sah, und da Morning Star beiseite rückte, konnte er sich auf die Bank neben ihn setzen. Er steckte sich eine Zigarette an. Die Gewohnheit des Rauchens, die er in harten Jahren angenommen hatte, legte er nicht mehr ab.

»Nun?« fragte er Mahan, und dieser erzählte kurz, aber doch um einiges ausführlicher als zuvor.

Die Stimmung lockerte sich in einem Lachen, das nichts von leichtfertiger Zuversicht an sich hatte; es war aber jedermann froh.

Joe zog einen Brief aus der Brusttasche und las ihn noch einmal, ehe er zu sprechen begann. Während er las, zogen sich seine Mundwinkel herunter, und er schloß die Augen zu einem Schlitz, wie ein Schütze es beim Zielen zu tun pflegt.

»Mac Lean senior«, berichtete er, »hat es sehr eilig gehabt. Er hat schon einige seiner Möbel in das hellblaue Haus gestellt und so demonstriert, daß er mein Nachbar geworden ist. Er hat mir einen Brief geschrieben! Das Wasser aus meinem Brunnen, schreibt er, und die Elektrizität wird er ebenso billig beziehen, wie ich sie für die Handwerksschule gegeben habe, Haverman sei damit einverstanden. Im übrigen habe niemand von uns sein Gelände zu betreten, sonst werde er sofort schießen – da er sich von mir und meinem Clan prinzipiell bedroht fühlt. Nun, er hat gesprochen, und ich habe die Wasserleitung und die elektrische Leitung zu seinem Gelände vorläufig abgestellt. Mag er sich doch vom Bighorn-Brunnen die Wassereimer heraufschleppen und Petroleumlampen brennen. Wir sind früher noch viel weiter nach Wasser gelaufen und haben nicht einmal Petroleum gehabt.«

»Darf er denn das, einfach schießen?«

»Das darf er nicht ohne weiteres, wenn jemand unbewaffnet kommt. Kann er aber glaubhaft machen, daß er sich unmittelbar bedroht fühlte, so wird man ihm keinen Strick drehen. Das Betreten seiner Ranch kann er verbieten. Es führt nun aber unser Weg zum Friedhof über ein kleines Stück seiner Wiesen, und fast jeden Tag geht irgendeiner von uns dorthin. Den Weg zum Friedhof muß er uns erlauben.«

»Wird ein lustiges Nachbarschaftsleben bei euch werden«, sagte Yvonne.

»Ja, wird es. Ich habe meine Antwort auf Mac Leans Brief schon bei Gericht deponiert, da er selbst nicht mehr anzutreffen war.«

Joe drehte eine zweite Zigarette.

»Rauchst du?« fragte er Wasescha.

»Nein. Nicht mehr.«

»Hin und wieder solltest du es aber tun. Sonst gibt es etwas, woran man uns auseinanderkennen kann.«

»Dafür wird sich wohl noch mehr finden, mein älterer Bruder Inya-he-yukan. Zum Beispiel hat jeder von uns Narben, aber jeder andere, und die deinen bringen dir mehr Ruhm.«

Joe begriff sofort. »Die deinen, Wasescha, bringen den weißen Männern aber noch mehr Schande.«

Das Gespräch wurde unterbrochen.

Leise wie Oiseda und Inya-he-yukan kamen noch zwei Gäste.

Mahan erfuhr, daß der erste Sam Schick war, der in dem auf Betreiben der weißen Vormunde aufgelösten früheren Fünferausschuß des Stammesrates für die Finanzfragen zuständig gewesen war. Er hatte im Gegensatz zu Joe und Hugh einen runden Kopf, und obgleich er noch nicht alt sein konnte, trug sein Gesicht Schrunden und Runzeln. Aber die Augen blickten hell wie Falkenaugen. Der zweite, Morning Star senior, war lange Zeit Koordinator des Rates gewesen.

Hugh Mahan verstand, daß der alte Ratsausschuß heimlich weiterarbeitete.

Die Beratungen wurden aufgenommen und bis zum späten Abend fortgesetzt. Dann machten sich die Gäste auf den Heimweg, einzeln und ohne unnütze Geräusche vor der Haustür zu verursachen. Joe, der seinen Wagen auf der Präriestraße außerhalb der Agentursiedlung geparkt hatte, nahm Mahan und Tatokala mit.

Für Oiseda war es schwer, daß sie zurückbleiben mußte. Sie ging zu den beiden hellfarbigen Siedlungshäusern, in die die Lehrlinge eingezogen waren; sie hatte auf dem kurzen Weg dieselben Sterne über sich, die auch in das Tal der Weißen Felsen leuchteten, und sie verstand auf einmal, daß sie die Jungen und Mädchen nicht im Stich lassen konnte. Die Fahrt der drei auf die King-Ranch verlief in Schweigen. Es war längst dunkel; in der Neumondnacht wirkten die Präriehügel wie schwarze Kolosse, die Straße wie eine schlafende Erdschlange, die sich wand und krümmte. Joe fuhr in mäßigem Tempo. Hugh saß neben ihm, das Mädchen kauerte auf der schmalen Rückbank des Sportwagens. Als die Abzweigung zur King-Ranch erreicht wurde, hatte Mahan schon gesehen, daß das Ende des befahrbaren Wiesenwegs, oben beim gelben Haus, verbarrikadiert, mit zwei Wagen blockiert war, die in Fahrtrichtung abwärts standen; sie mußten also im Rückgang hinaufgefahren sein. Joe steuerte jetzt geradewegs, gelangte mit einem halsbrecherischen Manöver am Hang an den Wagen vorbei und stoppte bei dem gelben Haus.

»In der Fahrschule hast du das nicht gelernt«, bemerkte Mahan.

»Alte Gangsterkunst. Mit achtzehn wurde ich mal Fahrer beim Vereinsboß. Zu irgend etwas muß alles im Leben nütze werden.«

»Mac Lean macht es dir nicht nach.«

»Nein.« Joe schloß den Wagen ab und trat gegen einen Reifen, der ihm zuwenig Luft zu haben schien. »Dieser Weg ist ein Privatweg, mußt du wissen, von meinem Vater und mir gebaut. Mac Lean kann zu seiner Hütte reiten oder sich selbst einen Weg bauen. Auch das hat das Gericht schriftlich von mir bekommen. Den Möbeltransport habe ich ihm noch gestattet. Aber nun ist es aus.«

Joe führte seine beiden Gäste zu der Blockhütte der Kings, in der sie Licht sahen. Das hellblaue Haus drüben auf der Nachbarranch lag fast ganz im Dunkel. Es schien kein Leben mehr darin zu sein. Nur an einem Fenster brannte eine Petroleumlampe still und besinnlich vor sich hin.

In der Blockhütte wurden die drei Ankommenden von Queenie Tashina freundlich und mit spürbarer Erleichterung empfangen. Sie hatte das Essen vorbereitet. Mahan folgte mit seinem Blick ihren Händen; sie bewegten sich bei den einfachen Verrichtungen leicht, wie schwerelos. Die Schönheit ihres Körpers war die Harmonie. Tashina trug noch ein altes Sommerkleid ungeachtet der schon kalten Herbstwitterung. Das matte Grün stand gut zu ihrer braunen Haut, und sie hatte einen Schmuck aus Türkis und Silber um den Hals gelegt, als ob sie ihren Gatten festlich empfangen wolle. Von den Gästen hatte sie nichts wissen können. »Ich dachte mir, Joe, daß du Wasescha mitbringen würdest – wenn er nicht verhaftet war«, sagte sie aber, als sie selbst neben Tatokala und Hugh neben Joe auf den Bänken um den schweren Holztisch Platz nahmen.

Man aß, Tashina und Tatokala räumten ab, und Joe bat die Frauen, sich wieder in den Kreis zu setzen.

»Was hat es gegeben?« fragte er Queenie.

Sie lächelte, ihre Verhaltenheit löste sich, und ihre Stimme nahm einen helleren Ton an.

»Etwas Erstaunliches, Stonehorn.« Stonehorn war die Übersetzung des Namens Inya-he-yukan ins Englische. »Mac Leans sind wieder weggefahren, das weißt du ja. Sie haben sich nicht mehr blicken lassen. Aber zwei sehr alte Frauen sind aus dem hellblauen Haus zu uns herübergekommen. Das Eimerschleppen fällt ihnen schwer, und sie haben uns um Wasser gebeten. Es sind Mac Leans Großmutter, 95 Jahre alt, und ihre Schwester, 85 Jahre, beide Witwen.«

»Sie sind also herübergekommen, und wir schießen ja nicht, wenn einer vom Mac Lean-Clan unsere Wiesen betritt. Nun – und?«

»Die Zwillinge haben den Großmüttern vier Eimer Wasser vom Booth-Bighorn-Brunnen heraufgeholt. Ist es dir recht?«

»Ja. Hübsch. Die Großmütter haben natürlich auch nicht auf die Kinder geschossen, als diese über Mac Leans Wiesen liefen.«

»Aber die beiden Alten haben den Kindern erzählt, daß Mac Lean senior mit Frau und Vieh und einem Teil seiner Cowboys erst im Frühjahr einziehen will. Bis dahin bleiben die beiden Alten allein da.«

Joe schüttelte den Kopf. »Und im Winter sind sie also auf unsere Hilfe angewiesen. Mac Lean fängt an, verrückt zu werden. Großmutter-Vorposten – wie ein Eigentumsbrandzeichen. Ob er dafür Pacht bezahlt? Ich werde es dem Stammesrat vortragen. Vielleicht wollte er mich auch als einen Unmenschen brandmarken, der lieber zwei alte Ladies verdursten läßt, als die Wasserleitung aufzudrehen.«

Joe begann wieder zu rauchen.

»Ein paar Monate Ruhe sind gewonnen«, fuhr er fort, zu Mahan gewandt. »Ich muß hier wieder aufbauen. Werde mit Bobs Frau Melitta reden, ob sie nicht ihr isoliertes Land aufgibt und mit ihrem Vieh auf unsere Büffelweide ziehen will. Dann hat sie es leichter, und mir können sie die Pacht nicht aufkündigen. Mit Patrick Bighorn spreche ich auch. Drei indianische Rancher zusammen sind besser als einer allein. Auf die Superintendentur schicken wir dann den alten Patrick Bighorn. Er ist Kriegsinvalide und als Weißenfreund bekannt.«

»Traust du ihm jetzt?«

»Bei Tishunka-wasit-wins Grab – ich traue ihm jetzt.«

»Wie denkst du über Cowboys, Joe?« fragte Tashina.

»Zwei neue brauchen wir, nachdem uns Robert verloren ist.«

Es schien Zeit, den Rest der Nacht der Ruhe zu widmen. Queenie Tashina verschwand stillschweigend mit Tatokala zusammen und ließ Hugh und Joe zum Schlafen in der Hütte allein.

Die beiden nahmen sich die Decken und legten sich übereck auf die Bänke.

Joe hatte das Fenster hochgeschoben, so daß die Nachtluft mit würzigen Düften hereinströmen konnte.

Vor dem Einschlafen fragte er Hugh Wasescha unvermittelt: »Warum bist du eigentlich in unser Freiluftgefängnis hier zurückgekehrt?«

»Um es in seinem jetzigen Zustand zu studieren und der Verwaltung in die Karten zu sehen. Ich werde aber wohl in dieser Prärie hier hängenbleiben. Sie hat es mir wieder angetan.«

»Besuche uns wieder einmal. Sobald dein Arm ausgeheilt ist, stelle ich dich allen meinen Pferden vor. Mal sehen, ob du auch für ein Pferd der gleiche bist wie ich; ich glaube fast. Dann läßt sich auch bei den gefährlichen unter den Tieren einiges machen.«

Joe fiel schnell in Schlaf, und auch Hugh wußte seine Nerven zu regieren.

Am folgenden Morgen brachte der Schulbus Hugh, Wakiya, Hanska und die Zwillinge pünktlich eine Viertelstunde vor Unterrichtsbeginn zum Schulhaus. Der Wagen von Rektor Snider und der von Lehrer Ball standen schon auf dem Parkplatz. Mahan begab sich sofort zum Rektoratssekretariat und wurde auch umgehend empfangen.

Snider zeigte sich allerdings noch beschäftigt, so daß Hugh zwei Minuten stehend wartete, dann schaute der Rektor auf. »Mahan, ja. Sie scheinen ein ausgezeichneter Pädagoge zu sein, auch in Erwachsenenerziehung.«

Snider pausierte. Er hatte ernsthaft und trocken gesprochen; es hätte einem Rektor nicht angestanden, vor den Ohren eines Untergebenen, eines Eingeborenen nicht nur Witze auf Kosten seiner Dezernentin zu machen, sondern sich das auch noch anmerken zu lassen.

Auch in Hughs Miene rührte sich gar nichts.

»Sie setzen Ihren Dienst bei den Beginnern fort, Mahan, ebenso die Sportspiele für die Internatsschüler. Aber Sie wohnen künftig im Haus bei Lehrer Ball. All right?«

»Yes.«

Als Mahan durch den langen Korridor ging, begegnete er erstaunlich vielen Kollegen. Eine junge Negerlehrerin, die zu ihrer Klasse eilte, grüßte ihn sehr freundlich. Miss Hay überwand ihr Erstaunen schnell genug, um ihre Gedanken nicht zu verraten. Sie fühlte solidarisierten Ärger, weil die Autorität des Rektors gemindert schien, zugleich aber war sie sehr erleichtert, denn sie hatte gefürchtet, daß man nach dem Abgang Mahans die vierzehn Sitzenbleiber wieder in ihre Klassen einreihen würde. Ron Warrior lächelte Zustimmung ohne Hinterhalt. Cargill war von Kopf bis Fuß bescheidene und etwas erschreckte Freude. Lehrer Ball schüttelte Mahan demonstrativ die Hand.

»Es geschehen noch Zeichen und Wunder, Mahan. Wie Sie das Wunder getan haben, darf Ihr Geheimnis bleiben.«

Die Augen der Kinder strahlten Triumph. Manchen stand der

Mund halb offen, und die Reihen ihrer weißglänzenden Zähne wirkten wie helle Farbtupfer.

Mahan begann mit Erzählen, Wiedererzählen und dem Aufschreiben eines zweiten indianischen Märchens, der Geschichte des Steinknaben, der seine Kraft und Unverwundbarkeit mißbraucht hatte, um alle Tiere zu töten, die ihm begegneten ... So weit kam er heute. Am folgenden Tag wollte er die Fortsetzung mit den Kindern besprechen. Sie blieben gespannt. Nur die Zwillinge kannten das Märchen schon, das ihnen Untschida, Tashinas Großmutter, erzählt hatte. Aber sie verrieten nichts davon.

Beim Mittagessen schaute die gesamte Schülerschaft unauffällig nach Mahan.

»Sie haben es durchgestanden, der Held des Tages zu sein«, hatte Warrior gesagt, als die beiden Erzieher zusammen beim Essenholen anstanden. »Auf Ihren weiteren Weg sind wir alle neugierig.«

Des Abends nach dem Sport zog Mahan mit seinem Koffer bei Lehrer Ball ein. Er erhielt das Schlaf- und Studierzimmer, das Ball ihm schon einmal angeboten hatte, und richtete sich ein mit seinen Zetteln und Büchern und mit einigen Büchern mehr, die er sich aus Balls Bibliothek holen durfte.

»Das nächste, was Sie sich kaufen, sind nicht Bücher, sondern ein Wagen«, schlug Ball vor.

»Wissen Sie einen für mich?«

»Ich denke, Krause würde seinen Sportwagen billig abgeben. Also nächsten Sonnabend. Ich fahre Sie hin.«

»O. k.«

Unterricht, Sport und Leben in der Freizeit verliefen in dieser Woche reibungslos. Mahan überwand eine Inspektion durch Miss Hay ohne besonderen Verlust an Nervenkraft. Seine Wunde heilte, und die gezerrten Muskeln kamen wieder in die rechte Lage. Er trug nur noch einen leichten Verband.

Am Freitag, nach den Sportspielen, meldete sich Julia Bedford, mit ihrem indianischen Namen Tatokala. Das Verhalten oder, besser gesagt, die Stimmung des Mädchens war Mahan schon seit einigen Tagen aufgefallen. Tatokala war ungleichmäßiger als sonst in ihren sportlichen Leistungen, in ihrer bald zugespitzten, bald ungewohnt schüchternen Redeweise, mit einem müden Ausdruck, wie er auf Schlafmangel folgt, und wieder einer fast hektischen Belebtheit, mit der sie sich selbst um so mehr verbergen wollte.

»Kann ich Sie sprechen, Mister Mahan?«

»Komm mit zum Haus von Lehrer Ball.«

Das Mädchen nickte und begleitete Mahan. Sie hielt den Kopf tief gesenkt. Mahan führte sie in Balls Bibliothekszimmer. »Was ist?«

Es fiel Julia schwer, den Anfang zu finden. Sie drückte die Nägel in die Hände.

»Sprich sachlich«, forderte Mahan sie auf. Er war vor den Bücherschrank getreten und drehte dem Mädchen den Rücken zu, so daß sie sprechen konnte, als ob niemand da sei.

»Meine Geschwister sind es. Wir haben keinen Vater und keine Mutter mehr und keinen Großvater und keine Großmutter, keinen Muttersbruder, keine Muttersschwester. Bei der Typhusepidemie vor ein paar Jahren sind sie alle gestorben. Vaters Bruder lebt, aber er trinkt. Wir Kinder sind allein geblieben. Wir sind drei. Ich bin in der Mitte. Ein großer Bruder und ein kleiner Bruder.«

»Wo sind deine Brüder?«

Mahan trat vom Bücherschrank weg und setzte sich dem Mädchen gegenüber an den Schreibtisch.

»Der kleine liegt im Krankenhaus, ich weiß nicht, ob Sie noch daran denken. Oiseda sagte mir, daß der Priester Elk von ihm gesprochen hat, am Grabe Tishunka-wasit-wins.«

Hugh schämte sich vor sich selbst.

»Ich denke noch daran. Wo ist der große Bruder?«

»Im Gefängnis in New City.«

Tatokala hatte sich jetzt von sich selbst abgesetzt. Sie berichtete, als ob sie von andern spräche.

»Warum im Gefängnis?« fragte Mahan.

»Wegen Gewalttätigkeit.«

»Was hat er getan?«

»Es war auf dem Rodeo in New City. Bronc mit Sattel.«

Tatokala unterbrach sich selbst. Dicht am Fenster war ein Mann vorbeigegangen; er hatte kurz durch das Fenster hereingeschaut. Auch Mahan hatte ihn gesehen. Wie ihm dabei zumute war, hätte er nur durch eine Geschichte ausdrücken können; es gab kein genau treffendes Wort dafür. Aber er wußte von der Geschichte eines kleinen Affen, den ein Vater aus Südamerika mitgebracht hatte als Spielzeug und Haustier und den der älteste Sohn unaufhörlich gequält hatte. Der Sohn war eines Tages ausgewandert, und das Äffchen hatte seine Ruhe. Aber zehn Jahre später kam der Sohn zurück, des Morgens, gerade zur Frühstückszeit der Familie. Der Sohn hatte sich nicht angemeldet, er wollte alle überraschen. Als er die Zimmertür öffnete, erstarrte das Äffchen, das auf einer Stuhllehne saß, erst wie zu Stein. Ehe aber noch jemand ein Wort herausgebracht hatte, sprang es auf den Tisch und schleuderte die Kanne mit heißem Kaffee dem Wiederkehrenden ins Gesicht. Er trug seinen Denkzettel fürs Leben davon. So etwa war Mahan zumute, denn er hatte den Mann, der eben vorbeigegangen war, als einen seiner ehemaligen Internatslehrer erkannt.

»Sprich weiter«, sagte er zu Tatokala.

Lehrer Ball kam herein und machte sich am Bücherschrank zu schaffen. Das Mädchen blieb tapfer.

»Mein Bruder Gerald ist ein guter Reiter und wollte den ersten Preis gewinnen. Er hatte auch keine andere Arbeit und brauchte das Geld. Aber er sollte nur den dritten Preis machen wegen irgendeines Wettschwindels. In New City gibt es das jetzt auch schon. Sie wußten, daß er sich trotzdem den ersten holen wollte. Da flog er aber, denn jemand hatte ihm den Sattelgurt angeschnitten. Er wußte, wer es war, und hat ihn des Abends schwer zusammengeschlagen.«

»Wieviel Jahre?«

»Drei. Das war hart. Er sollte schon entlassen sein. Seit drei Monaten warte ich auf ihn. Er ist nicht gekommen. Aber nun hat mein Mitschüler Jerome Patton, der ältere Bruder von Norris, über die Agentur erfahren, daß Gerald morgen das Gefängnis verläßt. Er hatte wohl eine Zusatzstrafe. Wenn er aus dem Tor kommt, wird niemand dasein, der auf ihn wartet. Sie haben mir nicht erlaubt, ihm zu schreiben, und sie erlauben mir nicht hinzugehen.«

»Ich gehe. Zu deinen beiden Brüdern.«

»Sie tun es?«

»Ja.«

»Ich komme mit«, sagte Ball.

Das Wochenende, Sonnabend und Sonntag, war schulfrei. Trotzdem wurde Mahan am Sonnabend in der Frühe, noch ehe er sich mit Ball auf den Weg gemacht hatte, zu Rektor Snider in dessen Dienstwohnung gerufen.

»Mahan, was gibt es zwischen Ihnen und der Internatsschülerin Julia Bedford?«

Mahan dachte an den Mann, der durch das Fenster geschaut hatte.

»Das Mädchen und seine beiden Brüder sind Waisenkinder. Sie bat um einen Rat.«

»Für die Privatangelegenheiten der Internatsschüler sind die Hausmutter und der Hausvater da. Es ist überhaupt nicht üblich, Schülerinnen in die Privatwohnung des Lehrers zu holen. Sie sind für das Internat nichts weiter als Sportaufsicht. Wollen Sie das bitte ein für allemal zur Kenntnis nehmen, Mahan.«

»Mister Snider, wenn Sie mich auf Grund einer Denunziation zurechtweisen, die Sie von Mister Wyman erhielten, so warne ich Sie davor, Vertrauen zu diesem Mann zu haben. Er gehört nicht an eine Schule, sondern ins Gefängnis wegen Kindesmißhandlungen. Es dürfte kaum schon alles verjährt sein.«

Snider war einen Moment verblüfft, faßte sich aber schnell wieder.

»Ihre Gegenangriffe tun nichts zur Sache, Mahan. Richten Sie sich nach dem, was ich Ihnen gesagt habe.«

»Ich habe Sie informiert, Mister Snider.«

Mahan ging.

Er berichtete Ball zunächst nichts, aber als ihm während der gemeinsamen Fahrt nach New City der Blick über die morgendliche Prärie rings offen lag, kam eine Frage aus ihm heraus. »Was macht eigentlich Wyman an unserer Schule?«

»Zwölfte Klasse, amerikanische Literatur. Er war zu Schulbeginn krank, ist jetzt erst wieder aufgetaucht. Mit den Schülern kommt er nicht zurecht. Ich gebe zu, daß diese zwölfte Klasse überhaupt schwierig und nicht lernwillig ist und wahrscheinlich zu der Geheimgruppe gehört, in die Patricia Bighorn aufgenommen war. Aber Wyman ist auch pädagogisch unfähig. Er will ein Drittel der Klasse durchfallen lassen. Sie werden ihn in der nächsten Lehrerkonferenz ja erleben.«

»Habe ihn bereits erlebt.« Mahan erzählte.

Die Fahrt durch das einsame Land unter graubewölktem Himmel ging vorbei an ausgetrockneten Bachbetten, an deren Ufern sich ein paar Bäume und kleines Gebüsch durchs Leben quälten, vorbei an Gruppen hungriger schwarzer Kühe, vorbei an einem Schaugelände, das jetzt geschlossen war. Es war noch Vormittag, als der

Wagen die Vorortsiedlungen der weit ausgedehnten Stadt einstökkiger Holzhäuser durchfuhr und zum Stadtkern vordrang, wo Banken, Rathaus, Museum, Post sich als Steinbauten zusammengefunden hatten und mit mehreren Stockwerken hervorragten.

»Zuerst zum Gefängnis«, sagte Ball.

Die Strafanstalt lag jenseits der Stadt, nicht weit entfernt. Die Außenwände hatten keine Fenster.

Als Ball den Wagen in der Nähe der äußeren umgebenden Mauer parkte, verweilte er noch einen Moment, ehe er ausstieg.

»Mahan, sehen Sie sich den Klotz an. Ohne Augen, ohne Ohren, ohne Mund. Schweigen in Stein, wie ein Grabmal. So bauen sie neuerdings auch Schulen – auf euren Reservationen. Wußten Sie es?«

»Noch nicht. Aber warum?«

»Damit die Kinder nicht mit einem Blick durchs Fenster abgelenkt werden und vielleicht unbewußt an Himmel, Herbst und Frühling denken. Es gibt auch seelische Grausamkeit. Scheidungsgrund für Ehen.«

»Und für Völker«, antwortete Mahan.

Ball schloß den Wagen ab, und die beiden gingen zur Pförtnerloge am Haupttor. Ball zeigte seine Identifikationskarte und trug das Anliegen vor. Der Pförtner telefonierte ziemlich lange mit einem Büro des Gefängnisses.

»In einer Stunde, Mister Ball. Der Gerald Bedford, ja. Hatte drei Monate Zusatz wegen schlechter Führung. Den sehen wir hier bald wieder.«

Der Pförtner blinzelte Mahan zu.

»Wir kennen uns doch, Mister King.«

Ball wollte den Irrtum berichtigen, aber Mahan gab ihm ein Zeichen mit den Augenlidern, das nicht zu tun. Er begann seine Rolle zu spielen, weil er etwas zu erfahren wünschte. »Hat er randaliert?«

»Yeah, Sie wissen ja, wie es ist.« Der Mann, der sich bei seinem Dienst langweilte, kam ins Erzählen, da er einen Experten des Gefängnislebens vor sich zu haben glaubte. »Sie haben Ihre Schädelnarbe unterm Hut auch nicht umsonst, Mister King. Von Zeit zu Zeit spielen die Gefangenen eben verrückt und schlagen sich. Da war Gerald mittendrin. Freches Maul gegen die Aufseher, Ausbruchversuch, Selbstmordversuch, Tobsucht, und er hat uns alle Schweine und den Direktor und den Arzt die Oberschweine genannt. Alles drin, alles dran. Er wollte, daß er freigelassen und der Bursche, der ihm angeblich den Sattelgurt angeschnitten hatte, eingesperrt wird. Aber wie wollen Sie da was beweisen. Manchmal hat er geheult wie ein Kind. Der Arzt hat ihn ein paarmal geschockt, weil er beinahe den Verstand verlor.«

»Sie haben doch auch ihre Mittel, Cock.« Mahan hatte bei dem Telefongespräch den Namen aufgefangen. »Waren Sie Keeper in Bedfords Abschnitt?«

»Zeitweise, aber bei manchen reicht der Gummiknüppel eben nicht. Sie haben uns auch zu schaffen gemacht, King. Wenn ich noch daran denke, wie Sie ›höchste Alarmstufe‹ ausgelöst haben und alle Keepers rannten, die Pistolen in der Hand, durch alle Gänge . . .« Cock lachte in der Erinnerung an ein Ereignis, das ihn als Keeper einmal zur Raserei gebracht hatte. »Wie sind Sie damals aus der Zelle herausgekommen, King?«

»Die Tür war offen.« Mahan sagte es aus dem Stegreif und ahnte nicht, daß er das Richtige getroffen hatte.

»Dabei bleiben Sie? Na, meinethalben. Aber mit Gerald werden Sie noch Ihren Spaß erleben. Dem ist nicht mehr zu helfen. Früher hat man so was aufgehängt.«

Der Wächter zeigte mit dem Daumen in die Richtung, in der am Hügelhang noch der alte Galgenbaum des Lynchgerichts zu sehen war.

»Ja, danke«, sagte Mahan und verständigte sich mit Ball durch einen Blick, daß sie gehen wollten.

Ball fuhr Mahan in der noch freien Wartezeit durch die Stadt. Er zeigte ihm die Saurierbar, bei der Doug Coles und sein Freund umgekommen waren, und die beiden tranken Coca-Cola in der Bierwirtschaft des gleichen Wirts. Sie fuhren anschließend durch die Vorortsiedlung der Indianer, die die Reservation zur Zeit einer Hochkonjunktur, durch Arbeitsversprechen verlockt, verlassen hatten und nun bei abgesunkener Beschäftigungszahl fast alle im Elend lebten. Hier wohnte der Priester Elk in einer Holzhütte.

Mahan verständigte ihn, daß er sich um Gerald Bedford kümmern wollte. Aber der indianische Priester wußte nichts Näheres. Er hatte keinen Zutritt zum Gefängnis. Von dem kleinen Iliff Bedford, der im Krankenhaus lag, berichtete er, daß es ihm sehr schlecht gehe.

Es wurde Zeit, zum Gefängnis zurückzufahren. Ball fand wieder einen Parkplatz und ging mit Hugh zum Tor.

»Er weiß schon«, sagte der Pförtner, »daß er abgeholt wird. Paßt ihm aber nicht, wollte wohl lieber gleich untertauchen. ›Hab' niemand gerufen‹, hat er geschimpft.«

»Hat er ja auch nicht«, sagte Mahan.

Die Stunde war um.

Es kamen die Schritte von zwei Menschen von innen her zum Tor, ein leichter, ein schwerer. Der Pförtner ging in seine Loge zurück. Es wurde gemurmelt und mit Papieren geraschelt. Dann tat sich eine kleine Tür in der großen Eisenpforte auf, und Gerald Bedford kam heraus.

Er war schlank und auffallend mager, hielt die Schultern etwas gebeugt; den Kopf hatte er zur Seite gelegt. Er bebrachtete die beiden Männer vor dem Tor mißtrauisch, lauernd. Doch lief er nicht weiter, sondern blieb stehen. Er trug Jeans, ein verblichenes Hemd und eine abgetragene Jacke, einen alten speckigen Cowboyhut.

Mahan trat vor.

»Mein Name ist Wasescha«, sagte er in der Stammessprache. »Ich komme von deiner Schwester Tatokala. Sie durfte dir nicht schreiben und durfte nicht kommen. Deshalb hat sie mich geschickt, und weil ich noch keinen Wagen habe, hat Mister Ball mich gefahren. Wir wollen heute nachmittag deinen kleinen Bruder besuchen, der hier im Krankenhaus liegt. Es wäre gut, wenn du mit uns zu ihm gehen könntest.«

Bei den Worten »kleiner Bruder« hatte bei Gerald etwas aufgeleuchtet. Es war rasch wieder erloschen, aber er sagte doch: »Ho-je.«

Beim Einsteigen in den Wagen nahm Ball am Steuer Platz, Mahan wartete, ob Gerald sich neben den Fahrer oder neben ihn auf den Rücksitz setzen wollte. Gerald zögerte einen Moment; es verwirrte ihn, daß er selbst entscheiden sollte, und der Platz neben dem Fahrer mochte ihn reizen. Aber dann setzte er sich doch neben Mahan.

»Ich habe uns im Krankenhaus angemeldet«, erzählte Ball. »Die Besuchszeit ist heute nachmittag. Wir können vorher etwas einkaufen und einen Bissen essen.«

Er fuhr zu einem altbekannten kleinen Sport- und Westerngeschäft, dessen Inhaber auch am Sonnabend den Laden offenhielt. Die drei Eintretenden waren die einzigen Kunden um die Lunchzeit. Der Verkäufer begrüßte Ball mit Namen und zeigte keine Neugier, wer seine Begleiter seien.

Ball ließ sich Ledergürtel vorlegen, Mahan Sporthemden. »Such dir ein Hemd und ein Paar Jeans aus«, sagte er zu Gerald in der Stammessprache. »Ich lade dich ein.«

Der Verkäufer hatte »Jeans« verstanden, legte blaue und schwarze vor und aus Verkaufsinteresse auch passende Hemden und Halstücher dazu. Die Kombination von schwarzen Jeans, schwarzem Hemd und gelbem Halstuch schien Gerald zu interessieren, aber er schob sie wieder weg.

»Nicht das Richtige?«

»Das sind Joes Farben«, sagte Gerald.

Der Verkäufer stutzte einen Moment.

»Warum nicht?« fragte er dann höflich. »Sie passen zu Ihnen auch – meine ich.«

Er nahm aber ein gelb-dunkelblaukariertes Hemd aus dem Schrank und legte es zu den dunkelblauen Jeans. Davon konnte Gerald sich nicht trennen. Mahan kaufte.

»Schuhe?«

Gerald schüttelte den Kopf.

Die Stulpenstiefel aus weichem Leder und ein Ledergürtel, wenig verziert, waren die einzigen guten Stücke, die Gerald mit in die Freiheit gebracht hatte. Er hatte sie für das verhängnisvolle Rodeo auf Kredit gekauft und aus seinem geringen Verdienst im Gefängnis nachträglich bezahlt. Dem Verkäufer schien plötzlich eine Erinnerung aufzudämmern. Die Bilder an den Wänden, Fotos und Pressefotos aller Champion-Rodeoreiter und aller »Pferde des Jahres« sowie aller berühmt gewordenen Stürze der letzten zwanzig Jahre, bewiesen, daß er ein fanatischer Interessent des Rodeosports war.

Mahan schaute sich die Bilder an und entdeckte dabei zweimal Joe King, einmal als Sieger in New City, einmal im großen Rodeozentrum Calgary, beide Male auf Bronc sattellos. Endlich fand er auch eine Fotografie Joes mit dem Verkäufer zusammen beim Kälberfangen im Team.

»Ach, Sie sind Mister Russell.« Mahan stellte sich ebenfalls vor.

»Soll ich alles verpacken?«

»Kann sich Mister Bedford gleich hier umziehen?«

Als Gerald in der neuen Kleidung, das Paket mit den alten Sachen unter dem Arm, mit Mahan und Ball den Laden verließ, wirkte er äußerlich verändert.

Was in ihm vorging, wußte niemand.

Ball fuhr aus der Stadt hinaus, wieder durch Vororte, dann Serpentinen hügelaufwärts. Der Blick über ganz New City tat sich auf. Man kam an dem Galgenbaum vorüber, der seine Zweige, entrindet, wie ein Gerippe zum grauen Himmel hob. Endlich bog Ball mitten im Busch in einen Seitenweg ein. Er hielt vor einem glanzweiß gestrichenen Gartenzaun. Von dem Garten und von drei Zwergen, einem alten und zwei neuen, umhütet, lagen das einsame Haus und die anschließende Werkstatt versteckt im Busch. Krause oder sein Junge hatten den Wagen beobachtet. Sie kamen beide heraus und lächelten vergnügt, denn sie liebten Besuch.

»Kurz und gut, Mister Krause«, erklärte Ball sofort, »Mahan interessiert sich für Ihren Sportwagen. Er ist doch noch verkäuflich?«

»Jetzt kommen Sie erst mal alle herein.«

Krauses Haus war innen wie eine alte Blockhütte eingerichtet, mit Tisch, Hockern und einem Bett, in dem notfalls fünf Personen schlafen konnten. Man ließ sich nieder. Krause brachte duftenden Rauchspeck, Brot und Wasser auf den Tisch.

Erst als abgegessen war, nahm er Balls Frage auf.

»Also nur wegen des Wagens? So, so!« Krause war offensichtlich gekränkt. »Wollten Sie sich nicht mein Museum anschauen, Mahan?«

Mahan hatte das Gefühl, daß die Verkäuflichkeit und der Preis des Wagens mit seinem Interesse für alte Schußwaffen zusammenhängen würden, und sagte nicht ungern ja.

Man ging in die Werkstatt. Krause besaß berühmte alte Guns, auch ein Belknap-Rifle, von dem nur zehn Stück hergestellt worden waren und nachweislich nur noch sechs existierten. Es klang nicht unglaublich, daß man ihm für dieses und jenes Stück schon Hunderte geboten, bei dem einen oder anderen sogar mit Tausenden gelockt hatte. Aber es gab Dinge, von denen sich Bill Krause nicht gern trennte.

»Können Sie schießen, Mahan?«

»No.«

»Dann dürfen Sie es versuchen. Gebe Ihnen ein Rifle.«

Man ging auf Krauses steilen Schleichpfaden höher hinauf in den Busch, über dessen herbstlich vertrocknendem Grün sich der noch immer regenlose graue Himmel wölbte. Krause bestimmte die Ziele. Die Schüsse krachten. Mahan schnitt nicht schlecht ab.

»Sie schießen aber nicht nur sonntags, mein Lieber.«

»Doch. Nur habe ich mal als Kind beim Vater was gelernt und später ein halbes Jahr lang alle Tage geschossen. Geübt, meine ich. Als ich nach zwölf Jahren aus dem Internat herauskam, in dem ich nicht hatte sein wollen. Ich bin geplatzt wie eine Patrone. Habe gearbeitet, gesoffen und geschossen. In Chicago. Das Indian Center hatte seine Not mit mir. Plötzlich war das wieder aus, und ich habe mich nur noch mit Karate, Menschen und Büchern beschäftigt. Zeitweise hat mich meine Krankheit gestört. Aber unter den Collegestudenten gab es wieder das Sportschießen.«

Mahan hatte keine Lebensbeichte vor Krause ablegen wollen. Er hatte für Gerald gesprochen. Soweit dieser sich nicht beobachtet fühlte, hörte er aufmerksam zu.

Mahan ging zu dem Wagen, ließ an und fuhr weg.

Als er zurückkam, meinte er: »Er wird aber zu teuer für mich sein.«

»Was können Sie anlegen?«

»Dreihundert.«

»Es hat mir nicht schlecht gefallen, Mahan, wie Sie mit Doug Coles umgegangen sind und wie Sie mit den Bullen gesprochen haben. Sie haben einen Remington?«

»Geliehen von Monture. Mein Harris liegt daheim.«

»Harris-Revolver ist gut, Mahan. Ich gebe Ihnen das Harris-Rifle dazu, hat das gleiche Kaliber, 22. Praktisch. Buffalo-Gun brauchen Sie nicht.«

»Ich kann das nicht alles bezahlen, Krause, den Wagen und das Rifle.«

»Sie sind kein Geschäftsmann, Mahan. Da, nehmen Sie das Rifle und steigen Sie in Ihren Wagen ein.«

»Krause!«

»Sie müssen wissen, daß ich schon einen neuen habe. Eingetauscht gegen ein Gun, das mich nichts gekostet hat.«

»Eine story, Krause?« lockte Ball.

»Was ist da viel zu sagen. Gun von Leo Lee, dem berühmten Killer, dem Joe ein Ende gesetzt hat. Die Waffen blieben irgendwie übrig bis auf die Maschinenpistole, die die Polizei beschlagnahmt hat. Der Saurier-Boss wollte das Gun als Souvenir, dafür mußte er mir schon einen Wagen geben. Das Ding wird bei den Sauriern an der Wand hängen.«

»Ein altes Gun geben Sie her?«

»Alt?! Alt endet bei mir 1890. Mit den großen Häuptlingen.«

»Krause, Sie sind ein Wunderkind. Mit wem stehen Sie eigentlich nicht gut? Mit der Polizei arrangieren Sie sich, mit den hellen und mit den dunklen Ehrenmännern der Stadt verstehen Sie sich.«

»Ich bin ein Geschäftsmann, Mister Ball, aber Herz habe ich noch, wo Herz hingehört.«

Er legte seinem Pflegesohn den Arm um die Schultern, und der Junge grinste verständnisvoll. »Also gut«, schloß Krause. »300 – danke, ja. Besuchen Sie mich wieder mal, Mahan, auch wenn Sie keinen Wagen kaufen wollen.«

Ball entschuldigte sich, daß er bei der Begrüßung gleich mit der Tür ins Haus gefallen war. »Wir wollen Bedfords kleinen Bruder im Krankenhaus besuchen und dürfen nicht zu spät kommen. Seien Sie nicht böse, Krause.«

»Mit meinem Wagen kommen Sie nirgends zu spät, Mahan. Also Start!«

Gerald stieg stillschweigend bei Mahan mit ein. Ball zögerte noch.

»Fahren Sie ohne mich zum Krankenhaus, Mahan. Sie haben Ihren Erzieherausweis. Ich habe mit Doc Grover gesprochen, halten Sie sich an ihn. Ich bleibe noch bei Krause, wo es erholsam ist, und spreche auch bei Elk noch einmal vor. Um 4 pm fahren wir zurück. Ich hole Sie am Krankenhaus ab. Kann ich noch etwas für Sie besorgen?«

»Nur ein paar gute Mahlzeiten Fleisch. Ich fahre heute abend zu meiner Mutter.«

Das schmucke Hospital, das Mahan aufsuchte, war das zweite der Stadt, das im Unterschied zum ersten auch indianische Patienten aufnahm; es lag unmittelbar am Stadtrand. Ball hatte Mahan die kürzeste Route beschrieben. Heute war Besuchstag; einige Verwandte und Bekannte gingen zur großen Pforte und meldeten sich. Mahan fragte nach Doc Grover und nach dem Patienten Iliff Bedford. Die junge Schwester telefonierte, meldete, daß anstelle von Mister Ball ein Mister Mahan, Erzieher der III. Tagesschule, komme, und sagte zu Bedford sehr freundlich und sehr ernst:

»Sie können Ihren kleinen Bruder kurz besuchen. Aber regen Sie ihn nicht auf und strengen Sie ihn nicht an. Er ist sehr schwach.«

Über Geralds Gesicht legte sich wieder der tiefe Schatten, unter dem er den Schritt über die Schwelle von der Gefangenschaft zur Freiheit getan hatte.

Mahan und Bedford hatten zwei Treppen gemeinsam zu gehen. Mahan berichtete Gerald dabei von Ilifs Selbstmordversuch und seiner Lebensmüdigkeit.

»Wenn du kommst, ist es wieder eine Hoffnung für ihn.«

Gerald hatte eine zynische Antwort auf der Zunge, die auch schon seine Miene zum Spott kräuselte. Aber er sagte dann doch nichts. Er hatte jetzt nach links zu gehen, Mahan nach rechts.

Doc Grover, bei dem Mahan vorgelassen wurde, wirkte wie Mitte Vierzig. Seine Haare, so hellblond, daß ein paar graue Strähnen noch nicht auffielen, paßten zu dem weißhäutigen schmalen Gesicht.

Mahan entschuldigte Ball mit einem plausiblen Grund.

»Nichts zu entschuldigen, Mister Mahan. Da Sie Erzieher bei den Jüngsten und Indianer sind, haben Sie vielleicht noch mehr Verständnis für den Fall. Der kleine Bursche ist uns allen lieb, aber er stirbt uns einfach unter den Händen weg, ohne daß sich eine körperliche Ursache finden läßt. Er hat sozusagen sein Sterben programmiert – nach dem Selbstmordversuch.«

»Auf welche Weise versucht?«

»Im Internat aus dem Fenster des zweiten Stockwerks gesprungen. Die Verletzungen sind alle abgeheilt. Aber er will einfach nicht mehr. Wissen Sie etwas über die Familie? Es läßt sich nie jemand sehen.«

»Drei Waisenkinder.«

Die Lippen des Arztes zogen sich zusammen und wieder auseinander. »In anderen Familien untergebracht?«

»Die Schwester im Internat. Der Bruder – ja – der Bruder heute aus dem Gefängnis entlassen. Er ist jetzt drüben bei Iliff.«

»O je! Schlechtes Element?«

»Nein. Verwirrt. Eine einmalige Verfehlung, verständlich motiviert.«

»So. Und wo nun hin mit ihm?«

»Muß man sehen. Ich kümmere mich darum. Gehn wir mal hinüber?«

Doc Grover machte sich mit Mahan auf den Weg.

Iliff, noch nicht ganz neun Jahre alt, lag im Isolierzimmer, da der Arzt mit seinem baldigen Ableben rechnete.

Als Grover und Mahan eingetreten waren, blieben sie stehen, ohne etwas zu sagen.

Gerald saß auf dem weißen Bett in dem weißgetünchten schmucklosen Raum, der wie ein weißer Kindersarg wirkte. Iliff hatte seine fleischlosen Arme um den Nacken des großen Bruders geschlungen und sein Gesicht an dessen Schulter verborgen. Er klammerte sich eng an. Die Eintretenden hatte er noch nicht bemerkt.

Das Kind sagte irgend etwas, verborgen, gepreßt, es war auch für Mahan nicht zu verstehen.

Gerald hatte den kleinen Bruder umfaßt und strich ihm sanft über Kopf, Schulter und Rücken. Feindselig schaute er hinüber zu Doc Grover. Er haßte.

Der Arzt machte eine schwache Handbewegung, Zeichen der Ratlosigkeit. Seine Kunst nützte nicht mehr.

»Darf er ihn mitnehmen?« fragte Mahan.

Doc Grover war überrascht, überrumpelt.

Gerald zog Iliff fest an sich.

»Aber wohin?« fragte der Arzt. »Ich kann es nicht verantworten.«

»Es ist kein Risiko, Doc, denke ich. Den Tod müßten Sie auch hier verantworten.«

»Aber wohin? Ich bitte Sie.«

»Zu meiner Mutter. Sie wird das Kind aufnehmen. Es ist eine psychische Frage, Doc.«

»Ich muß das überlegen und beantragen, Mister Mahan. Es ist unklar, ob die Kinder noch Reservationsangehörige sind. Deshalb liegt der Kleine ja auch hier.«

»Die Schwester ist im Reservationsinternat.«

»Ach so?«

»Ja. Doc – wenn Sie das Waisenkind jetzt von seinem wiedergefundenen Bruder losreißen, überlebt er diesen Schock nicht mehr. Das wissen Sie selbst noch besser als ich. Geben Sie es uns mit. Ich setze mich dann mit unserem Hospitalarzt in Verbindung. Oder Sie telefonieren gleich mit Eivie.«

Grovers Gehirn glitt in die Lenkströme von Mahans Willen. »Das – ja, ganz recht, Mister Mahan – ich werde auf alle Fälle telefonieren. Warten Sie hier.«

Grover verschwand. Mahan blieb im Zimmer.

»Wasescha«, sagte Gerald mit trockener Zunge und ausgetrocknetem Gaumen, »damit du es weißt. Ich nehme ihn mit, oder ich bringe uns beide um. Ich habe gesprochen.«

Die Warteminuten waren zeitlos wie Ewigkeit. Iliff schien an Geralds Schulter einzuschlummern. Gerald rührte sich nicht, sagte auch nichts mehr.

Doc Grover kam erst nach einer halben Stunde zurück. Papiere in der Hand.

»Entschuldigen Sie, daß ich Sie so lange habe warten lassen.« Die Worte wirkten angesichts des fast leblosen Kindes nur wie leeres Geklingel, selbst wenn es ein freundliches Läuten sein sollte. »Eivie ist einverstanden, auch damit, daß das Kind erst einmal zu Ihrer Mutter kommt, Mister Mahan. Ich habe gleich alles fertiggemacht. Sie können eine Decke mitbekommen. Gelegentlich zurück, bitte.«

Die letzten Vorbereitungen wurden getroffen. Gerald trug Iliff hinunter, ohne daß das Kind sich noch einmal rührte.

Ball wartete schon in seinem Wagen auf dem Parkplatz gegenüber dem Hospital und fuhr jetzt vor.

Mahan ging zu ihm und erklärte ihm kurz die Situation.

»Sie laden sich allerhand auf, Mahan. Einen Strafentlassenen und ein sterbendes Kind. Wird Ihre Mutter einverstanden sein?«

Mahan verschlug es einen Augenblick die Sprache. »Ah –«, sagte er dann, »daran haben Sie gezweifelt?«

Die Fahrt zur Reservation brauchte Stunden. Es dämmerte und dunkelte. Die Tage waren in dieser Jahreszeit schon kurz. Mahan fuhr von der Straße, die er eingeschlagen hatte, bald auf Seitenwege, aber endlich gab es überhaupt keinen fahrbaren Weg mehr. Es war schon Nacht.

Einen Jeep hätte ich mir kaufen sollen, dachte er.

Er parkte den Wagen an einer geschützten Stelle, schloß ab und steckte den Schlüssel ein. Das Paket Fleisch, das Ball eingekauft hatte, nahm er in einer Schulterriementasche mit. Die letzte Strecke mußte er mit Gerald zu Fuß laufen, das Gelände war für einen Wagen zu uneben und zerrissen. Gerald trug das Kind, und obgleich es leicht war, fielen ihm die Last und das Laufen bald schwer. Vielleicht war es auch nicht die Anstrengung oder nicht nur die Anstrengung, die ihn hinderte. Er keuchte. Sein Herz wollte nicht mehr. Er blieb stehen und rang um Luft. Mahan nahm ihm vorsichtig das Kind ab und legte seine Wange an Iliffs schmales Gesicht. Das Kind lebte noch.

Mahan wartete.

»Lehne dich an mich«, sagte er zu Gerald.

Gerald kam heran und stellte sich Rücken an Rücken mit ihm. Hugh spürte Geralds Körper, das Zucken und Zittern, den Krampf, und er hatte Angst um ihn. Gerald erbrach sich. Allmählich erst ließ das Keuchen nach. »Es geht wieder.« Gerald wischte sich mit dem Handrücken den Schweiß von der Stirn. »Manchmal kommt es so. Herzkrampf, sagen sie, alles nervös, und ich spiele es nur. Die Schweine haben mich fertiggemacht. Der Doc war das Oberschwein. Die Schocks ...«

Mahan behielt Iliff in seinen Armen und setzte den Weg mit Gerald zusammen fort. Es erhob sich ein leichter Wind, und endlich begann der Regen, den Mahan schon vor Tagen gespürt hatte.

»Wann hattest du den letzten Schock?«

»Vor drei Tagen. Zum Abschied, damit ich sie nicht vergesse.«

In Dunkelheit und zunehmendem Regen war die Hütte der Mahans erst zu sehen, als man davorstand.

»Klopf an, Gerald.«

Auf das Pochen hin öffnete Hetkala.

Gerald war zurückgetreten. Wasescha stand mit dem Kind auf dem Arm vor der Mutter.

»Mutter, ich komme mit zwei jungen Söhnen, die keinen Vater und keine Mutter mehr haben. Sie sind zu Gast bei uns.«

»Komm herein mit ihnen, Wasescha.«

Hetkala entzündete die Petroleumlampe. Hugh wickelte Iliff in eine trockene Decke und legte den Jungen auf die alte Couch, deren Überzug sich über schadhafte Federn spannte. Er lauschte noch einmal auf den Atem, fühlte den leisen Puls und kam dann zum Tisch, um der Mutter das Fleisch zu übergeben. Sie sollte es für die kommenden Tage haben. Jetzt in der Nacht war jeder um eine Handvoll Beeren und einen Becher Wasser froh.

Die beiden Männer hängten ihre Sachen zum Trocknen auf und dachten ans Schlafen. Gerald legte sich zu Iliff. Mahan nahm seinen Platz auf einer Wandbank ein, auf der er als Kind geschlafen hatte. Hetkala hatte ein Bretterbett.

Als der Sonntagmorgen dämmerte, kochte Hetkala die Fleischbrühe, und Mahan, der zum Bereitschaftsdienst im Internat aufbrechen mußte, trank einen Becher aus. Gerald und Iliff schliefen noch, und niemand wollte sie wecken, ehe sie ausgeschlafen hatten.

Hugh ging mit der Mutter zusammen auf den Hügel. Sie schauten über das Land nach der aufgehenden Sonne, die rot zwischen den grauen Wolken schwebte.

»Es sind Gerald und Iliff Bedford«, sagte Wasescha zu Hetkala. »Sie sind beide krank und einsam. Ich komme jetzt öfters und bringe euch Fleisch und Mehl, auch Geld.« Er gab der Mutter 50 Dollar; das schien ihr eine große Summe.

»Gut.«

Hetkala war froh, nicht wegen des Geldes, aber darum, daß sie nun wieder drei Söhne hatte.

Wasescha mußte sich beeilen. Mit seinen langen Schritten machte er den Weg bis zu seinem Wagen, von dem die Mutter noch nichts wußte.

Nicht alle Schüler, die im Internat aufgenommen waren, hatten Familien oder wurden von ihren Familien am Wochenende nach Hause geholt; einige mußten stets im Internat bleiben. Zu ihnen gehörte Julia Bedford. Mahan, der für diese Schüler Sonntagsdienst hatte, wurde mit ihnen zur nächstgelegenen Kirche gefahren, und er aß mit ihnen zu Mittag und half einigen bei schwierig erscheinenden Schularbeiten. Dann spielte er mit den Schülern Tischtennis und Schach. Als sie müde wurden, erzählte er ihnen von der großen Stadt Chicago, wo es nicht nur Gangster und Schlachthäuser gab, sondern auch eine Stahlindustrie, heute schon mächtiger als die von Pittsburgh. Er berichtete, daß er im Michigansee nicht mehr hatte baden können, weil das Wasser schmutzig geworden war und durch die Abwässer der Fabriken so warm, daß die Schlinggewächse auf dem Seegrund wucherten. Reiche Leute, sagte er, wohnten dort in runden Turmhäusern, so hoch wie einst der Turm von Babylon, von dem die Schüler in der biblischen Geschichte gehört hatten. Sie atmeten gefilterte Luft ohne Gestank und ohne giftige Gase, ohne Blumenduft, ohne Harzgeruch, ohne den würzigen Atem der Erde, ohne die Botschaften der Winde, die vom Eismeer und die aus dem Süden kamen. Mit künstlicher Luft lebten sie wie künstliche Menschen.

Aber in den Armenquartieren der Indianer gab es noch alle Gerüche aus der Küche Mexikos und Italiens, aus stinkenden Abgasen der Wagen und von dünstenden Menschen.

Als die Schüler wissen wollten, wie dies alles gekommen sei, erzählte ihnen Hugh Mahan aus der Geschichte Amerikas vieles, was indianische Kinder in der Schule nicht lernen durften.

Der Sonntag verging für alle schnell.

Mahan hatte sich den ganzen Tag über gelöster und froher gezeigt, als ihn bis dahin jemand gesehen hatte, und auch dieses Fluidum war auf die Schüler übergegangen. Tatokala hatte durch Hugh von ihren Brüdern erfahren. Sie hatte heute häufig den Aufschlag beim Tennis gegen ihn gewonnen und war endlich unter den Augen der erregt folgenden jugendlichen Zuschauer nur mit 5:6 unterlegen.

Mahan spielte mit der linken Hand. Das hatte sie bis dahin verwirrt, aber nun gewöhnte sie sich daran. Vielleicht übertraf sie sich auch selbst, weil sie daran dachte, daß ihre Brüder bei Mutter Mahan wohnten. In neun Monaten bestand sie das Baccalaureat, dann konnte sie das Internat verlassen. Sie dachte nicht weiter nach. Sie empfand es nur als Gewinn, daß nun auch sie wieder ein Zuhause habe. Die Angst um das Verlassensein, die sie wie eine Zwangsjacke getragen hatte, konnte sie ablegen. Sie war freier geworden. Mutter Mahan! Auch Hugh Mahan würde manchmal nach Hause kommen. Sie schwärmte für ihn, so sagte sie zu sich, um ihr verletzbares Gefühl sogar vor sich selbst zu bedecken und ganz im verborgenen die köstliche scheue erste Liebe durch Körper und Seele schwingen zu lassen. Jeden Schulmorgen erwachte sie mit dem Gedanken an den Sportnachmittag.

Der Montag war im Internat noch von der frohen Stimmung des Sonntags erfüllt. Für Mahan aber deutete sich eine neue Auseinandersetzung an, denn er war Wyman in der Pause begegnet, und alle Assoziationen, die sich für Mahan mit diesem Namen verbanden, waren mit einem Schlage wieder lebendig. Er hatte den Eindruck, daß bei Wyman die gleiche Reaktion eingetreten war.

Mittwoch nachmittag endete der Unterricht um 3 pm, und die allwöchentliche Lehrerkonferenz schloß sich an.

Hugh und Ron ließen den Rektor und die Lehrer vorangehen und traten als letzte in den langgestreckten Raum ein, in dem aus unerfindlichen Gründen noch immer das Bild des ermordeten Präsidenten Kennedy hing.

Snider nahm mit dem Rücken dagegen Platz; er präsidierte am langen Tisch. Ein leises Stühlerücken, dann saßen alle Lehrer; Ron und Hugh hatten am unteren Tischende Platz genommen. Es gab zwei neue Krankmeldungen und somit neue Vertretungsfragen. Ball und Miss Hay erklärten sich bereit einzuspringen; der Rektor dankte, er war mit diesen beiden zufrieden.

Der nächste Beratungspunkt war die Seniorenklasse.

Wyman, der links des Rektors saß, Ball gegenüber, meldete sich sofort zu Wort.

Mahan betrachtete ihn aus der Entfernung, den Rundkopf, das starke Kinn, das Fischmaul, die wasserblauen Augen, das mit Spray glattgelegte Haar. Ein schwacher Duft eitlen Geruchs ging davon aus.

Wyman hatte zu sprechen begonnen, verbreitete sich und schloß: »Ich habe diese Schüler nicht in der elften Klasse gehabt. Sie sind fast ohne Ausnahme faul, interesselos, widersetzlich und unwissend. Jeder dritte wird im Baccalaureat durchfallen, das garantiere ich Ihnen, Mister Snider. Und das alles, weil es heutzutage nicht mehr möglich ist, mit den hier geeigneten Mitteln durchzugreifen.«

»Mister Wyman!« riefen Snider und Ball fast wie aus einem Mund, und Snider fuhr, sichtbar entsetzt, fort: »Mister Wyman, sie kennen die Schwierigkeit, unsere Schüler überhaupt bis zur zwölften Klasse durchzubringen. Wir hatten im vergangenen Jahr einen Abgang von fast 35 Prozent nach der fünften Klasse, von weiteren 20 Prozent nach der siebenten Klasse, von weiteren 15 Prozent nach der zehnten, von der Zahl der Sitzenbleiber gar nicht zu sprechen. Und das ist noch ein bedeutender Fortschritt gegenüber den Zeiten der von Ihnen zitierten ›geeigneten Methoden‹. Damals kamen die meisten Schüler nicht über die fünfte Klasse hinaus. Es kann einfach nicht wahr sein, was Sie zuletzt gesagt haben.«

»Ah?« Wyman wurde personifizierter Hohn. »Kann nicht wahr sein? Es ist aber wahr, Rektor Snider.«

»Dann würde ich Sie allerdings bitten, alle Ihre pädagogischen Fähigkeiten einzusetzen, um den Zustand bis zum Baccalaureat noch zu ändern.«

»In einem Jahr aufholen, was in elf Jahren versäumt worden ist? Sie stellen erstaunliche Forderungen, Mister Snider. Wenn Sie eine Seniorenklasse haben wollen, in der niemand durchfällt, dann hätten Sie am Ende der elften Klasse bereits aufräumen müssen.«

»Mister Cargill!« sprach Snider den bisherigen Klassenlehrer der elften Klasse an.

Cargill, zart von Statur und allein schon durch die massiv-brutale Körperlichkeit Wymans erschreckt und selbst auf Abstand wie erdrückt, begann mit den Händen zu zittern. Sein moralischer Mut stemmte sich aber wiederum gegen die nervöse Angst.

»Die Zensuren, die die Schüler der jetzigen Seniorenklasse beim Abschluß der elften Klasse von mir erhalten haben oder die ich als Klassenlehrer bestätigt habe, bestanden alle zu Recht. Sie sind im Durchschnitt nicht gut, aber ausreichend.«

»Ah«, entgegnete Wyman, »aber meine Nachprüfung hat ergeben, daß das Pensum der elften Klasse überhaupt nicht sitzt. Das Ihnen zur Kenntnis, Cargill.«

»Vielleicht verschrecken Sie die Schüler, Mister Wyman«, verteidigte Cargill sich und die Jugendlichen. »Die Jugendlichen werden scheu und trauen sich nicht mehr zu sagen, was sie wissen.«

»Eine wundervolle Erklärung, Cargill, wahrhaft wundervoll.«

Snider mischte sich ein. »Ich bitte doch, bei dem uns gewohnten sachlichen Ton zu bleiben.«

»Entschuldigen Sie«, parierte Wyman, »aber das Argument von Mister Cargill erschien mir ganz und gar unsachlich. Was man weiß, kann man auch sagen.«

»Sie müssen verstehen, daß Sie es mit indianischen Schülern zu tun haben, Wyman«, mahnte Ball.

»Mit ›indianischen Schülern‹, Mister Ball, habe ich es nun seit mehr als 20 Jahren zu tun. Meine Erfahrung genügt. Dieses Volk will einfach nicht lernen.«

»Dann geben Sie es doch endlich auf, Mister Wyman«, sagte Mahan vom Tischende her vernehmlich.

Wyman starrte ihn an.

»Waren Sie gefragt, Mahan?«

»Nein, Mister Wyman, aber herausgefordert, denn ich bin ein Eingeborener, wie Sie wissen und sehen.«

»Sie sind an unserem Internat ja auch der schlechteste Schüler gewesen!«

Es entstand eine leise Unruhe rings um den Tisch. Snider griff aber nicht schon wieder ein, da er damit rechnete, daß Mahan nicht antworten würde und man über die unangebrachte und unzutreffende Privatbemerkung Wymans stillschweigend hinweggehen könne. Er hatte sich geirrt.

»Ihr schlechtester Schüler und der beste im Baccalaureat, Mister Wyman«, sagte Mahan ruhig, aber akzentuiert. »Mein Zeugnis und die Auszeichnungsurkunde liegen im Rektorat. Bei dem niedrigen

Unterrichtsniveau, das uns geboten wurde, will die Auszeichnung sachlich allerdings nicht viel sagen, und ich brauchte daher auch nicht zwei, sondern drei Jahre College, um aufzuholen.«

»Das letzte ist kein Wunder. Sie haben meinen Unterricht immer unglaublich aufgehalten, weil Sie nicht Englisch können.«

Die Zuhörer vermochten sich eines Lächelns nicht zu erwehren.

»Ich kann nicht Englisch sprechen?« fragte Mahan so leise und so sanft, daß der Spott daraus schrillte. »Das ist aber wirklich sehr lange her.«

Wyman sah zu spät ein, daß er auf einen Holzweg geraten war, und versuchte umzukehren.

»Unglaublich haben Sie meinen Unterricht aufgehalten.«

»Und Sie, Mister Wyman, haben mich und andere Schüler in unglaublicher Weise mißhandelt.«

Es entstand verstärkte Unruhe.

»Bestraft, wollen Sie sagen, Mahan.«

»Mit dem großen Stock zu prügeln war noch nach Belieben erlaubt, als ich in jener Schule interniert war, und Sie mögen solches Schlagen als Strafe bezeichnen, Mister Wyman. Aber die Schülermißhandlungen gingen noch weit darüber hinaus und entsprachen schon damals nicht mehr der allgemeinen Schulkonvention. Es ist nicht alles verjährt, was in der abgelegenen Boarding School geschah, was Sie und Ihre Kollegen als militärischen Gehorsamsdrill bezeichneten und wobei Sie Ihrer Brutalität gegenüber den Indianerkindern, die Ihnen ausgeliefert blieben, freien Lauf ließen.«

Wyman wurde rot wie ein Puter und schlug auf den Tisch. »Mahan, Sie haben sich nicht im geringsten geändert!«

»Nein, in der Tat nicht. Ebensowenig wie Sie, Mister Wyman. Sie haben eine grausame Einstellung gegen Indianerkinder. Es gibt auch psychische Grausamkeit, die von unseren Kindern mit Verstummen beantwortet wird.«

»Sie sprechen reichlich militant, Mister Mahan. Wo haben Sie das gelernt? Gehören Sie zu Red Power? Übernehmen Sie doch die Seniorenklasse und überlassen Sie mir die Prüfungskommission.«

»Wenn Mister Snider die Kommission leitet und Mister Ball und Mister Cargill auch teilnehmen, können Sie gern dabeisein, Mister Wyman.«

Rektor Snider hatte sich aus seinem anfänglichen Irrtum und seiner Verblüffung aufgerafft und klopfte auf den Tisch.

»Meine Herren, das geht jetzt zu weit. Haben Sie etwa die Vorbildung für einen Unterricht in Literatur für die Seniorenklasse, Mahan?«

»Collegestudium in englischer Literatur und Soziologie, Abschluß mit Auszeichnung, wenn Ihnen das genügt. Die Dokumente liegen bei Ihnen.«

Es war zu spüren, wie das ganze Collegium tief atmete.

»Ich stelle die Frage zur Diskussion«, sagte Snider überraschenderweise. »Die Meinung der Kollegen, bitte.«

Niemand wollte sich als erster äußern. Es ging um die Seniorenklasse, um das Baccalaureat, das für das Ansehen der Schule bei höheren Dienststellen besonders wichtig war. Es ging um Wyman, einen in der Lehrerlaufbahn fest eingefahrenen Mann, der bedauerlicherweise sich selbst soeben gründlich blamiert hatte und in Mißkredit gekommen war. Es ging um den Neuling Mahan, der mehr auffiel und eine aggressivere Sprache führte, als gut schien. Die Entscheidung war voller Fußeisen und Stacheln, wie immer man sie traf.

Schließlich packte Ball die Sache an.

»Hören wir doch erst einmal von Miss Hay, welche Erfolge sie dem Unterricht Mister Mahans bei den Beginnern bzw. den 14 Sitzenbleibern zumißt.«

Miss Hay verzog den Mund zur Andeutung einer Schnute, die Verlegenheit ausdrückte.

»Bei den Sitzenbleibern – ja – bei den achtjährigen Sitzenbleibern – in kurzer Zeit – ganz gute Erfolge. Aber das ist ja nun nicht die Seniorenklasse.«

Die Internatsbetreuerin, die an der Lehrerkonferenz teilnahm, meldete sich zu Wort.

»Mister Mahan hat sich gestern auch um die Schularbeiten der Großen gekümmert. Das war dringend nötig.«

»Aber am Sonntag fehl am Platze«, schob Snider das Argument beiseite.

Ball griff wieder ein. »Mister Wyman, Sie haben vorhin von ›garantieren‹ gesprochen. Wenn wir Ihnen die Seniorenklasse im Literaturunterricht überlassen, garantieren Sie uns von vornherein, daß über 30 Prozent der Schüler das Baccalaureat nicht bestehen?«

Wyman bemerkte den Hinterhalt nicht.

»So liegen die Dinge, Mister Ball.«

Ball wandte sich an Snider.

»Ich denke, eine solche ›Garantie‹ dürfen wir niemals annehmen. Wenn ein Lehrer schon zu Beginn des Schuljahres davon spricht, ist er mindestens für den Unterricht in dieser Klasse nicht geeignet. Sie müßten sich selbst als inkompetent dafür bezeichnen, Mister Wyman.«

»Da täuschen Sie sich aber, Ball. Bitte um Collegiumsbeschluß und Rektoratsentscheidung.«

Snider betrachtete sein Collegium und stellte seine stillen Vermutungen an, wie wohl ein jeder stimmen würde. Abgesehen von Ball, Cargill und Warrior, die eigene Meinungen zu entwickeln imstande waren, würden sich wohl alle nach Sniders Wink richten. Snider teilte im Grunde das Unbehagen über das Für und Wider mit seinem Collegium. Aber er war in der traurigen Lage, entscheiden zu müssen.

Wyman hatte sich erlaubt, den Rektor selbst anzugreifen, und er war daher in Sniders Augen wahrhaftig ein Idiot. Wie konnte er sich durch seine »Garantie« derart bloßstellen! Er war vor den Kollegen unmöglich gemacht. Mahan ... ein prekärer Fall. Vielleicht unterlag er wirklich militanten Einflüssen von außen. Seine Beziehungen zu King waren verdächtig. Miss Bilkins – nun, sie verdiente einen neuen Ärger, nachdem sie Sniders Entscheidung, Mahan zu entlassen, rückgängig gemacht hatte.

»Die Sache scheint mir klar«, sagte Snider, nach außen hin in einem Ton, als ob es um die einfachste Angelegenheit von der Welt gehe und das Zögern des Collegiums ein geistiges Armutszeugnis für dieses sei. »Mister Cargill, der Lehrerwechsel, der mir vorgeschlagen wurde, scheint ein Fehler gewesen zu sein. Sie führen also die jetzige Seniorenklasse weiter, die Sie schon in der elften Klasse gehabt haben. Soweit sich das mit Ihren anderen Verpflichtungen überschneidet, können Sie Mister Mahan für englisch-amerikanische Literatur mit heranziehen. Mister Wyman, Sie sind von dem Unterricht in der zwölften Klasse entlastet und bemühen sich, den Unterricht in der fünften zu unterstützen, die eine besondere Klippe darstellt. Die Stundenzahl werde ich regeln.«

Snider wandte sich an die junge Negerlehrerin: »Sie übernehmen Mahans Beginnergruppe in den Stunden, in denen er in der zwölften Klasse Unterricht geben muß.«

Wyman schnitt eine Grimasse und klappte seinen Aktendeckel

hörbar zu. Auch Mahan war unzufrieden, denn er dachte an die Zwölfjährigen, die nun Wyman ausgeliefert wurden.

Unter Stimmenthaltung Mahans und Wymans beschloß aber das Collegium ohne weitere Diskussion im Sinne des Rektors. Da auf einmal ereignete sich ein neuer Zwischenfall. Während die Teilnehmer der Lehrerkonferenz sich schon erhoben und ihre Stühle wieder an den Tisch rückten, während Warrior und Mahan vom Tischende weg der Tür zugingen und sich dabei mit der jungen Schwarzamerikanerin zu einem Gespräch verabredeten, sprach Wyman, dessen tönende Stimme etwa an die des alten Mac Lean erinnerte, Mahan an mehreren anderen Lehrern vorbei an.

»Hallo, Mahan, jetzt haben Sie Julia Bedford in Ihrem Unterricht! Was hatten Sie denn mit dem Mädchen besprochen – so ganz allein?«

Die Lehrer, die noch zwischen Mahan und Wyman gestanden hatten, traten zur Seite, ja, man konnte eher sagen, sie fuhren auseinander, als ob sie eine Kampfbahn rechtzeitig räumen wollten. Nebelhafte Phantasiegebilde einer unerlaubten Beziehung zwischen Lehrer und Schülerin schwirrten sofort im Raum.

» Wollen Sie mir meine Frage beantworten, Mahan?«

»Nein, Mister Wyman. Sie sind weder mein Erzieher noch mein Lehrer, noch mein Vormund, auch nicht mein Vorgesetzter.«

»Über das Gespräch zu zweien wollen Sie vor uns also nicht sprechen, Mahan?«

Mahan hielt an sich.

»Lesen Sie Ihre Bibel, Wyman, dort steht Gottes Gebot ›Du sollst keine Lügen reden wider deinen Nächsten‹! Falls Ihr sehr individuelles Christentum Ihnen erlaubt, Indianer als Ihre Nächsten anzusehen. Wir sind aber nicht nur mit Ihnen aus dem Paradies vertriebene Verdammte, sondern ewig Verlorene, wie ich einmal von Ihnen gehört habe. Falls das noch gilt, müßte ich anders reden und sagen: Stellen Sie bitte den Motor Ihrer Dreckschleuder ab.«

Mahan wandte sich Snider und Ball zu. »Da es darum ging und geht, zwei Menschenleben zu retten, so tat und tue ich, was rechtens ist. Mein dienstvorgesetzter Rektor wird durch den Chef unseres Hospitals informiert. Ich habe gesprochen.«

Wyman stand Mahan im Weg, als dieser zur Tür gehen wollte, mit der offensichtlichen Absicht, Mahan warten zu lassen.

»Gehen Sie bitte, oder gehen Sie beiseite, Wyman.«

Als Wyman nicht gehen wollte, fügte Mahan hinzu: »Vielleicht lernen Sie noch einmal das Beginner-Pensum der Umgangsregeln mit Menschen. Oder rechnen Sie die Indianer nicht einmal dazu?«

»Meine Herren, ich bitte Sie«, sagte Snider am Rande dienstlicher Verzweiflung über die Explosion inmitten seiner gesamten Lehrerschaft.

Wyman überlegte einen Moment, dann gab er den Weg frei.

Mahan verließ mit Ron Warrior zusammen den Raum.

Während die Lehrer und Erzieher sich in verwirrter und erschütterter Stimmung zu ihren Wagen und Häusern begaben, wandte sich Mahan noch unauffällig an Ball. »Können Sie mir eine Vertretung für die Sportaufsicht im Internat verschaffen? Ich muß sofort zu Eivie und zu meiner Mutter.«

»Arrangiere ich. Viel Glück – bei Eivie.«

Mahan begann seine Fahrt in maßvollem Tempo, bis er allen Blikken entzogen war. Dann gab er Gas und ging auf der leeren, glatten Straße bis zur Höchstgeschwindigkeit seines Wagens. Als er das Indianerhospital erreicht hatte, das weithin sichtbar auf einem Hügel bei der Agentursiedlung gelegen war, wurde ihm mitgeteilt, daß der Chefarzt seinen Tagesdienst bereits beendet habe. Vielleicht könne ihm Schwester Margot Crazy Eagle behilflich sein.

Schwester Margot hatte eine ruhige Stimme, große Augen mit einem beruhigenden Sammetglanz, der geeignet war, Erregung abklingen zu lassen. Sie riet Mahan, Eivie in seinem Haus aufzusuchen.

Hugh hatte den Arzt bereits persönlich kennengelernt, wenn auch nur flüchtig. Er folgte daher Schwester Margots Rat ohne Bedenken und ging hinüber zu der Dienstwohnung im geräumigen Einfamilienhaus. Auf sein Klingeln wurde von der Hausangestellten geöffnet, und als Hugh sein Anliegen vortrug, dabei auch den Namen Margot Crazy Eagle erwähnte, fragte die Haushalthilfe nach.

Mahan wurde eingelassen.

Eivie kam ihm im Eß- und Wohnzimmer entgegen. Er war ein freundlicher Herr mit rundem Gesicht, kleiner Nase, schütterem grauem Haar und einem Zug von Menschlichkeit und Enttäuschung, der ihn sympathisch machte.

»Wie geht es Ihren Schützlingen?« fragte er sofort.

»Ich weiß es nicht, Doc. Gerald Bedford hatte am Sonnabend

noch einen Herzkrampf. Am Sonntagmorgen schlief er, und das Kind lebte – eben noch. Ich mußte zum Schuldienst. Das ist nun vier Tage her. Doc, darf ich Sie zu den beiden hinfahren? Es ist eine Zumutung – ich weiß. Aber man wird mir voraussichtlich Vorwürfe machen, daß ich die beiden Bedford-Waisen überhaupt aufgenommen habe.«

»Das heißt, ich soll Sie decken. Lieber junger Mister Mahan, was Sie getan haben, ist aller Anerkennung wert. Aber Sie müssen wissen, daß ich kein großer schützender Erzengel für Sie sein kann. Ich war schon einmal strafversetzt, weil ich mit Joe King, einem Eingeborenen, fraternisierte, und das war noch in den großen Zeiten, als der Gesundheitsdienst selbständig geworden war – jetzt sind wir wieder der Verwaltung unterstellt. Sie können sich denken, was das für mich bedeutet. Und da taucht nun in Ihrer Person Joes eingeborenes Ebenbild bei mir auf. Ich werde das Mögliche tun. Betten sind nicht frei. Also Hauspflege. Aber nehmen Sie erst einmal das Dinner mit mir, und dann fahren wir.«

Das sorgfältig zubereitete Essen tat Hugh wohl. Eivies Frau, die sich dazu einfand, war stillvergnügt; sie sprach nicht viel, zeigte sich auch nicht unwillig, daß ihr ermüdeter Mann sich noch einmal auf den Weg machen wollte.

Eivie ließ sich beim Essen von Mahans Erlebnissen mit Iliff und Gerald und seinen Eindrücken ausführlicher berichten, als er durch den Telefonanruf aus New City hatte erfahren können.

Nach der abschließenden Tasse Mokka starteten Eivie und Mahan mit ihren beiden Wagen; Mahan fuhr voran, nicht mehr als 60 Meilen in der Stunde.

Der Regen der vergangenen Nacht hatte dem Land wohlgetan. Wenn auch dem verdorrten Gras nicht mehr geholfen werden konnte, so hatten sich doch in den ausgetrockneten Bachbetten Lachen, selbst kleine Strecken fließenden Wassers gebildet, und das durstige Vieh sammelte sich dort, um zu saufen. Die Kiefern wirkten erfrischt.

Über der Prärie senkte sich der Abend goldgelb, wie er nur über Savannen und Wüsten in voller Pracht glüht.

Mahan bog auf die Seitenwege ab und hielt endlich an dem gleichen Platz wie am Vorabend. Er stieg aus und trat an Eivies Wagen heran.

»Von hier ab nur zu Fuß oder zu Pferd«, sagte er durch das geöffnete Fenster. »Soll ich ein Pferd für Sie holen?« Eivie unterdrückte einen Seufzer nicht. »Wie weit?«

»Zwei Meilen.«

»Ja, dann holen Sie bitte den Gaul.«

Mahan machte sich im Dauerlauf auf den Weg. Das Gelände war von hier an hügelig, dünn bewaldet, von kleinen sandigen Steilhängen und Kuhlen zerrissen, von ausgetrockneten Bachrinnen durchkreuzt. Hugh kannte alle Pfade und Schliche in dieser Gegend seit seiner frühesten Kindheit. Es hatte sich seit Urgroßvaters Zeiten nichts verändert. Wer ein gutes Auge hatte, konnte heute noch Pfeilspitzen finden, die der Regen wieder aus der Erde hervorwusch.

Bei der Blockhütte hielt Mahan sich kaum auf; er lief gleich zu den Pferden, sattelte, sprang auf den Apfelschimmel und führte den Braunen am Zügel mit. Soweit es sich anließ, ritt er in gestrecktem Galopp.

Eivie dankte, als er den braven Braunen erhielt. Sobald Mahan sich überzeugt hatte, daß der Arzt auch in unbequemem Gelände Galopp reiten konnte, trieb er sein Pferd mit einem hellen Ruf an, und der Braune folgte sofort im gleichen Tempo. Auf diese Weise wurde der Weg wieder verhältnismäßig rasch überwunden.

Bei der Hütte am Kiefernhügel trafen die Ankommenden Gerald Bedford, der angefangen hatte, Holz für den Winter zu machen. Eivie stellte sich vor, bekam keine sehr freundliche Miene zu sehen und ließ sich von Mahan sofort in das Blockhaus führen. Gerald hatte das Beil beiseite gelegt und kam hinterher. Hetkala begrüßte den Arzt stumm und sehr zurückhaltend. Iliff lag noch auf der Couch, schaute geängstigt auf Eivie und mit einem hilfesuchenden Blick auf seinen Bruder. Gerald setzte sich zu Iliff und legte seine Hand auf die des Jungen.

»Ich will ihn nicht wegholen«, sagte Eivie. »Er ist hier am besten aufgehoben.« Er fühlte den Puls und horchte Herz und Lunge ab.

Dann schrieb er etwas auf ein Rezeptformular, das er Mahan gab. »Das ist das Attest, das bei Ihnen bleibt. Mister Snider erhält ein offizielles Schreiben von mir. Die nächsten sechs Wochen ist Iliff nicht fähig, die Schule zu besuchen, dann sehen wir weiter. Vielleicht können Sie ihm etwas zum Lesen und Spielen mitbringen, Mahan. Ein Internat kommt für dieses Kind nicht mehr in Frage.«

Gerald hatte auf jedes Wort gelauscht. Jetzt hob er den Kopf.

»Und was haben Sie für Wünsche, Gerald?« fragte der Arzt. »Medikamente gewöhnt?«

»Bleiben Sie mir damit vom Hals, Doc. Was ich brauche, ist Gerechtigkeit.«

»Was können Sie machen, wenn Sie wieder einen Herzkrampf bekommen?«

»Das versteht die Frau da am besten. Ich hatt' schon wieder einen, aber er ist gut vorbeigegangen, viel leichter. Sie hat was zum Einatmen und zum Auflegen, was Natürliches und Geheimnisvolles. Gute Hände hat sie auch.«

»Werden Sie Ihre Arbeitslosenunterstützung bekommen?«

»Das regle ich mit Missis Carson«, sagte Mahan.

»Ah, gut.«

»Doc«, fing Gerald noch einmal an. »Ich will Ihnen etwas sagen. Krämpfe hab' ich immer nur nach den Schocks gehabt. Keine Schocks mehr. Sonst laufe ich weg.«

»Selbstverständlich nicht, Gerald.«

»Sind Sie dafür zuständig?«

»Ich bin Ihr Chefarzt. Chefarzt auf der Reservation, und Sie sind Reservationsindianer.«

»Bin ich das noch?«

»Sobald Sie Ihre Unterstützung erhalten, ist es sowieso klar.«

»Ich will es Ihnen also glauben. Bis es sich zeigt, daß wieder alles gelogen ist.«

Eivie verabschiedete sich freundlich.

Er ritt mit Mahan zusammen zurück zu seinem Wagen, im Trab, einer neben dem andern.

»Sie werden sich gewundert haben, Mahan. Früher hätte ich einige Rezepte zurückgelassen und viele Anweisungen. Heute bin ich abgeklärter und vertraue klugen alten Frauen.«

Sobald Eivie seinen Wagen gefunden und sich verabschiedet hatte, ritt Mahan wieder mit den beiden Pferden zurück zum Haus. Er hielt sich aber nicht mehr auf, sondern machte sich zu Fuß abermals auf den Weg zu dem Platz, den er sich als Parkplatz für seinen Wagen ausgewählt hatte. Er wollte zur Nacht wieder in der Lehrersiedlung sein.

Ball war noch wach, als Mahan zur Lehrersiedlung heimkam, und suchte ihn in seinem Zimmer auf.

»Nun?«

»O. k.«

Mahan zeigte Eivies sehr geschickt abgefaßtes Attest für Iliff Bedford und trug Ball seine Sorgen vor, wann er das Unterstützungsgeld für Gerald beantragen solle.

»Ich kann ihn nicht selbst hinschicken. Er geht noch keinen Schritt von Iliff weg, und mir ist durch den Dienst keine Zeit gelassen.«

»Das werden wir regeln. Ich habe aber überhaupt noch mit Ihnen zu sprechen, Mahan.«

Lehrer Ball nahm sich einen einfachen Hocker, setzte sich und schlug die Knie übereinander. Es war eine Haltung, die für ein längeres Gespräch geeignet war, aber auch jederzeit ein rasches Aufstehen und Verabschieden möglich machte.

»Mahan, mußten Sie es durchaus zum Skandal treiben?«

Hugh blieb stehen. Seine Nackenhaare sträubten sich wie die eines angegriffenen Tieres. Er spürte es selbst; es war eine Reaktion feinster elektrischer Ströme. Ball konnte dieses Zeichen der Erregung, das einzige, das Hugh nicht zu unterdrücken vermochte, nicht bemerken. Da Mahan Mr. Carr zum Trotz seine Haare weiterhin so lang trug, wie er es in Anknüpfung an indianische Tradition liebte, blieb das Phänomen verborgen. Mahans Stimme klang sehr ruhig.

»Mister Ball, wer hat zum Skandal getrieben – Wyman oder ich? Sie sind nur alle nicht gewohnt, daß ein Farbiger den Mund auftut, wenn sein Volk und er selbst infam angegriffen werden.«

»Ein Korn Wahrheit ist in dem, was Sie da sagen, Mister Mahan. Aber ich muß Ihnen mitteilen, daß gestern, nachdem Sie fort waren, die Besprechungen fortgesetzt worden sind und der Telefondraht gesurrt hat. Miss Bilkins ist in die Sache hineingezogen worden und sogar der Superintendent – durch Miss Bilkins oder vielleicht durch Wyman direkt oder durch beide –, er wurde jedenfalls eingeschaltet, und daß das für Sie nicht günstig war, können Sie sich denken.«

»Ah – Wyman haben Sie zu den weiteren Besprechungen hinzugezogen.«

»Nein, Mister Mahan. Wir vermuten, daß er im Alleingang vorgedrungen ist.«

Ball wollte sich eine Zigarette aus seinem Etui nehmen, mochte aber daran denken, daß sein Gesprächspartner vor nicht allzu langer Zeit eine Tuberkulose überwunden hatte und der Rauch ihn stören konnte. Er schloß das Etui wieder und steckte es in die Innentasche seines Hausrocks aus goldbraunem Kordsamt.

»Sie müssen wissen, Mister Mahan, daß Carr und Wyman Landsleute sind; beide stammen aus dem Staate Mississippi. Snider hat sich aber mehr für Sie und mehr gegen Wyman eingesetzt, als ich für möglich gehalten hätte.«

»Wie erklären Sie sich das?«

»Nun, unser Rektor hat sich nicht gern aus der Stadt in die langweilige Prärie versetzen lassen. Er kennt die Indianer nicht und ist gegen sie, weil sie ihm nicht effektiv, sondern irgendwie als veraltete, überholte Modelle erscheinen – gebe ich zu. Aber er mag erfolglose Weiße ebensowenig leiden. Wyman ist in seinen Augen nicht nur ein Idiot, sondern hat seine Dummheit durch seine ›Garantie‹ auch vor allen enthüllt und schließlich den Rektor für Mißerfolge verantwortlich machen wollen, was natürlich das schlimmste ist. Snider scheint überdies hartnäckig entschlossen, Miss Bilkins das Leben zu erschweren, weil sie Ihre von Snider ausgesprochene fristlose Entlassung rückgängig gemacht hat.«

»Trotzdem hält er Wyman und wirft mich hinaus.«

»Schlußfolgern Sie nicht zu rasch, Mister Mahan. Seinen Wyman kann Snider jetzt nicht los werden, wahrscheinlich nicht einmal nach einem eklatanten Mißerfolg in der fünften Klasse. Es ergeht aber zunächst eine geheime Anweisung an alle weißen Lehrer, keine Beleidigungen gegen Indianer laut auszusprechen; Szenen sollen vermieden werden. Was Sie persönlich anbetrifft, so werden Sie nicht als Erzieher eingestellt. Sie werden auch nicht als Lehrer eingestellt.«

Ball stand auf und ging im Zimmer auf und ab. Es machte ihn nervös, daß er sich selbst das Rauchen verboten hatte.

»Sobald Ihre Probezeit als Erzieher abgelaufen ist, Mister Mahan, übernehmen Sie eine bezahlte Gastrolle bis zum Ende des Schuljahres. Sie führen bis dahin Ihre Sitzenbleibergruppe – ein Sonderfall des Nachhilfeunterrichts, klar? –, und Sie geben aushilfsweisen Literaturunterricht in der zwölften Klasse – auch eine Zwischenlösung. Sie vertreten die Internatsbetreuer zweimal in der Woche bei der Sportaufsicht. Ein finanzieller Nachteil erwächst Ihnen bei dieser Regelung nicht. Mit Ende des Schuljahres enden aber alle Ihre Bindungen an diese Schule hier. Ich glaube nicht, daß Sie von der Schuldienst-Verwaltung je wieder angestellt werden.«

Ball blieb vor Mahan stehen und versuchte, seinen Blick zu fassen, was ihm nicht gelang.

»Aber Mister Wyman, der Menschenquäler«, antwortete Mahan, »darf unsere Kinder weiter verstören und ihnen die Lust am Lernen vergällen. Sind Sie sich klar, Mister Ball, was das bedeutet, Wyman in der fünften Klasse? Diese Schüler sind hilfloser als die in der zwölften. Aber die Baccalaureats-Statistik ist natürlich noch wichtiger, sonst werden unserer Schule vielleicht die oberen Klassen weggenommen – und um die Baccalaureats-Statistik zu heben, bin ich gut genug.«

»Sogar für Carr – ja. Snider hat ihm und Miss Bilkins Angst vor weiteren Schülerselbstmorden gemacht, sonst wären Sie spätestens in vier Wochen ausgeschieden, wenn nicht nach dem Wunsche Mister Carrs sogar gleich geflogen. Sie haben mit einem Prozeß gegen Wyman gedroht, Mister Mahan. Ich sage Ihnen von vornherein, daß er aussichtslos ist. Wyman war leider kein Sonderfall. Man müßte gegen unser damaliges Schulsystem klagen. Man will das Vergangene aber ruhen lassen.«

»Und weiter achtjährige Kinder zum Selbstmord treiben. Dann ruht endlich auch das Gegenwärtige.«

Ball begann wieder auf und ab zu laufen.

»Sie sind in einer desparaten Stimmung, Mister Mahan. Ich kann das verstehen, aber klug finden kann ich Ihr Verhalten trotzdem nicht.«

Mahan stand bei dem Bücherregal. Er rührte sich nicht von seinem Platz.

»Erlauben Sie mir einen Einwand, Mister Ball. Wenn Wyman mein Volk nicht beleidigt und nicht den Streit mit mir vom Zaun gebrochen hätte und wenn ich diesen brutalen Burschen nicht sozusagen moralisch-handgreiflich gestoppt hätte, so wäre meine Probezeit als Erzieher mit einer negativen Beurteilung sang- und klanglos beendet worden. Die Absicht bestand, das wissen Sie. Jetzt ist der Skandal groß genug geworden, um mir wenigstens noch eine Galgenfrist und Gastrolle als Erzieher und als Lehrer sogar in der zwölften Klasse zu geben.«

»Und Wyman steht jetzt ebenso unter täglicher Kontrolle der Schulöffentlichkeit, wie Sie es tun. Das haben Sie tatsächlich erreicht.«

»Dadurch, daß ich nach fünfzehn Jahren des Stummseins einmal eine Perle der Kritik . . . Nein, entschuldigen Sie, Mister Ball, das Bibelgleichnis führt diesmal in eine Biberfalle, vor der ich mich hüten möchte.«

Ball hielt den Schritt wieder an.

»Lassen Sie mich das Gleichnis vollenden, Mister Mahan. Dadurch, daß Sie nach fünfzehn Jahren äußeren und inneren Gefangenseins einmal eine Perle der Wahrheit unter uns Schweine geworfen haben.«

»Ich habe es nicht gesagt.«

»Nein, Sie haben es nur gedacht, aber vor Gott ist das dasselbe. Natürlich wissen wir jetzt auch, daß zwischen Wyman und Ihnen, dem ehemaligen Lehrer und dem ehemaligen Schüler, eine Art Blutrachebeziehung besteht. Man wird keinem von Ihnen beiden irgend etwas glauben, was er über den anderen sagt.«

»Das ist zuerst einmal mein Vorteil, Mister Ball. Wyman wird für seine unsauberen Bemerkungen keinen Abnehmer mehr finden. Ich selbst bin hart im Nehmen geworden, und ich lerne zurückzuschlagen – doch mit Julia Bedford hätten wir das Schlimmste erleben können, wenn Wyman nicht gebremst wurde. Sie ist ein eingerollter Igel, aber in Wahrheit überempfindlich geworden.«

»Verständlich bei dem Schicksal dieser drei Kinder. – Ich begreife. Sie haben wahrscheinlich als einziger von uns auch an das Mädchen gedacht.«

Während Ball den letzten Satz hinzufügte, hatte sich Mahan halb abgewandt und schaute nach seinen Büchern.

Ball bemerkte es und schaltete rasch um. Er ließ sich noch einmal auf den Stuhl fallen, es wirkte wie eine Verlegenheitsgeste.

»Nächste Woche beginnen Sie den Unterricht bei den Senioren, Mahan. Sie haben noch viel zu tun – zu lesen, bei uns zu hospitieren: bei Cargill, würde ich vorschlagen, und bei Byler – das ist der Lehrer, der in den Konferenzen nie etwas sagt. Ich mache Sie mit ihm bekannt. Und Sie müssen den Unterrichtsgang aufbauen; amerikanische Literatur der Gegenwart.«

»Nicht schlecht.«

»Rektor Snider selbst wird zu Ihrer ersten Stunde kommen und am Dienstag hospitieren.«

»Damit die Schüler sich nicht unbefangen geben und ich nicht mit ihnen warm werden kann.«

»Mahan, fangen Sie nicht etwa an, die ›Seele im Eisschrank‹ mit den Anwärtern des Baccalaureat zu lesen. Dieses Buch gehört nicht zum Unterrichtsstoff.«

Mahan wußte, daß sein Kollege mit einer kleinen Verdrehung des Titels auf das rebellische autobiographische Buch eines Black Panther anspielte.

»Mister Ball, ich mache das nicht, hau. Ich fange es etwas geschickter an. Und nun rauchen Sie ruhig Ihre Zigarette. Ich bin nicht mehr so empfindlich, seitdem ich nicht mehr den Gestank der von den weißen Männern aufgebauten Städte, sondern die Reinheit der langweiligen Prärie atme.«

Ball lächelte.

»Doppelten Dank. Für die Raucherlaubnis und Ihre ungeminderte Offenheit. Ich hole uns einen Drink herüber – das Alkoholverbot für Reservationsangehörige ist ja aufgehoben.«

Ein ruhiges Schweigen beschloß den Abend. Ball rauchte, Mahan las.

Nach dem Ablauf der arbeitsreichen Woche übernahm Mahan am Freitag nachmittag wieder die Sportaufsicht bei denjenigen Internatsschülern, die das Wochenende nicht bei Familien verbringen konnten. Die andern waren bereits mit dem Schulbus weggefahren oder abgeholt worden. Es wurde Basketball gespielt. Hugh selbst beteiligte sich nicht. Die Gruppen waren an Zahl gleich stark, nach Alter und Größe an diesem Nachmittag aber in sich sehr verschieden, somit Spiel-, doch nicht wahre Sportgruppen. Mannschaftsleiter waren die beiden Senioren im Internat, die künftig Mahans Schüler im Literaturunterricht der zwölften Klasse werden würden; die achtzehnjährige Julia Bedford und der zwanzigjährige Jerome Patton, Sohn der Gärtnerfamilie der Superintendentur, älterer Bruder von Norris Patton, dem Freunde Hanskas. Er pflegte sonst am Freitag nachmittag nach Hause zu fahren; warum er heute geblieben war, wußte Mahan nicht.

Julia und Jerome und ihre Mannschaften spielten mit Hingabe und Ehrgeiz; es gab keinen Seitenblick auf Mahan, der dem Spiel als Schiedsrichter beiwohnte und mit seinen Augen den Weg des Balls verfolgte. Er tat es nur nach außen hin und an der Oberfläche seines Bewußtseins. In Wahrheit versuchte er, das Wesen der beiden Schüler, für die er künftig mitverantwortlich sein würde, noch besser in sich aufzunehmen. Sie spielten verschieden, und sie waren verschieden.

Den risikobereiten, rasanten und erfolgreichen, zuweilen aber auch ganz fehlerhaften Angriffen Julias gegenüber blieb Jerome defensiv und verhalten, doch erstaunlich sicher beobachtend und berechnend. Er war eher zierlich als kräftig gebaut, hatte ein regelmäßig gebildetes Gesicht und eine modulationsfähige Stimme.

Es stand 2:2.

Die Internatsbetreuerin, Halbindianerin, klein, rundlich, behende, hatte sich bei Mahan eingefunden. Sie war praktisch als Erzieherin ausgebildet und fühlte sich für alle menschlichen Fragen zuständig, während sich ihr Mann, ein Weißer, mehr den Aufgaben der Hausverwaltung widmete.

Als Mahan ihr Gelegenheit gab zu sprechen, sagte sie: »Ist Jerome nicht ein guter Kerl? Er ist auch ein ordentlicher Schüler. Sie können sich im Unterricht auf ihn verlassen. Er war nach der zehnten Klasse abgegangen und hat ein Jahr beim Vater gearbeitet. Dann ist er aber doch wiedergekommen und macht jetzt die Schule noch fertig. Er ist schon bald zwanzig.«

»Was will er einmal werden?«

»Gärtner nicht, obwohl er vom Vater alles aufmerksam gelernt hat. In die Landwirtschaft will er. Zwei Jahre Cowboylehrling auf einer Ranch und dann noch eins auf einer Farm. Er möchte der Landwirtschaft hier weiter aufhelfen. Nun, die Jugend hat Träume, aber sie lebt auf dürrem Boden. Schade, daß die Schulranch aufgelöst worden ist, das wäre nach dem Baccalaureat das Richtige für Jerome gewesen.«

»Es gibt doch noch indianische Rancher, die ihn annehmen könnten.«

Die Betreuerin wurde lebhaft.

»Er will sich morgen bei King bewerben. Im Juli könnte er anfangen. Der Vater holt ihn heute selbst ab, und sie fahren bei King vorüber. Das ist schon gut. Aber wie machen wir es mit Julia? Sie verstehen doch, Mister Mahan, daß sie ihre Brüder besuchen will. Vielleicht fahren Sie selbst zu Ihrer Mutter? Ich habe es mir so gedacht, daß die Pattons Julia und Sie mitnehmen und erst zu Ihrer Mutter, von da zur King-Ranch fahren und dann nach Hause in die Agentursiedlung. Die Pattons können Julia über Sonntag dort behalten, und sie kommt dann Montag früh mit Norris und Jerome zur Schule zurück.«

»O. k. Aber ich fahre mit meinem eigenen Wagen.«
»Sie haben sich einen guten gekauft, Mister Mahan.«

Nach zwei Pausen, in denen sich Mahan mit Jerome Patton unterhielt, und nach einem heißen Spiel mußte der Wettkampf im Basketball aus Zeitmangel 3:3 abgebrochen werden.

Julia hatte zuletzt, als ihrer Gruppe der Sieg endlich sicher schien, noch zwei Chancen aus der Hand gegeben. Sie hatte auf einmal zerstreut gespielt.

Mahan grüßte die Spieler noch abschiednehmend mit der Hand. Vater und Mutter Patton hatten sich bereits eingefunden und Norris noch einmal mitgebracht; sie mußten ihn wohl für die geplante Besuchsfahrt an der Straßenkreuzung abgefangen und aus dem Schulbus geholt haben. Der Junge war schon ausgestiegen und winkte zu seinem großen Bruder Jerome herüber.

Mahan ging zu seiner Behausung, um sich das wenige zu holen, was er zum Übernachten brauchte, um einige seiner Bücher und die Lebensmittelbüchsen einzupacken, die er auf Vorrat für plötzlichen Besuch bei der Mutter eingekauft hatte, und schließlich, um seinen Wagen fahrfertig zu machen. Es war nicht seine Absicht gewesen, über das Wochenende wegzufahren. Er hatte es zum Arbeiten verwenden wollen.

Während Mahan tankte, kam Cargill herbei und in den Wagen herein. Er fing ein Gespräch über die zwölfte Klasse und die Unterrichtsprobleme dort an. Auch er hatte nicht damit gerechnet, daß Hugh wegfahren würde. Cargill erzählte, daß »die Zwölfte« im Verdacht stand, zu einem Geheimbund zu gehören, der mit Patricia Bighorns Selbstmord zu tun hatte. Mahan wußte von dem Gerücht, ließ Cargill aber geduldig dies und noch manches andere mitteilen, ohne sich selbst zu äußern.

Julia hatte sich in den Pausen, in denen Hugh mit Jerome gesprochen hatte, ferngehalten; jetzt, als Mahan weggelaufen war, hatte sie ihm keinen bemerkbaren Blick nachgesandt, aber sie hatte sein Verhalten in ihre Mutmaßungen eingereiht. Am vergangenen Tag schon hatte sie einiges wahrgenommen, was bisher nicht zueinander passende Mosaiksteine in ihrem Bewußtsein zusammenrückte und zu einem Bilde formte. Das boshafte Gesicht, das durchs Fenster geschaut hatte, als sie Mahan von ihren Brüdern erzählte, war ihr unvergeßlich eingeprägt, und sie hatte unterdessen begriffen, daß es

Wymans Fratze gewesen war. In den Unterrichtsstunden hatte er Julia ironisch behandelt. Sie war dadurch zunächst nicht in Verlegenheit gekommen, sondern hatte ihrerseits Mr. Wyman mit wohlvorbereiteten schwierigen Fragen verblüfft. Aber am vergangenen Tag hatte er Julia da getroffen, wo sie verwundbar war, und mit gezieltem Spott vor der Klasse mitgeteilt, daß Mr. Mahan der Literaturunterricht übertragen sei, und vielleicht habe Julia dann auch Gelegenheit, weitere Privatstunden zu nehmen.

Seitdem kam sie nicht mehr zur Ruhe. Sie fühlte sich wie nackt und mit Schmutz beworfen. Alle ihre Empfindungen als Frau waren mit einem Schlage wach. Sie hätte Wyman ins Gesicht schlagen oder sich irgendwo verstecken wollen, wo niemand sie fand. Sie ahnte, daß Mahan von Wymans Angriff wußte. Sie glaubte jetzt, daß sie ihn liebte. Sie zitterte um ihn, wenn er ihretwegen vertrieben wurde; sie haßte ihn bei dem Gedanken, daß er vor Wyman zurückweichen könnte.

Was hatte er mit der Betreuerin besprochen? Warum lief er jetzt weg? Die große Hoffnung, die sie erfüllt hatte, mit ihm Mutter Mahan und ihre Brüder zu besuchen, brach mit einem Mal zusammen.

Sie entglitt ihren Mitschülern, huschte auf das Sechser-Zimmer, das sie über das Wochenende für sich allein bewohnte, zog sich um und wollte das Haus verlassen, um sich irgendwo zu verbergen. Nur jetzt allein sein.

An der Haustür lief sie der Betreuerin in die Arme.

»Julia, rasch, pack dein Nachtzeug. Du fährst mit zu Mutter Mahan und deinen Brüdern.«

Das Mädchen schluckte. Sie wollte sagen: »Ich mag nicht.« Aber der im Internat anerzogene strikte Gehorsam hielt sie zurück.

Sie ging die Treppe wieder hinauf, legte das Notwendigste in ihr billiges Köfferchen, ohne sich dabei zu beeilen und ohne sich freuen zu können.

Anordnung! Sie fuhr zu Mutter Mahan und ihren Brüdern. Mit wem?

Als sie wieder herunterkam, stand Jerome Patton an der Haustür und lächelte sie bescheiden-freundlich an. Sie wußte, daß er sie seit einem Jahr verehrte, immer zurückhaltend, immer treu, immer mit einem warmen Gefühl. Er war nicht der einzige der Jungen, die Tatokala-Taga für sich gewinnen wollten, und sie hatte sich daran gewöhnt, daß sie fernhalten, auch zurückstoßen konnte, ohne jemanden darum zu verlieren.

Heute aber wußte sie nicht recht, wie sie sich Jerome gegenüber verhalten sollte. Daß er es war, der da stand, war eine tiefe Enttäuschung für sie. Aber sie konnte eine angenehme Überraschung spielen.

»Wir fahren dich zu Mutter Mahan«, sagte Jerome. Er war glücklich, weil er glaubte, Tatokala eine Freude zu machen. Sie nickte und ging mit ihm zum Wagen seiner Eltern. Es war ein sehr alter Studebaker, weder schmissig noch schnell, aber geräumig. Tatokala setzte sich nach hinten zwischen Norris und Jerome. Sie lehnte sich zurück, schloß die Augen und dachte an Gerald und Iliff.

Vater Patton ließ den Wagen an, der Motor lief nach einigem Stuckern. Alle blieben schweigsam.

Der Wagen tat seine Pflicht, die auf der gut betonierten Straße leicht zu tun war. Hoch am Himmel zogen nur noch wenige Wolken. Sehr hell leuchtete das herbstliche Blau über der braunen Prärie.

Nach einer einsamen Fahrt beobachtete Vater Patton im Rückspiegel den nachkommenden Sportwagen. Mahan überholte kurz vor der Abzweigung, die auf dem Wege zur Behausung der Familie Mahan genommen werden mußte, und fuhr voran, um den weiteren Weg zu weisen.

Er hat sich geschämt, von der Schule an mit uns zu fahren, dachte Julia, und alles in ihr sträubte sich auf gegen Mahan. Aber sie lächelte dabei Jerome an, weich und liebenswert, wie er es noch nie an ihr gesehen hatte.

»Ihr seid gut, daß ihr mich mitgenommen habt.«

Jerome wallte das Blut in die Schläfen hinauf; er senkte den Kopf ein wenig, so daß die breite Hutkrempe sein Gesicht deckte, und legte seine Hand auf die Tatokalas. Sie verwehrte es ihm nicht, und durch seine Nerven flutete in diesem Augenblick nicht nur das verhaltene Liebesgefühl eines Jahres, das ihm lang erschienen war, sondern auch die leiblichen Empfindungen eines jungen und gesunden Mannes, der Seite an Seite mit einem vor sich selbst erwachten Mädchen saß.

Der versteckte Prärie-Parkplatz, Endpunkt der Fahrt, war erreicht.

Mahan hatte Vater Patton schon vor der Abfahrt unterrichtet, daß man noch ein Stück laufen müsse. Er machte sich als Führer auf den Marsch mit jener dem Präriebewohner immer noch gewohnten

Gangart, mit der die Vorfahren auf ihren Wanderungen täglich 30 Meilen geschafft hatten. Die andern folgten einer hinter dem andern in der günstigsten Spur durch das unwegsame Gelände.

Vor der Hütte der Mahans am Fuße des Hügels saß Iliff Bedford mit gekreuzten Beinen auf einer alten Lederdecke. Es hatte nicht den Anschein, daß er irgend etwas getan oder gespielt habe. Er saß da. Vielleicht hatte er sich eben hingesetzt, vielleicht hatte Mutter Mahan ihn an diesen Platz getragen und noch nicht wieder abgeholt. Vielleicht wollte er diesen Platz einnehmen, nicht anders als ein Gras oder ein Strauch, die durch ihre Wurzeln an einen Platz gebunden sind. Er machte keinerlei Anstrengung eines Grußes für die Ankömmlinge, zeigte auch keine Unruhe. Nur sein Gesicht strahlte wie ein aufgehender Stern, als Tatokala sich bei ihm niederkniete und ihre Hand auf seine Schulter legte. Mutter Mahan kam aus der Blockhütte und wurde von allen still und geziemend begrüßt. Gerald war nicht daheim; er war mit den Pferden ausgeritten. Mahan machte bekannt; man ließ sich auf Decken bei Iliffs Platz nieder und nahm einen kleinen Imbiß aus den Vorräten. Jerome beobachtete Tatokala, wie sie gelöst und glücklich bei dem kleinen Bruder saß. Von Iliff ging etwas wie zeitlose Ruhe aus, obgleich er noch ein Kind war. Er hatte eine große Reise zu Leid und Tod getan und war aus einem Reich wieder heimgekommen, das die andern noch nicht kannten. Er brauchte nicht zu erzählen, das Wiederdaheimsein leuchtete aus ihm.

Nach einer Stunde kam Gerald zurück. Er ritt den Apfelschimmel sattellos; der Braune lief hinterher. Als der Reiter seine Schwester Tatokala erkannte, riß er das Pferd hoch und grüßte auf alte Reiterart. Zwischen Wiesen, Sand, Kiefern und Himmel, im grauen Abenddämmer wirkten Reiter und Pferd wie das ganz Dazugehörige. Mutter Erde und ihre Kinder waren beieinander.

Hetkala wurde heiterer, als irgendwer sie seit achtzehn Sommern und Wintern erlebt hatte, und Wasescha freute sich. Die Mutter begann von seinen Bubenstreichen zu berichten, da alle gern davon hören wollten. Das meiste hatte er mit den Pferden und des Vaters Gewehr angestellt. Einmal hatte er es ihm von der Wand über dem Kopfende seines Bettes weggestohlen, ohne daß der Vater erwachte. Es war des Vaters eigene Schuld gewesen, denn er hatte seinem Buben am Abend vorher erzählt, daß früher die Dakotajungen eine solche Aufgabe lösen mußten.

Sobald es dunkel war, die Sterne aufblinkten und der Nachtwind kalt um den Nacken strich, mahnte Vater Patton zum Aufbruch. Die Fahrt zur King-Ranch war noch weit.

»Ihr könnt übernachten«, sagte Mutter Hetkala. »In der Morgenfrühe macht ihr den Weg leichter und rascher.«

Familie Patton nahm die Einladung an, Hugh und Tatokala schlossen sich nicht aus. Die Frage des Nachtlagers war rasch geklärt. Hetkala würde Julia, Mutter Patton und Iliff zu sich ins breite Bretterbett nehmen; für Vater Patton blieb die Wandbank. Für Jerome, Hugh und Gerald waren Decken und der Lehmboden bequem genug.

Ehe man sich schlafen legte, gingen Mahan, Gerald und Jerome noch miteinander in die Prärie hinaus. Die Pferde blieben für die Nacht bei der Blockhütte.

Mahan lenkte zu dem alten versumpften Brunnenloch, das das Grab seiner beiden Geschwister geworden war. Er wollte Gerald Iliffs wegen davor warnen. Der Weg weckte Erinnerungen und Gedanken an die Vergangenheit, und als sie wieder zur Gegenwart zurückgekommen waren, liefen sie, da sie nicht aufgehalten wurden, weiter zur Zukunft.

Hugh ahnte, was Gerald und Jerome bewegte. Sie träumten beide von einem Cowboyleben auf der King-Ranch. Jerome plante und rechnete, zwei Jahre . . .

Gerald rechnete nicht. Reiten und Hüten war alles, war er wirklich konnte. Er hatte nur sechs Schuljahre mitgemacht, war ein wilder Junge und Bursche gewesen.

Mahan fragte nicht nach Geralds Gesundheit oder Genesung. Er sagte nur: »Du kommst ja dann morgen früh mit. In meinem Wagen ist genug Platz.«

»Wasescha . . . hau!«

Die jungen Männer liefen noch miteinander umher; es gefiel ihnen fern von Häusern und Straßen. Jerome begann von Tatokala zu träumen, Gerald von einem Rodeo, aus dem er als einer der Sieger hervorgehen wollte. Mahan dachte und träumte nichts, was er in Worte hätte fassen können. Es rührte sich aber halb Vergessenes in ihm und suchte nach neuer Gestalt. Er mußte mit sich ins reine kommen, nicht hastig, aber auch ohne Verzug.

Bei ihrer Rückkehr zur Blockhütte hörten die drei den Apfelschimmel schnauben, der Gerald begrüßte. Das Tier bevorzugte den Reiter, der es jetzt täglich ritt.

An der Blockhaustür warteten Hetkala und Tatokala, das Eichhörnchen und die Antilope. Sie mußten vergnügt miteinander gewesen sein. Es stand noch ein Lachen auf ihren Gesichtern und schwand auch jetzt nicht, auch nicht aus den Zügen Tatokalas, und wahrscheinlich wußte sie selbst nicht, wem es nun gelten konnte, Hugh Mahan oder Jerome Patton.

Sie spielte mit ihrer eigenen Anziehungskraft und freute sich daran wie an einem neuen fröhlichen Leben. Fratzen waren vergessen. Die Luft und der Duft der Prärie umfingen das Mädchen, wie sie im Sommer Blütenknospen der Kakteen streichelten.

In der Blockhütte war es angenehm warm. Es roch nach harzigem, brennendem Holz, nach geräucherten Fleischschnitten. Müde genug waren alle, um, hart oder weich gebettet, sofort in einen tiefen Schlaf zu sinken.

Am frühen Morgen, als der Wind schneidend kalt wehte und die beiden Pferde sich zusammendrängten, wurden die Menschen wieder wach. Hetkala, Tatokala und Jerome waren mit Eimern unterwegs, um Wasser zu holen. In einem Faß stand noch Regenwasser, mit dem sich die Zurückgebliebenen wuschen. Zum Frühstück gab es Rauchfleisch. Sowie man an den Aufbruch dachte, traf Tatokala eine für alle überraschende Entscheidung. Sie wollte nicht weiter mitfahren, sondern auf den Besuch der King-Ranch verzichten und die beiden Tage bei Mutter Mahan bleiben. Montag in aller Frühe würde sie sich zu Fuß auf den Rückweg zum Schulinternat machen und unterwegs den Schulbus erreichen.

Der Entschluß stand fest, Hetkala fand ihn recht, und so widersprachen die andern nicht; auch Jerome, der sich verwirrt fühlte, fand sich ab. Gerald war seiner Schwester ohne Worte dankbar, daß sie bei Iliff bleiben wollte. Als Jerome dies begriff, hellte es sich in ihm auf; er glaubte nicht mehr, daß Tatokala ihn von neuem wegschieben wollte, sondern daß sie als ein indianisches Mädchen ihre Familie liebte, und so liebte er sie in ihrem Verzicht um so mehr. Alles, was er sich von einer Frau nur wünschen konnte, floß für ihn in der Gestalt Tatokala-Taga zusammen; reizvoll, unzugänglich und kühn, sanft und mütterlich erschien sie ihm.

Iliff saß schon wieder an seinem Platz auf der Wiese, er studierte ein Bilderbuch, das Hugh ihm mitgebracht hatte. Tatokala kniete bei dem Jungen. Jerome nahm das Bild in sich auf und nahm es mit sich. Alle hatten noch einmal zurückgegrüßt. Tatokala hatte sich dabei gezwungen, den Gruß Mahans nicht zu übersehen, sondern freundlich, unauffällig, natürlich zu erwidern. Er sollte in ihre Schmerzen und Wirbel nicht hineinschauen.

Mahan mäßigte bei der Morgenwanderung zu den Wagen seinen Schritt, weil er nicht sicher war, ob Gerald, der sich unmittelbar hinter ihm eingeordnet hatte, mithalten könnte. Aber bald merkte er, das der Rhythmus von Geralds Gang heute leicht und gleichmäßig war.

Sobald man die Wagen erreicht hatte und in Bewegung setzte, ließ Mahan nunmehr Vater Patton voranfahren und folgte. Die Route war ja allen bekannt.

Es war noch Vormittag, als die beiden Wagen in das Tal der Weißen Felsen einfuhren. Mahan spähte hinauf zu dem hellblauen Haus, in dem er einmal eine Nacht verbracht hatte und das jetzt von Fremden besetzt war. Gleich beim Haus war ein gesatteltes Pferd angehängt. Ein Mann lief umher, der wie ein Chef- und Senior-Cowboy wirkte. Er hatte ein Rifle bei sich. Die Großmütter waren also nicht mehr allein.

Patton und Mahan parkten ihre Wagen am Straßenrand kurz vor der Einfahrt zu dem Wiesenweg, und man ging miteinander zu Fuß hinauf, an Kings Wagensperre und Barrikade am Hang vorbei zum hellgelben Haus und zu der Blockhütte.

Die Zwillinge, die Hugh mit einem hellen »Hay!« begrüßten, befanden sich in der Pferdekoppel und versuchten ihre Künste im Aufsitzen auf ein Pferd, das größer war als ihre beiden Ponys, auf die sie längst aufspringen konnten. Die drei Kleinsten kullerten über die Wiese. Hanska und Wakiya waren nicht zu sehen.

Queenie war bei den Kleintierställen, die sie von der Handwerksschule übernommen hatte; sie hatte eben mit Oiseda zusammen die weißen Angorakaninchen begutachtet. Joe und die beiden Frauen kamen den neuen Gästen entgegen. In schwarzen Jeans, weißem Hemd und schwarzer Kordjacke war Joe bereits festtäglich angezogen. Es zeigte sich, daß er die Familie Patton erwartet hatte. Mahan stellte Gerald vor.

Joe schien einen Augenblick zu überlegen.

»Ja«, sagte er dann, »ich erinnere mich, wie sie dir damals mitgespielt haben.«

Niemand beeilte sich, noch weiter etwas Besonderes zu reden oder zu tun. Jeder schlenderte zunächst einmal umher, wie es ihm gefiel, lachte mit den Kindern, besah Pferde, Stachelschweine oder Angorakaninchen, blickte zu den Weißen Felsen und unauffällig auch hinüber zu der Nachbarranch, wo die beiden alten Frauen auf einer Bank am Haus in der Sonne saßen. Der Cowboy ritt los. Aus dem Haus kam ein schmalschultriges, einfach gekleidetes Mädchen. Es lief mit zwei Eimern hinunter zum Booth-Bighorn-Brunnen, um Wasser zu holen.

»Unsere Zwillinge dürfen drüben nicht mehr helfen«, erklärte Joe, zu Mahan und Gerald gewandt. »Die Großmütter sind traurig, und die Kinder sind es auch. Ich würde die Wasserleitung freigeben, wenn Mac Lean bereit wäre, den normalen Wasserpreis zu zahlen.«

Oben auf dem Hügelkamm tauchten Hanska und Wakiya zu Pferd auf; als sie die Gäste erkannten, ritten sie schnell herbei.

Alle lagerten sich jetzt miteinander im Gras.

»Zwanzig Kühe haben die Mac Leans auch schon hier«, erzählte Joe weiter, nun im großen Kreis. »Eine Mac Lean-Kuh ist bereits auf meine bewässerten Wiesen gelaufen. Ich habe sie fortgejagt.«

Er wandte sich an Jerome.

»Zwei Jahre?« fragte er, offenbar in Anknüpfung an eine vorangegangene Abrede.

»Ja.«

Joe drehte sich die unvermeidliche Zigarette.

»Melitta kommt mit ihrem Vieh auf unsere Büffelweiden. Sie hatte mit ihrem Mann und meinem Schwiegervater zusammen die Schulranch; sie versteht etwas. Bob ist im Gefängnis, das wißt ihr. Du kannst im Juli zu Melitta kommen, Jerome, helfen und lernen. Es wird dir nicht leichtfallen. Bis du die Lassoschlinge über einen Kälberkopf kriegst, mußt du lange üben, und was du zu tun hast, wenn eine Kuh kalbt, wird dir Melitta beibringen. Mit einem Hengst und einem Stier mußt du fertig werden, auch wenn sie anders wollen als du. Hast du schon mal geübt? Eine Ranch ist kein Garten.«

Jerome blieb schüchtern. »In den Ferien war ich ein paarmal bei Whirlwinds.«

»Warum gehst du nicht ganz dorthin? Er ist ein großer Rancher.«

»Aber er denkt anders als meine Eltern.«

»Wieso?«

»Er spricht nicht viel. Aber er hat Gäste, die sagen: Unseren großen Häuptlingen hätte man das Gehirn aus dem Kopf holen müssen, um es zu untersuchen und zu sehen, wie sie so verrückt werden konnten, gegen die weißen Männer zu kämpfen.«

»Das ist die Sprache unseres Chief-President Jimmy White Horse, wenn er genug gesoffen hat, und seines Bruders im Geiste Dave de Corby. Whirlwind denkt nicht so, aber er schweigt. Nein, da kannst du nicht hingehen, Jerome. Versuche es also bei Melitta; ich bin euer guter Nachbar. – Und was machst du jetzt, Gerald?«

»Bin bei Mutter Mahan. Mein kleiner Bruder ist dort. Iliff ist sehr schwach.«

»Verstehe. Was hast du dir dazu gedacht, Wasescha?«

»Wenn die Sommerferien anfangen, gehe ich zu meiner Mutter heim. Dann kann Gerald zu dir kommen.«

»Will er denn?«

»Wollen!« sagte Gerald leise. »Es wird an deinem Wollen liegen, Inya-he-yukan. So wie früher geht es mit mir nicht mehr.«

»Das gibt sich. Ich kenn' das. – Wieviel Pferde hast du, Wasescha?«

»Zwei.«

»Wie wächst das Gras bei euch?«

»Auch ohne Brunnen – nicht ganz so dünn und dürr wie hier. Mehr als im Bärgrund.«

»Ihr habt 160 acres frei – kann ich zwei Pferde zu euch hinübergeben? Mit vieren ist Gerald dann beschäftigt bis zum Sommer – eben genug, um ganz gesund zu werden.«

»Machen wir es so, Inya-he-yukan. Aber wer hilft dir über den Winter?«

»Die Bighorn-Kinder. Wir legen die Weiden zusammen.«

Gerald knipste mit dem Daumennagel. Er freute sich.

Es war ganz natürlich, daß man zu der Koppel ging und daß Joe, Hugh, Gerald, Jerome, Wakiya, Hanska, Norris und die Zwillinge zusammen zur Pferdeweide ritten. Der Wind wehte steif, gut für einen erfrischenden Ritt. Joe hatte die Appalousa-Stute unter sich, die keinen anderen Reiter duldete. Mahan ritt den muskulösen und geschmeidigen Scheckhengst, das frühere Rodeopferd. Der Hengst schien Mahan tatsächlich für Joes Zwilling zu halten und paßte sich dem Reiter an, der zwar bei weitem nicht gleich durchtrainiert, aber ebenso feinfühlig war. Gerald hatte sich einen einjährigen mutigen Hengst ausgesucht, rechten Sohn der Appalousa-Stute, voller jugendlich-übermütiger Einfälle, geneigt, zu verweigern, zu steigen, zu tanzen. Aber der Hengst konnte seinen Reiter nicht ins Gras werfen. Hanska und die Zwillinge, die auf ihren Ponies umhertollten, begleiteten Geralds Erfolge mit hellen Jubelrufen.

Jerome und Wakiya bildeten mit einem Fuchs und einem Dunkelbraunen den ruhigen Abschluß der Reitergruppe.

Die Schar der neun Reiter und ihre Pferde waren vom gleichen Gefühl eines kräftigen Lebens und mutigen Willens getragen. Das Pfeifen des Windes, der schärfer wehte, das Klopfen der Hufe auf dem Wiesenboden, das Wiehern der Hengste und die hellen Schreie der Kinder waren die Symphonie der Prärie. Auf der Weide spielten die Reiter mit den ledigen Tieren, und Joe führte dieses und jenes Kunststück mit dem Lasso vor; es gelang ihm, vier Pferde in einer Schlinge zu fangen. Geralds und Hanskas Augen glühten. Jerome wollte fast mutlos werden, aber er riß sich zusammen und dachte daran, daß Melitta Geduld mit ihm haben würde.

Es war Nachmittag, als die Reiter zu dem gelben Haus und zu der Blockhütte zurückkehrten, ebenso verschwitzt und vom Winde ebenso rasch wieder getrocknet wie die Pferde.

Nach der ungebundenen Bewegung, die sie genossen, nach dem Wehen der freien Luft, die sie in sich eingesogen hatten, wirkten die Grenze der Ranch, das fremd bewohnte hellblaue Haus, die Feindschaft des neuen Nachbarn wie eine Drohung, die die Kehle zuzog. Die Mienen verfinsterten sich. Auch die Zwillinge schoben die Unterlippe vor. Es fehlte allen das gewohnte Gewimmel der Lehrlinge in der Freizeit, ihre lachenden Gesichter, ihre Späße, ihre Spiele mit den Kindern, ihr Laufen und Arbeiten bei den Kleintierställen. Es fehlten die Wellen der nachbarlichen Freundschaft; die Feindschaft brandete unsichtbar, aber dauernd fühlbar heran.

Von den schon schräg laufenden Sonnenstrahlen getroffen, machte sich Wakiya auf, um zu dem Friedhof zu gehen. Der Schatten einer Spur im Grase zeugte von seinen täglich gemachten Schritten. Er ging allein, weil er es so wollte. Er war es, der zu Tishunka-wasit-wins Grab gehörte, und das Grab des alten Häuptlings war seit Jahr und Tag sein Platz der Besinnung gewesen. So ging er hinüber, während der Chef-Cowboy der Mac Leans drüben vor der hellblauen Bretterwand stand, Patronen in sein Gewehr einlegte und das Ladeschloß knacken ließ. Das Knacken zerriß den Frieden der Gräber.

Mahan stand mit Stonehorn bei Oiseda und Queenie Tashina und begleitete Wakiya mit Blicken und Gedanken auf seinem immer gefährlichen Weg über das verbotene Mac Lean-Gelände zum Friedhof.

Wakiya Byron ließ sich beim Grab des alten Häuptlings nieder und schaute zu dem Platz Tishunka-wasit-wins.

Tashina stand dicht bei Inya-he-yukan, Mahan machte einen auf dem Grasboden nicht hörbaren Schritt zu Oiseda. Er vernahm ihren Atem.

Wakiya schlang die Arme um die Knie, hob den Kopf und blickte hinüber zu den Weißen Felsen, über denen sich bald das Himmelsfeuer des Abends entzünden würde.

Vor dem hellblauen Haus stand noch immer der Mann mit dem Gewehr.

Es war, als ob irgend etwas Oiseda bewegt habe, ein Erschrekken, eine Müdigkeit oder die Kühle des Abendwindes. Sie zog ihren Schal fester um sich, und Mahan spürte durch das Kleid ihren Körper, der zu ihm zurückgewichen war. Er rührte sich nicht. Das Gold des Sonnentods begann aufzuglühen.

Wakiya war aufgestanden. Er ging zu dem Grab Tishunka-wasitwins, legte sich auf das Grab nieder und breitete die Arme aus, als ob er die Erde und die für ihn niemals sterbende Tote umfassen wollte.

Joe war weggegangen und sogleich wiedergekommen. Er trug sein Jagdgewehr in der Linken, die Rechte legte er um die Schulter seiner Frau Tashina.

Es war nicht die Haltung eines zum Schuß schon bereiten Mannes.

Wakiya hatte das Gebet, das ihn im Großen Geheimnis mit Tishunka-wasit-win vereinte, vollendet. Er erhob sich. Aber er vermochte nicht mehr zu gehen. Seine Glieder begannen, unabhängig von seinem Willen zu zucken und zu schleudern; seine Augen wurden starr, und erste Schaumblasen quollen zwischen seinen Lippen hervor. Er versuchte trotzdem heimzulaufen, aber er stolperte.

Wasescha Mahan sprang mit großen Sätzen zum Friedhof hinüber, um Wakiya zu helfen. Er achtete dabei nicht auf Wakiyas Fußspur auf der Wiese, natürlich nicht; er nahm die kürzeste Strecke von seinem Stand aus. Der Chef-Cowboy beim hellblauen Haus nahm das Gewehr in Anschlag; aber bei der ersten Bewegung dazu hatte Joe schon das seine an der Wange. Wasescha war bei Wakiya und fing ihn auf. Noch war die Gewalt des Anfalls nicht zu groß; er konnte den zuckenden Körper vorsichtig auf die Arme nehmen und zurücktragen.

Die Gewehre senkten sich wieder.

Mahan brachte Wakiya in das gelbe Haus. Tashina war mit ihm geeilt und breitete auf dem Boden Decken aus, auf die Wakiya gebettet werden konnte. Joe kam hinzu. Der schwere Anfall nahm seinen Ablauf, der diejenigen, die dem Kranken beistanden, immer von neuem erschreckte.

Erschöpft, bleich, blieb Wakiya zurück, nachdem die Qual ihn verlassen hatte.

Als Joe Inya-he-yukan ihn auf die Arme nahm, um ihn auf ein Lager zu tragen, sah Wakiya ihn an, und als Joe zögerte, um ihn anzuhören, sagte er:

»In die Hütte. So wie früher.«

Joe erfüllte den Wunsch und trug den langgewachsenen Buben, der mager genug war, um ein leichtes Gewicht zu sein, hinauf zu der Blockhütte.

Mahan war unterdessen bei Queenie Tashina geblieben.

Die junge Frau, die bei Wakiya gekniet hatte, hatte sich erhoben, stand aber noch an dem gleichen Platz. Sie ließ die Arme herabhängen und schaute zu Boden, als ob sie dort den zuckenden Körper Wakiyas noch immer sehen könne. Sie machte eine leise, kaum merkbare Bewegung mit der Hand wie ein Mensch, der irgend etwas für immer loslassen muß, vielleicht einen anderen Menschen oder eine Hoffnung. Tashina war um einen Winter und einen Sommer jünger als Mahan; Mutter von vier eigenen und drei Pflegekindern, trauernde Mutter um eines, das gestorben war. Sie war die Frau des verwegenen und unruhigen Mannes Joe Inya-he-yukan, und sie war eine Frau, die eigene Gedanken und ihr leidenschaftlich schwankendes Empfinden in Farbe und Form ausgedrückt und damit zu vielen Menschen gesprochen und für das Volk und ihr Prärieland gezeugt hatte. Lange, ehe Hugh Tashina gesehen hatte, hatte er zwei ihrer Bilder gekannt; die sich öffnende Hand und den zerbrochenen Stern.

Mahan schaute wieder die harmonische Gestalt, nahm das Gesicht wahr, das sich durch Verhaltenheit schützte, empfand die Müdigkeit unter den Augen, die die Haut gefaltet hatte, lebte sich ein in die große Trauer, die diesen ganzen noch jungen Menschen umfing.

»Wakiya-knaskiya Byron Bighorn«, sagte Queenie Tashina so leise, daß Wasescha sie nur verstehen konnte, weil er miterlebt hatte. »Tishunka-wasit-win ist fortgegangen, und die Watschitschun ersticken dich, Wakiya, mit ihrem feindlichen Geist. – Ich traure um dich, und ich habe Angst.«

Sie hob den Kopf und schaute Wasescha gerade und forschend an.

»Ich habe Angst um Inya-he-yukan. Die Gewehre sind immer geladen. Einmal werden sie schießen.«

Sie rührte sich, nahm die Decken auf, auf denen der Kranke am Boden gebettet gewesen war, und tat sie beiseite. Während sie nach außen hin das Einfache, Selbstverständliche tat, zog sie ihr Inneres in sich zusammen, so daß es von der Außenfläche verschwand. Ihre Stimme wurde vernehmlich und sachlich.

»Der eine Spurweg zum Friedhof ist uns erlaubt«, sagte sie. »Gerichtliche Anordnung. Wir hätten es dir sagen sollen. Du hast einen anderen Weg genommen, Wasescha.«

»Zu einem kranken Kind, das in Gefahr gewesen ist.«

»Er würde sagen, Wakiya habe das Kranksein nur gespielt. Und vielleicht glaubt er das sogar. Er hätte geschossen – nur Joes Gewehr hat ihn zurückgehalten.«

Mahan kreuzte den Blick mit Queenie Tashina. Sie war in Sorge um ihn gewesen. Auch um ihn. Vielleicht wie eine Schwester, die er nicht mehr besaß. Aber ihre Augen waren Traumaugen, und hinter ihr stand ein Schatten, den Mahan durch sie hindurch sehen konnte. Es war eine Erinnerung, die er nicht zu vergessen und nicht zu verwirklichen vermochte. Das tägliche Leben forderte sein Recht.

Queenie Tashina mußte mit Oiseda an die Arbeit gehen. Vierzehn Menschen waren hungrig geworden.

Joe brachte mit Geralds Hilfe draußen auf der Wiese ein Lagerfeuer zum Brennen. Die Flämmchen leckten an den Zweigen und Kiefernscheiten, sie züngelten im Wind und schimmerten gelb und rot durch die Dunkelheit. Über den Felsen glänzte der Mond und warf sein weißes Licht herunter, das von den Schatten zerschnitten wurde. Die Sterne blinkten, sie kannten größere Weiten des Himmels als die Tagessonne.

Das hellblaue Haus war nichts mehr als ein dunkler Umriß. Nur aus einem der Fenster leuchtete das Licht der Petroleumlampe, klein und matt.

Männer, Frauen und Kinder der King-Ranch saßen um das Feuer und sprachen leise miteinander. Ein paar der Kinder von der Booth-Bighorn-Ranch hatten sich noch dazugefunden, unter ihnen auch die beiden Lehrlinge Oisedas. Es gab keine Büffelmahlzeit mehr, aber alle dachten noch daran, während sie geröstetes Kaninchen, Fasan am Spieß – Joes Jagdbeute – und Rindfleischbrühe mit Brocken aßen. Auch Wakiya fand sich wieder bei den anderen ein. Er setzte sich neben Hugh, müde und etwas gebückt, und lehnte sich zutraulich an Hughs Schulter. Wenn der Feuerschein über sein Gesicht huschte, wurde in seinen Zügen wieder der Ausdruck sichtbar, der ihn vom Leben und von seinen Freunden entfernte und ihn wie einen vom Schmerz befreiten, eben eingeschlummerten Toten erscheinen ließ. Wasescha legte die Hand vor die Augen.

Das Feuer verglimmte.

Joe stimmte ein Lied der Prärie an, und die anderen sangen mit. Als die letzten Töne vom Wind fortgetragen und die Funken ausgetreten waren, erhoben sich alle, um noch umherzugehen.

Hugh schloß sich Joe an, und die beiden blieben unter sich. Sie liefen quer über den Hang, der Feindranch den Rücken zugekehrt. Vor sich hatten sie nichts als das in Nacht versunkene baumlose Land. Eine lange Zeit schwiegen sie miteinander und gingen mit großen Schritten, aber in gemächlichem Tempo weiter. Dann hob Hugh einen Gedankenfaden, den er hinter sich hergezogen hatte, auf.

»Ich war zu langsam im Verstehen, Stonehorn, aber nun, denke ich, habe ich verstanden, was hier geschieht. Du brauchst einen Mann, der reiten und hüten kann – nicht nur Kinder. Du brauchst ihn jetzt. Es kann nicht alles auf dir allein liegen; du kannst nicht zur gleichen Zeit überall sein. Lassen wir Gerald gleich hier.«

»Und deine Mutter?«

»Ena-ina-yin war viele Winter und Sommer allein. Ich habe nun Zeit, sie zu besuchen. Sie haben mich von der Schule schon halb abgehängt.« Hugh berichtete.

»Und Iliff?«

»Das mag Gerald entscheiden.«

»Gerald hat seine Geschicklichkeiten nicht vergessen, und er ist ein guter Mann für Tiere; er schindet nicht. An die Ausdauer, die ein Hirte braucht, muß sich sein Körper wieder gewöhnen; ich werde ihm die Zeit lassen. Deine Mutter könnte mit ihm hierherkommen – über den Winter, wenn sie will. Wir haben sieben Kinder, dazu viel andere Arbeit und keine Großmutter. Meine Frau ist nicht mehr sie selbst. Wenn Hetkala und Iliff bei uns wohnen, haben wir acht Kinder und eine Großmutter. Das ist schon besser. Und Iliff macht im Winter von hier aus den Schulweg durch den Schnee leichter und auch nicht allein.«

»Schon wahr. Wie wird Tashina denken?«

»In dieser Sache einmal wie ich.«

»Ich spreche mit meiner Mutter. Sie hängt am Haus und an den Wiesen und an dem unheimlichen Grab meiner beiden Geschwister und an den Träumen von meinem Vater. Aber – wenn es um Kinder geht – und um zwei kranke Kinder – wird sie doch kommen.«

»Sag ihr, wir brauchen eine Untschida. Wird es uns zu eng, so stelle ich auch für den Winter das große Lederzelt meines Ahnen wieder auf. Es hält selbst in Schnee und Sturm.«

Die beiden Männer kehrten um und gingen im Bogen langsam zurück. Hugh arbeitete an seinen Gedanken, wollte sie abweisen, aber da sie im Untergrund des Gefühls ihre Wurzeln hatten, wuchsen sie immer wieder nach, sooft er sie auch pflückte und wegwarf. Endlich begann er von neuem zu sprechen, ohne seiner Zunge den bewußten Befehl gegeben zu haben; es wollte aus ihm heraus.

»Du sollst mir helfen, Inya-he-yukan.«

Stonehorn blieb stehen, damit Wasescha Zeit behielt zu sprechen.

»Du mußt wissen – ja, du sollst wissen, daß ich in unserem Schulgefängnis ein Mädchen gekannt habe. Ich muß sie wiederfinden. Sie war von unserem Stamm.«

Stonehorn ging ein paar Schritte hangaufwärts, ließ sich in einer gegen Blicke und Wind geschützten Mulde nieder und wartete, bis Hugh sich neben ihn gesetzt hatte. Er riß einen Grasstengel ab und begann daran zu kauen. Hugh Wasescha tat unwillkürlich das gleiche. Er mußte Pausen zwischen seinen Worten füllen.

»Sie war jünger als ich, fünf Winter jünger, und natürlich nicht in meiner Klasse. Wenn du wissen willst, wie sie war, so denke an deine Frau; so war sie, nur war sie anders geworden. Denn man hatte sie wie mich von Vater und Mutter weggerissen und in unser Schulinternat gebracht. Das ist etwas anderes gewesen als die neue

Kunstschule für Indianer, in der deine Frau in der gefilterten Luft der weißen Männer geatmet, unter Daunen geschlafen, ihr Talent entwickelt, getanzt und mit den Jungen gescherzt hat.«

»Ah – das hat sie dir erzählt?«

»Beim Lagerfeuer. Sollte sie es nicht?«

»Erlaubt, aber erstaunlich. Die gefilterte Luft konnte sie lange Zeit nicht ganz aus ihren Lungen treiben. Mein Leben hier blies kalt wie der Sturm im Winter. Nun ist sie es schon eher gewohnt, aber es schmerzt sie immer noch.«

»Unser Schulinternat war anders, es war wie ein Gefängnis für Indianerkinder, alt und nicht hell. Über jedem unserer Tage standen die Worte Ungehorsam und Strafe, obgleich wir oft gehorchen wollten, wir verstanden nur nicht, was der Lehrer sagte. Es war meinem Mädchen gleichgültig, wenn sie gestraft wurde, sie trotzte. Immer wieder mußte sie stehen – du weißt, des Abends, wenn die andern schon schliefen –, zwei Stunden stehen und frieren. Sie haben sie auch geschlagen und eingesperrt, ein Kind von sechs und sieben Jahren, wie zuvor mich. Aber es war ihr gleichgültig.«

»Was war ihr nicht gleichgültig?«

»Wenn die anderen gestraft wurden, hart und ungerecht. Dann schrie sie laut, während alle außer ihr stumm blieben und über ihre Schreie nur erschraken. Wir wußten von ihr. Ihren Heimatnamen kannte ich noch nicht. Wir nannten sie aber Ikagiya, weil sie sich abquälte und den Lehrern Verdruß machte.«

»Und sie erfuhr von dir?«

»Ja.«

Wasescha zerknüllte seinen Grashalm und warf ihn weg. »Sie wußte von mir so gut wie die andern, denn ich wurde vor der Klasse mißhandelt und von den Lehrern auch in anderen Klassen als ärgerliches Beispiel genannt.«

Stonehorn lächelte unsichtbar, er dachte an seine eigene Schulzeit, die auf Grund einer falschen Anschuldigung mit dem Gefängnis geendet hatte.

Wasescha fand nicht weiter. Stonehorn fuhr an seiner Stelle fort.

»Ihr habt euch dann getroffen, obwohl ihr Mädchen und Jungen des Abends und des Nachts streng getrennt wart?«

»Ja. Wir haben uns einmal gefunden. Ich neunzehn, sie vierzehn. Ja. Es war eine Nacht im Herbst. Wie heute. Sie wurde meine Frau.«

Joe Inya-he-yukan wartete.

»Ich habe sie dann nur noch selten und nur von fern gesehen. Wir sind verraten worden. Ikagiya wurde in ein Hospital gebracht, wochenlang, ja, es waren drei Monate. Sie haben mir mein Kind ermordet, ehe es geboren wurde. Als Ikagiya wiederkam, schrie sie nicht mehr, sie blieb stumm wie die andern. Bleich war sie, und ihre Augen schauten ins Leere. Ich konnte sie nie mehr sprechen.«

»Sie haben dich in eine andere Schule gebracht?«

»Nein. Eine noch schlechtere hätten sie auch nicht finden können. Es wurde alles verborgen, und weder Ikagiya noch ich sind von der Schule aus bestraft worden. Sie wurde krank genannt und ich unfähig, mich einem Mädchen überhaupt zu nähern. Nun, ich war damals magerer als eure Hunde, und sie lachten mich einfach aus, als ich mich zu Ikagiya bekennen wollte.«

»Die härteste Strafe wäre dir lieber gewesen.«

»Ja.«

»Sprich weiter.«

»Ich habe damals meine Kampfesweise geändert. Aus Wymans schlechtestem Schüler ...«

»Weiß er von der Sache?«

»Selbstverständlich. Wenn er sich selbst lieb hat, wird er aber schweigen. Ich habe also damals meine Art zu kämpfen geändert. Aus Wymans schlechtestem Schüler wurde der beste des Baccalaureats. Ein hartes Stück. Sie haben geglaubt, es sei ihr Erfolg, aber es ist der meine gewesen. Ich habe mir ihre Wissenswaffen angeeignet. Am Tage des Baccalaureats, als ich meine Auszeichnung empfing, habe ich Ikagiya zum letztenmal gesehen.«

»Gesprochen?«

»Nein. Nach der Feier mußte ihre Klasse den Raum verlassen. Aber wir haben uns noch einmal angesehen, und ich denke, sie vergißt nicht, daß sie meine Frau ist. Solange sie lebt.«

»Wie ist der Name, den ihre Eltern ihr gegeben haben?«

»Magasapa-win, das ›Schwarze-Wildgans-Mädchen‹. Im Register stand sie als Cora Chapela. Ich habe geforscht, aber ich habe sie nicht mehr gefunden. Im Internat hatte sie Schreibverbot, und meine Briefe wurden ihr natürlich nicht ausgehändigt. Sie kamen zurück – ›Annahme verweigert‹. – Die Eltern – ›unbekannt verzogen‹.«

»Ja, die Chapelas haben die Reservation verlassen. Sie gingen nach New City, um Arbeit zu finden, und wohnten in den Slums. Vielleicht weiß meine Schwester mehr, die dorthin geheiratet hat. Wir werden sie fragen. Ja?«

»Ja.«

Joe und Hugh blieben noch in der Mulde sitzen. Vom Haus her hörten sie Töne einer Flöte. Fünf Töne in sich wiederholender Klangfolge, schlicht, Gedanken lösend, das Gefühl ordnend.

Als die Melodie fortgeschwebt war, erhoben sich die beiden jungen Männer und gingen zurück zu den Häusern. Für Joe und Hugh waren wieder die beiden Bretterbetten in der Blockhütte bereit. Hugh teilte mit Gerald, Joe mit Wakiya und Hanska. Vor dem Einschlafen erfuhr Gerald noch, daß er von Stund an bleiben könne, wenn er wolle. »Überrede deine Mutter, Wasescha«, bat er. »Überrede sie. Ich muß sie da haben. Sie ist mein Medizinmann.«

»Morgen fahre ich zu ihr.«

Die Nacht wurde intensiv und ungestört durchschlafen, aber für die Schläfer in der Blockhütte war sie nicht lang, denn schon vor Morgengrauen rührte sich Stonehorn, und gleich waren Hugh, Gerald und Hanska hellwach. Nur Wakiya schlummerte weiter, erschöpft vom vergangenen Tag.

Die vier liefen hinauf zum Brunnen und wuschen sich. Es war kalt, die Haut zog sich zusammen. Im Osten graute jetzt ein erster Schimmer; am Himmel verblaßten Sterne, der Morgenstern leuchtete kräftig. Über das Gras strich der Wind; dünne Zweige der Kiefern rührten sich. Die Hunde schnüffelten schon. Aus den Kleintierställen kamen die ersten Geräusche. Pferde, die sich im Gras gelagert hatten, standen auf.

Die vier zogen sich wieder an und nahmen die Hüte auf den Kopf. Joe, Gerald und Hanska trugen heute keine Festtagskleider, sondern die Bluejeans und abgetragene Hemden. Sie wollten zu den Herden reiten und erst abends zurückkehren. Als sie zu den Pferden kamen, hatten Tashina und Oiseda die Satteltaschen schon mit dem nötigen Proviant gefüllt. Die drei schwangen sich auf und ritten los.

Mahan ging zu seinem Wagen hinunter, ließ den Motor an und begann seine Fahrt. Unwillkürlich schaute er noch einmal zu dem Haus der Mac Leans hinauf, das wie tot in dem grauen Morgen lag. Es rührte sich dort noch nichts. Nur das Pferd hatte schon begonnen zu grasen.

Mahan konnte fahren, wie er wollte. Außer dem seinen war kein Wagen auf der einsamen Präriestraße. Er gelangte verhältnismäßig schnell zu der Abzweigung und am hellen Morgen zu seinem Prärie-Parkplatz, der jetzt schon durch Rad- und Bremsspuren gekennzeichnet war. Er stellte seinen Wagen sorgfältig wie immer ab, steckte die Papiere in die Innentasche seiner Jacke und begann den Fußmarsch mit einigen Variationen, die ihn als Kindheitserinnerungen lockten.

Mutter Hetkala saß bei Iliff auf der Wiese, als Hugh überraschend auftauchte. Er trat zu den beiden heran und freute sich, daß sie damit beschäftigt waren, das Bilderbuch zu betrachten, das er Iliff mitgebracht hatte. Es war die Geschichte des Indianerjungen Two Feet, der sich immer ein Pony gewünscht hatte und endlich in der Prärie eines fand, das ein Bein verletzt hatte und darum nicht recht laufen konnte. Two Feet pflegte das Pony, und als es gesund war, trug es Two Feet auf seinem Rücken, wohin immer er wollte. Eine weiße Frau hatte die Geschichte erzählt, ein Weißer hatte die bunten Bilder gemalt, aber es war eine indianische Geschichte: einander helfen. Hugh setzte sich zu Hetkala und Iliff; der Junge las ihm die je zwei Zeilen vor, die jedem Bild beigegeben waren. Er tat es ohne Mühe, sagte auch auf englisch noch einiges dazu, was er sich selbst gedacht hatte. Hugh atmete auf. Diesen Buben wollte er in einem Schuljahr ein so gutes Stück Wegs voranbringen, daß er dann in die zweite oder vielleicht sogar in die dritte Klasse seinem Alter entsprechend aufgenommen werden konnte. Die King-Kinder würden ihm bei den Schularbeiten helfen, besser als Mutter Hetkala allein, der es schwerfiel, ein englisches Wort zu lesen. Die Schule, in die sie gegangen war, hatte nur einen Raum und in diesem drei Klassen gehabt.

Hugh fragte nicht nach Tatokala, aber Iliff erzählte ihm, daß sie mit den beiden Pferden fortgeritten sei. So blieb Ruhe und Zeit, Mutter Hetkala von der King-Ranch, von den vielen Kindern dort, von Gerald und von den Feinden auf der Mac Lean-Ranch zu erzählen.

Sie hörte sich alles schweigend an, dann fragte sie: »Was hast du mir nun zu sagen, Wasescha?«

Er trug seine Bitte vor.

Hetkala Inayin runzelte die Falten langen Kummers tiefer und dachte nach. Endlich stimmte sie zu.

»Den Winter über. Für die Kinder und für Gerald. Ja. Ich komme mit. Wir sollten bald fahren, aber Tatokala wird vielleicht erst zurückkehren, wenn die Sonne schon sinkt.«

»Ich suche sie.«

Hugh holte sich eine Handvoll Beeren; er wußte, wo Hetkalas Vorratstopf stand. Dann eilte er zu dem Platz, wo die Pferde des Nachts angekoppelt waren, und folgte von da aus der Spur, die nicht schwer zu finden war. Das Mädchen war im Galopp geritten und hatte das zweite Pferd mitlaufen lassen, ohne es zu führen. Der Boden war von den Hufen aufgeschlagen; in Sandstrecken hatte sich die Fährte tief eingeprägt. Sie war so leicht zu erkennen, daß Hugh ihr im Dauerlauf folgen konnte.

Die Pferde waren in Trab gefallen, und die Reiterin hatte keine bestimmte Richtung mehr gehalten. Sie hatte die Pferde laufen lassen, geradeaus, in Bogen und Kreis, Galopp und Trab wechselnd. Die Spur führte zurück zu dem versumpften Brunnenloch.

Hugh verlangsamte seine Gangart und ging endlich nur noch im Schritt. Er hatte die Pferde entdeckt, die nicht weit von dem Sumpfloch weideten; das Gras war hier saftiger als anderswo. Als er die Pferde erreicht hatte, stand auch Tatokala-Taga vor ihm. Sie trug Bluejeans, die eng an ihre schmalen Hüften anschlossen, und einen blauen gestrickten Pullover, in dem ihre jungen Formen sichtbar waren. Ihre Haut atmete, und ihre Augen waren der Morgen.

Hugh Wasescha begriff.

Sie glaubte, daß er um ihretwillen zurückgekommen sei. Er konnte sie in die Arme nehmen und küssen; es war der Augenblick, in dem sie ihm ihre Liebe nicht verweigern würde. Aber die Erinnerungen des vergangenen Abends standen zwischen ihr und ihm.

Darum lächelte er nur und sagte unvermittelt:

»Komm! Wir gehen alle zusammen auf die King-Ranch. Mutter Hetkala und Iliff nehmen wir auch mit. Gerald wird Cowboy bei Stonehorn King.«

Tatokala schien von alledem nichts zu hören als das »Wir gehen zusammen«. Ihr Gesicht glühte vom belebten Kreislauf ihres Blutes; sie sprang auf den Apfelschimmel, der schneller war als der Braune, und preschte los.

Hugh schwang sich auf den Braunen und folgte, so rasch sein Tier es vermochte.

Bei der Blockhütte glitt Tatokala vom galoppierenden Pferd; das ledige Tier fiel in Schritt und kam zu Hughs Braunem heran. Das Mädchen lachte und eilte zu Hetkala, die ihr weniges Hab und Gut schon zusammengepackt hatte. Das schwerste Gewicht hatten die große alte lederne Zeltplane, der büffellederne Rock des verstorbenen Mannes und zwei Lederdecken. Die Zeltstangen wurden in der Blockhütte verstaut, das Haus verschlossen.

Hugh nahm Iliff in einer Wolldecke auf den Arm. Alles andere packten das Eichhörnchen und die Antilope den beiden Pferden auf, die die beiden Frauen bis zum Parkplatz führten. Dort wurden die schweren Pakete in den Wagen übernommen. Tatokala bestieg den Apfelschimmel, Hetkala den Braunen; das Mädchen winkte noch einmal zurück zu dem Autofahrer, der auf der ersten nicht sehr wegsamen Strecke den Pferden an Schnelligkeit unterlegen war.

Auf der Straße änderte sich das. Hugh fuhr voran, die beiden Pferde und ihre Reiterinnen blieben weit zurück.

Während Wasescha den Wagen mit leichter Hand lenkte, gestand sein Gefühl sich ein, daß es von der Frische und Hitze von Tatokalas Empfinden berührt und geweckt war. Aber in allen Frauen, die ihn nicht gleichgültig ließen, erschienen ihm zugleich Ikagiya und eine Nacht, die unerwartet und überwältigend, ein Lichtwunder inmitten der vollkommenen Trostlosigkeit zweier junger Menschen gewesen war. Der Wunsch, die, die er seine Frau nannte, wieder zu umarmen, stand mit Heftigkeit in ihm auf und zerriß alle Decken der Geduld und des Schweigens vor sich selbst. In seinem Ohr schwang ihre Stimme, ihre Hände legten sich um seine Schultern. Seine Nerven wurden heiß und unruhig wie Luft über dem Feuer.

Alle seine Leiden, sein Haß und seine Hoffnung flossen mit seinem Traum zusammen, den er körperlich empfand. Die Worte, die er am Prärieabend zu Inya-he-yukan gesprochen hatte, hatten ihn selbst in Besitz genommen.

Was waren sechs Winter und Sommer des Nichts-voneinander-Wissens? Ein verwehtes Gras. Die Wurzel war nicht verdorrt. Hugh Wasescha hielt sich weit entfernt von dem Gedanken, daß er eine Tote oder eine ihm für immer Verlorene wiederfinden könnte.

Er hielt an, wartete und schaute in den windigen Tag hinein, bis die beiden Frauen mit den Pferden ihn einholten. Miteinander zog die kleine Karawane in das Tal der Weißen Felsen.

Die Ankunft auf der King-Ranch ging nicht wie eine Begegnung Fremder vor sich, es war wie eine Heimkehr.

Die drei kleinsten Kinder standen aus dem Gras auf und sahen, daß ihre Mutter Queenie Tashina wahr gesprochen hatte, wie sie es auch nicht anders erwarteten.

Wakiya-knaskiya, der als krankes Kind Tashinas Großmutter besonders vertraut hatte, schaute Mutter Hetkala Ena-Irayin zurückhaltend, prüfend an, und als er in ihren Augen die Stille eines langen Verzichts und die Liebe entdeckt hatte, die nichts mehr für sich selbst erwartete, sagte er: »Untschida!« Hetkala legte den Arm um seine Schultern.

Hanska ging zum Ärger Jeromes Tatokala nicht von den Fersen. Er wollte wissen, ob dieses Mädchen etwa ein Reiterkunststück mehr gelernt hatte als er selbst.

Iliff schloß Freundschaft mit Mutter Tashina. Sie trug heute ihr weißes Kleid, und sie erschien ihm schön wie die Rose, die zu Beginn des Sommers an den Bachufern der Prärie blüht. Er konnte sich nicht satt sehen an ihr, und er war nicht der einzige, der den Zauber spürte. Gerald und Jerome begannen in die Zukunft zu phantasieren, in der sie Dinge tun würden, für die Frau Tashina sie ohne Worte bewunderte.

Joe Inya-he-yukan lächelte in sich hinein. Er hatte beschlossen, in der kommenden Nacht sein Lager mit Tashina zu teilen.

Hugh Wasescha wollte schon am Abend zur Schulsiedlung zurückfahren. Aber Oiseda hatte unterdessen begonnen, Stangen und Plane des großen Zeltes herbeizuschleppen, das aus dem Besitz von Inya-he-yukans Ahnherrn stammte, und Hugh Wasescha konnte nicht umhin, ihr zu helfen, obgleich das Aufstellen des Zeltes nach alter Tradition als Frauenarbeit galt. Hetkala war auch sogleich zur Stelle und löste ihn ab.

Er sah also zu, und als das Zelt stand, als die Decken auf dem Boden ausgelegt, als alte und neue Jagdbeutestücke an den Stangen aufgehängt waren, brachte er das Feuer in der Zeltmitte in Gang. Der Rauch zog durch die Spitze ab. Oiseda richtete zwei lange Spieße und steckte Fleischstücke daran.

Es sollte an diesem Abend im Zelt gegessen werden. Es war ein altes Häuptlingszelt mit vielen Stangen, und die achtzehn Personen hatten leicht Platz darin. In kleinen Gruppen fanden sich allmählich alle ein. Mahan hatte nach Wakiya Ausschau gehalten. Er kam vom

Friedhof auf den im Gras sichtbaren Fußspuren zurück; Hetkala hatte ihn begleitet.

Die Mahlzeit für die vielen Menschen war für jeden nur karg, obgleich Familie Patton und Hugh beigesteuert hatten, aber der Fleischbrocken vom Spieß schmeckte köstlich auf der Zunge, und die Mehlklöße erschienen erträglicher als sonst.

Den Abschluß des gemeinsamen Abends bildeten Inya-he-yukans Erzählungen von seinem Ahnen Inya-he-yukan dem Älteren, der jung gewesen war, als der Stamm um seine Freiheit kämpfte und sie verlor. Endlich fragten die Gäste nach der Geschichte der Jagdtrophäen, nach den Begegnungen mit Elch, Graubär und Adler. Oben im Norden, in den Wäldern Canadas gab es noch die Jagdreviere nach Stonehorns Sinn, und auch Hanska und Wakiya hofften, mit ihrem Pflegevater zusammen wieder dorthin zu reisen. Als das Wort Canada fiel, dachten alle an Robert Yellow Cloud. Vielleicht schlief er jetzt erschöpft in der Wildnis, während ihm der böse Rauch eines noch immer brennenden Waldes in die Lungen zog.

Es gab sich von selbst, daß Hugh Wasescha, Irene Oiseda, Wakiya, Hanska und die drei jüngsten Kinder ihren Platz für die Nacht im Zelt behielten. Wasescha, Wakiya und Oiseda holten sich die alten Dreifüße. Sie dienten als bequeme Kopfstütze.

Wasescha träumte in dieser Zeltnacht.

Der Wind tanzte um die Plane; draußen rührten sich Pferde halb im Schlaf, es roch nach Leder, verglimmendem Holz und Fleisch am Spieß. Die Felldecke schützte vor der nach Mitternacht eindringenden Kälte.

Ikagiya kam zu Wasescha. Ihr Körper schmiegte sich an den seinen, der Traum war bunt und warm, er war Ahnung und köstliche Hoffnung und hatte eben darin eine erfüllende Kraft. Aus dem halben Schlummer glitt Wasescha wieder in den tief versenkenden hinüber, in den kein Traum mehr gelangte.

Als er vor der Dämmerung erwachte, sah er Oiseda mit offenen Augen auf ihrem Lager liegen. Sie strich die Haare mit den Händen glatt und verschränkte die Arme hinter dem Nacken; ihre Brust spannte sich. Ihre Lippen schienen voller. Sie hatte noch nicht mehr als zweiundzwanzig Sommer gesehen. Lange blickte sie zur Zeltspitze hinauf, an der die Windklappe sich drehte. Schließlich verließ sie ihr Lager und ging vor das Zelt, und da sie Wasescha dabei mit ihren schwermütigen Augen angesehen hatte, folgte er ihr.

Die Nacht wollte noch nicht weichen; Sterne leuchteten, und der Mond stand am Himmel. Die Hunde lagen zusammengerollt; hin und wieder knurrten sie und zuckten.

Hugh Wasescha und Irene Oiseda standen zwei Schritte voneinander entfernt. Beide blickte geradeaus, hinüber zu den Felsen, über denen Nebel zogen.

»Alex Kte Waknwan«, sagte Oiseda vor sich hin. »Er war da. Die große Straße ist er gewandert und konnte doch nicht zu ihrem Ende gelangen, weil es auf der Erde, die er verlassen hatte, noch etwas zu tun gab. Heute war er da, ich konnte zu ihm kommen, und ich werde ihm ein lebendes Kind schenken, das seinen Namen trägt. Seinen Namen. Kte Waknwan. In dem Kind sind er selbst und sein Name wieder neu. Er war im Traum bei mir und ich bei ihm.«

»Ikagiya«, antwortete Wasescha, ohne Oiseda anzusehen, und auch sie schaute nirgend hin als nach den Felsen.

»Hugh Wasescha, ein Mensch kann ein anderer werden, das habe ich erfahren. Kte Waknwan ist zu mir gekommen, Ikagiya aber zu dir. Wer ist Ikagiya?«

»Meine Frau, die ich suche. Sie haben sie von mir losgerissen, und ich weiß nicht, welche Straße sie gegangen ist.«

»Es ist aber gut so. Ein einziges Mal war es uns gegeben, uns zu verwandeln.«

Irene Oiseda war wieder jünger geworden; aus ihrer Schwermut heraus lächelte sie, und sie war entschlossen, allen Registern und Identifikationen und aller Wissenschaft der weißen Männer zu trotzdem und ihnen zu sagen, daß Kte Waknwan der Sohn Kte Waknwans sei. Sie würden dann eintragen: »Vater unbekannt.«

Die Sterne waren unterdessen verschwunden, und das Geziefer und die Schlangen in der Wiese erwachten. Die Pferde in der Koppel warteten, ob ihre Reiter kommen würden. Im gelben Haus, in der Blockhütte und im großen Zelt rührte es sich.

Der Kalender der weißen Männer sagte, es sei Montag. Hugh, Jerome, Norris, Tatokala, Wakiya, Hanska, die Zwillinge rüsteten sich für den Schulweg. Hugh nahm Wakiya in seinem Wagen mit; die andern brachen früher auf und liefen den Weg zum Schulbus wieder zu Fuß. Tashina fuhr Oiseda und die beiden Lehrlinge zur Agentursiedlung.

Nach dem Wochenende zweier freier Tage war der Montag stets ein neuer Eingewöhntag für die Schüler. In dieser Woche war er es auch für Hugh Wasescha Mahan. Er hatte an einem Kreuzweg gestanden und seine Richtung eingeschlagen. Die meisten Kollegen, die ihm begegneten, behandelten ihn auf Abstand mit Achtung. Wyman ließ sich nicht sehen. Die junge Lehrerin, Schwarzamerikanerin, suchte eine Möglichkeit, Mahan unbeobachtet zu sprechen, doch fand sich keine Gelegenheit. Ron Warrior war übersprudelnd aufgelegt; er lud Hugh für den Abend zu sich ein und ließ dabei die Falten seiner Augenwinkel spielen, was ohne Zweifel eine pikante Überraschung bedeuten sollte.

Um zehn Uhr begann die Literaturstunde in der zwölften Klasse. Die 3. Tagesschule der Reservation war nach kümmerlichen Anfängen eine zwölfklassige Schule für alle Schüler geworden, die dieses Schulziel zu erreichen vermochten, Stolz der Lehrerschaft und eines Teils der Eltern. Zugleich war sie ein Krisenherd, der seit zwanzig Jahren die Aufmerksamkeit hoher Stellen auf sich gezogen hatte. Die frühzeitigen Abgänge hatten die Schülerzahl der Oberklassen stark vermindert. Es gab in den höheren Graden keine Parallelklassen mehr, sondern nur eine zwölfte Klasse mit sechzehn Schülern; und auch darin glich die Reservationsschule vielen Schulen außerhalb, denjenigen, die in den Armenvierteln lagen.

Hugh Mahan begab sich auf die Minute pünktlich in den Klassenraum. Er trug heute seine graue Hose mit Bügelfalte und ein weißes Hemd mit Krawatte, das schwarze Haar hatte er glatt in den Nacken gestrichen. Seine Schülerschaft teilte sich in zehn Mädchen und sechs Jungen. Jeder Schüler hatte seinen Stuhl und Tisch für sich, in ausgerichteten Reihen vor dem Lehrerpult aufgestellt.

Julia Bedford und Jerome Patton saßen als Nachbarn in der dritten Reihe, Mitte.

Die Schüler hatten sich wieder gesetzt; ihre Augen waren auf den Lehrer gerichtet.

Die Tür tat sich noch einmal auf, Rektor Snider erschien mit dem Klassenlehrer Cargill zusammen.

»Bitte, lassen Sie sich gar nicht stören.«

Die beiden Hospitanten nahmen sich freie Stühle und setzten sich in den Hintergrund. Die Haltung der Schüler versteifte sich sichtlich. Sie empfanden Snider und selbst Cargill wie zwei Feinde im Rücken, denn auch Cargill war ja nicht gekommen, um zu unterrichten, sondern um zu horchen.

»Das Thema unserer gemeinschaftlichen Arbeit«, sagte Mahan

zu den Schülern, die vor ihm saßen, jungen Erwachsenen von 18 bis 21 Jahren, »unser Thema ist die amerikanische Literatur der Gegenwart. Ich möchte einleitend mit Ihnen darüber sprechen, warum wir als Indianer amerikanische Literatur lesen – ich denke, wir müssen uns über die Grundlage unserer Arbeit klar sein, wenn sie zu etwas führen soll.«

Mahan hatte erwartet, daß Rektor Snider die Lippen einziehen und die Stirn runzeln und daß Cargills Augen Verwunderung ausdrücken würden; das trat ein.

Die Schüler verrieten sich nicht.

»Kennen Sie dieses Buch?« Mahan hielt es in die Höhe. »Es hat einen hohen Literaturpreis erhalten. Ein weißer Amerikaner schreibt über uns indianische Amerikaner. Das Schicksal eines Utah hat ihm keine Ruhe gelassen; er versuchte, den Weg nachzugehen, den dieser gegangen war. Das Buch heißt ›Die alten Lieder sind verklungen‹.« Julia schürzte spöttisch die Lippen. Mahan hatte nicht die Absicht, sie als erste zu einer Meinungsäußerung aufzurufen. Er wählte einen Burschen aus, dem er nicht weniger unausgesprochen aggressive Gedanken ansah.

»Three Stars, der Titel gefällt Ihnen nicht. Sie denken sich: Ah! Preisgekrönte Liquidation der altindianischen Kultur. Wenn schon, dann vollziehen wir sie selbst. Habe ich Sie richtig verstanden?«

»Sie haben mich verstanden.«

»Ist der Titel also für uns Indianer nicht gut gewählt? Möglich, er weckt Sentimentalität oder Opposition bei uns. Gehen Sie darin mit mir?«

»Yes«, sagte Julia für die ganze Klasse.

Die jungen Menschen wurden aufmerksam und erstaunt. Sie waren in ihrer gesamten Schulzeit noch nie auf diese Weise angesprochen worden.

»Einige von Ihnen würden das Buch seines Titels wegen nicht lesen. Zum Beispiel Burt Three Stars, Julia Bedford, Jack Dougherty und Alice Morton. Aber es ist nicht unbedingt notwendig, mit einem Menschen seiner Kleidung wegen nicht zu sprechen; man kann abwarten, was er zu sagen hat. Unser Gespräch über diese Frage ist dadurch erschwert, daß Sie das Buch nicht kennen. Ich will aber einige Probleme herausgreifen, damit wir dadurch näher zum Ziel kommen. Die Handlung spielt vor fünfzig oder sechzig Jahren. Ein Utah flüchtete Hals über Kopf aus der Reservation, weil er in eine Schlägerei verwickelt worden war und einen anderen seines Stammes, ohne das zu wollen, erschlagen hatte. Er flüchtete mit Frau und Kind in die Wildnis, die es im Bergland noch gegeben hat. Er verbarg sich, weil er fürchtete, daß man ihn hinrichten würde. Er jagte und fischte, er baute ein Zelt, und er erzog seinen Buben nach alter Weise. – Aber Sie möchten mich etwas fragen, Jack. – Ja. Kritisieren Sie nur.«

»Wenn es so einfach gewesen wäre, würden viele gegangen sein.«

»Glauben Sie? Verzichten auf Haus, auf Wagen, auf Pferde, auf Schule . . ., keine Kleidung kaufen können, keine Schuhe kaufen können . . .«

»Schreibt er das so?«

»Er schreibt, wie der Utah sich alles, was er brauchte, mit seiner Frau zusammen erarbeitet hat. Gleich unseren Vorfahren. Und wie er seinen Sohn dabei die alten Lieder und Weisheiten lehrte.«

Julia meldete sich.

»Das ist nur für einen einzelnen und wie im Märchen ausgedacht. Selbst wenn es noch die Wildnis gegeben hat und wenn alle hätten gehen wollen, hätten nicht viele dorthin gehen können. Einen einzelnen vergißt die Polizei, ein Volk nicht. Sie wären gejagt worden wie das Wild ohne Schonzeit. Was will uns der Dichter durch seine glückliche Indianerfamilie im Urwald sagen?«

»Ja. Sie haben erkannt, daß es um einen literarischen Kunstgriff geht. Der Schreiber wollte – nehmen wir einmal an – den freien Indianer oder –« Mahan sagte es mit einem Blick auf Rektor Snider –, »oder wenn Sie wollen, den primitiven Indianer mit dem sich zivilisierenden Indianer der Reservation konfrontieren. Aber – wie soll das vor sich gehen? Was glauben Sie? Die beiden Typen sind jetzt nach dem Willen des Autors getrennt – in verschiedenen Räumen.«

Das Mädchen Alice in der letzten Reihe hatte etwas zu sagen. »Die von der Reservation streckten die Finger aus, und eines Tages griffen sie die drei im Wald. Auch wenn der rote Mann gegangen ist, der weiße ist immer nachgekommen. Das Weglaufen hatte keinen Zweck.«

»Doch hat es sich der Dichter nicht so leicht gemacht«, erklärte Mahan. »Er wußte, was Sie eben gesagt haben, und er wollte es nicht leugnen. Es war ihm nicht um die Idylle zu tun – wäre es das gewesen, ich hätte vor Ihnen kein Wort über das Buch verloren.

Kurz: Der Utah-Vater kam auf der Jagd um. Die Frau starb hilflos an einer Krankheit. Der Junge aber hatte gelernt, in der Wildnis zu leben. Er hatte sogar mit einem Bären Freundschaft geschlossen.«

Die Schüler lächelten.

»Das mußte kommen«, flüsterte Julia zu Jerome hinüber. Mahan überhörte es geflissentlich.

»Es war ein anderer Utah der Reservation«, berichtete er weiter, »der den Knaben aufspürte. Ein Informant. Er wollte sich ein paar Dollar verdienen. Glauben Sie das?«

Die Schüler schwiegen aus Scham für ihr Volk.

»Natürlich glauben wir das«, sagte Alice Morton endlich wütend. Sie hatte Snider und Cargill, die hinter ihr saßen, wohl ganz vergessen.

»Sie glauben es also. Der Informant holte den Knaben auf die Reservation. Wie wird er das zustande gebracht haben?«

»Ein Mann ist ja stärker«, meinte Jack.

»Er hat ihn angelogen«, vermutete Alice.

»Ja, er war schlau und sagte dem Buben, es sei seine heilige Pflicht, zu kommen und die anderen Kinder die Lieder der Ahnen zu lehren, denn nur er kenne sie noch. Der Junge sagte ja, und er nahm seinen Bären mit. Den Bären wollte er nicht verlassen. Was mochte dann geschehen? Was würde die Wahrheit sein?«

Jerome stand auf.

»Der Informant war einst ein Indianer gewesen, er wußte noch, wie man mit einem Indianer spricht. Der Junge mußte ihm darum glauben. Aber dann wurde der Bär erschossen.« Jerome sagte es ruhig. »Der Junge lernte neue Lieder, aber seine Mitschüler lernten die alten Lieder nicht. Es kam eine schwere Zeit für den Buben. Denn wenn diese Geschichte in der Zeit unserer Großväter wahr gewesen ist – nun, damals waren uns die alten Lieder und die alten Gebete, die alten Tänze verboten, und wer sie dennoch sang, erhielt weniger zu essen.«

Im Hintergrund gab Rektor Snider dem Lehrer Mahan ein Zeichen, solche Diskussionen zu vermeiden. Aber er unterbrach ihn nicht direkt.

»Der Bär wurde nicht erschossen«, sagte Mahan, »der Superintendent verlangte nur, daß er verschwinden müsse, da er gefährlich sei, und der Junge, der Freund des Tieres, trieb es selbst fort. Das kam ihn hart an. Es war noch schwerer für ihn, als die Lehrer ihm verboten, die alten Lieder zu singen, und am schwersten war es, als selbst einige Kinder ihn auslachten. Er wurde ein schlechter Schüler. Er sollte ein Handwerk lernen, aber er verstand seine Lehrmeister kaum. Er sollte junge Pferde hüten, und er trieb sie in weiches Sandgelände, wo er sie leichter zureiten konnte. Doch das hatte ihm niemand aufgetragen. Er war unbrauchbar und unglücklich. Können Sie das wahr finden?«

Alle Schüler stimmten lebhaft zu.

»Aber nun kam die Wende. Sein Reittalent wurde entdeckt. Er wurde Rodeoreiter, allerdings nur für einen kleinen schlechten Stall im Süden unseres großen Landes. Er haßte den Besitzer, der ihn ausnutzte. Eines Tages beraubte er ihn seines Geldes und machte sich selbständig. Er zog von Rodeo zu Rodeo . . . Was denken Sie über ihn?«

»Er war kein Indianer mehr«, sagte Burt.

»Ja – wieso? Er hatte schwarze Haare, schwarze Augen und eine braune Haut. Seine Väter und Vorväter waren Utah gewesen.«

»Indianer sein ist mehr!« rief Julia, fast, ehe sie gefragt war.

»Wir werden fragen, Julia Bedford, was das ist, indianischer Amerikaner sein, aber lassen Sie uns erst die Geschichte des Utah zu Ende hören, damit wir wissen, ob der weiße Schriftsteller uns ganz verstehen konnte. Der junge Utah hatte die weißen Männer also hassen und verachten gelernt, weil er nur ihren rücksichtslosen kleinen Businessmen begegnete. Weil er zu schwach war, sich gegen sie aufzulehnen, mißhandelte er die Pferde und ließ an ihnen seine Verzweiflung aus. – Das glauben Sie nicht?«

»Vielleicht«, sagte Jerome. »Wenn er wirklich ein Weißer geworden war.«

Rektor Snider seufzte nur in unauffälliger Weise. Es schien ihn allmählich zu interessieren, was für Vorstellungen seine Schüler äußerten.

»Einmal stürzte er«, setzte Mahan fort. »und das Pferd stampfte auf ihn. Er wurde fast ein Krüppel. Eine weiße Frau, die ihn pflegte, verliebte sich in ihn; sie wollte ihn heiraten und ihm ein Heim geben. Er sagte noch nicht ja zu ihr. Er ging noch einmal in die Heimat, aber nur, um nun endgültig Abschied zu nehmen von dem, was Sie Indianersein nennen. Was ist das eigentlich? Wollen Sie es aussprechen?«

»Noch nicht«, antwortete Burt. »Bitte, berichten Sie erst zu Ende.«

»Der Utah wußte selbst sehr wohl, warum er noch nicht ganz ein Weißer war. Es gab einen Bären – der lebte noch. Die Jäger sagten es ihm. Er nahm ein Jagdgewehr und zog aus, um den Bären zu töten; denn damit, das wußte er, hätte er sich auch selbst getötet, hätte er den Indianer und seine Ahnen in sich für immer gemordet.« Mahan machte eine kurze Pause. »Er hat das Tier nicht getötet, weil er es nicht über sich brachte. Er ließ den Bären leben – und kehrte auf die Reservation zurück. Denn er wollte studieren, warum die Menschen dort so geworden waren, wie sie waren, und warum der Informant ihn für ein paar Dollar verraten hatte.«

Mahan legte nochmals eine Schweigepause ein. Die Schüler waren ihm dankbar, daß sie ihr Fühlen und Denken nicht sogleich zu unterbrechen brauchten. Sie schauten ihn an, als wollten sie fragen: »Und du?« Aber das fragten sie nicht, denn hinter ihrem Rücken saßen zwei Fremde, und sie wurden sich dessen wieder bewußt, weil Rektor Snider sich auf seinem Stuhl gerührt hatte.

»Ich möchte Sie aber fragen«, nahm Mahan auf, »ob Sie das Buch für besser halten als seinen Titel – und warum.«

»Er hat doch mehr von uns verstanden als nur die Liquidation«, antwortete Burt. »Er hat etwas verstanden, was den Indianer ausmacht. Was noch da ist. Es interessiert mich, daß ein weißer Mann das begriffen hat. Wenn das Buch nicht zu dick ist, würde ich es lesen. Ja. Der Autor muß ein merkwürdiger Mensch sein. Er hat ja nicht einmal geschrieben, daß es richtig sei, wenn ein Indianer seine Reservation endlich verläßt und ein Weißer wird. Er hat gewußt, daß einer wiederkommt.«

»Und was denken Sie nun? Würden Sie Bücher über weiße Amerikaner lesen wollen, um diese besser zu verstehen?« Verlegenheit verbreitete sich. Was auf einmal für eine dumme Frage, sagten die Mienen. Wir müssen sie lesen, ob wir nun wollen oder nicht.

»Wenn Sie Bücher aus dem Leben der weißen Amerikaner heute lesen wollen, werden wir offen darüber sprechen und miteinander arbeiten können. Ich denke, einige der weißen Einwanderer haben gelernt, uns zu verstehen, weil sie sich selbst zu durchschauen beginnen. Könnten wir verlangen, was wir nicht geben? Wenn wir verstanden werden wollen, so liegt es an uns, auch in die andern einzudringen. Haben Sie es schon einmal mit Ernst versucht? Auf gleichem Fuß?«

»Warum sagen Sie ›auf gleichem Fuß‹?« fragte Julia und begann damit eine Falle aufzubauen. »Unsere Eltern waren Wilde, und wir müssen erzogen werden. Wie können wir mit unseren Lehrern auf gleichem Fuße stehen?«

»Wie Sie zum Beispiel mit mir auf gleichem Fuß stehen können? Indem Sie aufrichtig sind und sich selbst erziehen. Aber es gibt ein anderes schwieriges Problem. Müssen wir dazu Romane lesen? Sind sie nicht alle erfunden und insofern eine Lüge? Und möglicherweise haben sie ein Ende, das kein Schluß ist – wie das Buch, über das wir sprachen. Ein Zeitungsartikel ist kürzer, macht weniger Mühe beim Lesen und weiß immer das Resultat. Oder?«

»Das ist schon wahr«, meinte Alice, »aber es kann auch ein Fehler sein. Die Geschichte des Utah ist nicht für einen einzigen Tag geschrieben, und unsere alten Lieder haben nicht gelogen. Weise Wahrheit und Tageswahrheit sind zweierlei. Die Dichter sollten die Weisheit sagen – wenn sie sie finden.«

Burt wurde ungeduldig.

»Mister Mahan, was Sie jetzt gesagt und gefragt haben, war nur eine Lehrerlist. Wir glauben, daß Sie mehr Zeitungen lesen als wir, und Bücher lesen Sie natürlich. Wahrheit ist Wahrheit, und die vom Tag und die von der Ewigkeit können wir nicht trennen, wie man ein Blatt Papier auseinanderreißt. Alle Wahrheiten gehören zusammen, sie erscheinen uns nur – also in verschiedener Form.«

»Sehr gut, Burt. Wir können aber keine dieser Formen missen, wenn wir selbst ein ganzer Mensch sein wollen. Ich denke, wir werden einigen großen amerikanischen Dichtern begegnen, die ein wesentliches Stück Wahrheit gefunden haben. Sie als junge Menschen müssen das selbst prüfen; darum wollen wir miteinander arbeiten. Es war nie Indianerart, auf halbem Wege stehenzubleiben. Was halten Sie für Indianerart? Wir haben die Frage noch nicht beantwortet.«

Alice war bereit zu sprechen.

»Der Natur ein Bruder sein – nach dem Sinn unseres Lebens fragen, auch danach, wieviel davon – und vielleicht wie viel mehr als wir selbst – ein Dichter verstanden hat – ja – und einander helfen, miteinander arbeiten, nicht gegeneinander, nicht selbstsüchtiges Volk sein. Ich habe gesprochen.«

Die Stunde war abgelaufen. Die Klingel schrillte. Rektor Snider und Cargill kamen zu Mahan herbei, während die Schüler den Klassenraum für die kleine Erholungspause verließen. »Kommen

Sie beide bitte noch zu mir!« sagte Snider und räusperte eine geringe Heiserkeit weg.

Die beiden Lehrer begleiteten den Rektor und wurden aufgefordert, vor seinem Schreibtisch Platz zu nehmen.

»Sie sind ziemlich gefährliche Umwege gegangen, Mahan«, begann Snider, während er sich von Mahan das besprochene Buch geben ließ. »Ich würde Ihnen empfehlen, künftig Ihr Ziel mit etwas weniger Sophistik anzustreben.«

»Hat Ihnen das Ergebnis mißfallen, Mister Snider?«

»Sie sind zu dem Ziel gekommen, das Sie sich selbst gesetzt hatten. Es fehlt Ihnen nicht an pädagogischen Fähigkeiten, es kommt nur darauf an, wie Sie sie verwenden, und in dieser Richtung muß ich Sie allerdings kritisieren. Einige oppositionell gesinnte Schüler und auch Jerome Patton, der in Wahrheit nicht wußte, was er sagte, haben sich beteiligt und werden ohne Zweifel arbeiten. Aber Sie haben die schweigende Mehrheit übersehen, auf die es uns ankommt. Sie kennen unsere Reservation und unsere Aufgaben hier noch zuwenig, um zu wissen, was Sie für Unheil anrichten können. Ich werde Mister Ball bitten, Sie besser über die uns gestellten Ziele zu informieren.«

»Es war doch gut, daß die Schüler endlich einmal aus sich herausgingen«, wagte Cargill zu sagen. »Einige Gedanken waren schon erstaunlich reif.«

»Das Aus-sich-Herauskommen kann aber ansteckend wirken, Cargill, und wer weiß, wohin es dann führt. Also, Mahan, Vorsicht mit Ihren anitautoritären Methoden. Das können wir auf der Reservation am wenigsten gebrauchen. Unsere Autorität muß hier wie Granit stehen. Die Großvater-Erinnerungen waren völlig abwegig, daran sollen die jungen Menschen nicht mehr denken, nichts mehr davon hören. Mich wunderte, wie schon angedeutet, daß Jerome Patton, Sohn einer so ordentlichen und integrierten Familie, überhaupt davon weiß. Von seinen Eltern kann er das nicht haben. Und dann – was bedeutet ›einander helfen‹? Doch nicht etwa vorsagen und Zettel unterschieben?«

»Nein, das nicht, Mister Snider. Das hat Alice sicherlich nicht darunter verstanden.«

»Sie halten sich also künftig streng an den Unterrichtsstoff, Mahan, und unterstützen die Aufgaben der Verwaltung: Wir haben den jungen Leuten eine Erziehung zu vermitteln, mit der sie sich in unserer Nation integrieren und mit der sie konkurrenzfähig werden, mit der sie die Reservation ohne Schaden verlassen können. Die Senioren sollen nicht am Ende des Schuljahres die Zahl der Arbeitslosen hier vermehren, davon haben wir genug. Haben Sie mich gut verstanden?«

»Ich habe gehört.«

Cargill sagte kein Wort mehr. Doch bedurfte es keiner besonderen Menschenkenntnis, um seine Enttäuschung wahrzunehmen. Sie trieb aus allen Poren.

Die Unterredung im Rektoratszimmer hatte mehr Zeit in Anspruch genommen, als die kleine Pause bot, und so kam Hugh einige Minuten zu spät zu seinen Beginnern zurück, die er in der vergangenen Stunde der jungen Negerlehrerin, Miss Sunday, anvertraut hatte.

Er fand sie noch bei den Kindern, die gern mit ihr gelernt hatten. Auch sie hatte jene weiche Stimme, die dem Ohr der Kinder schmeichelte wie ein Vogelruf im Frühling; die weißen Lehrer und Erzieher hatten solche Sanftheit verloren, wenn sie sie je besessen hatten. Wenn Miss Sunday sagte »Very good«, so waren das mehr als zwei abgebrauchte Wörter; die kleinen Schüler fühlten sich in der Melodie wohl. Auch Hughs aufgerauhte Stimmung wurde dadurch glatt gestrichen, und es ergab sich, daß er bis zur Mittagspause um zwölf Uhr mit Miss Sunday zusammenarbeitete. Die beiden führten die Gruppe dann auch gemeinsam in den großen Saal zum Mittagessen. Auf dem Gang dorthin hatte Miss Sunday ausgiebig Gelegenheit, mit Hugh zu sprechen, ohne daß dies auffiel.

»Sie sind heute abend auch bei Mister und Missis Warrior eingeladen?«

»Ja.«

»Wissen Sie, was er beabsichtigt?«

»Muß alles eine Absicht haben?«

»Clyde Carr ist wieder da und hat noch einen Freund mitgebracht. Ich werde nicht klug aus Mister Warrior. Er tut immer wieder das Unmögliche, und Rektor Snider sagt kein Wort dazu. Sie wissen wohl, für welche Organisation Mister Warrior früher gearbeitet hat.«

»Ja. Für eine, von der man nur schwer loskommt. Er hat allerdings hier nur einen sehr bescheidenen Posten. Vielleicht hintergeht er seine Organisation, vielleicht hintergeht er uns oder auch alle zusammen. Ich vermutete erst, er sei tatsächlich ganz und gar ausgeschieden, aber dann würde Snider nicht stillhalten. Sie haben recht. Ron spielt zynisch, aber sympathisch und sicher.«

»Ich danke Ihnen. So kann ich mich besser orientieren.«

Der Essensaal war erreicht. Ron Warrior und seine Beginner waren eben zur Essenausgabe gegangen. Mahan und Miss Sunday schlossen mit ihren 16 Schützlingen zu der Reihe auf. Es gab heute Kalbsgulasch.

Man nahm an zwei Nachbartischen Platz; die Erzieher setzten sich an die aneinander angrenzenden Tischenden, so daß sie miteinander sprechen konnten, ohne laut zu werden.

»Aber lieb von Ihnen«, sagte Ron zu Hugh, »daß Sie unseren bescheidenen Beginnerkreis nicht verachten. Sind die Senioren nicht doch interessanter?«

»Wenn Sie in der zwölften Klasse begreifen lernen, was in elf Klassen vorher an den Kindern gesündigt worden ist – ja, das ist interessant. Aber es ermuntert nur noch mehr, sich den Beginnern zu widmen, damit es nicht ein zweites Mal geschieht.«

»Soviel Enttäuschung bei den Senioren erlebt?«

»Soviel nicht genutzte Lernleidenschaft entdeckt.«

»Goldgräber verstecken ihre Schätze am besten, Mahan.«

»Ron, Sie kennen Ihre Bibel ebenso schlecht wie Mister Wyman. Der Mann, der das Pfund versteckte und es nicht mehrte, wurde verdammt. Es genügte nicht einmal, daß er es unbeschädigt zurückgeben wollte. Warum wohl nicht?«

»Nun verraten Sie mir nur noch, Hugh, wo Sie so bibelfest geworden sind?«

»Aber wo denn anders, Ron, als bei unserem Gefängnispfarrer. Wer im Baccalaureat ausgezeichnet werden will, darf in keinem Fach versagen.«

»Gefängnis . . .?«

»Entschuldigen Sie, so haben wir unser Schulinternat genannt.«

In der auf das Mittagessen folgenden großen Pause hatte Mahan mit Lehrer Ball zusammen die Aufsicht auf dem Vorplatz der Schule. Die beiden, die die Runde in entgegengesetzter Richtung abschritten, kreuzten ihre Wege jeweils am Schultor und an dem Staubecken, dessen Spiegel seit dem letzten Regen schon wieder abgesunken war. Mahan konnte das regungslose, müde Wasser nicht mehr sehen, ohne an die beiden jungen Menschen zu denken, die hier beieinander gestanden hatten. Tishunka-wasit-win war tot. Was gab es oder wen gab es, der Wakiya-knaskiya noch im Leben festhalten konnte?

Lehrer Ball sprach Hugh kurz an und riß ihn aus seinen Gedanken.

»Mahan, was haben Sie wieder angerichtet? Ich habe den Auftrag, Sie über die Ziele unserer Erziehung aufzuklären! Sprechen wir uns heute abend?«

»Sehen Sie sich das Wasser an, Mister Ball. Es stinkt, weil es nicht fließen darf. Man hat es eingefangen und aufgestaut.«

»Ihre indianische Bildersprache, Mahan?«

»Gestaute Psyche kann tödlich wirken, Mister Ball. Vergessen Sie Patricia nicht. Ich will mich nicht mitschuldig machen.«

»Also heute abend?«

»Morgen, Mister Ball. Heute bin ich bei Mister Warrior zu Gast.«

»O. k.«

Nachdem Hugh die Nachmittagsstunden mit seiner Beginnergruppe verbracht und anschließend die Sportaufsicht bei leichtathletischen Übungen geführt hatte, machte er sich zu Hause für die Dinner-Einladung bei Ron fertig. Für das Milieu, das ihn erwartete, schienen ihm Hemd, Lederweste und indianisches Stirnband geeignet.

Ron Warrior bewohnte mit seiner blonden Frau und drei Kindern eines der Siedlungshäuser, die den Lehrern und Erziehern als Dienstwohnung zur Verfügung standen. Die Gäste sammelten sich in dem großen Raum, der nur durch eine Glasschiebetür gegen den stürmischen Herbstabend abgeschirmt war. Die Kinder und ihre Spielsachen nahmen den mattenbelegten Boden ein; die Eintretenden fanden sich dazwischen hindurch, um die Hausfrau und Ron zu begrüßen.

Clyde stellte dabei seinen Freund vor, der langgewachsen wie er selbst, doch nach Kleidung und Haltung ein andersartiger Typ war. Im grauen Anzug, mit unauffälliger Brille, mit kurzgeschnittenem Haar wirkte er wie ein Protest gegen Protestler wie Clyde Carr.

Der Ton, mit dem Clyde ihn »Mein langjähriger Freund, Philister Lawrence« vorstellte, verriet, welche Freude er an der ständig zündenden Reibungsfläche empfand.

Ron brachte Gin mit Tonic als einleitenden Drink, dazu Salzgebäck. Man setzte sich oder blieb stehen, je nach Gefallen.

»Lawrence«, sagte Clyde und schob seinen Freund zu Hugh Mahan, »hier siehst du den Mann, der uns ein primitives Volk genannt hat. Was sagst du dazu?«

»Wie meinen Sie das?« forschte Lawrence ernsthaft.

»Heute meine ich es so ernst, wie Sie fragen«, erwiderte Mahan ohne Verlegenheit. »Ich will den Ruhm, den Ursprüngen nahe zu sein, nicht für mein Volk allein pachten.«

»Sie wollen sagen, unterentwickelt?«

»So unentwickelt wie ein Baumsamen, der, nicht mehr als eine Fingerspitze groß, bereits alles enthält: Wurzel, Stamm, Zweige, Blätter, Blüten, Früchte, Generationen von neuen Bäumen – ein Samen, mit dem ein Kind spielt und der, aus sich herauswachsend, Menschen, Tiere, Pflanzen überragt und Jahrhunderte überdauert.«

»Sie bewundern die Möglichkeit?«

»Wenn ich das nicht immer und auch in den dunkelsten Jahren getan hätte, würde ich kaum hier vor Ihnen stehen.«

»Aber Sie geben zu, daß die Möglichkeit ihre Größe nur aus der kommenden Wirklichkeit zieht?«

»Welche Wirklichkeit sehen Sie kommen, Mister Lawrence?«

»Ich bin kein Prophet, das ist mein Freund Clyde. Die Situation ist schon zu differenziert, um noch primitiv genannt zu werden. Finden Sie nicht?«

»Die Situation, ja, aber wie denken Sie über den Widerspruch zwischen komplizierter Situation und unkomplizierten Denkweisen?«

»Haben wir die noch?«

»Ich finde, ja. Ich will Ihnen das erläutern. Unkompliziert, das heißt, immer geradewegs auf das nächste Ziel zugehen, ohne den ganzen Komplex zu bedenken. So arbeiten Ihre Landsleute zum Beispiel wie die Pferde, um sich gutes Essen zu verdienen, und wenn sie es haben, hungern sie ebenso folgerichtig, um wieder schlank zu werden. Sie ziehen in die Stadt, weil das Leben dort leichter scheint, und wenn sie die Luft Ihrer Städte genügend in giftiges Gas verwandelt haben, beginnen sie sie zu verlassen. Sie verpesten die Gewässer, und dann versuchen sie, sie zu reinigen. Sie zentralisieren ihre Verwaltung in den großen Städten mit allen Mitteln ihrer Technik, und wenn ihnen das gelungen ist, lösen sie sie durch Nachbarschaftshilfe und Selbsthilfe wieder auf. Sie bauen in jahrtausendelangen Mühen eine Zivilisation auf, und dann nehmen Ihre jungen Leute Rauschgift, um sie wieder zu vergessen. Sie gehen immer ein Stück in eine Richtung, und dann machen sie plötzlich kehrt.«

»So sehen Sie uns?«

»Darf ich Sie um einen Gegendienst bitten? Sagen Sie mir, wie Sie uns sehen?«

»Was verstehen Sie darunter, wenn Sie ›uns‹ sagen? Wer ist dieses ›wir‹?«

»Der rote Mann.«

»Ich habe gehört, daß Indianer es nicht lieben, die ›Roten‹ genannt zu werden.«

»Schon wahr, solange wir diesen Namen von andern empfingen. Aber nun beginnen wir, ihn uns selbst zu geben, und er gefällt uns.«

Miss Sunday fühlte sich von der Diskussion angezogen und gesellte sich zu den Gesprächspartnern.

»Sind Sie bei den Farben?« fragte sie lächelnd.

»Und wie!« rief Clyde. »Lieben Sie black?«

»Black ist wundervoll, Mister Carr.«

»Bitte, nennen Sie mich Clyde. Den Namen Carr kann ich nicht hören. Und im übrigen, ich bedaure nur, daß ich mich nicht selbst schwarz machen kann. Stellen Sie sich meinen Vater vor, wenn sein Sohn als Schwarzer vor ihm erschiene!«

»Den Vaterkomplex würden Sie doch nicht loswerden, Clyde«, sagte Ron. »Aber kommen Sie bitte alle an den gedeckten Tisch? Meine weiße Frau wartet.«

Die Tischgäste machten sich den Salat als Vorspeise an und waren mit Assoziations- und Kombinationsfragen betreffend Salatart und Soße beschäftigt. Das hinderte Lawrence nicht, den Gedankenbohrer weiter zu betätigen.

»Clyde, du kannst nicht schwarz werden. Hier siehst du die Beschränktheit des ›Black‹ideals. Es isoliert.«

»Es sammelt aber auch und stärkt, mein lieber Lawrence.«

»Durch eine hohe Geburtenzahl, aber nicht durch Vernunft. Die Vernunft ist das Übergeordnete. Sie ist allen Menschen gemeinsam.«

»Das Blut auch«, sagte Hugh. »Rot ist das Blut des weißen, des schwarzen, gelben und des braunen Mannes. Rot ist das Blut des Adlers.«

»Schwarz ist eindeutig, rot ist zweideutig«, konstatierte Ron.

»Warum vertragen sich eigentlich indianische Amerikaner und schwarze Amerikaner nicht gut?«

»Meinen Sie?« fragte Mahan dagegen. »Miss Sunday und ich arbeiten bestens zusammen – wenigstens bei den Beginnern, also bei den Keimen der Zukunft. Liegt das auf der Linie, Ron?«

Warrior hob die Hände, Zeichen der Kapitulation. »Was soll ich darauf antworten? – Nein – hieße Bürgerzwist. Ja – wäre das Bündnis von Black Panther und Red Power.«

Mrs. Warrior teilte den Braten auf; schließlich hatten alle genügend Appetit, doch Clydes Temperament ließ sich davon nicht zurückhalten.

»Feigling«, rief er Ron zu. »Wie lange soll ich es im Sumpf eurer Kompromisse noch aushalten? Mein primitiver Vater weiß wenigstens, was er will. Er wird euch alle zusammen noch zugrunde richten.«

»Menschen der Zerstörung«, sagte Mrs. Warrior leise. »Er gehört dazu.«

Es trat eine Pause ein, in der der Braten aufgegessen wurde und Obst abschließend der Gesundheit diente.

»Miss Sunday«, nahm Ron dann das Gesprächsspiel wieder auf. »Schwarz ist wunderbar, sind Sie nur gezwungenermaßen bei den braunen Kindern?«

»Ich gestehe Ihnen, Mister Warrior, daß ich vor Jahren hierherkam, weil mir der Job angeboten wurde. Aber nun habe ich die Kinder lieb. Wirklich.«

»Also was ist ›Schwarz‹ für Sie? Darf ich das fragen? Eine wundervolle Farbe, ein Bekenntnis, eine Nation?«

»Offen gestanden, Mister Warrior, eine zerstörte Kultur, ein Haufen verschleppter Menschen – und eine neue Kultur im Aufbau. Warum sollen in unserem Amerika nicht einige Nationen miteinander leben, ohne einander zu terrorisieren?«

»Miss Sunday«, schrie Clyde, »Sie kennen meinen Vater und seine Freunde nicht, und darum kennen Sie nicht Amerika! Er repräsentiert die schweigende Mehrheit, die nicht mit dem Munde spricht, sondern mit den Mündungen der Gewehre.«

»Ich stamme aus Alabama, Mister Clyde.«

»Und Sie haben noch Illusionen? Wem ist denn hier überhaupt noch zu helfen?«

»Vielleicht dir, Clyde«, sagte Lawrence.

»Also gut, mir. Aber wie? Sie sind alle zusammen abhängig von Papas Geld – von dem Geld, über das er regiert. Sie brauchen eine Schule, einen Supermarket, Straßen, Jobs – und dafür gehen sie betteln bei Papa. Wann werden sie endlich ihre verdammten Bedürfnisse ablegen, die sie zu Sklaven machen?«

»Nicht so, Clyde«, widersprach Mahan. »Wann wird man uns endlich erlauben, selbst über unser Geld zu verfügen, über unser Land und über unsere Kinder? Ohne Bedürfnisse bleiben wir der Zoologische Garten der weißen Amerikaner. Wir müssen aber ihre Erzieher werden, sonst gehen wir unter – mit ihnen zusammen.«

»Da haben Sie sich etwas vorgenommen. Sagen Sie das mal meinem Dad.«

»Ich werde kaum mehr die Gelegenheit dazu erhalten. Als ich das erste und wahrscheinlich einzige Mal vor ihm stand, habe ich leider noch zuviel geschwiegen.«

Man begab sich von der Tischecke wieder in den großen Raum und rückte die leichten Sessel zusammen.

»Meine Damen und Herren«, sprach Lawrence wie ein Dozent, »sind Sie sich bewußt, daß Sie den Mythos Amerika und damit einen Mythos der Menschheit zerstören? Engländer, Deutsche, Holländer, Schweden, Dänen, Norweger, Franzosen, Italiener, Russen sind gekommen und haben eine unabhängige, unteilbare Nation gebildet – den großen Schmelztiegel, Vorbild der Weltnation und einer Weltsprache. Nun kommen Sie und wollen wieder alles auseinanderreißen in Weißamerikaner, Schwarzamerikaner, Rotamerikaner, Spanischamerikaner, in verschiedene Sprachen und verschiedene Kulturen. Halten Sie das für einen Fortschritt?«

»Sie machen nur einen Fehler dabei, Lawrence«, sagte Ron, »Sie vergessen: Das Auseinanderreißen haben Sie selbst, und zwar gründlich, besorgt. Die Schwarzamerikaner waren Ihre Sklaven, die Rotamerikaner waren Ihre Wilden, die Sie schließlich der Forstverwaltung unterstellt haben – und was mit unseren Wäldern geschah, das wissen Sie –, die Spanischamerikaner haben Sie annektiert und diskriminiert – und auf diesen Leichenfeldern ist Ihr Mythos entstanden. Sie müssen sich einen neuen einfallen lassen. Und zwar bald! Sonst reift ein Untergrund-Amerika.«

»Glauben Sie das wirklich?«

»Von welchem Fach aus gehen Sie an die Probleme heran?«

»Ökonomie. Wir haben unsere arbeitende Klasse integriert . . .«

»Welche? Und für wie lange?«

»Die Studenten integrieren sich von selbst, sobald sie einen Job haben.«

»Und wachsen jedes Jahr neu nach.«

»Ich gebe ja zu, daß die Probleme schwierig sind. Aber die Phantasien unserer Geheimdienstchefs über die bestehenden Gefahren erscheinen mir absurd. Es geht alles vorüber. Auch die Hippies haben ihren Höhepunkt überschritten.«

»Weil ihr mit Blumen nicht zu heilen seid!« schrie Clyde. »Aber wenn etwas vorübergehen wird, so sind es deine Ansichten aus dem Jahre 1776!«

»Wir werden sehen.«

»Ja, bis du Großvater bist, werden wir gesehen haben. Die Polarisation ist nicht mehr aufzuheben.«

Mahan hatte die Sprechenden mit den Augen verfolgt und auf ihre Tonart aufmerksam gelauscht. Es war etwas Neues da, wenn auch noch unsicher und zerspalten.

»Mein Dad wütet, und ihr werdet erleben, daß er es mit seinen Mac Leans zusammen noch zum Blutvergießen bringt. Dann wacht ihr endlich auf!« prophezeite Clyde. »Er ist nicht mein Komplex, er ist der Typ, der unser Land ruiniert. Setze deine Brille ab, Lawrence, und schaue dir die Wirklichkeiten an.«

»Ich bin ja darum bemüht, Clyde. Aber vorläufig machen noch die Erdölindustrie, die Stahlwerke und die Automobilindustrie Geschichte und nicht die Schwarz-, Rot- und Spanischamerikaner.«

»Du kannst doch deinen Hochmut nicht ausziehen, Lawrence, er ist kein Kleid mehr von dir, er ist deine Haut geworden.«

»Waren Sie schon einmal außerhalb der Reservation?« fragte Lawrence Mahan. »Haben Sie etwas von unseren Städten und unserer Großindustrie gesehen?«

»Chicago und New York, große Industrie und große Wissenschaft und sich selbst vergiftende Atmosphäre, heiße Gegnerschaft unter der Decke, zuweilen vulkanische Ausbrüche, das ist die Kombination. Dort fallen Entscheidungen, Sie haben recht. Wir haben nur eine Überlebenschance, weil wir mit Ihnen zusammen durch einen Prozeß hindurch müssen, in dem Sie sich selbst bereits nicht mehr zurechtfinden. Sie werden wohl zu einigen Prinzipien zurückkehren, die wir noch nicht ganz verlassen haben – falls Sie überleben wollen.«

»Er hat gesprochen«, schloß Ron.

Mahan wurde sich in diesem Augenblick bewußt, daß er in einem doppelten Sinne gesprochen hatte: Er hatte sich ausgesprochen, und er hatte endgültig gesprochen. Er konnte nicht wissen, was seine Worte für Ron Warrior bedeuten würden, Information oder Bestärkung seiner eigenen Einsicht, die er unbekümmert genug geäußert hatte.

An den drei folgenden Schultagen der Woche war für den Literaturunterricht je eine Doppelstunde eingeräumt. Mahan bereitete sich die Nächte hindurch vor. Seine Aufgabe war nicht leicht. Selbst die Schüler der zwölften Klasse kämpften zu einem Teil noch mit Schwierigkeiten in der englischen Sprache. Viele von ihnen hatten kein Zuhause, in dem es einen ruhigen Platz für Schularbeiten gegeben hätte, und wenn sie sich abends hinsetzen wollten, hieß es: Mach die Lampe aus. Sie kamen mangelhaft vorbereitet zum Unterricht. Doch gelang es Hugh, den Eifer weiter zu wecken und auch die Schüler zu aktivieren, die in der ersten Stunde stumm geblieben waren und die ihm nach der zweiten ihre Furcht eingestanden, daß sie auf Grund seines Unterrichts das Baccalaureat an der Schule Rektor Sniders nicht bestehen würden. Mahan hatte zwei weitere Unterredungen mit Ball. Die Hospitationen wurden fortgesetzt.

Byler kam, Cargill und Snider zeigten sich wieder. Es fehlte nicht an Reibungen, doch trat noch kein lichtauslöschender Kurzschluß ein. Mahan, vom College her an Tests gewohnt, zog sich den Kollegen und dem Rektor gegenüber wieder in sich zurück wie der Krebs in die sich neu bildende Schale und zwickte nur hin und wieder mit den Scheren. Das waren die Momente, die ihm die Bewunderung und den Lernwillen der Schüler erhielten. Aber wie lange noch? Am Ende der Woche wurde er gebeten, den Unterrichtsplan für die nächste schriftlich vorzulegen. Es blieb ihm nichts übrig, als den Sonnabend für diese Aufgabe zu verwenden und das Resultat Lehrer Ball zur Begutachtung vorzulegen. Ball hielt sich mehr zurück, als sein Dienstgewissen ihm gestatten wollte, Mahan aber fühlte sich durch die verbleibende Kritik noch gereizt.

»Sie sprechen nicht aus sich selbst, Mister Ball. Snider spricht aus Ihnen.«

»Muß ich ihm wohl gestatten, Mahan. Er ist unser Rektor – und ich möchte Sie retten.«

Hugh war froh, als es Sonntag wurde und er seine geplante Fahrt zur King-Ranch antreten konnte. Er hatte sich mit Joe verabredet und wollte seine Nachforschungen nach Ikagiya wiederaufnehmen. Seine Gedanken und Gefühle entliefen ihm weit fort zu wunderbaren Hoffnungen. Als er in aller Frühe auf der King-Ranch erschien, traf er Joe jedoch nicht, wie verabredet, beim Blockhaus. Queenie Tashina kam heraus und begrüßte ihn, freundlich wie immer, aber noch ernster als sonst, blaß, als habe sie wenig geschlafen, mit aufrichtig gemeinten Worten und doch abwesend in Gedanken.

»Joe und Gerald sind bei der Viehherde . . . Sie können heute nicht weg.« Sie verstand Mahans Enttäuschung, obgleich er sie mit keinem Zeichen deutlich werden ließ, und erklärte: »Unser Stier hat sich Mac Leans zwanzig Kühe geholt gestern abend – warum haben sie auch keinen Herdenstier dazu gegeben? –, und wir sind froh, daß wir den Zaun gegen die Straße ziehen konnten, wir können nicht die zurückliegenden Weiden auch noch umzäunen. – Mögen die Mac Leans das doch für ihre Wiesen tun. Aber du kannst dir denken, Wasescha, was nun los ist –. Der Cowboy von drüben ist zu uns gekommen und hat selbst wie ein Bulle geschnauft. Es fehlte nicht viel, und er hätte Joe angepackt – nun, du kennst Joe. Aber jetzt sind sie alle drei unterwegs, Joe, Gerald und dieser Billy, um die widerspenstigen Kühe wieder heimzutreiben und dabei unseren schwarzen Stier zu ärgern, der angriffslustig genug ist. Und jeder hat sein Gewehr im Sattelhalter.«

»Fatal. Vermag ich zu helfen?«

Hugh meinte seine Frage aufrichtig, obwohl er begriff, daß seine Pläne für den heutigen Tag zerstört sein konnten.

»Nein, nein«, sagte Tashina schnell, und als ob sie bedauere, zu lange von ihren eigenen Sorgen gesprochen zu haben. »Du fährst nach New City. Wakiya kommt mit dir. So hat Stonehorn es bestimmt.«

Hugh Wasescha mußte vor sich selbst zugeben, daß er nicht Cowboy genug war, um in der gegenwärtigen Situation viel nützen zu können. Er begrüßte Hetkala, Iliff und Hanska, dann nahm er Wakiya Byron in seinen Wagen und fuhr durch sanft nieselnden Regen nach New City. Das Land war grau gestimmt. Am hohen Vormittag hörte der Regen wieder auf, und die Helle leuchtete durch die Wolken, ohne daß die Sonne sichtbar wurde. Wakiya wies die Abzweigung, die zu dem Vorort der Indianer führte. Die

Siedlung bestand aus Bretterhütten in einem teilweise umzäunten Gelände. Hugh kannte sie von seinem Besuch bei Priester Elk. Jetzt fuhr er nach Wakiyas Angaben bei einer weißgestrichenen Hütte vor. Die Kinder der Siedlung schauten dem Wagen nach, aber nur mit gemäßigtem Erstaunen, denn sie waren gewohnt, daß sich bei Joe Kings Schwester ein guter Wagen sehen ließ.

Wakiya ging voran in die Hütte.

Im Innern saß Joes Schwester Margret mit einigen ihrer vielen Kinder. Fünf versuchten Schularbeiten zu machen: Zwei lagen lang ausgestreckt auf dem Boden, den Kopf in die Hände gestützt, und buchstabierten aus einer Fibel; drei hatten sich die Bettstatt zunutze gemacht, ein Brett darüber gelegt; sie knieten davor und schrieben.

Hugh warf unwillkürlich einen Blick in die Hefte. Ob einmal ein Lehrer hierher gekommen war, um zu sehen, unter welchen Bedingungen seine Schüler arbeiten?

In der Ecke stand ein gefülltes Wasserfaß. Wasserleitung, Gas oder elektrische Leitung gab es nicht. Der eiserne Ofen war noch nicht in Gang. Es war nach der kalten Nacht auch in der Hütte noch sehr kühl.

Hugh Wasescha setzte sich auf den einzigen Besucherstuhl. Margret lächelte, als Wakiya Nüsse an die Kinder verteilte und der Tante Speck und Fleisch übergab. Nachdem der Junge von der King-Ranch berichtet hatte, schaute Margret erwartungsvoll auf Hugh Mahan. Er erklärte, was ihn hergeführt hatte.

»Chapela? Ja, die Chapelas waren hierher gezogen. Ein guter fleißiger Mann, kein Trinker. Die Frau war krank. Sie fanden hier aber auch keinen Verdienst und sind schon einen Monat später nach Alaska gegangen. Vor fünf oder sechs Jahren. Damals haben sie in Alaska hohe Löhne für die Arbeiter beim Erdölbohren ganz droben im Norden versprochen.«

Mahan wartete.

»Nein, wir haben von den Chapelas nie mehr etwas gehört. Keiner von uns hier. Wir wissen nicht, ob sie Cora auch nach Alaska geholt haben.«

Wakiya tat den Mund auf. Vielleicht dachte er an Tishunka-wasit-win und daran, was er selbst tun würde, wenn er sie aus irgendeinem Land der Welt wiederholen könnte. »Wir haben doch indianische Organisationen in Anchorage. Vielleicht wissen sie etwas. Du mußt Weihnachten nach Alaska fahren und forschen, Wasescha.«

»Es ist ein kaltes Land«, sagte Margret, »und im Winter sind gewiß alle Straßen zugeschneit.«

»Liebst du Magasapa-win noch?« fragte Wakiya.

»Ich fahre, Wakiya. Weihnachten.«

Hugh und Wakiya hielten sich nicht lange in New City auf. Nur für wenige Minuten besuchten sie den Priester Elk und Monture, der als Bildhauer arbeitete und mit seiner Frau Grace in einer Doppelhütte wohnte, die er als Atelier mit einem großen Dachfenster versehen hatte. Niemand wußte mehr, als Margret bereits gesagt hatte. Monture erklärte sich aber bereit, an seine Freunde in Anchorage und Fairbanks zu schreiben.

Auf der Rückfahrt machte Hugh wieder bei der King-Ranch halt und begleitete Wakiya hinauf zur Blockhütte. Joe und Gerald waren noch nicht zurück. Da Mahan Tashinas Sorge fühlte, holte er sich den Dunkelbraunen und ritt los, im herbstgrauen Abend hangaufwärts, zu den alten hartholzigen Kiefern und jenseits der Höhen hinab auf die Rinderweiden. Er dachte an die Nacht, in der der alte Büffelbulle erschossen und seine Herde fortgetrieben worden war. Er dachte an Ikagiya. Wohin auch die Weißen als Eroberer kamen, sie brachten Unglück.

Als Hugh noch eine Strecke geritten war, trieb ihm der Wind den Geruch von Rauch zu, und er entdeckte die schwache Rauchsäule, die sich kaum vom Abenddämmer des trüben Tages abhob. Er hielt darauf zu, und als er näher kam, wunderte er sich. An dem kleinen Lagerfeuer saßen Joe, Gerald und Mac Leans Senior-Cowboy Billy friedlich beisammen.

Hugh ließ sich von seinem Erstaunen nichts anmerken, sondern setzte sich ohne Umstände als vierter dazu, nachdem er seinen Braunen in der Nähe des Schecken und des jungen Appalousa-Hengstes angepflockt hatte.

»Du bist das«, empfing Billy ihn mißtrauisch, aber doch schon halb überwunden, und schob den Hut aus der Stirn. »Hättest früher kommen können. War 'n lustiger Tag. Da hättest du was dazugelernt.«

»Glaub' ich auch.«

Gerald schien hundemüde zu sein und atmete schwer.

Billy brach auf. »Also dann«, sagte er, »paßt besser auf euren verdammten Bullen auf. Wenn ich nicht dächte, daß Mac Lean den ankaufen soll, hätt' ich ihn abgeschossen.«

»Billy, du wärst nicht dazu gekommen, abzudrücken«, antwortete Joe. »Dafür stehe ich.«

Billy machte eine zweifelnde Handbewegung, zog den Hut wieder in die Stirn, ging zu seinem Gaul und ritt im Trab davon. Die drei Zurückbleibenden saßen noch beisammen, bis Joe die schwelenden Zweige auseinanderriß und zum Verlöschen brachte. Man ging zu den Pferden.

»Also dann –«, imitierte Joe Billys Redeweise, »bis zum nächsten Mal. Das geht hier so weiter. Aber du hast gesehen, Wasescha, wie wir mit Billy zusammen auf unserer Weide gesessen und ihn nicht erschossen haben.«

Der Heimritt in leichtem Galopp tat allen wohl.

Hugh verbrachte die Nacht im gelben Haus. Während er allein auf seinem Lager den Schlaf erwartete, der nicht kam, narrten und quälten ihn Gedanken und Bilder.

Die Gewißheit über Ikagiya, die er in seinen Träumen inmitten völliger Ungewißheit besessen hatte, wandelte sich in Zweifel, die am einzelnen hafteten, die die Zuversicht anbohrten und abfeilten. Er versuchte, sein Bewußtsein in eine andere Bahn zu zwingen. Die feindlichen Nachbarn erschienen ihm, und Tashinas Angst um Inya-he-yukan umstrickte auch sein Empfinden. Rektor Sniders trockene Stimme klang in seinen Ohren, er haßte Carr und Wyman auf eine ohnmächtige und darum verzweifelt unerbittliche Weise. Als er endlich eingeschlafen war, schlug er um sich und traf mit der Faust auf hartes Holz. Der kräftige körperliche Schmerz machte ihn ruhiger; er glitt wieder in den Schlaf hinüber und konnte sich des Morgens früh mit Joe und Hanska zusammen am eiskalten Brunnenwasser erfrischen.

»Du gehst Weihnachten nach Alaska«, sagte Stonehorn. »Komm aber wieder. Die Schüler brauchen dich jetzt, und unser Stamm wird dich noch brauchen.«

»Als entlassenen Lehrer?«

»Das ist unsere Sorge. Hungern kannst du mit Ikagiya zusammen, und verhungern werdet ihr beide nicht. Bei den Wahlen zum Stammesrat nächstes Jahr stellen wir auch dich zur Wahl.«

Mahan nahm an diesem Morgen Iliff probeweise zur Schule mit, um ihn für die spätere Einschulung in seine Beginnergruppe vorzustellen. Die Rektoratssekretärin zeigte sich freundlich und trug Iliff für einen Tag als Gastschüler ein. Daß das Kind noch nicht jeden Tag den Schulweg machen konnte, sah sie ihm an.

»Wollen Sie ihn nicht in unserem Internat lassen, Mister Mahan?«

»Nein dieses Kind nicht.«

Iliff fand sich rascher, als Mahan zu hoffen gewagt hatte, als siebzehnter in die Gruppe hinein; er kannte ja die Zwillinge. Sein Elend waren auch nicht schlechte Schulkenntnisse gewesen, wie Hugh bereits wußte. Das Gefühl der Verlassenheit und Fremdheit und die Verschüchterung hatten ihn zerstört.

Am Abend gelangte der Junge mit den Zwillingen zusammen auf die King-Ranch zurück. Sie fuhren mit dem Schulbus. An der Kreuzung würde Mutter Tashina mit dem Wagen auf sie warten. Joe hatte als Kind noch den gesamten stundenweiten Weg zu Fuß machen müssen.

In den folgenden Wochen schwang wieder etwas schwer zu Fassendes in der Atmosphäre der Schule, und Mahan spürte, wie jene Stimmung zurückkehrte, die Tishunka-wasit-wins Tod vorausgegangen war. Der Moment war etwa dem schwebenden Stillstand der Wasser zwischen Ebbe und Flut vergleichbar. Während die Oberfläche noch glatt blieb und nur hin und wieder vom Wind unerheblich gewellt wurde, war der unaufhaltsame Druck der Wasser in der Tiefe bereits zu spüren.

Mahan gab seinen Unterricht in der zwölften Klasse nach Order sehr verhalten. Diejenigen Schüler, die erst gefürchtet hatten, bei ihm nicht zum Baccalaureat kommen zu können, sondern an Rektor Sniders Prüfungsfragen zu scheitern, waren nun völlig beruhigt.

Die Gruppe um Tatokala, Burt und Alice blieb gespannt und aufmerksam, reagierte schnell und verstand die geschickte Sklavensprache, die Hugh zu handhaben verstand. Aber das offene Vertrauen war blockiert worden; Mahan konnte die unsichtbaren Gedanken dieser jungen Menschen im Unterricht nicht mehr erfahren.

Wenig später berichtete ihm Cargill von ähnlichen Erscheinungen in der elften Klasse.

»Ich bin sehr beunruhigt, Mahan. Snider hätte Ihr pulsierendes Gespräch mit den Schülern nicht abwürgen dürfen. Mir ist unheimlich – ich sage es Ihnen ungeschminkt –, ich habe Angst, wenn ich in die schwarzen Augen zu sehen versuche und nichts finde als eine schwarze Wand.«

Mahan zuckte die Achseln.

Am Freitagabend brachte er Jerome Patton und Julia Bedford auf die King-Ranch. Die Jahreszeit war fortgeschritten. Noch fiel kein Schnee, aber der Wind fegte über das Hochland, jagte letzte Krautgerippe und dürre Zweige und schnitt mit seiner Kälte in die Haut wie mit Messern. Der Boden war schon hart gefroren.

Nach Einbruch der Dunkelheit fuhr Mahan in das Tal der Weißen Felsen ein. Er ging auf 10 m h zurück, da er in den Wiesenweg einbiegen wollte und zuvor einem auf seiner Straßenseite haltenden Wagen auszuweichen hatte, in den soeben Mac Lean und seine beiden Großmütter einstiegen. Mac Lean senior holte die alten Damen ab. Sie waren als Besitzzeichen wohl nicht mehr nötig. Die Kühe auf der Weide und ihr Cowboy mochten genügen.

Die Ankunft auf der King-Ranch vollzog sich wie immer zwanglos, freundschaftlich. Mahan schlenderte umher und ging schließlich in die Pferdekoppel. Er wollte nicht nur mit den Tieren bekannt bleiben, er hatte Julia dort beobachtet, und er suchte eine Gelegenheit, mit ihr allein zu sprechen. Es blieb schwierig, anzuknüpfen.

Die Unterhaltung über die Pferde lief nur stolpernd weiter. Julia schaute Hugh endlich lange halb prüfend, halb spöttisch an; ein sehr merkwürdiger Ausdruck lag über ihrem jungen Gesicht, verstärkt durch das kalte Mondlicht und die Nachtschatten.

»Sie sind abgespannt, Mister Mahan«, sagte sie endlich und griff dann ungescheut an. »Man hat Sie abgespannt, und jetzt stehen Sie da wie das ledige Pferd neben dem Wagen und können ihn nicht mehr von der Stelle bringen. Warten Sie auf Ihren Kutscher?«

»Sagen Sie doch gleich, auf die Peitsche«, antwortete Mahan und streichelte die Appalousa-Stute, mit den Fingerspitzen die Narben abtastend, die das Tier bei Witterungswechsel ebenso brennen und jucken mußten wie einen Menschen die seinen. Es war von seinem früheren Herrn mit Sporen und Peitsche arg geschunden worden.

»Ich allein kann nichts ausrichten, Julia, wenn Sie nicht mit mir zusammenhalten.«

»Sie werden sich von uns erholen, Mister Mahan. Bald ist Weihnachten, dann fahren Sie nach Alaska.«

»Stört Sie das, Julia Bedford?«

Das Mädchen wollte weglaufen; aber sie blieb.

»Wasescha«, sagte sie in der Stammessprache, sobald es ihr gelungen war, sich selbst zu überwinden. »Du suchst deine Frau. Wakiya-knaskiya Byron Bighorn hat es mir gesagt. Du mußt Magasapa Ikagiya suchen, das ist wahr und gewiß. Aber wirst du nichts anderes denken? Wir eingeborenen Kinder des Landes sind weit verstreut und arm, und es ist immer schwer für uns, miteinander zu sprechen und uns zu verbünden. Hier sind einige von uns, und dort wohnen einige von uns, über Hunderte und Tausende Meilen getrennt, aber überall schlägt uns die Faust des weißen Mannes in den Nacken, und wir sehen ein Leben als Unmündige und darum als Knechte vor uns. Manchmal ist mir zumute, als ob ich am dürren Galgenbaum hinge. Eine erstickende Hoffnung ist schlimmer als gar keine. Das weißt du, und du fühlst es selbst jeden Tag. Es muß etwas geschehen. Wir brauchen ein Zeichen. Sonst wollen viele von uns nicht mehr leben. So denke auch ich, und so denkt Wakiya. Aber Alice hat einen Brief erhalten, und sie weiß, daß es Eingeborene unseres Landes gibt, die aufstehen und etwas tun wollen. Kannst du sie nicht finden?«

»Vielleicht, Tatokala Taga, werde ich einen von ihnen treffen. Monture und Andy Tiger geben mir Namen, und ich kenne selbst einige. Doch können wir uns nicht auf sie allein verlassen. Wir müssen auch hier in unserer dürren Prärie und mitten in unserem Stamm etwas zustande bringen. Seit Tishunka-wasit-win starb, ist die Feindschaft der Bighorns ganz überwunden. Carr und Mac Lean haben die Bisons vertrieben, aber Joe, Melitta und Patrick werden künftig als gute Nachbarn zusammenarbeiten. Das ist so viel wert wie hundert Büffel. Es ist ein neuer Weg, der zu dem unserer Vorfahren zurückführt. Denn unsere Vorväter haben nicht vereinzelt gewohnt, sondern ihre Zelte wanderten immer zusammen in Gruppen. Es waren die weißen Männer, die unsere Großväter gezwungen haben, ihre Häuser vereinsamt zu bauen und ihre Gemeinschaft aufzulösen, und nun schelten sie uns noch, daß wir immerzu auf der Straße seien, um einander zu besuchen. Wir werden aber zu unserer eigenen Art zu leben zurückkehren. Auch ihr in der Schule dürft nicht müde werden und euren Nacken nicht krumm werden lassen unter dem Joch, das sie auf euch legen. Ihr sollt arbeiten und denken. Die Frauen und Männer, von denen Alice erfahren hat, kämpfen für uns, aber sie kämpfen ganz vergeblich, wenn wir nicht stehen.«

»Ich hoffe, Wasescha, daß sie uns ein großes Zeichen geben werden, und solange wir darauf hoffen, wollen Wakiya und ich noch nicht sterben.«

»Tatokala Taga! Der Tod kann ein Opfer sein, und so war es der Tod Tishunka-wasit-wins, der zwei Menschen getötet hat, Tishunka und Wakiya. Aber der Tod kann auch eine Sucht werden wie berauschendes Gift, und er kann eine Flucht werden. Vergiß nicht, daß ich dir das gesagt habe. Unser Stamm lebt in seinen Kindern. Jede Stufe des ›siebenstufigen Berges‹ ist hoch, und es kostet große Anstrengung, sie zu nehmen. Laufe mir nicht davon, wenn der Weg schwierig wird.«

»Dir?«

»Mir. Denn ich will mit Joe Inya-he-yukan zusammen etwas bewirken. Wir werden Rücken an Rücken stehen, und gleich, von wo die weißen Männer wie Carr und Wyman und Snider kommen, um uns zu zerquetschen und in ihren Teig einzurühren, sie werden immer dem Gesicht des Indianers begegnen, das zwei in eins ist. Willst du mit uns sein?«

»Ja – Wasescha.«

Tatokala, von ihrem Gefühl gepackt und geschüttelt wie von einem anspringenden Tier, wandte sich ab und verbarg ihr Gesicht am Hals des Scheckenhengstes. Sie zauste seine Mähne, so daß sie ihr mit ihrem eigenen Haar zusammen über Kopf und Nacken fiel. Mahan blieb an seinem Platz und wartete. Er wußte, daß Tatokala ohne Laut weinte. Als sie den Kopf lange nicht hob, legte er ihr die Hand auf die Schulter. Sie richtete sich ganz auf und wandte sich ihm zu, und er ging langsam mit ihr zusammen zu der Blockhütte.

»Der Bund zwischen dir, Wasescha, und mir ist geheim«, sagte Taga im Gehen, und ohne Hugh anzublicken. »Niemand wird durch Worte davon erfahren, nur durch die Art, wie ich für unseren Stamm handeln und leben will.«

»Niemand«, antwortete Wasescha, »wird davon hören, ehe wir nicht gemeinsam beraten und beschlossen haben zu sprechen.« Die Blockhütte war erreicht, und die beiden traten ein. Sie fanden Inya-he-yukan und Tashina.

Die junge Malerin stand vor ihren Skizzen, die sie zu einem neuen Bild entworfen hatte. Es war noch nicht zu erkennen, zu welcher Sinnmitte sie sich eines Tages zusammenfügen würden.

Joe und Gerald, beide müde von der Tagesarbeit, hatten sich in Stiefeln auf das eine der Gestelle ausgestreckt. Hetkala, Iliff, Wakiya saßen auf dem zweiten Gestell und rückten zusammen, damit auch Wasescha und Tatokala noch Platz fanden. Jerome war drüben im gelben Haus bei den Zwillingen und den drei Kleinsten; er kochte, damit Tashina und Hetkala sich eine Pause gönnen konnten. Das war den Frauen neu. Aber vielleicht tat er es auch nicht nur um ihretwillen, sondern weil er nicht sehen mochte, wie Tatokala Taga bei Mahan und Wakiya in der Hütte saß. Hanska fehlte. Er hatte die Erlaubnis erhalten, die Weiden noch einmal abzureiten.

Fahrt ins Eisland

Weihnachten rückte heran.

Die schweren Herbstnebel über der Bai von San Francisco hatten sich aufgelöst. Unter diesigem, hohem Himmel war es kalt, feucht und windig geblieben. Die Universitätsferien hatten begonnen. Ken Mitchum, Indianer, Student an der State University von California in Berkely, lief, sein Reiseköfferchen in der Hand, die gerade breite Straße vom Hügel des Universitätsgeländes abwärts. Seinen ursprünglichen Absichten entgegen stockte er auf der Höhe eines der Universitätsgebäude und ging halb wider Willen, wie ein Eisen, das der Magnet anzieht, zu dem kleinen Museum, das eben sein Tor öffnete. Es war eine völkerkundliche Sammlung. Ken liebte dergleichen nicht; er fühlte sich in solcher Umgebung stets wie ein seltsames Tier, mit der Geschichte seiner Ahnen ausgeliefert den Augen, die auf Neues und auf Wissen gierig waren, die bloßstellten und sezierten. Doch hielt sich an diesem Tag und zu dieser Stunde kein anderer Besucher in den Räumen auf.

Ken strebte unbeobachtet, mit sich selbst allein, zu einem Schaukasten, dessen Glaswände den Beschauer nur von einigen Pfeilspitzen abtrennten, einfachen Arbeiten, vor nicht langer Zeit von einem kalifornischen Indianer angefertigt. Das einzig Besondere daran war für den durchschnittlichen Museumsbesucher die ungewöhnliche Präzision der Arbeit und vielleicht der von dem Erläuterungstext gegebene Hinweis, daß dies Arbeiten des Letzten seines Stammes waren, der einige Jahre seines still gewordenen jungen Lebens am Museum verbracht hatte und hier gestorben war. Ken löste den Blick von den Pfeilspitzen ab und schaute lange auf das Bild Ishis, der sie zugerichtet hatte. Die Sanftheit, Würde und unauslöschliche Trauer dieses Antlitzes ergriffen ihn immer von neuem, und immer tiefer fraß sich sein Entschluß in ihn hinein, etwas zu tun, um das Schicksal seines Volkes zu wenden.

Er verließ das Museum und ging weiter hügelabwärts.

An der Telegraph Street, deren nach links führender Teil Revier der Hippies war, bog er nach rechts ein. Er kaufte sich aus einem Automaten die Volkszeitung und fand zweihundert Meter weiter das chinesische Restaurant, das er aufsuchen wollte; die Preise dort entsprachen dem Rest seines Arbeitseinkommens, der übrigblieb, wenn er sein teures Studium bezahlt hatte. Ken erhielt kein Stipendium.

In dem kleinen Speiseraum des Restaurants war es angenehm warm. Ken fand seinen Stammplatz an einem Tisch rechts hinten frei, setzte sich und hatte auch schon die Speisekarte in der Hand. Er wählte ein Reisgericht, als zweites ein Fischgericht. Die Mahlzeit sollte die einzige des Tages für ihn sein. Niemand schaute ihn darum an, weil er eine braune Haut und schwarzes Haar hatte.

Es war Vormittag, und die Freunde, die Ken sonst hier zu treffen pflegte, waren noch nicht da; er hatte sich am vergangenen Tag von ihnen verabschiedet.

Sobald er aufgegessen, den Preis erlegt und ein kleines Trinkgeld gegeben hatte, das dankbar angenommen wurde, lief er weiter hinunter zur Hauptstraße und wartete mit zahlreichen Männern und Frauen zusammen auf den Bus nach San Francisco.

Mochte es die stumme Begegnung mit dem Bilde Ishis und mit den Steinen gewesen sein, an denen seine Hände noch gearbeitet hatten, waren es die Pläne, die Ken Mitchum auf seiner Reise einen Schritt weiter bringen wollte, er fühlte sich von den Wartenden rings um ihn heute viel entfernter, als man sich gemeinhin von unbekannten Menschen fühlen konnte. Er war ein Indianer. Was wußten sie von ihm?

Ken trug keinen Hut. Er hatte seine Haare vom Wirbel an tief in die Stirn, rückwärts bis in den Nacken gekämmt; wie eine schwarze Helmhaube umgab und schützte das dichte Haar; er brauchte auch im kalten Wind keine Mütze. Die Seehundsjacke mit nach innen gekehrter Fellseite mochte ihm als zu warm für einen Winter von San Francisco erscheinen; er hatte sie nicht geschlossen.

Seine Züge aber hatte er ganz verschlossen, sein Inneres war zugeknöpft, und wer ihn nicht kannte, hätte den Ausdruck seines Gesichts stumpf genannt, oder nein – doch nicht, denn es schien sich für Fremde etwas Unheimliches dahinter zu verbergen. Der Ausdruck war nicht gefahrlos oder unbrauchbar wie ein stumpfes Messer, aber undefinierbar wie eine stumpfe Farbe, deren Leuchten andere Bedingungen brauchte, als sie an diesem Morgen in dieser Umgebung bestanden.

Der Bus kam. Alle Wartenden fanden Platz.

Der erste Teil der Fahrt erschien Ken langweilig, sofern er nicht mit seinen eigenen Gedanken beschäftigt war. Einige Banken, viele einstöckige Einfamilienhäuser glitten vorüber, ohne daß er sie bewußt wahrnahm. Ein Strand war nicht zu sehen; er existierte an dieser Seite der Bai nicht. Das verschmutzte Wasser spülte an bebautes und genutztes Gelände. Ken wachte für seine Umgebung erst auf, als der Bus in die enormen Brückenkonstruktionen einfuhr, die die Bucht querten, den Blick zum Goldenen Tor und zum Meer freigaben und nach San Francisco, der Stadt auf den Hügeln, hinüberführten. Der Busbahnhof, größer als mancher große Bahnhof der Eisenbahn, wurde erreicht. Schnellfüßig lief Ken die Treppen hinab und erreichte den Stadtbus, der ihn durch die Schluchten hoher Häuserreihen in das Zentrum brachte. Der überragende Hausturm von »Wells Fargo« erinnerte ihn an viele Western-Filme, die ihm in der Schule gezeigt worden waren und die er sich heute nicht mehr ansah. In der Zeit der großen Niederlage seines Volkes hatten diese Leute ihre Kapitalien verdient. Der Slogan »Wie der Westen gewonnen wurde« hatte sein Gegenstück »Wie ein Volk den Westen verlor«, und dieser letzte Spruch stand über Ken Mitchums Leben von Kind an.

Ken stellte sich mit anderen an der Haltestelle jener Straßenbahn auf, die über einen Hügel zu den Kais führte; diese Bahn war eine der Merkwürdigkeiten der Stadt und in der warmen Jahreszeit von Touristen überfüllt. Heute fand Ken leicht Platz. Bunter als in Berkeley war hier das Völkergemisch: Anglo-Amerikaner, Deutsch-Amerikaner, Black Americans, Israeliten, Araber, Russen, Italiener, Spanier, Chinesen, Japaner. Ken Mitchum achtete nicht darauf.

Am Platz der Kais, der Piers angelangt, ging er zu den Holzbuden, an denen Italiener Krebse und Ansichtskarten zu verkaufen pflegten; einige waren auch jetzt geöffnet, und Ken kaufte drei Stück einer Karte. Sie zeigte die Ansicht der Felseninsel Alcatraz in der himmelblau gefärbten Bai, umrahmt von der Aufschrift: »For sale or lease« – »Zu verkaufen oder zu verpachten« – und von dem freundlichen Gruß an den Adressaten »Have a wonderful time – wish you were here« – »Wundervoll hier – wünschte, du wärest auch da« –, ein besonders pikanter Wunsch aus jenen Jahren, in denen das alte Gefängnis für Schwerstverbrecher auf der Insel noch belegt war.

Ken ging zur Schiffsbrücke und schaute lange nach dem Eiland, an dem kein Schiff anlegte, das auch jetzt noch von niemandem betreten werden durfte. Die feuchten Nebel zogen über Wasser und Insel.

Ein alter Mann, der seine Pfeife rauchte, hatte sich neben Ken eingefunden, und die beiden schauten gemeinsam über die Bucht, die sich zum Meer hin öffnete.

»Von dort ist keiner entkommen«, sagte der Alte schließlich und deutete mit der Pfeife nach der Insel. »Ein paar sind geflüchtet, ja, aber die Wirbel haben sie verschlungen, oder sie haben sie hinausgerissen ins Meer.«

Ken schaute den Alten von der Seite an. »Wo habt ihr die Leichen gefunden?«

»Nicht einmal die Leichen haben sie gefunden.«

»Und woher wißt ihr also, daß es Leichen gegeben hat?«

Der Alte war verwundert.

»Die Wirbel verschlingen jeden, und man hat von keinem mehr gehört.«

»Sie werden sich ja auch gehütet haben, noch einmal von sich hören zu lassen.«

Der Alte schüttelte den Kopf.

Ken überließ ihn seinen Zweifeln und ging zurück zur Straßenbahn, fuhr wieder in das Zentrum der Stadt und begann seinen langen Fußmarsch von den Straßen der eleganten Geschäfte und Hotels zu den Straßen der Fabrik- und Armenviertel. Er fand ein verlassen aussehendes altes Werkstattgebäude, in dem für eine volksfreundliche Zeitung gearbeitet wurde, und traf dort seinen Freund Martell Ingalls, der in der Druckerei beschäftigt war.

Martell, Eskimo, wenig kleiner als der mittelgroße Ken Mitchum, lebhaft und rührig, wurde durch das Wiedersehen mit Ken in seinen Empfindungen aufgestöbert. Die beiden umarmten sich und lachten, erzählten einander aber noch nicht viel, denn da Ken gekommen war, schien das Entscheidende klar, und sie machten sich in Martells altem Wagen auf den Weg zu seinem Daheim. Es bestand aus einer schmalen Kammer, die er mit einem japanischen Arbeiter teilte.

Ken und Martell hockten sich auf Martells Lagerstatt.

Die Habseligkeiten hingen an Wandhaken.

Martell verzehrte einen Fisch. Ken erklärte, er habe sich heute schon überessen, und benutzte die Zeit zu den wichtigsten Erkundigungen.

»Hast du alle Adressen?«

»Ich habe sie. Wir gehen nach Anchorage und auch nach Fairbanks. Sie haben dort eine neue Zeitung gegründet, eine für die Unseren. Dort müssen wir vorsprechen.«

Ken schloß die Augen halb und überdachte seine geringe Barschaft.

Martell verstand.

»In Anchorage helfen unsere Leute uns weiter«, sagte er. »In Fairbanks wohnen meine Eltern, und ich kenne ein Mädchen. Sie geht in die Bars, aber nicht für Geld, und sie hat drei Kinder. Aber sie ist gut. Ein gutes Mädchen. Sie ist nur zu allein und kann im Alaskawinter ihre Kammer nicht heizen; darum kann sie nicht einmal ihre Kinder bei sich haben!«

»Dein Mädchen, Martell?«

»Ich will sie dazu machen.«

Ken und Martell sprachen englisch miteinander. Der japanische Arbeitskollege im engen Raum störte sie nicht.

Als es Zeit wurde, das Licht zu löschen, teilten sie sich Kens schmales Lager.

In den Straßen heulten die Sirenen der Polizeiwagen, der Feuerwehr und des Rettungsdienstes auf, die allnächtliche Musik jeder großen Stadt, an deren schrille Monotonie alle Bewohner gewöhnt waren.

»Es kommt noch einer«, berichtete Ken seinem Freund, als der Sirenenlärm in der unmittelbaren Nähe nachgelassen hatte. »Heute nacht noch will er dasein. Wundere dich also nicht, wenn es klopft. Ich kenne ihn von Chicago. Denke, er kann einer von unseren Besten werden. Hugh Mahan. Wir nehmen ihn doch mit?«

Martell dachte nach.

»Er kann seine Reise selbst bezahlen«, erklärte Ken. »Es ist ein Lehrer.«

»Lehrer . . .?«

»Ja. Er ist von den Weißen angestellt. Aber ich bürge für ihn.«

»Wir können nicht warten.«

»Er kommt.«

»Nun gut – wenn er kommt.«

Ken und Martell fielen in Schlaf; der Japaner war schon eingeschlummert.

Das kleine Fenster der Kammer war nach oben aufgeschoben, aber das ganze Haus war von Gerüchen durchzogen, die arme Leute in überfüllten Räumen nicht vertreiben konnten; sie drangen durch alle Ritzen und alle Fugen, durch das offene Fenster aber zog Nebel mit Fisch- und ölverpestetem Tanggeruch herein.

Martell atmete hörbar. Er träumte von Eiswüsten und sich türmenden Gletschern und Gipfeln, von reinem Schnee und Wind ohne Staub, vom Meer, von Walen und Robben, von Fischen und Netzen, von Kindern mit Augen, die klar und freundlich waren wie die Wintersonne. Er träumte von dem Mädchen, und einmal schrie er auf, weil er sie in den rohen Armen eines andern gesehen hatte.

Ken hatte nur ein einziges Bild seiner Träume, das seinen Schlaf umschlang. Es war eine felsige Insel im Nebel, leer und verlassen, »for sale or lease«. Einst war sie Indianerland gewesen, lange, lange, ehe Menschen dort hinter Gitter gezwungen wurden wie Raubtiere in den Käfig.

Es klopfte. Drei Stunden nach Mitternacht.

Leise wurde die Tür geöffnet, die nicht verschlossen war. Eine lange Gestalt schlüpfte herein, in Jeans, Fellweste und Lederjacke, einen Schal um den Hals, den Cowboyhut auf dem Kopf, die Tasche mit Habseligkeiten und eine Decke über der Schulter. Ken wurde als einziger wach. Er winkte Hugh zu sich heran, und dieser wickelte sich in seine Decke und legte sich zwischen Ken und dem Japaner auf den Holzboden. Es währte nicht fünf Atemzüge, da war er eingeschlafen. Er mochte müde geworden sein, ehe er den Unterschlupf gefunden hatte.

Die Schlafenszeit in der Kammer blieb kurz. Der japanische Kollege mußte zur Frühschicht bei einem Obst- und Gemüsehändler, seinem Landsmann, und machte sich um 4 a. m. auf. Er bereitete sich auf einem kleinen Gaskocher einen Tee und verschwand gleich darauf. Er hatte kaum ein Geräusch verursacht. Dennoch wurden alle wach und hörten den Motor seines Wagens vor dem Hause anspringen. Es war die Stunde, um die das Heulen der Sirenen nachzulassen pflegte. Nur von ferne erklang noch einmal der nervenkratzende Ton.

Ken, Martell und Hugh benutzten der Reihe nach die Waschgelegenheit und tranken miteinander Tee, dann fuhr Martell sie zu dem Flugplatz, der außerhalb der Stadt am Küstenstreifen lag. Die Straßen waren um diese frühe Zeit noch leer. Die Scheinwerfer tasteten parkende Wagen und die großen Lastzüge des Güterverkehrs ab.

Am Flugplatz war noch und schon wieder alles rege. Die drei lösten ihre Karten hin und zurück bis Anchorage; wie sie von da aus weiterkommen würden, blieb noch ungewiß. Sie fanden im großen Flughafengebäude ihre Flugnummer, nahmen in dem Zugangsraum Platz, und da sie nichts anderes zu tun hatten, musterten sie die Flugpassagiere, die schon gekommen waren oder noch kamen. Ihre Fensterplätze im Flugzeug hatte Hugh an der Platztafel bereits gesichert. Die Düsenmaschinen donnerten und hinterließen dunkle Schmutzstreifen, die sich in den Höhen des Himmels zu weißen langen Schwänzen kondensierten.

Die Abfahrtszeit war gekommen; Ken, Hugh und Martell betraten das Flugzeug, von den Stewardessen mit dem gleichen konventionellen Lächeln begrüßt wie alle anderen Fluggäste. Sie nahmen ihre Plätze ein und erhielten das im Preis inbegriffene Frühstück. Als die Klapptische wieder abgeräumt waren, schloß Hugh die Augen, um den Nachtschlaf nachzuholen. Er wußte, daß er viel an Aussicht und Kenntnis seines weiten Landes versäumte, aber der Körper verlangte sein Recht. Der Eckplatz am Fenster war auch zum Schlafen gut geeignet. In alledem handelten und erlebten die drei in der gleichen Weise wie ein weißer Mann. Doch gingen ihre Gedanken und Hoffnungen andere Bahnen, geboren aus anderen Wirklichkeiten, auf andere Lebensziele gerichtet.

Beim Wechseln des Flugzeuges in Seattle fanden sich die drei schon mitten im Schneewinter, den Martell als das erste Zeichen seines Heimatlandes mit tiefem Auf- und Einatmen begrüßte. Die Alaska-Airlines nahmen die Gäste zum Weiterflug auf. Die dick gepolsterten, mit rotem Plüsch überzogenen Sitze gaben eine neue Note; alle Ansagen an die Passagiere erfolgten in Versen, und die drei hatten ihren harmlosen Spaß daran. Das Mittagessen war schmackhaft. Beim Landen in Anchorage waren die Flügel des Flugzeugs bereits schwer vereist und mußten abgespritzt werden, ehe die Maschine den Weiterflug in das feinkörnige Schneegeriesel hinein begann.

Ken, Martell und Hugh verließen den Flughafen und gelangten mit dem Bus in die Allee, in der das gesuchte große Bürohaus gelegen war. Die Hauptverkehrsstraßen waren von Schneepflügen verkehrssicher gehalten. Das Haus, eine Stahlkonstruktion, trug auf seinem Dach die Schneedecke wie eine weiße Mütze.

In einigen wenigen der luftgefilterten Zimmer mit den großen

Fenstern saßen Indianer und Eskimos, die die Arbeitsgebiete ihrer Organisation unter sich aufgeteilt hatten.

Martell machte seine beiden Begleiter bei dem Leiter, dessen Stellvertreter und bei den drei Ressorts bekannt. Ken und Hugh verhielten sich schweigsam und legten ihre Maske nicht ab. Es ergab sich schließlich, daß der für Fragen des Erziehungswesens Verantwortliche Martell erwartet und sich Zeit für ihn aufgespart hatte. Er berichtete über Erfolge und Mißerfolge, über die wenigen, die in der Stadt einen auskömmlichen Job gefunden hatten, über die vielen, die in der Stadt im Elend lebten, über seine eigenen Kinder, die gute Schulen besuchten. Er fuhr seine Besucher zu der Verkaufsstätte von Eskimo-Kunsthandwerk, das im Lande gefragt war, und brachte sie zu drei Familien verschiedener Einkommensstufen.

Hugh fragte überall nach Chapela, aber die Antworten waren nur Bedauern und Kopfschütteln.

»Die Chapelas sind vor langer Zeit nach Fairbanks und von da noch weiter hinauf in den Norden gezogen«, erklärte Martell plötzlich, brach das Thema aber auch sofort wieder ab.

Auf der Weiterfahrt erklärte der Organisationsmann den Stand der Verhandlungen mit der Regierung, die Eskimo- und Indianerland für ihre wirtschaftlichen Zwecke beschlagnahmen wollte. Das war der Punkt, an dem in Kens Augen das Signallicht aufleuchtete.

»Ihr redet mit denen. Das Reden mit denen ist aber ganz vergeblich. Das haben wir nun vierhundert Jahre lang erfahren; genügt das nicht? Ihr müßt etwas tun. Was tut ihr?«

»Die Gruppen dort wollen Widerstand leisten, wenn es nicht anders geht. Sie ... ja ...«

»Sie ..., aber ihr? Wir müssen zusammenhalten. Es muß ein Fanal geben, ›Rauchzeichen‹ muß es geben dafür, daß unsere Geduld erschöpft ist und daß wir uns nicht vernichten lassen. Sie wollen uns als Volk morden. Das ganze Land und die ganze Welt müßten es wissen, alle Stämme sollen es erfahren!«

»Du hast recht. Aber das ist schwer.«

»Schwer sein ist kein Argument. Unsere Generation ist verantwortlich für alle folgenden.« Ken hatte sich, während er sprach, ganz und gar verändert. Das, was die Weißen Unheimliches in ihm vermuteten, brach hervor, eine unzähmbare Leidenschaft.

Der Mann am Steuer aber wiegte den Kopf.

»Du hast wiederum recht. Wir haben unsere Organisation aufgebaut, um alle Eskimos und Indianer Alaskas zu einigen.«

»Die Einigung muß weiter gehen. Und sichtbar muß sie werden. Sichtbar! Unsere Jugend verlangt es. Sollen wir lahmer sein als die Studenten?«

»Hast du Pläne?«

»Ja, Wenn ich die Männer und Frauen dafür finde.«

Ken war nicht gewillt, weiter über das Thema zu verhandeln. Er schien seinen Gesprächspartner aufgegeben zu haben und glitt hinter seinen stumpf-farbenen Vorhang zurück.

»Ihr solltet nach Fairbanks fliegen«, sagte der Organisationsmann am Steuer. »Dort bist du doch zu Hause, Martell, und dort liegt noch alles im argen. Sie haben aber jetzt die Tundra-Times gegründet, und sie wollen ein Center schaffen. In die Redaktion müßt ihr gehen, zu Ely. Dort könnt ihr mehr erfahren und auch berichten.«

»Wie kommen wir nach Fairbanks?« fragte Martell. »Sind die Straßen offen?«

»Nein. Die Überlandstraßen sind alle durch den Schnee blokkiert. Das kannst du dir denken, Martell. Ihr seid zu einer ungünstigen Zeit unterwegs, und dieses Jahr hat es besonders viel Schnee gegeben.«

»Ken und ich und Hugh haben aber nur jetzt ein paar Tage frei.«

»Also fahre ich euch zum Büro zurück. Vielleicht bekommen wir einen Zuschuß für euch. Für den Nachtflug.«

»Gut«, sagte Kens Zunge. »Wenigstens etwas«, sagte seine Miene.

»Sehr gut«, meinten Martell und Hugh, dem Martells Andeutungen neue Hoffnung gegeben hatte. Vielleicht wußte Martell mehr von Cora, als er im Augenblick sagen wollte.

Nach der Rückkehr zu dem Bürohaus und seiner gefilterten Luft verhandelte der Gewährsmann eine halbe Stunde von Kollegen zu Kollegen, endlich gelang es ihm, sein Wort wahr zu machen. Ken und Martell erhielten eine Beihilfe und verpflichteten sich, auf der Rückreise zu berichten. Sie konnten einen Stapel Post für Fairbanks mitnehmen. Beide zusammen gaben von ihrem Geld an Hugh ab. Er nahm es, weil er nicht wissen konnte, wieviel Auslagen er noch machen mußte, bis er Ikagiya fand.

Bei der Verabschiedung in den Büros, für die Zeit genug blieb, fragte Hugh noch einmal nach dem Namen Chapela. Der für das

Erziehungswesen Verantwortliche dachte nach und lief ein zweites Mal von Zimmer zu Zimmer.

»Tut mir leid. Der Name ist hier unbekannt, obgleich es in ganz Anchorage keine Indianerfamilie gibt, von der wir nicht wissen. Vielleicht finden Sie in Fairbanks eine Spur. Dort eher als hier.«

Die drei gingen miteinander die Treppe hinab; es lohnte sich nicht, den Fahrstuhl zu benutzen, und sie liefen auch auf der langen Allee noch ein Stück Wegs zu Fuß. Es schneite nur leicht.

»Sie arbeiten gut«, urteilte Martell abschließend, »sie helfen, und sie wissen mit allem Bescheid. Sie arbeiten für sehr geringes Geld.«

Ken schwieg.

»In Fairbanks fragen wir meine Eltern und mein Mädchen«, sagte Martell zu Hugh. »Vielleicht wissen sie mehr von Chapelas. Eher als die Redaktion. Aber du mußt damit rechnen, daß eben im Ölgebiet viele umgekommen sind, denn es ist zu harte Arbeit, und die Gewerkschaften haben da noch nicht viel zu sagen. Die kommen immer erst hinterher. Vielleicht lebt der Vater Chapela nicht mehr, oder er ist bald wieder weggezogen. Verpflichten müssen sie sich immer nur für ein paar Monate, aber das müssen sie, und in der Zeit überleben sie oder nicht. Und in Fairbanks sind viele unserer Mädchen zugrunde gegangen. Was ist schon Fairbanks! Eine Universität, ja, ein teures Motel, Holzbuden und schmierige Bars, Soldaten, die gierig sind, rohe junge Kerle, die verdienen und das Geld 'rauswerfen. Was an Industrie im Land ist, macht seine Geschäfte durch die Rüstung. Wenn Frieden ist, geht es den Leuten schlecht. So ist es in der Stadt. Aber in unseren Dörfern kommt keiner unter, der nicht verwandt ist. Hugh, ich lasse meine guten Gedanken für dich arbeiten. Aber halte dein Herz fest und denke immerzu: Ich finde mein Mädchen nicht.«

»Meine Frau.«

»Es wird aber schwer sein, bleib darauf gefaßt. Selbst wenn du sie findest.«

»Ja. Und ich lasse meine Gedanken für dich arbeiten, Martell, damit das Mädchen, an das du denkst, noch das deine wird.«

»Habt ihr nichts anderes im Kopf?« Ken wurde hitzig. »Ich suche Männer, nicht Verliebte.«

Hugh fühlte sich nicht gereizt. »Du wirst wohl Männer und Frauen suchen müssen, Ken, für das, was du vorhast. Eine Handvoll.«

»Das ist wahr, Hugh. Eine Handvoll, die etwas wagen will. Was weißt du überhaupt?«

»Was du mich hast wissen lassen. Wohin hast du geschaut, als wir im Flughafen von San Francisco saßen?«

»Hugh, du bist ein Zaubermann. Kann ich einmal zu euch in eure Prärie kommen?«

»Komm nur. Du wirst dort ein oder zwei finden, wie du sie brauchst.«

Die drei warteten auf den Bus, der von ferne herankam, und fuhren zurück zum Flughafen. An der Kurstafel fanden sie die Ankündigung von Verspätungen und Ausfällen. Der Flugverkehr im Innern des Landes war stark behindert. In dieser Nacht schien es nicht mehr möglich, weiterzukommen. Ein großes Touristen-Charterflugzeug, das Jäger zur Insel der Kordiakbären hatte bringen sollen, war überfällig. Die Suchaktion hatte schon begonnen.

»Schutz unseren Bären«, sagte Martell. Er haßte fremde Jäger.

Ein Mann, der seiner Kleidung nach wie ein Pilot wirkte, lief zwischen Flugkarten-Verkaufsstelle, Zeitungskiosken und den wenigen Fluggästen umher, die trotz aller Aussichtslosigkeit eines Flugverkehrs in dieser Nacht noch am Flughafen ausgehalten hatten. Er zog seine Kreise um Ken, Martell und Hugh immer enger und blieb endlich, eine Zigarette im Mundwinkel, bei ihnen stehen.

»Nach Fairbanks?«

»Ja.«

»Haben Sie Ihre Karten schon gekauft?«

»Nein.«

»Ich würde fliegen. Privatflugzeug. Charter. Ohne Gepäck.«

»Preis?« fragte Hugh.

»Wie die Linienmaschine. Aber ohne Service, meine Herren. Dafür sehen Sie das Gebirge mehr aus der Nähe. Ich kann nicht höher als zwei- bis dreitausend gehen.«

Die drei schauten sich an.

»Er riskiert es. Warum nicht wir mit ihm?« meinte Hugh.

Seine beiden Gefährten erhoben sich stillschweigend als Zeichen der Zustimmung. Während sie im Wagen des unternehmungslustigen Piloten zu dem Flugplatz der Privatflugzeuge fuhren, betrachteten sie sich ihn näher. Es blieb beim ersten Eindruck. Verwegener junger Kerl, der vermutlich etwas konnte und sicher etwas verdienen wollte.

Als ob er fühlte, daß er eingeschätzt wurde, wandte er sich an Martell, der neben ihm saß.

»Mein Vater war Walfänger, Halb-Eskimo. Ich kenne mich aus im Land. Deinen Vater kenne ich auch.«

»Wohnen Sie in Fairbanks?« wollte Hugh wissen.

»Nein, hier in Anchorage. Fairbanks ist ein trostloses Nest. Bin von dort fortgezogen.«

»Sie kannten nicht zufällig jemand von der Familie Chapela?«

»Chapela?«

»Ja.«

»Wie kommen Sie denn darauf?«

»Nur so. Die Leute waren von meinem Stamm.«

»Eine Cora Chapela gab es. Ganz merkwürdiges Mädchen. Aber apart, sage ich Ihnen, apart. Hat mir einen Korb gegeben. Das muß mir passieren, und ich bin auch noch so blöd und lasse sie laufen. Sonst nicht meine Art.«

»Vor kurzem?«

»Vor zwei Jahren.«

»Sie haben nichts mehr von ihr gehört?«

Der Pilot drehte sich um, obgleich er zu steuern hatte; die Straße war so gerade und unbefahren, daß der Wagen allein laufen konnte. Er blinzelte Hugh an.

»Nein, nichts mehr gehört. Eigentlich komisch. Denn schön war sie, wenn sie auch einen Tick hatte und sich vor Männern scheute wie ein Pferd vor Bremsen. Und die Bremsen waren hinter ihr her. Vielleicht liegt sie schon im Grab. Eine Krankheit holt man sich in Fairbanks rasch weg.«

Der Flugplatz der kleinen Privatflugzeuge war erreicht. Die drei stiegen mit ihrem Piloten zusammen vom Wagen in das Flugzeug um. Es war alt, die Türen schlossen schlecht, die Decken, die die harten Sitze deckten, waren nicht eben sauber.

Aber der Motor zog, und der kleine Vogel stieg in die Höhe. Er flog hinweg über Schneematten, hart vorbei an den Abstürzen der Eisgipfel, über Urzeitgletscher, im Sternen- und Mondlicht der lar gewordenen Winternacht.

Das war das Land Alaska.

Weiß, kalt, reich, tödlich.

Keiner sagte ein Wort. Noch immer war dieses Land mächtig gegenüber den Menschen.

Der Motor surrte sein Lied durch die erdabgewandte Stille. Zwischen den Fugen der Türen blies Luft herein, und so grüßte der Winter seine unerschrockenen Gäste.

Über den Eistürmen der Berge und den Schneewüsten war die Nacht unter den Sternen licht geworden, aber in Richtung der Stadt Fairbanks brauten die schneeschwangeren Wolken vom hohen Himmel bis tief herunter auf die Erde, und sie begannen sich in einem aufspringenden Sturm zu bewegen. Der Nordwind versteifte sich und wurde zum Sturm. Er griff in die Wolkenwand hinein, zerwühlte und zerfetzte sie. Die vom Sturm gejagten Wolkenballen trieben um das Flugzeug und daran vorbei. Die Luft fauchte gegen den kleinen Gegenstand und stemmte ihre wachsende Geschwindigkeit und Macht gegen die Kraft des einen Motors. Schneeflocken setzten sich an, dann prasselten Eiskörner gegen die Kanzel. Die Sicht war schlecht, wenn auch nicht völlig behindert, da zwischen Wolken, Hagel und Schnee der Blick auf weißgedecktes Land und blaßblauen Himmel hin und wieder frei wurde. Das Flugzeug zitterte und schwankte, als der Sturm die Form von Böen annahm. Zweimal sackte es in Luftlöcher ab. Der Pilot hatte das Steuer in seiner Gewalt, die Instrumente arbeiteten. Aber die Fluggeschwindigkeit verminderte sich immer mehr und mehr.

»Sie sind ja nicht nervös«, sagte der Pilot zu Hugh, der neben ihm saß.

Das Flugzeug stand in der Luft. Die Flügel waren vereist. Die Sturmgewalt ließ nicht nach. Der Pilot ging auf 1000 m über dem Boden herab. Die Bedingungen waren hier nicht besser.

»Ich lande jetzt«, sagte Lowell. »Wenn etwas schief läuft, sagen wir uns beim Teufel guten Morgen.«

Er ging steil hinab. Eine vom Schnee fast rein gefegte Eisfläche wurde unter den ziehenden Wolken im Mond- und Sternenglanz sichtbar, verschwommen, das Auge zwischen Helle und Nachtschatten äffend.

Im Gegendruck von Motorkraft und Sturm hing das Flugzeug über dem Boden, setzte sanft auf und wurde auf der glatten Fläche langsam rückwärts getrieben. Der Pilot riß es zweimal herum. Endlich hielt es.

»Verdammt«, sagte Lowell, »aber nun haben wir es.«

Er holte unter den Sitzen eine Anzahl Schneereifen hervor, öffnete die Tür, sprang hinaus und winkte den anderen, ihm zu folgen.

Als alle beieinander standen, mit dem Rücken gegen den Wind, den Kopf gesenkt, die Schultern eingezogen, schlug Lowell vor:

»Jetzt zu Fuß! Wir sind dicht bei Fairbanks, nicht mehr als fünf Stunden, schätze ich. Kenne die Gegend. Du kennst sie auch, Martell. Wir finden Deckung. Mein Flugzeug steht jetzt ganz gut.«

»Gehen wir«, sagte Martell nur.

Alle schlüpften in die Schlaufen der Schneereifen.

Lowell nahm die Spitze, Martell machte den Beschluß. Die Männer schlitterten, den Wind im Rücken, an den Rand der Eisfläche und verkrümelten sich vor der Sturmgewalt hinter kleineren Schneebarrieren.

Schritt für Schritt tappten sie auf den Reifen weiter, auf Umwegen, um Windschutz zu finden. Lowell und Martell waren das Gehen mit Reifen gewohnt; auch Hugh hatte es als Kind in der Prärie gelernt. Ken stammte aus dem Osten des Landes und mußte diese Art der Fortbewegung zum erstenmal versuchen. Für ihn war der Marsch besonders mühselig. Aber er gab nicht nach.

Allmählich ging der Sturm auf mäßigere Stärke zurück. Die Sterne verblaßten, der Mond war schon geschwunden. Der Schnee senkte sich in Schleiern und wurde lichter im Morgendämmer. Hin und wieder berieten sich Lowell und Martell durch Zurufe über die zweckmäßigste Wegstrecke.

Die Männer waren übernächtig, müde und ausgekühlt. Der Schnee saß ihnen auf den Kopfbedeckungen, vor der Brust, an den Knien und schmolz in ihrem Gesicht. Der Atem gefror. Die Temperatur war auf 72° Fahrenheit unter den Gefrierpunkt abgesunken; das sagte den Wanderern kein Thermometer, doch sie spürten die Eiskälte.

Die Männer hatten unterwegs kein unnötiges Wort miteinander gesprochen, aber der gemeinsame stumme Kampf gegen Kälte und Schnee hatte sie auch ihrem Piloten Lowell nähergebracht.

Die Vorortsiedlungen der Stadt gelangten im Schneefall erst in Sicht, als die vier schon unmittelbar an sie herangekommen waren.

Man machte halt.

»Da sind wir«, sagte der Pilot.

»Und wenn wir Sie für den Rückflug oder einen Weiterflug brauchen?« fragte Hugh.

Lowell wurde sichtlich lebendig und aufgeräumter Laune. Er wandte sich Mahan ganz zu.

»Für den Rückflug? Fragen Sie nur beim Kürschner, bei dem alten Martin, nach mir.« Lowell stockte, als ob ihn ein Gedanke überrascht habe. »Ja –« Er brach wieder ab.

»Lowell, komm du bei meinen Eltern vorbei nach Weihnachten«, schlug Martell vor. »Dann sehen wir weiter.«

»O.k.«

Lowell sprach aber noch einmal Mahan an. »Sie können immer beim Kürschner nach mir fragen. Ich wollte Ihnen nur noch erzählen, falls Sie wegen Cora Chapela hierhergekommen sein sollten: Der Vater ist tot, im Öl droben umgekommen. Sie hat dann vor zwei Jahren den alten Martin geheiratet, obwohl sie an jedem Finger drei junge hätte haben können. Irgendwas ist verdreht und nicht in Ordnung mit dem Mädchen« – Lowell deutete auf die Stirn –, »sie war schon einmal in den Schnee hinausgelaufen. Nun hat sie wenigstens ein Asyl. Lassen Sie sie auch in Frieden. Ja. Also bis zum Rückflug! Ich muß mich jetzt um Treibstoff kümmern. Bye.«

»Bye.«

Lowell sammelte die Schneereifen ein, die nicht mehr gebraucht wurden, und machte sich allein auf den weiteren Weg.

Hugh schaute Martell an, ohne die Lippen zu öffnen. Der Blick hieß: Du hast es gewußt, und du wolltest es mir nicht sagen. Du wolltest nicht, daß ich sie finde.

Martell erwiderte stumm mit traurigen Augen.

»Wir gehen zu mir nach Hause«, entschied er dann in hellem Ton das praktisch Notwendige.

Das kleine Holzhaus, in dem Martells Eltern wohnten, war eine der Vororthütten. Martell trat als erster ein und stellte der Mutter seine Freunde vor. Die Eskimofrau empfing Ken und Hugh wie ihren eigenen Sohn. Sie konnten die nasse Kleidung ablegen, sie konnten einen Becher heißen Tee trinken, und sie konnten sich in Decken wickeln und schlafen legen. Im kleinen eisernen Ofen knackten und knallten die Holzscheite. Es war warm genug.

Gegen Abend wurden die drei wieder wach und nahmen gemeinsam die einfache Mahlzeit. Martells Vater war nach Hause gekommen und begrüßte die Gäste. Er war als Verkäufer in einem Souvenir-Geschäft angestellt, da es aber in der winterlichen Jahreszeit wenig Kunden gab, saß er während der Arbeitszeit im Laden und schnitzte. Das Leben war teuer.

»Was können wir noch unternehmen?« fragte Ken.

»Das Native Center ist schon offen«, informierte der Eskimovater.

Ken, Martell und Hugh machten sich für den Gang durch Dunkelheit und Winter bereit. Martell führte. Das Center lag in einem anderen Vorort. Die Luft war so kalt, daß sich die Lungen sträubten, sie aufzunehmen. Martell besaß keinen Wagen, wie es selbst bei sehr armen Präriebewohnern selbstverständlich war; das Leben spielte sich in der Stadt ab, nicht außerhalb. Er ging mit seinen Freunden zu Fuß, der Weg führte auch durch das Bar-Viertel. Junge Soldaten und andere junge Burschen schlüpften da und dort hinein. Ein hell gelassener Ausschnitt eines schwarz gefärbten großen Fensters übte offenbar die stärkste Anziehungskraft aus. Er gab den Blick in den erleuchteten Innenraum frei, in dem sich vor den Augen des um die kleine Bühne eng gedrängten Männerpublikums eine junge schöngebaute Frau ausgezogen hatte. Die Frau war eine blonde Weiße.

Martell, Hugh und Ken gingen vorbei.

Martell öffnete die Tür einer anderen, nach außen völlig verdunkelten Bar, kam aber gleich wieder heraus und setzte den Weg mit seinen beiden Freunden zusammen fort. Einmal blieb er vor einem niedrigen Haus stehen und schaute in ein Seitenfenster hinein, hinter dem eine Stehlampe leuchtete. Ein freundliches, braunhäutiges Mädchengesicht mit Mandelaugen erschien, und das Mädchen versprach, in das Center nachzukommen. Sogleich mitgehen – nein, das wollte sie nicht.

Hugh band seinen Schal vor Mund und Nase. Der Wind machte die Kälte in den Atmungsorganen noch angreifender fühlbar und hatte in dem Vorort, in den die drei Freunde nun gelangten, freiere Bahn als im Zentrum. Die drei erreichten ein einstöckiges einfaches Holzhaus mit einem einzigen relativ großen Raum, der durch Öfen geheizt war. Ken, Hugh und Martell traten ein. Hinter einem barriereartigen Tisch saß die einzige Weiße, angestellte Organisatorin des Center. Auf den Bänken hatten sich Eskimos niedergelassen, ältere Männer in einer Gruppe, in der anderen junge Leute, vornehmlich Mädchen, auch ein paar Burschen. Frauen waren kaum gekommen. An einer Wand hingen Zeitungen, die sich jedermann zum Lesen holen konnte; auch ein paar Bücher waren zu haben. Speisen oder Getränke gab es nicht; das Center hatte keine Schankerlaubnis.

In der Gruppe der jungen Leute hatte einer eine Gitarre dabei und stimmte sie. Martell, Ken und Hugh hatten sich miteinander auf eine Wandbank gesetzt; sie wurden unauffällig beobachtet und blieben für sich, bis zwei Freunde Martells kamen und ihn, Ken und Hug in den Kreis der jungen Leute zogen. Der Gitarrenspieler bekam Lust zu beginnen. Er spielte Volksmelodien und Schlager, wie es ihm gerade einfiel. Zwei Mädchen und zwei Burschen fingen an zu tanzen, und Ken duldete es auch nicht länger; er ließ sich durch Martell mit einem Mädchen und ihrem Bruder bekannt machen und tanzte mit ihr einen temperamentvollen Shake.

Der Raum wurde wärmer und heimeliger, je mehr Menschen aus der Winternacht hereinstapften, je enger man beieinander saß, je dichter die Tanzpaare sich nebeneinander bewegten. Beim Türöffnen kam jedesmal der bitterkalte frische Luftzug mit herein.

Hugh und Martell blieben beieinander sitzen und schauten allem zu. Mahan war still und zeigte keinerlei Unruhe. Auch Martell konnte nicht wissen, ob Hugh Wasescha jetzt an Magasapa Martin dachte, die man vor ihm verbergen wollte. Gegen Mitternacht machten sich die drei auf den Heimweg; das Center leerte sich. Sowenig wie Hugh seine Gedanken verriet, sowenig ließ Martell seine Enttäuschung darüber merken, daß das Mädchen, das er zu seinem Mädchen machen wollte, nicht gekommen war. Er blieb aber auf dem Heimweg wieder bei ihrem Haus stehen, sang eine leise Melodie und schaute in das Fenster hinein. Der Raum dahinter war dunkel und blieb dunkel. In der Hütte von Martells Eltern fanden die drei wieder ihr Nachtquartier. Hugh hatte einige Dosen Ölsardinen eingekauft, und jeder aß noch eine leer.

Am folgenden Tag, einem Sonnabend, wirkte Mahan beim Morgentee weder heiter noch trüb gestimmt; es ging eine klare, schwer ansprechbare Ruhe von ihm aus. Martell betrachtete ihn ein paarmal von der Seite und mochte zu der Überzeugung kommen, daß Mahan sich abgefunden und ganz verschlossen habe und es nicht am Platze sei, ihn noch einmal zu warnen.

Der Mittag wurde dem Besuch der Tundra-Times gewidmet. Redakteur Ely war um zwölf Uhr in seiner kleinen Redaktion anzutreffen. Er war ein reger Journalist und eifriger Verfechter der Sache des einheimischen Volkes. Er gab Ken Informationen über den geplanten neuen Landraub in Alaska, und er fragte seine Gäste aus, bis er alles erfahren hatte, was irgend von allgemeinem Interesse sein konnte.

»Sie sind Erzieher bei den Beginnern?« sprach Ely Hugh zum Schluß noch einmal an. »Wir sammeln Märchen und Legenden der Eskimos und der Indianer und wollen sie in kleinen Heften auch zum Schulgebrauch für unsere Kinder herausbringen; auf diese Weise lernen sie etwas von der Denkweise und Dichtung ihres eigenen Volkes, und ihre Lust, lesen zu lernen, wird dabei geweckt. Wir haben zwei Frauen gewonnen, eine zum Schreiben der Texte, eine zum Illustrieren. Die beiden kommen um zwei Uhr mit einem neuen Entwurf, wenn es Sie interessiert, können Sie warten.«

»Es interessiert mich.«

Das war abgemacht. Martell verabschiedete sich, um zum Hause seines Mädchens zu laufen. Er wollte sie abfangen, ehe sie allein in den Nachmittag und Abend hineinging. Ken aber wollte noch mit dem Bus zur Universität hinausfahren und einen Studenten treffen, der im vergangenen Jahr in Berkeley gewesen war.

So blieb Hugh allein in der Redaktion der Tundra-Times. »Sie müssen nicht glauben«, sagte ihm Ely, und beide dachten dabei an Martell. »Sie müssen nicht glauben, daß unsere Eskimo- und Indianermädchen Dirnen sind. Aber denken Sie sich in die Mädchen hinein, die im Dorf aufgewachsen sind, von früh bis spät in ihrer engen Gemeinschaft, und dann kommen sie allein in unsere Stadt der Versprechungen, die nicht erfüllt werden. Sie kennen keinen Menschen, sie hausen allein in ihrer trostlosen Kammer. Es hat viel zu lange gedauert, bis wir unser Native Center gründen konnten. Es gibt hier kein Kino, die Mädchen haben keinen Fernseher, sie können kein Gasthaus bezahlen; die Preise hier sind unverschämt hoch. Also gehen sie zu den Männern in die Bars, in denen Eingeborene geduldet werden. Sie vertrauen Leuten, die nicht vertrauenswürdig sind. Sie nehmen kein Geld; sie sind froh, wenn sie ein warmes Bett und einen Menschen in der Nacht haben. Gibt es in Ihren Städten auch solche Probleme? Für Indianermädchen?«

»Es gibt sie.«

Ely hatte wieder zu tun und gab Hugh eine Schieblade mit Pressefotos zum Aussuchen frei. Als der Redakteur sich die nächste Arbeitspause aussparen konnte, unterrichtete er Hugh.

»Unsere beiden freien Mitarbeiterinnen, die Sie nachher kennenlernen, sind Missis Karlsson, die Zeichnerin, und Missis Martin, die die Texte schreibt. Zwei begabte junge Frauen, die uns viel helfen. Sie arbeiten beide in der Fabrik in Wechselschichten und verdienen sehr gut. Missis Martin ist Indianerin. Der Mann ist Kürschner, ein wohlhabender Mann nach hiesigen Begriffen, obwohl er in einer kümmerlichen Hütte wohnt. Aber er hat Reisen gemacht und die halbe Welt gesehen. Ein interessanter Mensch, der nicht nur ganz Fairbanks, sondern auch die halbe Universität kennt.«

»Und Missis Martin?« fragte Hugh nebenbei. »Cora Martin, die geborene Chapela?«

Ely schaute ihn rasch, überrascht an, den Kopf schräg gelegt, mit einem Zwinkern um seine braunen Eskimoaugen. »Hat man auch Ihnen schon die Legenden um Cora erzählt? Die Leute zerreißen sich ganz unnütz das Maul. Missis Martin ist nicht verrückt. Sie hat ihr Geheimnis; vielleicht ein grausiges Kindheits- oder Jugenderlebnis, und Männer jagen ihr nichts als Grauen ein. Der alte Martin – nun, er ist ein Original durch und durch, verknöcherter Junggeselle. Eine Scheinehe, wie wir alle glauben. Missis Martin verdient sich ihr Geld selbst. Aber nun komme ich auch schon ins Reden.« Ely wandte sich von neuem seiner Redaktionsarbeit zu.

Es klopfte.

»Bitte!«

Zwei junge Frauen kamen herein, eine etwas kleinere, unzweifelhaft Eskimo, die größere, sehr schlanke, offenbar Indianerin, beide in Lederkleidung mit nach innen gekehrter Pelzseite, hohen Pelzstiefeln, die Pelzmützen auf dem Kopf. Hugh hatte seinen ledernen Cowboyhut tiefer in die Stirn geholt und die weiche Krempe abwärts gebogen.

»Missis Martin, Missis Karlsson!« begrüßte Ely mit großer Freundlichkeit und Freude. »Haben Sie das Märchen fertig?«

»Einen Versuch dazu.«

Hugh erkannte Ikagiyas Stimme wieder. Er saß so, daß die beiden Frauen ihm beim Gespräch mit Ely den Rücken zukehren mußten.

Mrs. Karlsson holte Zeichnungen und in deutlichen, klaren, dennoch kunstvoll geformten Buchstaben und Einteilungen geschriebene Texte hervor.

Ely legte Blatt für Blatt um. »Wie schön.« Er wandte sich Mahan zu. »Wollen Sie sich das auch einmal ansehen? Sie sind doch Erzieher.«

Mahan trat neben die Frauen, das Gesicht jetzt durch den Hut von der Seite abgeschirmt.

»Ja«, sagte er und betrachtete nun seinerseits langsam ein Blatt nach dem andern. »Das müßte ich für meine Beginner haben und für meine Schüler, die sie zurückgestuft haben, nur weil sie nicht mit ihnen zu sprechen verstanden; sie haben ihren Geist und ihre Seele verscheucht wie der Jäger scheues Wild, und als dann ein Knochengerippe im Hautsack vor ihnen stand, haben sie darauf eingeredet und gemeint, sie können die Haut mit ihren eigenen Ideen aufblasen und ihre eigenen Antworten wieder herauspressen. Sie glauben, ein Farbiger sei wie ein Automat, den sie mit ihren Cents füttern und der dann liefert, was sie brauchen. Wir denken aber selbst, das begreifen sie nie.«

»Sie sind Erzieher?« rief Mrs. Karlsson froh.

»Ja, bis zum Sommer. Dann entlassen sie mich. Aber wir müssen mit den Kindern weiter arbeiten. Die Schwierigkeit ist nur, daß sie zu verstreut wohnen. Es muß ein neuer Weg gefunden werden.«

Mrs. Martin hatte nach ihren ersten drei Worten nichts mehr gesagt. Sie schien zu lauschen.

Ely sah die Blätter noch einmal durch und seufzte.

»Für den Druck doch wieder zu teuer. Schade, schade. Können Sie einen ähnlichen Entwurf machen, der in der Herstellung unkomplizierter sein wird?«

»Ich habe gefürchtet, daß Sie das sagen werden.« Mrs. Karlsson war traurig.

Cora Martin raffte die Blätter hastig zusammen, schloß die Mappe und hielt sie mit beiden Händen Hugh hin, ohne ihn anzusehen.

»Nehmen Sie, Mister Mahan. Wir schenken Ihnen die Blätter für Ihre Beginner. Ich habe gesprochen.«

Hugh nahm die Mappe an mit einer leisen, sichernden Bewegung, wie ein kostbares Geschenk.

»Die Kinder werden ihre Augen weit aufmachen und ihren Geist und ihre Seele herbeirufen, Magasapa-win. Darum nehme ich das Geschenk an, von Ihnen und von Missis Karlsson.«

Hugh Wasescha Mahan nahm den Hut ab und legte ihn beiseite. Ikagiya wich seinen Augen nicht aus, und er fand die ihren offen. Für einen Augenblick waren sie ganz allein, allein in der Herbstnacht beim Schulgefängnis, allein bei ihrem Wiedersehen nach allen Qualen, als sie beide die Aula der Schule zur Feier des Baccalaureats betraten, allein beim Abschied. Was sie einander sagten, war ohne Zeit und ohne Raum; die Jahre des Wartens und Suchens waren versunken.

Aber die Zeit und der Raum drangen wieder auf sie ein; sie standen in der Redaktion der Tundra-Times, und Mister Ely fragte erstaunt und erfreut: »Ah, Sie kennen sich?«

»Wir sind vom gleichen Stamm«, antwortete Hugh Wasescha Mahan fest, mit jenem Ton, der allen Zweifel und jedes Nachgeben ausschließt, »und wir sind Mann und Frau, wenn uns auch kein Register der weißen Männer verzeichnet hat.«

Es blieb danach still im Raum, denn die Entscheidung war ausgesprochen, und unnütze Worte hatten dabei keinen Platz. Mahan setzte seinen Hut auf und nahm die Mappe mit Text und Zeichnungen unter den Arm.

»Kommt mit mir«, sagte er zu den beiden Frauen, »wir werden das alles beraten, auch eure Arbeit. Ich habe gesprochen.« Er grüßte Ely. Mrs. Martin und Mrs. Karlsson verabschiedeten sich von dem Redakteur und begleiteten Mahan. Sein kräftiger und zwei sehr leichte Schritte gingen die alte Holztreppe hinunter.

Draußen umfingen Küchengerüche und der Anblick verschiedenartiger und wenig reizvoller Holzhäuser die kleine Gruppe. Der Himmel war lichtgrau bezogen, der Wind strich kalt und ohne Aufhören durch die Hauptstraße der Geschäfte und Bars.

»Wohin gehen wir?« fragte Wasescha in der Stammessprache. Cora Martin zögerte nicht länger als zwei Sekunden. »Ich zeige Mister Mahan unsere Universität«, sagte sie dann auf englisch zu Mrs. Karlsson. »Willst du mitkommen, Greta?«

Greta Karlsson entschuldigte sich, sie sei noch müde von der Nachtschicht. So trennte man sich.

Magasapa hatte ihren Wagen in der Nähe geparkt. Sie ging ans Steuer, und Mahan nahm neben ihr Platz.

Es war alles ebenso wirklich wie unwirklich.

Sie fuhr auf den Hügel des Universitätsgeländes und hielt bei der Bibliothek. Die Vorlesungen und Seminare hatten kurz vor Weihnachten auch hier geschlossen; nur in den Leseräumen saßen noch einige Studenten. Hugh beobachtete durch die großen Fenster der Bibliothek Ken, der sich mit einem Freund zusammen über ein Buch beugte.

Magasapa führte einen kleinen Weg, von den Gebäuden weg, zu

einer Bank im Freien. Die beiden setzten sich und schauten vom Hügel über die weite vereiste und verschneite Hochebene hinweg bis zu den fernen Bergen, die weiß waren vom Gipfel bis zum Fuß. Nichts, gar nichts als Weiß war zu sehen, kein Baum auf der Hochebene, kein Fels am Berg, nichts als Gletscher und Schnee.

Sie saßen lange beieinander. Magasapa Ikagiyas Haltung veränderte sich allmählich; die Fülle des Ausdrucks, die Wasescha zuerst begegnet war, wich einer erschreckenden Leere, und die Leere wollte sich wieder füllen, aber sie vermochte es nicht mehr. Mahan sah Ikagiya vor sich, wie sie nach der Zeit ihrer Krankheit in die Schule zurückgekommen war. Er legte den Arm um sie, als ob dies so sein müsse und nicht anders sein könne. Sie lehnte sich an ihn wie ein Mensch, der die Kraft verliert, und er stützte sie. Allmählich aber zog sich ihr Körper von innen her zusammen; es war, als ob der Krampf bei den Eingeweiden beginne, sich über die Glieder ausbreite und das Gesicht ergreife; die Züge verzerrten sich und erstarrten wie die eines Tieres, das gequält worden ist. Wasescha nahm sie in beide Arme, um sie zu wärmen und zu beschützen.

Er schlug seine Decke, die er bei sich trug, um ihren und seinen Körper, das alte sichtbare Zeichen indianischer Liebe.

»Hugh Wasescha Mahan«, sagte sie endlich, als sie sich ganz eingehüllt, geborgen und verborgen fühlte, und sie sprach auch mehr zu der schützenden Schulter des Mannes als zu seinem Ohr, so daß er aufmerksam lauschen mußte.

»Wasescha, warum bist du gekommen?«

»Um dich zu finden, Magasapa Ikagiya. Ich habe dich lange gesucht.«

»Es gibt deine Magasapa nicht mehr, Wasescha. Ich habe dich auch gesucht lange Zeit. Ich wollte dir sagen – ich mußte es dir sagen, so dachte ich – du solltest es wissen. Du bist der einzige, zu dem ich hätte sprechen können. Manchmal war ich wie von Sinnen.«

Hugh Mahan wartete.

»Magasapa lebt«, sprach er dann. »Sprich.«

»Wasescha! Ich will es dir sagen, nachdem du gekommen bist. Ich hätte uns ein gesundes Kind schenken können. Sie haben unser Kind ermordet. Sie haben meinen Leib damit geschändet. Sie haben mich dabei und davor und danach zur Schau gestellt vor vielen. Wasescha, ich hatte nur vierzehn Sommer gesehen, und die Geister in den weißen Kitteln waren für mich fremde Männer, die mich grob anfaßten und verspotteten, wenn ich mich schämte und wehrte. Die Schwestern mit den Hauben sagten mir, daß ich nie mehr Kinder gebären könne, und wenn ich eins gebäre, würde es ein Krüppel sein.«

»Ikagiya, was auch immer die Mörder getan und gesagt und gelogen haben, sie haben es getan und gesagt und gelogen, als du schon meine Frau warst. Wir tragen es zusammen für immer. Hau.«

»Du bist aber zu jung für mich, Wasescha, ich bin nichts mehr als ein zerbrochenes Zelt.« Das war ihre Sprache. Zelt und Mutterschoß galt als eines in ihrem Zeichen. »Sie haben mit ihren häßlichen Händen und ihren Instrumenten in mir gearbeitet wie ein Raubtier; es war ihnen gleichgültig, was sie zerstörten, und sie haben mich nicht geachtet. Ich war lange krank, nicht nur damals, ich habe noch viele Jahre gelitten. Erst seit dem letzten Winter ist es wieder besser mit mir geworden, und ich kann regelmäßig arbeiten.« Ikagiya preßte ihren Körper an den Waseschas, durch alle künstlichen Hüllen hindurch spürte er seine Frau. Ihre Nerven begannen mit den seinen zu schwingen, und er glaubte den weißen Männern und Frauen nicht, die das Mädchen Ikagiya hatten strafen und das dumme farbige Geschöpf hatten verspotten wollen.

»Magasapa, ich wohne auch in einem zerbrochenen Zelt mit dir. Ich nehme dich mit mir, und wir arbeiten zusammen für die vielen Kinder unseres Stammes, die uns brauchen. Sag ja, Ikagiya. Ich bin dein Mann. Du weißt es. Du hast es immer gewußt.«

»Du bist es, Wasescha. Es ist wahr.«

Magasapa lehnte wieder müde an der Schulter des Mannes.

»Du hast dir nun eine schwere Last aufgeladen, Wasescha, und schleppst daran ein Leben lang.«

»Wir werden sehen. Ich trage dich gern.«

Wasescha und Ikagiya standen auf und gingen miteinander zu dem Hang des Hügels, an dem kein Weg hinunterführte. Sie fanden aber eine Stelle, an der sie über die Abgrenzung des Universitätsgeländes gelangen und im tiefen Schnee einige Schritte abwärts gehen konnten, wo keine Bänke und keine getretenen Pfade zu finden waren. Von den Menschen Geschaffenes galt hier nicht mehr. Vor ihnen lagen die weiße Hochebene und in der Ferne das weiße Gebirge; die Sonne neigte sich, und Wolken zogen am Himmel umher; das gleißende Licht brach sich zu matten vielfältigen Farben und spielte mit allen sanften Möglichkeiten. Die Sonne sank und glühte im Winterrot hinter grauen Nebeln.

Wasescha und Ikagiya schauten über das große Land.

Dann machten sie sich auf den Rückweg. Die Bibliothek schloß eben.

Ken kam heraus, verabschiedete sich am Tor von zwei Freunden und lief zu Hugh herbei.

»Das ist Ken«, erklärte Hugh, »und das ist Magasapa-win, die ich gefunden habe. Sie gehört zu uns.«

Ken freute sich und grüßte.

»Hugh, wir müssen uns nach Martell umsehen. Ich habe ihm versprochen, daß wir zum Haus seines Mädchens kommen. Wir müssen ihm helfen. Es ist eine Schande, was sie hier mit unseren Mädchen machen.«

»Ja, das ist es«, sagte Magasapa. »Wie heißt sie?«

»Sophia. Sophia Anderson. Eskimo.«

»Ich weiß. Martell wird einen schweren Stand haben.«

»Warum meinst du das?«

»Sophia tat es aus Einsamkeit und Kälte. Aber seit drei Monden hat sie einen Burschen, an dem sie hängt. Er mißhandelt sie und mißbraucht sie nur. Aber sie hängt nun an ihm. Tagsüber will sie nicht. Aber wenn der Abend kommt, geht sie.«

Die drei stiegen in Magasapas Wagen ein und fuhren zur Stadt zurück. Das letzte Stück gingen sie miteinander zu Fuß.

Martell stand bei dem Haus seines Mädchens. Er hatte gewartet.

Als er Cora Martin mit Hugh Mahan zusammen herankommen sah, verriet er sein Erstaunen nicht.

»Wie steht's?« fragte Ken geradezu.

»Sie war schon um zwei Uhr nicht mehr hier.«

»Willst du sie suchen?«

»Ken, ich will sie mit dem Burschen zusammen sehen. Dann weiß ich, ob ich sie mir zurückholen will oder nicht. Aber diesen Gang kann ich auch allein tun.«

»Kannst du nicht. Ich gehe mit.«

Magasapa hob die Hand zum Zeichen, daß sie etwas sagen wollte.

»Er ist ein Rowdy, ein Schläger, und er kennt Martell. Wenn ihr Männer allein hingeht, so wird er sogleich denken, daß Martell sich Sophia holen will. Geht mit mir und Ann Karlsson zusammen, das ist besser. Dann könnt ihr beobachten. Ken und Hugh sind fremd; alle werden glauben, daß sie nicht Sophias wegen kommen, sondern um eine Fairbanks-Bar kennenzulernen.«

»Ich trage keine Frau als Schild vor mir her«, erklärte Hugh. »Ken begleitet dich nach Hause, Magasapa; George Martin kennt die Welt und Fairbanks und wird ihm viel berichten können, was er wissen möchte. Ich besuche dich und George Martin morgen. Jetzt gehe ich allein mit Martell. So kann man deinen klugen Gedanken nützen, Ikagiya; Martell zeigt einem neugierigen Fremden eine Nachtbar in Fairbanks. Mit meinem Cowboyhut sehe ich nicht wie ein Einheimischer aus.«

Die Entscheidung fiel nach Hughs Vorschlag.

Die Abendstunde war jedoch zu früh für eine Nachtbar, darum fuhren alle miteinander zunächst noch einmal zum Native Center, und Martell mochte eine letzte schwache Hoffnung haben, daß Sophia dorthin gegangen sei.

Er fand sie nicht.

Die Gruppe der jungen Eskimos war jedoch wiedergekommen, verstärkt um einen zweiten Gitarrespieler, und sie begrüßten Ken, Hugh und Martell heute sogleich mit herzlichem Willkommen. Um Magasapa Ikagiya bildete sich ein unsichtbarer Kreis freundlichen, aber stummen Erstaunens. Einige der Jungen und Mädchen kannten sie, und Mahan spürte, daß sie sie auch liebten und bewunderten. Magasapa hatte nicht alle ihre Jahre nutzlos vertrauert, sie hatte gewirkt. Was aber den jungen Menschen neu und überwältigend erschien, das war Magasapas leise Heiterkeit in der Gesellschaft dreier junger Männer. Sie stand neben Wasescha Mahan. Das Paar war schön, vollkommen in seiner Art. Die jungen Menschen nahmen das Bild in sich auf; es wirkte auf sie und in ihnen; Magasapas dunkles Geheimnis öffnete sich für sie zu einem hellen Wunder im Winter.

Die beiden Gitarrespieler stimmten die Saiten und spielten laut, froh, Seele und Körper mitreißend. Wasescha Mahan verstand, der Rhythmus bewegte auch ihn, und er bat Magasapa um den ersten Tanz.

Sie erschrak und war unsicher, aber der dunkle Glanz, den nur wenige kannten, brach aus Waseschas Augen, und sie trat zu ihm heran.

Magasapa Ikagiya hatte keine Tänze erlernt. Sie regte und

wiegte sich sanft, den Blick nur auf Wasescha gerichtet, der seinen geschmeidigen Körper in das Gewühl der Töne hineingab und die Freude durch seine Glieder zucken ließ. Die Gitarren klangen wilder und jubelnder, und Wasescha tanzte seine weite wilde Prärie und seine Liebe; Magasapa-win, das Schwarze-Wildgans-Mädchen, wachte auf; es war, als ob sich Flügel zu regen begannen; die Harmonie aller ihrer Bewegungen glättete die Töne der Gitarren und machte sie sanft und werbend. Andere Paare schlossen sich an; es entstand ein Tanz der gemeinsamen Klage und Freude, heiß mitten im kältesten Winter des verschneiten und vereisten Landes. Hell schrillten die Schreie.

Als die Gitarren verklangen, die Schreie verstummten, die Tanzenden sich entspannten, webte und schwebte im Raum noch immer der Rhythmus, der alle gefaßt hatte. Sie atmeten schneller, das Blut pulsierte lebhafter.

»Wasescha, du bist immer ein Zaubermann gewesen«, sagte Magasapa leise, »und du bist es geblieben.«

»Wenn mein schlafender Zauber aufgeweckt wird, Magasapa.«

Die Zeit war dahin, es hieß aufbrechen. Martell kam aus einer unbeachteten Ecke hervor. Er hatte nicht getanzt.

Die Straßen waren wieder leer, kaum erleuchtet wie in der vergangenen Nacht. Kein Licht, keine Aufschrift kennzeichnete das ganz im Dunkeln liegende Haus, in dem sich die Bar befand, die Martell aufsuchen wollte. Magasapa hielt den Wagen an; Martell und Hugh stiegen aus und gingen in die Bar hinein, während der Wagen schon weiterfuhr.

Hinter der Tür, durch die Martell und Hugh eintraten, befand sich noch ein dicker Vorhang, durch den die beiden in den kleinen, abgedunkelten, kahlen Barraum gingen. An der Längswand linker Hand bediente der Keeper am Barbüfett drei junge Burschen. Rechts war der Raum vor der Längswand mit einer Art Laube abgegrenzt, dahinter standen Tische, und hier wartete eine Kellnerin, bis dahin einzige Frauensperson im Raum, noch auf Gäste. Sie war bis hoch zum Hals hinauf schwarz gekleidet mit weißer Schürze. An der hinteren Schmalseite befand sich ein Billardtisch, daran vorbei konnte man eine Hintertür erreichen.

Martell und Hugh setzten sich an einen der polierten schweren Holztische und bestellten bei der Kellnerin ihren Drink. An diesem Abend, das wußten sie beide, mußten sie auch in dieser einfachsten

Bar für Getränke so viel Geld ausgeben wie für ihr Essen in einer Woche.

»Mein Freund«, stellte Martell Hugh der Kellnerin gesetzten Alters vor.

»Gefällt Ihnen Alaska?« fragte die Frau.

»Hier gibt es nicht weniges, was mir gefällt«, gab Mahan zu. Langsam, aber unaufhörlich tranken die drei Burschen an der Bar und schauten vor sich hin, ohne zu sprechen.

Eine halbe Stunde später kamen mehr Gäste, alles junge Männer, alles Weiße, alle sehr einfach angezogen. Über dem Billardtisch wurde ein Licht angeschaltet; im übrigen blieb der Raum im Halbdunkel der abgeblendeten Lampen.

Ken und Hugh hatten ihr erstes Glas noch nicht geleert.

Ein Eskimomädchen glitt durch den dicken Vorhang herein und setzte sich abseits der Männer auf einen Barhocker, ohne etwas zu bestellen.

Einer der Burschen wurde auf sie aufmerksam, ging hin, hob sie an den Hüften vom Hocker und setzte sie hinauf auf die halbhohe Wand, die den Billardtisch gegen den Raum mit Stühlen und Tischen abgrenzte. Es fiel kein Wort. Das Mädchen saß da wie eine Puppe und ließ die Füße herabhängen. Sie hatte zu warten und nichts zu verzehren.

Der Bursche, der das Mädchen auf die Wand hinaufgesetzt hatte, winkte einem der Kerle und begann, mit ihm Billard zu spielen, während das Mädchen von oben her zuschaute.

Ein zweites Mädchen kam in die Bar. Sie schlug dem Burschen, der der Tür zunächst stand, den Arm kräftig um den Nacken. Als sie es ein zweites Mal tat, drehte er sich um, packte sie und schleuderte sie zu Boden. Sie trug ihre dicke Pelzjacke und mochte nicht zuviel von ihrem Sturz gespürt haben. Ohne Zögern ging sie zu dem nächsten und versuchte das gleiche mit dem gleichen Mißerfolg. Beim dritten Burschen hatte sie Glück; er hieß sie, bei ihm stehenzubleiben.

Hugh bestellte einen weiteren Drink für sich und für Martell. Der Gast, der bald darauf eintrat, war wieder ein Mann, groß, kräftig wie alle. Er schien bekannt, denn er wurde mit etwas mehr Bewegung und Begrüßungsgemurmel an der Bar empfangen, als es bei den schon Anwesenden der Fall gewesen war, und er spendierte eine Runde.

Martell gab Hugh zu verstehen, daß dieser es sei, den er beobachten wolle.

Es dauerte nicht mehr lange, bis Sophia kam. Sie ging zu dem großen Burschen, doch er ließ sie stehen und beachtete sie nicht. Als er eine zweite Runde ausgab, bestellte er kein Glas für sie. Aber ein Mädchen, das unterdessen eintrat, anscheinend ein Halbblut, zog er zu sich her und ließ sie ein Glas mittrinken. Dann jagte er auch sie vom Hocker.

Sophia drängte sich stumm an die Seite des Kerls, den sie für ihren Freund hielt und von dem sie nicht ablassen wollte. Er leerte ein neues Glas mit einem Zug, dann packte er Sophia, trug sie wie ein Paket hinüber an den Platz von Martell und Hugh und setzte sie dort auf den Tisch, so daß Martells Glas umfiel und auslief. Er sagte dabei aber kein Wort, zog auch keine deutliche Miene, sondern ging mit seinen großen Schritten zurück an die Bar.

Sophia glitt auf die Füße und wollte zu dem Burschen zurückeilen, aber Martell und Hugh faßten sie und setzten sie auf den dritten Stuhl, nicht grob, jedoch mit so unzweifelhafter Entschiedenheit, daß das Mädchen sitzen blieb.

Dann gingen die beiden an die Bar, nahmen die Plätze rechts und links des großen Burschen ein und bestellten sich einen weiteren Whisky Soda.

Es blieb ruhig, und Sophia verließ den Stuhl, auf den sie gesetzt worden war, auch jetzt nicht.

Die Männer an der Bar tranken schweigsam und ruhig weiter. Aufeinanderstoßende Billardkugeln verursachten ihre Geräusche, dazu kam hin und wieder das Aufklappen eines Glases auf den Bartisch.

Martell und Hugh verständigten sich wiederum ohne Worte, gingen zu ihrem Tisch zurück, zahlten bei der Kellnerin und gaben Sophia mit dem Kopf ein Zeichen, mit ihnen zu gehen. Sie erhob sich fast wie ein Automat, wollte dann noch einmal entwischen, konnte sich aber dem Griff, mit dem Martell sie am Arm packte, nicht entziehen.

Martell und Hugh verließen mit ihr zusammen die Bar.

Als sie auf der Straße standen und Hugh eben den Schal höher schlagen wollte, wurde die Tür hinter ihnen wieder geöffnet, und der große Bursche kam heraus. Er gab Sophia einen Fußtritt ins Kreuz, so daß sie mit dem Gesicht auf den vereisten Schnee aufschlug, und er war dabei, sich wieder stillschweigend umzuwenden und in die Bar zurückzugehen, als Hugh seinen kurzen Kampfschrei ausstieß, den Kerl überschwang und ihn mit guter Technik und ausbrechender Wut auf den Randstein vor Martells Füße warf. Während der Bursche am Boden sich von seiner Überraschung erholte und nicht ohne Mühe aufstand, gingen Hugh und Martell mit Sophia über die Straße auf die andere Seite. Sie rechneten damit, und vielleicht hoffte Sophia sogar, daß der Bursche Vergeltung suchen würde, aber das tat er nicht. Er taumelte noch, da er mit dem Nacken aufgeschlagen war, und seine Aufmerksamkeit wurde überdies abgelenkt. Ein Mädchen kam, das die derzeit Auserwählte zu sein schien. Die beiden fanden sich und verschwanden zusammen in der Bar.

»Wer von den Männern in diese Bar hineingeht«, sagte Martell, »geht nur hinein, um für teures Geld zu trinken und gratis zu huren. Dafür lassen sie die eingeborenen Mädchen hinein, die den Burschen trauen und sie nichts kosten. Sophia, du bist dort zum letztenmal gewesen.«

Sophia hielt den Kopf tief gesenkt und lief mit Martell und Hugh. Die drei gingen in raschem Tempo nach Hause zu Martell, und Sophia wurde wortlos mit eingelassen. Sie schlüpfte zu Martells Schwester auf das Nachtlager. Es war wärmer hier als in ihrer ungeheizten Kammer. Der Ofen kämpfte erfolgreich gegen die Kälte, die von allen Seiten eindringen wollte; er wurde immer wieder mit dicken Scheiten gefüttert. Beim Knistern und Knacken schlief Hugh zu Träumen ein, die auf den kommenden Tag deuteten. Er wollte mit George Martin sprechen. Ken war nicht zurückgekommen, er schien bei dem Ehepaar Martin geblieben zu sein.

Am Morgen, dem Sonntagmorgen vor Weihnachten, brach neues Schnee- und Sturmwetter über das Hochland herein. Die Schläfer wurden von dem Fauchen wach, mit dem der Wind um die Häuser und Hütten fuhr. Der aus den Öfen steigende Rauch wurde von den Mündungen der Schornsteine weggerissen und sofort ins Nichts verweht.

Man stand später auf als an Werktagen. Familie Martell und Hugh frühstückten miteinander. Martells Schwester hatte auch Sophia in den Kreis gezogen.

Draußen hielt ein Wagen, die Autotür klappte, es klopfte, und Ken kam herein. Er wehrte ab, als er mithalten sollte; er hatte schon eine ausgiebige Frühstücksmahlzeit im Leibe. Sobald die andern fertig gegessen und getrunken hatten, forderte er Hugh auf, mit ihm zu kommen.

»Zu Martin.«

Im Wagen erklärte er: »Es ist dicke Luft. Du mußt sofort mit Martin reden. Er ist übrigens einer der intelligentesten weißen Männer, die ich je kennengelernt habe. Wir haben uns die ganze Nacht unterhalten. Sag ihm nicht, daß er zu alt für Cora sei. Das würde mich kränken. Mich – verstehst du. Ich bin jetzt sein Gast.«

Mahan antwortete nicht.

Der Kürschnermeister wohnte am entgegengesetzten Ende der Stadt. Redakteur Ely hatte nicht übertrieben. Martins Werkstatt und der angebaute Wohnraum wirkten zusammen nur wie eine der armseligen Hütten dieses Vororts. Ringsumher war etwas Gelände abgegrenzt. Der Schnee hatte sich gegen den Zaun gehäuft. Ken und Hugh traten in die Werkstatt ein, die Martins Wohnraum und, wie eine zerlegene Couch verriet, auch sein Schlafraum war. George Martin war eben damit beschäftigt, Holz im Ofen nachzulegen. Er schloß die Ofentür, richtete sich auf und begrüßte Ken herzlich, Hugh höflich. Außer den Werkstattmöbeln und -geräten standen vier alte Stühle mit schadhaften Polstern im Raum. George Martin setzte sich und bat seine beiden Gäste mit einer Handbewegung, das auch zu tun.

»Mister Mahan«, begann Martin geradezu, »Sie wollen mir meine Frau wegnehmen. Glauben Sie, daß Sie das Rechte vorhaben? Haben Sie darüber nachgedacht?«

George Martin war von mittelgroßer, schwächlich erscheinender Statur, grauhaarig. Sein Gesicht war faltenreich, beweglich. Was seine Augen sahen und seine Ohren hörten, vermittelten sie zu einem immer tätigen Gehirn, das Martins Blick die forschende Aufmerksamkeit gab.

»Wenn ich nicht glaubte, das Rechte zu tun, wäre ich nicht hier, Mister Martin. Cora ist meine Frau. Es lag nicht an uns, daß wir uns so lange nicht wiederfinden konnten und daß wir zu jener Zeit, als wir Mann und Frau wurden, uns nicht in die Register Ihres Staates eintragen durften.«

»Ich weiß das alles, Mister Mahan. Cora hat es mir mitgeteilt, als wir unsere Ehe schlossen. Eine Scheinehe, wie die Leute hier sagen. Ein alter Mann, der eine junge Frau nicht anrührt, weil es ein Verbrechen an ihrer Seele und an ihrem Körper wäre. In meinen Augen ist Cora dennoch meine Frau geworden. Sie ist mein guter, mein zuverlässiger Freund – gewesen. Sie zerstören etwas, Mister Mahan. Wissen Sie, ob Sie etwas aufbauen können? Sie sind jung. Nicht so jung, wie ich geglaubt habe, das sehe ich ein, seidem ich Sie sehe. Aber werden Sie neben einer Frau her leben können? Und dabei Cora mehr geben, als sie hier gefunden hat?«

»Das ist unsere Sache, Mister Martin, Coras und meine. Wir sind Mann und Frau, und sie hat sich entschieden.«

George Martin antwortete nicht gleich. Seine Mundwinkel zuckten. Hugh Mahan fühlte, was in ihm vorging; Martin glaubte sich betrogen.

»Mister Martin« – Mahans Stimme wurde um einen Ton wärmer –, »wenn Sie einem Schutzsuchenden Asyl gewähren, so können Sie ihn doch nicht eines Tages fesseln und zu Ihrem Gefangenen machen. Cora ist meine Frau, und ich werde alles tragen, was sie zu tragen hat. Sie sind weder belogen noch betrogen worden.«

»Sie wissen, daß ich nein sagen will, Mister Mahan.«

»Wenn Sie so sprechen, Mister Martin – die Paragraphen sind auf Ihrer Seite. Sie können aber sicher sein, daß dieser Zaun Cora und mich nicht mehr trennen wird. Sie können Cora heute noch quälen, länger nicht. Ich nehme sie mit zu meinem Stamm. Sie würden mit einem Nein nichts mehr ändern, auch wenn Sie uns beide damit verfolgen. Mit einem Ja werden Sie zwei Freunde haben. Ich liebe Cora und weiß also, daß Ihr Verzicht groß ist. Ein Vater gibt seine Tochter frei.«

»Lassen Sie mich allein, Hugh Mahan.«

Ken und Hugh standen auf; Ken ging voran in den Nebenraum, Hugh folgte ihm dorthin. Sie fanden sich in einem kleinen Wohn- und Schlafraum, sehr schlicht, aber ordentlich eingerichtet; es war Coras Zimmer. Sie stand neben einem Stuhl; als Gruß für Hugh neigte sie nur ein wenig den Kopf.

Es schien Mahan sicher, daß sie das Gespräch in der Werkstatt hatte mithören müssen, ob sie wollte oder nicht.

»Wasescha«, sagte sie in englischer Sprache, um auch von Ken verstanden zu werden. »Die Verwirrung ist meine Schuld. Ich habe dich und ich habe George betrogen. Ich wollte es nicht, aber ich habe es getan. Ich finde nicht heraus, ohne neues Unrecht zu tun – ihm – oder dir.«

»Ich hole dich heraus, Magasapa. Du hast dich entschieden. Ich habe gesprochen. Hau.«

Die drei setzten sich; denn ein jeder glaubte, daß Martin, ganz allein, lange Zeit mit sich selbst zu sprechen habe.

Sie warteten.

Endlich kam der grauhaarige Mann herein.

Er setzte sich zu den anderen.

»Cora«, sagte er, ohne jemanden dabei anzusehen, »ich habe als junger Mensch in grausamen Zeiten jenseits des Ozeans meine Frau, meine Kinder und meine Heimat verloren. Ich weiß, was es heißt, verachtet und verfolgt zu werden. Ich bin nach Alaska gegangen, ich habe lange allein gelebt und zwei Jahre mit dir zusammen. Ich danke dir für diese Zeit. Ich gebe dich frei.«

Martin machte eine Handbewegung, die jedes weitere Wort abschnitt. Er wirkte auf einmal verfallen, so, wie es alten Leuten geschieht, deren ganze Gebrechlichkeit sichtbar wird, sobald eine ihrer Stützen bricht.

»Nach Weihnachten reichen wir beide die Scheidungsklage ein, Cora. Es wird sehr schnell gehen.«

Mahan verschwieg, was er dachte. Es würde schnell gehen, natürlich. Martin hatte gegen eine Farbige zu klagen, die ihn um eines Farbigen willen verlassen wollte. Aber Martin würde das nie aussprechen, weil er wußte, was es hieß, verachtet zu sein.

»Ja, machen wir es so«, sagte Cora Magasapa.

Sie versuchte nicht, George Martin zu danken oder ihn zu trösten; jedes Wort hätte nur aufgerissen, was nicht berührt sein wollte.

»Mahan, ziehen Sie mit Cora zu Ely, heute noch. Zerren halte ich nicht mehr aus. Ein Schnitt ist besser. Ken bleibt bei mir, solange er sich in Fairbanks aufhält. Den Martells kann man nicht so viele Leute aufhalsen. Sie sind gastfrei, aber am Ende haben sie selbst keinen Platz mehr in ihrer Hütte und kein Essen mehr auf dem Herd.«

Hugh nickte und vergaß nicht, an Sophia und deren Kinder zu denken.

Im Native Center wurde der Weihnachtsabend für alle gefeiert, die kommen wollten. Die beiden eisernen Öfen glühten; der kleine Weihnachtsbaum trug seine bescheidenen Kerzen. Der Raum war voll. Geschenke wurden nicht gegeben und nicht gebracht; was jeder gab, war eine liebevolle Fröhlichkeit; was jeder mitgebracht hatte, der es irgend vermochte, war Essen und Tee. Man schmauste und lachte miteinander. Wenn einer sang, hörten alle zu.

Die Feiernden waren eine große Familie, die Alten gehörten dazu, die Männer und Frauen, Mädchen und Burschen und die Kinder, auch die Säuglinge im Arm der Mütter.

George Martin hatte sich nicht ausgeschlossen. Zum erstenmal setzte er sich in die Ecke der Alten, die über ihr eigenes Leben schon wegschauten wie über Berge und Ebenen, die in der Ferne klein und doch unendlich waren. Martell und Ken plauderten eifrig. Sophia saß bei Martells Schwester; sie durfte nicht hoffen, sogleich Martells Mädchen und Frau zu werden, aber sie war in die Familie aufgenommen wie ein Kind, das Wärme brauchte. Ihre eigenen drei Kinder hockten zu ihren Füßen auf dem Boden und spielten mit einer Stoffpuppe.

Wasescha begrüßte überrascht den Piloten Lowell, der nicht nach dem Rückflug fragte, denn die Vorhersagen hatten ein Zwischenhoch gemeldet und er hatte den Auftrag angenommen, noch mal nach dem vermißten Flugzeug der Bärenjäger zu suchen.

Als Redakteur Ely kam, um Aufnahmen zu machen, nahm ihm diese Störung keiner übel, und niemand lächelte das »keep smiling«, aber alle lachten mit den Augen und die Jungen auch mit den Grübchen in den Wangen.

»Ein Stern in der Nacht«, sagte Wasescha zu Magasapa, »aber draußen wartet der Sturm. Es ist gut, daß ich nicht mehr allein bin.«

Der heimliche Häuptling

Sechs Monate waren ins Land gegangen.

Nach einem harten Winter und einem dürren Frühling sorgten sich die Leute um Wasser, Gras und Vieh.

Sie flüsterten, der Sommer werde heiß. Schon um die gegebene Zeit, Ende Juni, verblühten die Blumen auf der Prärie, und das Gras verlor seine graugrüne Farbe. Wenn die Leute aber sagten, der Sommer werde heiß, so meinten sie nicht nur die verdorrenden Pflanzen, die sich von den Bäumen lösenden Blätter, magere Kühe und weite Wege zur nächsten Wasserstelle. Sie dachten an die Unruhe in den Städten, von der sie lasen, und an den Aufstand in den Herzen der Jugend, der sie täglich bedrängte wie die von elektrischen Strömen aufgeladene Luft vor dem Gewitter.

Chester Carr persönlich fühlte sich von der natürlichen Hitze nicht gestört. Tiefbrunnen und Wasserspeicher für die Agentursiedlung funktionierten, Dienstwohnung und Büro waren air-conditioned. Aus seiner Heimat im Staat Mississippi war Chester zudem ein drückenderes Klima gewohnt, als die unter steter Luftbewegung liegende Prärie es je erreichen konnte. Was ihn mißmutig machte, waren nicht das Wetter oder die Stimmung anderer Leute, auf die er keine Rücksicht nehmen würde, es waren die Berichte Nick Shaws darüber, daß nicht alle Rädchen im Verwaltungs- und Schulsystem im angeordneten Tempo rollten.

Der Uhrzeiger stand auf neun. Carr saß an seinem Schreibtisch im weißen Hemd, mit phantasielos gestreifter Krawatte. Er klingelte – ein Sprechgerät hatte er noch nicht erhalten – und teilte der an der Tür erscheinenden blonden Sekretärin mit, daß Miss Bilkins und Rektor Snider vorgelassen werden könnten.

In der Haltung der Eintretenden drückte sich aus, daß sie eine unangenehme Szene erwarteten, daß sie sich nicht so schuldig fühlten, wie Chester Carr sie aller Voraussicht nach machen wollte, daß sie sich aber über ihre eigene Taktik, zuzugeben, zu widersprechen oder Schuld abzuschieben, noch unsicher waren. Ihre Muskeln und Nerven hatten sich zusammengezogen, so daß Snider verklemmter als sonst, Miss Bilkins ihrem Naturell widersprechend eingeklemmt wirkte; die beiden Augenpaare sahen Carr nicht gradlinig an, sondern gradlinig knapp an ihm vorbei; die Hände blieben zwar ruhig, aber hin und wieder bewegte sich doch ein Finger, als ob er noch nicht seine rechte Lage gefunden habe. Wenn Carr etwas sofort zu spüren verstand, so war es die Unentschlossenheit anderer, denen er sich überlegen zu zeigen hatte.

Der Superintendent breitete Statistiken über die Ergebnisse des abgelaufenen Schuljahres vor sich aus.

»Ihre Schule, Mister Snider, hat nicht am schlechtesten, aber sehr widerspruchsvoll abgeschnitten. Befriedigendes Ergebnis des Baccalaureats, dagegen unerhört viele Sitzenbleiber und Abgänge aus der fünften Klasse. Was werden Sie tun, um die Ergebnisse dieser Klasse im nächsten Schuljahr zu verbessern?«

»Nach Möglichkeit einen Lehreraustausch vornehmen.«

»Sie fahren auf dem falschen Gleis, Snider, wenn Sie die Schuld bei den Lehrern suchen.«

Snider, seit langen Jahren korrekter Beamter, an Gehorsam im Dienst gewöhnt und neuerdings auch dadurch beunruhigt, daß die Zahl der arbeitslosen Lehrer anstieg, bekam dennoch einen Anfall widerspruchsbereiten Mutes.

»Die Schüler kann ich nicht austauschen, Mister Carr.«

Chester Carr lief rot an. »Aber für Disziplin und straffes Lernen können Sie in Ihrer Schule sorgen! Dafür wurden Sie nach der Ära Holland angestellt. Mit Witzen werden Sie Ihre Aufgabe nicht lösen.«

Snider ersparte sich die Antwort.

»Als Superintendent werde ich wie üblich bei der Abschlußfeier sprechen. Miss Bilkins, bitte die notwendigen Daten für meine Ansprache. Morgen.«

»Yes, Mister Carr.«

»Dieser Mahan, den wir probeweise beschäftigt hatten, wird nicht eingestellt.«

Snider gab schweigend seine Zustimmung.

»Im übrigen, Mister Snider, orientieren Sie sich besser darüber, was in den Lehrerhäusern vorgeht. Ich wünsche nicht, daß ein gewisser Clyde Carr dort verkehrt.«

»Ich bitte um Ihr persönliches Eingreifen als Superintendent, Mister Carr, denn in einem bestimmten Hause kreuzen sich, nehme ich an, die Zuständigkeiten verschiedener Dienststellen.«

Carr schien dergleichen nicht hören zu wollen, deutete ein Nasenrümpfen an und ordnete die Statistiken wieder in die zugehörige Mappe.

Da er kein weiteres Thema mehr anschnitt, zogen sich Miss Bilkins und Rektor Snider zurück. Sobald sie im Vorraum die kontrollierenden Blicke der blonden Sekretärin passiert und die Superintendentur verlassen hatten, schauten sie sich zunächst an. Dann zog Snider die Schultern leicht hoch.

»Ich hatte, offen gestanden, mehr erwartet.«

»Mehr Tadel, Mister Snider?«

»Mehr Ansprüche, Vorschläge. Eine gründliche Besprechung in Ihrem Beisein.«

Snider deutete damit an, daß Carrs Verfahrensweise für Miss Bilkins beleidigend gewesen war. Chester Carr hatte die zuständige Dezernentin nicht beachtet, ihre Meinung überhaupt nicht eingeholt. Miss Bilkins fühlte sich tatsächlich gekränkt, aber sie war weit davon entfernt, das zuzugeben. Sie lenkte ab.

»Die Baccalaureats-Feier wird ohne Zwischenfälle verlaufen, Mister Snider?«

»Ich treffe alle Vorkehrungen. Mahan scheint allerdings sehr beliebt gewesen zu sein.«

»Wer ist der Sprecher der Seniorschüler bei der Abschlußfeier?«

»Jerome Patton. Der Text liegt schriftlich vor.«

Während Snider und Bilkins bei den letzten Worten zu ihren Wagen gingen, saß Chester Carr allein in seinem Dienstzimmer. Auch er blieb unbefriedigt; Gedanken wühlten sich unter die schützende Schale seines Selbstbewußtseins wie Borkenkäfer unter die Baumrinden.

Die spitz formulierte Bemerkung Sniders über »verschiedene Dienststellen« konnte er nicht loswerden. Dieser Pfeil hakte fest. Hatte sich Clyde als agent provocateur verkauft und damit der Machtsphäre des Vaters entzogen? Was war in Snider gefahren! Diese Kreatur wagte Witze und Frechheiten. Das Team lahmte, es war auch im Laufe eines Dreivierteljahres nicht zu der festgeschlossenen, Kampfgeist atmenden Truppe geworden, die Chester Carr sich wünschte. Chester fühlte sich nicht entmutigt, aber zu erhöhten Anstrengungen gereizt.

Der Tag des Schulabschlusses brach an. Er war so warm, daß die Luft flimmerte. Die Aula, in der die Feier für die Senioren stattfinden sollte, war am frühen Morgen besonders gründlich gereinigt worden. Rektor Snider besichtigte den Raum noch einmal mit Ball zusammen und ließ den Blick dabei auch über die Wände des Saales gleiten.

In der unsicher gewordenen Atmosphäre kam dem Rektor die Aussage der Wandmalerei, die den Saal schmückte, zum erstenmal voll zum Bewußtsein. Die Bilder trugen das Signum der Künstlerin Queenie King. In eindrucksvollen, aber nicht auffallenden Farben, die in einem besonderen Verfahren hergestellt waren, wie Ball erklärte, war Leben und Geschichte des Stammes dargestellt: Tipi, Bison, Jagdarbeit der Männer, die Arbeit der Frauen bei den Zelten, die Lehre und Erziehung der Kinder, ihr aufmerksames Lauschen, die achtungsvolle Art, in der der Häuptling zu ihnen sprach. Das nächste Bild in der Reihe zeigte fremde Gesichter, Händler und Unterhändler, Offiziere, Soldaten. Ein Vertrag wurde geschlossen. Die Büffel verschwanden vom Bild. Der Vertrag wurde gebrochen. Hand in Hand gingen die indianischen Waisenkinder, deren Eltern getötet worden waren. Die Arbeit des Mannes war verloren. Mit selbstzufriedenem Gesicht schnitt ein Watschitschun den Kindern die Köpfe kahl. Die Bewohner der Prärie waren ihren Feinden unterworfen.

Rektor Snider ging dreimal rings um den Saal. Sein Schritt verlangsamte sich immer mehr, seine Gedanken aber schienen dabei in immer schnelleren Lauf zu kommen. »Unerhört«, kam es endlich aus ihm heraus. »Daß mir das noch nie aufgefallen ist! Diese Bilder wurden in der Ära der Direktorin Holland angefertigt?«

»Ja.«

»Und natürlich von Missis King. Zum mindesten muß ein Abschlußbild der Versöhnung und Zivilisierung oberhalb der Bühne angebracht werden. Haben Sie einen Vorschlag, Ball?«

»Ein Mitglied des Stammes ist Olympiasieger geworden. Vielleicht sein Porträt.«

»Wir müssen nach der Feier sofort darüber sprechen. Glauben Sie, daß die Schüler die aggressive Aussage der Bilder begreifen?«

»Es hat sie noch niemand darüber befragt.«

»Kein Wunder jedenfalls, wenn sich unter dem Eindruck einer solchen Bildwandzeitung schon bei den Jüngsten eine verbissene Abwehr verbreitet. – Was sagen Sie übrigens zu den Ergebnissen Wymans in der fünften Klasse, Ball? Ganz unter uns?«

»Ich habe den Eindruck, daß ein Protest organisiert wird.« Snider hatte mit seiner Frage eine sicher wirkungslose, daher ungefährliche, aber immerhin ihm gegenüber offene Kritik an Wyman herauslocken wollen; als er jedoch das Wort »Protest« hörte, schlug seine Stimme sofort und völlig um. Er brach seinen Rundgang durch den Saal ab, blieb stehen und schaute Lehrer Ball entsetzt an.

»Protest! Das fehlte uns noch. Bei Reservationsindianern hat es dergleichen doch glücklicherweise noch nie gegeben.«

»Täuschen Sie sich nicht, Snider. Bereits vor zwei Generationen hat ein Schulstreik bei den Navajo stattgefunden wegen eines ausgeschlagenen Auges und eines abgerissenen Ohrs. Und hier an unserer Schule ist auf Veranlassung des Büros in Washington schon einmal eine internationale Kommission erschienen, um die Erziehungsschwierigkeiten bei Indianern zu untersuchen. Das Ergebnis des Berichtes war nicht ganz das erwünschte. Man müsse erst die Lehrer erziehen, ehe man die Kinder erziehen könne.«

»Die Eltern müßte man erziehen!«

»Diese Elterngeneration ist bereits durch unsere Internate und Tagesschulen gegangen, Mister Snider.«

Snider stöhnte leise.

»Von der Sache, die Sie da erwähnen, habe ich weder in Washington noch bei der Bezirksverwaltung etwas zu hören bekommen. Wer hat die Kommission damals geleitet?«

»Ein Filipino.«

»Ein Farbiger! Ah so. Liegt der Bericht vor?«

»Gedruckt. Wird aber nur an nachweisbar Fachinteressierte ausgegeben.«

»Das dürfte ich immerhin sein. Glauben Sie, daß außer Ihnen noch irgend jemand auf unserer Reservation etwas von dem Untersuchungsergebnis ahnt?«

»Vielleicht das alte Verwaltungspersonal. Miss Bilkins kaum. Mahan sicher.«

»Wieso Mahan?«

»Er hat mich darauf aufmerksam gemacht.«

»Wird ja immer schöner. Und auf diesen Bericht folgte die Ära Holland?«

»Mit einiger Verzögerung, ja. Damals mußte mein Kollege Teacock abgehen, weil er vor Gericht seine eidlichen Aussagen gegen einen indianischen Schüler in leichtfertiger Weise gemacht hatte.«

»Gegen was für einen Schüler?«

»Joe King.«

»Joe King.« Rektor Snider setzte sich in die vorderste der leeren Stuhlreihen. Ball blieb neben ihm stehen.

»Ball, mir wird klar, was für eine prächtige Erbschaft ich hier übernommen habe. – Nebenbei: Was haben Sie für einen Eindruck von dieser Frau, die Mahan sich mitgebracht hat?«

»Eine kluge Frau. Sie gab privaten Nachhilfeunterricht an die voraussichtlichen Abgänger und Sitzenbleiber der fünften Klasse – mit ihrem Mann zusammen.«

»Sie gab . . . Ball, das sagen Sie mir erst jetzt?«

»Ich habe selbst erst gestern davon erfahren.«

»Erfolg haben die beiden mit ihrem Geheimunterricht jedenfalls nicht gehabt.«

»Das wird sich zeigen müssen, fürchte ich. Mahan hat sich das Einverständnis der Eltern für einen Ferienkurs geholt und will die Schüler zu Beginn des neuen Schuljahres von einer Kommission prüfen lassen. Das denkt er durchzusetzen.«

»Und mich hat er davon nichts wissen lassen? Heimtückisches Volk!«

Rektor Snider stand auf und verwandelte sich dabei vollends. Seine Miene wechselte. Die erschreckte Haltung und der kollegiale Ton waren wie fortgeblasen. Snider ging in den Kampf, denn er fühlte sich verpflichtet, wieder ganz Autorität zu sein. Chester Carr nahm Besitz von ihm.

»Mister Ball! Erstens: Wenn sich bei der Abschlußfeier die geringste Unregelmäßigkeit ereignet, mache ich nicht nur die Schüler, sondern auch die gesamte Lehrerschaft verantwortlich. Zweitens: Mister Warrior wird Clyde Carr das Betreten seines Lehrerhauses verbieten, und zwar sofort. Mit Doppelrollen ist es aus in meinem Schulrevier. Drittens: Morgen verläßt das Ehepaar Mahan Ihr Haus. Diese Indianer haben immer Verwandte, wo sie unterschlüpfen können. Sie haben mich verstanden, und ich erwarte, daß alle Angehörigen des Lehrkörpers noch vor der Feier von meinen Anordnungen in Kenntnis gesetzt werden. Sie übernehmen das, Mister Ball.«

»Yes, Mister Snider, Sie haben angeordnet.«

Rektor Snider schritt dem Ausgang zu, Ball folgte ihm. Der Rektor konnte das Gesicht des Lehrers nicht mehr sehen; Ball gab alle seine Runzeln der Sorge und Enttäuschung frei, so daß sie Stirn und Wangen überziehen konnten.

Vor der Aula trennte sich Ball von Snider und begab sich zu seinem Haus. Er wollte Mahan als ersten verständigen.

Als er an die Tür des Zimmers klopfte, das das Ehepaar zusammen bewohnte, und Mahan ihn herein bat, wurde Ball von innerer Ungewißheit befallen. Immerhin war er selbst es gewesen, der den Rektor über den heimlichen Nachhilfeunterricht informiert und Snider damit in besonderem Maße aufgebracht, seine letzten scharfen Entschlüsse ausgelöst hatte.

Was Ball in dem Zimmer der Mahans zu sehen bekam, hatte er nicht erwartet. Mahan selbst stand bei seinem gepackten Koffer, seine Frau schloß eben den ihren; das Schloß schnappte klickend zu. Cora Mahan richtete sich auf und trat neben Hugh, um Lehrer Ball zu begrüßen in der gleichen stillen, höflichen Weise wie ihr Mann, aus kaum überwindbarem Abstand.

Ball, der eine solche Haltung nach all dem, was die Mahans von ihm wissen konnten, nicht verdient zu haben glaubte, kühlte sein Gewissen ab.

»Sie ziehen aus, Mahan?«

»Yes.«

Mahan holte die Brieftasche aus dem braunen Lederrock, den er trotz der Hitze angelegt hatte und der auch im Koffer keinen Platz gehabt hätte, nahm ein Schreiben heraus und gab es Ball. Es war die Mitteilung, daß Mahans Probezeit mit diesem Tage, wie vorbestimmt, zu Ende sei und eine Anstellung nicht in Frage komme. Eine Begründung war nicht gegeben. Das Schreiben war drei Tage zuvor ausgefertigt und von Chester Carr persönlich unterschrieben. Ball gab das Papier zurück und hatte dabei einige Sekunden Zeit, zu überlegen, was er sagen wollte.

»Sie kommen doch beide zu der Abschlußfeier heute? Wir haben es hier immer so gehalten, daß auch die Frauen der Lehrer teilnehmen.«

»Wir kommen.«

»Ich bin verpflichtet, Ihnen zu sagen, daß Rektor Snider in Sorge ist, die Feier, bei der der Superintendent sprechen wird, könne auf irgendeine Weise demonstrativ gestört werden. Er macht uns Lehrer alle mitverantwortlich dafür, daß nichts dergleichen geschieht.«

»Wir nehmen das zur Kenntnis, Mister Ball.«

Ball blies Luft durch die Lippen, Andeutung eines Seufzers, und betrachtete noch einmal ohne Aufdringlichkeit die beiden Menschen, die vor ihm standen. Hugh Mahan kannte er aus täglicher Begegnung und vielen Gesprächen. Es war ihm nicht gelungen, ihn für die Art der Kompromißbereitschaft zu gewinnen, in deren Atmosphäre er selbst existierte und wirkte. Für Mahan gab es Grenzen, über die hinaus er niemals nachgab. Cora Mahan kannte Ball kaum, obgleich auch sie seit Monaten in seinem Haus gewohnt hatte. Gegenüber seinen flüchtigen Eindrücken erschien sie ihm heute neu, nicht nur schlank, zart, nicht nur wohlgebildeter Körper und kluges Gesicht. Sie war überraschend offen und schön geworden wie die Blumen, wenn über Nacht Wärme kommt. Und das an dem Tage, an dem ihr Mann entlassen war. Es gab Rätsel.

»Mahan, ich werde auf meinem schmalen und hindernisreichen Weg weiterhin versuchen, Kindern Ihres Stammes beizustehen. Sie werden aus unserer Gemeinschaft hier hinausgedrängt. Es wäre abgeschmackt, Ihnen Gutes zu wünschen in der Stunde, in der mein Volk dem Ihren wieder einmal unrecht tut. Ich hoffe aber ehrlich, daß Sie eine neue Möglichkeit finden zu wirken. Glauben Sie mir das wenigstens?«

»Yes.«

Man ging gemeinsam, das Ehepaar Mahan zu seinem Wagen, um die beiden Koffer in den Gepäckraum zu geben, Ball hinüber zu dem Hause Ron Warriors; er wollte auch dort die Anordnungen des Rektors mitteilen. Welche Diskussion ihm dabei bevorstand, glaubte er zu wissen, als er hinter dem Fenster Clyde Carrs Gesicht erkannt hatte. Aber er täuschte sich. In der Haustür begegnete er Clyde, der ihn vergnügt grüßte und, den Campingbeutel über der Schulter, soeben das Haus verließ.

Warrior kam Ball entgegen, führte ihn in den Raum mit dem großen Glasfenster, in dem die Spielsachen auf dem Boden an die Kinder erinnerten, und bat ihn, Platz zu nehmen.

»Ball, Sie sehen derart ernsthaft aus, daß Sie nur unmittelbar vom Rektor oder von Mahan kommen können.« Ron Warriors Mienenspiel durchlief alle Phasen von Zynismus zu Freundlichkeit, von Offenheit zur Abschirmung, und Ball hätte nicht sagen können, wo sich die Wahrheit zeigte. »Ball, es ist schade um Mahan. Wissen Sie, ob die Frau eine Beschäftigung sucht? Sie gefällt mir.«

»Ich weiß gar nichts, Warrior, als daß Rektor Snider drei Entscheidungen getroffen hat: Bei der Abschlußfeier wird es keine Störungen geben, die Mahans ziehen spätestens morgen aus, Clyde Carr wird sich künftig in keinem Lehrerhaus mehr sehen lassen.«

»O. k., Ball. Clyde ist abgezogen, die Mahans sind bereits ausgezogen, und der Superintendent wird uns bei der Abschlußfeier ungestraft langweilen dürfen. Genug?«

»Warrior, ich kann mir nicht denken . . .«

»Ball, überlassen Sie das Denken den Indianern. Wir haben zu lange versucht, ihnen das Denken abzunehmen.«

»Was heißt, ›Wir‹? Auch Sie sind Indianer.«

»Ich gehöre zum ›staff‹ als Teil Ihrer Denkmaschine. Männer wie Mahan und Joe King können Sie in das Getriebe aber nicht einschalten. Sie werfen solche Leute hinaus, oder das Getriebe stockt. Ich möchte wissen oder ich möchte vielmehr lieber nicht wissen, was Hugh und Cora im Nachhilfeunterricht den Zwölfjährigen z. B. über amerikanische Geschichte beigebracht haben.«

Ball verbarg sein Erstaunen nicht. »Ach — Sie wissen — Sie wußten —«

»Das ist die Telepathie oder der Bereich fliegender Untertassen im täglichen Leben, Ball. Versuchen Sie nichts zu ergründen, alle Experimente in dieser Richtung schlagen fehl. Aber wenn Sie wollen, nehme ich Ihnen die weiteren Gänge in die Lehrerhäuser ab; Sie sind viel zu gewichtig, um den Ansager zu spielen. Solche Aufgabe paßt besser zu mir. Und ich garantiere Ihnen für den Erfolg.«

»Ja — dann, bitte.«

Ron Warrior eilte fort.

Ball ging in sein Haus zurück. Es wirkte leer auf ihn, nachdem Hugh und Cora Mahan es verlassen hatten. Vielleicht war es ein Fehler, sagte Lehrer Ball zu sich selbst, daß er nicht geheiratet hatte. Aber was für eine Frau mußte das sein, von der er sich in seiner jetzigen Stimmung hätte begrüßt sehen wollen?

Am folgenden Tag würden zwei Monate Ferien beginnen. Er hatte im Gegensatz zu seinen Kollegen noch keinerlei Pläne gefaßt, um der Prärie und dem Anblick der Schulgebäude im Sommer zu entrinnen. Vielleicht konnte Mrs. Carson seiner Ferienphantasie Flügel leihen. Er würde morgen in die Agentursiedlung fahren und sie aufsuchen.

Lehrer und Schüler begaben sich zum Abschluß-Lunch.

Es fand im großen Speisesaal statt und verlief nach außen hin auf eine alltägliche Weise. Jeder hatte seinen alten Platz. Warrior und Mahan aßen zum letztenmal gemeinsam an den langen Nachbartischen zusammen mit ihren Beginner-Zöglingen. Es fiel kein Wort. Selbst Warrior sparte sich jede Bemerkung, und dies war das Ungewöhnliche. Cargill saß entfernt bei der Klasse der Absolventen. Auch auf die Entfernung hin fiel auf, wie blaß er war. Es gab die übliche Suppe, noch einmal die beliebten Büffelfleischbuletten, rote Speise mit gelber Soße und ein Glas Milch, das Mahans Gesundheit stets wohlgetan hatte. Lehrer Ball hatte sich an den Tisch der fünften Klasse gesetzt, zusammen mit Wyman. Rektor Snider beobachtete das mit Befriedigung; er hielt es für eine demonstrative Geste Balls im Sinne von Gesetz und Ordnung, die nicht gestört werden durften. Balls wahre Absicht war gewesen, noch einmal bei den Schülern zu sein, die ein schweres Jahr hinter sich hatten; aber obgleich er freundlich mit diesem oder jenem sprach, kam diese Absicht nicht zutage, und niemand verstand den Senior der Lehrerschaft so, wie er verstanden sein wollte.

Das Essen wurde rasch beendet.

Die Abschlußfeier für die sechzehn Schüler, die das Baccalaureat bestanden hatten, war auf 12 Uhr angesetzt. Der große Saal mit den von Rektor Snider beanstandeten Bildern füllte sich schon vor der Zeit mit den geladenen Teilnehmern. Mahan hielt sich als letzter in der Reihe, aber Ball und Cargill warteten und nahmen ihn in ihre Mitte. Miss Hay richtete es so ein, daß sie neben Cargill Platz nahm. Ihre Kastanienlocken waren von Frisörhand hübsch gelegt, aber ihre Empfindungen, die in ihren lebhaften wechselnden Mienen zum Ausdruck zu kommen pflegten, blieben sichtlich unharmonisch. Sie fühlte sich jung, aber von niemandem geliebt, angestrengt, aber nur mäßig erfolgreich.

In der Reihe hinter den Lehrern fanden sich die Schüler der elften und der zehnten Klasse ein, endlich die Angehörigen der Senioren, die heute gefeiert werden sollten, und die Lehrersfrauen. Rektor Snider, Superintendent Carr, Stellvertretender Superintendent Shaw, Dezernentin für das Schulwesen Miss Bilkins, der ergraute Chief-President des Stammes, Jimmy White Horse, mit seiner mächtigen, aber zum Ducken neigenden Gestalt und zwei Mitglieder des Stammesrates nahmen in der vordersten Stuhlreihe Platz.

Als das geschehen war, begann der Einzug der Senioren, getrennt nach Mädchen und Jungen, in der traditionellen schwarzen Baccalaureats-Tracht, in weiten Mänteln mit viereckigem Barett.

Sobald sie neben den Respektspersonen in der ersten Reihe Platz genommen hatten, betrat das Schulorchester die Bühne und spielte; der Schulchor sang.

Das Spiel und die Lieder fanden Achtung ohne Echo. Es war still im Saal.

Jerome Patton trat in seinem Baccalaureats-Ornat an das Rednerpult auf der Bühne. Durch die veränderte Kleidung wirkte auch er verändert, älter als sonst, ernst, ganz verhalten. Mit einer deutlich sichtbaren Geste legte er das Blatt mit dem Text seiner Ansprache auf das Pult und las ab. Er schaute dabei die Zuhörer nicht an, sondern las mit gesenkten Augen vor. Es war der Dank der Schüler an die Verwaltung, an die Schule, an die Lehrer und die Selbstverpflichtung, sich dessen würdig zu erweisen. Nach dem letzten Wort verließ Jerome Patton sofort das Pult und begab sich zu seinen Mitschülern in die erste Sitzreihe zurück.

Snider, Carr, Shaw, Bilkins, Jimmy White Horse und seine beiden Kollegen aus dem offiziellen Stammesrat spendeten einen rasch ersterbenden Beifall. Ball hatte die Hände nicht gerührt. Er kannte Jerome gut genug, um zu wissen, was die Art seines Verhaltens bedeutete, und er war traurig.

Als nächster Redner nach Jerome Patton trat der Superintendent selbst an das Stehpult, Rektor Snider führte ihn ein. Carr las nicht ab. Er sprach frei, während seine Hände das Pult rechts und links faßten und seine wasserblauen Augen die Senioren fixierten, die alle an ihm vorüber ins Nichts oder in ihre eigenen Träume schauten. Er sagte, was hundert Jahre hindurch seine Vorgänger jedes Jahr und bei jeder Gelegenheit gesagt hatten. Er pries die Anstrengungen der Verwaltung und der Schulleitung; er ließ einen sehr kurzen Dank an die Lehrer einfließen. Er lobte die Senioren, die ihr Baccalaureats-Examen bestanden hatten, und ermahnte sie, weiterhin fleißig und gewissenhaft zu sein und sich einer großen Nation würdig zu erweisen. Es war nicht viel, was er zu sagen hatte, aber es fiel ihm auch nicht schwer, zu jedem Punkt zwanzig bis vierzig Sätze zu machen. Dadurch zog sich seine Ansprache in die Länge, und im Saal ließ sich eine Kleinkinderstimme hören. Es war der einzige Augenblick, in dem sich die Stimmung lockerte und ein Lächeln auf vielen Gesichtern erschien. Es schwand wieder, als das Kind still wurde und Mister Carr weitersprach. Einmal jedoch mußte er aufhören. Es ließ sich nicht vermeiden. Die Personen in der ersten Reihe klatschten und fanden für ihren Beifall ein peinlich schwaches Echo. Die Senioren in den weiten schwarzen Mänteln erhoben sich und gingen hinauf auf die Bühne, um sich allen Teilnehmern noch einmal als Gruppe zu zeigen. Der Beifall für sie brach los wie ein unversehens sich erhebender Sturm. Sie reagierten scheinbar nicht darauf. Keine Miene rührte, keine Hand bewegte sich; die langen Mäntel fielen von den Schultern her zu den Füßen, als seien sie die Mäntel von Statuen. So stand die Gruppe da wie ein einprägsames Denkmal. Es währte lange, bis der Beifall abflaute.

Als er verstummte, gingen die sechzehn jungen Menschen wie auf ein unsichtbares Zeichen hin auseinander, in zwei Reihen, einer hinter dem anderen, Mädchen und Jungen getrennt, zurück zu ihren Plätzen.

Rektor Snider erhob sich und gab den Abschluß der Feier bekannt. Die Schüler der oberen Klassen, Lehrer und Angehörige waren noch zu einem Tanzvergnügen eingeladen. Platz des Vergnügens sollte der Speisesaal sein; der Beginn war in einer Stunde angesetzt.

Rektor Snider bot in der Zwischenzeit im Lehrerzimmer den Beamten und Lehrer Ball eine Erfrischung an.

»O. k., überstanden«, sagte Chester Carr und leerte das zweite Glas Coca-Cola. »Alles recht steif und der Beifall falsch verteilt, aber immerhin – die Ordnung nicht gestört. Diese Leute müssen nur wissen, daß gegebenenfalls durchgegriffen wird.« Das somit eröffnete Gespräch blieb gezwungen und lief nur mit Unterbrechungen dahin. Ball beteiligte sich kaum. Er lauschte nach draußen und trat hin und wieder an ein Fenster, um auf den Vorplatz hinauszuschauen. Er suchte Mahan, von dem er sich noch einmal verabschieden wollte. Aber er konnte ihn lange nicht entdecken.

Endlich sah er ihn und seine Frau auftauchen, im Gespräch mit King, mit Byron Bighorn, mit Julia Bedfort und Jerome Patton, mit Burt und Alice. Aber gleich löste sich diese Gruppe wieder auf und war auch schon verschwunden. Der Vorplatz und das Gelände um das Staubecken leerten sich rasch. Ball kehrte zum Gespräch mit den Beamten zurück.

Bald darauf aber fühlte er sich durch die Geräusche abfährender

Wagen auf eine ihm selbst nicht ganz erklärliche Weise beunruhigt, und unter dem Vorwand, in dem Speisesaal, der für den Tanzabend eingeräumt werden sollte, nach dem Rechten sehen zu wollen, verließ er das Lehrerzimmer und lief dorthin. Die Tische waren ordnungsgemäß weggebracht, die Stühle rings an der Wand aufgestellt, der Platz für das Orchester eingerichtet. Es ließ sich aber noch niemand sehen. Bei der schwülen Wärme des Sommertages schien es auch nicht allzu verwunderlich, daß man mit dem Beginn des Tanzvergnügens noch etwas warten wollte. Ball suchte sich mit diesem Gedanken zu beruhigen.

Er ging auf den Vorplatz der Schule, auf dem kaum jemand mehr anzutreffen war. Er schaute sich nach den Wagen und Pferden um. Sie waren verschwunden. Mit aufspringender Nervosität suchte Lehrer Ball nach den Mitgliedern des Tanzorchesters. Sie ließen sich nirgends finden. Die Instrumente standen noch an dem Platz im Internat, von dem sie abgeholt werden sollten. Ball eilte zu den Lehrerhäusern. Vor dem Hause Ron Warriors spielten dessen Kinder, und als der Lehrer bei ihnen stehenblieb, kam Ron mit seiner Frau heraus.

»Nun, Ball? Ist Chester Carr zufrieden?«

»Nicht ganz. Der Beifall war falsch verteilt.«

»Er war spontan. Dagegen ist kein Kraut gewachsen. Hockt Carr noch immer in der Schule? Er will doch nicht etwa das Tanzvergnügen eröffnen?«

»Es scheint fast so.«

»Legen Sie alle Schlingen und gebrauchen Sie alle Listen, Ball, um Chester noch rechtzeitig wegzubringen.«

»Was heißt rechtzeitig?«

»Es wird nicht getanzt werden.«

»Warum nicht?«

»Weil keine Tänzer mehr da sind. Alle sind abgerückt, sogar die Senioren aus dem Internat. Schauen Sie sich doch um!«

»Ja, das habe ich getan. Es ist also Verabredung.«

»Von wem wollen Sie verlangen, daß er tanzt, wenn Mahan geht und Wyman bleibt? Der offizielle Teil der Feier für die Senioren ist ordnungsgemäß beendet. Die Trauerfeier für Wymans Klasse beginnt – irgendwo, irgendwann.«

»Sie sind alle fort. Das also ist ihre Antwort.«

»Yes, um mit Mister Hugh Wasescha Mahan zu sprechen.« Ball

nickte vor sich hin. Als er zum Schulgebäude zurückging, traf er dort die Gruppe der Amtspersonen schon am Schultor. Sie war um eine Person vermehrt, Wyman hatte sich eingefunden.

»Nun, Mister Ball«, fragte der Superintendent, »haben Sie auch festgestellt, daß der Tanzsaal leer bleibt?«

»Es ist nichts als eine frech organisierte Provokation gegen den Superintendent und gegen mich – und für diesen Mahan«, rief Wyman.

»Ich verstehe nicht, Mister Wyman«, antwortete Ball, nur scheinbar ohne Unruhe, »wie Sie die Person des Superintendent hier hereinziehen können. Die meisten Schüler, ja, man kann wohl sagen, alle Schüler und die meisten ihrer Angehörigen haben Mister Carr heute zum erstenmal in ihrem Leben gesehen. Wenn Sie selbst sich getroffen fühlen, so ist das etwas anderes, und es wäre darüber zu sprechen, warum.«

Nick Shaw, der Stellvertreter des Superintendent, griff in die beginnende Auseinandersetzung ein und beendete sie zugleich. »Wir wissen jetzt, woran wir sind, und das wird seine Folgen haben.«

Der Wagen des Superintendent wurde vorgefahren; Shaw stieg mit ein. Die Haltung der beiden Herren war selbstbewußt und feindselig.

Nach der Abfahrt aller Amtspersonen kettete Wyman sich an Ball und ließ diesem keine andere Wahl, als ihn zu seinem Haus zu begleiten. Ball beobachtete dabei, wie Cargill herbeikam und Rektor Snider ansprach mit irgendeinem Anliegen, das dem Rektor nicht genehm zu sein schien.

Wyman aber, ärgerlich über Balls geteilte Aufmerksamkeit, nahm diesen sogleich wieder ganz für sich in Anspruch.

»Ich lasse mir diese Unverschämtheit der Red Indians nicht bieten, Ball.« Wymans Gefühle kochten; seine Selbstbeherrschung war in unsicherer Bewegung wie ein Deckel, der vom Dampf gelüftet wird. »Hinter dieser Demonstration steckt Mahan, und Bilkins scheint ausgerechnet mir noch Schuld in die Schuhe schieben zu wollen. Sie ist weiter nichts als eine junge Gans.«

»Mäßigen Sie sich, Wyman.«

»Kommen Sie zu uns herein, und nehmen Sie das Dinner mit uns, Ball. Ich muß Sie darüber aufklären, was hier gespielt wird.«

Während Mrs. Wyman, mager und scharfblickend, zuerst einen

Drink für alle gemeinsam auf den Tisch brachte und dann weiter um das leibliche Wohl besorgt war, entwickelte Wyman seine Weltanschauung. Er unterrichtete seinen Gast in pausenlosem Erguß über seine üblen Erfahrungen mit farbigem Volk, ganz besonders mit Hugh Mahan und Cora Chapela, jetziger Mrs. Mahan. Ball blieb nichts übrig, als zuzuhören. Endlich verlangte es ihn nach einem zweiten Drink.

»Etwas Schärferes, Ball?«

»Ja, etwas Schärferes. Ich muß hinunterspülen.«

»Tun Sie das. Was bleibt einem in dieser vertrockneten Prärie zwischen den stinkenden Indsmen anderes übrig. Ich sage Ihnen und vergessen Sie das nie, Ball: Die Rothäute sind schmutzig, faul und hinterlistig. Was sie können, haben sie nur von uns gelernt, und dafür geben wir auch noch unsere Steuergelder aus; ich bin neugierig, wie lange wir uns diese fruchtlose Art von Wohlfahrtspolitik noch leisten wollen.«

»Wir geben keine Wohlfahrts- und Bildungsunterstützung, Wyman. Diese Gelder sind Zahlungen für abgetretenes Land; sie basieren auf Friedensverträgen internationalen Charakters, die mit den damals noch selbständigen Stämmen abgeschlossen wurden. Erinnern Sie sich an die Rede unseres Präsidenten!«

»Abgetretenes Land! Darüber müssen Sie selbst lachen, Ball. Wir hätten die Roten zusammenschießen können. Wir haben sie leben lassen und bezahlen für unsere Dummheit.«

»So denken Sie! Und sind doch Lehrer für Indianerkinder geworden. Wie merkwürdig das Leben manchmal spielt.«

Wyman schaute Ball von der Seite an; er ahnte einen Hintersinn in dessen Worten.

Gegen neun Uhr abends verabschiedete sich Ball. Auf dem Heimweg, der nur hundert Meter betrug, traf er Cargill, offenbar nicht zufällig. Der junge Lehrer schien auf ihn gewartet zu haben.

»Kommen Sie mit, Cargill, ich bin sonst zu allein, und Sie sehen mir heute zu bleich aus.«

Es ergab sich, daß Ball mit seinem Gast in dem Zimmer Platz nahm, in dem Hugh und Cora Mahan gewohnt hatten. Ball war sich nicht bewußt gewesen, daß er dorthin lenkte; seine Füße hatten wie selbständig gehandelt.

Cargill lehnte ab, etwas zu sich zu nehmen; er mochte sich auch nicht setzen. Er war jetzt zu erregt und wollte sofort sprechen.

»Mister Ball, ich habe vorhin erfahren, daß Mahan nicht eingestellt wird. Wenn von unserer Seite nicht sofort etwas geschieht, schäme ich mich so, daß ich nicht mehr zu arbeiten vermag. Mahan war unser bester Lehrer; ich habe ein Schuljahr hindurch mit ihm zusammen gearbeitet und weiß es. Wenn Miss Hay und Warrior aufrichtig sind, werden sie zugeben, daß er auch unser bester Erzieher war. Ihn davonjagen und Wyman, den Schülerschinder, ungeschoren lassen! Halten Sie das aus? Können Sie dazu schweigen? Sie können es nicht, Mister Ball, so wenig wie ich! Wenn schon dieser manipulierte Stammesrat keinen Finger rührt und die Eltern der Schüler keinerlei Rechte haben, einzugreifen, dann müssen wir es tun, wir Lehrer!«

»Cargill! Sie werden bei Snider keine Zustimmung finden!«

»Selbstverständlich nicht, denn er ist ja eingesetzt worden, um die Linie Carr zu vertreten. Ich schreibe direkt nach Washington. Der Leiter des Büros ist ein Indianer!«

»Ein Indianer in dem Spinnennetz der Bürokratie. Je mehr er sich zu rühren versucht, desto hoffnungsloser wird er verstrickt.«

»Das muß sich erst noch zeigen. Mein Brief ist geschrieben. Hier, lesen Sie, Mister Ball. Und bitte unterschreiben Sie mit.«

Ball nahm das Blatt, setzte sich, las und faltete das Papier wieder zusammen.

»Cargill, damit riskieren Sie Ihre Stellung.«

»Lieber die verlieren als meine Selbstachtung. Irgendeinen anderen Job wird es für mich im großen Amerika noch geben, und wenn nicht, dann eben in einem anderen Land.«

»Sie verstehen, Cargill, daß ich nicht mit unterschreiben kann. Ein Brief von Ihnen an den Hohen Kommissar ist eine Privatangelegenheit. Ein Brief mit zwei Unterschriften ist bereits eine Petition, eine Beschwerde, die wir zuerst Snider, Bilkins und Carr vorlegen müßten, ehe wir den direkten Weg nach Washington einschlagen.«

»Snider weiß von dem Inhalt.«

»Und?«

»Er hält mich für verrückt. Für indoktriniert, zu falschen Meinungen verführt von Mahan. Aber dieser Brief geht ab. Verlassen Sie sich darauf.«

»Cargill, wollen Sie Ihre Schüler verlassen?«

»Mister Ball, wollen Sie noch weiterhin Kinder an Wyman ausliefern? Solche Möglichkeiten müssen unmöglich gemacht werden, einfach unmöglich! Clyde Carr hat vollkommen recht. Die Indianer müssen ein Selbstbestimmungsrecht über die Schulen ihrer eigenen Kinder erhalten; das gehört zu ihren Menschenrechten als Minorität. Wie die Indianer selbst denken, haben Sie ja eben erlebt. Ich finde diese Demonstration des Unsichtbarwerdens großartig.«

»Wie die Indianer denken? Zu den Indianern gehören auch der große indianische Rancher Whirlwind, der manipulierte Stammesrat und der oft betrunkene Chief-President Jimmy White Horse.«

»Hoffentlich werden diese Leute bald aus ihren Ämtern vertrieben. Sie haben unseren sechzehn erfolgreichen Senioren noch nicht einen einzigen Job in Aussicht stellen können. Jerome Patton hat seine Lehrstelle durch King erhalten, Julia Bedfort geht zu ihrem Bruder Gerald auf die King-Ranch, um mit dem Baccalaureat Kühe zu hüten und sich ihr Essen und das Dach über dem Kopf zu verdienen. Burt, unseren besten Schüler, habe ich für ein Collegestipendium vorgeschlagen, aber Carr gibt seine Unterschrift nicht. Alice wollte in der Kunsthandwerksschule anfangen, aber Miss Bilkins erklärt, es sei unsicher, ob diese überhaupt weitergeführt werden dürfe. Vierzehn werden also arbeitslos sein! Nun – im Herbst wird gewählt, und wir hoffen auf einen neuen Stammesrat.«

»Wir? Was heißt ›Wir‹?«

»Freunde der Gerechtigkeit und einer entrechteten Minorität.«

»Cargill, in Amerika gibt es Amerikaner, aber keine Minoritäten.«

»Sagen wir. In Wahrheit haben wir uns Minoritäten geschaffen, weil wir Weiß, Schwarz und Rot unterscheiden, Englisch und Spanisch und weil wir nur einen Typ und eine Sprache gelten lassen wollen: Weiß und Englisch. Von daher stammt unsere Barbarei.«

»Von daher stammt die Kraft unserer Nation, die alle Zuwanderer integriert.«

Cargills blasses Gesicht wurde wieder lebensfarben.

»Ball, ich sehe, daß Sie nicht Kompromisse schließen, sondern falsche Ansichten haben. Die Indianer sind nicht zugewandert, sondern eingeboren; wir haben sie in Reservationen eingesperrt und damit als Volk erhalten. Die Neger sind verschleppt, und die Spanier sind erobert. Wir müssen die Probleme endlich begreifen, wie sie sind.«

»Cargill! Was ist in einem Jahr aus Ihnen geworden? Sie machen mir Kopfweh, das mich am Nachdenken hindert.«

»Umdenken ist immer schmerzhaft, Mister Ball. Das weiß ich.« Cargill setzte sich nun doch. Seine schmale Figur, der fragende und bittende Blick, den er auf den von ihm persönlich verehrten Kollegen und Senior der Lehrerschaft warf, ließen ihn trotz der Entschiedenheit, mit der er seine Ansichten vortrug, bescheiden wirken.

Ball steckte sich eine Zigarette an; Cargill lehnte dankend ab, er rauchte nicht.

»Ich will Ihnen gestehen, Cargill, daß ich Ihnen die Äußerung ›Clyde Carr hat recht‹ nicht abnehme. Was Sie jetzt gesagt haben, das klingt nicht nach Clyde; das klingt präzise und logisch. Das ist Hugh Mahan. Habe ich recht?«

»Sie haben recht, Mister Ball. Ich bin der Meinung, daß ein Mann mit solchen Ansichten an unserer Schule wirken kann. Denn Minoritäten werden um so loyaler sein, je ungehinderter sie ihr Menschenrecht genießen. Die Indianer sollen als Soldaten für unser Land sterben, also müssen sie in unserem Land auch ihr eigenes Recht zum Leben erhalten.«

»Solche Probleme sind ein weites Feld, Cargill.«

»Das sind Entscheidungen heute und hier, Mister Ball.«

»Sie sind außer sich, Cargill. Im wahrsten Sinne des Wortes. Sie sind von Natur ängstlich, aber der Zorn ist mit Ihrer Psyche aus Ihrer alten Haut hinausgefahren. Ich bewundere Sie, offen gestanden, aber ob Sie im gegebenen Augenblick das Richtige tun, ist für mich eine andere Frage.«

Cargill nahm den Brief wieder an sich.

»Sie unterschreiben also nicht, Ball. Mich trifft das, denn ich schätze Sie hoch. Aber jeder von uns muß jetzt Stellung beziehen. Unsere Nation spaltet sich im großen und im kleinen. Und was ist überhaupt groß, was klein? Ein einziges Kind, aus dem eine Persönlichkeit werden kann, ist etwas Großes!«

»Cargill, falls es zu einem Skandal kommen sollte, können Sie gewiß sein, daß ich, befragt, mit keiner Lüge antworten werde.«

»Ball, das ist ein Wort. Ich habe mich doch nicht in Ihnen getäuscht.«

Während die Diskussionen in den Lehrerhäusern und in der Agentursiedlung liefen, befand sich eine Karawane über und über besetzter Wagen auf der Straße zu den bewaldeten Hügeln jenseits von New City. Joe an der Spitze sorgte für ein mäßiges Tempo.

Die erst sanft, fast unmerklich zum Abend neigende Beleuchtung über Himmel und Erde ließ die braun-graue Prärie in allen ihren Wellen deutlich werden. Die fernen Waldhügel tauchten aus dem verschwimmenden Horizont auf und hoben sich vor dem Auge höher und höher. Die Sonne stieg herab, ihre Strahlen verloren die sengende Kraft und grüßten mit schillerndem Licht. Über die Grenze zwischen Himmel und Erde leuchtete das goldene Gelb auf, in das die Abschied nehmende Sonne hineinsank.

In den Wagen blieb es still. Kein Geschwätz störte die Fahrer, deren Platz von ihren Gästen beengt war. Die wenigen Fahrzeuge, die den Konvoi überholen wollten, taten es ohne Mühe, denn es gab so gut wie keinen Gegenverkehr auf der gewählten Straße. Die Vorüberfahrenden warfen erstaunte Blicke auf die Karawane der Indianer, und wahrscheinlich lächelten sie mitleidig über die Mischung von schnellen Sportwagen und uralten, überholungsbedürftigen Fahrzeugen. Wer unter den Vorüberfahrenden schon im Westen gewesen war, erklärte wohl der Familie oder den Fremden, daß Indianer in solchem Haufen sich zu einem Pauwau, zu einer Schaustellung ihrer Kostüme und Tänze vor den Touristen, begäben, die sich um diese Jahreszeit massenweise in den Waldhügeln aufhielten.

Es war noch immer hell, als man auf kurvenreichen Straßen in die Wälder und Berge hinauffuhr.

Die schweigsamen Fahrer und ihre in den Wagen sich drängenden Gäste blieben so ernst, wie sie diese Fahrt angetreten hatten, und wer nicht am Steuer saß, ließ die Gedanken um die Wälder und Hügel spielen, die einst das Kerngebiet des Stammes und in heißen Kämpfen umstritten gewesen waren.

Das Gelbfeuer am Horizont verblich, der Wind strich durch die Kronen der Kiefern. Die fremden Wagen fuhren ab oder suchten die Campingplätze und den Parkplatz des bekannten Hotels auf. Die Straßen wurden völlig leer.

Joe lenkte von der betonierten Fahrbahn ab, in einen unbefestigten Weg ein, an dem man ungestört und gebührenfrei parken konnte. Alle stiegen aus. Aus den Kofferräumen kamen der bescheidene Proviant, bei vielen Wagen auch große Packen von Lederkleidung hervor. Der gemeinsame Fußmarsch begann in einer langen Reihe; Joe King führte wieder. Bei Hugh und Cora Mahan fanden sich die fünfzehn Elf- und Zwölfjährigen, sechs Mädchen und neun Jungen ein, die als Sitzenbleiber von der Schule abgehen wollten, falls sie gezwungen wären, die fünfte Klasse unter Wyman zu wiederholen.

Der Weg durch den Bergwald war etwa eine Stunde weit. Die Füße fühlten Erde, Reisig und Steine, die Lungen atmeten die Luft, aus Waldgeruch und Wind gemischt, das Ohr nahm die leisen Geräusche des Wanderzuges selbst und da und dort das Rascheln von Getier auf, das flüchtete und sich verbarg. Als ein vorspringendes Plateau zu Füßen eines kahlen Gipfels erreicht war, hielt Joe Inya-he-yukan King an. Der Abend des langen Sommertages war auch auf dieser Höhe noch schmeichelnd warm. Die Schar der neunzig Männer, Frauen, Kinder, Burschen und Mädchen, die mitgenommen worden waren, bildete einen weiten Kreis. Sie lösten ihre Pakken auf und legten ihre Festkleider an, die sie von Eltern und Großeltern geerbt oder sich auch mit Mühe und Ausdauer selbst neu gefertigt hatten. Wer kein indianisches Kleid besaß, trug doch ein indianisches Abzeichen. Angesehene Männer, die berechtigt waren, die Adlerfederkrone zu tragen, nahmen sie aufs Haupt. Mutter Mahan hatte ihrem Sohn Wasescha die Kleidung seines Vaters, eines Kriegers und Anführers, mitgesandt; der Rock war reich mit den Fäden aus Stachelschweinsborsten bestickt; Wasescha legte ihn zum erstenmal an. Den Kopfschmuck des Vaters aus Adlerfedern wollte Hugh Wasescha jedoch nicht aufs Haupt nehmen, da er ihm nicht zukam. Joe Inya-he-yukan, der als heimlicher Häuptling des Stammes selbst die Adlerfederkrone und die Adlerfederschleppe trug, achtete und bejahte Hugh Waseschas Entscheidung, und Hugh nahm das Stirnband um, das die Symbole des Donnervogels und des Tipi zeigte. Er war überrascht, als er Magasapa in dem langen bestickten Lederkleid sah, das Queenie Tashina für sie mitgebracht hatte; das »Schwarze-Wildgans-Mädchen« trug ihr Haar offen, in der Mitte gescheitelt, nur von dem Stirnreif mit dem Zeichen des Tipi gehalten; sie wirkte wie Queenie Tashinas Schwester, ein wenig schmaler, ein wenig größer. Wasescha nahm das Bild in sich hinein. Als sich alle im Rund auch äußerlich verwandelt hatten und der Himmel auf ein Indianerlager herunterblickte, war die große Ledertrommel schon aufgestellt; vier Männer als Trommler deuteten mit den ersten leise klingenden Trommelschlägen an, daß das Fest beginnen würde, und die vier Sänger setzten mit dem Gesang in hohen Tönen ein.

Alle erhoben und ordneten sich zum einleitenden Tanz; voran

gingen die Würdenträger, den Beschluß machten die Frauen und Kinder. Den Schritt zum Trommelschlag kannte jeder; Cora Magasapa hatte ihn schon als Fünfjährige gemacht, Hugh Wasescha hatte in dem Indian Center von Chicago, in dem die Heimatlosgewordenen sich regelmäßig zu ihren alten Tänzen versammelt hatten, alle Tanzarten gelernt. Der Trommelrhythmus ging in Nerven und Muskeln; zum erstenmal seit ihrer frühen Kinderzeit konnten sich Wasescha und Magasapa wieder ganz eins fühlen mit den Männern, Frauen und Kindern ihres Stammes, mit der Trommel und mit dem Gesang der Ewigkeit und Wiederkehr von Tag und Nacht, Sommer und Winter, Leben und Tod. Es war ein kräftiger Rhythmus, der durch die Tänzer durchschwang. Als der einleitende Tanz, der den Stamm und seine alte Ordnung darstellte, beendet war, fanden sich die Männer und ihre Frauen, die Burschen, die Buben, die Mädchen zum fröhlichen Hühnertanz als Paare zusammen. Hugh Wasescha erkannte ein unbeschwert heiteres Lächeln, ein lautloses Strahlen auf Cora Magasapas Zügen; der Anlaß war so klein – ihre eigenen Füße drehten sich im wirbelnden Rhythmus –, der Grund war fest und groß; das Wildgans-Mädchen war heimgekommen zu ihrem Stamm, ihrem Tipi, zu ihrem Mann, genannt Wasescha, Red Paint for the Face. Die beiden jungen Menschen schauten auf die noch jüngeren. Die sechs Burschen unter den »Senioren« gingen mit sechs ihrer Mitschülerinnen; Julia Tatokala aber tanzte mit Ken; es war ein temperamentvolles, heftiges Paar. Jerome Patton hatte Alice gewählt, die seinen ruhigen Rhythmus mit Scherzen ihrer flinken Füße würzte. Wakiya-knaskiya Byron Bighorn schloß sich nicht vom Tanz aus.

Er holte ein Mädchen aus der fünften Klasse; Hugh Wasescha kannte sie, ihr Name war Elwe. Sie war schon dreizehn Jahre alt, schmal und schüchtern. Ihre Zöpfe hingen lang über die Schultern herab fast bis zum Rocksaum. Sie bewegte sich sacht, als ob sie bei jedem Schritt fürchte, damit nicht am rechten Platz oder zu rasch zu sein, und erst nach der dritten Runde, als alles gut gegangen war, wagte sie es, den Kopf zu heben und um sich zu schauen. Allen, die Tishunka-wasit-win gekannt hatten, war es, als ob das »Schöne-Pferd-Mädchen« wiedergekommen sei.

Nach dem Hühnertanz gingen Männer und Frauen noch einmal eine ruhige Runde miteinander, Magasapa mit Inya-he-yukan, Hugh Wasescha mit Queenie Tashina, Tatokala mit Jerome, Ken mit Irene Oiseda. Die beiden ersten Paare schienen vollkommen nach Gestalt und Bewegung, Haltung und Kleidung, und alle Versammelten freuten sich an dem Anblick dieser beiden Männer und dieser beiden Frauen.

Ein dritter Tanz wurde gewünscht, und die Trommler ließen die Trommel unermüdlich dröhnen. Andy Tiger wählte sich jetzt Magasapa, Inya-he-yukan Julia Tatokala, Mahan aber Oiseda, die den schlummernden kleinen Alex Kte Wknwan in den Arm Tashinas gegeben hatte. Irene Oiseda hatte ihr Haar wieder wachsen lassen, und sie hatte es sorgfältig gekämmt; das Stirnband hielt es aus dem Gesicht. Die Schwermut in ihren Zügen war ruhiger geworden. Hin und wieder glitt ein Glanz von Zuversicht darüber, wenn sie von ihrem Kinde und wenn sie von ihren Lehrlingen sprach, und das, obgleich die Auflösung der Schule durch die Verwaltung drohte. Aber die jungen Menschen hatten durchgehalten, und sie war ihrer gewiß.

Nach diesen Tänzen trat eine Pause ein. Man setzte sich im weiten Rund. Morning Star der Ältere trat vor, ein Mann von großem Ansehen, nahe der Fünfzig, Koordinator des früheren und des jetzigen geheimen Stammesrates. Er wünschte zu sprechen, und alle hörten auf ihn.

»Männer und Frauen«, sagte er, »wir sind hierhergekommen, um auf unsere Weise zu feiern, zu trauern und künftige Schritte zu bedenken und zu beschließen. Sechs Jungen und zehn Mädchen haben das Baccalaureat bestanden, aber bis heute hat nur einer, Jerome Patton, den Platz gefunden, von dem aus er für sein Ziel weiterarbeiten kann. Unser Stammesmitglied Hugh Wasescha Mahan hat sich als Lehrer unserer Kinder bewährt. Die Watschitschun aber haben ihn aus unserer Schule fortgejagt.« Morning Star bat die neun Jungen und die sechs Mädchen aus der Klasse Wymans in die Mitte des Kreises.

»Jungen und Mädchen! Glaubt nicht, daß wir euch hierher gerufen haben, um euch zu loben. Ihr seid nicht unser Stolz; ihr habt auf einem Wege über viele Hindernisse das Ziel nicht erreicht, das eure Mitschüler trotz allem geschafft haben. Zwei von euch haben es besonders schwer, denn sie sind Waisenkinder, und kein elterliches Tipi schützt sie. Drei unter euch konnten ihre Schulaufgaben daheim nicht gut lösen, denn ihre Väter trinken und schlagen sie und geben ihnen wenig zu essen. Einer von euch ist müde geworden, weil sein Schulweg viel zu weit ist. Sieben haben geschwiegen und aufgegeben, obgleich sie genug wußten und gute Eltern haben. Der Watschitschun Wyman verspottete und strafte sie, weil sie seine Lügen über die Geschichte unseres Volkes nicht lernen mochten, und sie hatten auch gesehen, wie selbst die besten Schüler nach dem Baccalaureat keine Arbeit fanden. Darum waren sie verstummt und hatten verzichtet. Aber Inya-he-yukan, Tashina und Melitta, Wasescha und Magasapa sind für euch alle da; sie werden jedem von euch beistehen. Wollt ihr unsres Stammes würdig handeln, mutig und beherrscht sein und lernen? Dann sagt ja zu uns.«

»Ho-je«, erklang es fünfzehnmal.

Ein Junge trat als Sprecher vor.

»Wenn wir lernen können nach der alten Art unseres Stammes, wird es leichter für uns sein. Unsere Väter und Mütter haben zugestimmt, und wir vertrauen Wasescha. Die weißen Männer haben ihn fortgejagt, er gehört wahrhaftig zu uns.«

»Ihr seid elf, zwölf und dreizehn Jahre alt«, antwortete Morning Star. »Eure Vorfahren haben in diesem Alter schon den Vätern und Brüdern bei der Jagd auf kleines Wild geholfen und sich auf die Büffeljagd vorbereitet. Die Mädchen lernten schon, ein Zelt zu versorgen. Ihr seid nicht weniger reif, als sie einst waren. Unsere besten jungen Männer wollen jetzt einen Tanz für euch tanzen, einen Kriegstanz. Wie sie sollt ihr euch dann wehren – alle zusammen und jeder einzelne von euch – und euch behaupten gegen alle Gefahren, auch gegen die in euch selbst. Ich habe gesprochen.«

Die Trommel dröhnte unter den Schlägen, und die besten der Einzeltänzer traten gemeinsam zum Kriegstanz an: Inya-he-yukan, Wasescha, Morning Star der Jüngere, Ken, Andy Tiger. Sie legten die Röcke ab wie ihre Vorfahren im Kampf. Sie drehten sich um sich selbst wie Männer, die von allen Seiten angegriffen werden und sich nach allen Seiten verteidigen müssen; sie schlugen, drohten, stampften und duckten sich, sie waren schnell und immer schneller, um sich keine Blöße gegen die unsichtbaren Feinde zu geben. Ihnen wurde heiß, und ihre Augen brannten. Es war ein prächtiger Anblick im letzten Schein des Abendgoldes am Himmel, braunhäutige, harmonisch gebaute Körper, starke Farben – das Rot, das für Lebensblut, Erde und Morgen stand, das Blau des Himmelstages, das Gelb des Lichtes –, gesammelte, geformte, bewegte Kraft im Tanz, dazu der Zusammenklang der dumpf erdröhnenden Trommel mit dem hellen Schrillen der Sängerstimme; es war wie ein Lautwerden und Lichtwerden von Fels, Wald, Nacht, Prärie. Ein Tanz war es, ein Gelöbnis, ein Gebet für die Jugend des Stammes.

Wer zusah und zuhörte, ließ alles in sich hineinfließen und schöpfte daraus eigene Kraft.

Die Tänzer tanzten für die ganz Jungen und für sich selbst. Andy Tiger tanzte aus dem Schatten seiner unheilbaren Krankheit heraus noch für das Licht, für die Erkenntnis, die sein ganzes Volk einigen sollte. Ken sprühte Zuversicht in eine kommende Tat, er träumte und tanzte ein Fanal zum Aufbruch. Inya-he-yukan, Wasescha und der junge Morning Star verteidigten die Erde, die dem roten Mann noch geblieben war, und die Jugend, die auf solcher Erde heranwuchs. Wie ein junger Elch stampfte und kämpfte Inya-he-yukan. Wasescha zerriß Fesseln, die letzten, die ihn noch gebunden hatten, und hob die Hände, um sich und andere zu schützen. Der junge Morgenstern fühlte sich stark und sicher mit solchen Kämpfern zusammen.

Die fünfzehn Schüler, die beieinander saßen, gaben einander die Hände zu einer Kette, die nicht reißen sollte. Die sechzehn, die das Baccalaureat bestanden hatten, erhoben sich und standen wieder in einer geschlossenen Gruppe, nicht mehr in schwarzen Mänteln und Baretts, sondern in ihren indianischen Gewändern.

Als die Trommel endlich verklang, war noch ein einziger Tänzer im inneren Kreis, Andy Tiger. Am leidenschaftlichsten und wütendsten von allen tanzte er. Plötzlich brach er zusammen. Lang gestreckt lag er im Grase. Seine Züge waren fahl, seine Glieder schlaff, die Augen halb geschlossen; er atmete kurz und schwer. Tashina und Inya-he-yukan bemühten sich um ihn. Als die dringendste Gefahr vorüber schien, trugen sie ihn zur Seite und betteten ihn auf Decken.

»Tanzt weiter«, bat er sie, »noch ist meine Stunde nicht gekommen.«

Man tat nach seinem Wunsch.

Es folgte wieder ein friedlicher Tanz in der großen Runde, an dem auch Frauen, Schüler und Kinder teilnahmen, und Morning Star senior verkündete, daß der Tanz der Ehre Waseschas und Magasapas gelte, die harte Jahre durchgestanden hatten und zu ihrem Stamm zurückgekehrt waren. Magasapa senkte den Kopf, um zu verbergen, daß sie vor Freude weinen wollte. Der letzte Tanz galt Tishunka-wasit-win, die die Augen geschlossen hatte, um vielen anderen die Augen zu öffnen. Wakiya-knaskiya führte an zusammen mit dem Mädchen, das den Namen Elwe trug und Tishunka-wasit-win immer ähnlicher zu werden schien. Die Sommernacht war hereingebrochen, und es war sogleich kühl geworden. Der Wind zog von weit her herbei und weit hin fort durch die Kronen der Kiefern, um die kahlen Gipfel. Die feierliche Runde löste sich auf. Man sprach miteinander, lachte miteinander, flüsterte miteinander. Die fünfzehn sammelten sich um Wasescha, Magasapa, Inya-he-yukan und Tashina und berieten mit ihnen. Das Waisenkind Elwe durfte Tashinas Tochter werden, so versprach diese ihr. Der Waisenjunge und die drei Kinder, deren Väter vom Geheimniswasser der Watschitschun vergiftet waren, sollten bei Melitta Thunderstorm ein Heim finden. Da Melitta mit Bob, der nun im Gefängnis saß, die Schulranch geleitet hatte, besaß sie noch ein Haus mit drei Räumen, groß für ein Indianerhaus. Wasescha und Magasapa fragten die beiden trotzigsten der Schulabgänger, ob sie in ihrer Hütte und ihrem Zelt wohnen wollten den Sommer über, für die Zeit des Nachlernens. Es waren Brüder, zwölf und dreizehn Jahre, zwei unter elf Geschwistern, die mit den Eltern in der Blockhütte auf einer kleinen Ranch lebten. Die beiden Buben waren es, die die Schule der Watschitschun haßten und von Mister Wyman bestens gehaßt und verfolgt worden waren. Die zwei überlegten und sagten dann schon mit männlicher Stimme: »Ja.«

Manche Familien machten sich nun auf den Rückweg zu den Wagen, andere Teilnehmer wollten bei der Festwiese bleiben, noch manches besprechen und endlich, in Decken gehüllt, im Freien schlafen. Inya-he-yukan und Tashina entschlossen sich, mit diesen auf der Wiese zu nächtigen.

Hugh Wasescha ging mit Cora Magasapa von der Festwiese aus einen kleinen Waldpfad, dessen unter Gestrüpp verborgenen Anfang Inya-he-yukan den beiden gewiesen hatte. Der Pfad war steinig, steil, ungepflegt; er führte zwischen Kiefern durch Krummholz in das Felsengestein hinein um den Berg herum und endete auf einem Standplatz, der von einer hartholzigen, im bröckelnden Fels tief verwurzelten Kiefer wie von einem Wachtposten geschützt wurde. Hier hielten Wasescha und Magasapa an. Sie konnten hinunterschauen auf bewaldete Hügel in weitem Umkreis, darüber hinweg in die im Nachtdunkel verschwimmende Ferne der Prärie, hinauf zum Mond, der seine Bahn weiter gezogen war. Hinter ihnen am Hang öffnete sich der Fels. Es war einer der versteckten Eingänge zu jenen noch unerforschten Tiefen einer vielarmigen Höhle, deren einen Anfang die Watschitschun gefunden und ein Stück weit für die Neugier der Touristen erschlossen hatten. Aber der Platz, an dem Wasescha und Magasapa standen, war unbekannt geblieben, und dieser geheime Eingang der uralten Höhle war die Stelle, zu der seit je junge Krieger gegangen waren, um zu fasten und über sich selbst nachzudenken. Da die Gedanken Waseschas und Magasapas zu allen jenen liefen, die hier mit sich selbst und mit Wakantanka, dem großen Geheimnis, gerungen und gesprochen hatten, so schienen deren Gedanken und Willen wieder lebendig zu werden und die Jungen zu umgeben, die ihr Leben und ihr Denken fortführen wollten. Wasescha und Magasapa gingen in die Höhle hinein. Wasescha schlug die Decke um seine Frau, wie er es im fernen Norden bei der ersten Begegnung getan hatte, und sie schliefen beieinander wie Freunde, die von der gleichen Hoffnung und dem gleichen Mut getragen würden. Als sie geruht hatten und am frühen Morgen erwachten, setzten sie sich, ein jeder für sich, auf den Platz neben der Kiefer und träumten, auch ein jeder für sich, ohne miteinander zu sprechen und ohne einander anzusehen; sie träumten nicht flatterhaft, sondern streng mit sich selbst ins Gericht gehend, alles durchdenkend, was geschehen war und was kommen würde. Mit ihrer eigenen und mit der folgenden Generation konnte für ihr Volk alles gewonnen oder alles ausgelöscht sein. Sie standen an einer Wende, das wußten sie, so wie einst ihre Väter im blutigen Kampf um Heimat und Freiheit, der verloren und doch nicht aufgegeben war, weil der alte Wille fortzuwirken vermochte.

Wasescha und Magasapa brauchten einen Tag vom Morgen bis zum Abend, um zu denken und die Geheimnisse besser zu erkennen. Sie sprachen nicht, aßen nicht und tranken nicht.

Erst als der Abend wieder hereinsank, die Sonne hinter den Felsen schwand, die Kiefernwipfel sich im Wind bewegten und Fledermäuse flatterten, sobald die Luft wieder kühl wehte, die Vögel schlafen gingen und es endlich rings stille Nacht wurde, rührten sich Wasescha und Magasapa. Sie erhoben sich, grüßten einander und fanden ohne Mühe den Pfad zurück, den sie gekommen waren. Doch ehe sie die Festwiese wieder erreichten, erkannte Wasescha eine günstige Felsbildung, die es erlaubte, den Pfad zu verlassen und, über den steinigen Hang kletternd, in einsamen Wald zu gelangen. Da rastete er mit Magasapa. Der Waldboden führte zu einem kleinen See hinunter, der still und tief zwischen Bäumen und Felsen lag. Das Denken und Fühlen der beiden jungen Indianer war nach den vergangenen Tagen klar, ruhig und eins geworden. Kein Schatten drängte sich mehr zwischen sie. Sie umschlangen sich in warmer Kraft. Dann glitten sie hinüber in den lösenden Schlaf.

Frühsommerstrahlen flimmerten zwischen den Bäumen, gleißten über den Waldsee und weckten die Schläfer. Die beiden lächelten, ihre Kräfte waren frisch wie der Morgen, und sie gingen hangaufwärts, kletterten zum Pfad zurück und fanden auf der leerer gewordenen Wiese noch ihre Freunde Inya-he-yukan und Tashina mit Wakiya und Elwe, Melitta, Jerome und jenen sechs der fünfzehn, die nun bei Melitta und Wasescha wohnen sollten.

Wasescha und Magasapa wurden von allen mit Achtung und großer Freundlichkeit empfangen. Ein jeder hatte gewußt, daß sie lange bei der Höhle der Visionen bleiben würden. Man ließ sich einen letzten Imbiß schmecken, den Tashina bereit hielt, und ging unter Inya-he-yukans Führung durch den Wald zurück zu den Wagen. Inya-he-yukan bat Wasescha und Magasapa in seinen Jaguar, Melitta ging an das Steuer von Hughs Sportkabriolett.

Als man Wald, Berge und Einsamkeit zurückließ und die Wagen auf der betonierten Straße rollten, als sich die Gedanken vorwärts auf neue Fragen richteten, die aus den Entscheidungen der letzten Tage entstehen mußten, sprach Joe Inya-he-yukan Hugh Wasescha an.

»Ihr solltet heute mit uns auf meine Ranch kommen und eure Mutter Hetkala begrüßen.«

Bei der Ankunft im Tal der Weißen Felsen war Jerome Patton stiller und befangener als irgendeiner der anderen, es sei denn das Mädchen Elwe. Während die vier Wagen in die Abzweigung zum gelben Haus, zu der Blockhütte und zu dem großen Zelt einbogen und an den vorhandenen Spuren leicht festzustellen war, daß in Joes Abwesenheit ein Fremder diesen Weg benutzt hatte, schaute Jerome weder auf Fährten noch auf Gras, Weg oder Haus, sondern nur auf seine Hände. Es hatte sich so ergeben, daß er im Wagen neben Julia Tatokala saß. Das war für ihn so viel Glück wie Unglück, denn er liebte sie und glaubte zugleich, daß er sie für immer verloren habe. Als Wasescha seine Frau Magasapa nach Hause geholt hatte, waren Jeromes Hoffnungen auf Tatokala noch einmal aufgelebt. Er hatte Tag und Nacht an jenen Augenblick gedacht, als sie ihre Hand in die seine gegeben hatte. Aber als Ken gekommen war und mit Tatokala getanzt hatte, begrub Jerome die Hoffnung, schüttete viel Erde des Verzichts darauf und pflanzte nur wenige Blumen nicht zu erstickenden Gefühls. Es war aber besser, wenn er jetzt nur auf seine eigene Hand schaute und nicht die Tatokalas sah, die er einmal hatte freundlich in die seine schließen dürfen.

Die Wagen hielten mitten auf dem Wege. Alle stiegen aus. Joe Inya-he-yukan deutete mit einem Handzeichen an, daß ihm niemand die Spuren verderben möge, und so blieben auch Jerome und Tatokala stehen. Joe schlenderte ein Stück weiter, immer den Blick auf den Boden gerichtet, schlug einen Bogen, schaute zu der Mac Lean-Ranch hinüber, verbiß einiges, was er dachte, aber nicht aussprechen wollte, und kam zu den Wagen zurück. Jeromes Augen waren Joe gefolgt. Die Mac Leans, zu denen er hinübergeschaut hatte, bewohnten nicht mehr das hellblaue einfache Haus, aus dem die Kunsthandwerkschule ausgezogen war. Ein neues gefälliges Ranchhaus war aufgestellt worden. Personen, Pferde oder Wagen ließen sich im Augenblick nicht sehen. Die Stores hinter den Fenstern verwehrten jeden Einblick in das Innere des Hauses.

Joe und Queenie und ihre zahlreichen Gäste gingen in das große Zelt, wo die Heimkehrenden von Mutter Mahan, Iliff, den Zwillingen und den drei jüngsten Kindern mit einer Freude begrüßt wurden, in der eine unverkennbare Erleichterung mitklang, als ob man nun einer Gefahr entronnen sei. Auch Jerome hatte sich schon gewundert, daß Hetkala und die Kinder sich im Zelt aufhielten, obgleich es heller, warmer Tag und keine gewohnte Essenszeit war. Da die Rückkehrenden trotzdem hungrig sein mochten, fachten Mutter Mahan und Melitta zusammen das Zeltfeuer an, während Queenie und Cora Fleisch und Wasser holten, um in dem großen Kessel am Dreifuß über der Feuerstelle eine kräftige Brühe zu kochen.

Die Zubereitung im Zelt war umständlicher und brauchte mehr Zeit als etwa am Herd im gelben Haus, aber das Tipi mit Bärenfell, Elchgeweih und Büffelhörnern, in dem die 22 Teilnehmer der Mahlzeit Platz fanden, war besser den Stimmungen angepaßt, mit denen man vom großen Kulttanze nach Hause kam.

Vor dem Essen wurde nicht viel gesprochen. Man ruhte sich aus, genoß den immer kräftiger sich verbreitenden Duft der Brühe, der aus dem offenen Kessel aufstieg, fragte leise nach Gerald und Hanska und erfuhr, daß sie bei der Viehherde unterwegs waren. Joe war schon bei der Pferdekoppel gewesen und hatte dort alles in Ordnung gefunden. Dennoch blieb er in sich gekehrt, und die Falte am linken Mundwinkel zog sich scharf herunter. Sobald die Mahlzeit beendet war, fragte Joe: »Hetkala, was ist geschehen?«

»Mac Lean, der Alte, ist dreimal mit seinem Wagen unsern Weg und über unsere Wiesen gefahren und hat bei unserem Hause geparkt. Ich habe ihm gesagt, daß er unrecht tue, aber er nannte mich ein unnützes, altes Weib, und er hatte sein Rifle in der Hand. Ich konnte ihn nicht hindern. Gerald und Hanska hüteten die Herde. Mac Lean hat immer gewartet, bis die beiden fortgeritten waren.«

Joe drehte sich eine Zigarette.

»Nebenan wohnen Feinde«, sagte er zu der Gruppe der sechs Schüler, die alle beieinander saßen. »Sie würden sich nicht einmal schämen, auf ein Kind zu schießen. Wir werden euch die Grenze genau zeigen, damit ihr euch niemals irrt.«

Die Worte wirkten auf alle Zuhörer, doch auf jeden in anderer Weise.

Jerome war bedrückt. In Julias Augen leuchtete der Zorn auf, die beiden wilden Buben witterten Kampf, Gefahr, Bewährung. Coras Züge wurden für einen Augenblick starr. Und wenn Hugh seine Frau als Kind auch nie in jenen Momenten gesehen hatte, in denen sie laut aufschrie, wenn ein Unrecht geschah, so verstand er doch, was in ihr vorging und welche verschlossen geglaubten Türen in ihr sich wieder zu öffnen begannen.

Wakiya stand auf und bat Elwe, mit ihm zu kommen. Er wollte ihr das Grab Tischunka-wasit-wins zeigen und das Grab der Ahnen, auf dem der Stab mit dem Bündel Adlerfedern eingerammt war. Auch die anderen verließen danach das Zelt, gingen zu der Koppel oder lagerten sich auf der Wiese. Jerome, Julia, Cora, Hugh und die beiden Buben, die jetzt zu ihm gehörten, gingen in die Koppel hinein zu den Pferden, und Hugh erklärte den jungen Burschen Geschichte und Charakter eines jeden der Tiere, so, wie er es von Inya-he-yukan gehört hatte. Er erzählte auch von der unbändigen Appalousa-Stute und ihrem Füllen, auf denen jetzt Gerald und Hanska unterwegs waren. Danach fragte er die Buben, welcher der Hengste wohl der Vater der beiden Füllen auf der künftigen Ranch der Mahans werden könne, und die zwei Brüder berieten lange. Endlich einigten sie sich, daß nicht derselbe Hengst die beiden Stuten decken, sondern sowohl der Schecke als auch der Dunkelbraune herangezogen werden sollte. Mit dem Dunkelbraunen war Joe vor Jahren auf die Reservation zurückgekehrt; das Tier war sein einziger Besitz gewesen, und er hatte sich gewiß nicht das schlechteste ausgesucht. Auf dem Schecken hatte Joe sein erstes Rodeo als Mitglied seines Stammes gewonnen.

Da man schon bei den Pferden war, erschien es natürlich, daß man miteinander auf die Weiden reiten wollte. Als Melitta das bemerkte, holte sie ihre vier Pflegekinder zusammen, die sie gleich zu ihrem Haus auf der ehemaligen Büffelweide bringen wollte. Die Schar von elf Reitern verteilte sich auf sieben Pferde; die vier Kinder saßen bei den andern mit auf. Tatokala hatte sich den Schecken nehmen wollen, aber er ließ sie nicht herankommen, sondern schlug hoch aus, stieg kerzengerade und spielte bockend umher. Schließlich fand er sich bei Cora ein, die ihm den Hals streicheln durfte. Joe eilte herzu, und nachdem er die Szene einige Zeit beobachtet hatte, nickte er.

»Nimm du ihn«, forderte er Cora auf, »er tut, was er will, und er will von dir geritten sein. Ich sattle ihn für dich.«

Während er damit beschäftigt war, fuhr er fort: »Er läuft mit dir auf die Büffelweide, das ist sein gewohnter Weg, und du reitest an der Spitze, weil er kein anderes Pferd vor sich sehen will. Auf der Büffelweide läßt er sich von dir wenden, um wieder heim zu galoppieren.«

»Ich bin eine sehr schlechte Reiterin, Joe. Ich habe keine Übung.«

»Der Schecke trägt dich, weil deine Stimme ihm gefällt und weil du weiche Hände hast. Du kannst es ruhig wagen, ich kenne ihn genau.«

So kam es, daß Julia darauf verzichten mußte, sich auf den Scheckhengst zu schwingen. Sie lächelte, ließ sich nicht anmerken, wie hart die Niederlage sie ankam, und Jerome verbarg, daß er an ihrer schmerzlichen Verlegenheit teilgenommen hatte. Als Julia aber in der langen Reihe der Reiter den Platz hinter ihm gewählt hatte, überfiel ihn der Gedanke, sie könne auch nicht ohne Absicht mit ihm im gleichen Wagen zurückgefahren sein.

Die Freude am gemeinsamen Ritt übertönte alle großen Befürchtungen, alle kleinen Bitterkeiten und Enttäuschungen und stärkte das Wohlgefühl. Der Schecke war zum Galopp übergegangen, sobald der Grat des Höhenzuges überwunden war, und die sechs Pferde folgten ihm von selbst in seinem Tempo. Als man sich der ehemaligen Büffelweide näherte, horchten alle auf; Geräusche kamen heran, die nicht allein von einer weidenden Herde stammten. Das dumpfe Klopfen von Pferdegalopp und von Rindergalopp mischte sich in ungleichem Rhythmus.

Der Schecke holte zu einem schnelleren Tempo aus, und die anderen Pferde strebten ihm in seiner Spur nach.

Die Büffelweide ließ sich übersehen, Melittas Wohnhaus erkennen. Zwei fremde Cowboys jagten auf den Wiesen drei junge schwarze langhörnige Stiere, die nicht zur King-Ranch gehörten. Melittas Kühe schauten aus einiger Entfernung neugierig, aber zurückhaltend zu. Gerald und Hanska waren bemüht, den beiden fremden Cowboys, in deren einem Mahan den Senior-Cowboy der Mac Leans erkannte, beim Treiben der Stiere zu helfen und die drei Tiere wieder zurück auf das Mac Lean-Gelände zu bringen. Melitta, die eine Schulranch mitgeleitet hatte, und selbst Mahan und Jerome, die im Viehtreiben keine Erfahrung besaßen, erkannten aber rasch, daß die beiden Mac Lean-Cowboys nicht ehrlich handelten, sondern sich einen Spaß daraus machten, die fortgaloppierenden Stiere wieder zurückzutreiben und Gerald und Hanska auf diese Weise zu äffen. Aufgebrachte Rufe schallten hin und her. Gerald und Hanska nahmen statt der Hirtenpeitschen die Lassos zur Hand.

Der Schecke hatte sein Tempo gemäßigt und spitzte die Ohren. Cora hielt die Zügel lose. Der Hengst schien sich an ein Manöver zu erinnern; er machte eine halbe Wendung dem Feld des Stiertreibens zu. Die übrigen Reiter folgten mit ihren Tieren diesem Beispiel.

Die Stiere, verwirrt, galoppierten durcheinander. Es waren schlanke, schnelle Tiere, wie sie bei den Rodeos für das Stierringen gebraucht wurden. Gerald und Hanska hoben die Lassos zum Wurf. Die beiden Mac Lean-Boys umkreisten die Stiere und brüllten.

Der Schecke stampfte mit den Hinterhufen am Platz und biß auf den Zaum. Er wollte selbständig handeln.

Cora Magasapa wechselte einen Blick mit Julia Tatokala und mit

Hugh Wasescha. Dann schrien die drei laut und schrill. Tatokala legte ihrer Stute die gestreckte Hand zwischen die Ohren. Die drei Pferde preschten los und mit ihnen die übrigen vier. Gerald und Hanska verstanden, was geschah, machten kehrt und reihten sich der Reihe der sieben an. Sie vertauschten die Lassos wieder mit den Hirtenpeitschen. In donnerndem Galopp, schreiend und mit den beiden Peitschen schußartig knallend, brauste die Schar der nunmehr neun Pferde auf die drei jungen Stiere los, die die Flucht ergriffen und nur noch Hinterbeine und Schwänze sehen ließen.

Die beiden Mac Lean-Cowboys waren überrumpelt; sie ritten hinter den flüchtenden Stieren her.

Als das Geschrei und das Knallen der Peitschen verstummten, fielen die neun Pferde in einen leichteren Galopp. Gerald lenkte die Appalousa-Stute neben den Scheckhengst und leitete einen Bogen ein; da der Hengst auch die Stute nicht vor sich dulden wollte, führte er ganz von selbst den Bogen an. Gerald und Hanska sorgten für den Übergang vom Galopp in Trab und Schritt.

Man hielt bei Melittas Haus.

Gerald, zu Pferd, nahm den Scheckhengst am Zügel, und Cora stieg ab. Das war das Zeichen für alle abzusitzen. Die Pferde wurden bei Melittas Haus an den dafür vorgesehenen Ringen angehängt.

Man stand wortlos beieinander. Die Kinder strahlten. Reiten konnten sie alle; die Größe der Gefahr war ihnen nicht bewußt geworden, und der Erfolg durchglühte ihre Backen mit schneller pulsierendem Blut.

Schließlich bat Melitta in das Haus herein und zeigte ihren vier Pflegekindern und Jerome Patton damit zugleich ihre neue Wohnheimat. Doch duldete der heiße Sommertag die Menschen nicht lange zwischen Holzwänden; man fand sich draußen im Gras bei den Pferden zusammen. Dabei wurden die kleinen Gruppen deutlich. Melitta war von ihren vier Pflegekindern umgeben. Die Geschwister Julia und Gerald saßen beieinander und luden Jerome Patton zu sich. Hanska gesellte sich zu den beiden wilden Buben, die er von der Schule her sehr gut kannte. Cora und Hugh blieben bei diesen dreien.

»Nun, was denkst du über unsere unblutige Schlacht?« fragte Hugh den Hanska.

Der Junge überlegte, ehe er antwortete.

»Sie haben die drei jungen Stiere auf unsere Weide herübergetrieben und auf unserer Weide herumgejagt. So war es doch, Gerald?«

»Es war so.«

»Wir wären mit diesen beiden Cowboys wohl fertig geworden«, urteilte Hanska selbstbewußt. »Aber nicht so leicht«, fügte er hinzu, um nicht als Prahlhans zu erscheinen. »Es war gut, daß ihr alle gekommen seid.«

»Müßte nicht immer jemand hier sein?« fragte Julia. »Unsere Nachbarn hecken zu viele Bosheiten aus.«

»Bleib du bei Melitta, wenn sie dich haben will«, schlug Gerald vor. »Du mit Jerome und Melitta zusammen, das ist nicht viel, aber etwas ist es doch.«

»Ja, etwas wäre es immerhin«, gab Julia bescheiden zu. Jerome wurde es heiß, aber er schaute nicht auf.

»Joe Inya-he-yukan muß entscheiden«, meinte Hanska, und damit war das Notwendige gesagt.

Gerald und Hanska waren müde; die Flanken ihrer Pferde waren naß. Für alle andern hatte das Erlebnis kaum länger als drei Minuten gewährt. Ihre Anstrengung war nicht körperlich gewesen, sondern hatte im schnellen Entschluß und im Nichtachten der Gefahr gelegen, beim Treiben unversehens über die Ranchgrenze hinaus zu gelangen und vielleicht beschossen zu werden. Das, was hätte geschehen können, und das, was wirklich geschehen war, beschäftigte einen jeden in Gedanken noch lange. Die Intensität eines gefährlichen Augenblicks band aneinander.

Fast ohne es zu wollen und ohne es für andere merkbar zu machen, beobachteten Hugh und Cora gemeinsam das Paar Julia und Jerome.

Die beiden waren nur wenige Jahre jünger als die Mahans. Julia Bedford war aufgestanden, in die Wiese hinausgegangen und hatte Jerome auf unhörbare und unsichtbare Weise veranlaßt, sich auch zu erheben und mit ihr zu kommen. Das Mädchen und der junge Bursche waren von fast gleicher Größe, sonst aber sehr ungleich, und das drückte sich schon in ihrer Gangart aus. Bei Julia schien es, als ob sie mit jedem Schritt auch zum Sprung ansetzen könne, Jerome aber ging gleichmäßig und erdgebunden, in gerader und ruhiger Haltung. Sein Nacken war aufgerichtet; er wollte sich einem stolzen Mädchen gegenüber an Stolz nichts vergeben, und es mußte jedem der beiden schwerfallen, das erste Wort zu finden, wenn es überhaupt einer suchen wollte.

»Sie sind einander so fremd«, sagte Cora leise zu Hugh. »Hast du Julia mit Ken tanzen sehen – ich meine, hast du das wirklich gesehen?«

»Ja.«

Was Cora ihren Mann fragte, frage Jerome sich selbst. Hatte er Julia und Ken so gesehen, daß er durch sie durchschaute? Schnitt ihn noch die Eifersucht ins Fleisch, oder streichelte ihn schon wieder wohltuende Hoffnung? Was war gewesen? Was ging ihn das überhaupt an?

Jerome war nicht gewohnt, mit sich selbst im unreinen zu leben. Die Verwirrung hatte erst Julia in ihn hineingepflanzt, und sie wucherte in ihm wie etwas Fremdes. Er konnte es nicht ausreißen, auch nicht stutzen wie einen Busch, den der Gärtner beschneidet. Er mußte es wachsen lassen, auch wenn er Schmerzen dabei litt.

Was für ein Mädchen war Julia? Sie hatte Hugh Mahan geliebt, das wußte Jerome, vielleicht wußte er es besser als sie selbst. Ein Schuljahr lang waren sie beide zusammen Schüler, und Mahan war ihr Lehrer gewesen. Eines Tages hatte er seine Frau Cora Magasapa mitgebracht wie einen fremd gewordenen Vogel, der in die Heimat zurückkehrte. Cora war schön und hatte etwas Verborgenes in sich; die Phantasie der Schüler spielte um sie. Jerome erinnerte sich, daß Julia in jenen Nachweihnachtstagen ruhig und sicher geblieben war, als habe sie alles gewußt, als sei sie Eingeweihte in ein Geheimnis, das sie mit Wasescha und Magasapa verband. Julia Tatokala hatte sich in den folgenden Winter- und Frühlingstagen verändert, soweit ein einmal gewachsener Mensch sich verändern kann. Ein Schimmer von Verzicht und zugleich von Überlegenheit über andere und sich selbst machte sie noch anziehender, da sie dabei ihre Kühnheit und Schnelligkeit nicht verlor. Jerome träumte Tag und Nacht von ihr.

Sie hatte von ihm erwartet, daß er bei der Baccalaureats-Feier, stände er nur erst am Rednerpult, nicht den schriftlich vorgegebenen Text verlesen, sondern frei und offen etwas ganz anderes sagen werde. Während er ablas, hatte er auch darum die Augen nicht gehoben, weil er Julia nicht ins Gesicht sehen mochte. Sie hatte sich dann an Ken gehalten, den Mann des schrankenlosen Zorns, der etwas geheimgehaltenes Großes plante. Vielleicht wußte Tatokala auch davon. Vielleicht hatte sie die Hoffnung auf das große Ziel mit Ken getanzt, obgleich sie nur den Hühnerschritt mit ihm zusammen zu gehen hatte, die kleinen wirbelnden Schritte, durch die die Freude zitterte. Später, im Kriegstanz, hatte sich gezeigt, daß hier einer war, der kämpfen wollte, koste es, was es wolle, und Jerome hatte in Tatokalas Zügen das gläubige Vertrauen auf den Kampferfolg gelesen, das ihm selbst fehlte.

Julia Tatokala schien sehr weit entfernt von ihm, fern wie die Sonne, die lockend am Horizont stand und die der Mensch doch nie erreichen konnte, so lange und unermüdlich er auch dorthin laufen mochte. Aber die gleiche Tatokala ging wunderbarerweise an seiner Seite, zum Greifen nahe und doch nicht begreiflich.

Nicht er war es gewesen, der sich neben sie drängte, sie hatte ihn gerufen. Er sagte kein Wort, stellte keine Frage und dachte nicht einmal eine Bitte. Als sie beide lange über die Prärie gelaufen waren, dahin und dorthin, und ihre Gefährten nur noch wie kleine Punkte bei Melittas Haus erkannten, machte Julia halt und ließ sich nieder.

Jerome blieb bei ihr stehen.

»Liebst du mich?« fragte sie ihn.

„Ja.« Was sollte er sonst sagen, es war eine einfache Antwort auf eine einfache Frage. Aber während Jerome das Ja aussprach, stockte alles in ihm, auch jeder Gedanke, eingepreßt in eine nicht aussprechbare, kaum ausdenkbare Erwartung.

»Ich aber liebe dich nicht, Jerome. Ich müßte lügen, wenn ich sagen wollte, ich liebe dich.«

»Ich weiß.« Der Verzicht nahm wieder Besitz von dem jungen Mann, und er fiel tief wie vom Himmel auf die Erde.

»Aber es ist etwas da, warum ich mit dir sprechen muß.«

»Sprich, Tatokala.« Jerome sagte es höflich, abwesend von sich selbst.

»Setz dich zu mir.«

Jerome hockte sich ins Gras, eine Armlänge entfernt von dem Mädchen.

»Jerome, wir sind in einer Klasse gewesen, und wir werden hier zusammen arbeiten. Wir wünschen immer dasselbe und wollen es doch immer auf eine ganz andere Weise tun. Ich bin zornig auf dich, wenn du so still und gleichmäßig gehst, ich möchte dich wekken und stoßen, aber ich weiß nun schon, es gelingt mir nicht. Manchmal habe ich Sehnsucht und möchte so sein, wie du bist. Das kann ich wiederum nicht.«

»Wirst du nicht zu Ken gehen?«

Tatokala stieß mit dem Fuß gegen ein Grasbüschel.

»Ich werde nicht zu Ken gehen, du verstehst wieder einmal gar nichts, Jerome. Ken hat einen großen Plan, einen gewaltigen Plan. Wenn ich davon träume, bin ich selig. Das ist etwas anderes als Liebe, als Tipi und als Kinder. Es ist der Kriegspfad, den auch Frauen gehen werden.«

»So denkst du, Tatokala.«

»Verstehst du mich jetzt? Aber der Kampf ist da, um etwas zu beschützen. Es muß etwas dasein, was wir zu verteidigen haben.«

»Unser Stamm, unsere Kinder, unsere eigenen Gedanken, der eigene Weg unseres Lebens.«

»Ja, Jerome. Und ich mag nicht darauf verzichten, daran teilzuhaben. Ich will hier sein, Tochter des Tipi und einmal Mutter des Tipi, und ich will draußen sein, wo der Kriegspfad beschritten wird. Es reißt mich her und hin, und manchmal denke ich, es zerreißt mich.«

»Dich, Tatokala? Du bist so sicher. So sicher, daß du mit anderen spielen kannst.«

»Ich spiele mit euch, damit ihr mich alle für sicher haltet. Ich bin es aber nicht. Jerome. Es ist viel, daß ich dir das gesagt habe.«

»Ich schweige.«

»Hugh Wasescha hat Cora Magasapa gefunden. Weißt du etwas von dieser Frau? Ihr alle habt geglaubt, daß sie zerbrechlich ist und von einem Geheimnis gefangen sei. Ja, auch ich habe so gedacht. Aber nun zerreißt sie ihre Geheimnisfesseln. Hast du sie den Schekken reiten sehen, und hast du sie rufen und schreien hören? Das war die schwarze Wildgans. Sieben Jahre hat Wasescha gewartet, bis sie wieder sie selbst wurde. Er ist ein starker junger Mann und hat eine junge große Frau gefunden. Manchmal werden sie sich streiten, das glaube ich gewiß. Dennoch sind sie in sich und miteinander eins. Ich kann nicht ganz eins sein, auch nicht mit mir selbst. Ich kann nicht einmal den Schecken reiten, obgleich ich alle Künste des Reitens viel besser verstehe, als Magasapa sie je erlernen konnte. Ich bin klein und unsicher und herausfordernd. Das ist alles, was ich bin.«

Jerome sagte nichts.

»Jerome, magst du mich trotzdem?«

»Ich liebe dich. Das ist alles, was ich weiß.«

»Würdest du mich aus dem Tipi fortgehen lassen, um Ken und seinen Freunden zu helfen, wenn sie etwas Großes tun?«

»Du würdest zurückkehren, wenn ihr es getan habt.«

»Ja, ich würde zurückkehren.«

»Weil du noch immer Hugh Wasescha liebst, der bei seinem Stamm bleibt. Und vielleicht liebst du durch Wasescha hindurch auch Inya-he-yukan, der reiten und schießen kann wie ein Krieger. Aber das weißt du selbst nicht.«

Tatokala stützte die Stirn in die Hände, um ihr Gesicht zu verbergen.

»Jerome! Ken und du zusammen, das wäre Hugh Wasescha. Es ist, als ob er, in euch beide geteilt, noch einmal da sei . . .«

»Für dich. Nun, Tatokala, ich bin ein friedlicher Gärtnerssohn und werde nie ein guter Cowboy werden. Aber ich will lernen, meinem Volke zu helfen, und ich liebe dich. Gib mir die Hälfte von dir, die bei unserem Stamm bleibt, und sei die Mutter unserer Kinder. Wir sind miteinander in die Schule gegangen, und wir werden hier zusammen leben. Ich habe gesprochen.«

Julia Tatokala setzte sich dicht zu Jerome. Er legte den Arm um sie, und so schauten sie miteinander in den Sommermittag hinein, in die dürren Wiesen, nach dem weidenden Vieh; sie hörten das Summen der Insekten um die letzten noch nicht vertrockneten Blüten. Diese Stunde blieb für sie zeitlos, aus dem Tag und allem fließenden Erleben, aus allem unruhigen Streiten herausgehoben; sie waren jung, der Himmel war hell, der Wind huschte mutwillig um die Gräser und um Tatokalas offenes Haar, ohne seine Macht und Strenge zu zeigen.

Die Sonne zog ihre Bahn vom Zenit abwärts, die Strahlen glitten schräg über die Erde, das Vieh lag wiederkäuend in den Wiesen, der Wind wurde steifer. Julia und Jerome standen auf und gingen miteinander zum Haus. Hugh und Cora waren schon zu der King-Ranch zurückgeritten und hatten Hanska und seine beiden Freunde mitgenommen. Gerald hatte auf seine Schwester Julia und auf Jerome gewartet. Er war vergnügt und lachte die beiden an.

»Jerome, du wirst auch noch ein Cowboy werden, in dir steckt etwas drin. Ich lasse dir mein junges Pferd da, den Sohn der Appalousa-Stute, und nehme mir deins. Ein Reiter wirst du nur mit einem prächtigen wilden Pferd, auch wenn du erst ein paarmal herunterfällst. Mach's gut!«

Gerald schwang sich auf, grüßte noch einmal und galoppierte fort. Er schlug nicht die Richtung zu den Behausungen der King-Familie ein, sondern ritt zu den Weiden der schwarzfelligen Kühe und ihres Stiers. Proviant hatte er in der Satteltasche. Er wollte die Sommernacht bei der Herde verbringen. Sobald er sie erreicht und sich einen Lagerplatz gesucht und eingerichtet hatte, überdachte er, die Hände hinter dem Kopf verschränkt, noch einmal die Ereignisse des vergangenen Tages. Lange blieben seine Gedanken bei der Vorstellung hängen, daß seine Schwester Julia sich Jerome Patton als Mann wählen könne. Es war nicht zuletzt diese Möglichkeit, die ihn veranlaßt hatte, Jerome ein tolles Pferd zu geben. Mochte er sich doch versuchen und erproben, ob er eine Tatokala freien dürfe. Gerald hatte schon mehr als genug Abenteuer mit Pferden hinter sich gebracht und fühlte keinerlei Gewissensbisse, wenn er dem Neuling eine schwierige Aufgabe stellte. Joe selbst konnte nichts dagegen haben. Was aber die Sache mit den drei schwarzen Stieren anlangte, so vermochten sich Geralds feindselige Empfindungen gegen die Mac Leans und ihre Cowboys kaum mehr zu steigern; der Zorn und endlich der Haß hatten sich im vergangenen Winter genügend in ihm festgefressen. Die Mac Leans verdienten einen Denkzettel. Gerald begann zu planen. Es litt ihn dabei nicht am Platze. Er stieg noch einmal auf und umritt auf ungesatteltem Pferd die Herde. Dabei kamen ihm allerhand Einfälle, doch war er mit keinem ganz zufrieden. Er suchte seinen Lagerplatz wieder auf und schlief nach Mitternacht ein.

Die Familie Mac Lean, der Geralds feindselige Gedanken galten, hatte zu der gleichen Zeit in ihrem Ranchhaus im Tal der Weißen Felsen noch keine rechte Ruhe gefunden. Zwar hatte man sich nach einer einfachen Mahlzeit, einigen Drinks und einem Wildwest-Fernsehspiel schon gute Nacht gesagt und war zu Bett gegangen, aber Mac Lean senior drehte sich schlaflos von der linken auf die rechte Seite, endlich in die Rückenlage und beobachtete seine beiden Söhne, die genauso wenig schliefen wie er selbst und ihrem Vater vergeblich durch das Schließen der Augenlider Schlaf vorzutäuschen suchten.

Im Zimmer nebenan knarrte ein Bett, und Frauenstimmen flüsterten. Mrs. Mac Lean unterhielt sich mit ihren Schwiegertöchtern.

Die Sommerhitze, die tagsüber in das Holzhaus eingeflossen war, wollte auch in der Nacht nicht daraus weichen, obgleich einige Fenster halb hochgeschoben waren und die kühlere Luft mit den Vorhängen spielte. Der Mondschein leuchtete durch den dünnen Stoff und zog einen hellen Strich über die Wolldecke, unter der sich Mac Lean seniors lange Gestalt abzeichnete. Er betrachtete seine eigenen Konturen und war nicht unzufrieden. Noch immer konnte er von sich sagen, daß er ein stämmiger, kerniger Mann sei, ein muskulöser Körper und ein entschlußkräftiger Charakter, ein Viehzüchter von alter Art. Die Vaterfigur des Fernsehspiels, das eine Stunde zuvor abgerollt war, hatte ihm gefallen; er spiegelte sich darin. Als Kind war er auf einer kleinen Ranch aufgewachsen, hatte schon als Junge gearbeitet, Pferde zugeritten, Vieh getrieben und gehütet, dem Großvater und dem Viehhändler zugehört, wenn sie feilschten, von eben diesem Großvater die Hiebe bezogen, die der Vater nicht mehr geben konnte, weil er bei einem Unfall früh gestorben war. Die Schwestern hatten geheiratet, die Brüder waren in die Stadt gezogen. Philip war an der Ranch oder die Ranch war an ihm hängengeblieben, wie man es nehmen wollte. Eine kleine Ranch zu führen war bei der überlegenen Konkurrenz der großen Rancher hartes Brot, und Philip wurde ein derber und rechthaberischer Mensch, auf seinen Erfolg bedacht. Die Möglichkeit, Indianerland billig zu pachten, hatte ihm aufgeholfen. Er verachtete von ganzem Herzen die Indianer, die nicht das Geld aufbrachten, um selbst etwas aus ihrem Lande zu machen, und er kam nie darüber hinweg, daß dieses Volk keine Steuern zu zahlen brauchte. Vom ersten Tag an war Feindschaft zwischen ihm und ihnen gesetzt. Er verfolgte und beschuldigte sie aller Laster und Untaten, die er erleben oder erfinden konnte, und sie stahlen ihm zur Vergeltung Vieh, wenn er die Augen nicht überall hatte. Nur zu zwei Indianerfamilien hatte der alte Mac Lean ein erträgliches Verhältnis gefunden, zu den Booths und zu den Whirlwinds, denen vermögendere Frauen, ein Halbblut und eine Weiße, etwas Geld und damit mehr wirtschaftliche Bewegungsfreiheit eingebracht hatten. Dagegen haßte er den selfmademan und Vollblutindianer King. In solcher Luft zog er seine Söhne auf, die seinen Wünschen und Ansprüchen nie zu genügen vermochten. Mit dem älteren Sohn Howard mochte es noch angehen, aber der jüngere hatte eine Frau aus der Stadt geheiratet, die nicht nach alter Art mitarbeiten wollte und sich vor der Einsamkeit der Prärie graute, die das Ranchleben stupide und unerträglich nannte und ihrem Mann täglich in den Ohren lag, doch endlich wegzuziehen. Der jüngere George hatte sich mit Alkohol und einem Weib getröstet, das nicht den besten Ruf genoß. Nun, diese Blamage war vergeben, wenn auch nicht vergessen; die grünäugige Esmeralda existierte nicht mehr. George hatte jetzt eigenes Pachtland, er hatte Vieh, er hatte eine Zucht von Rodeostieren angefangen oder genauer gesagt, der Vater hatte das alles für ihn arrangiert. In Wahrheit war es zuviel für den alten Philip Mac Lean, noch einmal eine Ranch aufzubauen und sich mit mehr als 50 Jahren wie ein Junger zu schinden, sich dabei über seine Cowboys sowie über indianische Nachbarn von neuem bis zu der Weißglut zu erhitzen, die seinen verkalkenden Adern gefährlich werden konnte. Zwei Cowboys! Wenn George hätte mitarbeiten wollen, wie es sich gehörte, brauchte man nicht einen einzigen.

Philip Mac Lean betrachtete noch immer seine angeblich schlafenden Söhne, die mit ihren Frauen für einige Tage bei ihm zu Gast waren, und setzte sich endlich im Bett auf, um eine Zigarette zu rauchen.

»Hallo, George! Du schläfst nicht!«

»Dad?« antwortete der ältere Sohn, der nicht angesprochen war, von seiner Schlafstatt her.

»Du warst nicht gemeint, Howard, aber vielleicht ist es besser, wenn wir das unter uns besprechen. Was sagst du zu der Sache mit den schwarzen Stieren?«

»Was soll ich sagen. Die Indianer hatten sie von unseren Weiden weggeholt und wollten sie stehlen.«

»Die Bande hat sich einen Haufen Leute zusammengeholt.«

»Hat sie«, bestätigte der jüngere George, gewiß, daß er vorläufig doch keine Ruhe mehr bekommen werde.

»Wir müssen aufpassen wie die Schießhunde. Sie planen einen Streich gegen uns. Der Mahan, dieser Schläger, der euren Vater ungestraft mißhandelt hat, ist auch wieder da.«

»Wir werden aufpassen, Dad.«

»Ich wollte sagen, daß dieser Mahan entlassen ist und daß also keiner einen Lehrer verprügelt, wenn er Mahan ein paar überzieht.«

»Verstehe, Dad«, sagte Howard.

»Ihr versteht gar nichts, denke ich. Wir leben hier zwischen ein paar tausend Indsmen. An dem Tag, an dem sie den Respekt vor uns verlieren, sind wir verloren.«

»Sie sind feiges Pack, Dad, das waren sie immer, das bleiben sie auch, und du darfst nicht vergessen, daß Chester Carr das Regiment führt.«

»Ein paar Autostunden entfernt! Die Indsmen aber haben wieder ein freches Maul, und damit fängt es immer an. Wenn es nicht anders geht, wird eben geschossen. Das ist ihre neueste Redensart.«

»Wenn was nicht anders geht?«

»Sie wollen unser Land zurück haben, sie wollen unser Geld haben, sie wollen damit selbst wirtschaften, was sie nicht können und niemals lernen. Sie wollen uns weißen Pächtern aufkündigen. Sie brüten Rache dafür, daß wir sie zivilisieren wollten. Und wir Mac Leans sitzen hier mitten im Hexenkessel. Joe King ist ein raffinierter und gemeiner Gangster; er hat das Haus voll Waffen, und die Verwaltung und der Sheriff genehmigen es ihm! Aber das wird sich ändern.«

»Ist der neue Sheriff besser als der alte?«

»Maxwell ist besser, als Crawford war. Wir Viehzüchter haben ihn gewählt.«

»Dad«, fragte George hinterhältig, »wir sitzen im Hexenkessel. Warum haben wir uns eigentlich hineingesetzt? Mußte das sein?«

»George, du bist ein Weichmann und wirst dein Leben lang kein Pionier. Ich sehe dich schon, wie du vor deinen eigenen Stieren davonläufst.«

»Vor deinen Stieren, Dad.«

»Ja, bis auf weiteres sind es noch die meinen. Wenn du hier bleiben wolltest, könnte ich einen der Cowboys entlassen.«

»Dad, ganz ehrlich! Ich spiele nicht den Cowboy. Schließlich ist Ann meine Frau.«

»Dein Unglück ist sie.«

Die nächtliche Unterhaltung wurde laut geführt. Philip Mac Lean konnte nicht leise sprechen. Im Nebenraum entstand Unruhe. Mutter Mac Lean klopfte an die Zwischenwand.

Sie war die einzige Person, die Philip – ausgenommen sich selbst – achtete.

»Also«, schloß er das Gespräch ab. »Habt euer Gun immer zur Hand. Wir leben zwischen ein paar tausend Indsmen, und King hat einen Haufen Volks gegen uns gesammelt. Wenn der erste unerlaubt unsere Wiesen betritt, ist er ein toter Mann.«

Philip Mac Lean hatte die letzte Glut des Zigarettenstummels ausgedrückt. Er legte sich wieder hin, streckte sich aus, drehte sich zur Seite und schlief ein. Die Söhne folgten seinem Beispiel, und auch nebenan bei den drei Frauen wurde es ruhig.

Obgleich sich in den folgenden Tagen unter der Schwelle des täglichen taghellen Bewußtseins die Empfindung wachsender Gefahren dunkel geltend machte, geschah doch nichts nach außen hin Auffallendes, es sei denn, man wollte der Tatsache, daß ein schwarzer Stier auf unerklärliche Weise von der Mac Lean-Weide verschwand und 48 Stunden später auf ebenso unerklärliche Weise wieder auftauchte, ein besonderes Gewicht beimessen. Die beiden Mac Lean-Cowboys waren von Anfang an überzeugt gewesen, daß Gerald ihnen einen Schabernack spielte, und hatten sich Zeit gelassen, ehe sie irgend jemand von der Familie Mac Lean informierten und sich dabei totale Unfähigkeit und Verschlafenheit vorwerfen ließen. Howard Mac Lean war zu diesem Zeitpunkt mit seiner Frau wieder zur väterlichen Sattelranch zurückgefahren, die er vertretungsweise leitete, solange der Vater Nachbar von Joe King spielte, und die er einmal übernehmen wollte. George und Ann blieben noch, nicht weil sie Geschmack daran fanden, aber weil sie der Vater mit seiner cholerischen Autorität noch festhielt, gleichsam als Buße dafür, daß sie nicht gewillt schienen, sich hier endgültig niederzulassen. Die Abneigung gegen die Indianer überhaupt und gegen Joe King im besonderen verband Vater Philip und Sohn George, wenn sie auch in allem anderen verschiedener Meinung waren, und so gab es ein Thema, über das man sich unerschöpflich, unermüdlich und stets in voller Einigkeit unterhalten konnte.

Die beiden Cowboys der Mac Leans schworen sich, daß sie Gerald und seinen Freunden den geglückten Streich und die Aufregung, die sie dadurch ausgestanden hatten, heimzahlen würden. Irgendeine Gelegenheit hierfür mußte sich ergeben.

Währenddessen hatten Hugh, Hetkala, Iliff und das wilde Bruderpaar Stan und Stephe vier trächtige schwarze Kühe von der King-Ranch zur künftigen Mahan-Ranch getrieben. Die Tiere sollten den Winter auf den Weiden dort ihr Futter finden; Joe wollte Hugh die zu erwartenden Kälber schenken. Hugh war mit Stan noch einmal zur King-Ranch geritten, um die beiden Stuten, wie geplant, decken zu lassen.

Fast ehe man es sich versah, kam nach alledem der erste Tag, an dem sich Hughs fünfzehn Nachhilfeschüler bei ihm im väterlichen Zelt neben der Blockhütte der Mahans einfanden und ihre Arbeit unter seiner Leitung aufnahmen. Er hatte keine leichte Aufgabe als Lehrer, denn der Kenntnisstand und die Denk- und Willensrichtung seiner fünfzehn Schüler waren sehr ungleich. Während er den einen Mut machen mußte, überall, auch unter widrigen Umständen und vor gehässig Prüfenden das zu sagen, was sie wußten, hatte er bei andern die mangelnden Kenntnisse geduldig zu ergänzen, bei Stan und Stephe aber die Einsicht zu wecken, daß mindestens einiges von dem, was sie mit Leichtigkeit zu lernen vermochten, überhaupt des Lernens wert sei.

Da sechs der fünfzehn nun schon bei der King-Ranch lebten, wurde ausgemacht, daß man sich für die nächsten drei Unterrichtstage dort treffen wollte. So geschah es auch.

Unterdessen verlebten Jerome und Julia auf den Weiden und im Hause Melitta Thunderstorms eine glückliche Zeit. Sofern es Schwierigkeiten gab, entstanden sie hier nicht zwischen Mensch und Mensch, sondern im Kampf mit der feindlichen Dürre, die das Vieh quälte und den Menschen Mühe machte. Die Kühe fanden nur karges Futter und mußten viel und weit laufen, um trübe, noch nicht ganz vertrocknete Wasserstellen aufzusuchen, soweit ihnen nicht erlaubt wurde, die für den Winter bestimmten Wiesen beim King-Brunnen abzugrasen. Melitta, Julia, Gerald und Jerome holten zu Pferd in Ledersäcken Trinkwasser aus diesem Brunnen, das aus der Tiefe unerschöpflich sprudelte. Hanska und auch die Zwillinge halfen ihnen dabei gern.

Die Beziehungen zur Mac Lean-Ranch wurden indessen noch gespannter, nachdem Joe nochmals abgelehnt hatte, Wasser für den geringen, die Kosten nicht deckenden Preis abzugeben, den er zuvor der Schulranch bewilligt hatte.

»Die weißen Räuber und Ausbeuter«, sagte Joe Inya-he-yukan. »Der schmutzige rote Hund«, begannen Philip und George Mac Lean jeden Satz, wenn sie von Joe sprachen.

Das Trinkwasser aus dem öffentlichen Brunnen im Tal heraufzuholen behagte ihnen wenig, um so weniger, als der befahrbare Wiesenweg zur King-Ranch durch Kings Wagen blockiert blieb.

Mrs. Ann Mac Lean machte keinen Hehl daraus, daß sie die Ranch in Kürze wieder verlassen würde mit oder ohne George. Diese Unsicherheit verhinderte, daß man Arbeit und Kosten für einen eigenen Wagen aufwandte.

Eines Tages machte Melitta ihren alten Wagen fertig, um zu der Stadt zu fahren, in deren Gefängnis Bob eingekerkert war. Die Besuchszeit war wieder gekommen. Melitta brauchte für ihr Vorhaben drei Tage, und Mahan legte seinen Unterricht in eben diese Zeit. So konnte Cora Melittas Kinder versorgen. Stan und Stephe waren mit den anderen Schülern zusammen wieder einmal im alten Häuptlingszelt auf der King-Ranch. Sie hatten Freunde gefunden, den älteren Wakiya, der an den Zeltabenden sonderbare Fragen zu stellen wußte und von Kriegstaten und Jagdabenteuern des Ahnen, Inya-he-yukan des Alten, erzählte, der sogar selbst mit seinem Pflegevater Joe Inya-he-yukan in den nördlichen Wäldern auf Jagd gewesen und Elch und Grizzly begegnet war. Mit ihm besprachen sie Geheimnisse ihres Volkes, das Geheimnis der wohl gehüteten heiligen Pfeife und das Geheimnis des unbekannten Grabes, in dem ein großer Kriegshäuptling ruhte, den die weißen Männer verräterisch ermordet hatten. Drüben bei den Weißen Felsen, auf der anderen Talseite, befand sich vielleicht dieses Grab, aber die Jungen wollten nicht danach suchen, sondern den Willen der Eltern jenes Häuptlings achten, die ihren toten Sohn für immer vor den Feinden verborgen hatten.

Mit Hanska verband Stan und Stephe eine Freundschaft anderer Art. Hanska hatte mit seinem Pony auf einem Stammes-Rodeo im Wettbewerb mit erwachsenen Reitern einen Preis gewonnen und war schon ein Lehrer in vielen Reitkünsten für künftige Rodeocowboys. Mit ihm besprachen Stan und Stephe aber auch die Aufgabe, aus dem Sumpfloch bei der Hütte der Mahans, in dem zwei Geschwister Hughs umgekommen waren, doch noch einen Brunnen zu machen. Hugh Wasescha war einverstanden und wollte einen Teil seiner Ersparnisse dafür geben. Sobald wie möglich sollten Sachverständige kommen und die Arbeit beginnen, die unter den gegebenen Bedingungen immer gefährlich blieb. Joe Inya-he-yukan selbst hörte dem Plänemachen zu und warnte vor jedem Leichtsinn. Er selbst war vor Jahren auf der Adlerjagd in einem Moor eingesunken, das ihm schon die Wirbelsäule zu brechen begann, als Wakiya und Hanska, bedacht und verwegen, ihn noch retteten. Sumpfboden war heimtückisch.

Von solchen Spielen, Geheimnissen und Plänen des Abends abgelöst, schmeckten tagsüber auch die Schreibarbeiten und Gedächtnisübungen mit Hugh Wasescha, der in keiner Anforderung nachgab und dessen scharfe Falte um den linken Mundwinkel kein Schüler hervorzurufen wünschte. Stan und Stephe gaben ihren Plan, Tramps zu werden, vorläufig auf. Am dritten Tag, nachdem Melitta sich auf den Weg gemacht hatte, war Gerald schon vor Sonnenaufgang beim schwarzen Vieh, Julia wollte zur King-Ranch reiten, um Wasser zu holen, Cora hatte die vier Kinder am Vormittag zum Unterricht dorthin gebracht. So blieb Jerome sich selbst und der Aufgabe überlassen, auf Melittas Kühe zu achten. Er ritt den Sohn der Appalousa-Stute, war mit Werkzeug und Lasso ausgerüstet und wirkte wie ein rechter Cowboy. Mit seinem jungen, an Temperament übersprudelnden Hengst hatte er sich durch Geralds Rat und Hilfe schon vertraut gemacht und kam mit dem Tier über Erwarten gut aus. Auch Julia hatte ihm schon mehrmals anerkennend zugenickt, wenn er damit über die Prärie galoppierte. Er war guter Dinge an diesem Morgen, fühlte sich jung und froh, seines über alles geliebten Mädchens sicher und seiner Arbeit mehr und mehr gewachsen. Was ihn noch bedrückte, war der Unfriede zwischen den Mac Leans und den Kings. Die Nachbarcowboys zeigten dem Neuling Jerome mit unzweideutigen Gebärden ihre Verachtung und ihren Spott, wo und wie sie ihm nur von nah oder fern begegneten. Jerome, in einem harmonischen Elternhaus unter dem Schutz der elterlichen Gerechtigkeit aufgewachsen, konnte sich mit Haß und Feindseligkeiten nur schwer abfinden. Er empfand zuweilen, daß er darin Queenie Tashina glich; auch sie wünschte immer Frieden herzustellen. An diesem Morgen nun verabschiedete sich Jerome von Julia Tatokala mit einer freundlichen Umarmung; er ritt noch ein Stück weit mit ihr in Einsamkeit und Morgensonne, und als er zurückbleiben mußte, nahm sie ihr Pferd zum kühnen Reiter-Abschiedsgruße hoch. Jerome wollte es ihr nachtun, aber der junge Hengst war nicht dazu geneigt. Vielleicht hatte er seinen Reiter auch mißverstanden. Das schlanke und geschmeidige Tier schlug hoch nach hinten aus, den Kopf zwischen die Vorderbeine nehmend; es war, was das Pferd betraf, eine hervorragende Leistung und Gleichgewichtshaltung. Der Reiter Jerome aber flog über den Hals des Pferdes ins Gras. Mit einem Fuß hing er noch im Steigbügel. Julia wendete sofort, brachte den Hengst zur Ruhe und half Jerome aus seiner mißlichen Lage heraus. Sie lächelte nicht, bagatellisierte auch nicht, sondern erklärte ernst und ruhig, daß bei solchem Verhalten eines kräftigen und entschlossenen halbwild aufgewachsenen Hengstes auch schon mancher geübte und berühmte Rodeoreiter zu Boden gegangen sei. Sie wollte Jerome vorschlagen, die Pferde zu tauschen, tat es aber dann nicht, weil sie voraus empfand, daß Jerome nein gesagt hätte. Er ahnte ihre Gedanken, und nach dem Hochgefühl des frühen Morgens war ihm jetzt zum Weinen zumute. Davon ließ er sich nichts anmerken, sondern sagte nur ebenso sachlich wie Tatokala: »Ich habe noch einiges zu lernen. Einmal fängt jeder an, und ich beginne mit dem echten Sohn zweier gefürchteter Rodeopferde.«

Tatokala nickte, erleichtert, daß Jerome so nüchtern urteilte. Sie setzte ihren Ritt fort, während er sich wieder aufschwang und kehrtmachte, ohne daß das Pferd unruhig wurde. Es trug seinen Reiter in beschwingtem Trab über die Wiesen, die das beste Geläuf für Pferde waren.

Julia Tatokala war schon aus Jeromes Gesichtskreis verschwunden, als er die Kuhherde Melittas in Sicht bekam. Die Tiere hatten sich dem Mac Lean-Gelände genähert, und Jerome wollte sie aus dem Grenzgebiet wegbringen. Er lenkte also, sobald er das Vieh erreicht hatte, zwischen die Herde und die Ranchgrenze und begann mit kurzen Rufen und leichtem Knallen der Hirtenpeitsche die Kühe fortzutreiben. Der Hengst folgte jedem Zeichen munter und ganz folgsam.

Es war Jerome nicht lieb, wahrzunehmen, wie die beiden Mac Lean-Cowboys auf einem Wellenkamm der Prärie zu Pferd auftauchten und ihn beobachteten. Der jüngere der beiden ließ sein Pferd steigen und schwenkte den Hut. Jerome beschlich die Ahnung, daß die zwei von der Nachbarranch sein Reiterpech mitangesehen hatten. Er hielt es für das vernünftigste, sich um den Hohn nicht zu kümmern, sondern im ruhigen Treiben fortzufahren. Aber die beiden ließen ihm diese Ruhe nicht. Auch der ältere nahm das Pferd hoch, grüßte und rief:

»Schneller, schneller, der junge Indian! Sollen wir ein wenig treiben helfen?«

Schon griffen die zwei auch zu ihren Hirtenpeitschen und knallten damit so scharf, daß es klang, als ob Schüsse fielen. Die Kühe setzten sich in Trab, der Hengst wurde unruhig. Die Mac Lean-

Cowboys, offenbar sicher, daß sie es mit Jerome allein zu tun hatten, sprengten über die Ranchgrenze herbei, knallten mit den Peitschen, als ob Salven fielen, brachten die Kühe in Galopp und ritten rechts und links von Jerome, so daß ihm die Bewegungsfreiheit genommen war.

Als der jüngere Boy dem Hengst Jeromes einen Hieb mit der langen Lederpeitsche überzog, brach das Tier aus, bockte wie von Sinnen, schlug aus und warf Jerome nach wenigen Sekunden wieder ab. Er flog über fünf Meter weit, fiel mit dem Kopf hart auf und blieb benommen liegen. Undeutlich drangen Lachen und das Geräusch von Pferdegalopp in sein Bewußtsein. Er raffte sich zusammen und erkannte, wie der ältere Cowboy den ledigen Hengst am Zügel greifen wollte. Als dieses Bemühen sich aber als völlig vergeblich erwies und der Hengst voller Übermut mit dem Cowboy spielte und ihn dabei zum besten hielt, warf dieser das Lasso. Es entrollte sich in der Luft, die Schlinge senkte sich über den Kopf des Hengstes, der Cowboy stoppte sein gut abgerichtetes Tier, die Schlinge zog sich zu. Der Hengst war gefangen, wurde im Lauf aufgehalten und trotz seines tänzelnden Widerstandes mitgeführt. Plötzlich setzte er aber zum Galopp an. Der Lassowerfer hielt sein Pferd wieder rechtzeitig an, um den vorauszusehenden Ruck zu parieren; sein Gaul stemmte sich fest zurück. Aber der junge Hengst gebrauchte seine ganze Kraft. Mit hemmungslosem Ungestüm und ohne Rücksicht darauf, daß ihn die Schlinge einen Augenblick fast zu Tode würgen mußte, zerriß er das Lasso und stürmte davon. Sein Lauf ging nicht zurück auf die ehemaligen Büffelweiden, sondern geradeaus in die Richtung, in die er gezwungen worden war, tiefer hinein in das Gelände der Mac Lean-Ranch. Die beiden Cowboys waren mit einem Wutschrei hinter ihm her, aber sie hatten keine Aussicht, ein windschnelles lediges, verschreckt fliehendes Pferd mit ihren berittenen Tieren einzuholen.

Jerome kam wieder ganz zu sich. Er stand auf, fand das Gleichgewicht und schaute nach den Kühen, die zum Stehen gekommen waren und grasten. Von dem entkommenen Hengst und von den beiden Mac Lean-Cowboys war nichts mehr zu sehen und nichts mehr als ferner verklingender Hufschlag zu hören.

Jerome war ohne Pferd und mußte sich entscheiden, was er tun wollte. Entweder suchte er Gerald bei dem schwarzen Vieh, oder er ging zur King-Ranch. Den Verlust des jungen Hengstes mußte er melden und die Vorgänge dabei schildern. Zu Fuß waren alle Wege weit. Er entschloß sich, zu den Behausungen der Familie King im Tal der Weißen Felsen zu wandern Der einzige tröstliche Gedanke für ihn war der Mißerfolg, den der Hengst auch den erfahrenen Cowboys bereitet hatte. Es war selten, daß ein Rind ein Lasso zerriß, noch seltener, daß ein Pferd die Kraft dazu hatte und sie rücksichtslos genug einsetzte. Der junge Hengst war ein großartiges Tier. Aber die Niederlage, die er den Cowboys bereitet hatte, erschwerte Jerome den Nachweis, daß der Hengst abgefangen worden sei. Jerome sei gestürzt, das Pferd geflüchtet, würden die Cowboys behaupten. Wer wollte ihnen etwas anderes beweisen?

Jerome ging schnell, zeitweise lief er im Dauerlauf, aber dabei wurde ihm wieder schwindlig, und er mußte ausruhen und im Schritt weitergehen. Während seine Füße sich bewegten, standen seine Gedanken nicht still. Der Hengst, den er verloren hatte, war sicher 1000 oder 1500 Dollar wert; davon lebte ein arbeitsloser Indianer auf der Reservation drei bis vier Jahre. Wer sollte dieses Tier wieder einfangen, wenn es sich nicht fangen lassen wollte? Es war klug und reagierte schnell. Weiden gab es über Hunderte von Meilen. Wenn es nicht mehr verfolgt und gescheucht wurde, fand es aber vielleicht auch selbst zu der gewohnten Herde und der Koppel auf der King-Ranch zurück. Vielleicht.

Und wenn nicht?

Man mußte sich mit den Mac Leans verständigen.

Aber wie?

Jerome war schwer zumute. Er maß sich selbst die Schuld zu, daß der Hengst entkommen war. Hätte er das Pferd Tatokala gegeben!

Er mußte irgend etwas tun, um seinen Fehler auszugleichen und das Pferd wieder herbeizuschaffen. Konnte nicht er selbst mit dem alten Mac Lean sprechen? Jeromes Eltern waren bei den weißen Männern angestellt, der Vater als Gärtner der Agentur, die Mutter als Köchin und Hausmädchen bei dem Ehepaar Haverman. Obgleich sich beide nie mit den Ungerechtigkeiten abfinden wollten, die ihr Volk erdulden mußten, hatten sie persönlich doch keinerlei besondere Schwierigkeiten gehabt. Seit Jahren hatten sie Arbeit, verdienten, was sie für ihre bescheidenen Bedürfnisse brauchten, und ihre Kinder brachten gute Zensuren aus der Schule nach Hause. Jerome selbst war in seiner Ferienzeit, in der er bei Whirlwind gearbeitet hatte, Mac Lean einmal vorgestellt worden. Wenn Jerome jetzt offen, unbewaffnet, mit erhobenen Händen zu den Mac Leans hinüberging, um die Sache vorzutragen, konnte der Nachbarrancher ihn dann erschießen? Das konnte er doch wohl nicht. Durch seine Waffenlosigkeit würde Jerome die Mac Leans entwaffnen. Die Männer von der King- und von der Mac Lean-Ranch sollten sich zusammentun, um den Hengst wieder einzufangen.

Wenn Jerome die Feindschaft der Nachbarn durchbrach, ehe es einen blutigen Streit gab, war das nicht eine große Tat?

Während der Zwanzigjährige, zu solchen Gedanken getrieben, Fuß vor Fuß setzte und infolge seiner leichten Gehirnerschütterung doch nur langsam vorankam, konnte auf der King-Ranch noch niemand ahnen, was geschehen war. Mit Ausnahme Joes und der drei jüngsten Kinder hatte sich alles im großen Zelt versammelt. Auch Julia Tatokala nahm sich dazu Zeit. Das Trinkwasser konnte sie noch des Abends zu Melittas Haus bringen; vorher, so dachte sie, würden sich Melitta, Gerald und Jerome doch nicht dort einfinden. Ihr aber machte es ebenso wie Queenie Tashina und Cora Magasapa Freude, am Unterricht teilzunehmen, den Hugh Wasescha gab. Heute standen die Fächer Rechnen und Geographie im Mittelpunkt.

Für diejenigen Kinder, die mit der Abstraktion von Zahlengrößen noch Schwierigkeiten hatten, ging Mahan von den alten Bilderbriefen seines Volkes aus, in denen zum Beispiel fünfzig Gewehre durch das Bild eines Gewehrs und fünfzig einfache Striche bezeichnet waren. Er erklärte die Vereinfachung und besprach die weiteren Vereinfachungen und Abstraktionen bis zu den Anfangsgründen der Mathematik hin. Gleichzeitig ließ er Stan und Stephe verstehen, daß es unmöglich war, sich unter den weißen Männern durchzusetzen, wenn man nicht alle ihre Rechenmanöver durchschauen konnte. Die Watschitschun liebten es, das ganze Leben in Zahlen aufzulösen. Dadurch wurden sie als reiche Leute arm. Man durfte dem Rechnen nicht verfallen, aber man sollte damit hantieren können. Es war ein Werkzeug und eine Waffe. Die fünfzehn Schüler, dazu die Zwillinge, fanden sich nun zu kleinen Gruppen zusammen, und jede Gruppe rechnete unter Leitung eines Helfers; dazu hatten sich Tatokala, Magasapa, Queenie, Hanska und Wakiya zur Verfügung gestellt. Drei von Melittas Pflegekindern durften mit

Mahan selbst arbeiten. Nach dem Rechnen kam die Geographie dran. Das wurde eine bunte und anschauliche Stunde, denn Hugh konnte von Chicago, New York und San Francisco, Tashina von Santa Fé, Calgary und Washington, Cora von Alaska, Wakiya und Hanska vom südwestlichen Canada und von den dort wohnenden indianischen Freunden erzählen. Die Schüler hörten, was sie zu Hause noch nie erfahren hatten. Alle Orte wurden in eine Karte eingetragen, und die Kinder malten Bilder von allen diesen Plätzen, ihren Gebäuden und ihren Bewohnern, von den Turmhäusern und von den Indian-Center in Chicago, von dem Empire-State-Building, den Häuserschluchten und den Slums in New York, von dem Weißen Haus und von den schwarzen Amerikanern in Washington, auch von dem großen Kastengebäude, in dem der Indianerkommissar und seine Beamten saßen und regierten, von dem Goldenen Tor San Franciscos, seinen Brücken und der Gefängnisinsel Alcatraz, von spanischen Häusern und spanischen Menschen in Santa Fé, von dem großen Rodeo in Calgary in Canada, bei dem Joe Inya-he-yukan einen Preis gewonnen hatte, und endlich von den Eiswüsten und Riesenbären Alaskas. Als es ans Fragen ging, meldeten sich Stan und Stephe zuerst und wollten erfahren, wo überall Indianer wohnten. Darüber konnte Wakiya am besten Auskunft geben, aber als Stan und Stephe weiter bohrten und wissen wollten, wer schon indianische Stämme außer den Freunden in Canada besucht habe, waren alle überfragt, und Tatokala machte sich auf, um Joe Inya-he-yukan zu finden, der bei den Navajo gewesen war. Sie traf ihn draußen beim Blockhaus, aber er zeigte für Julias Frage und Bitte zu ihrer Überraschung wenig Aufmerksamkeit, bedeutete ihr nur, still zu sein und mit ihm zusammen zu warten und zu beobachten. Sie folgte seiner Blickrichtung. Zunächst konnte sie nichts Auffälliges erkennen außer Philip und George Mac Lean, die bewaffnet hinter ihrem Ranchhaus standen und zu dem kiefernbestandenen Kamm des Höhenzuges hinaufschauten, an dessen sanftem Hang die Häuser lagen. Julia strengte ihr Gehör an und nahm schwache dumpfe Laute wahr wie fernen Galopp.

»Pferde«, sagte sie, »und die Mac Leans scheinen darauf zu warten, daß sie auf der Höhe erscheinen. Unsere Feinde sind bewaffnet.«

»Genau richtig, Tatokala. Also wollen sie mit ihren Kugeln verhindern, daß wir auf ihre Wiesen hinübergehen. Oder Philip sucht den Vorwand, um mich endlich ins Gras zu legen. Vorhin ist nämlich schon ein Pferd erschienen, und zwar unser junger Appalousa-Hengst, gesattelt, aber ohne Reiter. Ich denke, er wollte zu unserer Koppel kommen. Der jüngere Mac Lean-Cowboy hat ihn wieder verscheucht. Er wollte ihn mit dem Lasso fangen. Der Hengst ist schlau; ich weiß nicht, woher er ein Lasso schon kennt und warum er es scheut wie einen bösen Geist. Er ist ausgebrochen, und nun galoppiert er kreuz und quer, immer weiter fort. Der Mac Lean-Boy wird ihn nicht fangen können. Der ledige Hengst ist schneller als jedes berittene Pferd, und er ist mißtrauisch geworden.«

Julia war tief erschrocken.

»Jerome hat den Hengst heute morgen geritten; er wollte zu der Herde Melittas.«

»Jerome?« fragte Joe, ohne den Blick von dem Höhenkamm zu wenden. »Ich habe das Tier Gerald gegeben.«

»Jerome«, wiederholte Julia in schuldbewußtem Ton, als sei sie für ihren Bruder Gerald verantwortlich. Und sie erzählte anschließend den Vorgang, den sie miterlebt hatte.

»So. – Sag im Zelt an, daß ich jetzt keine Fragen beantworten kann, und komm sofort wieder hierher.«

Tatokala eilte hin und zurück.

Das ferne Klopfen der Hufe galoppierender Pferde kam näher und verstummte dann, wahrscheinlich, weil die Tiere auf der anderen Seite des Höhenzuges heraufkletterten.

Der Falbe erschien, wieherte, stieg und brach wieder mit einem großen Satz aus, als der Cowboy auftauchte und ihm näher kommen wollte.

Der Hengst kletterte, galoppierte herab und sprengte an den beiden Mac Leans dicht vorbei. Philip Mac Lean machte den vergeblichen Versuch, den Zügel zu fassen. Der Hengst kehrte um, wollte zur Koppel, Joes Rufen folgend, aber als er den Cowboy wieder wahrnahm, wendete er abermals und jagte talaufwärts, zurück, tiefer in das Mac Lean-Gelände hinein.

»Du nimmst jetzt dein Pferd, Julia, und suchst Jerome«, bestimmte Joe Inya-he-yukan.

Er selbst begab sich zum Zelt, holte sich Hugh Mahan heraus und erklärte ihm kurz die Lage.

»Ich weiß nicht, Wasescha, was heute nacht und morgen hier noch geschehen kann.«

»Also breche ich den Unterricht ab, und wir schicken die Schüler sofort nach Hause.«

»Mach das.«

Im Zelt herrschte Schweigen, als Hugh Wasescha bekannt gab, was er von Joe Inya-he-yukan gehört und mit ihm gemeinsam beschlossen hatte.

Auf Hughs Handzeichen hin erhoben sich alle, um ihre Sachen zusammenzupacken; und auch dabei sprach keiner.

Die meisten der Schüler liefen zur Straße hinunter und machten sich zu Fuß auf den Heimweg. Mit den Zwillingen und den drei jüngsten Kindern zusammen holte Tashina die vier Schützlinge Melittas in das gelbe Haus. Die vier sollten jetzt nicht den Weg zu den Büffelweiden machen, die an die Mac Lean-Ranch grenzten.

Wakiya ging mit Elwe hinüber zum Friedhof und setzte sich mit ihr an das Grab des alten Häuptlings Inya-he-yukan. Sie dachten gemeinsam nach, sprachen in ihrer Weise mit dem großen Toten und beteten zu Wakantanka, dem großen Geheimnis. Hanska stellte sich bei der Koppel auf; er hielt sich bereit, wenn der junge Hengst doch noch zu seiner Herde kommen würde. Cora machte den Wagen fertig, um Stan und Stephe nach Hause zu Mutter Mahan zu bringen. Hugh stand bei ihr. Er hatte seinen ledernen Cowboyhut aufgesetzt, um den sich das Band mit dem Symbol des siebenstufigen Berges zog. Ebenso wie die Mac Leans hatte er sich bewaffnet.

»Du bleibst?« fragte Magasapa.

»Ja.«

Joe war in das Blockhaus gegangen und kam jetzt wieder zu Hugh heraus. Auch er hatte den schwarzen Cowboyhut aufgesetzt; das Band zeigte das Zeichen des Donnervogels. Er trug eine Pistole im Kniehalfter. Im Stiefelschaft steckte das Stilett. Er hatte Gewehr und Lasso bei sich, holte sich die Appalousa-Stute und sattelte. Diese Stute hatte er für 50 Dollar gekauft, weil sie ein outlaw geworden war, den niemand zu reiten vermochte.

»Ich umreite die Mac Lean-Ranch«, erklärte Joe. »Irgendwo wird der Hengst herauskommen, wenn die Mac Leans ihm keine Ruhe lassen. Läuft er aber zur Koppel, so holt ihr ihn.«

Hugh Wasescha betrachtete Joe von der Seite.

»Ich verstehe schon. Irgendwo gelangst du unbemerkt auf die Mac Lean-Ranch. Und wenn sie dich antreffen sollten, werden sie sich hüten, mit dir anzubinden.«

»So ungefähr. Gangster mußt du als das behandeln, was sie sind. Hau.«

Joe stand so, daß die Mac Leans seine Schultern und seinen Kopf über den Rücken der Stute hinweg sehen konnten. Vater und Sohn hatten Gewehre schußbereit zur Hand.

»Wasescha, nimm du bei den Wagen Deckung«, riet Joe. »Sonst knallen sie nach dir wie nach einer Schießscheibe. Du siehst mir in meinem Hemd verdammt ähnlich, und selbst wenn Philip dich als Hugh Mahan erkennt – er hat auch mit dir noch eine Rechnung zu begleichen.«

Hugh folgte Joes Worten; er lächelte dabei flüchtig, weil Tashina ihm ein Hemd ihres Mannes geliehen hatte, als das seine, das er an den drei Unterrichtstagen hatte tragen wollen, unvorhergesehen verschmutzt worden war.

Die gespannte Aufmerksamkeit auf allen Seiten wurde abgelenkt, da Jerome und Tatokala auf der Höhe erschienen; das Mädchen führte das Pferd, das sie geritten hatte, und ging mit Jerome zusammen zu Fuß. Cora, die eben den Wagen hatte anlassen wollen, wartete noch.

Jerome und Julia kamen zu Joe King Stonehorn heran. Jerome berichtete, was geschehen war.

Joes Gesichtsmuskeln strafften sich. Jerome hatte Stonehorn King gerade in die Augen gesehen, während er die Vorgänge schilderte, die zum Verlust des Hengstes geführt hatten. Jetzt senkte er die Lider. Sein wohlgebildetes, fast sanft wirkendes Gesicht war voller Trauer.

»Inya-he-yukan King, ich weiß, was ich verschuldet habe. Ich hätte dieses Pferd nie reiten dürfen. Du wirst mir sagen, was ich nun zu tun habe und was geschehen soll. Ich habe nur noch eine Bitte vorher.«

»Sprich.«

»Laß mich zu Wakiya auf das Grab deines Ahnen Inya-he-yukan des Alten gehen und mit den Toten sprechen und zu dem Großen Geheimnis beten, ehe ihr vielleicht eure Waffen gebraucht.«

Joe Inya-he-yukan schaute Jerome an mit vollem Blick, was selten geschah, und suchte ihn und seine Bitte zu ergründen. Jerome wollte verhindern, daß die Waffen sprachen.

»Geh, Jerome. Ich warte. Und wisse, du hast einen Fehler gemacht, aber einen sehr kleinen. Hanska ist wohl fünfzigmal vom

Pferd gefallen, ehe er so zu reiten vermochte, wie er es jetzt kann. Aber damals gab es noch keine Mac Leans neben uns. Gehe also und bete. Aber mache keine Dummheiten. Du bist unerfahren.«

Die beiden Wörter »unerfahren« und »Dummheiten« hätte Joe in diesem Augenblick nicht sagen dürfen. Sie verschlossen Jerome den Mund, und er gestand Joe sein wahres Vorhaben nicht.

Jerome dankte nur stumm und bat Tatokala, ihm nicht zu folgen. Er lief auf dem erlaubten Pfad zum Friedhof hinüber, verweilte bei dem Grabe Tishunka-wasit-wins und setzte sich dann zu Wakiya Byron Bighorn und Elwe. Der Wind streifte durch die Wiesen, kühlte die Haut von Mensch und Tier und trocknete das dorrende Gras noch mehr aus. Die Weißen Felsen leuchteten in dem Sonnenschein, der die Wiesen verbrannte.

Joe Stonehorn King streichelte die Appalousa-Stute und ließ sich von Queenie Tashina noch Proviant in die Satteltasche stecken, denn er rechnete damit, daß er auf der Pferdejagd lange unterwegs sein würde. Bei allem, was er tat und dachte, beobachtete er unausgesetzt die beiden Mac Leans, jetzt schon sehr sorgfältig gedeckt, am Hals der Appalousa-Stute vorbei.

George Mac Lean stand an der Tür seines Hauses, die halb offen war und bei der er gute Deckung hatte. Philip Mac Lean war ein Stück aufwärts in die Wiese gegangen und lag im Gras, im Schutz einer leichten Bodenwelle, die sich vom Hang zum Haus herunterzog. Keiner wußte, aus welchem Anlaß, in welchem Augenblick und wie man etwa aufeinander schießen würde, aber jeder rechnete schon damit nach vielen Monaten nicht endender Drohungen und Spannungen.

Jerome hatte sich neben Elwe und Wakiya zu dem Häuptlingsgrab gesetzt. Er nahm die Hand vor den Mund und durchdachte tief und aufrichtig seine Bitte an das Große Geheimnis. Die Gewehrläufe waren gegeneinander gerichtet. Jerome wollte das Seine tun, um den Kampf in dieser Stunde zu verhindern und damit vielleicht einen Nachbarfrieden beginnen zu lassen. Er wurde sich selbst immer gewisser, daß er die Kraft dazu haben werde. Er stand auf, und auch die beiden andern erhoben sich.

»Wakiya und Elwe«, sagte er, »ich gehe jetzt hinüber zu Mac Lean, waffenlos, mit erhobenen Händen, und bitte ihn, sich mit Joe Inya-he-yukan über das Einfangen des Pferdes zu einigen. Er kann nicht auf mich schießen.«

»Jerome, was du tun willst, ist gut. Es stehen aber drüben zwei Männer, Philip und George, mit zwei Gewehren. Wenn dich einer töten sollte, so gehe ich den gleichen Weg wie du, und der andere wird mich töten. Wir werden dann an der Seite Tishunka-wasitwins in die Erde gebracht werden, und wir werden Hand in Hand die große Straße wandern. Die Watschitschun aber werden endlich verstehen müssen, wieviel Unrecht sie begehen, und die eingeborenen Kinder unseres großen Landes werden die Trauerlieder vernehmen und begreifen, was sie tun müssen.«

»Laß uns nicht vom Töten und Sterben sprechen, Wakiya-knaskiya. Es ist eine so schlichte und klare Sache, und der Frieden wird wiederkommen, wenn die Menschen miteinander sprechen.«

Jerome hob die geöffneten Hände und machte den ersten Schritt auf seinem Weg über die Grenze des Friedhofs hinaus. Er bewegte sich in diesem einen Augenblick auf der Linie zwischen George Mac Lean und Joe King. Keiner dieser beiden Männer konnte eben in diesem Moment von seinem Platz aus auf den andern zielen, ohne Jerome zu treffen. Schräg hinter Jerome stand Wakiya. Elwe war am Grabe des alten Häuptlings geblieben.

Philip gab seinem Sohn George ein Zeichen mit dem Arm; es war das übliche Zeichen des militärischen Schießbefehls.

»Hinlegen!« schrie Joe Jerome zu. »Zurück.«

Das erste Wort war kaum verklungen, als der Schuß aus George Mac Leans Gewehr fiel. Der Abschuß krachte, das Geschoß zischte und pfiff, Jerome drehte sich halb um sich selbst und fiel ins Gras. Begreifen, was geschah, und sterben war für ihn eins gewesen.

George wich gleichzeitig über die Schwelle in sein Haus zurück und warf das Gewehr demonstrativ fort.

Wakiya ging einen Schritt bis zur Grenze des Friedhofs vor. Philip Mac Lean zielte auf Wakiya und wollte den Schuß auslösen; dabei kamen seine Augen und seine Schultern um ein weniges höher über den Erdrücken heraus. Ehe er abdrückte, krachte der Schuß aus Joe Inya-he-yukans Waffe; Philip Mac Lean, zwischen den Augen getroffen, ließ den Kopf ins Gras sinken und blieb liegen.

Joe Stonehorn King kam hinter der Appalousa-Stute hervor; er eilte, die Waffe noch in der Hand, zusammen mit Hugh Wasescha zu dem Toten. Jerome war ins Herz getroffen, sein Hemd und das Gras waren blutig. Es gab keine Hilfe mehr.

Wakiya zitterte und zuckte, und Elwe führte ihn mit sanfter Bitte von den Gräbern fort, zurück in das Blockhaus.

Drüben war George Mac Lean mit erhobenen Händen wieder aus dem Haus gekommen und beugte sich über seinen toten Vater. Joe gab alle seine Schußwaffen Hug Mahan, bat Tatokala, auf die Appalousa-Stute zu achten, und ging mit langen Schritten zu George Mac Lean hinüber. George richtete sich auf. Er war bleich, und er war bestürzt, als der Indianer neben ihm stand. »Warum hast du ohne Anruf geschossen, George Mac Lean? Jerome war unbewaffnet und hatte die Hände erhoben. Du hast einen Mord begangen, und dein Vater plante einen zweiten.«

George würgte an Worten, die er nicht hervorbrachte. Er mochte die Wahrheit nicht zugeben, und er wagte nicht zu lügen. Im Innern aber fluchte er seinem toten Vater, dessen Willen er erlegen war.

»Komm mit zur Polizei, George Mac Lean. Wir gehen zusammen. Die Toten bleiben liegen, bis alle Spuren aufgenommen sind.« Da George Mac Lean schlaff, wie verwelkt erschien, faßte Joe ihn am Arm und führte ihn an dem toten Jerome vorüber zu seinem Wagen. George hatte keinen Blick auf den von ihm Erschossenen geworfen; er hatte weggesehen.

Joe drängte den Mann, dem die Angst im Nacken saß, auf den Sitz neben sich, ließ an, erreichte die Straße und fuhr in Richtung der Agentursiedlung.

Die auf der King-Ranch Zurückbleibenden hatten sich zusammengefunden.

»Cora«, bat Hugh, »gehe du hinüber zu den Frauen Mac Lean, sag ihnen, daß die Toten liegenbleiben, bis die Polizei hier sein wird, und bitte sie, ihre Cowboys anzuweisen, daß sie sich ruhig verhalten – wenn sie hier auftauchen sollten.«

Cora machte sich auf den Weg, aber sie fand das Haus der Mac Leans von innen verschlossen, und auf ihr Klopfen wurde nicht geöffnet.

Cora und Queenie, Stan und Stephe und Melittas Pflegekinder gingen auf den Friedhof. Sie ließen sich in weitem Kreise um den toten Jerome nieder; nur Tashina setzte sich dicht zu ihm, um die Fliegen abzuwehren, die das Blut suchten. Jeromes Gesicht war totenblaß. Tashina drückte ihm die Augen zu, die schon starr geworden waren.

Im Kreise um den jungen Toten fehlten Tatokala und Hanska. Der Junge war bei der Koppel geblieben und wartete weiter auf den entlaufenen Hengst, Tatokala stand bei der Appalousa-Stute, die Joe ihr anvertraut hatte. Sie sprach mit dem Tier. Ihre Stimme klang, wie sie noch nie geklungen hatte, schwingend, müde, voller Liebe. Die Stute spitzte die Ohren, und als das Mädchen lange gesprochen hatte, wandte das Tier ihr den Kopf zu und schnaubte. Tatokala strich ihm sacht über das Fell und über die Narben, die von schweren Peitschenschlägen und den Rissen großer Sporen herrührten. Die Stute hob den Kopf und schnaubte wieder. Vielleicht wollte sie ihren Sohn, den jungen Hengst, suchen. Sie stampfte.

Julia Tatokala folgte ihrem Gefühl und der Eingebung des Augenblicks. Sie schwang sich auf und ritt hangaufwärts.

Hugh Wasescha schaute ihr nach.

Hätte er sie aufhalten oder ihr folgen sollen?

Es war ungewiß, womit das größere Unglück herbeigeführt oder verhindert werden konnte. Sicher aber war, daß Hugh selbst als Zeuge auf der Ranch sein mußte, wenn Joe und George mit der Polizei zurückkamen.

So ritt Julia Tatokala allein auf die Höhe zurück, von der sie mit Jerome heruntergekommen war. Niemand mehr außer Julia wußte, was in jener kurzen Zeit gesprochen worden war, als sie Jerome ohne Pferd getroffen hatte und mit ihm zur King-Ranch wanderte. Jerome hatte sie nicht der Gefahr aussetzen wollen, als er zu den Gräbern hinüberging, und so hatte sie im letzten Augenblick seines Lebens nicht bei ihm sein dürfen. Bei dem Toten aber saßen viele andere.

Julia hielt auf der Höhe.

Die Steigbügelriemen waren ihr zu lang. Joe King war bedeutend größer als sie. Sie schnallte die Riemen kürzer, ohne abzusteigen.

Die Stute hielt den Kopf hoch und witterte. Sie setzte sich in Bewegung.

Julia ließ sie laufen, wie sie laufen wollte. Es ging zurück in Richtung von Melittas Haus. Die Stute galoppierte schnell und leicht. Ihre Muskeln waren kräftig, ihr Bau ausgezeichnet. Als Julia die ehemalige Büffelweide erreichte, begegnete sie Gerald. Er ritt auf sie zu, und da die Stute nicht anhalten wollte, er auch nicht wagte, bei diesem Pferd in die Zügel zu greifen, galoppierte er hinterher. Sobald Melittas Haus in Sichtweite kam, erkannte Julia den jungen Hengst, der dort angehängt war.

Die Stute strebte zu ihm, und die beiden Pferde begrüßten sich mit allen Zeichen der Freude.

Tatokala sprang ab.

Gerald hatte fragen wollen: Und wo hast du das Trinkwasser? Aber als er seiner Schwester ins Gesicht sah, fragte er nur: »Was ist?«

»Wo hast du den Hengst eingefangen?« fragte Julia dagegen.

»Galoppieren und Schreien machten mich aufmerksam. Ich habe mich umgesehen. Der Hengst lief umher und foppte die Cowboys drüben. Mein Pferd und ich haben lange mit dem Hengst gespielt, und schließlich kam er zu mir her.«

»Hier?«

»Nein, drüben auf dem Mac Lean-Gelände. Die Cowboys wußten schon, warum sie mich in Ruhe ließen.« Gerald schlug an sein Gewehr, das im Sattelhalfter steckte. »Ja, und dann habe ich ihn hier angehängt. Hat Jerome das Pferd verloren? Wo steckt er?«

»Tot.«

Gerald schrak zusammen. »So schwer gestürzt?«

»Erschossen.«

»Das . . . das waren die Schüsse, die ich von fern gehört habe. Es ist zweimal geschossen worden.«

»Ja. Joe Inya-he-yukan hat Philip Mac Lean getötet, ehe dieser Wakiya ermorden konnte.«

Die Geschwister gingen in das Haus zu Melitta. Julia erzählte, ihre Stimme war nicht mehr weich; sie war heiser geworden. »Du mußt sofort zurück. Du bist eine Zeugin«, drängte Gerald. »Ich reite mit dir. Ich den Hengst, du die Stute, Melitta behält mein Pferd.«

Ehe Julia das Haus wieder verließ, umarmte sie Melitta.

»Wie hast du Bob gefunden?«

»Es geht ihm nicht gut, Julia. Wer die Prärie gewohnt ist, dem fällt es schwer, in einem Loch zu leben. Aber wir hoffen, daß er die Haft überstehen wird.«

Julia und Gerald machten sich auf den Weg.

Bei ihrer Rückkehr auf die King-Ranch fanden sie alles unverändert. Es war Abend geworden. Der Sonnenball sandte seine Strahlen schräg, dunkel golden, und nach seinem Verschwinden blieb der flammend gelbe Schimmer am Himmel stehen. Die Kinder waren noch im Haus, wo Magasapa und Tashina mit ihnen sprachen.

Hanska stand nach wie vor bei der Koppel. Hugh Wasescha hielt bei dem toten Jerome Wache. Bei dem Hause der Mac Leans rührte sich nichts. Die Frauen kamen nicht heraus, und die Cowboys waren noch nicht zurückgekommen. Wenn sie Proviant bei sich hatten, blieben sie in der warmen Sommernacht vielleicht draußen beim Vieh.

Julia Tatokala ging zu dem Toten. Sie löste dort Hugh Wasescha ab, damit er sich von Gerald bei der Koppel das Ende der Pferdejagd berichten lassen könne. Die Appalousa-Stute und der junge Hengst befanden sich schon dort. Die Stelle, an der das zerreißende Lasso den Hengst fast stranguliert hätte, war zu erkennen.

Julia saß bei Jerome und schaute auf das Antlitz, das sie vor wenigen Stunden geküßt hatte. Es war unbeweglich geworden, die Lippen waren blaß, die Lider würden sich nicht mehr öffnen und nie mehr die braunen Augen freigeben. Eine Sekunde, ein Schuß, ein Leben war ausgelöscht. Julia Tatokala konnte noch nicht denken, sie vermochte kaum zu empfinden. Sie schaute nur auf Jerome, und sie legte ihre Hand auf die seine, die schon kalt war.

Endlich ließ sich von der Talstraße her das Geräusch herankommender Wagen vernehmen. Der Wiesenweg war für die Auffahrt frei gemacht, die Wagen waren beim gelben Haus geparkt. Ein Jeep mit zwei Polizisten, ein Polizeidienstwagen und ein Sanitätswagen fuhren herauf und hielten vor dem Haus. Ein großer und ein kleiner indianischer Polizist verließen den Jeep. Aus dem Polizeidienstwagen kamen ein Weißer in Zivil, George Mac Lean und Joe King heraus, aus dem Sanitätswagen der Arzt Eivie mit einem Sanitätsgehilfen.

Tatokala und Hanska gingen auf einen Wink Mahans in das Zelt. Mahan selbst trat zu den Ankömmlingen heran. Nachdem er seinen Namen genannt hatte, führte er, als ob sich dies von selbst verstehe, den Kriminalbeamten und den Arzt zu dem Friedhof und der Leiche Jerome Pattons. George Mac Lean lief mit. Der Tote und alle relevanten erkennbaren Spuren ringsum wurden besichtigt und photographiert, so gut es die letzte Abendbeleuchtung und die technischen Hilfsmittel zuließen. Der Kriminalbeamte ließ sich die Stelle zeigen, von der aus George Mac Lean, und diejenige, von der aus Joe geschossen hatte.

Eivie nahm die erste ärztliche Untersuchung an Ort und Stelle vor. Dann ging die Gruppe hinüber zu der Leiche Philip Mac

Leans, auch dort wurden die entsprechenden Aufnahmen gemacht und die erste Untersuchung dieses Toten vorgenommen.

»Die Leichen sind freigegeben«, entschied der Kriminalbeamte, nachdem Eivie die zweifelsfreien Todesursachen festgestellt hatte.

Der Kriminalbeamte wandte sich an Mahan.

»Sie waren Augenzeuge?«

»Ja.«

»Wer noch?«

Mahan nannte die Namen.

»Stimmt mit den Angaben von King überein. Wo ist jetzt das Pferd, um das es ging?«

»Dort in der Koppel. Der junge Appalousa-Hengst.«

»Ah so?! Seit wann?«

»Seit etwa zehn Minuten.«

»Wie ist er denn hierhergekommen?« rief George Mac Lean, der ebenso wie Joe King das Gespräch mithören konnte.

Der Kriminalbeamte bedeutete ihm zu schweigen. Er ging zu der Koppel; die andern folgten ihm dorthin.

»Also«, sagte er, »wie kam das Pferd wieder hierher?«

Gerald gab Auskunft.

»Das wär's also. Zwei Tote und das Pferd ohne Scherereien wieder eingefangen.«

Der Kriminalbeamte winkte dem großen Polizisten, daß er seinen Schreibblock schließen könne. Die Gruppe der Amtspersonen ging zu den Wagen zurück und nahm Joe King und George Mac Lean noch einmal mit. Beide befanden sich in vorläufiger Polizeihaft.

Eivie trat vor der Abfahrt noch an Mahan heran.

»Haben Sie hier schon Fieberfälle?«

»Missis King hat ein leichtes Fieber überstanden.«

»Die Virus-Grippe in ihrer gefährlichsten Form geht um. Wir haben schon drei Todesfälle auf der Reservation. Die Betten im Krankenhaus werden bald alle belegt sein. Ich habe Ihnen vorsichtshalber Medikamente mitgebracht.«

Der Arzt händigte sie Mahan aus.

Er mußte sich beeilen und stieg als letzter ein. Die Wagen fuhren ab und verschwanden bald in der Talstraße.

Hugh Mahan schaute zu der Nachbarranch hinüber.

Philip Mac Lean war ein schwerer Körper. Seine Frau stand davor und überlegte offenbar, wie sie ihn mit der Schwiegertochter Ann zusammen ins Haus schaffen könne. Sie nahm die Hilfe Hugh Mahans an, der herbeikam, um den Toten tragen zu helfen. »Wollen Sie nicht Ihre Cowboys benachrichtigen, Missis Mac Lean?«

Hugh fragte es, als die Leiche Philip Mac Leans im Hause aufgebahrt war und Missis Mabel Mac Lean starr und groß neben ihm stand.

»Wer garantiert mir, daß ich nicht angegriffen werde, wenn ich auf die Weiden reite?«

»Joe King. Er ist kein Mörder, und an Ihrem Sohn George Rache zu nehmen lohnt sich nicht. Es lohnt sich nicht. Er und Ihre ganze Familie werden die Reservation verlassen und nie mehr einen Indianer erschießen. Ihr Sohn George ist der Täter. Der Anstifter war der Tote, der hier liegt, und der Drahtzieher war Chester Carr, der Ihnen dieses Land gegeben hat, das uns Indianern und unseren Kindern gehört.«

»Sie könnten recht haben.«

Mabel Mac Lean erschrak über ihre eigenen Worte, da sie damit nicht nach ihrem eignen Sinn gesprochen und ihren toten Mann mitbeschuldigt hatte. Als die den Satz beendet hatte, wußte sie schon nicht mehr, wie solche Worte aus ihr hatten herauskommen können. Aber wer wollte ihr das Geständnis je nachweisen? Nur Mahan hatte es gehört, und gegen einen Indianer galt ihr Zeugnis noch immer als das zuverlässigere.

Sie sattelte und ritt los, um den Cowboys zu sagen, daß Philip Mac Lean tot und das Vieh auf die Sattelranch zurückzutreiben sei.

Mahan kehrte auf die King-Ranch zurück.

Der tote Jerome lag in dem Zelt, auf Fellen gebahrt, mit einer großen Lederdecke zugedeckt. Bei ihm saß Tatokala. Wasescha setzte sich zu ihr.

Das Feuer in der Zeltmitte glimmte nur in wenigen Funken. Nach einem langen Schweigen, das dem Toten galt, erhob sich Wasescha wieder.

»Ich fahre nach New City zu Monture. Wir müssen uns um einen Anwalt für Joe bemühen. Ich gebe Tashina Bescheid. Bleibe du bei Jerome, Tatokala.«

Mahan ließ seinen Wagen bedenkenlos auf Höchstgeschwindigkeit gehen. Nur die Agentursiedlung, in der er tankte, durchfuhr er in vorgeschriebenem Tempo.

Eben vor Morgengrauen erreichte er Montures Hütte in der Vorortsiedlung von New City. Es hielt nicht schwer, das Ehepaar herauszuklopfen.

Mahan saß auf der lehnenlosen Bank, die aus zwei Klötzen und einem schmalen, darüber gelegten Brett bestand, mit vorhängenden Schultern, mit ineinander verschränkten Händen. Es fiel ihm schwer zu sprechen, um so nüchterner klang seine Stimme, als er berichtete.

Edgar und Grace erlebten alles mit.

Nachdem Hugh seine Schilderung beendet hatte, grübelte Monture. Seine Gedanken schienen zu keinem rechten Ende zu kommen.

»Zwei Dinge«, sagte er schließlich. »Es geht jetzt um Joes Leben. Weder er noch unsere Bruderschaft können einen guten Rechtsanwalt bezahlen, und nur um Joes und der Indianer willen tut es keiner. Dazu erregt der Fall nicht genügend Aufsehen. Ein ehemaliger Gangster hat einen weißen Rancher erschossen; welcher Weiße will sich für diese Tat und diesen Täter schon ins Zeug legen! Indianische Anwälte für Strafsachen gibt es noch nicht. Ich schreibe an Andy Tiger, obgleich er im Krankenhaus liegt. Wenn überhaupt, dann weiß er vielleicht einen mutigen jungen Juristen. Ich schreibe sofort; Grace gibt den Brief in der ersten Poststunde auf. Wir müssen versuchen zu verhindern, daß sie Joe einen Pflichtverteidiger stellen, der nur wie ein zweiter Staatsanwalt wirkt. Das ist das eine. Das zweite: Ich gehe jetzt mit dir und nehme von Jerome die Totenmaske ab. Er soll die Menschen noch im Tode anblicken.«

Mahan nickte.

Edgar schrieb den Brief an Andy. Dann fuhren die beiden zurück auf die King-Ranch. Unterwegs, in der Agentursiedlung, erkundigten sie sich auf der Polizeistation nach Joe, erhielten aber nur nichtssagende Auskünfte.

Auf der King-Ranch ging Monture in das Zelt, um die Totenmaske abzunehmen. Ruhe lag über dem eingefallenen Gesicht; es war dem Leben noch nicht ganz entfremdet, sondern drückte das Wesentliche des Lebens dieses jungen Menschen deutlicher aus, da alle Spuren des vorübergehenden Augenblicks und seiner Bewegungen geschwunden waren. Monture blieb bis zum Abend bei Tashina. In der Schulzeit hatten er als werdender Bildhauer, sie als künftige Malerin ihre Ausbildung auf der großen Kunstschule für

Indianer im Süden des Landes gemeinsam genossen; diese Jahre verbanden die beiden noch, und für Tashina ging von Montures nicht umwerfbarer Festigkeit ein Sicherheitsgefühl aus, das in keinem der objektiven Umstände begründet war.

Als es dunkel geworden war, ging Edgar mit Hugh noch einmal zu dem Toten, Tatokala hob die Decke auf und zeigte den beiden Männern und sich selbst noch einmal das Antlitz, das jetzt schon vom Vergehen gezeichnet war. Die Schläfen und die Wangen waren hohl, die Augen lagen tiefer in den Höhlen, die Nase trat spitzer hervor und verlieh ebenso wie die gespannte Haut dem Gesicht eine Fremdheit und Schärfe, die es im Leben nie gehabt hatte. Monture nahm eine zweite Maske ab.

Tatokala bedeckte den Toten wieder.

»Ich danke dir, Edgar Monture«, sagte sie. »Jerome wird auch künftig uns und seine Mörder ansehen. Die weißen Männer halten gegen uns zusammen. Aber an dem Tage, an dem der Mörder frei ausgeht, werden wir beginnen, für das Blut Jeromes zu schreien. Sie sollen uns hören. Ich gehe schon, um es allen zu sagen.«

Sie verließ das Zelt; Edgar und Hugh hinderten sie nicht. Noch in der Nacht ritt sie fort.

Als der Morgen wieder graute, kamen Vater und Mutter Patton, um den toten Jerome heimzuholen. Sie fragten nur wenig und klagten nicht. Wasescha und Monture halfen ihnen, den Toten in den Wagen zu tragen, der unten wartete. Die Frage, wann Jerome zur Ruhe in die Erde geleitet werden sollte, beantwortete Vater Patton nur ausweichend.

»Wenn es die Zeit sein wird. Wir dürfen uns jetzt nicht zu vielen versammeln, denn die arge Krankheit geht um. Norris liegt im Fieber. Möge er nicht auch noch sterben. Von den zehn Lehrlingen Oisedas sind auch schon fünf krank. Wir gehen in einer stillen Stunde in stiller Weise mit unserem Sohn Jerome, um ihn in der Erde zu bergen.«

Hugh widersprach nicht. Es mochte sein, daß die Verwaltung den Eltern geraten hatte, so zu handeln. Die Epidemie war ein willkommenes Argument, um das Zusammenkommen vieler Menschen zu untersagen.

Monture verließ mit dem Ehepaar Patton die Ranch.

Drei Tage später kamen sowohl George Mac Lean als auch Joe King in das Tal der Weißen Felsen zurück. Joe hatte sich Krauses

Wagen geliehen, George hatte ebenfalls einen gefälligen Bekannten in New City gefunden. Die beiden parkten die Wagen am Straßenrand und kamen den Wiesenweg zu Fuß herauf. Oben angekommen, stand George Mac Lean wie verloren da; er fühlte sich unsicher, allein auf einer einsamen Ranch unter bewaffneten Indianern. Wer bürgte ihm, daß sie den Mörder Jeromes nicht töteten? Er hatte sich mit seinem Wagen an Joe angehängt, durch den er sich zumindest vor einem gefühlsmäßig-spontanen Angriff gesichert fühlte. Jetzt lief er eilig, und ohne jemanden anzusehen, zu seinem eigenen Haus, klopfte, bis seine Mutter öffnete, und trat ein. Hinter sich schloß er die Haustür wieder sorgfältig zu. Er machte ein paar Schritte zum Wohnzimmer und ließ sich dort in einen Sessel fallen. Irgend etwas schien ihm verändert; er fragte sich selbst, was, und stellte fest, daß die Tischdecke und alle Decken verschwunden, die Vorhänge schon von den Fenstern abgenommen waren.

»Was soll denn das?« fragte er unwirsch und abgespannt.

»Wir fahren zurück auf die Sattelranch«, antwortete seine Frau.

»Fahrt doch sofort. Mich könnt ihr ja hier allein lassen.«

»George, nimmst du noch immer keine Vernunft an?«

»Das kann man dich fragen. Wer bezahlt, wenn wir das Haus schon wieder versetzen?«

»Dein Vater hat Unglück genug angerichtet; es kommt auf diese Dollars auch nicht mehr an«, sagte Ann. »Warum hast du geschossen, George? Warst du ganz verrückt?«

»Fang mir nicht so an. Es war Notwehr, klar. Wir waren bedroht. Die Indianer setzten sich vom Friedhof her gegen uns in Bewegung.«

»Wer soll dir das glauben!« schrie Ann aufgeregt. »Zwei unbewaffnete junge Leute, der eine ein Epileptiker. Ich werde einen verurteilten Mann haben! Was soll denn jetzt werden? Auf dieser Reservation können wir nicht bleiben.«

»Sei still. Gesehen hast du nichts, verstanden? Du warst im Haus und hast gar nichts gesehen. Wenn du anfängst zu reden, kommt nur der größte Unsinn zutage.«

»Ich brauche nicht auszusagen?«

»Als meine Frau nicht und überhaupt nicht, weil du nichts gesehen hast. Ich bin ohne Kaution auf freiem Fuß. Meine Unschuld steht schon fest. Verstanden?«

Die beiden Frauen atmeten auf.

»Ich fahre also sofort auf die Sattelranch«, entschied sich die junge Frau. »Das Vieh ist schon dort. Ich bleibe nicht länger in diesem Unglückshaus hier, und ich bleibe überhaupt nicht länger auf der Reservation. Was ist das für ein Leben! Wohin hast du mich verschleppt? Nur weil du deinem Vater untertan . . .«

»Geh schon, meine Liebe.«

»Ja, geh«, sagte Mutter Mac Lean. »Du und deine Worte sind hier überflüssig.«

Die junge Frau lief hinunter zur Straße, wo der Wagen geparkt war, und setzte ihn in Bewegung.

George ließ sich von der Mutter über die Beerdigung des Vaters und die große Menge der Trauergäste berichten, die gekommen waren, um ihr Beileid und ihre Sympathie zu erweisen. George empfand dabei wenig für den alten Philip. Selbst sein Groll darüber, daß er ihn zum Schuß getrieben hatte, schwand mehr und mehr. Dem kommenden Gericht gegenüber fühlte er sich nach dem Verlauf der ersten Verhöre bereits sicher.

Unterdessen saßen Hugh, Tashina und Joe zusammen im alten kleinen Blockhaus. Es war noch immer so eingerichtet wie zu der Zeit, als Joe geboren worden war. Die beiden deckenbelegten Brettergestelle, die als Lager und Sitzgelegenheit dienen konnten, standen über Eck, davor der schwere Holztisch. An den Wandhaken hingen Joes Hut, das Lasso, die Pistolenhalfter. Ein eiserner Ofen tat, auch als Herd, seinen Dienst wie eh und je, obgleich es daneben eine elektrische Platte gab. In der Ecke befanden sich Gewehre und Munitionskästen.

Dieses Blockhaus hatte eine lange Geschichte so wie das Blockhaus der Mahans. Hier hatten der Großvater und der Vater Joe Inya-he-yukan Kings mit ihren Frauen gewohnt. Trübsal verlorener Freiheit war die Luft gewesen, die sie atmeten; der Verlust der Arbeit hatte ihre Hände untätig gemacht und ihre Gedanken aus dem Tag hinweggeführt; das Wasser, das sie Heiligwasser und das die weißen Männer Feuerwasser nannten, hatte ihnen starke bunte Träume in ihre Verzweiflung hineingeschickt und immer wieder ein erbärmliches Erwachen beschert. Oft waren sie im Rausch gewalttätig geworden. Joes Mutter, Enkelin des alten Inya-he-yukan, eine edle Frau altindianischer Art, ihrem Sohn unvergeßlich, hatte eines Nachts den betrunkenen Großvater mit dem Beil erschlagen, um ihr Kind zu retten. Das Blut war Joes erste Erinnerung aus dem alten

Blockhaus. Den Vater hatte ein Freund im Trunk unwillentlich erschossen. Joe hatte eine wilde und schwere Kindheit durchlebt, auch in der Schule, denn der Klassenlehrer kannte und verstand seine Nöte nicht. Aber die Worte der Mutter und ihr Wesen hatten sich ihm eingeprägt, und Vater und Großvater hatten überlegt, bestimmt und auch milde gesprochen wie Ratsmänner, Anführer und gute Väter, wenn nur ihre Gedanken nicht vom Brandy verdunkelt waren. Sie hatten Joe nicht nur im Rausch geschlagen, sie hatten ihm auch nüchtern über vieles aus Vergangenheit und Gegenwart Auskunft gegeben, und er hatte als Kind nicht nur früh angefangen, sich zu wehren wie eine Wildkatze, und als junger Bursche nicht nur den betrunkenen Vater gefesselt, sondern er hatte auch gelauscht, sobald die Vernunft aus Vater und Großvater sprach. In eben diesem Blockhaus, in dem die drückenden und die aufrichtenden Erinnerungen nicht aus Wänden und Boden weichen wollten, hatten Joe und Tashina vor sechs Jahren sehr jung ihre Ehe begonnen; sie war aus der Schule gekommen, er aus dem Gefängnis.

Joe drehte sich zwei Zigaretten und rauchte sie, ehe er zu sprechen begann.

»Sie haben mich gegen Kaution auf freien Fuß gesetzt«, teilte er mit. »Ich habe meine Büffel und meine Pferde verpfändet. Die möchten sie wohl gern haben. Aber ich fliehe nicht. Sie arbeiten an der Anklage. Sie wollen auf Mord klagen und mich dann hinrichten.«

»Das wird ihnen doch schwerfallen«, meinte Mahan.

»Es wird ihnen leichtfallen. Die Verfahren werden getrennt. Der Termin gegen Mac Lean findet zuerst statt. George hat einen Mann erschossen, der sein Gelände trotz schriftlicher Warnung unerlaubt betrat. Er wird freigesprochen. Ich habe Mac Lean auf dessen eigenem Gelände erschossen, auf 400 Schritt Entfernung, und ohne daß er vorher einen Schuß abgegeben hatte. Sie brauchen mir nur nicht zu glauben, daß Mac Lean unmittelbar am Abdrücken des Schusses war, der Wakiya hätte töten müssen, und schon ist die Mordanklage gegen mich perfekt. Käme meine Sache vor unser Stammesgericht wie in früheren Jahren, so wollte ich mich wohl verteidigen, obgleich sie auch dort so manchen Fehler gemacht haben. Aber da ich vor die Geschworenen von New City gebracht werde, könnten sie mich ebensogut gleich hinrichten.«

»Man kann einzelne Geschworene als befangen ablehnen.«

»Aber nicht ganz New City!«

»Monture und Andy suchen einen Rechtsanwalt für dich.«

»Sie werden keinen guten finden, und einen schlechten brauche ich nicht. Einen Pflichtverteidiger lehne ich ab, er wäre nur eine Kreatur des Staatsanwalts.«

Queenie Tashina sagte dazu nichts. Sie hatte schon viele gefahrvolle Situationen mit ihrem Mann durchgestanden. Sie hatte sich immer gefürchtet und oft ihre Furcht gezeigt, und die Angst um Inya-he-yukan packte sie auch an diesem Abend. Aber sie überwand sie; ihr Gesicht blieb ruhig und ihre Stimme klar und sanft.

»Wenn ich etwas tun kann, Inya-he-yukan, so lasse es mich wissen.«

»Male ein Bild, Tashina. Ich möchte noch von einem Bild träumen, das du schaffen wirst. Eine Frau, die eine Büffelhaut rein schabt. Wenn sie meine Leiche nicht freigeben, so hänge die Haut des Büffelstiers, in der ich begraben sein wollte, im Tipi meines Ahnen auf.«

»Ja, Inya-he-yukan.«

Damit endete das Gespräch.

Hugh Mahan ging in das Zelt.

Joe Inya-he-yukan und Queenie Tashina lagen beieinander auf der harten Lagerstatt im Blockhaus. Tausend und mehr Nächte, die sie hier schon verbracht hatten, schmolzen zu einer zusammen, einer Nacht des Lebens, ehe der Tod zugreifen konnte. Die folgenden beiden Wochen waren ein großer Abschied und eine große Vorbereitung. Alle, die Inya-he-yukan kannten, bewunderten und liebten, suchten ihn zu sehen, seine Stimme zu hören, seinen Willen zu erfahren. Doch taten sie es nicht in aufdringlicher Weise und nur, wenn sie es vermochten, ohne ihm lästig zu fallen. Der einzige, der anders zu empfinden schien, war Wakiya Bighorn. Er ging Joe aus dem Wege; es war fast, als flüchtete er vor jeder Begegnung, und er sprach mit niemandem außer mit Elwe, wenn er mit ihr bei den Gräbern saß.

»Warum hat er geschossen«, flüsterte er dort, »warum? Ich wollte es nicht.«

Die Gerüchte, daß George Mac Lean freigesprochen, Joe aber des Mordes schuldig befunden und hingerichtet werden sollte, wurden dichter. Die Erregung auf der ganzen Reservation stieg an. Tatokala wurde überall und nirgends gesehen. Die Lehrlinge Oisedas halfen ihr.

Es war in einer dieser Nächte, als ein unerwarteter Gast kam. Joe hatte sich noch nicht schlafen gelegt. Er stand hoch oben auf dem Kamm der Anhöhe bei einer hartholzigen Kiefer, die Dürre und Hitze überstand, schaute zu den Sternen hinauf und schaute hinunter auf die von der Sonne verbrannten Wiesen, auf denen das Vieh kaum mehr Futter fand und im Winter noch weniger Futter finden würde. Das Brunnenwasser reichte für die Herden nicht aus. Er würde schlachten und er würde verkaufen müssen. Er?

Vom Tal her kam Geräusch von Hufschlag. Das schnell trabende Pferd mußte müde und abgetrieben sein, es stolperte zweimal. Joe lief ein Stück weiter, um die Talsohle noch besser überschauen zu können.

Der Reiter war nach Cowboyart gekleidet, das Pferd ein kräftig gebautes Tier. Es wurde eben von den Wiesen längs der Straße den Hang herauf gelenkt; der Fremde strebte zur King-Ranch. Joe lief ihm bis zu Haus und Zelt entgegen.

Schon von weitem erkannte er ihn. Robert Yellow Cloud kam. Er sprang beim Zelt ab. Die Flanken seines Pferdes waren naß und schlugen; er hatte einen Parforceritt hinter sich.

»Joe! Du bist da! Du bist freigesprochen?«

»Noch nicht verurteilt.«

Die beiden gingen miteinander zum Brunnen hinauf. Robert trank, das Pferd soff. Dann setzten sich die beiden Männer zu der alten Kiefer.

»Ich habe das alles gelesen«, sagte Robert, »in unserer Bruderschaftszeitung. Ich mußte dich noch sehen.«

Joe nickte, er freute sich.

»Was wird werden, Joe?«

»Todesurteil. Ich kann es nicht lassen, mir selbst zu helfen in diesem Lande, in dem du keine Hilfe findest. Die Mac Leans sind jedenfalls weg. Die Sorge wird Queenie nicht mehr haben.«

»Was meinst du, Joe? Wenn ich erst das kanadische Bürgerrecht habe – kann ich wiederkommen?«

»Ja, dann ist's leichter für dich, uns zu besuchen. Ich meine, Queenie und Hanska zu besuchen.«

»Joe, ich sage nicht ›besuchen‹, ich sage ›kommen‹. Heute bin ich zu Besuch da, illegal über die Grenze, unterwegs nicht aufgehalten – wer kümmert sich schon um einen einzelnen Reiter – hier verstecke ich mich bei dir bis zur nächsten Nacht –«

»Gut, Yellow Cloud.«

»Aber was ich mit dir beraten wollte, Joe: Kann ich als kanadischer Bürger später hierher zurückkommen und wieder bei euch leben?«

Da Joe keine Zigarette bei sich hatte, kaute er an Kiefernnadeln.

»Kannst du. Aber du hast deine Rechte als Stammesangehöriger verloren. Du bekommst kein Freiland, und du mußt Steuern zahlen.«

»Wenn schon. Dafür brauche ich nicht auf Leute zu schießen, die ich nicht töten will. Wir haben es schon richtig gemacht, Joe, damals. Falls mich hier später ein Rancher nimmt, kann ich als Cowboy arbeiten – mit meiner Frau zusammen.«

»Queenie wird froh um dich sein. Gerald allein ist zuwenig.«

»Was heißt Queenie? Du nicht?«

»Robert, Wunder geschehen selten.«

»Du würdest uns also aufnehmen?«

»Das fragst du noch! Dann holen wir uns die Büffel wieder. Carr sitzt nicht ewig auf seinem Amtsstuhl hier.«

»Ho-je!«

»Was tust du jetzt in Canada? Du hast lange nicht geschrieben.«

»Waldbrände bekämpfen, beim Schwiegervater arbeiten, den Rodeoreiter machen. Ich will wieder hierher zu euch, das Heimweh frißt mich auf. Deshalb mußte ich dich sprechen.«

»Du bist noch zur rechten Zeit gekommen, Yellow Cloud.« Die beiden jungen Männer blieben beieinander sitzen, schauten nach den Weißen Felsen, darüber hinweg ins Grenzenlose der Dunkelheit und ließen hin und wieder ein Wort fallen. Endlich gingen sie hinunter zu den Pferden, die Robert einzeln begrüßte, nachdem er das seine mit in die Koppel gegeben hatte. Wo würde der Gast übernachten und sich den kommenden Tag über aufhalten?

»Im Blockhaus, Joe. Da bin ich daheim. Wie geht es Hanska?«

»Gut. Keine Sorgen.«

Die beiden traten in das Blockhaus ein. Es war leer, weil es sich in der Zeit der übermäßigen Hitze im Zelt besser schlafen ließ. Aber sie hatten die Schwelle noch nicht überschritten, als ein Junge aus dem Tipi über die Wiese heranstürzte und mit in das Blockhaus schlüpfte. Hanska begrüßte Robert, mit dem er vor fast einem Jahr die Büffel getrieben hatte. In dieser Nacht schliefen die drei nicht. Dafür blieb am kommenden Tag noch Zeit genug.

Am nächsten Vormittag saß Chester Carr, wie gewohnt, im weißen Hemd, mit der gestreiften Krawatte, im Armstuhl hinter dem Dienstschreibtisch und erledigte die Amtsgeschäfte des regierenden Vaters der Reservation. Die Luftfilter waren angeschaltet; in den Büroräumen herrschte eine gemäßigte Temperatur. Dennoch fühlte Chester immer wieder Schweiß auf der Stirn, zog das Taschentuch und wischte die Tropfen fort, ehe sie abwärts zu sickern begannen. Sein Kreislauf war gestört, der Pulsschlag ging etwas zu rasch. Carr konnte sich nur mit Mühe auf die Vorlagen aus Ökonomie und Wohlfahrtspflege konzentrieren. Der gewaltsame Tod des alten Mac Lean hatte ihn aufgestört und ließ ihm noch immer keine Ruhe. Philip Mac Lean von einem Indianer ermordet!

Auf Carrs Reservation.

Es blieb unfaßlich und erschreckend.

Im Vorzimmer entstand Unruhe. Chester vernahm einige Geräusche sogar durch die gepolsterte Doppeltür hindurch. Jedwede Unordnung war ihm in diesen Tagen besonders bedenklich und verhaßt. Er klingelte.

Fast in dem gleichen Moment wurde die Tür um einen Spalt geöffnet, ein Schreckensschrei der Sekretärin drang zu dem Mann hinter dem Schreibtisch durch. Die Tür wurde mit Gewalt ganz aufgerissen.

Clyde Carr betrat das Dienstzimmer des Vaters, schlug die Tür hinter sich zu, stellte sich mit dem Rücken dagegen und richtete den Revolver auf Chester Carr.

»Mister Carr«, sagte er in sachlichem Ton, »rufen Sie sofort Ihre Sekretärin an und sagen Sie ihr, daß Sie in der nächsten halben Stunde unter keinen Umständen gestört werden möchten. Ich bin zu allem entschlossen.«

Carr hob langsam die Hand, legte sie langsam um den Hörer, führte ihn an den Mund und sagte, mit den Worten so zögernd wie seine Bewegungen zögernd waren:

»Bitte in der nächsten halben Stunde keinerlei Störung. Ich bin in Anspruch genommen.«

Dann legte er den Hörer vorsichtig wieder auf.

Clyde steckte den Revolver in die Tasche, ohne ihn dabei aus der Hand zu geben, und lachte schallend.

»Ich überlasse es Ihnen, Mister Carr, sich zu überlegen, ob das ein Spielzeugrevolver oder ein Remington, scharf geladen, ist. Als

Kind habe ich die Ehre gehabt, unter Ihrer Anleitung schießen zu lernen, und wenn Sie auch mit nichts zufrieden gewesen sind, was ich tat, so waren Sie doch mit meiner Schießerei am wenigsten unzufrieden. Also widerrufen Sie Ihre Anweisung an das Sekretariat nicht. Sie würden sich damit sowieso nur gründlich blamieren.«

»Mach, daß du hinauskommst, du Strolch und Faulenzer.« Carrs Stimme war belegt. Er dachte nicht mehr daran, die Schweißperlen abzutrocknen, die an seinem Haaransatz hervorquollen.

»Mister Carr, ich weiß, daß auch Sie neuerdings Ihren Revolver immer bei sich tragen, zum Selbstschutz. Die Atmosphäre ist tatsächlich überhitzt. Wenn Sie eine Probe machen wollen, wer von uns beiden schneller schießt, bitte sehr.«

»Halt den Mund. Dein Ende ist das Gefängnis.«

»Wo ich mich in besserer Gesellschaft befinden werde als mit Ihnen hier. Sie sind des Mordes schuldig.«

»Quatsch nicht.«

»Mister Carr, Sie sind es, der mit Amtsgewalt die Mac Leans zu Nachbarn der Kings gemacht hat. Sie tragen die Verantwortung für alles, was daraus entstanden ist und entstehen mußte – halten Sie den Mund, Mister Carr, jetzt rede ich! –, Sie haben Jerome Patton auf dem Gewissen, und das Blut dieses unschuldigen und friedfertigen jungen Burschen wird Sie noch verfolgen. – Er war zu gut für Ihre Welt – für Ihren Haß, für Ihren albernen Hochmut, für Ihre Brutalität und Durchtriebenheit. Was bist du denn, du Wanst auf einem Sessel, du Sack voll aufblähender Winde! Du längst überlebter Saurier, du Restbestand der Ausrottungskriege gegen braunhäutige Menschen – ich will dir sagen, was du bist, ein Dummkopf bist du, der um sich schlägt, ein wahres und prächtiges Produkt deiner eigenen Gesellschaft. Du selbst wärest nicht einmal wert, daß man dich haßt, so feige bist du.«

»Bist du fertig?«

»Nein. Zwei Tote hast du gemacht, du, Chester Carr. Jetzt willst du einen dritten machen. Zwei haben blutig im Gras gelegen, das ist dir nicht genug. Der dritte soll auf dem elektrischen Stuhl verschmoren. Schon hast du alles eingerührt mit deinen speckigen Fingern und hast mit deinen Kumpanen zusammen die Fallen aufgestellt. Paß auf, bald zappelst du selbst in der Schlinge. Dein Stuhl wird bald leer stehen. Du riechst schon lebend nach Fäulnis. So. Und nun haben Sie das Wort, Sir.«

»Sehr gnädig, du Drecksmaul. Wenn du nicht einmal mein Sohn gewesen wärst . . .«

». . . und wenn ich nicht mit zehn Jahren schon bei dir schießen gelernt hätte . . .«

»Meinetwegen. Wenn du nicht wenigstens das gelernt hättest – das einzige, was du je gelernt hast –, dann würde ich kein Wort an dich verschwenden. Aber so laß dir gesagt sein, daß George Mac Lean in Notwehr gehandelt hat, als eine Horde Roter bereitstand, auf seine Ranch einzudringen, darunter dieser Mahan, der den ehrwürdigen Philip Mac Lean . . .«

». . . schon einmal über die Schulter ins Gras geworfen hat, wie ein Schaf zum Scheren . . .«

»Halt die Schnauze. Schon einmal mißhandelt hat mit einem Karategriff, der gleich einem Schuß gilt. Philip Mac Lean aber hat nicht eine einzige Patrone verschossen; er ist schamlos ermordet worden von einem ehemaligen Gangster, der sich nie geändert hat. Der Verbrecher wird seine gerechte Strafe erhalten.«

»Welcher Verbrecher, Superintendent Mister Carr? Und welche Strafe wird sich Ihr etablishment ausdenken für einen Mann, der eine braune Haut hat und einen zweiten Mord an einem jungen Menschen eben noch verhinderte?«

»Woher hast du solche Information, Boy?«

»Das möchtest du gern wissen, Papa.«

»Clyde, du hast dich auf der Straße mit Kriminellen herumgetrieben, und du hast die Denkungsart von Verbrechern und farbigem Volk angenommen. Ich weiß nicht, ob du noch zu retten bist . . .«

»Für das Schiff Ihres miserablen Regimes jedenfalls nicht.«

»Du wirst aber, wenn du noch einmal einen hellen Augenblick haben solltest, erleben, wie gerecht wir selbst gegen Mörder verfahren . . .«

». . . indem ihr den Mörder George Mac Lean hinrichtet . . .«

»Notwehr ist straffrei, vielleicht weißt du das auch schon. Dein Gangster aber, für den du dich einsetzt, wird ein ordentliches Verfahren und einen Rechtsanwalt haben, obgleich er nichts verdient, als für den Mord an Philip schon längst am Galgenbaum zu hängen.«

»Sollte mich aber wundern . . .«, Clydes Stimme wurde ruhig, seine Augen lauerten, »sollte mich aber wundern, was für einen Rechtsanwalt ein Indian bezahlen kann, nachdem er sein einziges mobiles Vermögen, die Büffel und Pferde, schon als Kaution verpfänden mußte.«

»Der Staat, den du schmähst, stellt ihm den Pflichtverteidiger.«

»Den Mulkey?«

Carr war einen Augenblick völlig verblüfft.

»Da staunt mein Dad. Ja, dein Sohn Clyde hat Talente, nicht nur zum Schießen, und er hat Freunde nicht nur für Hasch. Also den Mulkey, den Kumpan der Viehzüchter, den Indianerhasser. Ein einziger Staatsanwalt genügt nicht gegen Joe King? Es müssen zwei sein! Schön ausgedacht. Eure Gerechtigkeit ist ein Stinktier; wenn sie sich betätigt, hält es weit und breit keiner mehr aus. Aber glaube mir, Dad, es gibt Leute, die die giftige Luft schon so gewohnt sind, daß sie ihnen nicht mehr schadet. Sie sind immun geworden, sie können im Gift leben und sich gegen euch bewegen. Ich habe diese Luft schon als Säugling bei dir zu Hause in unserer sogenannten Familie eingeatmet. Mir schadet sie nicht mehr.«

»Vergiftet bist du von ganz anderen Leuten. Mach jetzt, daß du hinauskommst.«

»Yes, Sir! Aber gern, mein Dad! Ich gehe, bevor du deinen fälligen Schlaganfall bekommst. Ich habe wieder einmal vollständig genug von dir. Du kannst dann deine Polizei rufen. Aber warum eigentlich?« Clyde holte den Revolver wieder hervor. »Es ist wirklich nur ein Spielzeug. Deine Augen sind nicht mehr so scharf wie früher, Chester. Ich hätte auch mit einem scharfen nicht geschossen, schon deshalb nicht, weil ich bei dir habe schießen lernen müssen. Du kennst mich nicht, und du wirst senil. Laß es nur alle Leute wissen. Bye!«

Clyde Carr verzog das Gesicht zu einem zugleich frechen und humorvollen Grinsen.

Ungehindert ging er aus dem Raum, an der blaß gewordenen Sekretärin vorbei, verließ das Büro und fand sein neues rotes, mit Blumen bemaltes Popauto auf dem Parkplatz für Gäste der Superintendentur.

Er erkannte in einiger Entfernung Hugh Mahan und Julia Bedford und stieg daher noch nicht in den Wagen ein.

Die beiden kamen zu ihm her. Sie hatten Norris Patton besucht, der sich von seiner Grippeerkrankung nur schwer erholen konnte.

»Also Mulkey ist bereits als Pflichtverteidiger gegen Joe bestellt«, informierte Clyde ohne Umschweife. »Der Richter und die Geschworenen werden das gleiche Kaliber haben; ein anderes liefert New City nicht mehr. Die Prozeßführung könnt ihr damit verloren geben. Denkt euch was aus, damit Joes Tod wenigstens bekannt wird und ein paar Leute aufrührt, die noch nicht verkalkt sind.«

»Wir werden etwas tun, damit der Anschlag auf Joes Leben bekannt wird, ehe es zu spät ist«, antwortete Mahan.

»Hat Joe Auseinandersetzungen mit dem Rugby-Klub in New City gehabt? Wißt ihr etwas darüber?«

»Jahrelange Feindschaft. Der Klub ist ein halber Verbrecherverein.«

»Sie lassen sich vollaufen und feiern schon Joes kommende Hinrichtung. In eurem Staat ist sie noch Mode; ein stures Volk ist das hier, ein Wolfsrudel von Spießbürgern.«

»Was weißt du noch, Clyde?« fragte Julia zögernd und gekrampft.

»Nun, sagt es nur weiter. Gaskammer habt ihr noch nicht. Der elektrische Stuhl steht in Carneyville. Aber der Henker ist in New City gebürtig, und er säuft mit den Rugby-Kumpanen. Eure Vorfahren haben primitiv gemartert, unsere zivilisierten Edelbrüder verstehen es besser, das ist der technische Fortschritt. Wißt ihr, was ein elektrischer Stoß ist?«

»Ja«, sagte Mahan.

»Unter ein paar hundert kommt Joe nicht weg. Immer schön langsam, bis er fertiggemacht ist. Ein paar Minuten Hölle vor dem Tode und nicht einmal einer dabei, der es hinausschreien kann. Sagt es nur weiter, damit sich endlich ein Mensch rührt!«

Clyde schrie laut. »Damit sich endlich ein Mensch rührt!«

Er wandte sich plötzlich um, sprang in seinen Wagen, startete rasselnd und fuhr davon.

Vom Polizeigebäude her näherte sich der kleine indianische Polizist. Er schaute dem Blumenauto nach und entfernte sich wieder. Offenbar hatte er sich nur darum kümmern sollen, daß der bemalte Wagen und der vermutlich unerwünschte Insasse den amtlichen Parkplatz wieder verließen.

Mahan und Julia warteten einige Minuten. Als sich nichts weiter ereignete, gingen sie zu dem alten Morning Star, um ihm das Gehörte mitzuteilen. Dann fuhr Hugh zur King-Ranch zurück. Er wollte Joe informieren und traf ihn auf der Pferdeweide. Das verächtlich-bittere Lächeln erschien auf dem mageren Gesicht.

»Mit diesem Mulkey werde ich überhaupt nicht sprechen; ich lehne ihn ab; er würde mir nur das Wort im Munde verdrehen. Übrigens sind die Zustellungen gekommen. Wir sind beide als Zeugen geladen. In drei Tagen ist Mac Leans Termin.«

»Kann ich inzwischen noch etwas für dich tun, Inya-he-yukan?« Es war dieselbe Frage, die Tashina gestellt hatte.

»Tue etwas für Magasapa«, erwiderte Joe. »Sie liegt mit hohem Fieber bei Melitta. Die Kinder haben wir schon weggeholt. Iliff ist ins Hospital eingeliefert. Es wurde zufällig ein Kinderbett frei. Aber für Magasapa hatte Doc Eivie kein Bett. Er konnte nicht einmal selbst kommen. Nur Margot war hier und hat eine Spritze gegeben.«

Hugh Wasescha holte sich ein Pferd, trieb es an und ritt auf die Büffelweiden zu Melittas Haus. Er erinnerte sich dabei des Abends, an dem der große Büffelstier hatte sterben müssen, und der Nacht, in der er bei dem erlegten Tier gesessen hatte. Vielleicht erinnerte er sich darum daran, weil der Tod jetzt überall nahe war.

Bei Melittas Haus sprang Hugh ab, hängte sein Tier an den dafür vorgesehenen Ring an und ging zur Tür. Die Angst um Magasapa beengte ihn in diesem einen Augenblick mehr als während der Mitteilung Joes und mehr als während des Rittes.

Er trat ein, hörte ein leises Geräusch aus dem Schlafraum linker Hand und begab sich dorthin.

Die Lagerstätten der Kinder waren leer. Auf der Couch lag Magasapa; Melitta hatte bei ihr gekniet, Tatokala hatte Wasser gebracht und feuchtete Tücher an. Melitta kam jetzt Hugh entgegen und trat mit ihm zusammen an das Krankenlager.

Obgleich es erst Nachmittag und somit nicht die Tageszeit der höchsten Fiebertemperaturen war, fühlten sich Magasapas Hände schon sehr heiß an. Das Herz kämpfte und hetzte das Blut durch die Pulse. Die Kranke rang um Luft. Als sie Wasescha erblickte, wurden die fiebrigen Augen heller. Sie wollte sich aufrichten. Tatokala stützte sie, und Wasescha nahm Magasapa in seine Arme, um sie sanft wieder zurückzulegen. Sie wurde sehr unruhig, tastete nach Waseschas Wangen; er spürte ihren Körper glühen.

»Wasescha«, sagte sie, »Wasescha.«

»Magasapa.«

Er legte ihr kühlende Tücher auf Stirn und Herz.

»Eivie?« fragte er. »Kommt er noch immer nicht?«

»Wir haben ihr weiter seine Mittel gegeben«, antwortete Melitta leise. »Das Fieber sank nur kurze Zeit. Nun steigt es wieder.«

Magasapas Körper war von Angst gequält.

»Hinaus«, bat sie, »Luft.«

Der Atem ging stoßweise und schwach.

»Wasescha – ich verbrenne ja. Trag mich hinaus.«

Sie klammerte sich mit fast versagenden Kräften an ihn. Er wußte, daß es um ihr Leben ging, und konnte nicht helfen.

»Wasescha . . .«

Das Fieber wollte sie töten; der Herzschlag ging nur noch in unregelmäßigen Sprüngen. Wasescha nahm Magasapa auf seine Arme und trug sie hinaus. Er konnte ihre Krankheit nicht bezwingen, alle Hilfe war unerreichbar fern. Aber er wollte ihren Fieberwunsch erfüllen.

Es war Abend, der Wind wehte, es war kühler auf der Wiese als im Haus. Die Sonnenstrahlen spielten, aber sie brannten nicht mehr.

Wasescha kniete vorsichtig nieder, Magasapa im Arm. Als sie Erde unter den Füßen spürte, versuchte sie mit einer wie irre wirkenden Anstrengung zu gehen. Sie wankte und keuchte, aber mit Waseschas Hilfe machte sie drei Schritte.

Als sie stockte, spürte Wasescha, wie der Tod nach Magasapa griff. Das Herz war erschöpft, das Fieber stieg über das für den Menschen erträgliche Maß.

Er wußte ihr nicht zu helfen.

Ihr Körper wurde schlaff. Blut lief über ihre Knie. Sie hing in seinen Armen. Ihr Atem wurde leise, ihr Körper wurde kühler, sie blutete weiter.

»Wasescha.«

Er hob sie wieder auf und trug sie zurück in das Haus. Melitta breitete Tücher über die Lagerstatt. Magasapa lag da, ohne sich zu rühren. Das Blut floß noch einmal. Sie war ruhiger geworden. Der Puls ging schwach. Wasescha ließ seine Hand nicht von der ihren.

Nach einer halben Stunde schlief Magasapa erschöpft ein. Aber der Angriff der Krankheit war abgeschlagen, der Tod war gegangen. Wasescha hatte seine Frau behalten und zum zweitenmal ein Kind verloren.

Der Aderlaß hatte das Fieber schwinden lassen.

Die Kranke öffnete die Augen und erkannte Wasescha. Ihre Körpertemperatur sank stark herab, sie fror und fühlte sich schwach. Magasapa wußte, was geschehen war.

»Du wirst wieder gesund«, sagte Wasescha weich und klingend, »wir sind jung und haben Zeit.« Er log nicht; er glaubte daran. Magasapa öffnete die Lippen ein wenig, aber ohne etwas zu sagen. Sie schöpfte Luft.

Drei Tage später, als Hugh Mahan im Zeugenstand des Geschworenengerichts von New City über den Mord an Jerome Patton aussagte, und, vom Staatsanwalt im Kreuzverhör bedrängt, unangreifbar ruhig bei der Wahrheit blieb, saß Tatokala am Lager Magasapas, die noch immer zu schwach war, um sich auf den Füßen zu halten. Gerald war draußen beim Vieh, Melitta holte Wasser vom King-Brunnen.

Es blieb sehr ruhig in dem kleinen Holzhaus, denn die vier Pflegekinder waren noch immer bei Mutter Hetkala auf der Mahan-Ranch untergebracht. Eine Fliege summte am Schiebefenster. Tatokala nähte an einem alten Kinderkleid.

Die Frauen dachten an Hugh Wasescha, der jetzt als aufrichtiger Zeuge einen schweren Stand haben würde. Mehr noch dachten sie an Joe Inya-he-yukan, der am Vortag erneut verhaftet worden war. Die Kaution galt den Feinden nicht mehr als sicher genug. Das war ein übles Vorzeichen.

Queenie Tashina war nach New City zu dem Prozeß Mac Lean gefahren; sie wollte bei dieser Gelegenheit auch versuchen, Joe zu sprechen.

Der Tag verlief für Tatokala und Magasapa so still, wie der Morgen gewesen war. Die Sommerhitze wurde durch keinen Regen unterbrochen; die Temperatur im Holzhaus wurde seit der Mittagszeit immer drückender. Tatokala wischte Magasapa den Schwächeschweiß von der Stirn; dann nähte sie weiter.

Bei Sonnenuntergang kam Hugh Wasescha zurück. Die Frauen hatten schon den Hufschlag gehört, dann das leise Geräusch des Abspringens vom Pferd.

Hughs Mienen waren beherrscht, als er eintrat. Er konnte aber nicht umhin, vor Magasapa die Wahrheit zu sagen, denn sie wartete darauf.

»George Mac Lean ist freigesprochen worden. Die Geschworenen kamen nicht einmal zur Abstimmung. Der Staatsanwalt selbst hat die Anklage auf Totschlag zurückgezogen. Das hat dieser Mulkey als Verteidiger Mac Leans erreicht. George fühlte sich durch die Leute von der King-Ranch unmittelbar bedroht – und durfte schießen. Die Bande hat einander perfekt in die Hände gespielt. Der Mord an Jerome wird nicht bestraft.«

»Und Joe?« fragte Magasapa. Sie richtete sich mit Tatokalas Hilfe in sitzende Stellung auf.

»Was man hört, ist nicht gut.«

»Was werdet ihr tun, Wasescha?« Magasapas Augen forderten.

»Wir verlangen eine öffentliche Versammlung. Es ist das letzte Mittel, um unsere Stimme für die Gerechtigkeit hören zu lassen. Ich gehe morgen zu Chief-President White Horse, zu Whirlwind und zu Carr. Das ist der legale Weg. Den anderen hast du, Tatokala, schon vorbereitet. Hau.«

»Gut, Wasescha, gut, Tatokala kann dir weiter helfen. Melitta pflegt mich, sobald sie mit dem Wasser zurückkehrt.«

Bei Nacht noch brach Hugh wieder auf, in der ersten Morgendämmerung erreichte er die King-Ranch und seinen Wagen. Zu Dienstbeginn war er in der Agentursiedlung und ging in das neue Stammesrathaus.

Es war bedeutend größer als das alte, nicht mehr aus Holz, sondern aus roten Backsteinen erbaut, von sauberem und gefälligem Aussehen, ebenso wie Superintendentur und Schule. In dem weiß getünchten Korridor traf Mahan einen der indianischen Mitarbeiter, und obgleich dieser es sichtlich eilig hatte, hielt er ihn an und fragte, wie und wo er sich zu einer Vorsprache bei dem President anmelden könne. Der Indianer musterte Mahan und zeigte in seinen Mienen wenig Entgegenkommen.

»Mahan«, stellte Hugh sich vor.

»Worum handelt es sich? Wenn Sie einen neuen Job suchen, gehen Sie ins Dezernentenhaus zu Miss Bilkins oder Mister Haverman. Wir haben vom Stammesrat aus zur Zeit leider gar keine Arbeit zu vergeben.«

Wie glatt dir das von der Zunge geht, dachte Mahan. Du bist schon ein Teilchen in der Verwaltungsmaschine geworden.

Laut aber sagte er: »Es handelt sich um Ereignisse auf der King- und auf der Mac Lean-Ranch und um den Freispruch George Mac Leans. Ich war Augenzeuge und Zeuge vor Gericht und möchte nicht nur die Polizei informiert haben, sondern den President selbst unterrichten.«

»Heute vormittag ist der President schon in Anspruch genommen, und heute nachmittag leitet er die Sitzung des Stammesrates.«

»Also heute vormittag. Danke.«

Mahan ließ den Mann mit der braunen Haut, dem schwarzen Haar und einem verlegen werdenden Gesicht stehen, wandte sich zu der Tür rechter Hand, die im Unterschied zu anderen Türen keine Bezeichnung trug, klopfte und trat auf das rauh klingende »Bitte« hin ein. Er befand sich damit in einem lang gestreckten Zimmer, in dessen hinterem Teil eine massige Gestalt hinter einem Schreibtisch thronte. Es war nichts davon wahrzunehmen, daß der President gearbeitet habe.

»Hugh Mahan. President White Horse, ich habe den Mord an Jerome Patton miterlebt und war gestern Zeuge vor Gericht. Kann ich Sie über meine Kenntnisse zur Sache orientieren?«

White Horse betrachtete seinen Besucher mißtrauisch.

»Was suchen Sie damit hier? Das Gericht hat entschieden.« Die Stimme behielt ihren angerauhten Klang, wie er sich bei Gewohnheitstrinkern bildet.

»Ich möchte aber Sie, White Horse, als President unseres Stammes sprechen. Joe King hat im letztmöglichen Augenblick das Leben des ihm anvertrauten Pflegesohnes Wakiya Byron Bighorn gerettet. Es wird zweifellos versucht werden, die Tatsachen zu verdrehen. Joe King und Byron Bighorn sind Angehörige unseres Stammes, und ich denke, unser Stamm selbst müßte seine Autorität dafür einsetzen, daß die Sache gerecht geführt wird. Polizeiliche und gerichtliche Befugnisse können nur zu leicht mißbraucht werden.«

»Wie kommen Sie zu solchen Behauptungen? Wollen Sie etwa Polizei und Gericht kontrollieren?«

»Ich bin überzeugt, daß Sie, der President, und unser Stammesrat dazu berechtigt und in der Lage sind. Daß Mac Lean freigesprochen wurde, ist eine Schande. Joe, der wahrhaft unschuldig ist, soll verurteilt werden. Es ist für einen Indianer schwer, Recht zu finden. Der Stamm muß für ihn eintreten.«

»Der Indianer, von dem Sie reden, ist ein Gangster gewesen und hat uns schon Scherereien genug gemacht. Ich werde nicht für solche Leute meine Autorität einsetzen. Ich muß an den Ruf unseres Stammes denken.«

»Der Indianer, von dem wir reden, ist aber heute einer der wenigen erfolgreichen Rancher unserer Reservation, Vater von gut erzogenen Kindern und Pflegekindern und immer voll Initiative für unseren Stamm.«

»Die Sache geht mich als President gar nichts an. Wenn King wieder einmal einen Mann erschossen hat, soll er die Folgen tragen.«

Der Ton des President klang sehr ungeduldig.

»President White Horse, Sie sind von unserem Stamm gewählt und arbeiten also für unseren Stamm und nicht für achttausend Dollars. Was auf der King- und auf der Mac Lean-Ranch geschehen ist, wird allerdings breite Kreise ziehen und in der Öffentlichkeit besprochen werden. Ich denke, daß Sie eben darum ein besonderes Interesse an der Wahrheitsfindung nehmen; es handelt sich nicht nur um die Person von Joe King.«

»Mahan, was heißt ›achttausend Dollars‹? Beleidigen Sie den President Ihres Stammes nicht so unverschämt! Die Angelegenheit ist Sache von Polizei und Gericht. Kümmern Sie sich um Ihre eigenen Fehler und nicht um die Geschäfte des President.«

»White Horse, die Angehörigen des Stammes verlangen eine öffentliche Versammlung. Bitte die Genehmigung.«

»Nicht meine Sache. Gehen Sie zu Carr. Wir sind fertig.«

»Ja, White Horse, wir sind also fertig.« Mahan sagte es langsam und legte Gewicht auf jede Silbe. »Auch ich habe gesprochen.«

Jimmy White Horse, athletisch von Gestalt, ein Breitgesicht, mit leicht geducktem Nacken, blinzelnden Augen und immer heiserer Stimme, starrte sein Gegenüber an, und es schien ihn ein Gefühl der Furcht vor einem Widersacher zu beschleichen. Er senkte den Kopf tiefer und schaute von unten herauf. Wer war dieser Mensch, den er heute zum erstenmal sah und der eine freche Sprache führte? Er glich Joe King auf eine unangenehme, auf eine herausfordernde Weise. Schlank war er, sein Gesicht war schmal und hager; seine Stimme klang klar. Er war so groß wie Jimmy, aber er wirkte größer, weil er seine Schultern aufrecht hielt. Dieser Mensch war gefährlich.

Mahan wandte sich ab, drehte White Horse den Rücken und ging mit langen, leichten Schritten zur Tür. Als er sie hinter sich geschlossen hatte, war ihm bewußt, daß der President von Stunde an den versteckten Kampf gegen ihn mit allen Mitteln führen würde. Er war bereit, ihn aufzunehmen, da eine andere Wahl nicht blieb.

Nach dem vergeblichen Versuch bei White Horse begab sich Hugh Mahan zu dem Mitglied des Stammesrat-Ausschusses Whirlwind, dem größten indianischen Rancher der Reservation. Er wurde sofort empfangen. Auch der Ratsmann saß in einem Dienstzimmer für sich allein. Er räumte die Akten mit Plänen, Vorschlägen und Verträgen, an denen er gearbeitet hatte, weg und bat Hugh Mahan, Platz zu nehmen.

»Sie wissen, Mahan, daß ich nicht zuständig bin, aber durch diese schrecklichen Geschehnisse entsteht eine Erregung, die uns alle angeht. Berichten Sie.«

Mahan schilderte die wahren Vorgänge auf der Mac Lean-Ranch und den Prozeßverlauf vom vergangenen Tage.

Whirlwind hörte schweigend, mit gerunzelter Stirn und verkniffenen Lippen zu, bis Mahan den Bericht geschlossen hatte.

»Soweit ich gehört habe«, bemerkte er dann, »findet der Prozeß gegen Joe King in einer Woche statt. Man wird ja sehen.«

Whirlwind dachte noch nach. Er war kleiner als Jimmy, stämmig, sein fast viereckiges Gesicht drückte Selbstbewußtsein aus. Er rang offenbar damit, ob er seine weiteren Gedanken aussprechen sollte oder nicht, entschloß sich aber endlich, sie zu verschweigen.

»Die Stammesangehörigen verlangen eine öffentliche Versammlung«, sagte Mahan.

»Das ist Sache des Superintendent.«

Mahan zog sich zurück.

Whirlwind schaute noch einige Zeit nach der Tür, die sich hinter Hugh geschlossen hatte, als ob er hindurchsehen und nochmals den Mann abmessen könne, der eben gegangen war.

Die Ähnlichkeit Hughs mit Joe King war auch ihm sofort aufgefallen. Dieser entlassene Lehrer, dachte Whirlwind, ist erstaunlich intelligent und versteht sich auszudrücken. Er wirkt glatter als Joe, aber das ist vielleicht nur Außenseite. Ich muß ihn mir merken; man kann ihn noch brauchen. Wenn er nur jetzt keine Dummheiten macht, die auch ihn noch ins Gefängnis bringen.

Als die Mittagspause vorüber war und White Horse mit Whirlwind zur Sitzung ging, bemerkte der Chief-President: »Ein gewisser Mahan ist bei mir gewesen. Er will Wind um die Sache King-Mac Lean machen. Ich habe ihn weggeschickt.«

»Um diese Sache braucht niemand Wind zu machen, White Horse. Es stürmt schon.«

Der President war beunruhigt und verwundert.

»Was heißt das?«

»Jerome Patton erschossen! Einer unserer besten und friedlichsten Jungen. Ich kannte ihn, er hat einmal bei mir gelernt. Die Mac Leans haben verrückt gehandelt. Und nun noch der Freispruch für George Mac Lean. Es wird Unruhe geben, White Horse.«

Die Verstimmung des Chief-President steigerte sich zum magenschädigenden und gallereizenden Ärger.

Unterdessen wartete Hugh Mahan im Vorzimmer von Chester Carr. Er hatte sich nicht abweisen lassen und es auch abgelehnt, von einem Untergebenen Carrs empfangen zu werden.

»Teilen Sie dem Superintendent mit«, hatte er der Sekretärin gesagt, »daß die Angelegenheit, in der ich komme, weitreichende Folgen haben kann, für die der Superintendent die Verantwortung trägt.«

Die Sekretärin war zu Carr gegangen und zurückgekommen. »Der Superintendent fragt, ob Sie drohen wollen.«

»Nein. Es ist Sprechtag; ich bin an der Reihe und habe das Recht, empfangen zu werden.«

Seitdem wartete Hugh Mahan.

Die Mittagspause stand bevor. Irgendein Gedankengang mußte Carr veranlaßt haben, Mahan doch nicht unter diesem Vorwand wegzuschicken. Hugh wurde wenige Minuten vor zwölf Uhr eingelassen.

Der Superintendent war nicht allein. Shaw stand bei ihm.

»Mahan?«

»Yes.«

»Was wollen Sie?«

»Im Namen der Stammesangehörigen die Genehmigung für eine Versammlung für morgen beantragen.«

»Chief-President und Stammesrat zuständig – gehen Sie dorthin.«

»Dort war ich. Man hat mich hierher geschickt zu dem zuständigen Superintendent. Ich bitte also um die Genehmigung.«

»Schriftlich.«

»Dazu ist die Zeit zu kurz.«

»Wer ermächtigt Sie überhaupt, für die Stammesangehörigen zu sprechen?«

»Die Stammesangehörigen.«

»Antrag mit Unterschriften?«

»Nein.«

»Und wie wollen Sie mir beweisen, mein Lieber, daß Stammesangehörige Sie beauftragt haben?«

»Durch die Versammlung morgen, Mister Carr. Sie werden sehen, daß meine Stammesangehörigen kommen.«

»Und was soll sich bei dieser mysteriösen Versammlung abspielen?«

»Die Stammesangehörigen haben dringende Fragen, die beantwortet werden müssen, wenn die Erregung sich nicht weiter steigern soll.«

»Was für Fragen?«

»Niemand versteht, daß George Mac Lean einen waffenlosen friedlichen jungen Mann ungestraft niederschießen durfte. Jedermann erwartet, daß Joe King, der den Schuß auf Byron Bighorn im letzten Moment verhinderte, freigesprochen wird.«

»Also Drohung gegen das Gericht. Die Versammlung wird nicht gestattet.«

»Es wäre besser, diese und viele andere Fragen öffentlich zu beantworten.«

»Versammlung kommt nicht in Frage, habe ich Ihnen gesagt.«

»Sie wollen verbieten, die Leute zu informieren? Es wäre die beste Gelegenheit für Sie, Mister Carr, einmal zu uns zu sprechen. Wir geben Ihnen die Möglichkeit. Wir haben nicht nur Sorgen um den abgelaufenen und den kommenden Prozeß. Es geht auch um unsere Schüler und Lehrer, um die Arbeitslosigkeit, um die Landverpachtung an weiße Rancher, um die Einrichtung einer Lederwarenwerkstatt aus den Vertragsgeldern des Stammes, um eine Schulranch für künftige Viehzüchter, um eine Honorfarm für junge Menschen, die vom Wege abgekommen sind, gerade im letzten Jahr, in Ihrer Amtszeit, mehr als je – es geht um die Zukunft unserer Jugend überhaupt.«

»Sie geben mir die Möglichkeit, Rechenschaft über meine gesamte Tätigkeit abzulegen? Sind Sie größenwahnsinnig geworden, Mahan? Sie stehen hier ohne jede Legitimation und führen eine Sprache, als seien Sie der President. Kehren Sie lieber zu Ihrem ›Yes‹ und ›No‹ zurück, mit dem Sie hier einmal angefangen haben.«

»No, Sir.«

Carr trommelte auf der Tischplatte.

»Also der Antrag, der überhaupt nicht existiert, weil Sie nicht legitimiert sind, ist abgelehnt, verstanden?«

»No, Sir.«

»Was begreifen Sie denn nicht, obgleich Sie Collegeabschluß haben?«

»Die Ablehnung des Nicht-Existenten. Im Ernst, Mister Carr: Wenn Joe King in wenigen Tagen verurteilt werden sollte, nachdem Mac Lean freigesprochen worden ist, so werden Sie auf dieser Reservation größere Sorge haben als meinen Antrag.«

»Sie drohen also doch?«

»Ich sehe voraus, was kommt, Mister Carr. Der Touristenverkehr in den Hills könnte eines Tages gestört werden, und die Öffentlichkeit wird nach den Ursachen fragen.«

»Seien Sie froh, wenn ich Sie nicht sofort verhaften lasse. Schluß! Gehen Sie.«

»Yes, Sir.«

Mahan maß Chester Carr, wandte sich mit einer Verachtung um, die deutlich und dennoch nicht faßbar war, und verließ den Raum.

Carr wandte sich Shaw zu und gab seiner Erregung freien Lauf. »Dieser entlassene Lehrer mißbraucht seine freie Zeit. Ein unverschämter Bursche! Wir müssen die geplante Versammlung natürlich mit allen Mitteln verhindern. Wo soll sie stattfinden?«

»Das hat Mahan nicht gesagt.«

Carr wurde sich seines Fehlers bewußt. Er hätte fragen sollen. Aber nun war es zu spät.

»Also die Polizei für morgen alarmieren. Verstärkung aus New City anfordern. Unsere Informanten einspannen. Wir müssen noch rechtzeitig erfahren, was geplant ist. Wenn Mahan versucht, eine illegale Versammlung zu starten, wird er verhaftet.«

»Yes.«

Shaw ging, die Akten unter dem Arm, in steifer Haltung, um den Auftrag des Superintendent auszuführen.

Carr starrte einige Zeit auf die Schreibtischplatte, dann entschloß er sich, zu Hause das Lunch einzunehmen.

Ebendasselbe tat zur gleichen Zeit eine Miss Lucie Green, die vor nicht langer Zeit die Stelle als Leiterin des Museums für indianische Kultur in New City angetreten hatte. Auch sie war mit ihrem Dienstwagen von der Arbeitsstelle aus heimgefahren. Ihr Häuschen lag in einer stillen Gartenstraße. Sie hatte es sich praktisch eingerichtet und fühlte sich wohl darin. Jedesmal, wenn sie aufschloß und den kleinen Raum neben der Küche betrat, in dem sie ihre Mahlzeiten einzunehmen pflegte, hatte sie das Gefühl, ganz bei sich zu sein, obgleich sie, was die Stadt New City betraf, zu den Zugezogenen gehörte und das Häuschen erst seit kurzer Zeit, seit ihrem Dienstantritt am Museum, bewohnte. Miss Green pflegte sich schnell einzugewöhnen. Sie hatte schon in New York an dem Verkaufsladen für indianische Merkwürdigkeiten und neue Kunsterzeugnisse gearbeitet, in Oklahoma als Kunstgewerbelehrerin an einer Indianerschule, in Arizona an der Bezirksverwaltung für Indianerreservation, in Canada an einem ethnologischen Museum. Nun war es New City, wo sie ihr Talent anwenden konnte, eine fade, aber wirtschaftlich aufblühende Stadt, deren Unruhen und Geheimnisse ihr bislang fremd geblieben waren. Da sie den Wagen zur Verfügung hatte, pflegte sie im ausgedehnten Supermarket am Stadtrand einzukaufen; häufig wählte sie die fertig bereiteten Mahlzeiten, die sie nur aufzuwärmen brauchte. Zuweilen wurde sie des Abends eingeladen, denn die Tochter des Bürgermeisters hatte entdeckt, daß Miss Green eine Amerikanerin von echtem Schrot und Korn, unternehmungslustig, in vielem versiert und daß sie Mormonin war. Das letzte insbesondere führte die beiden Fräulein zusammen, und durch diese Verbindung mit einer angesehenen Familie hatte Miss Green bald genügend Bekanntschaften in der Gesellschaft von New City gefunden. Sie fühlte sich keineswegs einsam. Ihren Pflichten dachte sie mit bestem Willen nachzukommen; Untätigkeit war ihr verhaßt. Nachdem sie die Sammlungen ihres Museums durchweg neu geordnet und auch eine kleine Verkaufsabteilung für neue indianische Arbeiten eingerichtet hatte, wartete sie auf steigende Besucherzahlen. Es kamen hin und wieder Indianer, ein paar Lehrer, Kunstgewerbetreibende, Neugierige, die die Hills besuchen wollten und mit ihren Wagen einen kurzen Halt bei dem Museum machten. Der einstöckige schlichte Bau lag in einer öffentlichen Parkanlage nicht weit von der Hauptstraße.

Nachdem die Neuordnung der Sammlung abgeschlossen war, dachte Lucie Green daran, sie durch Neuerwerbungen zu ergänzen. Ihre Angestellte, eine alte Indianerin, die selbst noch altindianische Techniken beherrschte, riet Miss Green, den Waffenhändler Krause zu besuchen, der vielleicht ein Gewehr aus den Indianerkriegen abgeben würde, sich die Töpferei in der Agentursiedlung anzusehen und auch eine gewisse Irene Goodman, Leiterin einer Kunsthandwerkschule, dort aufzusuchen. Kostbare alte Stücke seien nicht mehr zu bekommen, die Familien gäben dergleichen nicht mehr ab.

Miss Green entschloß sich, dem Rat ihrer Mitarbeiterin zu folgen und zunächst in die Agentursiedlung zu fahren.

Es war ihr allerdings nicht unbekannt geblieben, daß die Lage auf der Reservation gespannt war und daß es auf einer abgelegenen Ranch zwei Tote gegeben hatte. Sie selbst war als Geschworene ausgelost worden und hatte über George Mac Lean zu Gericht sitzen sollen, was sich dann allerdings erübrigt hatte, da der Staatsanwalt seine Anklage zurückzog. Miss Green hatte diese Verfahrensweise mißbilligt. Obgleich sie nach der Verhandlung fest entschlossen gewesen war, für das »Nicht-Schuldig« zu stimmen, konnte sie sich schwer damit abfinden, daß ihr Votum als überflüssig betrachtet worden war.

Miss Green hatte einige feste Grundsätze, die sie energisch zu vertreten pflegte, und so tat sie es auch in diesem Fall. In dem Kreis, der sich um die nicht mehr ganz junge Tochter des Bürgermeisters zu scharen pflegte, hatte sie einen Gleichgestimmten gefunden, einen bejahrten Herrn, Junggesellen, Pensionär, Juristen, Jagdamateur, der die Damen und jüngeren Herren angenehm zu unterhalten pflegte. Er hatte Miss Green zugeredet, sich vor Spannungen und Unruhen nicht allzusehr zu fürchten. In Chicago und selbst in New City gebe es ungleich mehr Verbrechen und Verbrecher als auf einer Indianerreservation.

»Das Volk ist sonderbar«, sagte Lucie, »aber ich bin mit den Leuten noch immer irgendwie zurechtgekommen.«

Daß in Lucie Greens Adern ein Zweiunddreißigstel Indianerblut rollte, war ihr in diesem Augenblick wieder einmal bewußt, aber sie sah keinen Anlaß, in der Gesellschaft von New City darüber zu sprechen. In New York hatte sie es zuweilen mit dem gleichen Stolz erwähnt, mit dem ein Nachkomme der Pilgerväter den historischen Rang seiner Vorfahren andeutete. Lucie Green bereitete ihre Fahrt auf die Reservation vor.

Des Morgens hatte sie nur noch zu entscheiden, ob sie ihren Revolver, den sie wie die meisten amerikanischen Bürger als Selbstschutzwaffe besaß, mitnehmen wollte.

Sie entschied sich dafür, es zu tun.

Der Chevrolet war mit Benzin wohl versorgt. Sie ließ an, fuhr in der Frühe des Sommermorgens durch die um diese Tageszeit verkehrsarmen Straßen, an alten und neuen Holzhäusern und einigen Steinhäusern vorüber, schließlich in die Ausfallstraße ein, die in

Richtung der Reservation führte. Sobald sie die Stadtgrenze passiert hatte, fuhr sie, wie sie wollte. Die Straße gehörte ihr allein.

Das änderte sich allerdings nach der ersten Stunde. Sie überholte drei Lastwagen, die mit Indianern voll besetzt waren. Die Männer und Frauen standen eng gedrängt wie die Rinder bei einem Viehtransport. Lucie glaubte im Vorbeifahren, mit flüchtigem Blick erhascht zu haben, daß einige Männer Gewehre bei sich trugen, aber vielleicht hatte sie sich auch getäuscht. Sie mußte ihre Aufmerksamkeit auf die Straße richten, denn sie hatte an zehn Personenwagen vorbeizukommen, die, alle von Indianern gefahren, im Innern mit indianischen Männern, Frauen und Jugendlichen überbelastet waren. Lucie stellte die Gedankenverbindung mit den Slums von New City her, in denen etwa dreitausend Indianer wohnten. Eine neue Transistorenfabrik hatte dieses Arbeitskräftereservoir jetzt wieder entdeckt und begann neue Miethäuser für diejenigen Slumbewohner zu bauen, die in der Fabrik regelmäßig Arbeit aufnahmen. Vorläufig waren das erst wenige. Die Wagen, die Lucie überholte, waren alle alt und langsam, ihre Insassen ärmlich gekleidet. Was wohl dieser Haufen Leute auf der Reservation zu suchen hatte? Vielleicht fand ein großer Schautanz statt. Es war Werktag, aber um Arbeitswoche oder Sonntag brauchten sich die Arbeitslosen aus den Slums so wenig zu kümmern wie die Arbeitslosen auf der Reservation.

Miss Green fuhr an weiteren vier Wagen vorbei, passierte noch zwei Lastwagen, dann hatte sie wieder freie Fahrt und beschleunigte ihren Chevrolet auf 90 mh, denn sie wollte vor der Indianerkolonne aus New City in der Augentursiedlung ankommen und herausfinden, was dort zu erwarten wäre. Am hohen Vormittag gelangte sie nach der Fahrt durch das einsame Präriegelände zu dem ersten Vorzeichen der Agentursiedlung, dem Schwimmbad für Indianer. Es stammte noch aus der Zeit des Superintendent Sir Hawley und wurde aus den Wasserleitungen der Agentur gespeist. Rings in den Wiesen um das Schwimmbecken lagerten zahlreiche Indianerfamilien mit ihren Kindern, ihren Wagen oder Pferden. Bei der wochenlangen Hitze und Dürre war es nicht verwunderlich, daß die Leute das Schwimmbad aufsuchten. Ein paar junge Burschen spielten im Wasser mit einem Ball; ihre hellen Rufe drangen bis zu Miss Green. Sie vermerkte einen Augenblick vor sich selbst, wie gut es sei, wenn dieses Volk sich durch das Schwimmbad an Wasser und Sauberkeit gewöhne. Gleich darauf fühlte sie sich aber durch die Polizeifahrzeuge verwirrt, die am Straßenrand parkten. Einige Polizisten schienen den Versuch zu machen, die Straße zu kontrollieren. Zwei schnelle Sportwagen kamen aus der Richtung der Agentursiedlung. Sie wurden erstaunlicherweise von Indianern gefahren und durchbrachen die Sperre, ohne daß die Polizisten von Machtmitteln Gebrauch machten. Der Wagen Miss Greens, der als Dienstwagen kenntlich war, passierte ohne weiteres.

Die Museumsleiterin fuhr in die Agentursiedlung ein. Die Agenturstraße lag leer. In einer Seitenstraße, die ihr bezeichnet worden war, sollte sich die Töpferei befinden. Miss Green fand sie leicht; es war eine einstöckige Holzhütte. Lucie klinkte die etwas schief hängende Tür auf und wieder zu. Eine Frau in mittleren Jahren begrüßte die Eintretende; es war eine Indianerin mit ruhigen Bewegungen, einem harmonischen ovalen Gesicht, freundlich, abwartend, mit leiser Stimme sprechend. Lucie fühlte sich symphatisch berührt und begann zu besichtigen. Ein Geschirr, Krug und sechs Becher mit dem Muster des siebenstufigen Berges, gefiel ihr besonders. Es war noch nicht gebrannt; Lucie ließ das Museum als Käufer vormerken. Sie sprach noch das junge Mädchen an, das der Töpferin zur Hand ging und dabei im letzten Jahr ihrer Ausbildung lernte. Das Mädchen zeigte sich sehr zurückhaltend und antwortete knapper als die Töpfermeisterin selbst. Lucie war gewohnt, daß sich junge Indianer für Fremde schwer ansprechbar zeigten, und legte dem Verhalten des Mädchens keine Bedeutung bei. Sie erkundigte sich aber bei der Töpferin nach der Leiterin der Kunsthandwerkschule, Mrs. Irene Goodman, und erfuhr, wo sie wohnte und arbeitete. Es war nicht zeitraubend, 1000 Schritte weiter zu fahren und in der Indianersiedlung das Haus zu finden, in dem Mrs. Goodman um die Mittagszeit vielleicht anzutreffen war. Lucie hatte Glück; Mrs. Goodman hatte sich zwar eben zum Wegfahren fertiggemacht und die Haustür schon abgeschlossen, kehrte aber um und ließ den unerwarteten Gast gleich mit ein.

Miss Green sah sich um. Im Raum befanden sich einige wenige kostbare altindianische Arbeiten und einige gute neue. An der Wand hingen Skizzen, die die Signatur Qu. K. trugen, das Zeichen der Malerin Queenie King, die schon in Washington ausgestellt hatte und deren Namen Miss Green kannte. Die Skizzen stellten Pferde in verschiedenen Bewegungsphasen dar, ein Motiv, zu dem es Indianer immer wieder hinzog. Miss Green fragte nach den Schülern, nach weiteren vorhandenen Arbeiten, nach Arbeitsplänen. Für die Kunsthandwerkschule war die Verbindung zum Museum wichtig, und Irene Goodman gab gründlich Auskunft. Dennoch fragte und hörte Lucie Green nur mit halber Aufmerksamkeit, denn an der Rückwand des Raumes hing vor dunklem Samt eine Totenmaske, die sie ungewöhnlich fesselte. Sobald Irene Goodman geendet hatte, fragte Miss Green:

»Wer hat die Maske abgenommen?«

»Mister Monture, der Bildhauer.«

»Interessant. Ich war schon in seinem Atelier. Leider sind seine Arbeiten zu kolossal und zu teuer für unser Museum. Aber er ist ein ausgezeichneter Künstler – nach meinem Dafürhalten.«

»Das ist er.«

»Sie haben laufend Verbindung mit ihm?«

»Sporadisch.«

»Ich habe schon an eine Sonderausstellung seiner Arbeiten gedacht. Vielleicht läßt es sich doch arrangieren.«

»Das wäre gut.«

»Die Totenmaske – eines Indianers?«

»Ja.«

»Eindrucksvoll. Völlig anders, als Indianer sonst dargestellt werden. Ein ausgeglichenes, fast zartes Gesicht – Ruhe darüber – Jugend im Tode – im Frieden – diese Arbeit fesselt mich.«

Irene Goodman sagte dazu nichts.

»Hat Monture die Maske von einem Toten hier abgenommen?«

»Ja, von hier.«

»Als Künstler muß ihn das Besondere dieses Gesichts angezogen haben. Es wirkt wie das eines Heiligen, eines Erlösten. Die Indianer kehren zu Gott zurück. Wissen Sie das?«

Irene Goodman schaute verwundert auf ihre Besucherin. »Vielleicht erklären Sie es mir, Miss Green.«

»Ja, natürlich. Lange Zeit vor Columbus waren die Indianer schon in Amerika, Abkommen eines frommen israelitischen Einwanderers. Ihre Söhne und Töchter fielen in der Wildnis vom Glauben ab, aber der auferstandene Christus ist auch ihnen erschienen – ja, er kam auch nach Amerika –, und Mormon, ein Indianer, hat die geheimen goldenen Tafeln vollendet und alles vorausgesagt, was kommen wird. Die Indianer werden gläubig, und sie werden gerettet.«

»So denken Sie, Miss Green?«

»Ich weiß es. Es ist wahr. Sie müssen einmal zu unseren Heiligtümern nach Salt Lake City kommen, Missis Goodman. Es gibt Indianer unter uns Mormonen.«

»Sie haben einen festen Glauben, Miss Green.«

»Den haben wir Mormonen alle. Wie oft sind wir vertrieben worden und mußten mit Frauen und Kindern durch das ganze Land wandern, unsere Karren mit der Hand schieben, bis wir in das Hochland zu der Salzwüste kamen. Dort haben wir endlich unsere Heimat gefunden, und die Salzwüste wurde der Boden unseres Reichtums. Gott gibt seinen wahren Kindern Reichtum. Der Gründer von Salt Lake City war auch der erste Indianerkommissar dieses Gebietes.«

»War er.«

»Ja. Damals konnte jeder Mormone viele Frauen heiraten, und die Kinder fanden alle Arbeit.«

»Sie brauchten Arbeiter.«

»Ja. Heute halten auch die Mormonen die Einehe. Sie müssen wirklich zu unseren Heiligtümern kommen, Missis Goodman, es werden Ihnen die Schuppen von den Augen fallen. Vielleicht kann ich Sie einmal mitnehmen.«

»Sie – mich?«

»Warum nicht? Wir haben die gleichen Interessen, und vielleicht werden wir eines Tages den gleichen Glauben haben. Das würde mich glücklich machen.«

Irene Oiseda beobachtete die Missionarin unbemerkt. Sie war solchem Eifer noch nie begegnet.

»Ja, das ist wunderbar, wie Sie für Ihren Glauben werben, Miss Green.«

»Das hätten Sie bei mir nicht vermutet? So sind wir Mormonen. Der Glaube verwandelt uns. Aber nun sagen Sie – wissen Sie, wer dieser junge Tote gewesen ist?«

»Ein Gärtnerssohn. Die Freude seiner Eltern. Er hatte die Gärtnerei erlernt und hatte das Baccalaureat bestanden. Warten Sie, einen Augenblick, ich zeige ihnen noch eine zweite Maske von ihm.«

Irene holte sie aus einem andern Raum und hängte sie neben die erste. Miss Green ging einen Schritt zurück.

»Aber das scheint fast ein andrer Mensch zu sein – so streng und scharf.«

»Ja. Erkennen Sie das auch? Edgar Monture hat zwei Masken

abgenommen. Die eine, das haben Sie herausgefunden, ist der sanfte und friedfertige Tote, so, wie der Lebende gewesen ist. Die andere, das ist – nun, die Ärzte würden sagen, das ist der tote Körper, der sich schon verändert hat. Aber ich sage mir, hier sehen wir den strengen Toten – den richtenden.«

»Auf den Künstler, der Phantasie hat, wirkt es so.«

»Ja. Sein Tod war ein doppelter Tod, müssen Sie wissen. Als er starb, mußte er das Böse begreifen.«

»Wie das?«

»Weil ihm Böses geschah. Er wollte Frieden und ist dafür ermordet worden.«

»Entsetzlich. Eine Mahnung an uns alle, für Gott und eine bessere Welt zu werben. Ich müßte diese beiden Masken haben.«

»Monture wird Ihnen eine Kopie für das Museum geben, wenn ich ihm von unserem Gespräch erzähle.«

»Ausgezeichnet.« Lucie Green suchte ihr Notizbuch hervor. »Die Totenmasken ... von ... Können Sie mir den Namen sagen?«

»Jerome Patton.«

Lucie schrieb den Namen in ihr Notizbuch ein. Dann erst stockte sie. »Was sagten Sie?«

»Jerome Patton.«

»Himmel – Jerome Patton.«

Lucie Green war in den Spaltungen zwischen ihrem Menschsein, ihrem Stolz auf Indianerblut, zwischen ihrer Natur als gläubige Mormonin und als Bürgerin von New City aufgerissen. Bisher waren diese Spalten überdeckt gewesen, und sie suchte sie auch rasch wieder zu schließen. Es durfte und konnte eine solche Kluft nicht geben. Ihre Apostel selbst waren erfolgreiche Amerikaner geworden. »Jerome Patton. Ja. Ich frage mich, ob ein Museum der Platz für Totenmasken ist. Wohl kaum.«

»Erinnert nicht alles, was im Museum ist, an Verstorbene? Auch an eine verstorbene Kultur?«

»Nicht so – an ein primitives Stadium, an eine Kindheit der Zivilisation, an die wir gern zurückdenken, wenn wir auch nie mehr darin leben möchten.«

»So scheint es.«

Lucie Green sah sich nochmals um, merkte sich einige Stücke für die Ergänzung des Museums vor, kam auf die Skizze Queenie Kings zurück und fragte endlich:

»Die Malerin Queenie King ist doch wohl nicht mit diesem Joe King verwandt, der Mac Lean erschossen hat?«

»Sie ist seine Frau. Sie haben Kinder und Pflegekinder.«

»Pflege . . .?«

»Waisenkinder, die sie aufgenommen haben.«

»Unsere mormonischen Familien nehmen auch Indianerkinder auf.«

»Ich habe davon einmal gehört.«

»Wir sehen uns also wieder, Missis Goodman. Wir werden Hand in Hand arbeiten, ja! Heute allerdings will ich bald zurück. Es ist zuviel Betrieb und Unruhe.«

»Es findet eine Versammlung statt. Wir haben Sorgen.«

Das Gespräch wurde unterbrochen. Julia Tatokala kam herein.

»Jeromes Verlobte«, flüsterte Irene Miss Green zu. »Sie hat mit angesehen, wie er erschossen wurde.«

Lucie entkam ein leiser Laut des Erschreckens, ehe sie ihn unterdrücken konnte. Sie erwiderte den sehr kurzen Gruß Julias freundlich, aber gedankenabwesend. Dann entschloß sie sich zu einer Frage an das herb wirkende Mädchen.

»Miss Bedford – ich höre soeben, daß Sie Augenzeuge des Vorgangs gewesen sind, bei dem Ihr Verlobter erschossen wurde. Ich bedaure zutiefst Ihren Verlust, nachdem ich seine Totenmaske gesehen habe. Wollten Sie vor Gericht nicht über Ihre Wahrnehmungen aussagen?«

»Ich war nicht als Zeugin geladen, Miss Green.«

»Sicher ein Versäumnis.«

»Es hat bei diesem Prozeß noch mehr Versäumnisse gegeben, Miss Green. Ich habe ihn mitangehört. Die Geschworenen wurden nicht gut unterrichtet, und dann konnten sie nicht einmal beraten und urteilen. Ich denke, es war eine große Schande.«

»Sicher war das letzte ein Fehler. Ja, sicher. Aber der Gedanke der Rache könnte Sie auch nicht trösten.«

»Nein, Rache tröstet nicht. Eher Gerechtigkeit. Wir hoffen trotz allem, daß Joe King sie finden wird.«

»Sie kennen ihn?«

»Ja, er ist unschuldig. Ich weiß es, denn ich bin bei allem dabeigewesen. Wenn das Gericht ihn für die Ermordung auf dem elektrischen Stuhl freigibt, wird vieles geschehen. Wir schweigen dann nicht mehr.«

»Sie denken doch nicht an Gewalt?«

»Gewalt wird von den Weißen geübt.«

»Ich begreife, daß Sie erregt sind. Sie haben einen großen Verlust erlitten.«

Lucie Green brach ab, das Gespräch wurde ihr unheimlich; es fügte sich nicht in die Vorstellung, die man sich von einer Museumsleiterin im Dienste der Verwaltung machen mußte. Sie verabschiedete sich und begab sich zu ihrem Wagen. Irene Oiseda und Tatokala verließen ebenfalls das Haus und gingen kurz hinter ihr her.

Es zeigte sich, daß Miss Green die Rückfahrt nicht antreten konnte, denn die Agenturstraße war nun für jedermann polizeilich gesperrt. Miss Green zeigte ihren Ausweis vor; der Polizeibeamte aus New City zuckte nur die Achseln.

»Aber wo soll ich denn bleiben?«

»Sie können in die Agenturgebäude hinein, aber nicht mehr heraus, und wer weiß, was heute noch alles geschieht. An Ihrer Stelle würde ich sofort wegfahren.«

»Sie versperren mir ja den Weg.«

»Muß ich. Nehmen Sie doch einen Umweg, die Straße zur 3. Tagesschule, und von da aus weist man Sie weiter. Schlimmstenfalls durch die Hills.«

»Was geht hier vor?«

»Die Indianer wollen eine verbotene Versammlung erzwingen.«

»Es wird doch kein Blut fließen?«

»Vorläufig haben wir noch keinen Schießbefehl.«

Lucie Green atmete tief ein und entschloß sich, den empfohlenen Umweg zu fahren. Vorher aber erkundigte sie sich noch: »Aus welchem Grund ist die Versammlung verboten?«

»Gefahr der weiteren Ausbreitung der schweren Grippeepidemie.«

»Was für eine Unvernunft, trotzdem in Massen zusammenzukommen.«

»So ist's, Ma'm.«

Lucie Green ging zu ihrem Wagen zurück, dabei begegnete sie noch einmal Tatokala und Irene.

»Wenn Sie die Straße zur 3. Tagesschule nehmen«, sagte Irene Oiseda, »so fahren Sie an der King-Ranch vorüber. Wollen Sie nicht dort die Arbeiten von Missis King besichtigen? Ich weiß, daß sie einiges zu Hause hat.«

Lucie blieb reserviert. »Ich kenne die Familie nicht. Vielleicht sind auch dort Grippefälle.«

Tatokala und Oiseda sahen sich an.

»Ich könnte mitkommen, Miss Green«, schlug Irene Oiseda vor.

»Das – ja das wäre ein Gedanke, Missis Goodman. Sie kennen sich hier überall aus. Bitte, steigen Sie ein.« Lucie fühlte sich in Gesellschaft sicherer.

Irene Oiseda folgte der Aufforderung, nachdem sie von zu Hause ein wenig Proviant geholt hatte. Der Supermarket war geschlossen. Die Fahrt in das Tal der Weißen Felsen ging glatt vonstatten. Lucie und Irene machten unterwegs eine Lunchpause.

»Missis King selbst wird nicht zu Hause sein«, meinte Irene Oiseda, »sie ist sicher bei der Versammlung, denn es geht ja um Leben und Tod ihres Mannes und Vaters ihrer Kinder. Aber irgend jemand wird uns aufmachen, und ich weiß, wo sie die Arbeiten aufbewahrt.«

Nach Mittag gelangte der Wagen zu dem Wiesenweg, der zu dem gelben Haus hinaufführte. Oben stiegen Lucie und Irene aus. »Hier also ist das Schreckliche geschehen?«

»Ja, dort drüben beim Friedhof ist Jerome ermordet worden.«

Lucie Green widersprach dieser Formulierung nicht, da sie gegenüber Irenes Festigkeit einen Widerspruch für sinnlos hielt. Sie schaute sich nur um, ging dahin und dorthin. Da sie sich unvorhergesehenerweise am Tatort befand, drang ihre Aktivität durch, und sie wollte sich alles erklären lassen. Lange stand sie an der Stelle, von der aus Joe King geschossen hatte.

»Hm«, sagte sie dann nur. »Gehen wir also ins Haus, Missis Goodman.«

Ein Kind machte auf; es mochte fünf oder sechs Jahre alt sein. »Seid leise«, sagte es. »Cora schläft. Wasescha hat sie von Melittas Haus hierher geholt, weil der Doc hierher mit dem Wagen kommen kann. Hoffentlich kommt er bald einmal.«

Irene nickte und führte Miss Green in den Raum, der Queenie King als Behelfsatelier diente. Viele Arbeiten waren hier gestapelt, Ölgemälde, Skizzen.

»Eine Fundgrube, Missis Goodman! Diese Schätze dürfen doch nicht hier vergraben werden.«

»Missis King hat neben Ranch und Kindern wenig Zeit übrig. Sie ist froh, wenn sie die Kraft findet zu malen.«

»Ich kümmere mich darum. Ausstellung Monture und Queenie King, das wirkt anziehend.«

»Darf ich eben einmal nach den Kindern drüben sehen?«

»Aber bitte – ich bin mit den Bildern sehr beschäftigt.«

Irene Oiseda ging in den Raum hinüber, der als Schlaf- und Kinderzimmer diente. Die Zwillinge saßen dort und spielten leise mit den drei Jüngsten. Irene Oiseda, die die Kinder nur voll übermütigen Lebens kannte, wunderte sich. Aber der große Tag der Versammlung, sagte sie sich, an dem fast alle Erwachsenen fort waren, und die noch immer übergroße Genesungsmüdigkeit Magasapas mochten die Zwillinge beeindruckt haben, so daß sie ruhig blieben und sogar die Erwachsenen gemahnt hatten, es zu sein. Oiseda beugte sich zu den Kindern, die am Boden saßen und ihre Puppen herzten.

»Ihr seid sehr lieb.«

Sie ging auf Zehen zu der schlafenden Magasapa hinüber. Die junge Frau war noch immer sehr blaß, ihre braune Haut ließ die Adern durchschimmern. Irenes Gegenwart schien sie nicht zu stören, ihre Lider blieben geschlossen. Der Atem ging so schwach, daß kaum eine Bewegung der Brust oder der Nasenflügel sichtbar wurde.

Irene Oiseda wollte den Puls fühlen.

Sie fand ihn nicht gleich. Sie suchte danach. Magasapas Hände waren kühl. Aber das Herz arbeitete noch.

»Magasapa schläft«, sagten die Zwillinge noch einmal.

»Sie möchte nicht gestört sein.«

Irene trat zurück. Aber sie blieb besorgt und ging noch einmal an die Lagerstatt heran, um ihre Wange auf die Cora Magasapas zu legen.

»Ich werde Doc Eivie drängen, daß er bald selbst hierher kommt«, flüsterte sie den Kindern zu. »Wann hat Magasapa zuletzt mit euch gesprochen?«

»Gestern abend hat Wasescha sie zu uns gebracht. Magasapa war sehr lieb zu uns und freute sich.«

»Und heute?«

»Wasescha hat ihr das Frühstück bereitet. Er küßte sie und ging zur Versammlung.«

Irene Oiseda horchte auf. Die Kinder sprachen unkindlich.

»Und dann?«

»Magasapa stand auf und spielte mit uns und mit den Puppen. Dann aber war sie plötzlich sehr müde und ging wieder zu Bett. Sie fiel ins Bett und hatte Angst.«

»Und . . .?«

»Sie sagte, ich schlafe jetzt, dann wird mir besser, seid ganz still. Ich schlafe lange. Grüßt Wasescha. Vielleicht hatte sie noch einmal Angst. Aber dann hat sie die Augen zugemacht und ist wirklich eingeschlafen. So sanft. Wecke sie nicht.«

»Ich wecke sie nicht.«

Irene Oiseda trat an das Fenster, schaute hinüber zu den Weißen Felsen, krampfte die Hände zusammen und preßte sie auf das Herz, das heftig zu schlagen begonnen hatte. Sie atmete einige Züge mit offenem Mund.

Nur langsam gewann sie wieder Macht über sich. Kamen Eivie und Wasescha noch zur rechten Zeit? Sie ging wiederum an das Lager, berührte Magasapas Stirn, legte ihre Hand noch einmal auf die Hand der Kranken und sagte zu den Kindern, ohne zu weinen: »Wir wecken sie nicht. Ihr seid lieb. Sie wird wirklich lange schlafen, aber sie lebt und wacht wieder auf.«

Dann ging sie zurück zu Miss Green, die einige Bilder und Skizzen herausgesucht hatte.

»Ein großes Talent!« rief Lucie der Eintretenden zu. »Ein wirklich großes Talent ist Missis King, offenbar in den letzten Jahren noch sehr gereift.«

»Ja.«

Miss Green sah Irene überrascht an, denn deren Stimme klang verändert.

»Alles in Ordnung bei den Kindern?«

»Gewiß, alles in Ordnung.«

»Ich fahre weiter.« Lucie Green erhob sich. »Kommen Sie wieder mit?«

»Das ist wohl nicht nötig.«

»Nein, ich will Sie nicht weiter bemühen. Es ist sicher gut, wenn Sie bei den Kindern bleiben.«

»Ja, es ist sicher gut.«

Lucie Green verabschiedete sich sehr freundlich und gab Irene ihre Visitenkarte.

Vor dem Abfahren lief sie noch einmal ringsum, zu dem Friedhof, zu dem Platz, an dem das bereits abmontierte Haus der Mac

Leans gestanden hatte, zu der Stelle, an der Philip Mac Lean gelegen haben mußte.

Sie schüttelte dabei ein paarmal den Kopf.

Schließlich stieg sie wieder in ihren Wagen, steuerte den Wiesenweg hinunter und fuhr auf der Talstraße zu der 3. Tagesschule, von dort zurück zu der Überlandstraße zwischen der Reservation und New City.

Als sie diese erreicht hatte, hielt sie an.

Der Gedanke an die verbotene Versammlung, auf der Gerechtigkeit für Joe King gefordert werden sollte, beunruhigte sie. Der Gedanke an eine Masse bewaffneter Indianer machte ihr Angst. Was ging in diesem Volk vor?

Irgend etwas hatte sich verändert; Gefahr zog herauf.

Lucie Greens Aktivität und Selbstbewußtsein aber siegten. Was für ein Ereignis! Morgen konnte sie in New City beim Drink von ihren Erlebnissen erzählen. Es ging um den berüchtigten Joe King. Ein merkwürdiges Gefühl, wenn man sein Haus, seine Kinder, seine Pferde gesehen und da gestanden hatte, wo die verhängnisvollen Schüsse gefallen waren.

Lucie Green wendete ihren Wagen und fuhr zurück in Richtung des Schwimmbades. Es war Nachmittag, ein langer, heller, heißer Sommernachmittag. Sie wunderte sich, daß die Polizeiwagen, die am Straßenrand geparkt hatten, verschwunden waren. Ungehindert gelangte sie bis in die Nähe des Versammlungsplatzes.

Sie erkannte eine riesige Menschenmenge, und als sie sich noch weiter vorwagte, unterschied sie Männer, Frauen und Kinder. Sie alle waren Indianer. Viele trugen ihre Arbeitskleidung, manche die altindianische Festtracht, wenige die Krone aus Adlerfedern. Auf einem erhöhten Punkt der Prärie stand ein Indianer von großer schlanker Gestalt. Er sprach zu den Versammelten, aber Lucie Green konnte ihn nicht verstehen, denn er bediente sich der Stammessprache.

Es war kein Polizist zu sehen. Die Versammelten verhielten sich ruhig und würdig. Lucie wagte sich noch näher heran, und endlich stand sie mit in der letzten Reihe. Niemand beachtete sie.

Es beschlich sie ein sonderbarer Gedanke, und sie horchte gespannt auf den Klang der fremden Sprache. Irgendeiner ihrer Vorfahren hatte irgendeine solche Sprache gesprochen. Langsam schob sie sich vor, niemand hinderte sie. Sie wollte den Sprecher deutlicher erkennen. Als sie ihm nahe genug stand, weiteten sich ihre Augen. Sie versuchte, ob die Frau neben ihr bereit sein würde, eine Auskunft zu geben.

»Spricht da Joe King? Ist er denn freigelassen?«

Lucie Green hatte Joe King als Zeuge in dem Prozeß gegen George Mac Lean gesehen und seine Stimme gehört.

Die Frau drehte den Kopf langsam der Fragerin zu.

»Joe King haben sie eingekerkert und werden ihn ermorden. Aber der da spricht, das ist Hugh Mahan.«

Die Frau wandte ihre Aufmerksamkeit wieder dem Redner zu. Lucie kam sich klein und verloren vor in der Masse der lauschenden Indianer, unter den Wellen der Stimme, mit der Joe King zu sprechen schien.

Sie versuchte sich zurückzuziehen.

Die Umstehenden gaben ihr höflich, wenn auch unwillig über die erneute Störung, Raum.

Als sie ihren Wagen erreicht hatte, merkte sie erst, daß sie am ganzen Körper naß von Schweiß war und daß ihre Hände leicht zitterten.

Die Indianer hatten die verbotene Versammlung erzwungen. Was würde noch alles geschehen?

Lucie Green fuhr sehr schnell nach New City zurück und suchte Ruhe in der Abgeschlossenheit ihres Häuschens.

Es war längst Abend. Sie hatte das Licht angeschaltet und verzehrte ein Toastbrot. Dann rief sie Laughlin an, den älteren Herrn, auf dessen Meinung sie immer viel gab.

»Miss Green? Sie waren mitten unter den Indianern? Fabelhaft, Ihre Courage. Wenn es Sie nicht stört, so komme ich sofort zu Ihnen!«

»Ja, bitte.«

Lucie Green war sehr überrascht, auch erfreut über die Bedeutung, die Laughlin ihren Informationen zumaß. Es dauerte nur wenige Minuten, bis sein Wagen vor dem Häuschen hielt und Miss Green ihn bitten konnte, im Sessel in ihrem Wohnzimmer Platz zu nehmen.

»Entschuldigen Sie nochmals die späte Störung.« Laughlin nahm Drink und Salzgebäck an. »Aber es ist tatsächlich hochinteressant, daß Sie dort gewesen sind! – Die Polizei, fragen Sie? Hat Befehl erhalten, sich zurückzuziehen, tatsächlich. Die Indians hatten ihre

Jagdgewehre bei sich. – Sie haben beobachtet, daß alles in Ruhe verlief? Tatsächlich eindrucksvoll? Erstaunlich. Ja, die Sache wird wohl Folgen haben.«

Laughlins Worte rauschten schnell, seinen sonstigen Sprachgewohnheiten ganz entgegen. »Urteil ohne Geschworene ist das nächste Mal nicht erwünscht, nein, Miss Green, sicher nicht. Man will die Verantwortung mit auf die Schultern von uns Bürgern legen. – Wie? Ja, möglicherweise werde ich unter den Geschworenen sein. Sie vielleicht auch – wer weiß? Verdammte Sache. Ganz verdammt. Wie könnten wir einen Indianer freisprechen, der auf der Reservation seinen weißen Nachbarn erschießt? Unausdenkbar. Wäre ein Freibrief für weitere Morde! Aber wie sollen wir Joe King zum Tode verurteilen, wenn es daraufhin einen Aufstand gibt? Miss Green, wir sind in der Klemme. Das haben die Indianer erreicht. – Ja – Mulkey hat übrigens die Verteidigung Kings niedergelegt. King will ihn nicht haben und ist in Hungerstreik gegangen, und außerdem hat Mulkey bei den Meldungen über die Versammlung tatsächlich Angst bekommen, falls er die Verteidigung Kings sozusagen gegen King führen würde – was ja wohl beabsichtigt war.«

»Aber wieso Meldungen, Mister Laughlin? Auf welchem Wege denn?«

»Aber Miss Green, durch das Telefon natürlich. Der Superintendent der Reservation, der Polizeichef von New City und unser Gerichtspräsident waren bzw. sind laufend in Verbindung, und ganz natürlich haben sich auch einige Querverbindungen ergeben. Der Prozeß gegen King wird so schnell wie möglich stattfinden. Die Sache muß aus der Welt geschafft werden, ehe noch mehr Schlangen aus diesem Ei schlüpfen. Auch ich weiß wirklich nicht, was man am besten tun sollte. Todesurteil und Begnadigung zu lebenslänglicher Haft – oder vielleicht Totschlag unter Zubilligung mildernder Umstände – sechs Jahre Haft. Unser Staatsanwalt ist allerdings scharf, kompromißlos gegen Farbige, und die Aussagen der alten Missis Mac Lean werden die biederen Bürger unter uns Geschworenen sehr beeindrucken. Bleibt vermutlich nichts übrig als ›lebenslänglich‹ im Gnadenwege.«

»Mister Laughlin«, antwortete Lucie bestimmt, »wovon reden Sie? Die Geschworenen haben nichts weiter als das Schuldig oder Nicht-Schuldig zu sprechen.«

»Sicher, sicher, Miss Green. Sie sind ein Charakter. Das ist es, was ich an Ihnen schätze. Aber um eines möchte ich Sie bitten. Wir haben hier untereinander und mit der Presse ausgemacht, daß die illegale Indianerversammlung totgeschwiegen wird, jedenfalls so lange, bis der Prozeß überstanden ist. Selbst wenn wir gewisse Konzessionen machen, um beruhigend zu wirken, so darf es doch keinesfalls den Anschein haben, als ob wir einem Druck nachgeben.«

»Mister Laughlin, wer spricht von Konzessionen? Schuldig oder Nicht-Schuldig . . .«

»Ja, das ist hier die Frage. Aber Sie verpflichten sich auch zur Diskretion?«

»Schweigen über diese Sache erscheint auch mir zweckmäßig.«

»Gut, gut.«

Laughlin nahm einen zweiten Drink, hielt sich aber nicht mehr lange bei Miss Green auf. Lucie schlief in dieser Nacht nur wenig und wurde von Träumen verfolgt.

Im Präriegelände der Reservation ging die Versammlung ihrem Abschluß zu. Nach mehreren anderen Rednern hatte Hugh Wasescha Mahan das Schlußwort zu sprechen.

Er stand wieder auf dem Grashügel, der Überblick über die Versammelten gewährte. Sie hatten vollzählig ausgeharrt und lauschten mit verstärkter Aufmerksamkeit, als Mahan noch einmal das Wort ergriff. Er war nicht nur mit seinen Worten und Taten, er war auch nach Gestalt und Kleidung ein Ausdruck dessen, was sie unter Indianertum verstanden, und er war mehr als er selbst, da er den Stamm für sie verkörperte. Mahan sah zum erstenmal in seinem Leben eine so große Menge seines Volkes versammelt. Was für ein großartiges Volk war es, das seit hundert Jahren alle Leiden und Mißhandlungen überstanden hatte, mächtig noch in seiner tiefsten Ohnmacht. Inye-he-yukan war sein Häuptling, Wasescha sein Sprecher.

»Männer und Frauen! Wir sind zusammengekommen, und wir verlangen Gerechtigkeit für Indianer vor weißen Gerichten – Gerechtigkeit für Joe Inya-he-yukan King. Er soll nicht auf dem elektrischen Stuhl zu Tode gefoltert werden, weil er das Leben eines unserer Kinder gerettet hat.

Wir fordern das Recht, unsere Kinder nach unserer Weise zu erziehen und die Lehrer auf demokratische Weise zu kontrollieren.

Wir brauchen Arbeit für unsere Jugend. Wir brauchen die Lederwarenwerkstatt, die wir seit Jahren verlangen.

Wir müssen mehr Ärzte für unsere Kranken haben. Warum werden indianische Ärzte nicht bei Indianern eingesetzt? Wir verlangen, daß der Boden unserer Reservation, der letzte unseres großen Landes, der uns geblieben ist, uns gehört und nicht ohne unsere Zustimmung an weiße Pächter gegeben werden darf. Wir besitzen Erfahrung genug, um selbst zu urteilen, was gut für uns ist. Wir werden nicht nachlassen, unser Recht zu fordern, für uns und für unsere Kinder. Ich habe gesprochen. Hau.«

Einige Teilnehmer hatten Trommeln mitgebracht, und sie schlugen sie jetzt, je vier Männer eine Trommel, so daß der Schall weithin über die Prärie hallte. Es ging schon der Nacht zu. Am Himmel blinkten die Sterne auf. Wind erhob sich. Die Trommeln dröhnten lange; sie sprachen für das Volk und stärkten den Willen aller, die sie hörten.

Als die Trommelschläge verklangen, löste sich die Versammlung langsam auf. Hugh Wasescha fand sich mit Queenie, Melitta und den Kindern zusammen. Sie gingen miteinander zur Straße. Hugh wurde noch von dem und jenem angesprochen und hatte Fragen zu beantworten. Keiner hatte einen so überwältigenden friedlichen Erfolg der Versammlung erwartet. Alle waren froh darüber.

Mahan ging an das Steuer seines Wagens. Queenie setzte sich neben ihn. Tatokala und Hanska fanden auf der Rückbank Platz. Melitta nahm in ihrem Wagen Stan und Stephe, Wakiya und Elwe mit.

Die Fahrt zum Tal der Weißen Felsen begann.

In der Agentursiedlung wurde der Wagen von einem erheblichen Polizeiaufgebot gestoppt und Mahan aus dem Wagen herausgeholt. »Fahren Sie weiter!« sagte der lange indianische Polizist zu Queenie. »Die Versammlung war illegal. Wir haben ein paar der Veranstalter verhaftet. Bis morgen jedenfalls.«

Tief in der Nacht erreichte das Fahrzeug ohne Mahan die King-Ranch.

Irene Oiseda kam aus dem Haus und begrüßte die Heimkehrenden. Sie bat darum, daß sie leise sein möchten, da die Kinder und Magasapa schon lange schliefen.

Außer Tashina wollten alle die Nacht in dem großen Zelt verbringen, das in der Hitze luftiger war als die Häuser, da man die Zeltwand nach Belieben nach oben aufschlagen konnte. Queenie, die Mutter, ging zu den jüngsten Kindern ins Haus. Alle fünf schliefen sanft in ihren Betten, die Zwillinge miteinander, die drei Jüngsten auch miteinander.

Magasapa war im Wohnzimmer auf eine Couch als Lagerstätte gebettet. Eine Kerze stand auf dem Tisch und leuchtete still und matt.

»Ich sitze bei ihr«, sagte Irene Oiseda, »und von Zeit zu Zeit gebe ich ihr Medizin. Eivie war hier. Ruhe, sagt er, und die Medizin. Ein Transport ins Krankenhaus wäre jetzt schon gefährlich. Wo ist Wasescha?«

»Verhaftet – nach der Versammlung.«

Queenie kniete sich bei der Kranken nieder und beugte den Nakken, auf den die Sorgen drückten.

Am Morgen wurde Magasapa wach. Sie trank einen Schluck Tee, fragte gar nichts, aber Queenie und Irene Oiseda fühlten, wie sie beobachtete. Tashina berichtete ihr, wie gut die Versammlung verlaufen sei, und sie wiederholte die Worte, mit denen Wasescha geschlossen hatte.

»Inya-he-yukan ist unser heimlicher Häuptling, und Wasescha ist sein Bruder«, sagte die Kranke, nur schwach vernehmbar.

»So ist es.«

»Kommt er zurück?«

Magasapa fragte nicht: »Wann kommt er zurück?«, sondern: »Kommt er zurück.«

»Vielleicht übermorgen, Magasapa. Bis dahin geht es dir schon besser.«

»Sie haben ihn also verhaftet. Grüße ihn von mir, Tashina, wenn er wieder nach Hause kommt.«

Magasapa schloß die Augen und schlummerte wieder vor Schwäche. Melitta, die ihre vier Pflegekinder schon in ihr Haus zurückgebracht hatte, mußte dort nach ihnen sehen.

Um die Mittagszeit des folgenden Tages kam Morning Star der Jüngere auf die Ranch und berichtete, daß alle nach der Versammlung Verhafteten wieder auf freien Fuß gesetzt seien, nur Wasescha nicht.

»Sie haben ihn mißhandelt«, sagte er, und die Hülle seiner Selbstbeherrschung barst; der Zorn brach heraus. »Sie haben uns alle pausenlos verhört, aber auf ihn haben sie brutal eingeschlagen. Nun, er kann etwas aushalten und hat ihnen in keinem Punkte nachgegeben. Er könnte wegen Gefangenenmißhandlung gegen sie klagen; dann behaupten sie, er habe sich widersetzt, woran kein wahres Wort wäre. Aber Zeugen waren nur Polizisten und wir verhafteten Indianer, das gilt hundert zu null. In zwei Tagen soll er vor Gericht in Inya-he-yukans Prozeß erscheinen. Vielleicht führen sie ihn aus der Haft vor, um ihn unglaubwürdig zu machen.«

Queenie Tashina machte sich nach dieser Mitteilung auf, um nach Wasescha zu suchen; vielleicht konnte Monture weiterhelfen. Sie fuhr sogleich nach New City, steuerte zu den Slums und erreichte die Hütte, die Monture mit seiner Frau Grace bewohnte.

Es war Abend geworden. Der Bildhauer und seine Frau waren zu Hause und empfingen die Ankommende gastlich. Über Mahan wußten sie nichts.

Edgar Monture hatte aber erfahren, daß Andy Tiger nicht mehr lange leben würde; seine unheilbare Bluterkrankung war im letzten Stadium. So verband sich Kummer mit Kummer. Edgar wollte Andy noch einmal aufsuchen und ihn persönlich sprechen, ehe es zu spät war.

»Ich habe heute morgen vom Postamt aus mit ihm telefonieren können«, erzählte er, »er hatte mich telegrafisch gebeten, ihn anzurufen. Er hat von seinem Krankenlager aus noch etwas sehr Großes für uns erreicht. Ja, Ken war doch gestern vormittag bei eurer Versammlung?«

»Des Morgens, als Wasescha eröffnete, habe ich ihn gesehen. Später nicht mehr.«

»Richtig. Er ist von eurer Prärie aus in seinem Hitzkopftempo zu Andy in das Krankenhaus gefahren, fast 700 Meilen in ein paar Stunden. Er wußte, daß Andy etwas von einem Rechtsanwalt erfahren hatte, der für Joe in Frage käme. Nun, eure Versammlung, die Mahan so gut geleitet hat, und der Anschein, daß die Sache in der Öffentlichkeit Aufsehen erregen wird, hat den Ausschlag gegeben, und der Lawyer hat zugesagt. Er soll ein ehrgeiziger junger Mann sein, von Charakter sonst nicht der schlechteste Kerl, progressiv.«

»Lange genug hat er sich die Sache überlegt«, kritisierte Queenie. »Aber wird Joe ihn nun nehmen? Vielleicht kann er auch Haftentlassungsantrag für Mahan stellen? Cora ist schwerkrank.«

»Ich habe auf meine Verantwortung zugesagt. Er verlangt nichts als die Spesen. Die Summe bringen wir auf. Ist er erst da, sehen wir weiter.«

»Von woher kommt er? Wann kann er hier sein?«

»Er kommt mit dem Flugzeug von New York; heute nacht ist er hier im Hotel.«

»Das heißt, die Zeugen warten dort auf ihn. Wann ist der Termin endgültig angesetzt?«

»Morgen vormittag 10 Uhr. Ja. Die Zeit, sich vorzubereiten, ist reichlich kurz für den Anwalt. Aber er soll schnell begreifen und schlagfertig sein.«

»Besser als nichts. Wann kommt sein Flugzeug an?«

»Morgen früh um 4 Uhr.«

»Ob Mahan vernehmungsfähig sein wird?«

»Die Aussicht, als Zeuge geladen zu werden, ist ein Schutz für ihn.«

»Ich hole sofort Tatokala. Man wird sie als Zeugin der Verteidigung ebenfalls zulassen müssen.«

Tashina machte sich auf den Rückweg. Es war eine sternenklare, mondhelle Nacht. Sie fuhr den Jaguar, und wenn sie auch sonst nie wagte, auf 130 Meilen pro Stunde zu gehen, heute tat sie es.

Um 2 Uhr a. m. war sie mit Julia zurück, fuhr mit ihr und Monture zu dem Hotel und nahm dort ein Zimmer. Monture und Julia blieben in der Hotelhalle. Sie setzten sich in die großen hochlehnigen Sessel mit niedrigem Sitz, von denen aus man die Beine lang ausstrecken konnte. Die beiden wollten das Hotel nicht verlassen, da sie hier telefonisch erreichbar waren, und sie wollten den Anwalt empfangen, ehe er sich etwa schlafen legte.

Die Beleuchtung wurde auf halbe Kraft geschaltet, nur die Nische des Empfangs-Portiers blieb in hellem Licht. Das Dämmer im großen Raum ließ die nach Blockhausart stilisierte Einrichtung realer erscheinen, als sie bei Tage gewirkt hatte. Aus der verdunkelten Laternenbar, zu der von der Halle aus ein paar Stufen hinunterführten, kamen hin und wieder gedämpfte Geräusche, bis die letzten Gäste sie verließen.

Tatokala arbeitete mit Kugelschreiber und vielen Zetteln. Monture schlief für eine Stunde ein. Gegen 4 a. m. wurde er wieder wach und wunderte sich, Tatokala noch in voller Tätigkeit zu sehen.

Die Straße vom Flugplatz zum Hotel war für Motorfahrzeuge nicht weit. Um 4 Uhr 30 langte ein Hertz-Mietwagen an, wie er am Flugplatz zu haben war, und Rechtsanwalt Leroy betrat die Halle.

Man begrüßte sich und ging auf das für Leroy reservierte Zimmer, um ungestört zu sprechen.

Leroy wirkte unscheinbar. Er war mittelgroß, schlank und beweglich, hatte braune Augen und braunes Haar. Die Stimme klang angenehm. Sein Kinn deutete auf Energie. Seinem Namen nach zu schließen, waren seine Vorfahren Franzosen gewesen, doch sprach er ihn nicht französisch, sondern englisch aus, nicht Löroá sondern Líroy, und vermutlich war er es gewesen, der auch die Schreibweise hatte ändern und das ursprüngliche »i« am Ende durch ein »y« hatte ersetzen lassen.

Julia gab dem Rechtsanwalt eine Lageskizze des Grenzgeländes der King- und der Mac Lean-Ranch und eine zweite solche Skizze, in der die Standplätze aller Personen eingezeichnet waren, die sie im Augenblick der Schüsse eingenommen hatten. Weitere Skizzen machten mit Pfeilen deutlich, was jeder Augenzeuge von seinem Platz aus hatte wahrnehmen können.

»Wir hatten keine Spuren verdorben«, sagte sie dabei. »Der Kriminalbeamte Ernest Jackson und ein Polizist unserer Reservationspolizei haben alles aufgenommen, auch fotografisch.«

Sie erklärte die Vorgänge im einzelnen.

»Wer ist Zeuge des Staatsanwalts?« fragte Leroy und wunderte sich über die Intelligenz und Energie des jungen Mädchens.

»Die Witwe Philip Mac Leans«, gab Julia Auskunft, »sie befand sich in ihrem Haus. Eine große, stattliche willenskräftige Frau ist sie. Wie sie aussagt, haben wir im ersten Verfahren erlebt. Sie will nichts als ihren Mann rächen und Joe ins Grab bringen. Sie lügt auch unter Eid wissentlich und unwissentlich, aber sie wirkt vertrauenswürdig auf die Geschworenen. Hier habe ich aufgezeichnet, was man von jedem einzelnen Fenster bzw. der Tür des Hauses aus überhaupt sehen konnte. Die Vorhänge an den Fenstern waren an jenem Tage ausnahmsweise aufgezogen. Missis George Mac Lean, die sich auch im Hause aufhielt, hat es übrigens schon im ersten Verfahren abgelehnt, auszusagen. Mit ihr ist nicht zu rechnen.«

»Auf Missis Mabel Mac Lean wird es also wesentlich ankommen.«

»Und auf Byron Bighorn. Auf Grund der Protokolle, die sie von Byrons Aussagen in der Voruntersuchung haben, ist er vom Staatsanwalt als Zeuge geladen. Er ist schon nach New City gebracht worden.«

Tatokala schilderte Wakiya, seinen Charakter, seine Verstörtheit seit Patricias Tod, sein Verhalten in den letztvergangenen Tagen in aufrichtiger, ungeschminkter Weise.

»Bisher konnte niemand die Protokolle der Voruntersuchung einsehen. Wir wissen also nicht, was er gesagt hat.«

»Er selbst hat nicht darüber gesprochen?«

»Nein. Nie.«

»Ich muß noch vor der Verhandlung zu Mister King. Was ist er für ein Mann?«

»Er ist Ende Zwanzig. Ein Typ wie Joe muß damit rechnen, daß die Geschworenen aus New City tiefeingefressene Vorurteile gegen ihn haben. Die meisten Bürger dieser Stadt betrachten den Indianer als ehemaligen blutrünstigen Feind, der sich jetzt in einen steuerfreien, von dem Einkommen der Gesellschaft lebenden Parasiten verwandelt hat, in einen Faulenzer, diebisch und schmutzig. Ihr romantisches Ideal ist der Cowboy, nicht der Onkel Tomahawk. Ein selbstbewußter und erfolgreicher Indianer ist für sie nur annehmbar, wenn er sich assimiliert hat, also kein Indianer mehr ist. Der tüchtige, der sich nicht assimiliert, ist der verhaßteste von allen, und das eben ist Joe King. Er ist intelligent, aktiv und zynisch; sein starkes Gefühl gibt er nicht preis. Ich habe Ihnen seinen Lebenslauf in Stichworten aufgeschrieben: Man hatte ihn durch eine falsche Beschuldigung mit 16 Jahren ins Gefängnis gebracht, nach seiner Entlassung wurde er mit 18 Jahren Mitglied einer straff organisierten Bande, Begleitperson des Boss zu dessen Schutz. Vor 6 Jahren ist er zum Stamm zurückgekehrt; das Fehlurteil wurde aufgehoben. Er hat geheiratet, eine erfolgreiche Ranch gegründet, einen ersten Preis beim Rodeo von Calgary gewonnen; er ist Familienvater und Pflegevater verwaister Kinder, wie z. B. des Byron Bighorn, den er sehr liebt. Dreimal wurde er noch gerichtlich belangt: Schüsse auf Pferdediebe in Notwehr: Freispruch – Körperverletzung bei Hilfeleistung gegen Rowdys: kurze Haftstrafe – Mordverdacht: Freispruch bei erwiesener Unschuld. Im Gefängnis wird er von den Gangstern unter den Häftlingen als Abtrünniger verfolgt, aus der letzten Haftzeit hat er eine schwere Schädelverletzung davongetragen. Eine lange Haftstrafe wäre sein sicherer Tod. Hier bitte: Lebenslauf und alle Vorstrafen, damit Sie keine Überraschungen erleben.«

»Daß er geschossen hat, ist also bereits zugegeben.«

»Er hat sich selbst gestellt, wie ich Ihnen sagte.«

»Ich werde für King auf Freispruch plädieren. Danke für das Material. Sie sind Studentin?«

»Ich war Mahans Schülerin bis zum Baccalaureat. Jetzt hüte ich Kühe.«

»Kann ich noch rasch Missis King sprechen?«

Julia holte Tashina.

Das Gespräch wurde um 5 Uhr 30 abgeschlossen.

Julia blieb noch mit Leroy zusammen, der erkannt hatte, wie gut es sich mit ihr arbeiten ließ.

»Eines noch«, bemerkte Julia zu dem Rechtsanwalt. »Hugh Mahan, der jetzt als Leiter unserer illegalen Versammlung in Polizeihaft ist, hat damals bei den Wagen mit seinem Harris-Rifle in Dekkung gestanden und in dem Augenblick angelegt, als George auf Jerome Patton schoß – das habe ich gesehen, aber wir wollen ihn jetzt möglichst nicht in die Sache hineinbringen. Nur wenn diese Tatsache lebenswichtig für Joe erscheint.«

»In welchem Zusammenhang?«

»Mahan und King sehen sich lächerlich ähnlich. Sie hatten damals annähernd die gleichen Hüte auf und Hemden mit dem gleichen Muster an.«

»Mit welcher Kleidung ist Mister King in die Untersuchungshaft gegangen?«

»Schwarze Cordjacke, schwarze Jeans, weißes Hemd – schwarzer Cowboyhut.«

»Können Sie mir dasselbe für Mister Mahan besorgen?«

»Ich versuche es. Würden Sie es mit übernehmen, Haftentlassung für den Zeugen Mahan zu beantragen? Er ist mißhandelt worden, und seine Frau ist sterbenskrank. Hier die Daten.«

Leroy dankte. Er machte sich auf den Weg zu seinem Mandanten Joe King und versprach, sich auch für Mahan einzusetzen.

Julia ging auf Queenies Zimmer und rief Russell, den Rodeokollegen Joes beim Kälberfangen im Team, von Beruf Verkäufer im Western-Laden, zu Hause an.

»Hier Julia Bedford. Mister Russell, kann ich Sie jetzt sofort in Ihrem Laden treffen? Es geht um Joe.«

Russell, der seinen Namen erst sehr verschlafen genannt hatte, wachte auf.

»Meinethalben. Aber im Lagerraum. Seitenstraße. Bedford?«

»Schwester von Gerald Bedford, den Sie einmal eingekleidet haben.«

»Gerald – ja, ja. Also kommen Sie!«

Es war schon hell, aber die Straßenbeleuchtung flammte noch und die Lichtreklamen in der Hauptstraße waren noch nicht alle gelöscht. Julia parkte den Wagen in der Nähe des Geschäfts, steckte den Startschlüssel ein, schloß die Wagenfenster und schlug die Tür zu, so daß das Schloß einschnappte. New City war ein unsicheres Pflaster. Der Wagen sollte ihr nicht gestohlen werden.

Sie fand den Hintereingang zu dem gesuchten Lagerraum offen und begrüßte dort Russell wie einen Bekannten.

»Kurz, Russell, Mahan muß wie Joe aussehen, auch in der Kleidung. Also schwarze Cordjacke, schwarze Jeans, weißes Hemd. Er hat genau Joes Figur, und die kennen Sie ja.«

»Hut?«

»Nicht nötig. Der seine tut's. Ist auch Leder und dunkel genug. Er hat ihn in der Haft dabei.«

»Mahan haben sie auch geschnappt? Warum? Weil er die Versammlung geleitet hat?«

»Ja.«

»Mal sehen, was da ist. Hoffe, daß ich Ihnen helfen kann.« Russell suchte. Das Hemd ließ sich sofort finden. Jeans waren stapelweise vorhanden, aber es dauerte einige Zeit, bis Russel die passende Nummer in Schwarz hervorzog.

»Ein Einzelstück – Sie haben Glück gehabt.«

Russell legte zwei schwarze Jacken vor. Die eine war sicher zu kurz, die größere gewiß zu weit.

»Leider . . .«

»Kann man die große nicht noch ändern?«

»Bis wann?«

»Bis 9 Uhr a. m.«

Russells Verwunderung stieg.

»Miss Bedford!«

»Bis 9 Uhr, sagte ich.«

»Muß das sein?«

»Yes.«

»Dann mache ich es bei mir zu Hause. Holen Sie die Sachen ab?«

»Yes.«

»Also gut. Darf ich fragen, wie es um Joe steht?«

»Um 10 Uhr ist Termin.«

»Weiß, weiß. Ist schon alles verloren oder gibt es noch einen Kampf in der Verhandlung?«

»Bis aufs Messer. Seien Sie sicher. Unsere besten Menschen sterben. Patricia Bighorn, Jerome Patton, bald auch Andy Tiger. Cora Mahan ist schwerkrank. Sie sollen uns Joe nicht auch noch wegmorden.«

»Hat in Wirklichkeit Mahan geschossen?«

»Nein.«

»Also – um 9 Uhr.«

»Ja.«

Julia fuhr in das Hotel zurück, war Punkt 9 Uhr wieder bei Russell, wo sie die gewünschten Kleidungsstücke erhielt, und traf anschließend Leroy, der mit Joe King gesprochen hatte. Sie übergab ihm die Sachen, und in demselben Augenblick überkam sie der beklemmende Zweifel, ob sie recht gehandelt habe, als sie über Hugh Mahan die Möglichkeit einer neuen Gefahr heraufbeschwor.

Um 10 a. m. wurde die Verhandlung in Sachen Joe King in dem kleinen Gerichtssaal eröffnet, in dessen Zuhörerraum Russell sich mit Mühe einen Platz gesichert hatte. Nur sehr wenige Indianer hatten Einlaß gefunden.

Unter den Geschworenen saß Lucie Green. Sie hatte schon in fünf Strafprozessen als Geschworene mitgewirkt, in verschiedenen Städten, im Süden und im Norden; in New City war sie nun das zweite Mal berufen. Die Gerichtszeremonien waren ihr nicht mehr fremd, sie beschäftigten ihre Aufmerksamkeit wenig. Aber die Person des Richters zog ihre Aufmerksamkeit heute stärker an als während der Verhandlung gegen Mac Lean, die außerordentlich kurz verlaufen war. Mister Wilson war groß und stark, schon alt; wahrscheinlich stand er kurz vor seiner Pensionierung. Er hatte einen breiten Mund, die Lippen waren schmal. Über den Augen wölbte sich die Stirn; die Augenbrauen, halb noch schwarz, halb schon grau, standen borstig. Er wirkte starkwillig und war für eine kurzangebundene Prozeßführung bekannt. Unter allen angesehenen Leuten New Citys war er einer der angesehensten.

Lucie Green faßte Joe King ins Auge, den sie jetzt zum zweitenmal, aber nicht als Zeugen, sondern als Angeklagten, sah. Er trug Handschellen, als ob man einen Ausbruchsversuch befürchtete, und war nicht nur von einem, sondern von zwei Polizisten flankiert. Die

Fesseln brandmarkten ihn als einen Mann, der Verbrechen begehen konnte und zu fürchten war. Das dunkle Braun seiner Gesichtshaut, die Nachwirkungen des Hungerstreiks, die ihn noch hagerer erscheinen ließen, die verschlossene Miene, ein zur Schau getragener Gleichmut gegen alles, was man ihm etwa antun könnte, weckten mehr Abneigung als irgendein Mitgefühl.

Die Vernehmung des Angeklagten verlief sehr rasch, da er dem Staatsanwalt und dem Verteidiger wortkarg und präzise Auskunft gab und sich dabei zu dem bekannte, was in dem Protokoll seiner ersten Aussagen vor der Polizei stand.

Er hatte geschossen und Mac Lean getötet – wie er behauptete, in Notwehr.

Das erste, was Lucie Green an dem Angeklagten anders als fremdartig oder sogar abstoßend berührte, war seine Stimme; sie hatte einen dunklen, überzeugenden Klang, einen guten »sound«. Unter diesem Eindruck urteilte Lucie nun auch über die Gestalt. Joe war groß, schmalhüftig, nicht breitschultrig. Seine Handgelenke, die in den Handschellen lagen, und seine Hände waren schlank, nicht Ausdruck von Brutalität, vielleicht von Gewandheit. Wenn er aufstand, wirkte er durch Bewegung und Haltung wie ein gefangener Häuptling.

Merkwürdig, wie solche Tradition der Würde bei diesem Volk noch immer durchschimmerte.

Die Vernehmung der Zeugen begann, und die Geschworenen hörten mit mehr oder weniger Aufmerksamkeit zu. Einige waren offenbar gewillt, die Aussagen an sich vorüberrauschen zu lassen und sich bei der Abstimmung die Argumente des Staatsanwalts zu eigen zu machen, der für ein Todesurteil gegen King plädieren würde. Es gab niemanden im Saal, der in dieser Beziehung auch nur den geringsten Zweifel hegte, denn Joe King war ja geständig, Philip Mac Lean erschossen zu haben. Zu den aufmerksamen Geschworenen, die bei aller Loyalität gegenüber der staatlichen Meinung sich vor ihrem Gewissen doch zu einer eigenen Urteilsbildung verpflichtet fühlten, gehörte Lucie Green. Sie war noch immer blaß und saß wieder einmal ganz gerade, als sei sie versteift, was stets ein Ausdruck innerer Verwirrung bei ihr war. Der Kugelschreiber lag bereit; sie wollte sich einige Notizen machen. Es sollte sich zeigen, daß ein Gremium Geschworener eine bessere Garantie für ein wirklich begründetes Urteil war als eine Absprache zwischen Rechtsanwalt, Staatsanwalt und Richter. King hatte geschossen. Die Frage blieb bestehen, ob in Notwehr oder nicht.

Julia Tatokala wurde in den Zeugenstand gerufen. Sie leistete mit eingeengtem Stimmklang den Eid; die Nerven schienen ihre Kehle zusammenzuziehen. Sie wirkte verstört, und da Lucie Julia kennengelernt hatte, empfand sie Mitgefühl mit ihr. Was für ein sehr junges und schon von der Erinnerung an ein grausames Erlebnis verfolgtes Mädchen; der Verlobte war vor ihren Augen erschossen worden. Sie dachte ohne Zweifel daran, auch wenn es in ihren Aussagen jetzt nicht darum, sondern um die anschließenden Geschehnisse ging. Der Staatsanwalt fragte sie kreuz und quer. Sie antwortete mit Überlegung, aber daß sie auch auf irgendeine Weise Angst empfand, schien sogar der Staatsanwalt zu bemerken.

»Miss Bedford, lassen Sie sich von niemandem einschüchtern. Sie sagen unter Eid aus und stehen unter dem Schutz des Gerichts. Sie konnten von Ihrem Platz aus die Vorgänge an jenem Tage übersehen! Sie waren mit Jerome Patton verlobt?«

»Ja.«

»Sie hatten Arbeit bei dem Angeklagten King gefunden?«

»Bei Melitta Thunderstorm. Durch Mister Kings Vermittlung.«

»Von Ihrem Standplatz aus konnten Sie sehen, wie der Angeklagte King auf Mister Philip Mac Lean schoß.«

»Ja.«

»Danke.«

Der Verteidiger bat um das Recht, Fragen an die Zeugin zu stellen.

»Miss Bedford, Sie hatten tatsächlich von Ihrem Standplatz aus einen guten Überblick. Haben Sie bemerkt, daß Philip Mac Lean auf Byron Bighorn abdrücken wollte?«

»Ja.«

»Wer hatte außer Joe King noch auf Mac Lean angelegt?«

Julia schien zu erstarren.

»Sie sagen unter Eid aus und dürfen nichts verschweigen. Wer hatte noch angelegt?«

»Ich . . .«

»Verschweigen Sie nichts. So sprechen Sie doch! Hug Mahan hat nach dem Tode Jeromes auf Mac Lean angelegt . . .! Ja oder nein?«

Julia sagte leise ein Wort. Es war nicht verständlich. Der Anwalt trat dicht vor sie hin.

»Sprechen Sie endlich! Sagen Sie die Wahrheit!«

Julias Züge waren voll Feindschaft.

»Ich verweigere die Aussage.«

»Überlegen Sie sich das noch. Sie haben auszusagen! Sie sind nicht der Angeklagte, Sie sind Zeuge.«

»Ich verweigere die Aussage. Sperren Sie mich doch ins Gefängnis!«

»Ah, Sie wollen King durchaus belasten und Mahan entlasten. Warum verschweigen Sie sonst, wer außer King geschossen haben könnte?«

Einige Zuhörer flüsterten untereinander, verstummten aber unter dem Blick des Richters sofort.

»Ich verweigere die Aussage.«

Lucie Green vergaß, ihrem Körper weiter steife Haltung zu befehlen. Auch die anderen Geschworenen rührten sich. Die Wendung in dem Ergebnis der Zeugenbefragung kam allen überraschend. Auch der Staatsanwalt hatte aufgehorcht. Möglicherweise konnte er außer King auch noch den Rebellen Mahan belasten.

Julia Bedford durfte den Zeugenstuhl verlassen. Sie schien auf einmal in sehr schlechter Verfassung zu sein, aber niemand wußte, warum. Ich habe gesagt: »Im äußersten Notfall«, dachte sie. Warum fängt er gleich damit an? King ist sein Mandant; wenn er für ihn etwas erreicht, ist es sein Ruhm. An Mahans Schicksal hat Leroy kein Interesse. Ich habe Mahan in seiner schweren Lage noch arg geschadet.

Mrs. Mabel Mac Lean wurde aufgerufen. Sie trug Witwenkleidung und ging langsam, aufrecht, offenbar gefaßt und völlig sicher zum Zeugenstuhl. Auch sie war bleich, wie es Julia gewesen war, aber bei ihrer hellen Haut und der schwarzen Kleidung fiel die Blässe als Kontrast stärker auf. Es war, als ob eine Stimme aus einem wächsernen Gesicht spräche. Der Eindruck auf die Geschworenen war offensichtlich.

Der Staatsanwalt befragte seine Zeugin.

»Missis Mac Lean, Sie befanden sich während der fraglichen Vorgänge im Haus, aber Sie bemühten sich selbstverständlich, so viel wie nur irgend möglich von dem wahrzunehmen, was vorging.«

»Ja. Ich hatte die Vorhänge ausnahmsweise aufgezogen, obwohl ich mich damit auch als Ziel freigab.«

»Sie haben vor allem das Verhalten Ihres Gatten in der gefährlichen Situation genau beobachtet.«

»Ja.«

»Bitte schildern Sie, wie er sich verhielt.«

»Da auf der King-Ranch Bewaffnete standen, zum Angriff bereit, wollte er sich und seine Familie schützen. Die Cowboys waren weit fort auf der Weide, also hing alles an ihm. Mein Sohn George war nie so entschlossen, wie es mein Mann gewesen ist. Er hatte die Waffe weggeworfen, als sich nach Jerome Patton auch noch Byron Bighorn uns näherte und Joe King ihm Feuerschutz gab. Mein Mann hatte Deckung hinter einer Bodenwelle genommen. Als er sah, daß er auch von George keine Unterstützung mehr haben würde, wollte er sich ins Haus zurückziehen. Er machte uns Zeichen, die uns von seiner Absicht unterrichteten. Als er seinen Platz verließ, um zurückzukommen, verfolgte Joe mit dem Gewehrlauf alle seine vermutlichen Bewegungen, und als sich mein Mann einen Augenblick eine Blöße gab, erschoß er ihn. Aus reiner Mordlust.«

»Das alles haben Sie so genau beobachten können, daß Sie es beschwören?«

»Ja.«

Die Spannung bei den Geschworenen löste sich. Alles schien klar. Durch diese Aussage war der Schuldspruch vorweggenommen. Lucie hatte den Kopf gesenkt und malte auf dem Papier.

Der Angeklagte Joe King schien unberührt von dem, was vorging. Leroy erhielt die Erlaubnis, seinerseits Fragen an die Zeugin zu stellen.

»Nur einige Ergänzungen, Missis Mac Lean«, begann er sehr höflich. »Sie standen bei der halbgeöffneten Tür hinter Ihrem Sohn George, als Sie das Verhalten Ihres Gatten beobachteten?«

»Ja.«

»Und von wo aus haben Sie Joe King gesehen?«

»Ich verstehe nicht.«

Mrs. Mac Lean wurde aus einem dunklen Verdacht heraus abweisend gegen den Fragesteller.

»Einfacher. Sie haben Joe King gesehen, der das Gewehr angelegt und auf Ihren Gatten abgedrückt hat, als dieser sich zurückziehen wollte?«

»Ja, natürlich.«

»Und von wo aus haben Sie Joe King gesehen? Sie standen im Haus hinter Ihrem Sohn George und konnten von da aus Ihren Gatten beobachten. Aber Sie konnten unmöglich um die Ecke schauen und Joe King wahrnehmen. Joe King haben Sie offenbar von einem anderen Standplatz aus beobachtet.«

Mrs. Mac Lean hatte die Falle deutlicher erkannt und sich gefaßt.

»Von meinem Standplatz aus konnte ich nicht nur durch die Tür, sondern auch nach links durch das Fenster in der Seitenwand schauen. In dieser Richtung nahm ich Joe King wahr.«

»Ah, gut. Können Sie bitte beschreiben, was Sie von King wahrgenommen haben? Ein so erfahrener Schütze wird doch wohl ebenso wie Ihr Gatte in Deckung gegangen sein?«

»Natürlich. Bei seinen Wagen.«

»Alle anderen Zeugen haben ausgesagt, hinter seiner Appalousa-Stute.«

»Man läßt ja eher einen Wagen beschädigen als eine Zuchtstute erschießen.«

»Das ist einleuchtend, Missis Mac Lean. Also bei den Wagen. Wir müssen noch klären, warum die anderen Zeugen etwas anderes aussagen; auch Ihr Sohn George hat im ersten Verfahren immer von Joe hinter dem Pferd gesprochen. Aber vielleicht ist das nicht so erheblich, wie es zunächst scheint. Ich stelle die Frage zurück. Ihr Gatte hat Ihnen Zeichen gegeben?«

»Ja.« Mrs. Mac Lean glaubte offenbar, eine Klippe umschifft zu haben. Sie war noch abweisend gegen Leroy, aber eher in der ruhigen Haltung eines Siegers als in der aufgeregten eines Bedrängten.

»Ihr Sohn George hat in seinem Verfahren ausgesagt, daß sein Vater, hinter der Bodenwelle liegend, ihm ein Zeichen gegeben habe, auf Jerome Patton zu schießen. Er habe geschossen, Jerome sei gefallen, darauf habe er sein Gewehr, für die Leute auf der King-Ranch sichtbar, weggeworfen, um einen unmittelbaren Racheakt von dort zu verhindern, und habe Sie sowie seine Frau Ann in das Haus zurückgedrängt und die Tür zugezogen. Sie haben das damals unter Eid bestätigt.«

»Ja.«

»Von wo aus haben Sie also King beobachtet, als er auf Ihren Gatten anlegte?«

»Das sagte ich Ihnen schon. Durch das Seitenfenster.«

»Ja. Durch das Seitenfenster konnten Sie die Wagen sehen. Die Tür aber war sofort nach dem Schuß auf Jerome geschlossen. Von wo aus haben Sie Ihren Gatten weiter beobachtet?« Die Zeugin war verwirrt.

»Überlegen Sie ruhig, Missis Mac Lean. Es hat sich damals alles sehr schnell abgespielt. Hatte Ihr Haus ein Rückfenster? Ich meine, befand sich in der Türwand noch ein Fenster?« Mrs. Mac Lean starrte Leroy an.

»Nein«, sagte sie ohne Ton in der Stimme.

»Nach dem Schuß auf Jerome konnten Sie also Ihren Gatten nicht mehr sehen. Die Tür war zu. Die Fenster gingen alle in eine andere Richtung. Wenn Sie überhaupt beobachtet haben, daß ihr Gatte ein Zeichen gab, so muß es wohl zuvor das Zeichen gewesen sein, mit dem er Ihren Sohn George aufforderte, auf Jerome zu schießen, nicht wahr?«

Mabel Mac Lean öffnete und schloß die Lippen mehrmals. »Ja«, sagte sie schließlich, um die subjektive Wahrheit ihrer eidlichen Aussage wenigstens noch auf dem angebotenen Umwege zu retten.

»Das ist geklärt. Es war Ihnen ein Gedächtnisirrtum unterlaufen in bezug auf Minuten höchster Erregung. Nun die Frage, wieso Sie Joe King bei den Wagen gesehen haben, als er schoß, während King selbst und auch Ihr Sohn George bei der ersten Vernehmung auf der Polizei übereinstimmend ausgesagt haben, daß King über den Rücken der Stute weggeschossen habe, die ziemlich entfernt von den Wagen stand.«

»Ich habe King aber bei den Wagen erkannt und gesehen, wie er anlegte.«

»Unmittelbar nach dem Schuß auf Jerome?«

»Ja.«

Der Staatsanwalt war sichtlich unruhig, aber konnte gegen die Fragen Leroys nichts einwenden.

Die Geschworenen hörten jetzt alle gespannt zu, einige mit merkbarem Ärger darüber, daß eine scheinbar klare Sache unklar und eine angesehene Witwe in Verlegenheit gebracht wurde.

»Ich glaube«, sagte Leroy in beschwichtigendem Ton, den er mit einer beschwichtigenden Handbewegung unterstützte, »daß ich auch diesen letzten Irrtum aufklären kann. Ich bitte für eine beweisnotwendige Demonstration den von mir als Verteidiger geladenen, in Polizeihaft befindlichen Zeugen Hugh Mahan vorzuführen, und zwar in der Kleidung, die ich jetzt dem Präsidium des Gerichts übergebe. Ich bitte Euer Ehren« – Leroy wandte sich an den Richter –, »dies zu veranlassen.«

Der Anwalt legte die Cordjacke, die Jeans und das Hemd auf den Richtertisch.

»Genehmigt.« Richter Wilson sagte es in einer Mischung von Ärger und der Spekulation, daß sich hier nicht nur für Joe King, sondern auch gegen Mahan etwas entwickeln könne.

Der Gerichtsbeamte, der die Kleidung in Empfang nahm, flüsterte dem Richter etwas zu, worauf dieser ihn anschnaubte: »Dann hängt er die Jacke eben über die Schulter!« Nach einer überraschend langen Wartezeit wurde Hugh Mahan in der angeordneten Kleidung hereingeführt. Seine linke Schulter lag im Gips-, der Arm im Streckverband. Es war tatsächlich nicht so einfach gewesen, ihn umzukleiden, wie jedermann geglaubt hatte. Das weiße Hemd war aufgeschnitten, die Jacke hing über der Schulter.

Hugh wurde zu Joe geführt, und die beiden stellten sich dicht nebeneinander; der Blick des Einverständnisses, den sie wechselten, wurde nicht bemerkt.

An der Geschworenenbank und in den Zuhörerreihen entstand Unruhe. Die Ähnlichkeit war verblüffend. Der Richter klopfte auf den Tisch, es wurde wieder still.

Leroy fragte weiter.

»Missis Mac Lean, können Sie auf Ihren Eid nehmen, welchen dieser beiden Männer Sie bei den Wagen gesehen haben, als er das Gewehr anlegte? Auf über 400 Schritt Entfernung? – Sie schweigen. Ich sehe, Sie können es nicht. Es gibt wohl auch niemand, der es vermöchte. Sie stimmen mir zu, wenn ich annehme, daß Sie Joe King und Hugh Mahan verwechselt haben?«

»Ja. Mahan war auch ein Feind meines Mannes. Es kann durchaus sein, daß er geschossen hat.«

»Es kann durchaus nicht sein, Missis Mac Lean, denn er besitzt ein Harris-Rifle, nicht eine Remington, das tödliche Geschoß ist polizeilich festgestellt, und die Harris ist überprüft worden, sie war nicht benutzt. Aber auch Mahan hatte angelegt, um Byron Bighorn, der sich noch auf dem Friedhof befand, zu schützen. Ihr Irrtum ist also verständlich. Allerdings hat sich ergeben, daß die Aussagen, die Sie machen können, in keiner Weise von Belang sind, denn Sie konnten Ihren Gatten im entscheidenden Augenblick nachgewiesenermaßen nicht sehen und haben, was den Schützen anbelangt, Joe King mit Mahan verwechselt. Keine weiteren Fragen!«

Mabel Mac Lean verließ den Zeugenstuhl. Ihr blasses Gesicht hatte sich gerötet. Der Staatsanwalt mußte sich umstellen und neu disponieren.

Er verlangte, den Zeugen Hugh Mahan ins Kreuzverhör zu nehmen. »Genehmigt.«

Hugh Mahan nahm den Platz ein, den Mabel Mac Lean verlassen hatte.

»Mister Mahan, Sie sind heute ebenso gekleidet wie Mister King. Ist das immer der Fall?«

»Nein.«

»Was für eine Kleidung trugen Sie am fraglichen Tag?«

»Meine dunkelblauen Jeans und ein Hemd von Joe King, zufällig mit dem gleichen Karo, das Joe an diesem Tage trug. Den ledernen Cowboyhut.«

»King hatte keinen Hut auf.«

»Doch, er hatte seinen Hut aufgesetzt, als die Lage gespannt wurde.«

»Sie geben zu, auf Mac Lean angelegt zu haben?«

»Ja. Als Jerome erschossen war. Um einem weiteren Mord vorzubeugen. Byron Bighorn auf dem Friedhof war in Gefahr.«

»Er brauchte den Friedhof, auf dem er sicher war, nicht zu verlassen.«

»Er hatte ihn noch nicht verlassen, als Philip Mac Lean schon abdrücken wollte.«

»Das behaupten Sie.«

»Nicht nur ich.«

»Sie konnten das überhaupt nicht erkennen.«

»Ich konnte es erkennen. Es war heller Tag, und ich habe gute Augen. Sie können einen Lokaltermin veranlassen und meine Aussage nachprüfen.«

»Sie haben hier auszusagen und nicht Ratschläge zu erteilen. Sie geben jedenfalls zu, daß Sie schießen können, Sie hatten Ihre Remington bei sich.«

»Meine Harris. Kaliber 22.«

»Sie und der Angeklagte wollten die Mac Leans zusammenschießen. Geben Sie es endlich zu! Sie sagen unter Eid aus.«

»Ich wollte ebenso wie Joe King unseren Jungen schützen, der sich der Mordlust der Mac Leans waffenlos auslieferte.«

»Das Pferd hätte schriftlich zurückverlangt werden können.«

»Der junge Hengst war verschreckt und konnte über alle Berge sein, ehe ein Brief überhaupt geschrieben war. Es gibt überdies auf diesen Ranches keine Postzustellung; der Brief hätte in der

›General delivery‹ zur Abholung gelegen, vielleicht eine Woche lang.«

»Ihre jungen Leute haben provoziert.«

»Die Provokation lag bei den Mac Leans durch den Schuß George Mac Leans und durch den Griff von Philip Mac Lean an den Abzug.«

»Sie und der Angeklagte haben den jungen Menschen den Wahnsinn, sich einzumischen, eingeredet, nur, um einen Vorwand zum Schießen zu haben.«

»Wir waren nicht auf dem Friedhof und haben niemanden beredet. Fragen Sie Byron Bighorn und Elwe Mac Intosh.«

»Sie sind ein Karate-Mann?«

»Ja.«

»Illegal ausgebildet natürlich.«

»Nein. Legal. Ich bin eingetragen.«

»Wo?«

»Chicago, Indian-Center. Man muß sich in dieser Stadt verteidigen können und die indianischen Frauen im Selbstschutz ausbilden.«

»Ah! Sie waren sogar Karate-Lehrer.«

Leroy meldete sich zu Wort.

»Einspruch. Diese Fragen gehören nicht zur Sache.«

Der Staatsanwalt entgegnete, zum Richter gewandt: »Ich komme zur Sache. Euer Ehren gestatten?«

»Genehmigt.«

»Mister Mahan, Sie haben Philip Mac Lean im September vorigen Jahres mit einem Karate-Manöver angegriffen. Er mußte sich also durch Ihre Gegenwart bedroht fühlen.«

»Nein. Damals handelte es sich um den Versuch Mister Philip Mac Leans, sich ohne Erlaubnis des Eigentümers eigenmächtig und mit Gewalt ein Pferd aus Kings Koppel zu holen. Ich habe diesen Versuch abgewehrt. Das hat mit allgemeinen Befürchtungen nichts zu tun. Es zeigt nur, daß Mac Lean seinerseits das Gelände der King-Ranch betreten durfte, ohne erschossen zu werden.«

»Sie sind verletzt. Mit wem haben Sie sich jetzt wieder geschlagen?«

Leroy wollte erneuten Einspruch erheben, aber Mahan winkte ab. Er wollte die Frage beantworten.

»Ich habe mich nicht geschlagen. Die Polizei hat mich geschlagen. Ich wurde bei den polizeilichen Vernehmungen mißhandelt mit dem Ziel, Aussagen zu erpressen.«

Durch den Saal ging eine Bewegung wie von widereinander klatschenden Wellen. Die Stimmung war geteilt.

»Wenn sich aus den Aussagen der Polizisten aber ergeben wird, daß Sie nicht mißhandelt worden sind, sondern daß Ihr tätlicher und gefährlicher Widerstand als Karate-Mann gebrochen wurde, so haben Sie Bestrafung wegen Widerstand zu erwarten.«

»Ich habe mich in keiner Weise widersetzt; ich habe bewußt auf jeden Widerstand verzichtet. Ich könnte also meinerseits Klage erheben. Es gibt genug Zeugen der Vorgänge.«

Der Staatsanwalt begriff, daß er auf Glatteis geraten war, und verzichtete auf weitere Fragen an diesen Zeugen, der sich trotz seines schlechten körperlichen Zustandes nicht verwirren ließ.

Die Vernehmungen wurden fortgesetzt. Die einzige unter den indianischen Zeugen, die bei einem großen Teil der Zuhörer Sympathien oder Mitleid fand, war Queenie Tashina King mit ihrem blassen Gesicht, ihrer sanften Stimme, ihrem sehr weiblichen, harmonisch gebauten Körper und dem sich nie ganz entschleiernden Blick der schwarzen Augen. Was für ein Schicksal für diese junge Frau, einem rothäutigen Gangster angetraut zu sein! Auf solche Gedanken brachte Queenie nicht wenige der Zuhörer und vielleicht sogar zwei ältere Herren unter den Geschworenen. Tatokala hatte kein Mitleid erregt; ein paar junge Burschen verrieten in ihren Blicken völlig andere Empfindungen gegenüber diesem Mädchen, das sie in Gedanken einen steilen Zahn nannten und das sie nicht ungern bezwungen hätten.

Als letzter wurde Wakiya aufgerufen. Er war für sein Alter eine auffallende Erscheinung, lang gewachsen, mager, mit hoher Stirn und den von Gedanken, Empfindungen, Leiden schon durchgearbeiteten Zügen; er wirkte in diesem Augenblick krank, unjugendlich.

Joe folgte von der Anklagebank her Wakiya mit einem verdeckten Blick, der weder dem Richter noch dem Staatsanwalt oder dem Verteidiger, noch auch im Zuhörerraum auffallen konnte, aber Wakiya spürte ihn, weil er an Joe Inya-he-yukan dachte.

Byron Bighorn ging langsam, vom Staatsanwalt geladen, zum Zeugenstuhl. Leroy war versucht gewesen, die Stirn zu runzeln. Das wußte kein anderer als er selbst, denn sie blieb glatt.

Der Staatsanwalt brauchte einen Abschlußerfolg bei den Vernehmungen, die nicht zugunsten seiner Anklage verlaufen waren, und er war sich dieses Erfolges nach der Voruntersuchung gewiß.

Wakiya leistete den Eid, die volle Wahrheit und nichts als die Wahrheit zu sagen.

»Sie sind also entschlossen, Byron Bighorn, uns die Wahrheit zu sagen, und Sie werden sich nicht dadurch beirren lassen, daß der Angeklagte Ihr Pflegevater ist?«

»Ich sage die Wahrheit.«

Die Stimme hatte schon den männlichen Klang.

»Sie saßen auf dem Friedhof und haben beobachtet, wie Jerome Patton mit dem Angeklagten auf dem Gelände der King-Ranch sprach.«

»Wie Jerome Patton mit Joe Inya-he-yukan King sprach, meinen Sie?«

»Ja. Mit Joe King. Haben Sie verstanden, was die beiden miteinander besprochen haben?«

»Ich habe nicht darauf geachtet.«

»Patton kam zu Ihnen. Er traf mit Ihnen die Abrede, daß Sie beide auf das Gelände der Mac Lean-Ranch gehen wollten, um die geplante Provokation weiter durchzuführen und für diesen Plan Joe Kings sogar Ihr Leben zu riskieren.«

»Nicht so. Jerome sagte mir, daß er mit erhobenen Händen gehen werde, um mit Mac Lean zu sprechen und den Hengst zurückzuerbitten. Er glaubte an den Frieden. Er war unbewaffnet. Ich antwortete Jerome, daß Mac Lean ihn erschießen würde, denn an die Gewaltlosigkeit der weißen Männer habe ich nicht so geglaubt wie er. Wenn Mac Lean Jerome wirklich erschoß, wollte auch ich mit erhobenen Händen Jeromes Weg gehen, und alle Augen sollten sehen, daß die Mac Leans nicht aus Notwehr schossen, sondern aus Lust zu töten.«

»Zeuge! Was phantasieren Sie! In der Voruntersuchung haben Sie etwas völlig anderes gesagt!«

»Ich habe eben dies gesagt. Der Untersuchungsrichter hat aber etwas anderes aufschreiben lassen, weil er mich nicht verstand. Wie sollte er ein Lebensopfer verstehen?«

»Sie geben doch wohl zu, daß es Irrsinn ist, was Sie uns jetzt vorgetragen haben.«

»Nach meiner Denkweise ist es kein Irrsinn, vielleicht nach der Ihren!«

»Wer hat Ihnen den Unsinn eingeschwatzt?«

»Niemand. Ich habe solche Gedanken gefaßt, während ich zwischen den Gräbern saß.«

»Ist das nicht anomal für einen Boy Ihres Alters, zwischen Gräbern zu sitzen? Sie waren auf den Friedhof gegangen, um mit den andern zusammen zu provozieren. Das ist der Kern Ihrer Aussage. Geben Sie die Wahrheit zu!«

»Einspruch!« rief Leroy. »Das sind Suggestivfragen.«

»Dem Einspruch ist stattgegeben«, sagte der Richter.

Der Staatsanwalt knetete von neuem an dem Gedankenteig, aus dem er seine Fragen backen wollte.

»Der Angeklagte hatte Ihnen erlaubt, auf den Friedhof zu gehen.«

»Da gab es nichts zu erlauben; es war unser Recht. Ich war täglich dort.«

»Begriffen Sie die gespannte Situation überhaupt nicht? Die Männer standen sich, die Gewehre in der Hand, gegenüber.«

»Darum wollte ich mit den Toten sprechen.«

Der Staatsanwalt seufzte; der Richter zog die buschigen Brauen hoch.

»Byron Bighorn, wie machen Sie das, mit den Toten zu sprechen?«

»Das kann ich Ihnen nicht erklären. Sie würden es doch nicht begreifen, weil Sie nicht träumen können.«

»Mit welchen Toten wollten Sie sprechen?«

»Mit Häuptling Inya-he-yukan dem Alten und mit Patricia Bighorn, die sich selbst getötet hat, weil wir die Knechtschaft, in der wir leben müssen, ohne Gewalt anklagen wollen. So wollte auch ich handeln.«

»Sie waren also nicht damit einverstanden, daß der Angeklagte Gewalt gebrauchte und schoß? Zeuge! Sehen Sie nicht nach dem Angeklagten, der Sie zu hypnotisieren versucht! Schauen Sie mich an!«

»Dürfen Sie mir das befehlen? Ich bin nicht Ihr Schüler und kein Soldat. Sie schreien mich an. In einer Versammlung zu schreien erscheint uns roten Männern unwürdig.«

Einige Zuhörer unterdrückten mit Mühe ihre Heiterkeit; das Rededuell Wakiyas mit dem Staatsanwalt wirkte als Groteske auf sie. Um Inya-he-yukans Mundwinkel zuckte ein verborgenes Lächeln.

Es war die erste Regung, die er im Verlauf der Verhandlung wenigstens vor sich selbst verriet.

»Beantworten Sie meine Frage, Byron Bighorn. Sie haben als Zeuge den Ernst eines Schwurgerichts zu achten.«

»Damals war ich nicht damit einverstanden, daß Joe King schoß.«

»Danke, das genügt. Sie wurden in angeblicher Notwehr gerettet, obgleich Sie selbst das gar nicht wünschten.«

»Heute . . .«

»Danke. Meine Fragen an Sie sind abgeschlossen.«

Die Heiterkeit schwand von allen Mienen.

Leroy holte sich die Erlaubnis, dem Zeugen seinerseits Fragen zu stellen.

»Byron Bighorn, wie denken Sie heute?«

»Einspruch!« meldete der Staatsanwalt an. »Die Frage betrifft nicht die Tatvorgänge.«

»Ich verzichte auf die Frage. Byron, können Sie schießen?«

»Ja.«

»Haben Sie Philip Mac Lean in Deckung liegen sehen?«

»Ja, soweit er zu sehen war.«

»Was haben Sie beobachtet?«

»Er hatte auf mich angelegt und wollte abdrücken.«

»Konnten Sie das genau erkennen?«

»Ja, genau.«

»Hatten Sie begriffen, daß der Schuß tödlich für Sie sein mußte?«

»Ja.«

»Hätten Sie selbst sich dagegen wehren können, wenn Sie das überhaupt wollten?«

»Nein. Ich hatte keine Waffe, und selbst wenn ich mich ins Gras geworfen hätte, hätte ich noch in seinem Schußfeld gelegen.«

»Keine weiteren Fragen.«

Der Staatsanwalt meldete sich noch einmal zu Wort.

»Zeuge! Joe King hat Jerome Patton zugerufen: ›Hinlegen!‹ Steht das nicht mit Ihrer Aussage im Widerspruch, daß auch Hinlegen kein Schutz gewesen wäre?«

»Es reimt sich zusammen. Nur wenn Jerome sich hinwarf, konnte Joe ihm Feuerschutz geben; Jerome stand in der Schußlinie zwischen George Mac Lean und Joe King. Aber ich befand mich nicht in der Schußlinie zwischen Joe und Philip.«

»Was ist denn nun bei Ihnen Wahrheit, Bighorn? Ihre Träumereien sind wohl nur der Deckmantel Ihrer Schießerfahrungen? Gelehriger Schüler von Joe King.«

»Es gehört alles zusammen zu einem Menschen, zu einem Red Indian, Herr Staatsanwalt, wie Tag und Nacht zusammengehören und der Mond nicht ohne die Sonne leuchten kann.«

Wakiya konnte den Zeugenstuhl verlassen; er schaute noch einmal nach Joe Inya-he-yukan; dieser verstand und erwiderte mit einem vollen Blick.

Die Vernehmungen waren beendet. Die Plädoyers begannen, die sich an die Geschworenen richteten.

»Erinnern Sie sich«, trug der Staatsanwalt vor, »daß George Mac Lean freigesprochen worden ist, weil er den Schuß auf Jerome Patton unter dem Eindruck unmittelbarer Bedrohung durch die Kings abgab. Dieser Eindruck mußte sich verstärken, als ein zweiter Bursche der King-Ranch in das Mac Lean-Gelände eindringen wollte und der Weißenhasser Hugh Mahan, der Philip Mac Lean schon einmal mit einem gefährlichen Karate-Griff geschädigt hatte, mit seiner Schußwaffe in Deckung bereit stand. Trotzdem hat George Mac Lean zum Zeichen seiner friedlichen Absichten das Gewehr nach seinem Schuß weggeworfen, und Philip Mac Lean hat keinen Schuß abgegeben. Er wurde von Joe King gewissenlos ermordet, sobald er sich die geringste Blöße gab. King, der als Meisterschütze bekannt ist, hätte Mac Lean nicht zu töten brauchen, selbst wenn er Byron Bighorn für bedroht hielt. Er hätte in den Lauf von Mac Leans Gewehr schießen können, statt den absolut tödlichen Schuß zwischen die Augen abzugeben. Er hat auch nicht spontan gehandelt; das gibt es bei solchen kaltblütigen Männern, die schon mehr als einmal auf Menschen geschossen haben, nicht. Die Tat war überlegt! Seit Monaten herrschte Kriegszustand zwischen den beiden Ranches. King hat den Mac Leans das Brunnenwasser verweigert und die Auffahrt blockiert. Philip Mac Lean hatte schriftlich vor dem Betreten seines Geländes gewarnt. Der Angeklagte ist in einer heruntergekommenen Familie aufgewachsen. Seine Mutter hat den betrunkenen Großvater mit der Axt erschlagen, in Notwehr natürlich, um das Kind zu retten; der Vater ist bei einer Schießerei unter Betrunkenen ums Leben gekommen. Der kleine Joe war mit acht Jahren ein zielsicherer Schütze, aber ein schlechter Schüler. Mit achtzehn ist er ein Gangster geworden. Er hat mehrfach unter

Mordverdacht gestanden und hat zwei Männer in ›Notwehr‹ erschossen, als er bereits ein erfolgreicher Rancher der Reservation war. Jetzt ist Mac Lean sein Opfer geworden. King provozierte, um den Nachbarn, den er nur seiner weißen Haut wegen haßte, unter einem Vorwand beseitigen zu können. Ich plädiere auf Mord und beantrage das Todesurteil für den Angeklagten!«

Alle Geschworenen waren dem Plädoyer des Staatsanwalts gespannt, die meisten waren ihm mit augenscheinlicher Befriedigung gefolgt. Jeglicher Zweifel schien beseitigt. Die angesehenen Bürger von New City wußten bereits, wie sie abstimmen würden.

Als Leroy sein Plädoyer begann, ließ die Aufmerksamkeit der Geschworenen in einer für den Anwalt fast beleidigenden Weise nach. Nur Miss Green und Mr. Laughlin schienen überhaupt zuzuhören, Miss Green vielleicht aus einem gewissen Interesse, auch um die Bedeutung einer Geschworenen und ihrer Urteilsfindung zu betonen. So schätzte Leroy sie ein. Bei Laughlin vermutete er eher Erziehung zur Höflichkeit und zur Achtung vor dem Gerichtswesen überhaupt als einer staatlichen Institution. Vielleicht begriff Laughlin auch eher als seine Mitgeschworenen das Prekäre der Entscheidung. Der Anwalt richtete das Wort an diese beiden, in denen er Zuhörer für seine Ausführungen fand. Die Stimmung im Saal war gegen ihn. Unter allen, die Einlaß gefunden hatten, war nur eine Handvoll Menschen, die um Joes Leben zitterten und die Hoffnung schon so gut wie aufgegeben hatten. Ihre Augen hingen an Leroys Lippen. Von Joe Inya-he-yukan selbst konnte niemand sagen, was er hörte und sah oder was er nicht hörte und nicht sah.

»Stellen Sie sich den Augenblick vor«, begann Leroy, »stellen Sie sich den Augenblick vor, in dem ein junger Mann, ein Gärtnerssohn, der eben das Baccalaureat bestanden hat, ein freundlicher und friedlicher Mensch, bei allen beliebt, niedergeschossen wird, nur weil er versuchen wollte, mit den Nachbarn zu sprechen und ein Pferd wiederzubekommen, das infolge eines rauhen Scherzes der Mac Lean-Cowboys und durch seine Ungeschicklichkeit auf die Nachbarranch entlaufen war. Jerome Patton lag in seinem Blut, zwei Schritt von der Friedhofsgrenze entfernt. Joe King konnte in diesem Moment nicht etwaige Befürchtungen der Mac Leans durchschauen, er mußte in der Bedrängnis dieses Augenblicks mit der Gefahr rechnen, daß auch Byron Bighorn, der waffenlose Fünfzehnjährige, ein durch Epilepsie schwer behindertes Kind, erschossen werden würde. Er nahm wahr, wie Philip Mac Lean abdrücken wollte. Die gegenteilige Aussage von Missis Mabel Mac Lean hat sich als völlig irrig erwiesen, und Missis Mac Lean darf sehr froh sein, wenn der Staatsanwalt von einer Meineidklage gegen sie absehen sollte. King schoß, um sein Pflegekind, ein Waisenkind, zu retten. Daß die Mac Lean-Ranch nie durch die King-Ranch bedroht war, geht schon daraus hervor, daß Mister Philip Mac Lean das Ranchgelände der Kings mehrfach betreten und dort sogar unerlaubte Handlungen vorgenommen hat, ohne beschossen zu werden, daß seine Cowboys mehrfach auf dem Gelände der Kings gewesen sind und Mister King ihnen behilflich war, entlaufene Kühe wieder zurückzutreiben, daß sich endlich Kings-Cowboy Gerald mit den Mac Lean-Cowboys auf die einfachste Weise geeinigt und am fraglichen Tage den entlaufenen Hengst auf dem Mac Lean-Gelände eingefangen hat. Alle Cowboys waren am Tag der Tat, wie üblich, bewaffnet, so wie auch Joe King, der sich für das Einfangen des Pferdes ausgerüstet hatte. Der erste Schuß ist von der Mac Lean-Seite gefallen. Joe King hatte keinerlei Motive für seinen Schuß außer dem der Bedrohung durch die Mac Leans. Er ist ein erfolgreicher Rancher, ein verantwortungsbewußter Gatte und Familienvater von gut erzogenen Kindern und Pflegekindern, ein indianischer Bürger unseres Landes, wie wir uns viele wünschen möchten. Wenn er als Jugendlicher einmal auf Abwege gekommen ist, dann nur darum, weil ihn ein entehrendes Fehlurteil, das später aufgehoben werden mußte, den Verbrechern in die Arme getrieben hatte. – Es handelt sich bei Kings Schuß um Tötung in Notwehr, zum Schutze des unmittelbar bedrohten Lebens eines unbewaffneten Kindes. Ich plädiere auf Freispruch für meinen Mandanten.«

Der Staatsanwalt erhielt noch einmal das Wort.

»Vergessen Sie nicht«, sagte er, bei dem ersten Wort zum Richter, dann aber sofort zu den Geschworenen gewandt, »vergessen Sie nicht, daß der Angeklagte einen Menschen getötet hat, der nicht auf ihn geschossen und das Gewehr, wie der Angeklagte selbst zugibt, auch nicht auf ihn gerichtet hatte.«

Der Richter schaute von seinem Sitz auf den Mann herab, für den er nach der Anklagerede des Staatsanwalts mit Sicherheit das Todesurteil erwartete.

»Angeklagter, wollen Sie noch etwas sagen? Sie haben das Recht dazu.«

Joe Inya-he-yukan stand auf und sah die Geschworenen an. Er hob die Lider dabei kaum.

»Ich habe geschossen, um ein Kind zu retten. Kein weißer Mann würde dafür verurteilt werden. Sie können mich aber töten, weil ich ein Indianer bin. Sie haben die Macht. Mein Volk hat kein eigenes Recht mehr.«

Ein Rauschen des Unwillens ging durch den Saal. Joes Freunde blieben stumm; Joes Stolz richtete auch den ihren auf, aber sie hatten Angst um ihn.

Der Staatsanwalt machte von seinem Recht Gebrauch, nach den Worten des Angeklagten, die für diesen die letzten waren, noch einmal zu sprechen.

»Euer Ehren, der Angeklagte hat sich selbst die Maske vom Gesicht genommen. Er ist ein roter Rassist, und er hat einen friedlichen Farmer aus Haß ermordet.«

Die Geschworenen zogen sich zur Beratung zurück.

Hugh Mahan war wieder abgeführt worden.

Lucie Green saß unter den Geschworenen am langen Tisch und hörte sie reden. Dabei wurde ihr bewußt, daß sie sich innerlich von den andern entfernt hatte. Die Diskussion blieb an der Oberfläche, verfing sich in emotionalen Momenten und glitt immer mehr an der Sache vorbei in das Fahrwasser des Staatsanwalts hinein. Ein indianischer Gangster hatte auf einen weißen Rancher geschossen. Klare Fronten. Joe King mußte endlich die schon lange fällige Hinrichtung erleiden. Wie frech hatte er in seinem Schlußwort die Geschworenen und ganz Amerika angegriffen! Den tödlichen Schuß abgegeben zu haben, leugnete er aber nicht, und er gab zu, daß Mac Lean nicht auf ihn selbst gezielt hatte. Er war schuldig. Laughlin griff in diesen Verlauf der Diskussion kaum ein. Er hetzte nicht mit, seine Bemerkungen blieben farblos.

»Es war sehr unangenehm, wie dieser Leroy mit seiner glatten Zunge eine angesehene Rancherin verhöhnte. Das ist das skrupellose Volk aus dem Osten. Sie haben keine Grundsätze mehr«, bemerkte Laughlins Nachbar zum Abschluß.

Lucie Green, die einzige Geschworene, die den Tatort kannte, hatte bis dahin kein Wort gesagt. Sie saß aufrecht auf ihrem Stuhl, und die Totenmaske Jeromes, dessen Ermordung nicht bestraft worden war, erschien ihr mit ihren heiligen und ihren strengen Zügen. Sie sah Joe King unter elektrischen Stößen zu schwarzem

Fleisch verschmoren; man konnte keine Totenmaske mehr von ihm abnehmen, und den Kindern blieb nicht einmal ein Grab ihres Vaters. Die Abstimmung begann.

Alle Geschworenen stimmten für »Schuldig«, bedenkenlos, wie selbstverständlich. Sie vertrauten ihrem Staatsanwalt, der einer der Ihren war. Lucie hatte als letzte ihre Stimme abzugeben.

»Nicht schuldig.«

Auf den Gesichtern malten sich Unverständnis und Ungeduld.

»Wie bitte?«

»Nicht schuldig, sagte ich.«

»Wir können doch nicht noch einmal von vorn anfangen, Miss Green. Stimmen Sie uns zu! Die Sache ist klar.«

»Aber, Miss Green, wie kommen gerade Sie und Sie allein zu einer solchen Stellungnahme?«

Lucie hatte einen Weg beschritten, den sie nicht zurückgehen, auf dem sie nicht einmal zurückschauen konnte, sonst tat sich ein politischer und ein psychischer Abgrund auf. Ihr Intellekt und ihre Aktivität peitschten sich gegenseitig auf, um diesen Punkt zu überwinden.

»Die Schuld ist nicht beweisbar. Die Kronzeugin des Staatsanwalts hat vollständig versagt. Sie hat sich einfach lächerlich und in Wahrheit strafbar gemacht. King hat geschossen, um ein Kind zu retten. Nicht schuldig!«

»Der rote Gangster!«

»Sehen Sie sich doch die Ranch an und seine kleinen Kinder. Sie gehen in unsere Schule und gehören zu den besten Schülern. Byron ist ein anomaler Epileptiker, dessen Mutter im Irrenhaus gestorben ist. Missis King hat ihn aus Barmherzigkeit aufgenommen, und nun soll sie ihren Mann dafür verlieren! Haben Sie nicht Missis Queenie King im Zeugenstuhl gesehen und verstanden, daß sie zu uns gehört? Was heißt ›rot‹! Der Angeklagte spricht wie ein Indianer, das ist wahr. Aber sind wir – wir, die hier sitzen – Amerikaner oder nicht? Gleiches Recht für alle, ohne Ansehen der Hautfarbe und der Religion. Das ist die Grundlage der Integration aller Nationalitäten in unsere große Nation, ja?«

»Selbstverständlich sind wir wahre Amerikaner, und wir sind gerecht, Miss Green. Aber der Angeklagte hat einen Mann erschossen, und das nicht zum erstenmal. Unverdient ist die Strafe keinesfalls.«

»Was für Argumente, Mister Gray, schämen Sie sich nicht? Rollen wir alte Prozesse auf, wozu wir gar nicht berechtigt sind, oder besprechen wir den unseren hier? Jeder amerikanische Bürger hat das Recht zu schießen, wenn ein Leben unmittelbar bedroht erscheint, Irrtum eingeschlossen. Dafür gibt es in unseren Gerichtsurteilen genügend Beispiele. Wer von Ihnen würde nicht schießen, wenn er das Leben seines Kindes unmittelbar bedroht glaubt? Bitte – wer?«

»Was für ein Eifer, Miss Green. Sie lassen sich von Gefühlen leiten.«

»Mein Gewissen spricht. Der auferstandene Christus ist auch den Indianern erschienen. Unsere Gerechtigkeit muß auch für sie gelten, denn sie kehren aus der Verlorenheit zurück. Wollen Sie mir vorwerfen, meine Herren, daß ich eine Frau bin? Das wäre unzeitgemäß und Material für unsere Frauenrechtlerinnen. Ich bin auch nicht zum erstenmal als Geschworene berufen. Sprechen wir doch den ganzen Sachverhalt endlich durch, das haben wir noch nicht getan, und das ist weder eines Mannes noch einer Frau würdig.«

»Die Argumente von Miss Green müssen genau durchdiskutiert werden«, sagte Laughlin. »Miss Green gibt niemals nach, ohne überzeugt zu sein. Übrigens bringen wir auch uns selbst in einem künftigen Falle in große Verlegenheit, wenn wir einen amerikanischen Bürger verurteilen, weil er in Notwehr geschossen hat. Es bleibt die Frage: Können wir nachweisen, daß Notwehr ausgeschlossen war? Und daß Joe King das erkennen mußte? Das Zeugnis von Missis Mabel Mac Lean fällt vollständig aus. Bei solchen nervösen Schießereien, über die keine zuverlässigen Aussagen vorliegen, ist es schon zur Gepflogenheit geworden, alle zu verurteilen oder alle freizusprechen. George Mac Lean haben wir freigesprochen.«

»Also noch einmal von vorn.«

»Das läßt sich leider nicht vermeiden. Wir müssen die Einstimmigkeit erreichen.«

Mit einem kleinen Lächeln reagierten einige der Geschworenen, die sich erinnerten, daß die hartnäckige Lady Mormonin war. Die meisten aber waren sehr ärgerlich.

Die Beratung begann von neuem.

Unterdessen saßen die entlassenen Zeugen Julia, Queenie und Wakiya zusammen. Julia kauerte auf ihrem Platz. Sie hatte die Schultern zusammengezogen und den Kopf gesenkt.

»Was ist mit dir?« fragte Tashina leise.

»Nichts.«

Queenie Tashina zog sich wieder in sich selbst zurück. Sie dachte nichts als Joe – Joe Inya-he-yukan. Er hatte stolz gesprochen, und sie hatte in den Mienen der Geschworenen gelesen, daß sie ihn töten wollten. Wakiya legte seine Hand auf die ihre. Der Gedanke, daß er Joe durch sein Verhalten in diese Not gebracht hatte, lag schwer auf ihm.

Tatokala ertrug es nicht, länger untätig zu warten.

»Hilf mir, Wakiya«, sagte sie. »Wir schreiben den Bericht über die Verhandlung. Jetzt, sofort. Alle Menschen müssen die Wahrheit erfahren.«

»Wir, Tatokala?«

»Du kannst wie ein Dichter und wie ein Rechtsanwalt sprechen, Wakiya. Sprich, und ich schreibe.«

Wakiya versank in sich und sprach. Er sprach zwei Berichte, einen für die weißen und einen für die roten Männer und Frauen. Julia Bedford schrieb: danach hoben sich ihre Schultern, und sie schaute wieder geradeaus.

»Es fehlt das Urteil«, schloß sie so kühl, daß der Krampf ihrer Erwartung und Erregung eben dadurch fühlbar wurde.

Erst nach langen Stunden war die Beratung der Geschworenen beendet. Der Gerichtssaal füllte sich wieder. Joe King wurde hereingeführt, auch jetzt in Handschellen. Er sah Tashina und seine Freunde an. Keiner konnte wissen, ob es das letzte Mal war, daß er der dunklen Sonne dieser Augen begegnete. Alle Freunde fürchteten es.

Der Richter erhob sich, groß und noch mächtiger wirkend in seinem Talar. Unter allgemeinem Schweigen fragte er den Vorsitzenden der Geschworenen. »Sind die Geschworenen zu einem einstimmigen Urteil gelangt?«

»Ja.«

»Schwören Sie, die Wahrheit zu sagen?«

»Ja.«

»Wie lautet der Spruch der Geschworenen? Schuldig – oder nicht schuldig?«

»Nicht schuldig.«

Nach einem Augenblick der Verwirrung, der stummen Freude der einen, des noch nicht ausgesprochenen Zorns der anderen, brach Unruhe aus, wildes Geschrei gegen die Entscheidung der Geschworenen.

Joe Inya-he-yukans Freunde sagten inmitten des feindlichen Lärms ein einziges Wort: »Ho-je!«

Da sie es gemeinsam sprachen, war es für alle im Saal Sitzenden hörbar.

Der Richter, mit dem Urteil offenbar selbst unzufrieden, ordnete an, den Saal zu räumen.

Die Randalierenden aus dem Raum zu entfernen war eine schwierige und sehr langwierige Aktion, denn einige der Burschen, die gegen den Freispruch revoltierten, leisteten Widerstand durch Hinundherrennen; sie sprangen über Stühle und Barrieren und drohten den anwesenden Indianern.

»Gehen Sie jetzt nicht hinaus«, sagte einer der Gerichtsbeamten in dieser Situation zu Joe King. »Sie haben einen angesehenen weißen Rancher erschossen. Es ist Lynchstimmung. Organisiert. Der Rugby-Klub hatte Zeit. Die paar Rowdys hier sind kindisch. Aber draußen am Tor warten die Schläger auf Sie. Am besten öffne ich Ihnen nachher die Hintertür.«

»Hintertüren sind vielleicht Sache der mächtigen Justiz, aber meine Sache sind sie nicht«, erwiderte Joe Inya-he-yukan.

Es gelang den Beamten, die jungen Burschen aus dem Saal zu treiben, aber draußen verstärkte sich der Lärm.

Da die Verhandlung geschlossen war, fanden sich die Zeugen Queenie Tashina, Tatokala und Wakiya bei Joe ein, ebenso Burt, Monture, Morning-Star junior, Russell und Krause, die Plätze im Zuhörerraum gehabt hatten. Nur Mahan fehlte.

»Warten Sie alle noch einige Minuten«, redete der Beamte Joe King weiter zu. »Mister Mahan wird aus der Haft entlassen; dem Antrag ist stattgegeben. Ich bringe ihn hierher.«

»Wieso denn so schnell entlassen?«

»War ja nur Polizeihaft. Wir wollten sicher sein, daß er keine Revolten organisieren kann, wenn Sie verurteilt würden. Nachdem Sie freigesprochen sind, erübrigt sich das.«

»Und man kann ihn jetzt für die Lynchjustiz freigeben. So haben Sie sich das gedacht.«

»Sie können ja hierbleiben, bis sich die Menge verlaufen hat. Ich bringe ihn also zu Ihnen. Sie gehören ja doch zusammen.« Mochte der Beamte sich in der möglichen Beschleunigung eines solchen

Vorgangs verrechnet haben oder lag Absicht darin, er brachte Hugh Mahan erst nach zwei Stunden.

Inzwischen hatte sich die Menge, die das Gerichtshaus belagerte, nicht verlaufen, sondern war weiter angewachsen.

»Wir Männer gehen jetzt«, entschied Joe. »Die Frauen und unser verwundeter Bruder Wasescha mögen noch im Gebäude bleiben.«

»Lassen Sie sich aber nicht gleich wieder Straftaten zuschulden kommen, Mister King. Haben Ihre Freunde Waffen bei sich?«

»Selbstverständlich nicht.«

Monture nickte Wakiya, Tashina und Grace zu, die sich zusammen noch einmal niederließen. Die beiden Frauen wagten nicht, ihre Männer zurückzuhalten. Aber die Angst, was beim Verlassen des Gerichtsgebäudes geschehen würde, würgte Queenie.

Joe, Edgar, Morning-Star junior und Burt bildeten einen Stoßtrupp. Russell schloß sich an. Krause wollte sich drücken, aber Russell legte ihm die Hand auf die Schulter.

»Geschäftsmann hin, Geschäftsmann her, Krause. Ich bin auch einer. Aber laß uns an Joe denken und denk du auch an deinen indianischen Adoptivsohn, Krause, und sei einmal in deinem Leben ein wenig mehr als nur schlau. Komm mit! Dein breiter Rücken ist eine gute Deckung für mich, und dein rundes Gesicht verwirrt den Feind. Schließlich müssen wir als gute Bürger den Spruch der Geschworenen verteidigen.«

»Verdammt, Russell, damit hast du ein wenig recht.«

Als die sechs Männer in geschlossener Gruppe aus dem Tor kamen, schlug ihnen drohendes Johlen entgegen. Die Menge schien aus einem Schlägertrupp und den mit den Schlägern sympathisierenden Neugierigen zu bestehen. Als die sechs angegriffen wurden, gingen sie sofort zum Gegenangriff über und drangen rücksichtslos vor. Sie mußten alle zusammen durch. Wenn sie in der Menge steckenblieben, waren sie verloren. Jetzt, da es kein Zurück mehr gab, schlug sich auch der alte Krause tapfer und kräftig.

Die Gerichtsbeamten ließen sich nicht außerhalb des Gebäudes sehen.

King, auch Russell und Burt waren, jeder auf seine Weise, geschult, und die Art, wie sie einige der Angreifer aus dem Wege wirbelten, verschaffte der Gruppe Luft. Es gelang, seitwärts durch lose Ansammlungen zu Freunden durchzustoßen, zu Krauses Kunden und einer Gruppe von Indianern aus den Slums, unter ihnen Joes

Schwager. Unvermutet tauchten Tatokala und auch Mahan auf. Die nunmehr acht machten sofort kehrt, als sie aus der Menge heraus waren; die durften niemanden im Rücken haben. Die Gegner waren offenbar verblüfft, daß Joe King wachsende Unterstützung fand und nicht als einzelner zu Boden gerissen und gelyncht werden konnte.

Es fielen drei Schüsse.

Damit schien die Wut einzelner Schläger zu verrauchen. Entfernter Stehende unter ihnen mochten glauben, daß Joe King zu schießen beginne, und machten sich rasch aus dem Staub. Die Rowdys in der Nähe gebärdeten sich aber noch herausfordernd genug, und es lockte sie, das Mädchen anzugreifen. Tatokala, die von Mahan zwei Karate-Griffe gelernt hatte, war mit dem ersten der Burschen sofort fertig. Den zweiten warf Burt zu Boden, den dritten setzte Mahan mit den Beinen außer Gefecht. Nach diesem Mißerfolg bröckelten mehr und mehr Leute von der aufgebrachten Menge ab.

Ein Gerichtsbeamter und zwei Polizisten kamen aus dem Gebäude und befahlen, sofort weiterzugehen.

Joe, Hugh, Edgar, Julia und ihre vier Freunde gehorchten als erste, immer in geschlossener Gruppe und wohl auf der Hut gegen diejenigen, die ihnen in offenbar feindseliger Absicht folgten.

Sie gelangten zu ihren Wagen, die von Gegnern schon in loser Reihe umstellt waren. Noch einmal schallten ihnen Drohungen entgegen. Drei der frechsten aus dem Rugby-Klub versuchten, Joe am Einsteigen zu hindern. Er schleuderte den vordersten beiseite, schlüpfte in den Wagen, schlug die Tür zu, während einer der Angreifer noch eben die Finger zurückzog, und startete. Den athletischen Rugby-Kapitän, der mit seinen Freunden Joes Wagen noch in den Weg sprang, unterfuhr er und nahm ihn auf den Kühler, so riskant, daß er mit dem Kopf gegen die kugelsichere Scheibe stieß, und so vorsichtig, daß er dabei keinen großen Schaden nahm. Joe stoppte sofort wieder und ließ den leicht Betäubten herabgleiten. Dessen Freunde bemühten sich fluchend um ihn, waren abgelenkt und ihres Antreibers für den Augenblick beraubt.

Joe, Hugh und ihre Freunde fuhren zunächst in Kolonne durch die Stadt. Da sie sehr bald verfolgt wurden, teilten sie sich und narrten ihre Feinde. Die Jagd fand wenig Hindernisse durch andere Wagen, der Verkehr war schwach. Die Verfolger konzentrierten sich auf Joe, aber sie wagten nicht, ihm in die Reifen zu schießen, und es gelang ihnen nicht, ihn zu stoppen. Er war der Schnellste und lenkte seinen Sportwagen mit so gewandten Manövern, daß seine Gegner mehr als einmal am Steuer laut vor sich hin schimpften, seine Freunde aber vor Freude pfiffen und ihrerseits die Lynchlustigen abdrängen konnten. Einmal spitzte sich die Gefahr zu; Joe geriet auf der Hauptstraße unversehens zwischen zwei der feindlichen großen Wagen, der eine verfolgte ihn, der zweite kam aus einer Seitenstraße, setzte sich vor ihn und pendelte von einer der beiden Fahrspuren zur anderen, um Joe zu einem langsameren Tempo zu zwingen. Joe täuschte ihn, ging nach links und überholte ihn überraschend rechts. Dabei hatte er schon beobachtet, daß in der nächsten Seitenstraße ein dritter Gegner lauerte, bereit, hervorzuschießen. Joe gab Gas und gelangte an diesem Angreifer vorbei, im wörtlichen Sinne um Haaresbreite. Es war aber unvermeidlich, daß der von Joe überholte Wagen und der aus der Seitenstraße blitzschnell hervorkommende zusammenstießen, und gleich darauf fuhr der Verfolger, der sich hinter Joes Wagen befunden hatte, in diese beiden hinein. Zwei nicht aufeinander abgestimmte Verfolgungsmanöver hatten sich gegenseitig zunichte gemacht. Von fern heulte die Sirene eines Polizeiwagens. Zwei aus entgegengesetzter Richtung heranfahrende feindliche Wagen konnten einen Kreuzungspunkt benutzen, um auf Joes Fahrbahn herüberzukommen und sich dicht hinter ihn zu setzen. Die nächste Ampel drohte eben auf rotes Licht zu gehen, als Joe mit seinem Jaguar noch durchflitzte. Die beiden Verfolger hatten aufgedreht, was ihre Wagen hergaben, und selbst wenn sie versucht hätten zu stoppen, wäre es nicht mehr rechtzeitig möglich gewesen. Sie rasten durch, als das rote Licht aufleuchtete. Der Polizeiwagen, der inzwischen die Unfallstelle erreicht hatte, an der nur schwerer Sachschaden entstanden war, machte sich auf die Jagd nach den Übeltätern, die die Verkehrsregel verletzt hatten. Ein zweites Polizeifahrzeug, durch Funk herbeigerufen, schloß sich an. Im Geheule der Sirenen fuhr Joe, seine Verfolger mit einem gewagten Manöver vorüberlassend, nach rechts heran, wie es die Bestimmungen verlangten, um freie Bahn für die dahinjagenden Polizeifahrzeuge zu sichern. Seine Geschwindigkeitsüberschreitungen wurden daher nicht notiert. Monture, Morning-Star junior, Burt, Russell, Krause sowie Mahan und Tatokala konnten sich wieder um Joe sammeln und gaben ihm mit fünf Wagen in mächtigem Tempo Geleit. Die Gegner waren entmutigt, da sie drei Wagen verloren hatten und von der Polizei verfolgt wurden. Sie gaben auf.

Die Straßen um das Gerichtsgebäude wurden frei, und die Männer holten Queenie, Grace und Wakiya ab. Sie trafen bei dieser Gelegenheit auch Leroy. Russell, aus Erregung nicht weniger verschwitzt als Krause, wollte zu einer Runde Bier einladen, um die erfolgreiche Verteidigung gegen die drohende Lynchjustiz, den Freispruch Kings und die Freilassung Mahans zu feiern. Daß er, ein Geschäftsmann von New City, sich auf die Seite der Indianer geschlagen hatte, zeugte von erheblichem Mut und von der zuverlässigen Freundschaft für seinen Rodeokollegen Joe.

»Den Rugby-Kapitän hast du elegant abserviert«, sagte er zu ihm, »und durchgeschlüpft bist du wie ein richtiger Jaguar durch das Fangnetz.«

»Der Jaguar war einigen ziemlich berühmt gewordenen Vorfahren meines Volkes heilig, und sicher liebte er die Gefangenschaft so wenig wie ich. Es ist noch einmal gut gegangen, weil ich Freunde habe. Nach Feiern ist mir trotzdem nicht zumute, Russell.«

Nun schlug aber Leroy noch einen Drink in der Laternenbar vor. Er hatte wenig Zeit; in der Nacht noch wollte er nach New York zurückfliegen. So schien das Hotel der gegebene Ort, und da Joe seinem Verteidiger die Einladung nicht abschlagen konnte, fuhr man dorthin. Die Bar war um diese Zeit fast leer, und die Gruppe wählte sich zwei Tische in dem abgedunkelten Raum.

Der junge Anwalt war bester Laune. Er hatte seine Laufbahn mit einem sensationellen Erfolg begonnen.

»Wie steht es, Mister Mahan«, fragte er nach dem ersten Drink, »wollen Sie tatsächlich wegen Gefangenenmißhandlung und versuchter Erpressung von Aussagen klagen?«

»Mir genügt, wenn die Presse berichtet, was die ausnehmend einfältigen Fragen des Staatsanwalts schon zutage gebracht haben. Mehr springt doch nicht heraus, und ich kann keinen Prozeß bezahlen. Ich bin arbeitslos.«

»Schade.«

Russell begann Krause, der mitgekommen war, zu loben und zu necken, wie kühn er sich im Kampf gegen die geplante Lynchjustiz beteiligt habe. Monture stellte Presseinformationen zusammen und übernahm dabei Wakiyas Berichte. Joe dankte Leroy, Leroy bewunderte Tatokalas Umsicht und Intelligenz und entschuldigte sich, daß er sie im Zeugenstuhl in Verwirrung gebracht hatte. Wakiyas Blick hing an dem Anwalt. Rechtsanwalt seines Volkes zu werden war das Ziel seiner Hoffnungen gewesen, das durch das erneute Einsetzen seiner Krankheit zunichte gemacht war.

Die Zeit drängte. Leroy verabschiedete sich. Auch Monture wollte sich noch in der Nacht aufmachen und die Fahrt zu Andy Tiger beginnen.

Die Stammesangehörigen besuchten noch für wenige Minuten Joes Schwester in den Slums und fuhren dann heimwärts.

Die lange Straße durch die einsame Prärie lag im Sternenlicht. Die Wiesen um das Schwimmbad zeigten noch Spuren der großen Versammlung; das dürre Gras war weithin zertreten. Die Agentursiedlung wurde passiert, und endlich erreichten die Wagen das Tal der Weißen Felsen.

Der Mond war aufgegangen und leuchtete über Felsen und Hänge. Da das Mac Lean-Haus schon verschwunden war, wirkte die Erinnerung an die vergangenen Kämpfe wie ein böser Spuk.

Auf der Ranch waren die Kinder noch wach und begrüßten ihren Vater Joe Inya-he-yukan mit ungehemmtem Jubel.

Joe lebte dabei auf; er lächelte. Die Kruste der Todesgewißheit, die ihn lange beengt hatte, bekam Risse, aber sie fiel noch nicht von ihm ab. Er ging in das alte Blockhaus und hatte dort eine unerwartete Begegnung. An der Wand hing das Bild, das er sich gewünscht hatte: Eine indianische Frau schabte eine Büffelhaut rein. Es war in einfacher großzügiger Art mit wenigen Farben gemalt. Eine Indianerin bei der Arbeit. Die Frau glich Tashina. Sie hatte sich selbst gesehen, wie sie die große Büffelhaut für Inya-he-yukan bereitete. Joe dachte, daß es das schlichteste und beste aller Bilder sei, die seine Frau geschaffen hatte, und er wollte ihr das sagen, sobald sie zu ihm in das Blockhaus kam.

Tashina war mit Hugh Mahan in das gelbe Haus gegangen, um Magasapa zu begrüßen. Von ihrer Herzschwäche und einem erneuten Blutverlust wußte Hugh schon, als er in das Zimmer eintrat. Magasapa lag auf der Couch, sorgfältig gebettet, so wie Tashina sie verlassen hatte. Elwe saß bei ihr. Es brannte wieder eine Kerze.

Hugh Wasescha sah das bleich und unbeweglich gewordene Antlitz seiner Frau und verstand, was geschehen war. Elwe und Tashina verließen leise den Raum.

Lang blieb Hugh Wasescha allein mit Cora Magasapa, deren Augen sich nie mehr auftun und deren Lippen nie mehr sprechen würden. Er hatte nicht bei ihr sein können, als sie starb, und er kniete nieder und weinte um das Schwarze-Wildgans-Mädchen, das er sieben Jahre lang gesucht und endlich gefunden hatte. Sieben Monate waren sie beieinander und glücklich gewesen. Zweimal in ihrem Leben waren sie ganz eins geworden. Aber Wasescha hatte kein Kind, aus dem ihn Magasapa neu hätte begrüßen können.

Sie hätte gerettet werden können, aber sie war nicht gerettet worden.

Er setzte sich zu Magasapa.

Magasapa war mehr gewesen als seine Frau, die nach einer langen Frostzeit an seiner Seite wieder erwacht war und scheu neben ihm gelebt hatte, bis die Nacht des Tanzes und der alten Wälder gekommen war. Sie war sein mächtiger Traum gewesen in den Jahren der Entbehrung, der Demütigungen und des Gefangenseins.

Sie war sein Wunder gewesen, das ihn aus der Verzweiflung unter Wymans Knute herausgerissen hatte und seine Kräfte wieder lebendig werden ließ. Er war ein Mensch geblieben, weil ihm ihre Schreie gegen die Ungerechtigkeit in den Ohren geklungen hatten, ohne daß er sie je gehört hatte. Man hatte sie zerbrochen, ihn nicht. Mit ihrem Gefühl, das unversehens wie eine Quelle hervorbrach und ausströmte, war sie aller Liebe wert und allen Angriffen offener gewesen als Hughs gestraffte, nicht leicht zu überwindende Abwehrhaltung. Hugh Wasescha stützte den Kopf in die eine Hand, die er gebrauchen konnte. Er murrte nicht gegen Schicksal und Zufall, er klagte sich nicht an, daß er Cora Magasapa aus dem Eisland geholt habe, um sie in der Prärie sterben zu lassen. Er wußte, daß er sie ein zweites Mal mitgenommen hätte und daß sie ihm ein zweites Mal gefolgt wäre. Er klagte Eivie nicht an, denn niemand vermochte über die ihm gegebene Kraft hinaus zu wirken. Ein Traum hatte sich vollendet. Ein Mensch war gegangen, die Spur blieb.

Hugh Wasescha deckte die Tote sacht und sehr langsam zu und blieb weiter an ihrem Lager.

Am Morgen sammelten sich alle um ihn und trauerten mit ihm um Magasapa. Elwe sagte noch einmal ihre letzten Worte: »Grüßt Wasescha, wenn er heimkommt.«

Inya-he-yukan und Wasescha gingen noch miteinander durch die Wiesen, einen Weg, den sie schon einmal gegangen waren. Sie erinnerten sich dabei daran, wie Wasescha an jenem Abend zum erstenmal zu Inya-he-yukan von Magasapa gesprochen hatte. Sie waren beide erschöpft, und es mußte in ihnen erst etwas auf den Grund sinken, ehe sie zur Ruhe kommen konnten. Sie sprachen darum nicht miteinander, sondern dachten füreinander.

Endlich ging Joe zu den Pferden, die ihn aufgeregt begrüßten. Hanska erzählte ihm, auf welche besondere Weise jedes Tier um seinen Reiter getrauert hatte.

Hugh suchte das Zelt auf und blieb bei den Kindern, zu denen sich Wakiya, Elwe und Tatokala gesellten. Er verbarg seine Schmerzen und berichtete von der Versammlung, von seiner Haft, von dem Prozeß, von seiner Freilassung, bei der man ihn verhöhnt hatte. Wakiya richtete für Hugh eine der altindianischen Rückenstützen, die sowohl als Sitz- wie als Schlafstützen gebraucht werden konnten: einen verstellbaren Dreifuß, an dem eine lange Decke herunterhing. Hugh legte sich und fühlte die Erleichterung. Er dankte Wakiya mit einem Nicken und bat ihn, sich neben ihm niederzulassen. Wakiya schlang die Arme um die Knie und kauerte bei Wasescha so, wie er tagelang bei den Gräbern gesessen hatte. Er kehrte zu den Lebenden zurück.

Am folgenden Tag brannte die Sonne so heiß wie je, der Wind brachte keine Kühlung mehr, und die Erde war trocken.

Das Nachrichtenwesen unter den weit verstreuten Siedlungen hatte rasch gearbeitet. Schon in der Frühe erschienen die Trauergäste: Hetkala mit Iliff, Gerald, die beiden Morning-Stars, Louis und Yvonne Three Stars, Irene Oiseda, die fünfzehn Schüler Hugh Mahans, auch alle ehemaligen Schüler aus der Seniorenklasse, die Beginner mit ihren Eltern und viele andere Stammesangehörige. Die Lehrlinge Oisedas sammelten sich auf dem Friedhof. Es fehlten nur diejenigen, die noch immer krank lagen, und jener eine, der gestorben war. Cargill, Clyde Carr und Ron Warrior waren da, auch der blinde Ed Grazy Eagle mit seiner Frau Margot. Endlich kam Eivie, abgemagert, grau im Gesicht, von schweren Selbstvorwürfen gequält. Er kam zu der Toten. Hätte er die Lebende nicht holen können – wirklich nicht? Reue war vergeblich. Es hätte keinen Platz und keine Pflegerin mehr gegeben. Jetzt erst begann die Zahl der Neuerkrankungen zu sinken.

Elk, der junge indianische Priester, der für Tishunka-wasit-win gesprochen hatte, sprach das Gebet für Cora Magasapa. Hugh Wasescha ging stumm umher.

Drei Wochen später, als die Erde über Magasapas Grab längst ausgetrocknet und wie Stein geworden war, machten sich Tashina und Oiseda auf den Weg nach New City.

Queenie hatte Nachricht von der Museumsleiterin erhalten, die eine bestimmte Auswahl aus den Bildern und Skizzen der jungen Malerin erbat; die Liste war beigefügt. Die beiden Frauen kamen vormittags Punkt 10 Uhr bei dem Museum an, das in dem kleinen Park an der Hauptstraße nicht abgelegen, aber doch versteckt war und auch an diesem Tag nur wenig besucht wurde.

Die Räume, alle künstlich erleuchtet, mit gefilterter Luft gefüllt, ließen keinen Straßenlärm ein, und die Sammlungen aus vergangener Zeit wirkten wie eine andere Welt; das gegenwärtige New City schien damit nichts mehr zu tun zu haben, obgleich über dreitausend Nachkommen jener Männer und Frauen dort lebten, deren Großväter solche Werkzeuge gehandhabt, solche Kleidung getragen, in solchem Zelt gelebt, mit solchen Waffen gejagt und gekämpft hatten. Miss Green hatte neben den Sammlungen indianischer Kultur auch die Zeugnisse aus dem Leben und Kampf der weißen Pioniere und Landnehmer von ihren Vorgängern übernommen und in einem besonderen Raum ausgestellt.

Lucie Green empfing ihre beiden Besucher freundlich, sehr reserviert, und sie sprach bei weitem nicht so lebhaft, wirkte nicht so eindrucksfähig wie bei ihrer ersten Begegnung mit Irene Oiseda in den Räumen der Kunsthandwerkschule auf der Reservation. Doch zeigte sie Verständnis für Queenies Arbeiten und für die Stücke, die Oiseda mitgebracht hatte, und plante mit den beiden Indianerinnen die zweckmäßige Anordnung einer kleinen Ausstellung, für die noch freie Wände in der Eingangshalle des Museums zur Verfügung waren. Sobald alles abgesprochen war, holte sie die alte Indianerin, ihre Angestellte und Hilfskraft, herbei.

»Ich gehe in einer Woche in Urlaub«, bemerkte Lucie Green und setzte sehr zurückhaltend, abwehrbereit gegen alle etwaigen Fragen, hinzu: »Ich komme voraussichtlich nicht nach New City zurück, sondern gehe an das große Museum von Philadelphia, an dem eine Mitarbeiterin gesucht wird. Meine Stelle hier ist also neu zu besetzen, und ich wollte Sie, Missis Goodman, darauf aufmerksam machen. Sie wären dafür die geeignete Person.«

Irene und Queenie waren gleichermaßen überrascht, ohne das zu zeigen. Irene Oiseda zögerte mit der Antwort.

»Miss Green – ich kann meine Schüler wohl nicht im Stich lassen.«

»Auf diesen Einwand war ich gefaßt, Missis Goodman. Sie haben Zeit zu überlegen. Übernehmen Sie aber meine Ferienvertretung?«

»Das – ja, das sollte ich nicht ablehnen.«

»Gut, in acht Tagen. Sie können dann in dieser Zeit die geplante Ausstellung arrangieren. Im Sommer haben wir die meisten Besucher.«

»Ja – ich – natürlich würde es mich interessieren, eine Ausstellung zu machen. Wenn Sie das wünschen und wenn die Bezirksverwaltung zustimmt.«

»Es ist erwünscht, daß fähige Indianer bei uns mitwirken. Indianer sollen in die Verwaltung mit einbezogen werden. Der Hohe Kommissar wünscht das.«

»Ah so. Nun, ich übernehme Ihre Urlaubsvertretung, Miss Green.«

»Ich danke Ihnen und berichte entsprechend.«

Man verabschiedete sich so freundlich und zurückhaltend, wie man sich begrüßt hatte.

Lucie Green erledigte die Tagesarbeiten.

Des Abends begann sie in ihrem Häuschen schon zu sortieren, was sie in den Urlaub mitnehmen würde, was sie nach Philadelphia mitnehmen wollte, was wegzuwerfen war, was zu verschenken blieb. Obwohl sie bei ihrem stets wechselnden Leben nie Unnützes angesammelt hatte, fand sich doch an jeder Station irgend etwas ein, was auf der nächsten nicht mehr brauchbar schien.

Ihr Abschied von New City war anderer Art als der Abschied von irgendeiner ihrer bisherigen Arbeitsstellen und Wohnorte. Das warme Wohlwollen, das sie bisher bei den angesehenen Bürgern von New City genossen hatte, war einer unterkühlten Temperatur ihrer gesellschaftlichen Beziehungen gewichen. Sie hatte sich in dem Kreise der Geschworenen in einer schwierigen Frage durchgesetzt, vor allem auf Grund der Argumente von Mister Laughlin, daß man keine Präzedenzfälle für die Verurteilung von Notwehrhandlungen schaffen und sich nicht die Blöße geben dürfe, nach dem Freispruch George Mac Leans ein offensichtlich rassistisch begründetes Urteil gegen Joe King zu fällen, noch dazu in einer Situation, in der die »publicity« auf Grund der Aktivitäten des Stammes nicht mehr zu vermeiden war. Die Geschworenen, übermüdet, überredet, nachgiebig gegen den angesehenen Laughlin, der auf Miss Greens Seite übergewechselt war, ärgerten sich später über die Umwandlung ihrer eigenen Entscheidung, und dieser Ärger verbreitete sich und nahm Richtung gegen Lucie Green. Sie fühlte sich als Märtyrerin ihrer Überzeugung, aber durchaus nicht gewillt, auszuharren und weitere Opfer zu bringen. Lucie war kein prinzipieller Nonkonformist. Sie war Mormonin, zuweilen missionarisch gestimmt und so tätig. Sie war aktiv und wollte arbeiten. Sie brauchte eine Stelle, wo sie ohne psychische Belastung arbeiten konnte und nicht von manchen abgelehnt, von manchen bemitleidet, von manchen verfemt wurde. Die Stadt, die sie verließ, wurde in ihren Augen eine Provinzsiedlung ohne Niveau. Sie hatte einen heroischen Augenblick mit einem unpopulären Erfolg erlebt und wollte sich daran immer mit angenehmem Grauen erinnern. Aber aus diesem punktuellen Erlebnis konnte keine Leitlinie für ihr weiteres Leben werden. Einen Moment überhöht, ging Lucie auf ihr normales Format zurück. Sie vergaß aber nie, daß die Besonderheit jenes Augenblicks mit Menschen zusammenhing, aus deren Reihen einer ihrer Vorfahren stammte und aus deren früheren Geschlechtern nach ihrem Glauben »Mormon« hervorgegangen war. Ihre Beziehung zur indianischen Kultur erhielt trotz allen persönlichen Rückzugs in die Konformität eine neue Beleuchtung. Es blieb für sie aber eine Frage übrig, mit der sie nie ganz fertig wurde. Warum hatte Mister Laughlin seine Popularität nicht ebenso eingebüßt wie sie selbst? Weil er ein Mann war und nicht eine Frau? Weil er ein reicher Mann und ein Jurist war mit immer selbstbewußter Haltung und nicht eine bescheiden bezahlte Museumsangestellte? Weil er ein Ansässiger New Citys schon vom Vater her und kein Zugezogener war? Weil seine Argumente nicht sonderbare, etwas verdächtige religiöse Überzeugungen und persönliche Sympathien mit einigen Indianern verrieten, sondern ganz aus dem nüchternen Interesse der Bürger von New City formuliert waren? Oder hatte es den Bürgern von New City gefallen, daß Laughlin seine Meinung wechseln konnte, und so einflußreich er auch sein mochte, doch immer von der Meinung der Bürger New Citys beeinflußbar blieb? Er gehörte zu denen, die Lucie Green jetzt mit einem gewissen Mitleid und einer ironisch gefärbten Achtung behandelten. Sie verübelte es ihm nicht einmal, aber sie mochte auch ihn nicht mehr sehen.

Während Lucie Green arbeitete, räumte und grübelte, hatten

Tashina und Oiseda Joes Schwester in ihrer Hütte besucht, mit den Kindern geplaudert und gespielt und gingen nun zu der Behausung Montures.

Edgar war von seinem Besuch bei Andy am Vorabend zurückgekommen. Er war sehr ernst, aber nicht mutlos gestimmt. Andy Tigers letzte Stunde hatte er miterlebt. Man hatte ihm nicht verweigert, am Bett des Sterbenden zu sitzen und seinen Letzten Willen zu vernehmen, ehe das Bewußtsein erlosch. Edgar und Ken hatten an der Beerdigung teilgenommen. Das Begräbnis des jungen großen indianischen Oppositionsführers konnte eine Demonstration für die indianische Sache werden, aber die Verwaltung hatte dem die Spitze abgebrochen. Der Hohe Kommissar selbst war zu den Begräbnisfeierlichkeiten erschienen und hatte seinen Kranz niedergelegt. Monture unterbrach seinen Bericht; er erlebte noch einmal die Empfindungen, die ihn bewegt, dachte noch einmal Gedanken, die ihn dabei überfallen hatten, und sagte schließlich:

»Der Hohe Kommissar sollte nicht nur gekommen sein, um Andy Tigers Erbe für uns zu verschatten. Ich habe darum gebeten, ihn einmal ausführlich zu sprechen, und er ließ sich sprechen. Die Nachrichten über euren großen Protest waren schon zu ihm gedrungen. Das war eine sehr gute Sache. Cargill hat überdies einen Brief geschrieben, der jetzt zur Geltung kommt. Ich habe in eurem Namen gefordert, daß Chester Carr und Shaw abberufen werden, und ich habe das begründet. Wir wollen auch die Rektorin Holland wieder an ihrem alten Platz haben. Wyman aber wollen wir nicht mehr sehen. Ich glaube, daß der Kommissar beeindruckt war. Er hat mir Zusagen gemacht. Ob er sich gegenüber seinem Minister durchsetzen wird, ist eine andere Frage. Er hat nicht die Befugnis, weiße Beamte mit seiner Unterschrift allein ein- oder abzusetzen, und die Weißen sind jetzt, wo wir uns rühren, wenig geneigt, die Autorität ihrer Beamten zu schmälern. Right or wrong – sie stekken alle in einem Sack.«

Mit solchen Nachrichten versehen, fuhren Tashina und Oiseda auf die Reservation zurück.

Die erste Stufe

Vierzehn Tage später erhielt Chester Carr ein amtliches Schreiben, daß er von der Reservations- in die Bezirksverwaltung versetzt sei und dort das Ressort Ökonomie übernehmen werde.

Eine kleine Gehaltsaufbesserung war mit dieser Versetzung verbunden, auch der ihm und seiner Frau angenehme Umzug vom Lande in die Stadt. Mißlich blieb für ihn, daß er in der Bezirksverwaltung Vorgesetzte hatte und nicht mehr den Souverän einer Reservation spielen konnte. Dafür jedoch entkam er der feindseligen, nahezu gefährlich erscheinenden Stimmung der Söhne und Töchter der Prärie.

Alles in allem machte er nach seinem Dafürhalten einen Gewinn; die Übernahme in die Bezirksverwaltung war eine Beförderung, und er wahrte somit sein Gesicht. Mit gewohnter Ordnungsliebe sicherte er die Akten für die Übergabe an den Nachfolger. Nick Shaw war von der Veränderung, die ihn betraf, weniger befriedigt. Er hatte in den ihm unbekannten Süden zu gehen und dort eine Abschnitts-Superintendentur in einer großen Reservation zu übernehmen.

Die Dienstgeschäfte sollten bis zum Eintreffen des neuen Superintendent an den dienstältesten Dezernenten, Mister Haverman, übergeben werden.

Bei den bevorstehenden Umbesetzungen gingen alle Arbeiten nur schleppend voran. Jeder verschob Entscheidungen auf den Nachfolger.

Sobald Chester Carr und Nick Shaw verschwunden waren und nichts als die arge Erinnerung an ihr Wirken zurückgelassen hatten, gab Miss Bilkins auch an Rektor Snider und an Lehrer Wyman die Mitteilungen über ihre Versetzung: Snider wurde Stellvertretender Rektor an einer Internatsschule für Indianer außerhalb der Reservation, Wyman erhielt einen Verwaltungsposten.

»Kate«, sagte Miss Bilkins zu Mrs. Carson beim nächsten Dinner in deren Haus, »ich nähere mich ganz persönlich einer Grundstimmung des vielfach berüchtigten Joe King, nämlich dem Zynismus in bezug auf unsere Verwaltungstätigkeit. Es wird mich nichts mehr wundernehmen. Ob ich den Antrag auf Einstellung von Hugh Mahan an Stelle von Wyman befürwortend weitergebe?«

»Greifen Sie damit nicht in Verwaltungsdisteln, Eve?«

Miss Bilkins lächelte ironisch-vergnügt über den Scherben ihres Ernstes, ein Lächeln, wie man es bisher nicht an ihr gekannt hatte.

»Kate, unser FBI-Agent hat empfohlen, Mahan wieder zu beschäftigen. Arbeitslos richtet er zuviel Unheil an. Seine Aktivität muß abgefangen werden. Er spielt gern den Lehrer, also laß ihn doch unterrichten. Rektorin Holland braucht Ersatz für Wyman, und wir werden auf Mahan aufpassen.«

»Nicht etwa er auf euch?«

Auf der King-Ranch und auf der kleinen Mahan-Ranch wurde unterdessen gearbeitet. Hughs fünfzehn Schüler machten sehr gute Fortschritte. Mutter Hetkala war glücklich und tätig.

Der illegale Stammesrat wollte sich versammeln, um die Häuptlingswahl, die im Spätherbst fällig wurde, vorzubereiten. Hugh Mahan war dazu geladen. Monture und Ken planten zu kommen.

Am Tag zuvor besprachen Inya-he-yukan und Wasescha viele Fragen, die entschieden, auch solche, die sehr schnell entschieden werden mußten. Chester Carr würde von seinem neuen Amtsstuhl aus die ihm verhaßt gewordene Reservation sicher wirtschaftlich benachteiligen, wo er nur konnte; ebenso sicher durfte er aber seine unsachlichen Antipathien nicht gleich zeigen, sondern mußte seinen ersten Entscheidungen das Ansehen der Objektivität geben und sich so bei der neuen Dienststelle als zuverlässig einführen. Diese Spanne Zeit galt es zu nutzen. Joe wollte den lange verfolgten Plan einer stammeseigenen Lederwarenwerkstatt, den Superintendent Albee auch schon einmal befürwortet hatte, endlich durchsetzen. An diese und an die Töpferei konnte die Lehrlingsausbildung angeschlossen werden, wenn Oiseda zunächst an das Museum in New City ging und auch von dort her den Absatz förderte. Die Museumsleitung in der Hand zu haben erschien nicht unwichtig.

Während Hugh und Joe bei ihrem Gespräch in Melittas Haus saßen, trafen Ken und Monture schon im Tal der Weißen Felsen ein, und auch Alice Morton, Burt Three Stars und Jack Daugherty kamen dorthin, um Ken zu treffen, mit dem sie verabredet waren.

Julia Bedford stand mit den ehemaligen Mitschülern zusammen bei der Pferdekoppel. Man gedachte, zusammen zur Rinderherde zu reiten.

Julia Tatokala wunderte sich nicht, daß die Jungen und auch Alice auf ihren alten Spitznamen Taga, die Rauhe, die Bittere, zurückkamen. Sie hatte sich ganz in sich selbst verfilzt und wußte sich nicht mehr zu entwirren. Vielleicht nahm Ken sie zu dem großen Unternehmen mit, von dem er träumte. Sie wollte fort. Nur fort. Nur Hugh Wasescha nie mehr sehen und Cora Magasapas Grab nicht mehr vor Augen haben. Sie ging zu dieser Grabstelle, sooft sie zwischen der Arbeit Zeit fand, und sprach in Gedanken mit der Verstorbenen.

Niemand wußte, warum Taga der Toten so viel zu sagen hatte. Nicht einmal Wakiya und Elwe ahnten es, wenn sie Taga auf dem Friedhof zwischen dem Grab Jeromes und Tishunka-wasit-wins stehen sahen.

»Reiten wir endlich?« fragte Burt.

Tatokala Taga wachte aus ihren Gedanken auf und schwang sich auf den jungen Appalousa-Hengst, der Jerome an dem verhängnisvollen Tage abgeworfen hatte und der Anlaß zu dem mörderischen Konflikt geworden war. Ihren Begleitern hatte Taga zahmere Tiere gegeben. Sie nahm die Spitze der Viererreihe und zeigte auf ungesatteltem Pferd den anderen mit einem gewollten, gespielten Übermut, was reiten hieß. Ihre schmale Gestalt war in den Jeans reizvoll, sehr mädchen- und zugleich knabenhaft. Hin und wieder fiel ihr ein besonderes Reiterkunststück ein, dann machte sie es, behend, ohne viel Vorbereitung oder Aufsehen. So schien sie ganz Julia Tatokala zu sein, wie ihre Mitschüler sie als Basketball-Kapitän und als Läuferin gekannt hatten, schnell, überlegen, immer kühn und sprunghaft, anziehend und abweisend, verletzend und leicht verletzt. Aber später, am gemeinsamen Ruheplatz auf der ehemaligen Büffelweide, erkannten Burt, Jack und Alice, daß Julia Tatokala sich verändert hatte. Sie wirkte auf einmal verhalten, und das nicht nur um des erotischen Effekts willen; ihre Lippen waren voller geworden, der Blick erschien ruhiger, manchmal von abwesendem Ausdruck; ihre Stimme konnte sehr weich klingen, wenn sie mit dem Pferd sprach.

Sie hat gesehen, wie Jerome erschossen wurde, so dachten alle, die bei ihr saßen. Mehr wußten und ahnten sie nicht.

»Wer von euch geht mit Ken?« fragte sie.

»Zwei von uns gewiß«, antwortete Burt. »Jack und Alice – vielleicht auch ich.«

»Wohin?«

»Das ist sein Geheimnis«, erklärte Jack. »Aber wir brauchen ein Zeichen, damit wir wieder an uns selbst glauben. Die Watschitschun sind aus dem Osten gekommen; die sich Pilgerväter nannten, sind auf den Felsen von Plymouth gelandet; wären die Felsen auf diesen Pilgern gelandet, es wäre wahrhaft besser gewesen. Wir aber beginnen im Westen. Auf einer Insel aus Felsen werden wir dort landen und unser großes Land zurückgewinnen.«

»Wißt ihr das so gewiß?« fragte Julia, ohne Jack anzublicken, sie pflückte einen dürren Grashalm.

»Den weißen Männern ergeht es wie Columbus, der nicht wußte, wohin er fuhr. Aber ich denke, wir wissen es jetzt, wohin sie fahren. Sie rotten sich selbst aus, sie ersticken ihre Wohnsitze in Schmutz, sie lassen das freie Land veröden und wollen es uns doch nicht zurückgeben.«

»Werden sie nie vernünftig werden?«

»Vielleicht, wenn dem Rest von ihnen nichts anderes mehr übrigbleiben wird.«

»Was fordert ihr?«

»Daß wir über uns selbst bestimmen und das Land zurückbekommen, über das Verträge bestanden. Solange die Verwaltung der weißen Männer noch nicht aufgelöst ist, müssen wir sie kontrollieren, das ist Demokratie.«

»Es ist wahr, Jack und Burt, daß wir gekämpft, aber für unsern Stamm wenig, aufs Ganze gesehen, noch nichts erreicht haben. Zwar ist Inya-he-yukan frei. Aber der nächste Indianer kann wieder verurteilt werden. Der Hohe Kommissar, der ein Indianer ist, versprach Monture, daß er Carr, Shaw, Snider, Wyman entfernen würde. Er hat sie unserem Stamm vom Halse geschafft, auch die Mac Leans sind weggezogen; wir können uns wieder rühren. Aber die Männer, die über den Hohen Kommissar regieren, haben die bissigen Kojoten nur an eine andere Stelle gesetzt, wo sie das Volk der Indianer weiter beißen werden. Wir sind noch immer rechtlos.«

»Und das werdet ihr hier nie ändern, nie! Hier nicht. Alice und Burt und ich gehen mit Ken dahin, wo wir endlich frei sein werden.«

»Ja. Ihr geht.«

»Taga – bist du traurig?«

»Warum?«

Jack, Burt und Alice antworteten nicht, denn sie hätten sagen müssen: Weil du nicht mit uns kommen wirst. Ken hat dich nicht ausgewählt. Aber das konnten sie nicht aussprechen.

Was habe ich getan, daß Ken mich verachtet? dachte Taga. Was habe ich versäumt, so daß er mich nicht achten kann? Er hat mit mir getanzt, und damals glaubte ich, er liebt mich. Niemand hat mich wirklich geliebt außer Jerome. Er ist tot. Jack und Burt gehen mit Alice zu der Insel der Freiheit. Den Namen Hugh Wasescha Mahan dachte Taga nicht. Wenn sie in die Nähe dieses Namens kam, brannte sie wie ein Feuer. Sie durfte ihn nicht denken.

Sie hätte aufspringen und fortlaufen mögen, aber sie blieb sitzen und zupfte Gräser.

»Wir können nicht alle mit Ken gehen«, sagte sie. »Aber wir hier, denke ich, sind in einem kalten Winter und einem heißen Sommer andere geworden. Was können wir jetzt tun?«

»Das werden Inya-he-yukan und Wasescha wissen. Arbeitest du nicht für Hugh Wasescha?«

Da war der Name schon wieder.

»Ich habe getan, was in seinem Sinne war.«

»Gut. Ken hat Alice gewählt. Wasescha dich.«

»Schweig!« Taga wurde blaß. Beim nächsten Atemzug fühlte sie entsetzt und voll Scham, daß sie sich verraten hatte. An Liebe hatte sie gedacht, Burt aber an Arbeit. Die anderen taten, als hätten sie nichts begriffen.

»Reiten wir weiter«, sagte Taga. »Wir besuchen Melitta. Morgen fährt sie zu dem Gefängnis und holt Bob ab. Seine Haftzeit ist nicht zu Ende; aber er wird etwas früher entlassen. Wegen Krankheit und wegen Wohlverhalten. Als Kranken wird ihm nichts anderes übrigbleiben, als stillzuhalten.« Die vier folgten Tagas Vorschlag und schwangen sich auf. Es war nicht sehr weit zu Melitta und ihren Pflegekindern.

In dem freundlichen Haus trafen sie Inya-he-yukan und Wasescha. Die beiden saßen sich mit gerunzelter Stirn und herabgezogenen Mundwinkeln gegenüber. Melitta und die Kinder waren nicht da. So waren die vier in das Zimmer gekommen, in dem sie Joe und Hugh allein antrafen.

Joe und Hugh standen auf.

Sie schienen zu überlegen, ob sie die Frage, über die sie mit so viel Ernst gesprochen hatten, den Eintretenden mitteilen sollten; nach einem Blick der Verständigung entschlossen sie sich dazu.

»Er wollte nicht unser Chief-President werden«, erklärte Joe Inya-he-yukan.

»Warum nicht?« fragten Jack und Burt fast wie mit einer Zunge.

»Ich setze mich nicht gern in das weißgetünchte Zimmer, um Verwaltungsgeschäfte zu erledigen, ohne Befugnisse zu haben«, antwortete Wasescha. »Ich gebe es nicht gern auf, ein Lehrer zu sein. Aber Inya-he-yukan fordert es von mir im Namen unseres Stammes, und so muß ich ja sagen.«

»Du wirst es nicht leicht haben, aber du bist der Beste.«

»Der wahre Häuptling bist du, Inya-he-yukan.«

»Du gleichst mir, Wasescha, und du bist unser Gesicht, das wir den weißen Männern zeigen. Ich glaube nicht, daß du nur zwischen getünchten Wänden sitzen wirst. Die Männer und Frauen und Kinder unserer Prärie werden dich in ihren Hütten und bei ihrer Arbeit sehen; du bist der Anwalt unserer Kinder. Du mußt dich schnell und nach allen Seiten drehen wie im Kriegstanz! Superintendent Albee ist freundlich und schwach, das Area Office mit Wyman gehässig, White Horse und seinesgleichen werden widerwillig sein, unsere Jugend ist stürmisch oder verzweifelt.«

»Meine Freunde sind zuverlässig. Den Kriegstanz mit dir zusammen, Inya-he-yukan, ho-je!«

»Mit dir zusammen, Wasescha. Ho-je!«

Tatokala Taga hatte gelauscht.

Es ging gegen Abend, Jack und Alice wollten zurückreiten, um noch mit Ken zusammen zu sein. Burt schloß sich ihnen an, aber nicht ehe er Wasescha gesagt hatte, daß er bereit wäre zu studieren, wenn der Stamm ihn dazu rufe.

Inya-he-yukan, Wasescha und Taga blieben für die Nacht in Melittas Haus, ohne daß darüber gesprochen wurde. Sie schauten den drei Reitern noch nach und begrüßten bald darauf Melitta und ihre vier Pflegekinder, als diese nach Hause kamen. Man aß Mehlbrei mit Beeren; alle Leckerbissen wurden für Bob aufgespart, der in zwei Tagen nach Hause kommen sollte.

Hugh ging aus der Hütte hinaus, um mit seinen Gedanken und dem Entschluß, den er gefaßt hatte, fertig zu werden.

Er sah Tatokala bei den Pferden und wollte nicht an ihr vorübergehen. Es wurde ihnen beiden wieder gegenwärtig, wie sie sich in der Koppel auf der King-Ranch getroffen hatten und Wasescha das Mädchen Tatokala gemahnt hatte, ihr Leben nicht wegzuwerfen.

»Du hast mir damals versprochen, daß wir einander helfen wollen«, sagte Hugh.

»Das ist wahr. Tue ich es nicht?«

»Du tust es. Du hast unsere große Versammlung vorbereitet, und du hast Inya-he-yukans Anwalt so gut unterrichtet, daß er die Lügen Mabel Mac Leans zuschanden machen konnte. Du warst für ihn und für mich der beste Helfer. Aber sage mir: Hätte ich dich jetzt zu Ken gehen lassen sollen?«

»Du – mich? Habt ihr einen Handel gemacht, Hugh Mahan?«

»Komm, Tatokala. So wie du jetzt sprichst, kannst du mit mir nicht sprechen.«

Die beiden gingen ein Stück in die Wiesen hinaus, und da es noch immer ganz hell war, obgleich die Sonne schon vom lichten zum dunklen Gold überging, liefen sie weiter über die Büffelweiden und dachten an alles, was seit einem Jahr geschehen war.

»Tatokala Taga. Wir könnten für unseren Stamm zusammen arbeiten. Aber du liebst Ken und möchtest gehen, um ihm zu helfen, um das Große und weithin Sichtbare für uns alle zu tun.«

»Ich will dir antworten, Hugh, und die Wahrheit sagen. Ich liebe Ken nicht. Ich träume gern von seinem großen Traum.«

»Aber du bist heute meine Wirklichkeit, Tatokala. Ich will wissen, ob ich eines Tages deine Wirklichkeit werden kann.«

Tatokala antwortete lange nichts.

Endlich sagte sie:

»Ken kämpft draußen, und du kämpfst hier. Aber ich bin nichts als ein junges Mädchen, und ihr macht untereinander aus, für wen ich meine Arbeit tun soll.«

»Tatokala, es ist wahr, daß ich Ken gebeten habe, dich nicht wegzunehmen, weil der Boden unseres Lebens unser Stamm und unser dürres Land ist. Wir brauchen dich hier, gerade dich. Auch ich habe mich entschlossen, das zu tun, was unser Stamm von mir erwartet.«

»So denkst du. Du denkst hart und wirklich wie Inya-he-yukan.«

Hugh Wasescha ließ sich ins Gras nieder. Tatokala setzte sich zögernd.

»Tatokala, wenn der Sommer vorüber sein wird, wenn die Tage kurz und die Nächte lang werden, wenn der Sturm heult und der Schnee fällt, werde ich zu Ken und zu der Felseninsel fahren, die er und seine Freunde für das indianische Volk zurückholen. Ich gehe dorthin, und wenn mein Stamm es will, gehe ich im Schmuck der Adlerfedern. Aber ich bleibe nicht dort.«

»Wasescha! Kennst du die Insel?«

»Sie heißt Alcatraz.«

»Darfst du mir mehr davon sagen?«

»Die weißen Männer wußten nichts als ein schlechtes Gefängnis daraus zu machen, und als die Schande dieses Gefängnisses zu weit bekannt wurde, ließen sie es leer stehen, und die Felseninsel verödete ganz.«

»Hast du die Insel gesehen?«

»Ich habe sie in der Bai liegen sehen, als ich in San Francisco war. Einsam und unzugänglich liegt das Eiland da, und niemand darf es betreten. Es ist von Wirbeln und gefährlichen Strömungen umgeben, vom Schmutzwasser des Hafens umspült, von Nebeln umzogen, von einem einzigen Wächter bewacht.«

»Ken und seine Freunde können es einnehmen.«

»Sie werden das wagen. Ich glaube daran, daß sie es vermögen.«

»Und sie bleiben dort? Gibt es dort Wild und Beeren?«

»Tatokala, es gibt dort weder Wild noch Früchte, noch Korn, noch Fische; nicht einmal Quellen gibt es.«

»Dorthin wollen unsere Brüder?«

»Die Insel soll ein Zeichen werden, ein Platz, wo wir einmal frei atmen dürfen, wo die Fesseln, die wir von Kind an tragen müssen, einmal von uns abfallen. Wo wir einmal der ganzen Welt sagen dürfen, was das für uns heißt, Indianer sein. Leben können unsere Brüder und Schwestern dort für kurze Zeit von unseren Spenden, aber die Spenden armer Leute sind nicht groß. Für lange Zeit fordern sie die Vertragsgelder der weißen Männer, denn diese Insel war uns einmal reserviert – aber dann leben sie auch dort wieder auf einer Reservation. Falls die Weißen das überhaupt anerkennen.«

»Und wenn die Weißen ihre Waffen gebrauchen?«

»Vielleicht werden sie sich eines Tages diese Felseninsel zurückholen, denn sie gönnen uns nicht den kleinsten Flecken Freiheit. Vielleicht machen sie wieder ein Gefängnis daraus, denn sie brauchen Gefängnisse. Daran erkennen wir sie. Aber vorher haben wir einmal laut und für alle hörbar aufgeschrien. Das ist dieser Kampf wert.«

»Sind sie noch Menschen, Wasescha, die Carrs und Wymans?«

»Sie sind Menschen, die Carsons und Cargills und Russells, Tatokala! Das Blut des Indianers ist rot, und so ist es das Blut des schwarzen Mannes, des gelben Mannes und auch des weißen Mannes. Rot ist das Blut des Adlers. Wir sind alle Brüder. Wir müssen uns wiedererkennen, ehe wir uns ausrotten. Wir Indianer müssen uns wehren, ehe der Mord an unserem Volk sich vollendet. Dafür gibt Ken ein Zeichen, aber wir müssen es tun; wir müssen die erste, die hohe, die schwerste Stufe des Berges nehmen. Hau.«

Hand in Hand gingen Wasescha und Tatokala in der beginnenden Nacht über die Büffelweide.

Inhaltsverzeichnis

Ein Büffel stand im Weg 5
Der Mann, der die Wahrheit spricht 23
Fahrt ins Eisland 204
Der heimliche Häuptling 237
Die erste Stufe 378

ISBN 3-354-00109-7

10. Auflage
Lizenz-Nr. 444-300/91/86 · 7001·
Printed in the German Democratic Republic
Umschlaggestaltung: Uwe Häntsch
Gesamtherstellung: Karl-Marx-Werk Pößneck V15/30
Best.-Nr. 639 271 6
00950